Thomas Perry
Der Tanz der Kriegerin

Zu diesem Buch

Ein achtjähriger Knirps stürzt in den Gerichtssaal, wo er gerade für tot erklärt werden soll: »Ich bin Timothy Phillips!« Da Timmy Erbe eines Millionenvermögens ist, begibt er sich in höchste Lebensgefahr, denn irgend jemand ist hinter ihm und seinem Geld her. Jane Whitefield, die Halbindianerin, schon länger diskret in der Umgebung Timmys, hat diese höchst gefährliche Aktion geplant. Ihr Auftrag ist es, das Leben Timmys zu retten. Jane ist dafür Spezialistin, sie versteht sich darauf, Menschen offiziell verschwinden zu lassen, ihnen eine neue, sichere Identität zu verschaffen. Auch für ihren zweiten Schützling, Mary, die mit ergaunerten Millionen auf der Flucht vor ihren Mördern ist, bietet Jane ihr ganzes Können des Spurenlesens und Fährtenverwischens auf. In atemberaubenden Verfolgungsjagden, in turbulenten Verwirr- und Versteckspielen gelingt Jane schließlich das fast Unmögliche.

Thomas Perry, 1947 in Tonawanda/New York geboren, war nach dem Studium der englischen Literatur Arbeiter, Fischer, Lehrer, Verwaltungsbeamter, Drehbuchautor und Produzent. Er schrieb eine Reihe von angesehenen Krimis und gewann den »Edgar«. 1998 erschien der erste Band seiner Jane-Whitefield-Romane auf deutsch: »Die Hüterin der Spuren«. Er lebt mit seiner Frau und zwei Töchtern in Südkalifornien.

Thomas Perry

Der Tanz der Kriegerin

Roman

Aus dem Amerikanischen von
Fritz R. Glunk

Piper München Zürich

Von Thomas Perry liegt in der Serie Piper
außerdem vor:
Die Hüterin der Spuren (5683)

Deutsche Erstausgabe
Februar 1999

Titel der amerikanischen Originalausgabe:
»Dance for the Dead«, Random House, New York 1996

Umschlag: Büro Hamburg
Simone Leitenberger, Susanne Schmitt, Annette Hartwig
Foto Umschlagvorderseite: The Royal Photographic
Society, Bath
Foto Umschlagrückseite: Jerry Bauer
Gesamtherstellung: Ebner Ulm
Printed in Germany ISBN 3-492-25686-4

Die Kriegsteilnehmer hatten alle das gemeinsame Ziel, Menschen mit nach Hause zu bringen, um durch sie die betrauerten Toten zu ersetzen. Dies konnte auf dreierlei Weise geschehen: indem man den Skalp eines getöteten Feindes mitbrachte (dieser Skalp wurde mitunter feierlich adoptiert), einen lebenden Gefangenen (der danach adoptiert, gemartert und getötet wurde) oder einen lebenden Gefangenen, dem man erlaubte, weiterzuleben und sogar die soziale Rolle desjenigen zu übernehmen, dessen Tod diese »Rache« verlangt hatte.

Anthony F. C. Wallace
The Death and Rebirth of the Seneca
1969

1

Die große Frau band sich hastig das lange, dunkle Haar am Hinterkopf zu einem Knoten zusammen, stellte sich mitten im langen Gang des Gerichtsgebäudes auf und wartete. Einige Anwälte und ihre Mandanten kamen an ihr vorbei, der eine oder andere musterte sie verstohlen, aber eher weil sie attraktiv war und nicht, weil sie bewegungslos dastand und sie so zwang, ihr auf dem Weg zum Verhandlungssaal auszuweichen. Als sei die Frau eben noch gerannt, hob und senkte sich ihre Brust, ihre Augen sahen über die Leute als etwas Nebensächliches hinweg und fixierten den Korridor hinter ihnen.

Sie hörte, wie über dem Aufzug etwa zehn Meter entfernt das Zweitonsignal ertönte. Noch bevor die Türen sich ganz geöffnet hatten, zwängten sich drei große Männer in sportlichen Mänteln aus dem Lift und blickten den Korridor hinunter. Alle drei schienen sie sofort zu sehen, ihre Augen weiteten sich, verengten sich dann aber sofort wieder, um scharf zu sehen und wie Raubtiere ihren Blick lauernd und ausdruckslos auf ihr Opfer zu richten. Dann gingen sie auf die Frau zu, zwei an den Wänden entlang, einer in der Mitte, und mit jedem Schritt wurden sie schneller.

Einige Leute auf dem Flur wendeten ihre Blicke ab und machten einen Schritt zur Seite, um den Männern aus dem Weg zu gehen, die Frau aber bewegte sich nicht. Sie zog den Rock ihres marineblauen Kostüms höher, damit er sie nicht behinderte, atmete zweimal tief durch und schwang ihre Handtasche, um sie dem ersten Mann ins Gesicht zu schleudern.

Der Mann fing die Handtasche noch in der Luft ab, und seine Augen leuchteten triumphierend und kampflustig auf. Sein Triumph wandelte sich in plötzliches Entsetzen, als ihm die Frau den Riemen um den Unterarm schlang und ihn mit der Wucht seines Angriffs dem zweiten Mann entgegenschleuderte, so daß beide rechts neben ihr an die Wand knallten. Sie prallten ab, doch schon versetzte sie dem einen einen Fußtritt, dem anderen einen Schlag mit der Handkante und schickte so beide zu Boden. Damit hatte sie ein paar Herzschläge Zeit gewonnen, um sich auf den dritten Mann zu konzentrieren, der an der linken Wand entlang hinter sie zu kommen versuchte.

Sie beugte sich zurück und setzte mit einem Bein hoch zum Schwung an. Der Mann erkannte ihre Absicht, blieb stehen und hob seine Hand, um gleich ihr Fußgelenk zu fassen, aber da riß sie ihr Standbein hoch und trat mit aller Kraft zu. Als sie ihn am Oberschenkel traf und mit dem Tritt an die Wand beförderte, hörte man das scheußliche Geräusch einer herausspringenden Kniescheibe. Er krümmte sich, ging zu Boden, schnappte nach Luft und hielt sein kaputtes Bein. Die Frau hatte sich inzwischen auf die Seite abgerollt und war aufgesprungen.

Die ersten beiden Männer kamen wieder auf die Füße. Mit einem Faustschlag schaltete sie den aus, der ihr am nächsten stand, und schob ihn zurück an die Wand, schwenkte herum, versetzte ihm noch einen Schlag mit dem Ellbogen ins Nasenbein und rammte dem zweiten Mann ihr Knie ins Gesicht.

Dann hörte man ein lautes Aufschlagen, und der Kopf der Frau wurde seitlich fast bis auf ihre Schulter gerissen, als eine große Faust ihr einen Hieb auf den Backenknochen verpaßte. Starke Arme umklammerten sie von hinten, hoben sie hoch, so daß sie aufrecht in der Luft hing. Was nun geschah, sah sie nur noch als Farbblitze und Bewegung. Die ersten beiden Männer rasten blindwütig auf sie zu, holten aus und schlugen mit wilden Schwingern auf ihren Kopf und ihr Gesicht ein – wohl wissend, daß sie die Schläge kommen sah, aber nichts tun konnte, um sie abzuwehren oder sich auch nur wegzudrehen und so die Härte des Aufpralls abzumildern.

Zwei laute, tiefe Stimmen überlappten sich, ein Dröhnen, das Respekt verlangte. »Polizei! Keine Bewegung!« »Weg von ihr!« Als die Männer von ihr abließen und beiseite traten, fiel die Frau auf die Knie und bedeckte ihr Gesicht mit den Händen. Sofort schienen einige aufzuwachen, die wie gelähmt vor Schreck dabeigestanden hatten. Sie kamen näher heran, getrieben von irgendeinem Impuls, sich nützlich machen zu müssen, blieben dann aber doch hilflos neben ihr stehen, ohne sie zu berühren oder anzusprechen.

Die Büroräume des Richters lagen im Dunkeln, abgesehen von den wenigen hellen Streifen Sonnenlicht, die sich spät am Nachmittag waagrecht durch die Jalousien auf den holzgetäfelten Wänden ausbreiteten. Richter Kramer saß in seinem Drehstuhl aus alter Eiche, die Robe hatte er aufgeknöpft, nur das hohe Halsteil lag ihm noch auf den Schultern. Er lockerte die Krawatte und lehnte sich zurück, wobei die Stuhlfedern quietschten, dann drückte er auf die Wiedergabetaste des Tonbandgeräts.

Man hörte Stühle rücken, Papiere rascheln und das Durcheinander einer gemurmelten Unterhaltung, so daß der Büroraum plötzlich voller unsichtbarer Menschen schien. Von irgendwoher kam die Stimme einer Frau, zu nahe am Mikrophon. »Die folgende Aussage wird in Gegenwart von Julia R. Kinnock abgegeben, Gerichtsstenographin, in der North Spring Street 501, Los Angeles, Kalifornien, um zehn Uhr siebzehn, am dritten November. Die Anweisung des Gerichts geht dahin, daß das Tonbandgerät abgeschaltet werden soll, sobald Einwände dagegen erhoben werden.« Danach trat ein kurzes Schweigen ein. »Die Anwesenden geben jetzt bitte ihre Personalien an.«

»David M. Schoenfeld, vom Gericht benannter Anwalt für Timothy Phillips.« Schoenfelds Stimme war sanft, und er sprach jede Silbe langsam. Richter Kramer konnte ihn beinahe vor sich sehen, wie er förmlich ins Mikrophon hineinkroch. »Nina Coffey, Jugendamt Los Angeles County, in ihrer Eigenschaft als Vormund eines Minderjährigen.« Kramer hatte den Namen schon ein paarmal in Gerichtsakten gesehen, ihre Stimme aber noch nie gehört. Sie klang deutlich, schien sich nicht rechtfertigen zu müssen, ihre Worte kamen schnell und unverbunden, als wollte sie einer Art Anfechtbarkeit vorbeugen.

»Kyle Ambrose, Staatsanwalt, Los Angeles.« Wie gewöhnlich hörte sich der Vertreter der Strafverfolgung seltsam verwirrt an, eine Attitüde, die den Richter schon bei sechs oder sieben langen Prozessen nervös gemacht hatte.

Dann kamen tiefe, monotone Stimmen, die gleichzeitig zurückhaltend und gewichtig klangen, Stimmen von Männern, die viel Zeit damit zubringen, über Funkgeräte miteinander zu sprechen. Sie fingen leise an und wurden lauter, weil der letzte Teil der Vorstellung der wichtigste war.

»Lieutenant James E. Bates, Los Angeles Police Department.«

»Inspektor Joseph Gould, FBI, Federal Bureau of Investigation.«

Nun wurden erneut Papiere hin- und hergeschoben, und dann sagte Julia Kinnock: »Mr. Ambrose, wollen Sie bitte anfangen.« Ambrose mit seiner trockenen, unsicheren Stimme begann nach kurzem Zögern. »Willst du uns bitte deinen Namen angeben für das Protokoll?«

Ein leichtes Räuspern, dann die hohe, näselnde Stimme eines kleinen Jungen. »Tim – Timothy John Phillips.«

Nun ertönte Schoenfelds Stimme, die mühelos einen Gerichtssaal füllen konnte: »Unter Umständen ist hier die Bitte angebracht, das Protokoll möge ausweisen, daß Lieutenant Bates und Agent Gould, beide hier anwesend, bestätigt haben, daß die Fingerabdrücke der aussagenden Person mit denen, die Timothy John Phillips schon vor seinem Verschwinden abgenommen wurden, identisch sind.«

Die beiden Stimmen brummten »Wird bestätigt«, und es klang wie die rituelle Antwort in einer kirchlichen Litanei. Amen, dachte Kramer. Schoenfeld hatte es geschafft, quasi durch die Hintertür die eine wesentliche Tatsache, die aus seiner Sicht während der Verhandlung festgestellt werden sollte, schon jetzt im Aussageprotokoll festzuhalten.

Dann wandte sich Ambrose an den Jungen, und seine Stimme wurde dabei langsamer und deutlicher: »Du sollst hier freiwillig und aus eigenem Antrieb antworten. Du sollst nicht denken, daß du irgendwie verpflichtet bist, uns Sachen zu sagen, die du nicht sagen willst.« Kramer konnte sich gut vorstellen, wie Ambrose die Gesichter von Schoenfeld, dem Anwalt, und Nina Coffey, der Sozialarbeiterin, kurz mit seinen flinken, schwarzen Augen streifte. Es war ein Spiel, bei dem es um Vertrauen ging wie immer in der beruflichen Tätigkeit des Staatsanwalts. Irgendwann mußte der Junge natürlich alle Fragen beantworten, aber Ambrose versuchte erst einmal, die inneren Wachhunde einzuschläfern. »Mr. Schoenfeld ist hier als dein Anwalt. Wenn du also irgendwelche Zweifel hast, dann fragst du einfach ihn. Und wenn du zu müde wirst, bringt dich Mrs. Coffey nach Hause. Hast du das alles verstanden?«

Die kleine, hohe Stimme sagte: »Ja.«

»Wie alt bist du?«

»Acht.«

»Kannst du mir bitte deine früheste Erinnerung erzählen?« Kramer knirschte mit den Zähnen.

»Sie meinen, die allerfrüheste?«

»Ja.«

»Ich erinnere mich ... ich glaube, ich erinnere mich an viele Sachen. Weihnachten. Geburtstage. Ich weiß noch, wie wir in unser Haus in Washington eingezogen sind.«

»Wann war das?«

»Weiß ich nicht mehr.«

Die Stimme eines Mannes sprach dazwischen: »Der Mietvertrag für das Haus in Georgetown datiert vom 1. Januar vor vier Jahren. Das wurde so während der Ermittlung in dem Mordfall festgestellt. Er war also damals vier.« Wahrscheinlich die Stimme des FBI-Agenten, vermutete der Richter.

»Erinnerst du dich an irgend etwas vor dieser Zeit, in einem anderen Haus?«

»Nein, ich glaube nicht.«

»Als ihr da eingezogen seid, war da Miss Mona Turley schon bei euch?«

»Ich weiß nicht, ich glaube ja.«

»Wer wohnte alles da?«

»Meine Eltern, ich, Mona.«

»Hattest du außer deinen Eltern noch andere Verwandte? Vielleicht einen Cousin oder einen Onkel?«

»Nein, nur meine Großmutter.«

»Hast du sie mal getroffen?«

»Ich kann mich nicht dran erinnern. Sie hat woanders gewohnt, weit weg. Wir haben ihr jedes Jahr eine Weihnachtskarte geschickt.«

»Eine Weihnachtskarte?« Da war die Verwirrung wieder zu hören, als ob Ambrose diese Tatsache zum erstenmal vernähme und jetzt versuche, alle sich daraus ergebenden Folgerungen auszuloten.

»Ja. Ich erinnere mich, weil mein Daddy meinen Handabdruck draufgemacht hat. Er hat etwas geschrieben, dann hat er meine Hand auf ein Stempelkissen gedrückt und danach auf die Weihnachtskarte, weil ich noch nicht schreiben konnte.«

Ambrose zögerte einen Augenblick, dann sagte er sanft: »Erinnerst du dich noch an irgend jemanden sonst? Andere Erwachsene, mit denen du zusammen warst?«

»Meinen Sie Mr. und Mrs. Phillips?«

»Ja.«

»Ich habe von ihnen gehört. Ich glaube nicht, daß ich sie mal getroffen habe.«

»So daß du, wenn du ›Eltern‹ sagst, Raymond und Emily Decker meinst?«

»Sie waren mein Vater und meine Mutter.«

Der Richter runzelte angewidert die Stirn. Das war typisch für Ambrose. Mach ruhig weiter, dachte er. Die fernen Erinnerungen eines Achtjährigen brachten Ambrose überhaupt nichts, nicht bei den Ermittlungen in einem Straffall. Dieses umständliche, sich wiederholende Befragen hatte ihm einen übertrieben guten Ruf als Strafverfolger eingebracht, auf diese Weise legte er jedesmal das Fundament für einen wasserdichten, durch nichts zu erschütternden Fall. Für die Jury sah es wie Zauberei aus, aber Kramer und den Anwälten der Gegenseite, die genau wußten, worauf er hinauswollte, kam es so vor, als müßten sie einer Ameise zuschauen, die so lange einen Krümel nach dem andern zusammenträgt, bis sie einen Big Mac zusammenhat.

»Du hast also in Washington gewohnt von der Zeit, als du vier warst, bis ...? Aber darauf kommen wir später zurück. Sag mir, wie war es in Washington? Hat es dir da gefallen?«

»Es war schon in Ordnung.«

»Waren deine ... Eltern nett zu dir?«

In der Stimme des Jungen hörte man ein leichtes Erschrecken. »Na klar.«

»Wie war das mit der Disziplin? Ich meine Regeln. Es gab doch Regeln?«

»Ja.«

»Kannst du mir eine sagen?«

»Hmm ... Räum deine Spielsachen auf. Putz dir die Zähne. Mein Vater hat sich immer mit mir zusammen die Zähne geputzt, und dann hat er mir immer seine Plomben gezeigt und gesagt, wenn ich mir nicht die Zähne putze, kriege ich so was auch mal.«

»Was geschah, wenn du mal nicht gehorsam warst?« Die Stimme des Staatsanwalts klang beiläufig. »Haben sie dich geschlagen?«

Jetzt hörte sich der Junge empört an: »Nein.«

»Bist du zur Schule gegangen?«

»Klar. In die Morningside School. Sie war nicht weit weg, und deshalb sind wir manchmal zu Fuß hingegangen.«

»Dein Leben in Washington war also ganz schön?«

»Ja.«

»Und was hast du gemacht, wenn du keine Schule hattest?«

»Ich weiß nicht. Mona hat mich oft in den Park mitgenommen, als ich noch klein war, und später bin ich manchmal mit meinen Freunden hingegangen. Sie hat solange im Wagen auf mich gewartet.«

Ambrose machte eine Pause. Er schien sehr lange nachzudenken, aber dann erkannte der Richter das leise Zischen eines Geflüsters.

Nach einem zweiten Wortwechsel klang das Flüstern wütend. Er wußte, es war Nina Coffey. Schoenfeld, der Anwalt, sagte: »Ich muß darauf hinweisen, daß wir uns hier nicht in einem streitigen Verfahren befinden, und dieser Teil der Geschichte fügt den bereits in Gang gesetzten Ermittlungen keinerlei neue Tatsachen hinzu. Miss Coffey hat dieser Vernehmung zugestimmt, da ihr zugesichert wurde, der Zweck dieser Veranstaltung diene der Sicherheit und dem Wohl des Kindes. Sie hat das Recht, die Genehmigung des Jugendamts aufzuheben, sobald sie den Eindruck gewinnt, das Kind erfahre durch die Vernehmung eine seelische Verletzung. Der Junge ist diese ganze Materie bereits mehrmals mit den Psychologen und den Beamten des Jugendamts durchgegangen.

Vielleicht könnten wir in diesem Fall von unserem sonstigen Gründlichkeitsprinzip Abschied nehmen und gleich zur jüngsten Vergangenheit übergehen.«

Ambrose klang angegriffen. »Möchte dann einer von Ihnen uns bitte weiterhelfen, so daß das Protokoll noch verständlich bleibt?«

Nina Coffey sagte: »Timmy, wenn ich jetzt irgend etwas sage, das nicht stimmt, dann meldest du dich.«

»Geht in Ordnung.«

»Timmy lebte von seiner frühesten Erinnerung an bis zum Alter von sechs Jahren bei Raymond und Emily Decker. Als sie nach Washington zogen, hatten sie Miss Mona Turley als Kindermädchen angestellt. Timmy hat an Ereignisse vor dieser Zeit keine Erinnerung. Man sagte ihm, er sei Timmy Decker. Seine frühe Kindheit verlief in jeder Hinsicht normal. Er hatte ein liebevolles Elternhaus. Miss Turley war britische Staatsbürgerin und ausgebildetes Kindermädchen, sie hatte als Ausländerin eine Aufenthalts- und Arbeitserlaubnis. Es liegen keine Anzeichen für physische oder psychische Mißhandlungen vor, auch nicht für Entwicklungsprobleme, die auf Deprivation irgendeiner Art hindeuten könnten.« Betont fügte sie hinzu: »Das ist alles niedergelegt im Bericht des zuständigen Beamten und damit bereits Teil der Akte.«

Der Richter hätte Lust gehabt zu applaudieren. Sein Finger schwebte über der Vorlauftaste, aber er wußte, er würde ihm nicht erlauben, sie zu drücken. Entweder hörte man sich alles genau an, oder man war nichts anderes als ein verkleideter Politiker.

Jetzt war wieder Ambrose an der Reihe. »Nun gut. Also, Timmy, wir müssen über ein paar unangenehme Dinge reden, und ich werde versuchen, mich kurz zu fassen. Was geschah am Nachmittag des dreiundzwanzigsten Juli vor zwei Jahren?«

»Ich weiß nicht.«

Schoenfeld gab das Stichwort: »Das war der Tag, an dem sie gestorben sind.«

»Ah ja«, sagte Timmy. »Mona und ich, wir sind nach der Schule ins Schuhgeschäft gegangen. Sonst kamen wir immer um drei nach Hause, aber nicht an dem Tag. Wir haben noch

Schuhe gekauft und sind dann heim, und alles war verändert. Ich weiß noch, Mona hat die Tür aufgemacht, und dann ist sie stehengeblieben und hat ›Huh!‹ gemacht, genau so. Dann hat sie mich draußen warten lassen und ist allein reingegangen. Sie ist ziemlich lange dringeblieben. Ich dachte schon, es ist eine Überraschung, und sie sagt meinen Eltern, daß ich vor der Tür stehe, damit sie sich verstecken können. Also bin ich seitlich um das Haus herumgegangen und habe durch ein Fenster hineingeschaut. Und da habe ich sie gesehen.« Seine Stimme brach, und der Richter konnte hören, wie er sich vor all diesen fremden Menschen abmühte, das Schluchzen zurückzudrängen, das ihm in die Kehle stieg, und so blieb es dort stecken, von angestrengten Muskeln festgehalten. Kramer hatte eine Menge Aussagen gehört, die durch eine in dieser Weise angespannte Kehle gepreßt werden mußten; er war darin zum Experten geworden.

»Sie waren ganz voll Blut. Ich wußte gar nicht, daß so viel Blut aus einem Menschen herauskommen kann. Es war überall. An den Wänden, auf dem Fußboden. Ich konnte sehen, daß Mona im anderen Zimmer am Telefon war. Dann hat sie aufgelegt und ist in mein Schlafzimmer gegangen. Ich bin weiter zu meinem Schlafzimmerfenster gerannt, und es war kaputt. Mein ganzes Zeug war weg.«

»Was meinst du mit ›mein Zeug‹?«

»Meine Spielsachen, meine Anziehsachen, meine Bücher, alles. Sie haben mein ganzes Zeug gestohlen. Mona schaute sich mein Zimmer an und hatte Falten auf der Stirn.«

»Und was war dann?«

»Sie hat mich gesehen. Sie kam aus dem Haus gerannt und packte mich. Sie hat mich ins Auto gesetzt, und dann sind wir weggefahren.«

»Was hat sie dir über das alles gesagt?«

»Sie fing damit an, daß meine Eltern weggemußt hätten, aber ich sagte ihr, daß ich sie gesehen habe.«

»Und was sagte sie dann?«

»Sie sagte, daß manchmal schreckliche Sachen passieren, und noch eine Menge anderes Zeug, daß sie mich jetzt vor allen Dingen in Sicherheit bringen wollte. Ich hab' nicht viel davon mitgekriegt, weil ich weinen mußte, und ich hab' auch nicht richtig zugehört.«

»Wohin hat sie dich gebracht?«

»Sie hatte einen Freund. Ein Mann hat sie manchmal vor unserem Haus abgeholt. Sie sagte, er war Anwalt. Sie hat mich zu ihm gebracht.«

»Nur für das Protokoll: Weißt du seinen Namen?«

»Dennis.«

»Und sein Familienname war Morgan?«

»Ja.«

»Weißt du die Straße, wo er wohnte?«

»Nein. Es war eine Gegend, wo ich noch nie vorher war. Wir sind ein langes Stück auf einer breiten Straße gefahren, und dann am Ende gab es eine Menge Kurven. Um die Zeit war es schon dunkel.«

»Was geschah dann?«

»Sie legte mich auf der Couch schlafen, aber ich konnte sie die ganze Zeit in der Küche reden hören.«

»Worüber sprachen sie?«

»Sie hat ihm von meinen Eltern erzählt. Sie sagte, es sah wie in einem Schlachterhof aus.«

Schlachthof, verbesserte der Richter. Kein Wunder, daß Nina Coffey dem Staatsanwalt im Nacken saß. Der Junge hatte durch das Fenster in sein Zimmer geblickt und seine Eltern – oder die beiden Menschen, die er als seine Eltern kannte – hingemetzelt auf dem Boden liegen sehen, und da befragte ihn Ambrose über Prügelstrafen und Zahnpflege. Der Mann war ein gefährlicher Irrer.

»Was sagten sie?«

»Er sagte, es war richtig, daß sie die Polizei angerufen hat, aber falsch, daß sie weggerannt ist. Dann sagte sie ganz viel. Sie sagte, es sah so aus, daß, ganz egal wer da drin war, er nicht hinter ihnen her war. Er war hinter mir her.«

»Wie kam sie dazu, so etwas zu sagen?«

»Sie sind in mein Zimmer eingebrochen zu einer Zeit, wo ich normalerweise zu Hause war, meine Eltern aber nicht. Sie sagte, es sah so aus, als ob sie meine Eltern zwingen wollten, ihnen irgend etwas zu sagen. Und alles, was sie mitgenommen haben, waren meine Sachen und alle Fotos.«

»Was für Fotos waren das?«

»Mein Vater hat viel fotografiert, wenn wir am Strand waren oder so ...« Jetzt kommt es, dachte der Richter. Das Schluchzen drängte heraus, er hörte einen gequälten Ton, und dann kam der Fluß der Tränen.

»Ist schon gut, Timmy«, sagte Nina Coffey, »komm, wir machen eine Pause.«

Mitten hinein in das Scharren der Stühle und das Geräusch der Schritte auf dem Boden sprach Ambrose die überflüssige Bemerkung: »Das Protokoll verzeichnet an dieser Stelle eine Unterbrechung.«

Dann gab es wieder ein Klicken, und die Aufnahme ging weiter. »Wir setzen jetzt die Vernehmung fort; es ist sechs Minuten nach elf«, sagte die Stenographin.

Ambrose sagte: »Timmy, es tut mir leid, daß ich so viele Fragen stellen muß.«

»Das geht schon in Ordnung«, sagte die kleine Stimme. Es war keine Überzeugung darin zu spüren.

»Du warst also im Haus des Anwalts. Sie waren unterschiedlicher Meinung, stimmt's?«

»Er sagte ihr, sie sollte zur Polizei gehen. Mona sagte, sie wollte mich nur an einen Ort bringen, wo ich in Sicherheit bin. Sie haben lange geredet, und dann bin ich eingeschlafen.«

»Was war, als du wieder aufgewacht bist?«

»Der Anwalt, also Dennis, er hat am Telefon geredet. Ich konnte nicht hören, was er sagte. Dann hat er eingehängt, und er und Mona haben wieder ziemlich lange geredet. Er hat ihr Geld gegeben. Er hatte viel Geld in den Büchern auf dem Regal und auch welches in seinen Taschen. Das hat er ihr auch gegeben.«

»Und dann?«

»Dann hat das Telefon geklingelt, und Dennis hat abgenommen und mit jemandem geredet. Dann sind wir alle ins Auto gestiegen, und Dennis war am Steuer. Dieses Mal sind wir die ganze Nacht gefahren und den ganzen nächsten Tag, beinahe. Dann waren wir vor dem Haus von Jane.«

»Wie lautet ihr vollständiger Name?«

»Weiß ich nicht.«

»Wo wohnt sie?«

»Weiß ich nicht.«

»Erzähl mir mehr über sie.«

»Wir sind in ihr Haus gegangen. Sie hat uns oben in ein Zimmer gebracht, und wir haben uns schlafen gelegt. Als ich wieder wach war, machte sie uns Frühstück. Mona war schon vorher wach.«

»Ich meinte: mehr über Jane. Wie sah sie aus?«

»Ich hatte Angst vor ihr, zuerst jedenfalls.«

»Warum?«

»Sie war riesig und dürr und hatte langes, schwarzes Haar, und es kam mir vor, als könnte sie anderen Menschen mit den Augen zuhören.«

Ambrose legte eine Pause ein. »Ich verstehe. Was machte sie dann?«

»Sie und Mona haben eine ganze Weile geredet. Dann habe ich gehört, wie sie sagte, sie könnte uns verschwinden lassen.«

»Kam sie dir deshalb so unheimlich vor?«

»Nein. Vielleicht doch.«

»Wie lang seid ihr bei Jane geblieben?«

»Ziemlich lange. Ich glaube, Mona sagte was von drei Wochen, aber ich dachte, es dauerte ein Jahr. Dann sind wir alle in ihren Wagen gestiegen, und sie hat uns nach Chicago gefahren.«

»Was tat sie dort?«

»Sie ist da einen Tag oder zwei geblieben, und dann bin ich eines Morgens aufgewacht, und sie war weg.«

»War Mona davon überrascht?«

»Nein. Mona tat so, als ob das ganz normal war, und sie hat auch nicht mehr von ihr gesprochen. Mona und ich haben dann in Chicago gewohnt. Mona war Diana Johnson, und ich war ihr Sohn. Sie wollte, daß ich Andrew heiße, aber das gefiel mir nicht, und deshalb bin ich Tim geblieben.«

»Wie habt ihr so gelebt?«

»Wie andere Leute.«

»Ich meine: Hatte Mona einen Job, ging sie zur Arbeit?«

»Ja. Während ich in der Schule war.«

»Und in der Schule nannten sie dich Tim Johnson?«

»Ja.«

»Wo warst du denn zuerst?«

»Im Kindergarten. Ich war vorher schon im Kindergarten, und das war mein zweiter.«

»Jetzt bist du in der zweiten Klasse?«

»Ja.«

»Hattest du Angst in Chicago?«

»Am Anfang schon. Es war so ungewohnt. Ich hatte Angst, daß die bösen Männer auch Mona erwischen und ich dann ganz allein wäre. Aber nach einer Weile hatte ich ein paar Freunde, und ich habe mich an alles gewöhnt, und ich dachte nicht mehr viel an das alles. Manchmal war ich traurig.«

»Und Mona gab zwei Jahre lang vor, deine Mutter zu sein?«

»Ich glaube schon.«

»Was tat sie sonst noch? Traf sie sich mit Leuten, die du noch aus Washington kanntest?«

»Nein. Sie hat nur viel telefoniert.«

»Mit wem? Mit Jane?«

»Nein. Mit Dennis.«

»Hast du je gehört, was sie dabei sagte?«

»Ab und zu, aber das war ja eigentlich nicht in Ordnung. Sie ging dann meistens ins Schlafzimmer und redete von dort aus mit ihm. Manchmal hat sie mir dann erzählt, was sie mit ihm geredet hat.«

»Dann aber, vor etwas mehr als einer Woche, war plötzlich alles anders, nicht wahr?«

»Ja. Alles.«

»Du hast herausgefunden, wer du in Wirklichkeit bist, richtig?«

»Ja.«

»Entschuldigen Sie, Mr. Ambrose.« Das war wieder Schoenfelds sonore Stimme. »Vielleicht sollten wir von hier an Timmy besser mit seinen eigenen Worten erzählen lassen, was geschah. Ich bin überzeugt, Sie haben mit der Vorbereitung bis hierher hervorragende Arbeit geleistet, aber jetzt begeben wir uns auf ein neues Terrain, und ich hätte keine Einwände dagegen, daß Mr. Phillips völlig frei spricht und uns mitteilt, was immer er uns mitzuteilen wünscht, solange es uns bei der kommenden Anklageerhebung weiterhilft.« Natürlich hatte er keine Einwände, dachte der Richter. Schoenfeld konnte sich diese Großzügigkeit leisten. Er hatte schon zu Beginn feststellen lassen, daß Timmy Mr. Phillips war, und alles, was jetzt noch irgend jemand aussagen oder anstellen mochte, hatte für Schoenfeld keinerlei Bedeutung.

»Ich danke Ihnen«, sagte Ambrose. »Timmy, erzähl uns, was dann geschah.«

»Ich kam von der Schule heim, und Mona war da und Dennis auch, der Anwalt, und Jane auch. Dennis sagte, er hat zwei Jahre lang herauszukriegen versucht, warum jemand meinen Eltern und mir schaden wollte, und jetzt wußte er es.«

»Das war noch in Chicago?«

»Ja«, sagte Timmy, »er sagte mir, als meine Mutter tot war, hatten sie da so spezielle Ärzte, und die untersuchten sie, und sie war nie in einem Krankenhaus, um ein Baby zu kriegen. Er sagte, er hat sich eine Kopie meiner Geburtsurkunde besorgt, die sie in meiner Schule hatten, und sie war nicht echt. Er sagte, ich bin nicht adoptiert worden. Sie haben sich nur selber eine Geburtsurkunde gemacht und dann gesagt, es ist meine. Er sagte, es gab einen Grund, warum sie das getan haben, weil sie mich nämlich sehr geliebt haben und sich immer schon einen kleinen Jungen wünschten.«

Der Richter hielt das Band an und spulte es ein Stück zurück, um sich die letzten Sätze noch einmal anzuhören. Eine solche Entschuldigung für die Entführung eines Kindes war schon ein verdammt starkes Stück. Trotz allem empfand er jedoch für Dennis Morgan eine gewisse Bewunderung. Nach dem, was er bis jetzt von dem Fall wußte, war dieser kleine Junge die nächsten fünfzig Jahre eine Goldgrube für jeden Psychiater. Es gab keinen Grund, die Sache noch schlimmer zu machen.

Das Band lief weiter. »Dann erzählte er dir von deinen anderen Eltern?«

»Ja. Von Mr. und Mrs. Phillips. Sie sind gestorben, als ich ein Jahr alt war.«

»Und deine Großmutter?«

»Von der wußte ich schon vorher, aber ich wußte nicht,

daß sie auch tot war wie meine Eltern. Sie war damals schon drei Jahre tot.«

»Hat dir Mr. Morgan auch erzählt, daß sie dir Geld hinterlassen hat?«

»Ja. Er sagte, daß sie, als Mr. und Mrs. Phillips gestorben sind, das ganze Geld der Familie in einen großen Topf gelegt und bestimmt hat, den sollte einmal ich allein bekommen. Und als ich weg war, hat sie einer Firma den Auftrag gegeben, auf das Geld aufzupassen und mich ewig suchen zu lassen.«

»Sagte sie dir auch, wie diese Firma hieß?«

»Die Treue Hand.«

Kramer konnte nur hoffen, daß Ambrose jetzt nicht einen achtjährigen Jungen durch das Dickicht einer ordnungsgemäßen Terminologie zerrte. Wie sollte das Kind etwas von Treuhändern und Testamentsvollstreckern verstehen?

»Und was geschah letzte Woche, als sich alles änderte? Hat er dir das auch erzählt?«

»Er sagte, daß die Treue Hand es satt hatte, mich zu suchen und zu warten, und sie wollten jetzt sagen, daß ich nicht mehr am Leben bin. Also hat er wieder Jane angerufen.«

»Diese Jane interessiert mich. Mona kann ich verstehen, sie war dein Kindermädchen, und sie hatte dich gern. Und der Rechtsanwalt, Mr. Morgan, war ein guter Freund von Mona, richtig?«

»Ja. Sie wollten eigentlich heiraten, aber dann sind diese Leute in unser Haus gekommen und haben meine Eltern erwischt. Dann konnten sie es nicht mehr, weil dann hätten sie uns gefunden. Deswegen hat er sich ja auch so angestrengt, um herauszufinden, wer ich in Wirklichkeit war, damit Mona wieder einfach Mona war und ihn heiraten konnte.«

»Aber warum tat Jane das alles? Kannte sie deine Eltern?«

»Nein. Mona mußte ihr beim erstenmal alles sagen, als wir in ihrem Haus waren. Mona dachte, meine Eltern arbeiten für die Regierung, und die Leute, die sie umgebracht haben, mußten dann irgendwelche Spione sein. Jane brauchte eine ganze Weile, bis sie herauskriegte, daß meine Eltern gar nicht für die Regierung gearbeitet haben.«

»Dann war Jane wohl mit Mona befreundet?«

»Glaub' ich nicht. Dennis hat sie angerufen.«

Der Richter konnte geradezu hören, was der FBI-Agent in diesem Augenblick dachte. Er würde von nun an damit Karriere machen, daß er die ganze Angelegenheit aufklärte. Es war schließlich keine uninteressante Frage, wieso ein prominenter Verteidiger aus Washington die Telefonnummer einer Frau hatte, die Menschen verschwinden lassen konnte. Wahrscheinlich kämmten sie schon jetzt alle Akten von Morgans früheren Klienten durch, ob zufällig einer von ihnen auf ihren Suchlisten ganz oben stand.

Sogar Ambrose schien zu spüren, daß er hier einem ungewöhnlichen Wesen über den Weg gelaufen war. »Der Anwalt kannte sie?« fragte er. »Hat er sie dafür bezahlt?«

»Nein. Dennis sagte, er hat es versucht, aber sie wollte nicht, und sie sagte, wenn so viele Menschen mich gern hatten, dann müßte ich doch ein ganz toller Junge sein.«

»Hmmm ...«

Der Richter sah plötzlich den Staatsanwalt mit hochgezogenen Augenbrauen vor sich, wie er sie schon oft im Kreuzverhör gesehen hatte.

»Und hat jemand sonst noch irgend etwas über sie gesagt?«

»Dennis. Er sagte, wir müßten von jetzt an alles tun, was Jane uns sagt, und zwar ganz genau. Egal was jemand anderer sagt, wir sollten jetzt nur noch auf sie hören.«

»Also war sie der Boß.«

»Er sagte, daß er alles getan hat, was er konnte, damit er alles herauskriegt, aber daß es nur einen Ausweg gab für uns: Wir sollten zu einem Richter gehen, einfach alle überraschen, und dann sagen, wer ich bin. Er sagte, die bösen Männer wissen, daß ich noch am Leben bin, und sie warten bloß darauf, daß ich selber im Gericht erscheine. Aber Jane wußte, wie wir an denen vorbeikommen.«

»Dann seid ihr alle nach Kalifornien geflogen?«

»Nein. Jane sagte, wir müssen die ganze Strecke mit dem Auto fahren, sonst sehen uns die Männer vielleicht. Jeden Tag haben wir ein anderes Auto genommen. Sie ging in ein Büro, wo man Autos verleiht, dann ist sie den ganzen Tag gefahren, und dann hat sie den Wagen stehengelassen und einen neuen gemietet. Und dann waren wir in Kalifornien.«

»Und was dann? Seid ihr in ein Hotel gegangen?«

»Nein. Jane sagte, wenn die Männer hinter mir her sind, dann beobachten sie todsicher die Hotels, die nahe beim Gericht sind, weil sie sich denken, daß wir bestimmt da sind. Also sind wir direkt zum Gericht gefahren.«

»Um welche Uhrzeit war das?«

»Irgendwann abends, so zur Essenszeit. Jane hat eine Bürotür aufgeschlossen, und da sind wir dann die Nacht dringeblieben. Ich bin auf einer Couch eingeschlafen.«

»Und als du wieder aufgewacht bist?«

»Ich hörte Dennis hereinkommen. Er war vorher allein irgendwo anders im Haus. Er sagte, die anderen haben uns reingelegt, und wir müssen jetzt in ein ganz anderes Haus gehen. Da sind wir dann rausgerannt und zum Wagen und weitergefahren. Jane sagte unterwegs noch, daß da irgend etwas nicht stimmte.«

»Was sagte sie sonst noch?«

»Sie fragte Dennis, ob wir das Ganze nicht anders machen können, ob wir uns wirklich im Gericht zeigen müssen, ob wir nicht einfach anrufen und eine spätere Verhandlung verlangen könnten oder so etwas. Er sagte, er weiß nicht mehr, wer es ehrlich mit uns meint und wer nicht. Mit einem Telefonanruf könnten wir die Verhandlung natürlich aufhalten, aber dann wüßten die Männer, daß ich mit Sicherheit da erscheinen würde. Dann sagte er, wenn sie dem Richter irgendwas vorschwindeln, dann könnten sie was gegen uns unternehmen an dem Tag, jetzt gleich. Ich weiß nicht, was. Jane ist dann eine lange Zeit weitergefahren, aber sie sagte nichts mehr. Dann sagte sie: ›Kriegen wir irgendwie heraus, wie es in dem Gebäude aussieht?‹«

»Was meinte sie damit?«

»Sie sagte: ›Wir müssen uns einschleichen, ohne daß man uns sieht. Wenn Timmy der einzige kleine Junge unter all diesen Leuten ist, dann haben wir ein Problem.‹ Sie sagte auch etwas von Adoption und Sorgerecht.«

»Ich verstehe«, sagte Ambrose. »Und was hat Mr. Morgan geantwortet?«

»Wir haben an einer Telefonzelle gehalten und er hat eine Nummer rausgesucht und telefoniert. Dann kam er zurück und ist eingestiegen, und Jane sollte rüberrutschen, weil er fahren wollte. Er sagte, er und Mona würden sich jetzt scheiden lassen, obwohl sie noch gar nicht verheiratet waren, und Jane sollte seinen Aktenkoffer tragen, als wenn sie seine Anwältin wäre. Aber wir sollten statt dessen zum Gerichtssaal Nummer 22 gehen, im fünften Stock.«

»Und Jane war einverstanden?«

»Zuerst schon. Aber dann waren wir schon fast am Gericht, und Jane sagte, daß uns zwei Männer in einem Auto hinterherfahren. Sie kamen immer näher, immer schneller, und plötzlich haben sie uns überholt, und dann waren sie vor uns und sind immer wieder mit unserem Auto zusammengestoßen.«

»Was machte Mr. Morgan dann?«

»Er wurde ganz nervös, und er wollte schneller fahren und das Auto geradehalten. Jane sagte zu ihm: ›Also was ist jetzt?‹, und er sagte: ›Ich kann ihn und Mona nicht reinbringen ins Gerichtsgebäude. Die wollen mich.‹ Er hatte Angst. Er sah so blaß aus und schwitzte, als wäre er krank.«

»Und Jane?«

»Sie war ganz ruhig. Er ist dann auf den Parkplatz gefahren und hat angehalten. Mona hat ihn geküßt, und Jane hat mich aus dem Auto geschubst, und dann sind wir losgerannt.«

»Hast du gesehen, was Mr. Morgan machte, nachdem ihr aus dem Wagen ausgestiegen seid?«

»Ich habe so einen lauten Knall gehört und mich umgesehen, und ich glaube, er ist rückwärts in das Auto der Männer reingefahren. Einer von ihnen ist rausgesprungen und hat ihn geschlagen. Er wollte zurückschlagen, aber er war nicht sehr gut. Der andere Mann ist dann auch ausgestiegen und kam hinter uns hergerannt, und Dennis wollte sich ihm in den Weg stellen, aber der Mann gab ihm einen Fußtritt, und der erste packte ihn am Hals. Dann habe ich nichts mehr gesehen, weil Jane und Mona und ich weggerannt sind. Ich bin gestolpert, aber Jane hat meine Hand festgehalten, und so bin ich nicht hingefallen. Dann sind wir die Treppe raufgerannt.«

»Versuchte jemand, euch aufzuhalten?«

»Auf der anderen Seite der Glastür war ein Mann, der hat uns sofort gesehen und den Fuß gegen die Tür gestemmt, damit sie nicht aufgeht. Aber Jane war nicht zu bremsen. Sie hat mich losgelassen und ist mit der Schulter gegen die Tür gerannt, dann hat sie ihre Tasche reingesteckt, als die Tür ein bißchen aufging. Der Mann hat den Arm ausgestreckt, weil er die Tasche rausziehen wollte, aber als sein Arm da war, hat sie die Tasche am Riemen rausgezogen, und er hat sich den Arm in der Tür eingeklemmt. Dann hat er am Türgriff gezogen, damit er seinen Arm wieder rauskriegt, und da hat sie ihm die Tür ins Gesicht geschoben, und wir sind reingerannt.«

»War sonst noch jemand da?«

»Am Lift waren auch Männer, und sie kamen gleich hinter uns her. Wir sind die Treppen raufgerannt. Ich habe vier Treppen gezählt, aber dann waren wir an einer Tür mit einer Zwei drauf. Wir sind da rein, und als wir am Lift vorbeikamen, hat Jane auf einen Knopf gedrückt und ist zu einer anderen Treppe gerannt, und dann waren wir im dritten Stock. Dann kamen wir in den vierten Stock, und da haben wir gehört, wie unter uns eine Tür aufging und gegen die Wand geknallt ist, und dann rannten ein paar Männer hinter uns her. Mona war schon ganz außer Atem, und sie hat auch geweint. Auf dem nächsten Treppenabsatz hat sie mich am Arm gefaßt und gesagt: ›Hier steige ich aus. Lauf weiter. Ich liebe dich, Timmy.‹«

»Und was sagte Jane?«

»Nichts. Sie hat sie bloß angeschaut, und dann rannten wir rauf in den fünften Stock. Als wir oben waren, habe ich mich umgeschaut und Mona auf den Stufen gesehen. Sie hat sich mit beiden Händen am Geländer festgehalten und den Männern einen Fußtritt nach dem andern verpaßt. Dann habe ich gesehen, wie einer die Arme vorgestreckt hat, als ob er sie irgendwie umarmen wollte. Aber in dem Moment ging genau vor uns die Tür auf, wo eine Fünf draufstand. Es war einer von den Männern am Lift vorher. Er sah überrascht aus, und Jane hat ihm einfach einen Schlag verpaßt und ist weitergerannt.«

»Hat sie ihn am Kinn getroffen?« Wieder sah der Richter Ambrose vor sich, wie er seine Augenbrauen hob.

»Nein. Hinten am Hals. Dann waren wir also im fünften Stock, und wir rannten den langen Gang entlang. An der

Ecke habe ich gesehen, daß da ›20 – 30‹ an die Wand gemalt war, mit einem Pfeil nach links, aber da ging die Tür hinter uns wieder auf, und drei große Männer kamen hinter uns her. Jane hat mich um die Ecke gezogen und gesagt: ›Lauf zu dem Zimmer, wo 22 dransteht. Laß dich von niemand aufhalten, bis du ganz vorn bist, wo der Richter sitzt, und dann schreist du laut: Ich bin Timothy Phillips.‹ Ich wollte noch was sagen, aber sie sagte: ›Jetzt red nicht. Lauf!‹«

Der Richter drückte die Stoptaste und blickte nachdenklich durch den dunklen Raum. Er war gerade auf seinem Platz auf der Richterbank, als der kleine Junge in den Saal gestürzt kam und schreiend durch den Mittelgang zu ihm rannte. Ein Gerichtsdiener hatte den durchaus nicht ungeschickten Versuch unternommen, den Jungen aufzuhalten, aber er kam bis zur Richterbank, berührte sie sogar mit der Hand und rief laut: »Ich bin Tim Phillips.« Was draußen auf dem Gang geschehen war, hatte der Richter erst später von den Polizisten erfahren, die aus den nächstliegenden Gerichtssälen herausgelaufen waren, um die Ordnung wiederherzustellen.

Kramer drückte den Knopf der Gegensprechanlage.

»Ja, Richter Kramer?« hörte er die Stimme seiner Sekretärin.

»Wo wird die Frau festgehalten, diese ›Jane‹?«

»Ich glaube, man hat sie zur Behandlung ins Bezirkskrankenhaus gebracht. Ich kann sofort herausfinden, ob sie inzwischen im Gefängnis ist.«

»Nein«, sagte Kramer. »Rufen Sie einfach das Revier an und sagen Sie ihnen, ich möchte sie sehen.«

»Brauchen Sie einen Besprechungsraum im Gefängnis?«

»Sie sollen sie hierher bringen.«

Der Polizist war groß und schlaksig, die Polizistin klein und blond, die Haare nach hinten gekämmt und hochgesteckt auf die Art, die nur Polizistinnen beherrschten. Schon seit längerem gab es zur Begleitung weiblicher Gefangener nicht mehr ausschließlich Männer, also war das dem Richter eigentlich nichts Neues, aber immer noch kamen ihm diese Zweierteams wie Ehepaare von einem anderen Stern vor, nur daß sie Uniform trugen. Sie führten die Gefangene in sein Büro. Als ein Streifen Helligkeit auf ihr Gesicht fiel, spürte er, wie ihm der Atem stockte. Er hatte sich nie an diesen Anblick gewöhnen können, an das Gesicht einer jungen Frau voller Wunden und Schnitte und blaugeschlagenen Augen. Er versuchte, daran vorbeizuschauen.

Sie war nicht ganz so, wie man sie auf dem Tonband beschrieben hatte. Sie war groß, so groß wie er im Stehen, und diese Einschätzung sagte ihm intuitiv, daß es wahrscheinlich besser war, nicht aufzustehen, und so blieb er hinter seinem großen Schreibtisch sitzen. Ihr Haar war schwarz und hing ihr offen bis zu den Schulterblättern herab, aber vermutlich trug sie es sonst nicht so; sie hatten es ihr ausgekämmt, weil sie die Haare von Frauen immer nach irgend etwas durchsuchten. Er sah, daß Timmys Beschreibung nicht falsch war, allenfalls ungeschickt formuliert. Diese Frau hatte jene seltsame, kantige Schönheit, die er für das typische Aussehen von Models hielt: eine beeindruckende Schönheit, aber geometrisch und kühl. Der Geschmack des Richters ging eher in eine andere Richtung, zu Frauen, die wie seine verstorbene Ehefrau oder die kleine Polizistin rund und weich und warm aussahen. Die Hände hatte man der Frau mit Handschellen gefesselt, und zwar vorne, nicht hinten, was bedeutete, daß man in ihrem Fall nicht alle Vorsichtsmaßnahmen für nötig hielt; trotzdem waren die Begleiter auf der Hut: Die Polizistin hatte sie mit der Hand am linken Ellbogen gefaßt, und ihr Kollege stand einen Schritt rechts hinter ihr und ließ zwischen ihnen gerade so viel Raum, daß er im Notfall mit dem Knüppel zuschlagen konnte.

Kramer sagte: »Vielen Dank. Draußen im Büro gibt es Kaffee, und im Eisschrank unter dem Wasserkühler haben wir auch Softdrinks. In ungefähr fünfzehn Minuten bin ich mit der Inhaftierten fertig.«

Die Polizistin sagte: »Euer Ehren, wir sollten vielleicht erwähnen, ...«

Er unterbrach sie: »Ich weiß. Ich habe mit dem Beamten gesprochen, der die Festnahme vorgenommen hat. Hat sie, seitdem sie in Haft ist, irgend jemand angegriffen?«

»Nein.«

»Dann riskiere ich es.«

Die Gefangene streckte ihre Hände vor, und der Polizist schloß die Handschellen auf, nahm sie ihr ab und sagte zu niemandem im besonderen: »Wir sind gleich nebenan.«

Nachdem sie die Tür hinter sich zugezogen hatten, sagte Kramer zu ihr: »Nehmen Sie bitte Platz.«

Die Frau setzte sich auf den Stuhl vor dem Schreibtisch.

Kramer suchte nach dem passenden Eröffnungswort, das dieses Schweigen beenden konnte. »Wenn ich recht informiert bin, gehören Sie zu den Menschen, die mich mit einem Bleistift töten können.«

Sie sagte nur: »Wenn das stimmt, brauche ich keinen Bleistift.« Sie schaute auf das Tonbandgerät auf dem Tisch. »Läuft das mit?«

Er sagte: »Ich kann Ihnen versichern, daß von dieser Unterhaltung kein Protokoll aufgenommen wird. Ich habe mir nur eben die Aussage von Timothy Phillips angehört und bin zu dem Ergebnis gekommen, daß Sie der einzige Mensch sind, der mir ein paar offengebliebene Fragen beantworten kann. Mona Turley und Dennis Morgan sind tot.«

Sie behielt ihn im Auge und nickte schweigend.

»Was wissen Sie über die Situation des Kindes?«

»Wer sind Sie? Warum sind Sie es, der hier Fragen stellt?«

Seine Augen weiteten sich unwillkürlich, als hätte ihm jemand ein Glas Wasser ins Gesicht geschüttet. »Ich bitte um Entschuldigung«, sagte er, »selbst wenn man nur ein paar Jahre lang Richter war, ist man daran gewöhnt, der einzige im Raum zu sein, dessen Anwesenheit sich von allein versteht. Ich heiße John Kramer. Ich bin der Richter, der im Gerichtssaal 22 gerade den Vorsitz hatte. Wir waren noch nicht bei der gesetzlichen Todeserklärung für Timothy Phillips angekommen, als er plötzlich hereinrannte und meine Verhandlung unterbrochen hat. Im Augenblick ist die Sache noch nicht entschieden, und ich habe es dabei belassen.«

»Warum?«

»Erst einmal mußte ich eine Verhandlungspause einlegen, während die Beamten Sie wegbrachten. Und dann mußte ich das Ganze eine knappe Woche vertagen, um den Behörden ausreichend Zeit zu lassen, Timothys Behauptung zu überprüfen. Komischerweise soll ich jedoch in ein, zwei Tagen einen neuen Termin ansetzen, damit die Antragsteller Gelegenheit haben, den Anspruch zurückzuweisen – Fingerabdrücke, Blutgruppentest und das alles. Danach muß ich zu einem Urteil kommen.«

»Entscheiden damit auch Sie, was hinterher mit ihm geschieht?«

Er schüttelte den Kopf. »Nicht direkt. Gegenwärtig ist er in der Obhut eines wahren Schutzengels vom Bezirksjugendamt, bei Nina Coffey. Nach einer gewissen Zeit kommen dann die Strafanzeigen zur Verhandlung – nicht wenige vermutlich. Dann die Verhandlung vor dem Familiengericht, das entscheiden muß, wer mit der Vormundschaft über Timmy betraut wird. Dann wohl eine Zivilsache, um die Verfügungsgewalt über das Treuhandvermögen zu regeln. Einige dieser Vorgänge kann ich ein wenig steuern, falls ich die volle Wahrheit herausfinde und zu den Akten gebe, so daß man sie berücksichtigen muß. Ich frage Sie, was Sie wissen, weil ich nicht viel Zeit habe und wissen muß, wo ich anfangen soll. Wenn ich über den Antrag, der jetzt ansteht, entschieden habe, habe ich die Sache nicht mehr in der Hand.«

»Ist das alles noch legal?«

»Was ich hier tue, ist derart im Widerspruch zum gesetzlichen Verfahren, daß es nicht einmal eine Bezeichnung dafür gibt.«

Sie setzte sich auf ihrem Stuhl gerade hin und erwiderte, während sie nachdachte, seinen Blick mit bewegungslosen Augen. »Seine Großmutter war sein Vormund, weil die Eltern bei einem Autounfall ums Leben gekommen waren. Sie war schon alt damals, um die Achtzig. Sie beauftragte irgend jemanden, auf ihn aufzupassen, aber der kümmerte sich nicht um ihn. An dieser Stelle traten Raymond und Emily Decker auf, und der Junge verschwand. Ich kann wirklich nicht sagen, was dabei in ihnen vorging: Vielleicht waren sie Kidnapper, die ihn schon seit seiner Geburt verfolgt hatten, oder sie waren eines dieser halbverrückten Ehepaare, die sich ihre eigene Welt zurechtzimmern, ganz ohne die Fakten, die sie eigentlich klar sehen müßten. Wenn man die alten Zeitungsberichte nachliest, hört es sich an, als hätten sie ihn womöglich gefunden, wie er ziellos in einem einsamen Parkgelände herumirrt, und sie nehmen ihn mit und reden sich ein, daß er es bei ihnen besser hat als bei irgend jemand anderem, der einen Zweijährigen so verloren herumlaufen läßt. Ich habe versucht, es herauszufinden, ebenso Mona und Dennis, aber alles, was wir bekamen, war ein Haufen Widersprüche.«

»Widersprüche welcher Art?«

»Timmy sagt, sie hätten seiner Großmutter Fotos von ihm geschickt, entweder welche, auf denen er eine Zeitung in Händen hält, oder welche mit Fingerabdrücken drauf. Er weiß nicht, was in den Briefen stand. Wenn die beiden Deckers wußten, wohin sie die Briefe zu schicken hatten, dann wußten sie auch, wer er war. Aber ich kann nicht sagen, ob es nun eine ausgesprochene Lösegeldforderung war oder ob sie ihn vor dem Gesetz am Leben halten wollten, damit er bei Volljährigkeit seine Erbschaft beanspruchen kann, oder ob sie einfach nett sein wollten zu einer alten Dame und ihr sagten, daß es ihrem Enkel gutgeht.«

»Was wissen Sie über die Großmutter?«

»Nach dem, was Dennis sagte, hatte die Polizei die Suche eingestellt. Das heißt, sie haben die Briefe nie gesehen. Die Oma jedoch suchte weiter nach ihm, also hat sie die Briefe vermutlich bekommen. Sie muß angenommen haben, er würde schon irgendwann einmal auftauchen, da sie das gesamte Geld der Familie zu einem Treuhandvermögen für ihn machte und eine Holding namens Hoffen-Bayne als Treuhänder benannte. Vor ein paar Jahren ist sie gestorben.«

»Vor oder nach Raymond und Emily Decker?«

»Vorher. Aber ich hab's nicht so mit Jahresdaten und Adressen. Ich bin sicher, wenn es nicht in der Akte auf Ihrem Tisch steht, dann im nächsten Ordner. Auf jeden Fall glaube ich nicht, daß sie jemand angeheuert hat, ihren Enkel umzubringen.«

»Sie sind im Augenblick meine einzige Informationsquelle. Wer hat die beiden getötet?«

»Ich weiß es nicht.« – »Wer, glauben Sie, hat sie getötet?«

»Als jemand die Deckers umbrachte, nahm er auch alle Habseligkeiten Timmys mit, jedes Foto von ihm, einen Haufen Papiere. Wenn man jemanden sucht, braucht man ein Foto. Aber sie haben auch alle Spielsachen mitgenommen, seine Kleider, alles. Das ist ein ordentliches Stück Arbeit. Der einzige Grund, den ich mir denken kann, ist: Sie wollten die Tatsache, daß er noch lebt, aus der Welt schaffen – daß da jemals ein kleiner Junge gewohnt hatte. Vielleicht haben sie ja auch beim Abwischen ihrer eigenen Fingerabdrücke so gründlich gearbeitet, daß sie ganz logisch auch seine verschwinden ließen. Aber das bezweifle ich.«

»Wer würde so etwas tun wollen?«

Sie zögerte, und er konnte sehen, wie sie sich darauf einstellte, daß er ihr das folgende nicht glaubte. »Was ich Ihnen jetzt sage, weiß ich nicht aus eigener Anschauung. Es ist lediglich das, was Dennis mir gesagt hat. Diese Gesellschaft, Hoffen-Bayne, hatte ein Vermögen in der Größenordnung von hundert Millionen Dollar zu verwalten. Sie selbst erhielten dafür eine Kommission von mindestens zwei Prozent im Jahr, also zwei Millionen. Sie konnten Geld auch investieren, wo und wie es ihnen paßte, und damit hatten sie Macht. Es gibt nicht wenige mittelgroße Unternehmen, die man mit solchen Investitionen beherrschen kann. Solange Timmy unauffindbar blieb, ging dieses Treuhandgeschäft immer weiter. Sie sind doch Richter: Sagen Sie mir, was passiert, wenn Timmy plötzlich hier in Kalifornien auftaucht?«

»Das Gericht würde – nein: wird einen Vormund bestellen und in diesem Fall wohl auch einen Vermögensverwalter, wenn die Erbschaft so hoch ist, wie Sie sagen.«

»Und das wäre nicht Hoffen-Bayne?«

»Wir beauftragen keine Holdings mit der Erziehung von Kindern, auch nicht mit der Wirtschaftsprüfung ihrer eigenen Geschäfte.«

»Dann wären also die Macht und das Geld in Gefahr?«

»Sicherlich wäre dann die Entscheidungsbefugnis zumindest geteilt.«

»Und sie haben versucht, ihn für tot erklären zu lassen.«

»Das ist eine gesetzlich mögliche Erleichterung. Es entlastet sie von der Verantwortung, weiter nach ihm suchen zu müssen, und schützt sie zudem noch, falls irgend jemand später einmal kommt und wissen möchte, warum sie immer noch das Vermögen eines Kunden verwalten, der sich sieben Jahre nicht hat sehen lassen.«

»Demnach wäre es eine noch größere Erleichterung für sie, wenn er wirklich tot wäre. Dann müßten sie nicht mal mehr vor Gericht.«

»Einen Antrag zu stellen ist nicht ganz dasselbe, wie Killer anzuheuern, die einen Sechsjährigen jagen und umbringen sollen.«

»Vielleicht. Ich glaube, das Einreichen des Antrags war eine Falle. Ich glaube, Dennis stocherte in allen möglichen Dingen herum, und irgend jemandem fiel das auf. Es ist nicht allzu schwer, über andere Menschen herauszufinden, was man wissen will; der Trick ist, sie nicht merken zu lassen, daß man es tut. Dennis war ein angesehener Anwalt, aber Recherchen dieser Art waren nicht sein Fall; Anwälte engagieren andere Leute für diese Sorte Arbeit. Ich glaube, sie haben sich gedacht, wenn sich da plötzlich ein Anwalt aus Washington so interessiert zeigt, dann müßte Timmy über kurz oder lang auftauchen.«

»Und Sie – Sie alle – sind in diese Falle gegangen?«

»Ja.« Sie stand auf. »Sie haben mich gefragt, was ich denke, damit Sie wissen, wo Sie anfangen sollen. Ich habe es Ihnen gesagt. Dennis hat niemanden gefunden, der von Timmys Tod profitieren konnte – außer Hoffen-Bayne. Keinerlei andere Ansprüche auf das Vermögen, etwa verärgerte Verwandte. Niemand hat in all den Jahren, als Timmy verschwunden war, versucht, das Testament anzufechten. Aber ich weiß nicht, was Dennis vielleicht falsch und was er richtig verstanden hat, und ich kann nichts davon beweisen. Ich habe nur gesehen, wie die Polizisten den vier Männern im Gerichtsgebäude Handschellen anlegten, und es gibt ganz sicher keinen schriftlichen Beweis, daß sie mit Hoffen-Bayne etwas zu tun haben. Ich weiß nur, daß ich ihnen noch nie vorher begegnet bin, also haben sie auch nicht mich wiedererkannt. Sie haben Timmy gesehen.« Sie machte einen Schritt auf die Tür zu. »Passen Sie gut auf ihn auf.«

Der Richter sagte: »Und dann hätten wir auch noch Sie.« Er beobachtete, wie sie stehenblieb und sich zu ihm umdrehte. »Wer sind Sie?« – »Jane Whitefield.«

»Ich meine, was ist Ihr Interesse an der Sache?«

»Dennis Morgan hat mich gebeten, Timmys Leben zu schützen. Das habe ich getan. Das haben wir alle getan.«

»Was sind Sie? Privatdetektivin, Leibwächterin?«

»Ich bin ein Lotse.«

»Was für ein Lotse?«

»Ich zeige Menschen, wie sie von einem Ort, wo jemand sie umbringen will, zu einem anderen Ort kommen, wo es nicht so jemanden gibt.«

»Welche Bezahlung erhalten Sie dafür?«

»Manchmal schenken mir die Menschen etwas. Ich führe die Geschenke in meiner Einkommensteuererklärung auf. Es gibt eine speziell auszufüllende Zeile dafür.«

»Hat Ihnen jemand für diesen Job etwas geschenkt?«

»Wenn man versagt hat, ist keiner mehr da, der einem dankt. Meine Kunden sind tot.« Nach einer kurzen Pause fügte sie hinzu: »Von Kindern nehme ich kein Geld, nicht mal von reichen Kindern.«

»Haben Sie in Ihrer Eigenschaft als ›Lotse‹ schon vorher einmal für Dennis Morgan gearbeitet?«

»Ich habe ihn nie gesehen, bevor er mich anrief. Er war ein Freund eines Freundes.«

»Sie – Sie alle drei – sind in diese Sache eingestiegen, obwohl Sie wußten, daß jeder in der Nähe dieses kleinen Jungen umgebracht werden konnte?«

Sie sah ihn an, als versuchte sie herauszufinden, ob er tatsächlich intelligent war oder nicht. Schließlich sagte sie: »Ein unschuldiger kleiner Junge soll sterben. Entweder sind Sie jemand, der ihm hilft, oder Sie sind es nicht. Für den Rest Ihres Lebens werden Sie jemand sein, der ihm geholfen hat, oder jemand, der es nicht getan hat.«

Der Richter senkte den Blick und sah einige Sekunden lang nur auf die Schreibtischfläche, das Gesicht im Dunkel der späten Schatten. Als er aufblickte, verhärtete sich seine Miene. »Sie sind eine Kriminelle. Unser System haßt Leute wie Sie. Es besitzt spezielle Zähne, die nur dafür da sind, Sie zu zermalmen.«

Während sie ihn ansah, konnte sie beobachten, wie sein Gesicht zu einer Totenmaske erstarrte. Er drückte die Taste der Gegensprechanlage. »Sagen Sie den beiden Beamten, sie sollen hereinkommen.« Er fing zu schreiben an und füllte ein Formblatt auf seinem Schreibtisch aus.

Die beiden Beamten rissen hastig die Tür auf und betraten das Büro. Der Polizist hatte seine Hand locker am Gürtel, auf dem Griff seines Knüppels.

Der Richter sagte: »Jetzt habe ich das endlich aufgeklärt. Ihr richtiger Name ist Mahoney. Colleen Anne Mahoney. Sie wurde von vier Verdächtigen auf dem Weg zum Gericht tätlich angegriffen. Offenbar war es ein Fall von Personenverwechslung, denn mit dem Fall Phillips hat sie gar nichts zu tun. Ich schreibe Ihnen jetzt eine Entlassungsverfügung aus, und ich möchte, daß alle Aufzeichnungen und Protokolle, alle Fingerabdrücke, Fotografien und so weiter versiegelt – nein: vernichtet werden. Geben Sie mir Bescheid, wenn es erledigt ist.« Er übergab der Polizistin das Papier. »Ich möchte nicht den geringsten Grund für eine Dienstaufsichtsbeschwerde.«

»Wird gemacht, Richter«, sagte die Polizistin. Kramer hatte recht mit seiner intuitiven Einschätzung. Sie hatte wirklich ein hübsches kleines Lächeln.

Der Polizist hielt Jane Whitefield die Tür auf, aber dieses Mal wurde sie von keinem Arm geführt. Sie bewegte sich noch immer nicht. »Vielleicht sollten Sie diese Zähne mal nachsehen lassen.«

Er zuckte die Schultern. »Das System wurde nicht dazu erfunden, um über jede menschliche Tat Gericht zu halten. Manches schlüpft eben so durch.«

Sie sah ihn sekundenlang an, dann sagte sie ruhig und ohne Ironie: »Danke, Euer Ehren«, drehte sich um und verließ sein Büro.

2

Jane Whitefield fuhr mit dem Mietwagen ins Zentrum von Fairfax, vorbei an der High School, dem alten Lebensmittelladen und den kleinen Gemischtwarengeschäften, in denen man auch einen Koffer oder eine Stehlampe kaufen konnte, und bog dann hinter der Radiostation von CBS auf den heißen, asphaltierten Parkplatz am Farmers' Market, wo sie im kühlen Schatten zwischen zwei Reisebussen ein wenig vor der südkalifornischen Sonne geschützt war. Der Markt war belebt am Samstag, und sie brauchte einige Minuten, bis sie sich durch die vielen Kauflustigen hindurchgeschlängelt hatte und den Zooladen fand. Draußen vor dem Laden standen zwei Glaskästen, in denen kleine Welpen schliefen und arglos ihre weichen Bäuchlein sehen ließen.

Sie kaufte zwei einfache Vogelkäfige, die man auf einer Seite zum Reinigen öffnen konnte, und eine Kilotüte Vogelfutter mit Sonnenblumenkernen. Dann ging sie zurück über den Markt und in ein Handarbeitsgeschäft, das unter anderem Zubehör zum Auffädeln von Perlenketten verkaufte. Danach fuhr sie aus der Stadt hinaus nach Norden und auf die Hügel zu, hielt jedoch ein paar Querstraßen weiter an, als sie einen Secondhandshop sah, der so aussah, als hätte er die richtige Sorte Teddybären. Dann fuhr sie die kurvige Strecke oberhalb des Laurel Canyons in das San Fernando Valley hinunter und weiter durch die Ebene auf den Campus der California State University in Northridge. Sie war vor ein paar Jahren einmal hier vorbeigefahren und hatte ein genaues Bild in Erinnerung. Auf einem Universitätsgelände würde sie finden, was sie suchte.

Jane hatte so etwas seit Jahren nicht mehr getan, aber sie wußte genau, wie sie vorgehen mußte. Sie fuhr den fast menschenleeren Campus ab, bis sie eine lange Reihe von Eukalyptusbäumen fand, hinter denen ein Muster-Obstgarten lag. Sie stellte den Wagen hinter einer Art Laborgebäude ab, auf dem kleinen Parkplatz der Fakultät, und trug die Vogelkäfige unter die Eukalyptusbäume. Um diese Zeit waren anscheinend alle Studenten in der Bibliothek oder im Schlafsaal, und sie genoß bei dem, was sie zu tun hatte, den Luxus völliger Ruhe.

Sie öffnete an jedem Käfig die Seitenklappe und klemmte sie mit einem Zweig fest, der von den Bäumen gefallen war, nahm den Napf aus seiner Fassung an der Sitzstange und füllte ihn aus der Vogelfuttertüte, dann verband sie den Zweig und den Napf mit der dünnen Fädelschnur. Sie legte vorsichtig jeweils einen Stein auf die hochgeklappte Seitentür, so daß sie ruckartig herunterfallen mußte und dann geschlossen blieb. Sie streute eine Handvoll Futter über die Eukalyptusblätter, die den Boden vor den Käfigen wie ein Teppich bedeckten, und ging über den Campus spazieren. Sie vertraute ihrem guten Orientierungssinn, mit dem sie sich auch in der weitläufigen Anlage einer Universität zurechtfand, und gelangte zum Haus der Student Union, setzte sich am Rand der Terrasse in den Schatten eines breiten Sonnenschirms und bestellte ein Glas Zitronenlimonade.

Selbst zu dieser Jahreszeit kam ihr das südliche Kalifornien ausgetrocknet und wenig einladend vor. Die großen Rasenflächen vor öffentlichen Gebäuden wie hier waren immer noch ziemlich gelb und ausgedünnt nach den acht Monaten Sommer mit ihren Hitzeperioden von fast vierzig Grad. Dort, wo sie herkam, erzählten die Leute davon, daß es oft bis Mai nicht aufhörte zu schneien, und jedes Jahr fragten sie sich, ob das jetzt auch wieder so ein Schnee-Jahr würde. Als sie ihre Limonade ausgetrunken hatte, ging sie über den Campus zurück zu den Eukalyptusbäumen. Noch bevor sie um die Ecke des Laborgebäudes kam, hörte sie ein Kreischen und Flügelflattern, und sie dachte darüber nach, ob sich Vögel und Menschen unterschieden. Man konnte den Trick wiederholen, solange man wollte, jede neue Vogelgeneration flog in die Falle, als sei sie die erste auf der Welt. Vielleicht war da doch kein so großer Unterschied.

Sie näherte sich den Käfigen, aber das, was sie sah, hatte sie nicht erwartet. Ein Käfig stand noch genauso da wie vorher, und in dem zweiten waren gleich zwei große blaue Eichelhäher. Als sie davorstand, konnte sie sehen, daß der eine ein Männchen und der andere ein Weibchen war, etwas kleiner, mit einem stärkeren Braun auf dem Kopf und insgesamt nicht so dunkelblau. Dann beugte sie sich über den Käfig, und sofort gingen die Fragen los.

»Tschrie?« fragte das Männchen, »Tschrie?« das Weibchen und protestierte: »Tscheck! Tscheck! Tscheck!«

Sie sahen anders aus als die Vögel ihrer Heimat, aber sie waren flink und begierig zu überleben und so revierbewußt und kampflustig, daß sie sich vermutlich ohne zu zögern zusammen in einen Käfig gezwängt hatten. Zu dieser Jahreszeit hatten sie keine Jungen mehr zu füttern, und Jane fand es gut, daß die beiden schon ein Paar waren.

Sie schüttete noch etwas Futter hinzu, damit die Vögel beschäftigt waren, hob den Käfig auf, stellte ihn auf den Rücksitz des Wagens und legte eine Seidenbluse aus ihrem Koffer darüber.

Jane fuhr zum Bezirksamt und wischte sich die dicke Schminke ab, unter der sie die Wunden im Gesicht versteckt hatte, dann ging sie zu den Büros des Jugendamts. Die Menschen in diesen Räumen erledigten ihre Aufgaben so, daß man ihnen ansah, sie hatten längst alle Hoffnung aufgegeben und waren bereit, alles zu tun, was man von ihnen erwartete. Aber sie trotzdem machten weiter, in der Überzeugung, daß sie wenigstens einen gewissen Teil schaffen konnten, wenn sie sich nur richtig anstrengten. Auf jede Person, die hinter einem Schreibtisch saß, kamen zwei leere Schreibtische, so daß die Angestellten von einem Telefon zum andern hetzten, hier eine Akte auf einem Stoß ablegten, dort eine herausnahmen, wie Arbeiter, die in einer Fabrik mehrere Maschinen gleichzeitig zu bedienen hatten. Sie wartete eine Minute, dann sah sie, wie eine Frau ein Telefongespräch beendete und eine kurze Pause einlegte, um sich in einer Akte ein paar Notizen zu machen.

Jane trat näher. »Entschuldigen Sie«, sagte sie, »ich soll etwas für Nina Coffey abgeben.«

Die Augen der Frau gingen langsam nach oben über den Rand der Lesebrille und fixierten Jane; ihr Kopf, noch immer über die Papiere auf dem Schreibtisch gebeugt, bewegte sich nicht. Jane verstand plötzlich, daß man sie mit den unverheilten Narben in ihrem Gesicht hier für eine mißhandelte Mutter halten würde. »Was kann ich für Sie tun?«

»Das hier ist sein Teddybär«, sagte Jane, »Timmy Phillips hat ihn in meinem Wagen gelassen.« Die Frau ließ nicht erkennen, ob ihr der Name etwas sagte. Sie riß in der obersten Schreibtischschublade einen Klebezettel ab und setzte ihren Kugelschreiber an. »Buchstabieren Sie.«

»P – H – I – L – L – I – P – S. Ich wäre Ihnen dankbar, wenn Sie ihn ihr geben könnten, er ist nämlich wichtig für Timmy.« Jane reichte ihr den kleinen, abgegriffenen braunen Teddybär.

Die Frau richtete durch ihre Brillengläser ihren scharfen Blick auf den Bären. »Das sieht man«, sagte sie, »keine Angst. Ich gebe ihn ihr.«

»Danke«, sagte Jane warmherzig.

Das Telefon klingelte, und die Frau nahm den Hörer ab, hob aber den Zeigefinger, um Jane zu signalisieren, sie solle warten, doch Jane wandte sich bereits zum Gehen. Sie hörte noch, wie die Frau ihr nachrief: »Mrs. Phillips!«, aber da war sie schon durch die Tür.

Jane wartete an der Straße vor dem Parkhaus. Sie hatte sich schon vorher die für die Angestellten reservierten Stellplätze angesehen, und nun saß sie in ihrem Wagen am Straßenrand, von wo aus sie diese Plätze im Blick hatte.

Es dauerte nicht lang, bis sie die Frau sah, auf die sie wartete. Nina Coffey war etwa Mitte Vierzig, sehr schmächtig, mit roten Haaren, deren Farbe bereits durch leichte Grausträhnen abgeschwächt wurde. Jane konnte beobachten, daß sie wie aus Gewohnheit ihre Wagenschlüssel in der Faust hielt, und schloß daraus, daß diese Frau durch ihren Beruf einen genauen Blick besaß für die Welt, in der sie lebte. In der anderen Hand trug sie einen schweren Aktenkoffer und einen Teddybär.

Jane wartete noch, bis die Frau ihren Wagen angelassen hatte, an der Ausfahrt und dann auf der Straße war, dann erst scherte sie aus der Reihe der vor dem Gebäude parkenden Wagen aus. Sie folgte Nina Coffey in einiger Entfernung und ließ sich von zwei anderen überholen, damit sie sich nicht an den Anblick von Janes Wagen gewöhnte. Coffey, sichtlich ortskundig, bog ein paarmal ab, schwenkte dann aber unvermutet zur Seite und fuhr die Auffahrt zum Freeway hinauf. Jane war froh über die Wagen, die sie dazwischengelassen hatte, da sie ihr nun in aller Ruhe durch die unbekannte Stadt nachfahren konnte.

Sie fädelte sich in den Strom der Wagen ein und nahm dann die gleiche Spur wie Coffey, wobei sie wieder ein paar andere Wagen vor sich hereinließ. In einer leicht hügeligen Gegend, die den Straßenschildern nach in Pasadena lag, fuhr Coffey vom Freeway ab, und Jane mußte näher an sie heran. Anscheinend stand hier an jeder Kreuzung eine Ampel, und

Nina Coffey war eine aggressive Fahrerin, die mit großem Geschick immer die letzte Sekunde der Grünphase erwischte. Nach der dritten Kreuzung mußte Jane anhalten, während Coffey in der Ferne verschwand. Sie bog rechts ab, dann links, dann raste sie fünf Querstraßen durch ein ruhiges Wohnviertel ohne Ampeln, dann links, dann rechts und hatte Coffey wieder vor sich, drei Straßen weiter.

Schließlich kam Nina Coffey an eine Kreuzung, wo sie in der Linksabbiegerspur warten mußte, und Jane konnte zu ihr aufschließen. Vor einem schlichten Zwei-Etagen-Haus mit Klinkerfassade hielt Coffey an, aber Jane fuhr weiter. Im Vorbeifahren sah sie sich den Wagen an, der in der Einfahrt stand, und wußte, es war das richtige Haus. Der Wagen war natürlich ein Chevrolet und so langweilig blau wie eine Polizeiuniform.

Die Behörden hatten genau das getan, was Jane erwartet hatte. Sie schützten Timmy vor der Außenwelt – vor den Leuten, die ihn gern für tot erklärt hätten, vor Reportern, vor anderen, die jetzt sicher ihre Familienstammbäume durchgingen, um eine plötzliche Verwandtschaft mit Timmy festzustellen, vor allem ohne Ausnahme und ohne Kommentar. Sie hatten den Jungen, während sie noch die chaotische Angelegenheit zu klären versuchten, erst einmal im Haus eines Polizisten untergebracht.

Eine Viertelstunde lang fuhr sie das Viertel ab, um zu sehen, ob außer ihr noch jemand das Haus gefunden hatte. Nirgendwo entdeckte sie einen Wagen mit Köpfen darin, keine Nachbarhäuser mit zu vielen heruntergezogenen Sonnenblenden und keine männlichen Fußgänger zwischen zwanzig und fünfzig. Zufrieden mit diesem Ergebnis kam sie am Colorado Boulevard wieder heraus und fuhr noch zwei Straßen weiter, bevor sie den Platz gefunden hatten, wo sie den Wagen parken wollte.

Sie mußte über das Mäuerchen am Hinterhof klettern, hockte dann in dem niedrigen Betonschuppen, in dem der Motor für den Swimmingpool summte, und schaute durch das Fenster in der Rückwand des Hauses, bis sie Timmy sah. Er aß gerade mit zwei anderen Kindern in der Küche zu Abend, danach ging er über die mit einem Läufer ausgelegte

Treppe ins Obergeschoß. Dort wurde ein Licht angeschaltet, einige Minuten später war es wieder aus. Die beiden anderen Kinder aber, die kaum älter waren als Timmy, blieben unten. Sie vermutete, daß er noch immer nach Chicagoer Zeit lebte, wo es jetzt schon zwei Stunden später war. Die Sonne stand tief, als Jane sich entschieden hatte, wie sie es tun würde. Sie ging geräuschlos auf die Rückwand des Hauses zu. Im nächsten Augenblick war sie oben in dem Feigenbaum und auf dem Dach der Garage. Sie ging über das Garagendach bis zu einem Fenster im ersten Stock, machte in das Ende der Perlenschnur eine Schlaufe, steckte sie vorsichtig durch den Schlitz zwischen Fenster und Rahmen, und drehte sie zwischen ihren Fingern, bis die Schlinge den Riegelgriff erfaßte. Sie zog einmal kräftig daran, und der Riegel war offen. Leise schob sie das Fenster hoch und schlüpfte in den Korridor.

Als sie die Tür zu Timmys Schlafzimmer öffnete, lag er auf der Seite und sah sie ruhig an. In seinen milchkaffeebraunen Augen spiegelte sich Korridorlicht, das blonde Kinderhaar war zerzaust vom Hineinwühlen ins Kopfkissen. Jemand hatte ihm einen neuen Schlafanzug gekauft, auf dem Jagdflugzeuge im Luftkampf abgebildet waren, und er hatte immerhin sorgsam darauf geachtet, daß wenigstens die Beinlänge stimmte. Timmy hielt den Teddybär neben sich im Arm. »Jane?« sagte er.

»Hallo, Timmy«, flüsterte sie, »kannst du nicht schlafen?«

»Ich bin müde, aber es ist ja noch hell, und ich muß immer an sie denken. Mona und Dennis.«

»Ich dachte mir, du möchtest vielleicht zu ihrer Beerdigung gehen.« – »Ich wollte, aber sie lassen mich nicht.«

»Dann machen wir selber eine.«

Die Schatten der Bäume am Rand des weiten Friedhofs verschwammen schon in der Dämmerung, aber im Westen zeigte der Himmel ein rötliches Glühen. Jane hatte zwei große Gestecke aus weißen Rosen geschickt für den Fall, daß Timmy und sie erst im Dunkeln ankamen, aber sie brauchten die leuchtenden Blumen nicht. Es war noch immer so hell, daß sie die beiden frischen Gräber im leicht ansteigenden Gelände bald gefunden hatten.

Die Leichen von Dennis und Mona waren jetzt wohl auf dem Weg nach London und Washington zur Beerdigung, aber Jane hatte die Todesanzeigen der Zeitung durchgelesen und zwei Brüder gefunden, die bei einem Autounfall ums Leben gekommen waren und die man heute beerdigt hatte. Während sie den Hügel hinaufgingen, sagte Timmy: »Was machen wir jetzt?«

Jane zuckte die Schultern. »Wir können nur das machen, wovon wir etwas verstehen. Die Art Beerdigung, die ich am besten kenne, ist die, die ich erlebt habe, als meine Familie meinen Vater und meine Mutter und meine Großeltern begraben hat.«

Sie blieben am Fußende der Gräber stehen. Jane sagte: »Dabei haben wir dann immer einen guten Freund oder einen Verwandten gebeten, den Verstorbenen etwas zu sagen.«

»Aber wie?« – »Du redest einfach mit ihnen.«

Timmy faßte einen Moment lang die zwei Erdhügel ins Auge, dann sagte er: »Ich weiß nicht, was ich sagen soll.«

»Dann fange ich an«, sagte Jane. »Dennis und Mona, wir sind hier, um uns von euch zu verabschieden, und auch, um euch zu sagen, daß es Menschen gibt, die wissen, wer ihr wart und was ihr getan habt. Wir haben es gesehen. Ihr habt euer Leben lang Menschen beschützt und euch um sie gekümmert, wenn sie Hilfe brauchten: kleine Kinder und Menschen, die vor Gericht mußten und niemanden hatten, mit dem sie darüber sprechen konnten. Ihr seid gestorben im Kampf gegen Feinde, von denen ihr wußtet, daß sie größer und stärker waren als ihr, ihr habt es getan, um uns Zeit zu geben. Wir sind hier, damit ihr seht, daß es uns gutgeht. Ihr habt gewonnen.« Sie berührte Timmy mit dem Ellbogen. »Bist du soweit, was zu sagen?«

Timmy sagte: »Mona, ich möchte ... du wirst mir fehlen. Ich bin ganz allein hier. Ich habe nicht gewußt, daß ich dich nicht mehr wiedersehen kann. Ich hätte dir sonst gesagt ...«

»Was hättest du gesagt?« fragte Jane.

»Ich – glaube – ›Ich liebe dich‹.«

»Das ist gut.«

»Und ich hätte ihr danke gesagt. Aber jetzt kann ich es nicht mehr. Es ist zu spät.«

»Du hast es gerade getan«, sagte Jane. »Das waren genau die zwei Dinge, die man sagen muß.«

Jane kniete sich ins Gras und machte mit den Händen eine Vertiefung in den Erdhaufen über dem ersten Grab. Dann holte sie etwas aus ihrer Handtasche.

»Was machst du da?«

»Weißt du, unsere Alten glaubten daran, daß einer, der gestorben ist, eine lange Reise vor sich hat bis zu einem Ort, wo er immer glücklich sein wird. Sie sagten sich, daß es wohl eine Weile dauert, bis er ankommt, und deshalb gaben sie ihm kleine Geschenke mit, die ihm auf der Reise nützlich sein konnten. Waffen, etwas zum Essen, solche Sachen.«

Sie hielt einen neuen Mont-Blanc-Füller hoch und sagte: »Das ist so einer, wie ihn Dennis immer in seinem Aktenkoffer hatte, aber den hat jetzt die Polizei. Das ist jetzt sozusagen seine Waffe.« Sie nahm eine Kreditkarte und legte sie neben den Füller. »Das brauchen die Menschen heute, wenn sie verreisen.«

Am anderen Grab grub sie ebenfalls ein Loch und legte eine zweite Kreditkarte und vier Schokoriegel hinein.

»Wozu ist das?« fragte Timmy.

»Mona war ein Mensch, der nicht viel von Waffen hielt. Sie gab den anderen lieber zu essen, also wird sie das hier gut brauchen können.« Jane stand auf und wischte sich die Hände ab. »Jetzt mach die Löcher zu.«

Während Timmy damit beschäftigt war, die zwei Vertiefungen mit Erde zu bedecken, ging Jane zum Wagen und kam mit dem Vogelkäfig zurück.

»Was ist da drin?«

Sie nahm die Bluse vom Käfig ab, und die beiden Eichelhäher schauten sich wild und mißtrauisch um, die weißen Obersträhnen über den schwarzglänzenden Augen wie hochgezogene Brauen.

»Vögel!« sagte Timmy.

»Das haben unsere Alten auch so gemacht, also hilft es vielleicht.« Sie sprach jetzt mit den Vögeln: »Herr und Frau Vogel, wir haben hier die Seelen von zwei tapferen und edlen Menschen. Sie hatten mehr als einen Grund, vor der Gefahr davonzulaufen, weil sie einander sehr liebten, genau wie ihr.

Aber statt dessen haben sie den schweren Weg gewählt. Ich möchte, daß ihr sie hinauftragt zu Hawenneyugeh. Werdet ihr das tun?«

Die Vögel auf ihren Stangen hüpften auf und ab und schrien: »Tscheck! Tscheck! Tscheck!«, beunruhigt vom tiefen Stand der Sonne. Jane sagte: »Mona, wir müssen jetzt gehen. Ich wünsche dir eine kurze Reise. Du hast deine Arbeit gut gemacht. Du warst eine wunderbare Frau.« Sie nahm sanft das Eichelhäherweibchen in die Hand, hielt es am Rücken fest und streichelte die Brustfedern, während sie über dem Grab stand, dann warf sie den Vogel in die Luft. Er flatterte kurz hin und her, flog dann zwanzig Meter weiter und setzte sich auf den Ast einer Magnolie.

Jane faßte noch einmal in den Käfig und ergriff das Männchen. »Dennis«, sagte sie, »Du warst ein großer Krieger. Jetzt sollst du Frieden haben. Mona wartet.«

Der kleine Eichelhäher flog hoch und dann zu seinem Weibchen im Magnolienbaum. Ein paar Sekunden lang schauten sie auf Jane und Timmy herunter, als wollten sie sichergehen, daß nicht irgendeine neue Belästigung geplant war, dann flogen sie nach Westen in die untergehende Sonne oder heim auf den Campus der Universität.

»Wiedersehen«, sagte Timmy. Er winkte ihnen nach, auch als sie schon lange nicht mehr zu sehen waren.

»Können wir gehen?«

»Ich denke schon.«

Schweigend gingen sie zum Wagen zurück, stiegen ein und fuhren den Hügel hinunter und auf die Straße hinaus.

»Glaubst du, sie haben uns gehört?« fragte Timmy.

»Das kann man nicht wissen«, sagte Jane. »Unsere Alten werden dir wohl sagen, daß sie uns hören. Was ich glaube, spielt eigentlich keine Rolle. Beerdigungen sind nicht für die Toten da.«

»Nein?«

»Sie sind für uns da, für die, die weitermachen müssen.«

»Du hast das alles für mich getan, stimmt's?«

»Für dich und für mich.« Sie fuhr wortlos ein Stück, dann gab sie zu: »Aber doch mehr für dich. Du hast eine ganze Menge Kummer erlebt für einen Jungen deines Alters. Manches davon hast du jetzt schon wieder vergessen, aber an das hier wirst du dich erinnern. Ich wollte sicher sein, daß du dich richtig daran erinnerst.«

»An was soll ich mich erinnern?«

»Daß du in einer Zeit lebst, die noch Helden hat. Richtige Helden, die Angst spüren und bluten, das sind Sachen, die sie in den Büchern immer weglassen. Das ist etwas ganz Besonderes. Dir muß keiner eine Geschichte vorlesen. Du hast sie erlebt.«

»Ich wünsche mir, sie hätten es nicht getan«, sagte Timmy.

»Ich auch.«

Timmy fing zu weinen an. Zuerst war es nur ein stilles Hervorkommen der Tränen, aber Jane wußte, daß dahinter schon die anderen Tränen standen, die er vor übergroßer Erschöpfung nicht geweint hatte. Sie fuhr auf den Freeway und dann über Pasadena hinaus weiter in ein kahles, ihr unvertrautes Hügelland. Nach einer halben Stunde hörte Timmy zu weinen auf, doch Jane fuhr noch ein ganzes Stück, bevor er wieder sprach. »Was geschieht denn jetzt mit mir? Es ist ja keiner mehr da.«

»Da brauchst du dir keine Sorgen zu machen. Ein paar clevere Leute sind den ganzen Tag nur damit beschäftigt, auf dich aufzupassen. Der Richter sagte, sie untersuchen jetzt deinen Fall und versuchen, alles darüber herauszufinden, und dann bestimmen sie jemanden, der sich um dich kümmert.«

»Bist du das?«

»Nein«, sagte sie, »es wird sicher eine richtige Familie sein. So wie die Leute, bei denen du jetzt wohnst. Sind sie nett zu dir?«

»Ja«, sagte er.

Erst als Jane ausatmete, bemerkte sie, daß sie ihren Atem angehalten hatte. »Gut, aber jetzt muß ich dich erst mal nach Hause bringen, damit du ein bißchen Schlaf kriegst.«

»Sehe ich dich wieder?«

»Lange Zeit nicht, denke ich.«

Sie fuhr nach Pasadena zurück und parkte den Wagen an der Straße hinter dem Haus, in dem der Polizist und seine Familie lebten. Sie stieg auf das Mäuerchen, hob Timmy hoch und setzte ihn auf dem Rasen ab. Sie konnte sehen, daß die beiden anderen Kinder noch immer im Erdgeschoß vor dem Fernseher saßen. Sie führte ihn zu dem Baum, nahm ihn huckepack und kletterte hinauf. Als sie auf das offenstehende Fenster zukamen, wurde Timmy von einer plötzlichen Angst gepackt. »Ich möchte nicht, daß du weggehst.«

»Ich muß aber, Timmy«, sagte sie.

»Aber was mache ich dann? Ich meine, wenn du nicht mehr da bist?«

Jane zögerte, aber dann nahm sie es auf sich. Sie mußte es zumindest versuchen. »Geh zur Schule. Such dir Freunde. Spiel mit ihnen. Streng dich an, groß zu werden, stark und anständig und gesund. Du hast eine ganze Menge zu tun.« Sie half ihm durch das Fenster und setzte sich auf das Bett, während er sich seinen Schlafanzug anzog.

»Und was passiert danach? Was bin ich dann?«

»Ich glaube, das ist der Grund, warum es so lange dauert, bis man erwachsen ist. Man trifft eigentlich keine Entscheidungen; man findet es zur richtigen Zeit dann schon heraus.«

»Was würdest du machen?«

Jane schüttelte den Kopf und lächelte traurig. »Ich bin keine gute Adresse für so eine Frage.«

»Wer dann?«

Jane hatte das plötzliche Bedürfnis, ihm alles zu erzählen, was sie wußte, denn das hier war wohl die letzte Gelegenheit. Ihr fielen keine Worte ein, die ihm hätten nutzen können, aber sie mußte versuchen, ihn in die richtige Richtung zu lenken. »Also hör zu, als ich im College war, kannte ich einen Jungen, der in einer ähnlichen Lage war wie du. Er wußte nicht, was er anfangen sollte, aber er wußte, er würde – falls er nicht aufpaßte – faul werden und undiszipliniert und egoistisch.«

»Und was hat er beschlossen?«

»Er beschloß, Arzt zu werden. Es war die schwierigste Arbeit, die er sich ausdenken konnte, und so wußte er, genau das würde ihn zum Studieren zwingen. Und wenn er eines Tages genug studiert hatte, dann würde er sicher wissen, was er Sinnvolles machen mußte. Ich hielt ihn damals für sehr vernünftig. Noch heute finde ich seine Überlegungen völlig richtig.«

»Und ist er heute Arzt?«

»Zufällig ja, aber darauf kommt es nicht an. Der wahre Erfolg ist, daß er der Mensch geworden ist, der er werden wollte. Es ist ganz egal, ob er später Arzt wurde oder etwas anderes. Er hatte sich entschieden, es zu versuchen. Das machte ihn zu einem besonderen Jungen.«

Sie hörten Lärm im Haus, das erste Jammern dünner Stimmen. Die Kinder wurden zu Bett gebracht.

»Ich muß jetzt gehen, sonst finden sie mich hier noch«, sagte sie. Sie beugte sich über ihn und küßte ihn. »Schlaf gut, Timmy. Vergiß nicht: Es gab Menschen, die dich geliebt haben, und andere Menschen werden dich jetzt lieben, weil du es wert bist.«

Als sie durch das Fenster schlüpfte, hörte sie ein Flüstern. »Jane?«

»Ja?« Sie hielt inne und lehnte sich ans Fensterbrett.

»Danke für den Teddybär. Ich wußte gleich, er ist von dir.«

»Das dachte ich mir.«

»Bist du eine von den anderen Menschen? Denen, die mich lieben?«

»Natürlich.«

»Heiratest du mich später?«

»Aber klar.«

Sie huschte wie ein Schatten über das Garagendach, und Timmy kam es so vor, als ob sie den Baum herunterflog, ohne ein Blatt zu bewegen. Er schaute auf das Mäuerchen an der Rückseite, aber selbst im Mondlicht konnte er sie nicht mehr darübersteigen sehen. Er horchte noch ein paar Minuten, dann schlief er ein.

3

Jane gab den Mietwagen beim Autoverleih am Flughafen ab und fuhr mit dem Bus zu ihrem Terminal. Beim Aussteigen lächelte sie kurz dem diensteifrigen Mann mit der Fluglinienkappe zu und schüttelte den Kopf, als er ihr anbot, ihr Gepäck gleich am richtigen Schalter einzuchecken. Sie hatte kein Gepäck, und sie hatte kein Ziel. Auf dem Weg zum Flugplatz hatte sie in einem Büro der Heilsarmee alle Kleider aus ihrem Koffer abgegeben, die nicht zerrissen oder blutbefleckt waren, und dann hatte sie ihnen auch noch den Koffer gespendet. Sie wußte, daß sie all diese Sachen nie mehr tragen wollte, weil es sie nur an das Geschehene erinnert hätte.

Sie hatte drei Tage im Bezirksgefängnis damit verbracht, immer wieder über ihren Mißerfolg nachzudenken, und die Nächte mit der Erinnerung an die Gesichter der Toten. Mit etwas mehr Geistesgegenwart hätte sie Mona und Dennis retten können. Zweifellos hätte es irgendeine einfachere Möglichkeit gegeben, eine Gerichtsverhandlung aufzuhalten. Wenn ihr nichts Besseres eingefallen wäre, hätte sie zumindest eine Bombendrohung verbreiten können, damit die Polizei das Gerichtsgebäude evakuieren mußte, dann wäre sie mitten in dem ganzen Durcheinander angekommen und hätte Timmy und Mona in eine Gruppe Polizisten gesteckt. Sie hatte einfach nicht klar und ruhig nachgedacht, weil sie zu sehr damit beschäftigt war, Timmy rechtzeitig ins Gebäude zu bringen; sie hatte die Falle nicht gesehen, weil sie zu sehr damit beschäftigt war, ihre Schutzbefohlenen in diesen Hinterhalt zu führen.

In den Nächten, nachdem sie tagsüber ihr Scheitern wieder und wieder im Kopf durchlebt hatte, bei jeder Erinnerung an ihr Versagen von neuem Schrecken gepackt, kamen alte Gespenster aus der Ecke der Zelle gekrochen. Eines kannte sie besonders gut, das war Harry, der Spieler. Sie hatte ihn versteckt und dann den Fehler begangen, zu glauben, daß der Mann, der sein Freund war, nicht gleichzeitig sein Mörder sein konnte. Harry hatte sie schon so oft besucht seit damals, daß er fast ein Teil von ihr geworden war.

Ein anderes Gespenst war ein Mann, den sie nie getroffen hatte. Immer wieder kam ihr die Erinnerung an das Zeitungsbild eines Unbekannten. Die Porträtzeichner bei der Polizei mußten es so sehr retuschieren, daß es einem Phantombild ähnlicher sah als einem Foto. Ein Polizist hatte ihn vor drei Jahren gefunden, er lag in den Felsen unterhalb der River Road. Er hatte fünftausend Dollar bei sich, eingenäht in seinen Anzug, eine Fensterglasbrille, ein fabrikneues Toupet, das nicht zu seiner Haarfarbe paßte, und drei Einschußlöcher im Kopf. Monatelang verfolgte Jane die Zeitungsberichte, aber die Polizei fand nie heraus, wer er war oder vor wem er weggelaufen war. Vielleicht hatte er ja auch gar nicht versucht, zu ihr zu kommen, und wollte bloß zur kanadischen Grenze. Aber sein Tod nur ein paar Kilometer von ihrem Haus entfernt ging ihr immer noch nach.

Am dritten Tag im Gefängnis wurde einer der Geister plötzlich lebendig. Die Wachen hatten Jane mit den anderen Häftlingen zum Hofspaziergang herausgelassen, und dabei hatte sie Ellery Robinson gesehen. Jahre zuvor hatte Jane Ellerys Schwester Clarice aus ihrem alten Leben hinausgeführt, um sie vor einem Freund, der sie zu ermorden plante, in Sicherheit zu bringen. Sie konnte sich gut an Ellerys Augen erinnern. Sie hatte Ellery überreden wollen, zusammen mit ihrer Schwester zu verschwinden, aber Ellery hatte nur gesagt: »Danke, nein. Das hat nichts mit mir zu tun.« In den Jahren danach mußte Jane noch oft an diese hellen, unschuldigen Augen denken. Ellery hatte ein paar Tage abgewartet, während Jane die Schwester irgendwo weit weg unterbrachte, dann hatte sie den Freund getötet. Jane zog später für Clarice Erkundigungen ein und erfuhr, daß Ellery von ihrer lebenslänglichen Strafe vermutlich vier bis sechs Jahre absitzen mußte.

Sechs Jahre danach besänftigte Jane die wiederkehrende Erinnerung mit dem Gedanken, Ellery Robinson würde jetzt sicher entlassen sein und ein erträgliches Leben führen. Aber da war sie nun, wieder im Gefängnis. Damals, in jener Sekunde vor zehn oder zwölf Jahren, als Jane das überzeugende Argument, das passende Wort nicht fand, auch den Ausdruck dieser Augen nicht richtig zu lesen verstand, da war Ellery Robinson verloren, als wäre ihr das Leben einfach aus der Hand geglitten. Jane schaute in dem riesigen, schwarzgeteerten Innenhof einmal zu ihr hinüber, aber falls Ellery sie überhaupt wiedererkannte, ließ sie es sich durch nichts anmerken. Danach gab Jane den Hofspaziergang auf. Sie saß lieber auf ihrer Pritsche und dachte über Timothy Phillips nach.

Als sie den Terminal betrat, spürte sie ein plötzliches Leergefühl in der Magengegend. Sie hatte sich noch immer nicht von dem Verlangen freigemacht, Timmy einfach mitzunehmen. Sobald sie die Idee jedoch näher ins Auge faßte, wurde ihr klar, daß dies Wahnsinn wäre. Sie hatte ja diese ganze Reise nur dazu unternommen, Timmy in den Schutz der Behörden zu stellen. Sie würden es wohl kaum zulassen, daß er wieder verschwindet. Und selbst wenn es ihr gelingen sollte, ihn da herauszuholen, war das wahrscheinlich genau das falsche Vorgehen. Sie konnte dabei zwar das schöne Gefühl haben, daß sie ihn nicht im Stich gelassen hatte, aber Timmy hätte damit sein ganzes Geld verloren und den Schutz, den es ihm gewährte. Vielleicht würde er sie zehn Jahre später dafür verfluchen – wenn er überhaupt so lange weiterlebte. Jane hatte es ja nicht einmal geschafft, daß Mona und Dennis noch am Leben waren. Nein, Timmy war wirklich besser dort untergebracht, bei Polizisten und Richtern und Fürsorgebeauftragten. Sie war müde, niedergeschlagen, besiegt. Es war Zeit, nach Hause zu fahren, sich nicht mehr einzumischen, sondern die Welt eine Zeitlang in Ruhe zu lassen mit Jane Whitefield.

Sie ging zum Schalter und kaufte sich ein Ticket nach New York, weil es die richtige Richtung war und weil es dahin so viele Flüge gab, daß sie nicht lange auf den Beginn der Heimreise warten mußte. Sie nahm eine Kreditkarte auf den Namen Margaret Carillo. Als der Mann am Schalter genug auf der Tastatur herumgehackt hatte und wartete, bis der Computer das Ticket ausdruckte, bemerkte sie, wie er die Augen hob, sie sekundenlang auf Janes Gesicht ruhen ließ und sie dann zu schnell abwandte. Jane erklärte es ihm: »Ich hatte gestern einen leichten Verkehrsunfall. Irgend so ein Idiot nimmt seine Linkskurve auf La Cienega viel zu weit und rauscht voll in mich rein.« Als sie das letzte Mal ihr Aussehen überprüft hatte, lag noch genug Schminke über den Verletzungen, aber in der Eile und bei dieser Hitze wurden jetzt die Kratzer und die blauen Flecken allmählich wieder sichtbar.

»Das muß aber ganz schön weh getan haben«, sagte der Mann.

»Ziemlich«, sagte Jane. Sie nahm das Ticket und die Kreditkarte und ging die Rolltreppe hinauf, durch die Torsonden und weiter, bis sie einen Laden fand mit einem großen

Schaufenster voller Kosmetika. Sie suchte sich eine Grundierung heraus, die zu ihrer Hautfarbe paßte, dazu einen Gesichtspuder und Lidschatten. Als sie zufällig ihr Gesicht im Spiegel eines Drehgestells erblickte, nahm sie auch noch eine der hier angebotenen Sonnenbrillen mit braungetönten Gläsern heraus. Dann ging sie mit all ihren Neuerwerbungen in die Damentoilette. Ihr Gesicht war immer noch heiß und empfindlich von den Blutergüssen, und ihre rechte Hand schmerzte von den Schlägen, die sie den Männern im Korridor verpaßt hatte, aber ein nur lästiges Unbehagen war immer noch besser als zu große Auffälligkeit.

Sie schaute unter den Toilettentüren hindurch und stellte fest, daß sie allein war. Sie war froh darüber, denn nun mußte sie nicht so tun, als ob die vor ihr liegende Aufgabe eine Kleinigkeit wäre. Sie beugte sich näher zum Spiegel und trug vorsichtig die Grundierung auf. Das Ergebnis sah nicht schlecht aus, aber die Schminke brannte einige Sekunden lang auf der Haut. Sie wartete, bis die Schmerzen ein wenig schwächer waren, und hatte eben mit der Arbeit an den Augen begonnen, als sie hörte, wie hinter ihr die Tür aufging und jemand mit hohen Absätzen über den Boden ging. Der Kerl mit der gelben Krawatte, der noch am Schluß über sie hergefallen war, hatte ihr ein ordentliches Veilchen verpaßt. Es war schwer, so etwas mit einer schmerzenden Hand zu übermalen, so daß beide Augen einigermaßen gleich aussahen.

»Kann ich dabei helfen?«

Jane drehte sich nicht um, sie wandte nur ein wenig den Kopf, um im Spiegel zu sehen, ob ihre Vermutungen über die Frau hinter ihr zutrafen. Sie war nicht überrascht, daß es eine attraktive Frau war. Ein Make-up war eine sehr persönliche Angelegenheit, nicht eben geheimnisvoll, aber doch beinahe, und man mußte schon über gehörige Selbstsicherheit verfügen, um einer anderen Frau zu sagen, man könnte es besser als sie selbst. Diese hier war sehr groß, fast so groß wie Jane, auch fast so schlank, aber ihr Gesicht hatte diesen leicht erröteten Teint von Porzellanfiguren, den Frauen wie sie auf irgendeine Weise bis in ihre vierziger Jahre bewahrten. Immer waren sie blond oder sie waren blond geworden wie diese hier. Ausnahmslos hatten sie mit dem Tennisspielen angefangen, nachdem ihre Zeit als Jubelgardemädchen vorbei war und der Trainer sie in den Ruhestand geschickt hatte, aber offenbar spielten sie immer nur nachts, denn ihre Haut sah aus, als hätte sie nie einen Sonnenstrahl abbekommen.

Jane sagte: »Nein danke. Mit der Malerei komme ich schon zurecht. Was nicht so leichtfällt, sind die Reparaturen.«

»Sie erinnern sich doch an mich, oder nicht?« Die Stimme klang angespannt.

»Nein«, sagte Jane. »Wenn ich mich eigentlich an Sie erinnern müßte, dann verstehen Sie Ihr Handwerk zweifellos gut. Vielleicht sollte ich mein Make-up doch Ihnen überlassen.«

Die Frau flüsterte: »Ich war mit Ihnen im Bezirksgefängnis.«

Jane drehte sich um und sah sich die Frau genauer an, aber dieses Mal mit dem Hintergedanken, eher die Hände der Frau im Blick zu behalten als ihr Gesicht. »Na, dann Glückwunsch zur Entlassung.«

Jane wartete darauf, daß die Frau wegging, aber sie lächelte nur ein wenig nervös und wartete ebenfalls. »Danke.«

Jane beschloß, die letzten Feinheiten in einer anderen Damentoilette oder sogar im Flugzeug anzubringen. »Also ich muß jetzt zu meiner Maschine.«

»Nein, müssen Sie nicht. Sie geht erst in einer Stunde. Vierneunzehn nach New York. Die habe ich auch gebucht. Ich heiße Mary Perkins.«

»Verfolgen Sie mich?«

»Eigentlich hatte ich mir etwas Besseres ausgedacht.«

»Wie meinen Sie das?«

»Es gibt nicht viel, worüber man im Gefängnis reden kann. Da war ein Mädchen, sie war im Gerichtssaal, als Sie verhaftet wurden. Und da war das Gerücht, Sie hätten jemanden versteckt. Das fand ich interessant. Also fragte ich herum nach jemandem, der mich mit Ihnen bekannt machen könnte, aber wie es so ist, ganz plötzlich lassen sie Sie wieder frei, unter einem anderen Namen. Ich möchte nicht wissen, wie Sie das gedreht haben.«

»Möchten Sie nicht?«

»Nein. Ich möchte, daß Sie das für mich tun.«

»Warum?« – »Als sie mich verhaftet haben, waren vier Männer hinter mir her. Das war vor dreißig Tagen. Ich habe eben zwei von ihnen gesehen.«

»Was wollen die von Ihnen?«

Die Frau machte ein Gesicht, das gleichzeitig flehend und verärgert aussah. »Bitte. Ich habe nicht die Zeit, Ihnen meine Lebensgeschichte zu erzählen, und Sie haben jetzt nicht die Zeit, sie sich anzuhören. Ich muß raus aus Los Angeles, heute noch, nur sind sie jetzt schon da, und das ist garantiert kein Zufall. Sie suchen mich.«

»Aber wer sind Sie denn?«

»Die Kurzantwort ist, ich bin eine Frau, die verschwinden muß und genug Geld hat, um Sie zu bezahlen, egal wieviel Sie für diesen Service normalerweise bekommen.«

Jane fühlte sich überanstrengt und niedergeschlagen. Ihr Kopf, das Gesicht, Hände und Gelenke waren von pochenden Schmerzen geschwächt. Sie sah die Frau an, die sich Mary Perkins nannte, und der Anblick ermüdete sie noch mehr. Sie hatte nicht viel gesagt, aber schon empfing Jane kleine Anzeichen in Mund- und Augenbewegungen, daß sie irgendwann gelogen hatte. Sie hatte wirklich Angst, also war sie nicht nur irgendein Köder, für sie ausgelegt von den Männern, mit denen Jane vor dem Gerichtssaal gekämpft hatte. Aber wenn tatsächlich irgendwelche Männer sie verfolgten, dann waren es zweifellos Polizisten. Jane dachte: Nein. Nicht jetzt. Ich schaffe es nicht. Laut sagte sie: »Tut mir leid.«

»Bitte«, sagte die Frau, »wieviel verlangen Sie?«

»Nichts. Sie reden mit der falschen Person. Eine Verwechslung.«

Mary Perkins blickte Jane direkt in die Augen, und man konnte sehen, daß sie erst jetzt bemerkte, wie verletzt Jane war. »Oh«, sagte die Frau leise, »ich verstehe.« Sie drehte sich um und ging zur Tür.

Als sie die Tür öffnete, sagte Jane: »Viel Glück.« Mary Perkins schien es nicht zu hören.

Jane betrachtete ihr Gesicht im Spiegel. Die blauen Flecken waren übermalt, aber die dick aufgetragene Schminke fühlte sich wie eine Maske an. Sie setzte die Sonnenbrille auf, und sofort erinnerten sie die Bügel wieder daran, wie der Nasenflügel von den Ärmelknöpfen des Großen aufgekratzt wurde, als er mit seinem ersten Schwinger danebenschlug.

Sie ging hinaus in die Halle und schlenderte mit der Menge der Fluggäste herum, bis sie am Gate 72 war. Hier sah sie die Frau sitzen; sie gab vor, in einer Zeitschrift zu blättern. Falls sie wirklich gejagt wurde, war es das Dümmste, was sie tun konnte. Jane ging näher an den Monitor heran, auf dem die Abflüge aufgelistet waren. Mary Perkins konzentrierte jetzt ihre Blicke deutlich auf Jane, dann schwenkten sie schnell nach links. Jane hatte es nicht gern, wenn man sie anstarrte, aber dann kam der Blick wieder zurück auf sie, die Augen weiteten sich übertrieben und schwenkten wieder nach links. Jane blieb einen Augenblick stehen, machte ihre Handtasche auf, wandte ein wenig den Kopf, als suchte sie etwas, und faßte die beiden Männer rechts von Mary Perkins ins Auge. Wenn sie ihre Jäger waren, leisteten sie ganze Arbeit: Sie hielten sie in einer Ecke fest und machten ihr angst. Der kleinere von ihnen saß gut fünfzehn Meter von ihr entfernt und las seine Zeitung, und der Große tat so, als schaute er durch die hohe Glasscheibe dem Betrieb auf der Rollbahn zu. Jane bemerkte jedoch, daß er den Raum in der Spiegelung beobachtete, aber das war schließlich nichts Ungewöhnliches. Sie senkte ihren Blick bis zum Aktenkoffer, der zu seinen Füßen stand. Er war unauffällig, dasselbe Fabrikat, das sie in dem Laden anboten, in dem sie das Make-up gekauft hatte.

Der Kleinere hatte kein Bordgepäck. Er saß mit seiner Zeitung ruhig da und blickte nicht direkt in Mary Perkins' Richtung. Das mußte der Backstopper sein, den sie so lange überhaupt nicht bemerken sollte, bis der Große sie angriff und sie losrannte. Polizisten konnten die beiden nicht sein, denn sonst hätten sie längst zugegriffen. Sie hatte bereits ihr Ticket gekauft, und ein Flugticket war der Beweis, daß sie zu fliehen beabsichtigte.

Jane spürte ihre hoffnungslose Erschöpfung. Sie gestand sich ein, daß sie am nächsten Tag – vorausgesetzt, sie kam wohlbehalten nach Hause – wahrscheinlich zu ihrem Zeitungsstand gehen würde, um eine *Los Angeles Times* und die New Yorker Zeitungen zu kaufen und die Nachricht zu suchen, daß man auf einem Acker die Leiche einer Frau gefunden hatte. Diese beiden würden Mary Perkins folgen, bis sie zwangsläufig irgendwann allein und ohne Zeugen war.

Jane ging zurück in die Halle und studierte im Weitergehen, ohne den Kopf zu heben, die Abflüge auf den hochhängenden Bildschirmen. Als sie am dritten vorbei war, hatte sie ihre Wahl getroffen. Es gab einen Flug der Southwestern Airlines nach Las Vegas fünf Minuten später als ihr Flug nach New York.

Sie fuhr mit der Rolltreppe hinunter, begab sich zum Schalter und bezahlte bar für zwei Tickets nach Las Vegas auf die Namen Monica Weissmann und Betty Weissmann. Dann kehrte sie zu dem Gate zurück, wo Mary Perkins wartete. Sie setzte sich einige Plätze weiter weg und zählte bis fünfhundert, dann stand sie wieder auf.

Auf dem Weg zur Toilette ging sie dicht an Mary Perkins vorbei und wedelte ihr mit der Hand hinter dem Rücken zu, unsichtbar für die beiden Beobachter.

In der Toilette wartete sie vor den Spiegeln, bis Mary Perkins hereinkam. »Haben Sie irgendein Gepäck nach New York eingecheckt?«

»Ich habe keins«, sagte Mary Perkins. »Sobald ich raus war, bin ich gleich hierhergekommen.«

»Gut«, sagte Jane. »Wenn wir jetzt hier rausgehen, bleiben Sie in meiner Nähe, aber sehen Sie nicht zu mir hin. Sie kennen mich nicht. Einer der Kerle wird sich zwischen Ihnen und den Ausgängen postieren. Der andere hat sich mittlerweile so aufgestellt, daß er sieht, wenn sein Kumpel ihm ein Signal gibt.« Sie gab ihr das Ticket nach Las Vegas.

Mary Perkins schaute sich das Ticket an. »Las Vegas? Was haben wir damit gewonnen?«

»Hören Sie jetzt einfach mal zu. Wenn es ans Einsteigen geht, wird einer der beiden telefonieren, um irgend jemand in der Zentrale zu sagen, daß Sie jetzt an Bord sind. Es ist ein Fünf-Stunden-Flug mit einem Zwischenstop in Chicago, und das gibt denen genug Zeit, vor Ihrer Ankunft alles vorzubereiten bis auf den Platz für Ihr Grab. Der andere wird bis zur letzten Minute bleiben, wo er ist.«

»Aber was machen wir überhaupt? Haben Sie denn einen Plan?«

Jane sah sie resigniert an. »Der Plan ist der: Wir fliegen nach Las Vegas und lassen die beiden in dem Glauben, daß Sie nach New York geflogen sind. Jetzt lassen Sie mich vorausgehen, ungefähr die Zeit, die eine Strophe der Nationalhymne dauert, dann kommen Sie raus und setzen sich auf denselben Platz wie vorher.«

Jane öffnete schwungvoll die Tür und ging hinaus. Sie schaute dabei nicht zum Warteraum vor dem Gate, sondern hinter sich zum Ausgang nach dem Mann, der den Gang bewachte. Der Mann mit der Zeitung stand ein paar Meter entfernt am Trinkwasser. Sie drehte sich um und sah, daß der zweite Mann sich so hingesetzt hatte, daß er seinen Freund im Blickfeld behielt. In gewisser Weise fand sie es beruhigend, daß die beiden so vorhersehbar waren.

Jane setzte sich zwei Sitzreihen hinter den Mann mit dem Aktenkoffer und beobachtete ihn. Vermutlich war er nicht schwerer bewaffnet als mit einem Taschenmesser. Klinge neun Zentimeter, höchstens, wenn sie die Vorschriften richtig im Kopf hatte. Im Flughafen unternahmen sie sowieso nichts. Diese Typen, die mit der Frau gar nicht näher bekannt waren, würden nicht Selbstmord begehen, nur um sie umzubringen. Die beiden waren nichts weiter als angeheuerte Hilfskräfte.

Das Mädchen am Abfertigungsschalter hatte nun eine Kollegin bei sich, die ihr etwas zuflüsterte. Die eine, die Jane die Bordkarte gegeben hatte, nahm das Mikrophon und gurrte hinein: »Flug 419 nach New York ist jetzt zum Einsteigen bereit.« Die Leute im Warteraum standen auf. »Zuerst bitte die Passagiere mit kleinen Kindern und Passagiere, die beim Einsteigen Hilfe benötigen.«

Diese Aufforderung traf anscheinend auf niemanden zu, und als das Mädchen mit der Ansage weitermachte: »Die Passagiere der Reihen eins bis zehn können jetzt an Bord«, ging der große Mann zu den Telefonen an der Wand neben der Herrentoilette.

Mary Perkins rührte sich ebenfalls, aber Jane hielt sie mit einem unmerklichen Kopfschütteln zurück und nahm die Zeitung, die jemand auf dem Sitz neben ihr liegengelassen hatte. Das Mädchen rief die nächsten Reihen auf, dann sagte sie: »Passagiere der anderen Reihen können jetzt einsteigen.« Jane saß immer noch unbeweglich und blickte in ihre Zeitung. Sie hatte noch vier Minuten Zeit. Als es noch drei Minuten waren, stand sie auf und ging auf das Gate zu.

Aus den Augenwinkeln sah sie, daß auch Mary Perkins aufstand und ihr folgte, dann sah sie, wie der Große sehr schnell eine Telefonnummer eingab. Jane blieb stehen, schaute auf die Wanduhr und bemerkte gleichzeitig, daß der kleinere Mann hinter Mary Perkins herging. Der andere am Telefon hatte eben aufgehängt und ging geradewegs auf das Gate zu, zeigte dem Mädchen seine Bordkarte und betrat den Korridor der Fluggastbrücke. Jane ging langsam an den letzten Sitzreihen des Wartebereichs vorbei und ließ Mary Perkins näher kommen. Im letzten Augenblick drehte sie sich zu ihr um.

»Ja so etwas! Mary!« sagte sie. »Natürlich bist du's!«

Mary Perkins blieb stehen und starrte sie verblüfft an. »Aber ... ja!«

»Du erinnerst dich nicht mehr an mich, stimmt's?«

Der Mann, der Mary Perkins gefolgt war, hielt nun auch an und stand unmittelbar hinter ihnen. Jane machte ein Gesicht, als sähe sie ihn zum erstenmal. »Oh, lassen Sie sich nicht aufhalten! Gehen Sie nur weiter.« Sie zog Mary Perkins aus der Warteschlange. »Ich bin's, Margaret Cerillo. Ich dachte gleich, ich hätte dich erkannt, aber ich war mir nicht ganz sicher ...«

Der Mann zögerte. Offensichtlich hatte er den Auftrag, Mary Perkins bis ins Flugzeug zu folgen, aber man hatte ihm wohl auch gesagt, er solle sich dabei nicht erwischen lassen. Nachdem ihm kein vernünftiger Grund einfiel, länger so stehenzubleiben und das Geplapper der beiden Frauen abzuwarten, ging er um sie herum, zeigte dem Mädchen am Ausgang seine Bordkarte und verschwand im Korridor.

Jane führte Mary Perkins unauffällig weiter weg. »Langsam jetzt, und nicht aufhören zu reden«, flüsterte sie. »Die lassen sich Ihre Verfolgung etwas kosten.«

»Ich glaube, die denken, ich bin den Aufwand irgendwie wert.«

»Wenn Sie etwas haben, was die wollen, dann ist jetzt die beste Zeit, damit rauszurücken. Wir können sofort einsteigen und das Geschäft abschließen. Da drin ist es hell beleuchtet, und jeder ist durch die Metallsonde gegangen. Und es sind keine anderen da, die wir vielleicht nicht bemerkt haben.«

»Wenn ich etwas hätte, womit ich die ausbezahlen kann, wozu bräuchte ich dann Sie?«

Jane blieb stehen und sah ihr ins Gesicht. »Falls ich Sie irgendwie gekränkt habe: Ich helfe Ihnen auch hinterher, die beiden loszuwerden.«

»Vielen Dank, aber so einfach werde ich die nicht los.«

»Was haben Sie angestellt?«

Mary Perkins wandte sich ihr zu und legte den Kopf zur Seite, als hätte sie Jane gerade zum erstenmal gesehen und fände die Begegnung unangenehm. »Warum denken Sie, ich hätte etwas angestellt?«

»Ich weiß es. Wenn es nicht so wäre, wozu bräuchten Sie dann mich?«

Jane machte ein paar Schritte. Eine Frau, die Glaubwürdigkeit beanspruchte, weil sie im Bezirksgefängnis von Los Angeles irgendein Gerücht aufgeschnappt hatte, war in keinem Fall sehr vertrauenerweckend, und speziell diese Frau kam Jane vor wie jemand, bei dem das Lügen zum Beruf gehörte. Andererseits hatte Jane keinen Hinweis darauf, worüber die Frau die Unwahrheit sagte. Sie wurde tatsächlich von zwei Männern verfolgt, die sich nicht verhielten wie jemand, der ihre Flucht verhindern oder sie sonst bei einer Ungesetzlichkeit ertappen wollte. Sie hatten mit ihr zusammen auf den Flug in einen anderen, fernen Staat gewartet und waren an Bord gegangen. Die örtliche Polizei durfte so etwas nicht, das FBI arbeitete nicht derart aus dem Augenblick heraus, wenn also keiner von beiden verhindert hatte, daß Mary Perkins aus dem Gefängnis entlassen wurde, dann hatten sie keine Veranlassung, sie länger festzuhalten.

Jane mußte sich eingestehen, daß es nur eine Begründung für das seltsame Vorgehen der beiden Männer gab: Sie wollten sie so lange im Blick behalten, bis sie ohne Zeugen mit ihr allein waren. »Bißchen schneller jetzt«, sagte sie. »Wir müssen ein Flugzeug kriegen.«

Sie gingen quer durch den Warteraum, und Jane bemerkte am Rand ihres Gesichtsfeldes eine auffällige Bewegung. Ein Mann in der hintersten Sitzreihe stand auf, und zwei andere, die eben noch friedlich an einem Cafétisch geplaudert hatten, ebenfalls. Jeder für sich hätte nicht weiter bedrohlich ausgesehen. Es war die Gleichzeitigkeit ihrer Bewegungen und daß sie sich genau in dem Augenblick bewegten, als Jane und Mary Perkins ihre Schritte beschleunigten. »Haben Sie einen Aufruf zu einem Flug gehört?« Mary verzog das Gesicht. »Jetzt sagen Sie bloß nicht, Sie hören Stimmen!«

»Das ist es nicht. Auf Ihrem Flug waren zwei Männer. Gibt es einen Grund zu der Vermutung, daß sie die einzigen waren?«

»Also ... nein.«

Jane biß verärgert die Zähne aufeinander. »Hören Sie zu, ich gebe Ihnen einen guten Rat. Ich weiß nicht, was Sie getan haben, daß diese Leute so wütend auf Sie sind, aber: geben Sie's auf! Sie sind nicht so gut, daß Sie hinterher noch aus einer Stadt verschwinden können.«

Mary Perkins ließ sich von Jane den breiten Gang entlangführen und sagte nichts mehr, bis sie an Gate 36 angekommen waren. Mit den letzten Passagieren, genau in dem Moment, als der Durchgang geschlossen wurde, betraten sie den Korridor zum Einstieg. Jane hörte Laufschritte hinter sich, blieb nach der Abbiegung stehen und lauschte.

»Tut mir leid«, sagte die Stimme des Angestellten, »Sie brauchen ein Ticket. Wir dürfen kein Bargeld annehmen.«

»Kann ich eins kaufen?«

»Selbstverständlich, aber dafür müssen Sie erst zum Ticketschalter. Ich kann Ihnen keins ausstellen.«

»Aber der ist verdammt noch mal am anderen Ende. Können Sie das Flugzeug so lange aufhalten?«

»Tut mir leid, aber die Passagiere müssen ihre Anschlußflüge erreichen, und wir müssen unseren Flugplan einhalten. Wir haben täglich fünf Flüge von Los Angeles nach McCarran. Sie können ohne weiteres ...«

Jane ging durch das letzte Stück des Korridors und durch die offene Flugzeugtür, dann nahmen sie und ihre Begleiterin ihre Sitze ein. Mary Perkins sagte: »Hat der Trick einen Namen?«

»Fangen spielen«, sagte Jane. »Das habe ich schon seit Jahren nicht mehr gespielt.« Sie lehnte sich zurück, machte ihren Sicherheitsgurt fest und schloß die Augen. »Und ich mach' das hoffentlich nie wieder.«

4

»Woran denken Sie gerade?« fragte Mary Perkins. »Ich denke nicht. Ich ruhe mich aus«, sagte Jane. »Heißt Ausruhen, daß Sie schon zu Ende gedacht haben? Und daß Sie einen Plan haben? Falls ja, wüßte ich wirklich gern, wie er geht.«

»Nein, es heißt, daß ich jetzt Ruhe möchte.«

Jane schloß wieder die Augen. Das Flugzeug war jetzt über den Südweststaaten und näherte sich den Wohnorten der Wüste, wo die Mohave und die Yavapai lebten, die Zuni, Hopi, Apachen und Navajos. Manche von ihnen glaubten, daß die Ereignisse dieser Welt nicht nacheinander geschehen, sondern alle auf einmal. Sie wurden enthüllt, so wie der Geber beim Blackjack die Karten aufdeckt: Sie wurden zwar eine nach der andern vom Haufen genommen, aber sie waren von Anfang an alle zusammen im Spiel.

Was Jane jetzt zu tun hatte, war das Aufdecken der Karten in der umgekehrten Reihenfolge; zuerst weggehen, dann ankommen. Sie ging im Kopf alle Prozeduren durch, die nach der Landung eines Flugzeugs abliefen. Sie waren allgemein bekannt und vorhersehbar und unveränderlich, und sie gingen bereits ihren Gang, obwohl das Flugzeug noch in der Luft war. Die Strecke war nur kurz, und sie spürte, wie die Maschine schon an Höhe verlor, kaum daß sie ihre Reiseflughöhe erreicht hatte. Eigentlich war es nicht mehr als ein Sprung über die Bergkette und dann ein langsames Tiefergleiten in die Ebene auf der anderen Seite.

Jane holte aus der Rückseite des Sitzes vor ihr die Monatszeitschrift der Luftlinie. Sie blätterte sich schnell durch die

Werbung, die Hotels und Touristenzentren, dann auch durch die Artikel über Geld, Autos, Kinder und Haustiere. Erst auf den letzten Seiten fand sie, was sie suchte. Hier brachte die Zeitschrift die Lagepläne aller Flughäfen, die von dieser Linie angeflogen wurden, damit die Passagiere leichter ihre Anschlußgates fanden. Sie untersuchte längere Zeit den Plan von McCarran, dann riß sie den hinteren Umschlag ab, nahm die Zeitschrift aus dem Sitz vor Mary und riß hier ebenfalls das letzte Blatt ab.

»Was machen Sie denn da?« fragte Mary.

Jane holte einen Kugelschreiber aus ihrer Tasche und malte fette Großbuchstaben auf das Papier. »Jetzt sage ich Ihnen, was Sie tun müssen. Wenn das Flugzeug gelandet ist, steigen alle aus, nur Sie nicht. Sie nehmen sich dafür so viel Zeit, wie Sie können. Ihnen ist schlecht, oder Sie haben Ihre Kontaktlinsen verloren. Ganz egal, was.«

»Wie lange?«

»Versuchen Sie, es so lange hinzuziehen, bis wenigstens eine der Stewardessen vor Ihnen ausgestiegen ist. Vielleicht klappt es nicht, aber ich habe es schon erlebt, und wenn es klappt, dann ist jemand, der auf einen Passagier wartet, schon mal etwas durcheinander.«

»Schön«, sagte Mary, »und dann?«

»Dann steigen Sie aus. Gehen Sie sehr schnell, schauen Sie nicht nach rechts und links. Gehen Sie zu den Leihwagen. Mieten Sie einen Wagen. Sehen Sie zu, daß es ein großes Auto ist, kein Kleinwagen. Etwas richtig Breites mit Luxusausstattung und einem zu starken Motor. Von der Sorte gibt es sicher Hunderte in Las Vegas. Fahren Sie ihn um den Terminal herum bis zu dem Ausgang, wo die Gepäckausgabe der Southwest ist. Wenn ich dort herauskomme, preschen Sie vor und nehmen mich mit.«

»Und was mache ich, wenn dabei etwas schiefgeht?«

Jane war immer noch mit ihrer Schreibarbeit beschäftigt und übermalte die Buchstaben noch größer und dicker. »Das Ganze läuft so ab: Die werden Ihnen nachgehen bis zu den Leihwagen. Dort hängen sie dann eine Weile herum, bis sie wissen, was Sie vorhaben, und dann werden sie rausrennen, um noch vor Ihnen auf dem Parkplatz der Leihwagenfirma zu sein. Dort sind Sie nämlich das erstemal außerhalb des Terminals und allein. Sie werden versuchen, in Ihren Wagen einzudringen.«

»Und was mache ich dann?«

Jane blickte sie enttäuscht an. »Sobald die Kerle weg sind, stornieren Sie natürlich den Wagen und gehen zur Firma nebenan. Sie mieten einen anderen Wagen. Dann schickt man Sie zu einem ganz anderen Parkplatz.«

»Mal sehen, ob ich es auch kapiert habe: im Flugzeug bleiben, schnell aussteigen, Wagen mieten und Sie an der Gepäckausgabe aufgabeln.«

»Richtig.« Sie betrachtete Mary nachdenklich. »Wenn ich mir's recht überlege: Auch wenn Sie niemanden hinter sich sehen beim Leihwagen, stornieren Sie trotzdem und nehmen einen anderen.«

»Sie glauben, ich sehe sie nicht, stimmt's? Das ist es doch, was Sie meinen?«

Jane steckte sich die beiden Umschlagseiten unter den Mantel hinten in den Gürtel. Dann lehnte sie sich zurück und schloß wieder die Augen. »Darauf können Sie Gift nehmen. Auf jeden Fall komme ich aus der Gepäckausgabe und suche Sie. Wenn Sie nicht da sind, kann ich immer noch ein Taxi nehmen.«

Als die Stimme des Piloten aus den Lautsprechern kam und etwas Unverständliches mitteilte, in dem die Wörter »Las Vegas« vorkamen, öffnete Jane die Augen. Die Leute in den Sitzen vor ihr schauten aus dem Fenster und stießen einander mit dem Ellbogen an. Vermutlich sahen sie die ersten Lichter der Stadt. Mit dem Flugzeug in Las Vegas anzukommen war nach Einbruch der Dunkelheit immer ein eigenartiges Erlebnis. Die ganze Welt unten war so schwarz wie oben der Himmel, und dann explodierte plötzlich, ohne Vorwarnung, mittendrin etwas wie gefrorenes Licht, nicht die schwächlichen Glühbirnenketten der Straßenzüge wie in anderen Städten, sondern weithin leuchtende Pinselstriche in Karminrot und Ultramarinblau, Violett und Gold, dazwischen Spritzer von hellem Weiß. Während das Flugzeug näher kam, fingen die Lichtstrahlen an, sich zu bewegen, sie blinkten und blitzten und fegten über den Himmel, und zwischen ihnen waren nun auch dahinfließende Reihen fächerförmiger Autoscheinwerfer zu sehen. Jane stellte fest, daß die strahlende Eruption in den letzten Jahren noch verrückter geworden war.

Auch Mary schaute aus dem Fenster. »Also ehrlich, ich liebe diese Stadt«, sagte sie. »Bleiben wir lange hier?«

»Nein, außer Sie werden hier zum großen Publikumsliebling«, sagte Jane und lehnte sich wieder zurück. Sie hörte der Maschinerie des Flugzeugs zu und ließ ihren Körper spüren, wie der Sinkflug begann. Die Landeklappen stellten sich auf, hoben die Maschine seitlich hoch und drückten sie in eine Linkskurve, dann sank die rechte Tragfläche zurück, und die Maschine flog über die Wüste geradewegs der Landebahn entgegen. Man hörte dieses seltsam hohe Pfeifen des Windes, der das Flugzeug abzubremsen schien, das Drosseln der Triebwerke, dann stieg der Lärm noch einmal scharf an, ohne daß Jane je den Grund dafür verstanden hätte, die Hydraulik schob das Fahrgestell heraus, am Ende rastete es mit einem dumpfen Metallgeräusch ein, und wieder überkam sie das flaue Gefühl, als die Maschine an Höhe verlor. Jane sagte: »Ist bei Ihnen alles okay?«

»Ja«, sagte Mary.

Jane nickte. Das Schönste an ihrem Plan war, daß sie selbst dann eine gute Chance hatten zu entkommen, wenn Mary Perkins – oder was sonst ihr richtiger Name war – in Panik geriet. Mary Perkins säße dann am Steuer eines großen, schnellen Wagens und hätte einen klaren Vorsprung. Die meisten ihrer Verfolger würden höchstwahrscheinlich hinter Jane her sein.

Das Flugzeug setzte rumpelnd auf der Landebahn auf, bremste ab und rollte dann zu seinem Platz am Terminal. Jane stand auf und stellte sich in die Reihe der ungeduldigeren Fluggäste, die schon die Gepäckablagen leerten und im Mittelgang nach vorn zum Ausgang drängelten. Im Korridor der Passagierbrücke bemerkte sie ein paar Schritte vor sich einen Mann. Er war groß und Mitte Vierzig und hatte den konzentrierten, etwas gelangweilten Blick eines reisenden Handelsvertreters.

Sie ging schneller, bis sie an seiner Seite war, dann ging sie mit ihm im Gleichschritt, so daß es aussah, als gehörten sie zusammen. Sobald sie aus dem Korridor heraus war und um die Ecke bog, trennte sie sich von ihm und verschwand im Souvenirladen. Gleich beim Eingang fand sie eine Baseballmütze mit der Aufschrift LAS VEGAS und ein Sweatshirt, auf dem eine Hand fünf Asse hielt. Sie ging zu den Seitenregalen und nahm ein Paar Joggingshorts mit. Der kleine Laden bot keine Schuhe an, aber immerhin faltbare Gummischlappen für Leute, die auf einem langen Flug nachts nicht gern ihre Schuhe anbehielten. Das Ganze dauerte nicht einmal eine Minute, dann stand sie schon an der Kasse.

Sie verließ mit ihrer Einkaufstasche den Laden und ging direkt zur nächsten Damentoilette. In einer Kabine zog sie sich um, warf die nicht mehr benötigten Kleider in den Abfallkorb, nahm die Umschläge des Bordmagazins und kam wieder heraus, lief jetzt aber mit den anderen Passagieren Richtung Ankunftshalle.

Im Gehen sah sie auf die Uhr. Vier Minuten waren vergangen, seit sie ausgestiegen und bei Gate 10 zusammen mit dem Vertreter herausgekommen war. Jetzt hatte sie die Shorts an und das Sweatshirt. In den Nachtschuhen war sie sieben Zentimeter kleiner als auf ihren hohen Absätzen. Sie trug keine Sonnenbrille mehr, hatte ihr Haar zum Pferdeschwanz gebunden und über den hinteren Gummi ihrer Las-Vegas-Baseballmütze durchgesteckt.

Sie ging auf das Gate 12 zu, das auf der anderen Seite der Halle lag, genau gegenüber Gate 10. Über dem Schalter war die Ankunft von Flug 907 der Northwest aus Los Angeles angezeigt. Sie setzte sich in eine der Stuhlreihen, wo schon andere auf die Landung des Flugzeugs warteten, und stellte das Schild, das sie im Flugzeug gemalt hatte, auf ihren Knien auf, so daß es jeder sehen konnte, der es suchte. Darauf stand in großen, schwarzen Buchstaben MARY PERKINS.

Sie bemerkte sofort, daß die zwei Männer sie entdeckt hatten. Sie standen genau richtig postiert, ein wenig voneinander entfernt, aber so, daß sie alle am Gate 10 ankommenden Passagiere des Flugs von Los Angeles im Blick hatten. Beide hatten einen Sportmantel an, möglicherweise waren darunter die Waffen versteckt, die sie jetzt nicht offen tragen konnten. Sie hatten Jane schon nach wenigen Sekunden gesehen.

Sie schauten immer wieder durch die Halle zu ihr herüber, bewegten sich aber nicht von der Stelle.

Nach einer Weile sah Jane, wie zwei Stewardessen aus dem Brückenkorridor am Flugsteig 10 herauskamen und an den beiden Beobachtern vorbeigingen. Sie trugen ihre kleinen Uniformjacken und zogen ihr Gepäck auf Rollen hinter sich her. Jane spürte ihr Herz schneller schlagen. Sie wußte nicht, was Mary getan hatte, um ihr Aussteigen hinauszuzögern, aber sie hatte ihre Sache gut gemacht. Wenn sie es nur noch ein bißchen länger hinzog, konnte Jane die Falle zuschnappen lassen.

Die zwei Männer sahen einander an, eine schweigende Lagebesprechung. Der Anblick des Flugpersonals war ihnen der deutliche Beweis, daß sie nun alle am Gate 10 aussteigenden Passagiere kontrolliert hatten. Die beiden Frauen, die sie hätten finden sollen, waren nicht dabei. Aber gegenüber am Gate 12 wartete jemand und hielt ein Schild hoch, auf dem MARY PERKINS stand. Und dort kam in wenigen Minuten ein anderer Flug aus Los Angeles an. Offenbar hatte man ihnen die falsche Linie und die falsche Flugnummer angegeben. Die Männer waren sich wortlos einig. Zuerst ging der eine zum Trinkwasserbrunnen. Als er durch den Mittelgang zurückkam, bewegte er sich auf das Gate 12 zu, wo Jane saß und wartete. Sie tat, als sähe sie ihn nicht. Sie schaute auf ihre Armbanduhr, auf die Uhr an der Wand, vor sich hin auf den Bodenteppich.

Schließlich setzte sich auch der zweite Mann in Bewegung. Er ging an den hohen Glasfenstern entlang, als sähe er irgend etwas auf der Rollbahn, und kam langsam näher, wie um sich einen besseren Blickwinkel zu verschaffen. Dann, ohne daß er sich auffällig anders entschlossen hätte, war er innerhalb der Sitzreihen vor dem Gate 12. Er mußte sich geirrt und draußen doch nichts gesehen haben. Er sah auf seine Uhr und setzte sich.

Jetzt gab es nur noch eins zu tun. Wenn die beiden Erfahrung hatten oder doch wenigstens eine instinktive Ahnung von ihrer Arbeit, dann mußten sie darauf bedacht sein, Jane keinen Grund zu irgendeiner Befürchtung zu geben. Die Fahrerin eines bestellten Wagens, die Gäste an Flughäfen abholte, fuhr zwangsläufig oft allein durch die Nacht und ging sicher jeder Verfolgung aus dem Weg. Die vernünftigste Position war also hinter ihr und ziemlich weit weg.

Jane richtete ihre Blicke nun entschieden auf das Gate 12, so daß die beiden Männer sich dorthin bewegen mußten, wo sie sie haben wollte. Unter dem Schirm ihrer Mütze sah sie sich zur Kontrolle die Spiegelung in der dunklen Scheibe an. Ja, so war es richtig, jetzt beobachteten die Männer sie von hinten, mit dem Rücken zum Gate 10.

Sie sah eine plötzliche Bewegung hinter ihnen. Mary Perkins war keine Anfängerin. Sie kam sehr schnell aus dem Korridor heraus. Zehn Schritte an den Sitzreihen vorbei, um die Ecke, und sie war verschwunden.

Jane mußte weiterhin die Aufmerksamkeit der Verfolger auf sich lenken. Deshalb stand sie auf und ging näher an das Gate heran. Sie nahm den Platz unmittelbar vor dem Abfertigungspult, setzte sich und stellte ihr Schild sichtbar auf den Knien auf. Ihr Herzschlag beruhigte sich wieder etwas. Im Augenblick stand die Zeit still, und je länger der Zustand dauerte, um so besser für Mary. Die zwei Männer waren überzeugt, daß Marys Flugzeug jede Minute ankommen mußte, aber die Gesuchte war längst auf dem Weg zu den Leihwagen.

Eine Frau, im Aussehen fast dieselbe wie die Ansagerin von Janes Flug hierher, verkündete: »Flug 907 von Los Angeles, Ankunft in etwa vier Minuten an Gate 12.« Jane sah bereits, wie die Scheinwerfer der Maschine über das Ende der Rollbahn zuckten. Sie hielt Kopf und Körper völlig bewegungslos, um den zwei Männern keinen Anlaß zu einem Positionswechsel zu geben. Dann sah sie auch noch, daß es ein großes Flugzeug war, und das erhöhte ihre Erfolgschancen beträchtlich.

Die Maschine rollte aus, erreichte den Terminal und streckte die Nase der Fahrgastbrücke entgegen. Die Bodencrew blockierte die Räder, der äußere Korridor wurde ein Stück weit ausgefahren, bis er den Rumpf berührte, dann schalteten sich die Triebwerke ab. Die Wartenden in Janes Nähe standen auf und drängten nach vorne. Wer in McCarran mit dem Flugzeug ankam, war fast immer ein Fremder, deshalb waren nur wenige Verwandte und Freunde gekommen. Jane stand mitten unter ihnen. Sie hielt ihr Schild hoch und sah die ersten Passagiere herauskommen. Es waren einige Ehepaare mittleren Alters, alleinreisende Männer, einzelne Großmütter. Danach erschien ein knappes Dutzend jüngere Leute beiderlei Geschlechts, vermutlich College-Studenten, und sie erinnerte sich, daß es hier ja auch eine Universität gab. Dann entdeckte sie zwei Frauen, kaum über dreißig, und eine von ihnen war blond.

Sie hielt sich das MARY-PERKINS-Schild unter das Kinn und drehte es blitzschnell um, ohne daß man die Bewegung von hinten sehen konnte. Sie trat aus der Gruppe der Wartenden heraus, so daß die beiden Frauen sie bemerken mußten, und strahlte sie mit aller Liebenswürdigkeit an. Sie lasen, was jetzt auf dem Schild stand: »Privatwagen in alle Hotels, nur vier Dollar.«

Die Blonde blieb stehen und fragte: »Vier Dollar für uns beide oder vier für jede?«

Jane lächelte. »Wenn Sie beide zum gleichen Hotel wollen, mache ich es für sieben.«

»Zum Hotel Caesar.«

»Kein Problem.«

Zu dritt gingen sie nun schnell durch den Mittelgang. Jane blickte sich nicht um, ob die Männer ihnen nachkamen. Sie wußte, sie waren hinter ihnen. Sie sagte: »Waren Sie schon einmal in Vegas?«

Die Blonde hatte sich anscheinend zur Sprecherin der beiden ernannt. »Ein paarmal. Immer wenn wir es gründlich satt haben, uns korrekt zu benehmen. Dann verspielen wir ein bißchen Geld, gehen spät ins Bett und benoten keine einzige Schulaufgabe.«

»Sie unterrichten?«

»Ja«, sagte jetzt die andere, eine Braungelockte. »Sie tun so, als ob man uns das nicht sofort ansieht!«

Jane hatte bei dem, was sie als nächstes sagte, ein schlechtes Gewissen, aber tatsächlich besaßen beide eine gewissermaßen hygienische, geruchsfreie Attraktivität. »Nein«, sagte sie, »hier kommen alle möglichen Menschen an. Ich fahre sie nur herum. Wenn Sie mal hier sind, dann sind Sie das, wofür

Sie sich ausgeben – jedenfalls bis Sie Ihr Geld verspielt haben. Ich hätte wirklich nicht gedacht, daß Sie Lehrerinnen sind. Man sieht es Ihnen echt nicht an.«

»Na ja«, sagte die Blonde.

»Nein, ehrlich. Die zwei Kerle, die Sie von oben bis unten und zurück mit ihren Blicken verschlungen haben, als Sie ausgestiegen sind, ich wette, die halten Sie auch nicht für Lehrerinnen.«

Die Schweigsamere sagte: »Das ist doch zum Lachen!« Als wollte sie es beweisen, lachte sie auch noch.

Jane hatte den Köder ausgelegt, und das reichte für den Augenblick. Irgendwann später, auf dem Weg zur Gepäckausgabe, drehten sich beide garantiert um und sahen sich die Männer an, wobei sie sich umständlich und auffällig bemühten, sich nicht dabei ertappen zu lassen. So ein genaueres Hinsehen hatte nichts mit ihren wahren Interessen zu tun. Sie könnten ebensogut zwei Nonnen sein oder ein lesbisches Paar im zehnten Jahr ihrer lebenslangen Partnerschaft. Sie waren auch nur Menschen, also würden sie hinsehen. Der Gedanke, daß man sie beobachtete, erschreckte sie vielleicht oder war ihnen zuwider oder berauschte sie ein Wochenende lang, in jedem Fall würden sie hinsehen, und dann konnten die zwei Männer sich ihrer Sache sicher sein.

Jane führte sie zur Gepäckausgabe und stand neben ihnen, während sie auf ihre Koffer warteten. Die Brünette sagte: »Sind Sie das? Aber schauen Sie nicht hin.«

Jane schaute nicht hin. Sie sagte: »Groß, Muskeln, dunkles Haar und Cowboy-Stiefel. Der andere kleiner, mit Locken. Beide in Mänteln, keine Krawatte.«

»Ja«, sagte die Blonde, »genau das sind sie.«

Ihre Freundin sah sie überrascht an. »Du hast sie dir angeschaut?«

»Aber natürlich«, sagte die Blonde, »gleich, als ich davon gehört habe. Aber ich habe das Gefühl, die sind nicht unser Typ. Pech für uns.«

In der Brünetten steckte doch mehr, als Jane vermutet hatte. »Vielleicht ist mein Typ in Las Vegas nicht derselbe wie mein Typ in Woodland Hills.« Sie sagte es im Scherz, aber tief in ihrem Innern war sie aufgeregt.

Jane beschloß, die beiden nicht allzu unternehmungslustig werden zu lassen. »In dieser Stadt passieren oft ziemlich unschöne Dinge, wissen Sie. Keiner, den Sie kennenlernen wollen, steht auf der Suche nach einer aufregenden Verabredung in einem Terminal herum.«

Die zwei Reisetaschen kamen auf dem Band an ihnen vorbei, und die Blonde hob sie schwungvoll herunter. Jane nahm sie ihr ab und ging den beiden Frauen voraus zum Ausgang. Wenn Mary Perkins es nicht rechtzeitig geschafft hatte, den Wagen zu mieten, oder – was vielleicht wahrscheinlicher war – wenn sie ihn gemietet und sich danach entschieden hatte, nicht zum hellerleuchteten Terminal und seinen Gefahren zurückzukehren, dann stand Jane allein gelassen am Straßenrand, mit zwei nichtsahnenden Urlauberinnen und ein paar Männern, die den Augenblick zweifellos für eine gute Gelegenheit hielten, die drei Frauen in ein fremdes Auto zu verfrachten.

Die Tür öffnete sich, Jane trat hinaus in die kühle Nachtluft der Wüste, setzte die Taschen ab und sah sich um. Sie gab sich dabei Mühe, nicht nach den beiden Männern zu sehen, aber sie wußte, sie mußten jetzt dicht hinter ihr sein. Im nächsten Augenblick tauchte aus dem Lieferantenparkplatz der United Airlines knapp vierzig Meter entfernt ein Wagen auf und rollte lautlos auf Jane zu. Es war ein schwarzer Lincoln Town Car, und als er näher kam, konnte sie Mary Perkins am Steuer sehen, mit einem Gesicht, das Nervosität und Angst verriet. Fast einen Meter vom Randstein entfernt hielt sie vor Jane an.

Jetzt kam für Jane alles auf Reihenfolge und Timing der nächsten Schritte an. Sobald der Wagen stand, riß sie die hintere Tür auf und sagte: »Rein mit Ihnen.« Als die beiden Frauen auf dem Rücksitz saßen, drückte sie den Verriegelungsknopf herunter und warf die Tür zu. Es war ziemlich leicht, jemanden vom Straßenrand weg zu entführen, aber ihn aus einem verschlossenen Wagen herauszuzerren kostete Zeit und Kraft. Sie hob die Reisetaschen vom Boden auf, rannte zum Heck des Wagens und schlug mit der Faust zweimal auf das Blech. Mary Perkins beugte sich aus dem Fenster und warf ihr die Schlüssel zu. Sie legte das Gepäck hinein, machte den Kofferraumdeckel zu und sah kurz über die

Schulter, während sie zur linken Vordertür lief. Sie konnte die Männer nicht mehr sehen, und das hieß, sie waren irgendwo in der Nähe und stiegen in ihren eigenen Wagen ein. »Ich fahre«, sagte sie.

Mary Perkins hatte kaum Zeit, auf den Beifahrersitz zu rutschen, da saß Jane schon hinter dem Lenkrad und steuerte den riesigen Wagen in die Schleife zur Ausfahrt. Sie fuhr sehr schnell, so daß die beiden Männer denken mußten, es lohnte sich, sie im Blick zu behalten. Auf dem Las Vegas Boulevard bog sie rechts ein. Der Strip begann unmittelbar am Flughafen, und schon glitten sie an den großen Hotels vorbei, rechts das Excalibur, das Tropicana und das Bally, links das Hotel Dunes. An der Flamingo Road standen sie eine Weile vor einer roten Ampel, aber Jane konnte in der langen Scheinwerferkette hinter ihr den Wagen ihrer Verfolger nicht erkennen. Die Ampel schaltete auf Grün, und sie fuhr noch zweihundert Meter weiter zwischen der bewegten Leuchtreklame des Flamingo Hilton und dem Parkplatz des Hotels Caesar, schließlich die lange Auffahrt bis vor den Haupteingang hinauf.

Die Blonde sagte: »Wie kommen Sie eigentlich über die Runden mit bloß vier Dollar pro Fahrt?«

Jane zuckte die Achseln. »Wir haben eine Menge Hotels, eine Menge Flüge und keine Ladenschlußzeiten, also machen wir Überstunden. Wir wechseln uns ab beim Fahren.« Sie wandte sich Mary Perkins zu. »Dabei fällt mir ein: Wenn du ein Nickerchen halten willst, ist jetzt die beste Zeit dafür.«

Mary verstand und lehnte sich in dem geräumigen Sitz zurück. »Danke«, sagte sie. Sie legte sich so hin, daß ihr Kopf nicht über die Rückenlehne ragte.

Vor dem Eingang des Caesar hielt Jane an, rannte sofort zum Kofferraum. Der Portier hielt den beiden Passagieren die hintere Wagentür auf, während ein Page bereits die Reisetaschen an sich nahm. Als der Portier auch die vordere Tür öffnen wollte, fiel ihm Jane in den Arm. »Sie steigt nicht aus.«

Die Blonde sagte »Danke« zu Jane, gab ihr sieben Dollar und folgte dem Gepäck in die Eingangshalle.

Jane sagte zu dem Portier: »Auf dem Flughafen habe ich paar so Dreckskerle gesehen, wie sie hinter den beiden her waren, und nachgefahren sind sie uns auch noch. Ich wollte den beiden nicht damit Angst machen, aber vielleicht möchten Sie Ihren Sicherheitsdienst verständigen.«

Der Portier sagte ernsthaft: »Ja klar. Danke. Mach' ich sofort.« Er ging zu seinem Pult neben dem Eingang und hob den Telefonhörer ab.

Jane setzte sich wieder ans Steuer und ließ den Motor an. »Lassen Sie den Kopf unten«, sagte sie. »Egal, was passiert, Sie bleiben unten und unsichtbar.« Während sie langsam die Auffahrt hinunter und zum Strip rollte, schaute sie sich nach den zwei Männern um. Sie sah sie aus einem großen blauen Wagen aussteigen, den sie seitlich am Gebäude geparkt hatten. Die nächsten Stunden vertaten sie sicher damit, in dem weitläufigen Hotelkomplex die beiden Frauen zu suchen und sie dann eine Zeitlang zu beschatten. Hilfe konnten sie von keinem Hotelangestellten erwarten, und früher oder später kamen dann zwei oder drei sehr höfliche Männer auf sie zu, die sie schon eine Weile auf den Monitoren der Überwachungskameras und durch die Einwegspiegel an der Decke beobachtet hatten, um sie zu fragen, was sie hier suchten.

»Kann ich wieder hochkommen?« fragte Mary Perkins.

»Ja«, sagte Jane, »ich denke, es ist vorbei.«

Mary Perkins setzte sich aufrecht und blickte durch die Windschutzscheibe. »Das ist doch der Flughafen da vorn. Ich dachte, wir lassen ihn hinter uns.«

»Das machen wir nicht.«

»Warum nicht? Es ist dunkel, die Straßen sind leer, wir könnten hundertfünfzig fahren.«

Jane seufzte. »Weil es so besser ist.«

Sie gaben den Leihwagen am Parkplatz der Firma zurück, gingen in den Terminal und kauften sich zwei Tickets für den nächstbesten Flug. Zufällig ging er nach New York mit einem Zwischenstop in Chicago. Sie mußten sich beeilen, um ihn noch zu erreichen. Es war fast drei Uhr morgens, und wenn jetzt noch ein Verfolger Janes prüfendem Blick entgehen wollte, mußte er sich schon als Möbelstück verkleidet haben. Sobald sie ihre Sitze eingenommen hatten, flüsterte Mary Perkins: »Ich kann es noch immer nicht glauben. Mittlerweile wissen die beiden Kerle gar nicht mehr, was überhaupt los ist, und noch weniger, wo wir sind.«

»Wir sind am Leben«, sagte Jane ruhig, »und jetzt schlafe ich. Wecken Sie mich nicht, bevor wir in Chicago sind.«

Sie schloß die Augen und machte sich darauf gefaßt, daß ihr jetzt wieder die Erlebnisse der letzten Tage von neuem durch den Kopf gehen würden. Wenige grellscharfe, lärmende Szenen, die vor ihrem inneren Auge aufblitzten, aber ohne Ordnung und Zusammenhang, so daß sie ihr nur geringe Schmerzen verursachten. Nachdem sie einige Minuten lang eingenickt war, stürmte das erste Bild auf sie ein, bevor sie sich ducken konnte, um ihm seine Wucht zu nehmen. Das reflexartige Zucken weckte sie auf, aber dann entspannte sie ihre Muskeln wieder und fiel in den tieferen Schlaf der Tiere, der sie mit Dunkelheit umhüllte, in sicherem Abstand zu den jüngsten Erinnerungen.

5

Als die Maschine schon im Sinkflug war, wurde der Druck auf die Ohren stärker, und sie wachte auf. Die Triebwerke wechselten in eine andere Tonart, und sie drückte auf den Knopf, der ihre Rückenlehne wieder aufrecht stellte. Der Schlaf hatte in ihren Schultern eine lästige Starre hinterlassen, aber sie war hellwach. Früher glaubten die alten Leute, daß der Ort, an dem man geheime Botschaften erfuhr, der Traum war. Manchmal drückte der Traum die unbewußten Wünsche der Seele aus, und zu anderen Zeiten war er eine Botschaft, die ein Schutzgeist dort hinterlegt hatte. Das waren nur zwei Formulierungen für dieselbe Sache. Wenn es so etwas gab wie die Kraft des Übernatürlichen, dann waren sowohl der Schutzgeist als auch die Seele übernatürlich. Und wenn es keine solche Kraft gab, dann war die Seele eben die Psyche und der Schutzgeist der unsichtbare Freund der einsamen Seele.

Dieses Mal konnte sich Jane an nichts erinnern, was ihr die letzten drei Stunden an Eindrücken durch den Kopf gegangen war. Vielleicht war gerade das die Botschaft ihres Unterbewußtseins: Es ist genug. Sie hatte während der vergangenen Tage so viel Tragik und Gewalt in ihrem Gedächtnis abgelegt, daß die Sicherung durchbrannte und das Licht ausging. Die Ruhe hatte ihr geholfen: Sie konnte wieder klar denken. Während sie im O'Hare-Flughafen durch den Terminal gingen, sah sie sich die Ankünfte und Abflüge auf den Monitoren an.

»Noch mal Fangen spielen?« fragte Mary Perkins.

Jane behielt den schnellen Schritt bei und zog sie mit sich. »Wenn man das Spiel einmal angefangen hat, dann muß man auf Gewinn spielen. Und das heißt alle Bewegungen im Kopf haben. Wir haben zwei Männer nach New York geschickt, mit einem Zwischenstop in Chicago. Die zwei, die wir in Las Vegas zurückgelassen haben, werden sich die Flugpläne ansehen und herausfinden, daß um dieselbe Zeit, zu der wir abgeflogen sind, eine Maschine nach Chicago ging. Wenn man die Verfolger so durch die Gegend jagt, daß sie einem über den eigenen Weg laufen, dann wird es Zeit, den Weg zu verlassen.«

Sie gingen zusammen mit den übrigen Passagieren Richtung Gepäckausgabe, bis sie an den Leihwagenfirmen vorbeikamen. Hier führte Jane ihre Begleiterin zur Seite. Minuten später saßen sie in einem weißen Plymouth und fuhren über die Schnellstraße 294 der Route 80 entgegen.

Jane fuhr schnell, aber mit gleichmäßigem Tempo, immer mitten in einer Gruppe von Wagen mit derselben Geschwindigkeit. Beim Fahren zählte sie noch einmal durch: zwei Männer durch einen Trick auf den Flug nach New York gebracht, drei, die am Gate in Los Angeles zurückgeblieben waren, zwei auf der Jagd nach der falschen Frau in Las Vegas. Sieben. Der eine, der kurz vor dem Einsteigen in das Flugzeug nach New York noch am Telefon war, hatte zweifellos jemandem eine Meldung durchgegeben, also waren es mehr als sieben. Wer waren sie? Und warum war Mary Perkins diesen ganzen Aufwand wert?

»Wohin fahren wir?« fragte Mary Perkins.

»Detroit«, sagte Jane, »ungefähr vierhundertfünfzig Kilometer.« Sie wandte den Kopf nach rechts und beobachtete aufmerksam den rechten Außenspiegel, ob ein Autoscheinwerfer sich ihnen näherte. »Im Flughafen sagten Sie, Sie hätten keine Zeit, mir irgend etwas zu erklären, und ich hätte keine Zeit, Ihnen zuzuhören. Jetzt haben wir fünf Stunden vor uns.«

Mary Perkins saß lange schweigend da. Sie kamen an einer Ausfahrt vorbei, wo oben auf einem Gebäude, hoch über den Tankstellen am Boden, ein grelles Reklameschild leuchtete. Mary ließ ein kurzes Prusten hören, ein abgekürztes Lachen. »Jimmy Fugazi's End Zone Restaurant. Ist Ihnen schon mal aufgefallen, daß sich all diese Kerle, wenn sie zu alt werden für ihren Sport, ein Restaurant kaufen?«

Diesmal schaute Jane sie an. Mary war vermutlich erst in den Dreißigern, aber sie war schon zu sehr bedacht auf eine gutaussehende Frisur, ihre Haut, ihre Garderobe. »Ich denke mir, irgendwo müssen sie ihr Geld ja investieren.«

»Jeder Profisportler möchte sein eigenes Restaurant«, verkündete Mary. »Das hat überhaupt nichts mit Geld zu tun. Es hat damit zu tun, daß sie es nicht aushalten, wenn keiner sie mehr anschaut und bewundert. Dem dümmsten Jockey ist doch klar, daß er mit jedem Aktienfonds mehr Geld macht, aber alle Profisportler möchten ihr Restaurant. Jeder Gangster hat seins schon. Was er möchte, ist ein Spielcasino. Ein Gangster ist grundsätzlich faul, und mit einem Casino kommen die Leute zu ihm, um sich ausrauben zu lassen, und sie bringen ihr Bargeld mit, das er ihnen abnehmen kann, und gleichzeitig legt er dabei das Finanzamt rein. Es gibt nur ein Spiel, das noch mehr abwirft.«

Jane spürte, daß Mary Perkins sich langsam an den Teil herantastete, den sie bisher verschwiegen hatte, und wartete geduldig.

»Was mit mir passiert ist«, sagte Mary Perkins, »also eigentlich ja nicht mit mir ... das war so, daß irgendwann 1982 der Kongreß in Washington das Garn-Saint-Germain-Gesetz verabschiedete. Es machte ziemlich radikal Schluß mit den Auflagen für Sparkassen aller Art. Ab da konnten sie verlangen, was sie wollten, auszahlen, was sie wollten, kaufen und verkaufen, was sie wollten; sie konnten von überall her Einzahlungen annehmen und dann das Geld ganz nach Belieben verleihen, wie es ihnen Spaß machte, oder es auch nicht verleihen, sondern es selbst investieren. Ich merkte: Das war vermutlich in diesem Land die erste Riesenchance, seit sie bei Sutter's Mill Gold entdeckt hatten, also sprang ich auf den Zug auf.« Sie sah zu Jane hinüber, ob sich ihr Gesichtsausdruck verändert hatte. Das war nicht der Fall, und sie erzählte weiter. »Es war ja nicht bloß so, daß es jetzt fast keine Regeln gab, es war auch niemand mehr da, der sie durchgesetzt hätte. Das war so vorgesehen im Plan. Wo es keine Kontrollen gibt, braucht man auch keinen Kontrolleur einzustellen. Reagan hat einfach eine Menge Beamte aus der Gehaltsliste der Regierung gestrichen.«

Endlich hatte Jane einmal etwas Wahres über Mary Perkins zu hören bekommen. Sie war eine Diebin. Aber bevor sie genauer wußte, was Mary Perkins gestohlen hatte, konnte man unmöglich sagen, wer hinter ihr her war. »Was hatten Sie denn mit Kreditinstituten zu tun?«

»Mein erster Job nach dem College war in so einer Sparkasse. Als ich anfing, da kannte die Bankenaufsicht noch jeden Banker persönlich, und die gesetzlichen Bestimmungen waren fünfzig Jahre alt. Die Geldeinlagen kamen von den Leuten in der Stadt, von ihren Sparbüchern, und die Auszahlungen waren für Hypotheken auf die Einfamilienhäuser derselben Stadt.«

»Und Sie, vermute ich, gehörten zu denen, die damit Schluß machten?«

»Nein, nein, ich war nur ein kleiner Fisch. Die Party war schon im Gang. Das war es wirklich, eine große Party. Sie müssen wissen, was da lief. Eines schönen Tages gibt es keine Bestimmungen mehr, und jede Sparkasse legt ihre eigenen Zinsen fest. Am nächsten Tag gehen die Geldhändler hin und sammeln Spargelder aus der ganzen Welt ein und zerstückeln sie in lauter Hunderttausend-Dollar-Beträge und zahlen sie in diesem Land bei dem Kreditinstitut ein, das an dem Tag gerade die höchsten Zinsen abwirft. Wenn also die kleine Hausbank in Kinkajtou, Texas, zufällig einen Viertelpunkt höhere Zinsen hat, fließen bei ihr plötzlich ein paar Millionen Dollar als Einlagen herein: arabisches Geld aus Ölverkäufen, irgendwie abgeschöpfte Einnahmen von Unternehmen, Drogengelder aus L. A. und Miami, Yakuza-Gelder aus Japan, Geld, das die CIA erst noch waschen möchte, bevor sie es irgendwo einem Diktator zusteckt, und jede Menge Steuergelder.«

»Einen Moment. Was heißt Steuergelder?« Vielleicht hatte Jane sich getäuscht in ihrer Beurteilung der Männer im Terminal. Wenn es Regierungsbeauftragte waren, so war die Verfolgung einer solchen Frau seit langem vorbereitet.

»Aber klar doch. Glauben Sie, die legen das Geld beim Präsidenten unter die Matratze? Nehmen wir an, wir haben ein Milliarden-Budget für irgendein Regierungsprogramm. Sie können es nur als kurzfristiges Festgeld anlegen, damit sie es sofort haben, wenn sie es brauchen. Der Geldhändler steckt es immer dahin, wo die Zinsen am höchsten sind. Bei acht Prozent sind die Zinsen auf eine Milliarde Dollar für ein halbes Jahr vierzig Millionen, richtig?«

»Sie sind die Expertin.«

»Und dieses Geld kann nicht einfach still herumliegen. Es kann sich nicht irgendwo ausruhen, falls die nächste Bank einen höheren Zinssatz bietet. Ein Prozentpunkt bei einer Milliarde sind zehn Millionen. Und da gab es ja alle möglichen öffentlichen Gelder, die Haushalte von Städten und die der Regierung, die Budgets von Universitäten, Einnahmen ganzer Staaten, die ihr Geld Monate früher bekamen, als sie es ausgeben mußten. Sie rechneten sich die verfügbare Zeit in Habenzinsen um, mit denen sie ihre Mittel aufstocken konnten. Und es war ganz egal, ob das Geld in der Bank of America lag oder in der Stadtbank von Corncob, Iowa, weil ja jeder Penny versichert war.«

»Und worin bestand dabei Ihre Riesenchance?«

»Vergessen wir mich mal im Augenblick. Zuerst mußte nämlich noch etwas anderes geschehen. Also: Bei der Sparkasse in Glockenspiel City ist plötzlich der große Zirkus los.«

»Was ist so Besonderes an der Sparkasse in Glockenspiel City?«

»Das ist doch diese Tante-Emma-Bank, dic im Laufe von zwanzig Jahren insgesamt eine Million an Spargeldern gesammelt hat. Eines Tages liegen ihre Zinsen auf das Festgeld gerade mal richtig, und ein paar Tage später haben sie Einlagen in der Höhe von vierhundert Millionen. So etwas ist öfter passiert, als Sie sich überhaupt vorstellen können. Die Sache hatte aber auch ihre Tücken. Sagen wir mal, sie bieten neun Prozent. Das heißt, sie müssen es für zehn, vielleicht sogar elf Prozent verleihen. Aber in Glockenspiel City gibt es kaum etwas, in das jemand Geld für zehn Prozent investiert, und ganz sicher nichts, in das einer gleich vierhundert Millionen reinstecken könnte. Also muß die Bank es auf die gleiche Weise re-investieren, wie sie es bekommen hat, das heißt in der großen weiten Welt außerhalb von Glockenspiel City.«

Mary Perkins erzählte das alles mit Begeisterung, als säße sie überhaupt nicht in einem Wagen, der durch den Mittelwesten fuhr, um ihr das Leben zu retten. Anscheinend beruhigte es sie, sich auf vertrautem Gelände zu bewegen, in einer Welt voller Zahlen. Jane ließ sie weitersprechen.

»Der Chef der Sparkasse in Glockenspiel ist ein Mann namens Cyrus Curbstone. Er macht immer dasselbe, Jahr für Jahr, zahlt drei Prozent auf Spareinlagen, verlangt sechs Prozent für einen Kredit. Er kennt seine Grenzen, weil sie seit den dreißiger Jahren im Gesetz niedergelegt sind. Er ist ehrlich. Er ist hier geboren und hat auf dem Friedhof zwei Gräber für sich und Mrs. Curbstone reservieren lassen, gleich hinter seiner Urgroßmutter und links neben Colonel Curbstone, der im Bürgerkrieg bei Gettysburg gefallen ist. Aber ich weiß, daß Cyrus Curbstone eine schwache Stelle hat.«

»Sie sagten doch, er ist ehrlich. Was war seine Achillesferse?«

»Eines Morgens wacht Cyrus auf und findet sich auf einem anderen Stern wieder. Er muß jetzt neun Prozent zahlen und elf verlangen. Seine Eine-Million-Dollar-Bank hat plötzlich vierhundert Millionen zu verwalten. Die kann er auf normale Art und Weise gar nicht so schnell anlegen, daß er die vierzig oder fünfzig Millionen schafft, die er braucht, um noch einen Gewinn zu machen. Da kommt eine freundliche Person hereinspaziert: vielleicht ich selber. Vielleicht bin ich ihm empfohlen worden von einem Geldhändler, der ihm sehr viele dieser Hunderttausend-Stückelungen eingebracht hat. Oder ich habe zufällig einen seiner besten Kunden auf einer Party kennengelernt. Jedenfalls bin ich ein Immobilienplaner, ein Bauträger oder der Mehrheitspartner in einer Kommanditgesellschaft. Ich besitze ein Stück Land, das bisher mit zwanzig Millionen bewertet wird und das ich zu einem Urlaubszentrum ausbauen möchte, und dafür brauche ich als Finanzierung einen Kredit von zehn Millionen.«

»Und das Stück Land gibt es wirklich?«

»Sicher. Das heißt aber nicht, daß ich es tatsächlich besitze oder daß es wirklich zwanzig Millionen wert ist.«

»Haben die sich nicht den Kaufvertrag angesehen?«

»Sicher. Der Besitzer ist etwa die Pan Financial in San Diego oder die Super-Immo in Boca Raton. Ich bin eine Angestellte.«

»Und wie haben Sie es gedreht, damit es seine zwanzig Millionen wert war?«

»Damals gab es noch keine gesetzliche Zulassungsbeschränkung für Immobilienschätzer in diesem Land. Also beschaffte ich mir eine Bewertung, die genau das hergab, was ich wollte. Und dann machen wir einen Landtausch.«

»Was ist das denn?«

»Sie kaufen es für eine Million. Dann verkaufen Sie es Ihrem Schwager für sechs Millionen. Er verkauft es an Sie zurück für zehn. Sie verkaufen es an Super-Immo für zwanzig.«

»Und das hat funktioniert?«

»Natürlich hat das funktioniert. Das macht man so seit den alten Römern.«

»Aber wenn der Trick so abgestanden ist, war er da nicht ziemlich riskant?«

»Haben Sie schon mal den Ausdruck ›hochmotivierter Verkäufer‹ gehört?«

»Ja.«

»Also, an dem Tag, als Cyrus Curbstone diese unzähligen Geldhändlereinzahlungen bekommt, wird er zu einem hochmotivierten Kreditgeber. Er hat vierhundert Millionen zu verleihen. Falls er es mit zehn Prozent hinkriegt, macht das vierzig Millionen. Seinen Einlagekunden zahlt er neun Prozent, das sind sechsunddreißig Millionen, dann zahlt er noch seine Verwaltungskosten, und dann bleibt ihm ein Gewinn von vielleicht zwei Millionen. Er ist Teilhaber der Bank oder besitzt zumindest ein großes Aktienpaket. Die übrigen sind Leute aus seiner Stadt, seine Freunde. Er möchte unbedingt diesen Gewinn. Aber wenn er das Geld einfach im Safe der Bank herumliegen läßt, verliert er jeden Monat drei Millionen. Das sind jeden Tag hunderttausend. Jede Stunde fast viertausendzweihundert. Was ich sagen will: Es kostet den armen Kerl dreiunddreißigtausend Dollar, wenn er sich mal acht Stunden schlafen legt.«

»Das heißt, er hat sich etwas vorgemacht.«

»Nein. Cyrus hatte bisher nicht mit großen Zahlen jongliert, aber er war nicht dumm. Und ich war eine attraktive, gewinnende Geschäftsfrau. Ich zog mich gut an. Ich duftete. Ich konnte lächeln, ich hatte Geld. Ich hatte eine boomende Firma und wollte sie noch vergrößern. Blühende Geschäfte brauchen Banken, und Banken brauchen blühende Geschäfte. Er ließ sich reinlegen, weil er genau das tat, was man von ihm erwartete: Die ersten zwei Jahre sieht eine große Firma immer genauso aus wie die Firma, die ich ihm vorstellte. Also holte er sein Scheckheft heraus.«

»Aber wenn er nun ...«

»Wenn er nein gesagt hätte? Wenn Cyrus nicht angebissen hätte, dann hätte ich ihn einfach jemand anderem überlassen, dessen Masche ihm eher zusagte, und wäre in die nächste Stadt zu seinem Freund Homer gegangen, der mittlerweile schon fünfhundert Millionen umschaufeln mußte. Aber so etwas war fast nie nötig. Cyrus hätte schon sehr scharf nachdenken müssen, um einen Grund für eine Ablehnung zu haben, und er wußte, er hatte nicht mehr die Zeit dafür. Er mußte einen Job finden für seine Dollars.«

»Also gut, Sie hatten Ihren Kredit. Was geschah dann?«

»Super-Immo hatte den Kredit. Super-Immo gab ihn aus: Baukosten, Löhne, das alles. Aber Super-Immo vergaß, die Kreditzinsen zu zahlen.«

»Und wie reagierte Cyrus?«

»Ich lasse jetzt ein paar Telefonate aus, die Krisensitzungen und Drohgebärden. Die nahmen normalerweise einige Monate in Anspruch. Irgendwann merkt Cyrus, daß er ein Problem hat. Er kann jetzt Verschiedenes tun. Er kann die Zwangsvollstreckung betreiben. Ich bin einverstanden. Ich habe gerade ein Stück Manitoba für zehn Millionen verkauft. Er kann aber auch meine Entschuldigungsgründe anhören und den Kredit in einen neuen Kredit umschulden, der nun auch die Zinsen, die ich ihm schulde, einschließt. Jetzt haben wir also einen Kredit von elf Millionen. Nicht selten hat eine Bank fünf Jahre lang auf diese Weise immer wieder umgeschuldet.«

»Aber warum?«

»Weil Cyrus ja noch überhaupt kein Geld verloren hat, solange er den Kredit nicht als Ausfall meldet. Wenn er den neuen Kredit gewährt, hat er nicht nur die zehn Millionen nicht verloren, er hat sogar eine Million mehr Aktiva in der Bilanz. Damit gibt sich die staatliche Bankenaufsicht zufrieden, falls sie vor lauter Überlastung je dazu kommt, sich Cyrus vorzunehmen. Die Bank steht besser da als vorher, und Cyrus hat eine kleine Atempause.«

»Aber wozu braucht er eine so teure Atempause?«

»Weil er doch die vierzig Millionen noch nicht erreicht hat, die er braucht, um einen Gewinn herauszuschlagen. Wenn er sehr fleißig war, hatte er vielleicht fünfunddreißig Millionen geschafft, das wären achtdreiviertel Prozent. Er muß aber seinen Einlegern immer noch neun Prozent zahlen, das heißt, er ist am Ende des ersten Jahres mit ungefähr einer Million in den Miesen. In gewisser Hinsicht ist das nicht einmal so schlecht: Es hat eine Million Dollar gekostet, seine Bank vierhundertmal so groß zu machen wie im Jahr davor. Aber von jetzt an steckt er in einer Tretmühle, und die dreht sich immer schneller. Er muß jetzt weitere Anlagen heranschaffen, damit er mehr Kredite vergeben kann. Wenn er also noch mal zweihundert Millionen bekommt, dann macht er im nächsten Jahr vielleicht fünfzig oder sechzig Millionen, und damit holt er die eine Million Verlust leicht wieder herein. Ich sagte ja, dumm ist er nicht. Er weiß, auf dem Papier sieht das alles wunderschön aus, solange er die Mühle schnell genug am Laufen hält. Aber wenn jemand jetzt eine Momentaufnahme macht, das heißt: den Betrieb mal eben anhält und ihn genauer betrachtet, dann ist die Bank insolvent. Deshalb hat er ein hohes Interesse daran, das System in Bewegung zu halten.«

Irgend etwas fehlte noch in der Geschichte, die Mary Perkins erzählte: Wer waren die sieben Männer, die sie verfolgten? »Aber jetzt mußte er doch eingesehen haben, daß Sie ihm das Geld niemals zurückzahlen werden.«

»Man könnte sagen, sie wußten alle irgendwie zuviel. Sehen Sie, Cyrus war schon so lange in diesem Geschäft und hatte oft erlebt, wie die Probleme kommen und gehen, in den siebziger Jahren die Ölkrise und der Zusammenbruch des Aktienmarkts, später die Inflation. Er ist ein Überlebensexperte. Gar keine Frage, daß das nicht ewig so weitergehen konnte. Wenn er es durchstand, dann kam er am Ende als Chef einer riesigen Firma heraus, und der Kassensturz konnte noch eine Weile warten. Aber wenn er jetzt ausstieg, dann war er überhaupt nicht mehr im Geschäft. Manchmal taten diese Leute alles, um das Geld in Bewegung zu halten – sie gaben jeden nur möglichen Kredit aus, und dann frisierten sie die Bücher, damit er schön ordentlich wirkte.«

»Also bekamen Sie jedesmal Ihren hohen Kredit und verschwanden mit dem Geld.«

»Das war meine Spezialität. Andere machten damals Schlagzeilen, indem sie total verrückte Firmengruppen zusammenbauten. Sie gaben sich selber Kredite, um damit irgendwelche Geisterstädte in die Wüste zu stellen, und zahlten für diese Arbeit sich und ihren Familien fünfzig Millionen aus. Aber was ich Ihnen eigentlich sagen will: Das ging alles eine ziemlich lange Zeit so weiter, und die paar, von denen Sie etwas in der Zeitung gelesen haben, waren beileibe nicht die einzigen. Es waren nicht mal die einzigen, die dabei erwischt wurden, sondern bloß die wenigen, die verurteilt wurden. Sie hatten wirklich Pech.«

»Wieso?«

»Weil es normalerweise so zugeht: Ein kleiner Beamter des Bundesaufsichtsamts, ohnehin völlig überlastet, schafft es vielleicht wirklich mal, sich alle Kreditverträge anzusehen; aber dann muß er diesen speziellen herauspicken und feststellen, daß etwas daran oberfaul ist; er zieht Erkundigungen ein, kriegt die falschen Antworten und überredet seinen Vorgesetzten, jetzt genau diesen Kredit unter die Lupe zu nehmen und nicht irgendeinen anderen. Sogar damals war die

Kompliziertheit des ganzen Vorgangs erstaunlich. Was man überall zu hören bekam von diesen Kontrolleuren, die mit eiskaltem Blick im Morgengrauen hereinplatzen und alles versiegeln und absperren, das war nichts als Desinformation. Das war nie so. Nicht ein einziges Mal.«

»Glauben Sie, man hat so was nur für die Fernsehkameras inszeniert?«

»Nein, nein, die Bilder waren schon echt. Nur was vorher passierte, das haben sie nicht gezeigt. Die Kontrolleure stellen Fragen. Dann vergehen erst einmal sechs Monate, und währenddessen macht die Bank Sperenzchen und redet sich heraus. Dann schickt der Vorgesetzte eine informelle Rüge.«

»Was ist das?«

»Die haben da lauter so komische Namen: informelle Rüge und Mißbilligung und Verwarnung. In dem Brief wird also beschrieben, was sie herausgefunden haben und daß die Bank das gefälligst in Ordnung bringen soll. Dann vergehen wieder sechs Monate, und dann kommt der Kontrolleur wieder in die Bank und sieht, daß sie nichts in Ordnung gebracht hat. Er gräbt ein bißchen tiefer nach anderen Sachen, oder er zwingt die Bank, den Kredit von der Haben- auf die Sollseite umzubuchen. Dann vergehen wieder sechs Monate, und schließlich kommt die Mißbilligung. Und dann erst die Verwarnung.«

»Aber das ist doch lächerlich.«

»Klar ist es das. Der ganze Kontrollmechanismus stammt noch aus der Zeit, als jeder in diesem Geschäft jemand war wie Cyrus Curbstone. Wenn er früher einen Hinweis auf Unstimmigkeiten bekommen hätte, dann hätte er sich so darum gekümmert, als wäre sein Hausdach undicht. Das System war so geplant: Erst sagte man: ›Bitte überprüfen Sie das!‹, dann: ›Haben Sie das Problem gelöst?‹, dann: ›Na schön, wir sagen Ihnen, wie Sie es machen müssen‹, dann: ›Wenn Sie es nicht machen, machen wir es‹ und schließlich: ›Jetzt kommen wir!‹«

»Man fragt sich, wie sie jemals einen dieser Leute erwischt haben.«

»Das war so, als würde man von einem Gletscher verfolgt. Man konnte ein ganzes Leben so weitermachen, und er kam überhaupt nicht näher. Das heißt, er kam natürlich näher. Aber man hatte jede Menge Zeit, ihm aus dem Weg zu gehen.«

»Und ein paar haben zu lange gewartet.«

»Nur ein paar. Ungefähr tausend trieben es wirklich so weit, daß sie unter Anklage gestellt wurden. In diesem Fall waren ihre Einlagen und Kredite so chaotisch, daß die Bundesaufsicht sie ganz oben auf die Liste der zu schließenden Banken setzte. Dafür mußten sie aber schon ein paar Millionen pro Tag verlieren. Dann mußten zwei, drei Beamte erst noch zu dem Ergebnis kommen, daß das Vorgehen des Bankers derart schuldhaft war, daß es sich für sie lohnte, vier Jahre ihres Lebens mit den Ermittlungen zu verbringen. Dann mußte ein Staatsanwalt sicher sein, daß der Fall wirklich wasserdicht war und er nicht etwa die Erfolgsbilanz der Bundesaufsicht verschlechterte. Und dann mußten die Kontrolleure sicher sein, daß die Bank auch wirklich so viel gestohlen hatte, daß sie sich am Ende der Zivilklage auch genügend Millionen zurückholen konnten, um die Millionen zu bezahlen, die die Verhandlung kostete, und noch ein paar weitere Millionen, damit es auch für die brave Steuerzahlerin so aussah, als hätte man ihr Geld zurückbekommen, und dann noch ein paar Millionen mehr, damit es so aussah, als hätte man den Kopf des Bankers zur Abschreckung für alle anderen Bauernfänger an der Stadtmauer aufgehängt.«

»Und hatte das irgendeinen Effekt?«

»Keinen sehr durchschlagenden. Bevor jemand vor Gericht kam, mußten sich erst der Richter und die Geschworenen durch die ganzen Akten durcharbeiten, die Kreditverträge, die wechselnden Besitzverhältnisse, die Schätzungen und Gutachten. Ein normaler Mensch versteht ja schon seine eigene Steuererklärung nicht. Und dann war dieser ganze Papierkram so abgefaßt, daß er einen erfahrenen Buchprüfer täuschen mußte. Die Papiere stellten die Banken in fast allen Fällen als bedauernswerte Opfer hin. Und wenn Sie mich fragen: Meistens waren sie das ja auch. Ein Drittel kam überhaupt nicht bis zur Anklageerhebung, und vom Rest wurde vielleicht die Hälfte verurteilt für etwas, das mit Gefängnis bedroht war. Im Durchschnitt war die Strafe drei Jahre.«

»Sie sagten, man hat die Banken so ausgewählt, daß man

ihnen auch eine Zivilklage anhängen konnte. Die hatten sie doch immer noch zu fürchten.«

»Schon, aber sie sagten alle, daß sie pleite waren. Auch wenn sie in der Schuhschachtel unterm Bett hundert Millionen Dollar versteckt hatten, zeigten sie irgendein Papier her zum Beweis, daß sie jemandem zweihundert Millionen schuldeten.«

»Ich weiß aber, daß die Regierung Grundstücke und Gebäude und Wertsachen beschlagnahmt hat. Und das wurde dann verkauft.«

»Wenn Sie so viel lesen, dann brauchen Sie mich eigentlich nicht zu fragen, wie das alles funktionierte. Die Banken und Sparkassen, die die Regierung übernahm, waren nur die schwärzesten Schafe, denn mehr Geld stand ihr nicht zur Verfügung. Die schlimmsten waren solche, die einen Landtausch durchzogen, um den Preis für ein paar Hektar in einer Giftmülldeponie in die Höhe zu jagen, sagen wir von einigen Tausend auf eine Million, und die dann einen windigen Bauträger beauftragten, eine Bruchbude hinzustellen, damit dann auch noch der Quadratmeterpreis in der Umgebung stieg.«

»Eine interessante Geschichte«, sagte Jane. »Aber sie spielt in der Vergangenheit. Sie ist seit einigen Jahren zu Ende.«

»Aha«, sagte Mary Perkins, »dann lassen Sie mich eine Frage stellen. Wo ist es?«

»Was?«

»Das Geld.«

»Es war doch von vornherein kein wirkliches Geld, oder? Wenn Sie etwas haben, das tausend Dollar wert ist, und Sie sagen, es ist eine Million wert, und am Ende geht der Wert wieder auf tausend zurück, dann ist doch nichts Entscheidendes passiert.«

»Es ist aber doch etwas passiert. Jemand ist zur Tür hinausgegangen, in der Hand einen Scheck über eine Million Dollar, die er vorher nicht hatte, also mit einem Profit von neunhundertneunundneunzigtausend Dollar. Die Sicherheiten dafür waren falsch, aber das Geld, das die Bank ihm gegeben hatte, war richtiges Geld. Er mußte es nicht mal versteuern. Kredite sind kein Einkommen, sondern abzugsfähige Kosten.«

»Das habe ich im Augenblick vergessen.«

»Klar haben Sie es vergessen. Das sollen Sie ja auch. Jeder hat sich daran gewöhnt, daß Geld etwas Flexibles, Elastisches ist. Dann heißt es, das Geld muß umlaufen und fließen, mal ist es hart, mal ist es weich. Warum soll es da nicht auch einfach verdunsten, sich in Luft auflösen?«

»Irgend jemand hat es, aber wenn niemand mehr die Hand drauflegen kann, dann ist es tatsächlich verdunstet. Ende der Geschichte.«

»Von wegen«, sagte Mary Perkins. »Jetzt kommen wir zur zweiten Runde.«

»Was passiert in der zweiten Runde? Die Zehntausend, die dem Gericht durch die Finger geschlüpft sind, machen einfach weiter?«

»Nein. Nehmen wir an, die Kreditindustrie ist in einer Flaute. Die kleinen Sparkassen gibt es nicht mehr. Die paar, die übrig sind, sind normale Banken, die bloß noch nicht ihren neuen Namen tragen. Diese Gans mit den goldenen Eiern ist also geschlachtet. So ein Dreh geht am besten in der Hochkonjunktur, wenn alle viel zu beschäftigt sind, um noch irgendwas nachzuprüfen, wenn beinahe jedes Geschäft, das ich angeblich vorhabe, einen garantierten Gewinn abwirft und der Wert der Sicherheiten immer nur steigt. Aber da ist noch eine unerledigte Sache.«

»Und was ist unerledigt?«

»Ich erzähle Ihnen mal einen anderen typischen Fall. Die Geschichte von dem, der ins Kreditgeschäft eingestiegen ist, kurz nachdem die neuen Gesetze in Kraft waren. Vorher war er nur ein kleiner Fisch. Die Regierung schließt ihm 1989 oder 1990 seinen Laden, zu der Zeit, als sie die ganzen kleinen Sparkassen übernahmen, von denen er sich seine Kredite holte. Die vier Jahre, die das Gericht braucht, um ihm die passende Schlinge umzuhängen, schlängelt er sich irgendwie durch. Sein Verteidiger und der Staatsanwalt verhandeln über eine geringere Strafe: Er wird bei den Ermittlungen behilflich sein, sitzt für einen einzigen Anklagepunkt – eine falsche Angabe in der Kreditbewilligung – sechs Monate ab und bietet zwanzig Millionen Schadensersatz.«

»Und das Gericht geht darauf ein?«

»Würden Sie?«

»Nein.«

»Sehen Sie, die haben es auch nicht getan. Wenn er zwanzig anbietet, hat er vierzig. Und er hat es nur auf eine Art bekommen: Er hat es gestohlen. Also stellen sie ihn vor den Richter. Er wird verurteilt. Er kriegt die üblichen drei Jahre und muß außerdem fünfzig Millionen zurückzahlen. Er sagt, er sei pleite. Sie sagen: ›Er ist kein bißchen pleite.‹ Sie sperren ihn ein und suchen nach versteckten Konten und Decknamen und solchem Zeug. Sie finden nichts. Er macht seine drei Jahre. Irgendwann während dieser drei Jahre ist alles, was er in seiner Bank getan hat, verjährt.«

»Heißt das, er ist ein freier Mann? Man kann ihm nichts mehr tun?«

»Er kann nicht ein zweites Mal für die Straftat, mit der er sich das Geld beschafft hat, angeklagt werden. Natürlich kann er nach wie vor nicht beweisen, daß er zwanzig oder vierzig oder hundert Millionen besitzt. Da hängt immer noch das Schadensersatzurteil über ihm, und seine Aussage unter Eid, er hätte kein Geld, war ein neues Delikt. Aber im großen und ganzen liegen die rein rechtlichen Probleme hinter ihm. Was er jetzt hat, sind ganz andere Probleme.«

»Und zwar welche?«

»Sie müssen sich den Kerl genauer ansehen. Daß er nur drei Jahre kriegte, hatte folgende Gründe.« Sie zählte sie auf mit Hilfe ihrer langen, dünnen Finger, die Nägel scharf wie Messerspitzen. »Er war vorher noch nie straffällig geworden. Er war offensichtlich weder bewaffnet noch gewalttätig noch gefährlich. Irgendwelche Verbindungen mit der organisierten Kriminalität oder dem Rauschgifthandel: nicht bekannt. Alle, die auch nur seinen Namen gehört haben, sind zwar überzeugt, er besitzt ein Vermögen, aber die professionellen Geldschnüffler der Bundesbehörden finden es nicht. Was sagt Ihnen das alles?«

»Daß er das Geld sehr gut versteckt hat.«

»Hervorragend! Sie haben die Reise in die Karibik gewonnen.«

Jane sah Mary Perkins nachdenklich an. »Ich glaube, ich weiß jetzt, was seine ganz anderen Probleme sind.«

»Ja«, sagte Mary Perkins. »Er ist nicht so gewalttätig, daß er sich alle anderen vom Leib hält, und er hat keine Beziehungen, die der Rede wert sind. Wenn man ihm seine zig Millionen klaut, kann er nicht mal zur Polizei gehen, denn dann müßte er ihnen sagen, daß er dieses Geld schon die ganze Zeit hatte, und dann brummen sie ihm nicht bloß drei Jahre auf, sondern eher dreißig. Er ist das bedauernswerte Opfer, wie es im Buche steht.« Nach einer längeren Pause fügte sie hinzu: »Er sieht mir ziemlich ähnlich.«

6

Jane fuhr geschickt über die dunkle Autobahn, hielt sich manchmal minutenlang hinter einem Neun-Achser, wenn der Fahrer in Eile war und eine gute Zeit herausfahren wollte, manchmal zog sie auf die linke Spur und überholte den Lastwagen, der nicht schnell genug reagierte, in einer Kette anderer Wagen. Sie fuhr immer etwas langsamer als der allgemeine Verkehrsfluß, um keine Polizeikontrolle herauszufordern, aber trotzdem war sie die meiste Zeit auf einer Überholspur. Es war nicht leicht, die von hinten ankommenden Scheinwerfer auseinanderzuhalten, und so achtete sie darauf, daß sie hinter ihr blieben. Ab und zu sah sie im Rückspiegel einen Raser auf sich zukommen, dann gab sie ihm seine offenbare Lieblingsfahrbahn frei und scherte auf eine mittlere Spur hinüber, wo sie nach jeder Seite ausweichen konnte, falls er vorhatte, sie zu rammen, und sah ruhig zu, wie er vor ihr wieder verschwand.

»Warum sagen Sie nichts?« fragte Mary Perkins.

»Ich warte auf Ihre Geschichte.«

»Ich habe sie Ihnen erzählt.«

»Sie haben mir eine ganze Menge darüber erzählt, wie Sie Geld gestohlen haben. Sie haben mir nichts über sich selbst erzählt. Ich dachte, Sie hätten sich bis jetzt erst mal warmgeredet.« – »Was möchten Sie wissen?«

»Wie heißen Sie?«

»Mary Perkins«, antwortete sie, und ihre Stimme klang angestrengt vor Gereiztheit. »Das habe ich Ihnen schon in der Damentoilette in Los Angeles gesagt.«

»Okay«, sagte Jane ruhig. Sie fuhr eine Weile, ohne zu sprechen.

»Ach so«, sagte Mary Perkins übermütig, »Sie meinen, mit welchem Namen ich geboren wurde. Ich habe ihn schon jahrelang nicht mehr benützt, und er kommt mir richtig komisch vor, wenn ich ihn ausspreche: Lily Smith.«

»Weshalb nannten Sie sich dann Mary Perkins?«

»Na, immerhin arbeitete ich in einer Branche, in der es nicht gerade ratsam ist, mit dem Namen seiner Geburtsurkunde herumzulaufen. Smith ist ja eigentlich in Ordnung, klingt aber wie ein Deckname. Bei Perkins dagegen kriegen die Leute schöne Gefühle. Mary Perkins, das hört sich so hübsch an wie Mary Poppins, nur vorne mit einem ›Perk‹, das nach Pepp und Pfeffer klingt, statt einem ›Pop‹, das sich irgendwie unberechenbar anhört. Und ›kins‹ ist einfach lieb und unschuldig wie Männekens oder wie Lämmchen. Außerdem sind alle Namen, die auf ›kins‹ enden, gute alte angelsächsische Namen, die einen an Farmen auf dem Land erinnern, anders als diese ›Meine-Vorfahren-kamen-mit-der-Mayflower-ins Land‹-Namen.«

»Und Mary Perkins kommt nur von Mary Poppins?«

Sie lächelte. »Man findet sicher nicht leicht etwas, das noch unschuldiger klingt.«

»Auch das Wort ›unbefleckt‹ bietet sich an«, sagte Jane.

»Na schön, an der Sache ist natürlich was dran«, sagte Mary Perkins. »Aber da sind noch ein paar Dinge, die nicht sofort ins Auge fallen. Erst einmal besagt Mary ja auch ›Mutter‹. Genau besehen sogar ›Mutter eines wichtigen Menschen‹. Und dann ist Mary gebräuchlich und sehr weiblich. Sehen Sie mal, wenn Sie eine Bank ausrauben wollen ...« Sie hielt inne, als ob sie plötzlich erkannt hätte, daß sie sich Jane auf diese Weise nur schwer verständlich machen konnte, dann fing sie anders an. »Haben Sie sich schon mal das Innere Ihrer Bank genauer angesehen?«

»Ich denke schon«, sagte Jane.

»Da haben Sie zuerst die weite Halle, die dazu da ist, daß Sie die Bank für großzügig und solide halten. Dann erblicken Sie die Menschen darin. Hinter den Schaltern sehen Sie zwanzig Frauen und ein paar junge Männer, die sich noch nicht rasieren müssen. Und dahinter stehen einige wenige Schreibtische, wo jeder dauernd am Telefon hängt. Das sind eher Frauen in den Dreißigern. Sie sehen aus wie Kindermädchen, die die zwanzig Frauen und die zwei Jungs vorn beaufsichtigen und gelegentliche Pannen ausbügeln sollen.«

»Ich nehme an, das waren nicht die Leute, die Sie zu beeindrucken versuchten.«

»Nicht, wenn sie wegen Geld kommen. Wenn Sie hinter die Schreibtische schauen, dann sehen Sie die Büros. Manchmal befinden sie sich sogar in einem höheren Stockwerk. Aber irgendwo an einem langen, geräuschlosen, mit Teppichen ausgelegten Gang liegt ein Zimmer mit einem riesigen Edelholzschreibtisch, und auf dem ist nichts zu sehen außer so altmodische Füllfederhalter, die aus einem Stückchen Marmor herausstehen, und eine Lampe mit grünem Schirm. Hinter dem Schreibtisch sitzt ein Mann mittleren Alters. Verstehen Sie: Banken sind in Schichten gebaut. Sie treffen zuerst auf vielleicht zweiundfünfzig stellvertretende Abteilungsleiterinnen, immer nur Frauen. Sie müssen der Versuchung widerstehen, denen so viel zu erzählen, daß sie gleich nein sagen, Sie müssen sich zurückhalten, bis Sie den Mann hinter dem Schreibtisch sehen.«

»Und für ihn war ›Mary‹ gedacht?«

»Ja. Es ist schlicht, kurz und bescheiden. Es ist kein Kosename. Es ist kein männlicher Vorname, der an einem Mädchen apart aussehen soll. Viele Frauen nehmen auch gern nur Buchstaben, also M. H. Perkins oder M. Hall Perkins. Sie meinen, das läßt sie seriös aussehen. Falsch. Das macht sie dem Mann im letzten Büro auch nicht angenehmer, und das ist das einzige Spiel, das hier gespielt wird.«

»Tatsächlich?«

»Sie müssen Eindruck machen auf den Mann mit der Macht über Ja oder Nein. Er mag es nicht, wenn man ihn reinlegt, und er macht nicht gern Geschäfte mit einem Menschen, der so unsicher ist, daß er mit etwas hinterm Berg hält, egal, ob Mann oder Frau. Nur eins ist noch schlimmer: eine Frau mit einem Bindestrich-Namen. Das heißt, sie ist verheiratet, was mehrere große Vor- und Nachteile hat, die er alle sorgfältig abwägen muß. Der Bindestrich bedeutet aber auch eine Art nonkonformistische Mann-Frau-Ideologie. Der Mann hinter dem Schreibtisch ist überhaupt nicht daran interessiert, über so etwas nachzudenken. Er ist nur daran interessiert, sein Geld zu vermehren. Er möchte mit jemandem verhandeln, der ihm viel Geld bringt und dem er einen Teil davon wieder auszahlt.«

»Okay, also Mary Perkins schafft es bis zu seiner Tür und M. H. Perkins nicht.«

»Richtig. Jetzt ist sie also an der Tür. Sie ist dynamisch und guter Laune und sauber gewaschen, sie trägt ihr Haar ein winziges bißchen lang, und sie hat mittelhohe Absätze und einen Hauch von Make-up, aber auch wieder nicht so wenig, daß er nicht mal sieht, daß sie sich Mühe gegeben hat. Sie trägt guten Schmuck, aber nur sehr wenig, nichts Großes. Falls Mary für diese Unterredung verheiratet ist, dann ist es ein kleiner Diamant, ein Solitär, eine Winzigkeit größer, als das Gehalt eines ehrlichen Bankers es erlauben würde, und sonst nichts. Ist sie unverheiratet, dann vielleicht eine Anstecknadel im Revers. Warum? Weil alle Frauen mit Geld irgendwann so etwas haben. Der einfachste Weg, Geld zu kriegen, ist immer noch, es zu heiraten. Deshalb ist Mary weiblich.«

»Das klingt nun aber nicht so, als betrachte er Mary als Geschäftspartnerin.«

»Ich rede nicht vom Geschäft. Ich rede vom ersten Eindruck, von etwas Unbewußtem wahrscheinlich, von den ersten fünf Sekunden zwischen der Tür und dem Sessel am Schreibtisch. Finanzen sind ein hartes Geschäft. Der Mann ist schlau, und vor allem hat er Geduld. Er hat schon viel erlebt auf seinem Weg in dieses Übereck-Büro. Damit er also auf seine Kredite jedes Jahr garantierte zehn Prozent kriegt, muß er das Geld einem Gewinner leihen, einem, der das Geld hernimmt und fünfzehn Prozent damit macht. Was ich Ihnen beschreibe, ist der Typ Frau, den er als Gewinner-Typ ansehen kann.«

»Und wie kam es dazu, daß Mary Perkins schließlich von diesen Leuten gejagt wird?«

Mary Perkins schüttelte den Kopf, als könnte sie auch jetzt nur noch staunen. »In den Zeitungen stand lauter wirres

Zeug, als ich vor Gericht kam. Mein Anwalt sagte mir, es spielte gar keine Rolle, wieviel ich beim Aushandeln einer geringeren Strafe zugeben würde, weil ich ja sowieso schon pleite war. Die Staatsanwältin würde sicher irgendeine lächerlich hohe Summe nennen, damit sie besser dastand, und ich sollte einfach Konkurs erklären und müßte nie einen Penny zahlen. Aber so funktionierte es nicht. Jetzt glauben ein paar Leute, ich gehöre zu denen mit dem großen Geld in der Hinterhand. Und das wollen sie haben. Ich habe es aber nicht.«

»Wer sind diese Leute?«

»Das ist ein Teil des Problems. Es könnte jeder sein.«

Jane sah kurz zu ihr hin. Mary hatte es sich lässig bequem gemacht auf dem Beifahrersitz und blickte durch die Windschutzscheibe in die Nacht. Als sie sich nach links wandte und Janes Blick erwiderte, stand in ihren geweiteten Augen offene Fassungslosigkeit und wohl auch ein Rest Gekränktheit. Was sie sagte, stimmte immerhin in einem Punkt mit der Wahrheit überein: Man konnte unmöglich sagen, wie viele Leute daran interessiert waren, einer Frau die Millionen, die sie gestohlen hatte, wieder wegzunehmen. Aber das änderte nichts an der Tatsache, daß Mary genau wußte, wer an diesem Abend hinter ihr her war, und daß sie weiterhin behauptete, sie wüßte es nicht. Jane sagte: »Warum waren Sie im Gefängnis?« Mary Perkins zuckte die Schultern. »Aus dem Hafturlaub abgehauen. Ich habe diese Männer gesehen und wollte raus aus der Stadt.«

Jane unterdrückte die ungeduldige Antwort, die sie auf der Zunge hatte. Mary war offensichtlich erfahren genug, um zu wissen, daß kurze und einfache Lügen die besten waren. Wo hatte sie mit dem Lügen angefangen? Möglicherweise hatte sie Männer gesehen, die sie verfolgten, aber sie hatte nicht deswegen versucht, die Stadt zu verlassen. Irgend etwas anderes mußte vorher passiert sein, etwas, das ihr sagte, was die Männer suchten. Die vielen Stunden, die Jane damit verbracht hatte, diese Frau quer durch den Kontinent zu jonglieren, legten sich ihr wie ein schweres Gewicht auf die Brust. »Wo dachten Sie denn hinzulaufen, wo Sie wenigstens eine kleine Chance hätten, daß man Sie nicht erkennt?«

»Eine kleine Chance?«

»Das sagte ich.«

»Lassen Sie mich nachdenken. Wir kommen aus Kalifornien, also geht das nicht. Texas geht auch nicht.«

Jane konzentrierte sich die nächsten Minuten auf technische Details. Bei Ann Arbor nahm sie die Ausfahrt zur Huron Street. Sie sagte: »Wann haben Sie das letzte Mal geschlafen?«

»Letzte Nacht, vier Stunden oder so. In Gefängnissen kehrt erst dann Ruhe ein, wenn man schon das Frühstück riechen kann.«

»Dann schlafen wir jetzt.«

Sie fand ein Motel gleich nach der Ausfahrt. Jane stellte den Wagen auf dem Parkplatz ab, ging allein zum Büro und mietete ein Zimmer. Sie öffnete mit dem Schlüssel die Tür, verschloß sie von innen wieder, überprüfte jedes einzelne Fenster, warf den Zimmerschlüssel auf den Tisch bei der Tür, zog sich aus und legte sich wortlos auf ein Bett. Mary Perkins hatte gar keine andere Wahl, als es ihr nachzutun. Als sie aufwachte, schien die Sonne durch einen Spalt in den Vorhängen, und Jane saß auf dem Bettrand und las eine Zeitung. Mary setzte sich auf und sagte: »Wieviel Uhr ist es?«

»Zehn. Um zwölf muß das Zimmer geräumt sein. Wir haben eine Menge zu tun.«

Mary Perkins rieb sich die Augen. »Ich denke, wir schaffen es.« Sie lächelte. »Es ist ja nicht so, daß wir viel zu packen haben, oder?«

»Nein.«

Mary Perkins setzte mit einem Schwung die Füße auf den Boden und stand auf. Es hatte sie überrascht, Jane bereits angezogen zu sehen, aber dann nahm sie die Zeitung erst richtig wahr. »Sie waren schon draußen.«

»Ja«, sagte Jane, ohne den Kopf zu heben. Mary Perkins sah, daß sie bei den Stellengesuchen ein paar Anzeigen markiert hatte. Jane hatte außerdem eine mittelgroße Einkaufstüte neben dem Schlüssel auf den Tisch gestellt.

»Ich habe überhaupt nichts gehört«, sagte Mary auf dem Weg ins Bad. »Sie sind vermutlich der geräuschloseste Mensch, den ich in meinem ganzen Leben getroffen habe.«

»Ich dachte mir, Sie könnten etwas Schlaf gebrauchen.«

Mary sah sich die Dusche genauer an und bemerkte, daß die Hähne warm waren und die Wanne noch feucht. Diese Frau nebenan machte sie nachdenklich. Jede andere konnte ebensogut auf Zehenspitzen herumgehen wie eine junge Katze. Aber wie schaffte die da auch alles andere so völlig lautlos, die Klinken und die Hähne und solche Sachen?

Mary Perkins brachte das Wasser auf die richtige Temperatur und stellte sich unter den Strahl. Sie fühlte sich gut, das mußte sie zugeben. Da stand sie also, in einem sauberen Zimmer, mit einem klaren Kopf, jede Gefahr Tausende von Kilometern weit weg, und duschte. Wieder einmal hatte ihr Glück – was immer das auch sein mochte – sie nicht im Stich gelassen.

Aber jetzt war sie wachsam und ohne große Angst, und sie hatte Zeit, über die Frau da draußen auf dem Bett genauer nachzudenken. Bei Jane Whitefield hatte sie ein bestimmtes Gefühl, und es war nicht gerade beruhigend. Nein, dieses Tier war keine Katze. Nur weil es so aussah und ein weiches Fell hatte und große, durchsichtige Augen und überhaupt kein Geräusch verursachte, war es noch lange nicht lieb und kuschelig. Mary gehörte nicht zu den Leuten, die sich im Zoo ihre Finger abbeißen lassen. Was immer das hier für ein Tier war, es sah nur deshalb so gut aus, weil es zufällig ein Weibchen war, und nicht weil man so etwas gern in der Wohnung hatte.

Die Frau, die Jane Whitefield im Gefängnis wiedererkannt hatte, war klein und dunkelhaarig und hieß Ellery Robinson. Man erzählte sich, sie hätten sie erwischt, weil sie einen Hafturlaub zu einem Fluchtversuch benützt hatte. Das war für Mary nicht weiter von Interesse, bis sie hörte, Ellery Robinson sei verurteilt worden, weil sie einen Mann im Bett mit einem dieser altmodischen Rasiermesser umgebracht hatte. Sie hatte bereits sechs oder sieben Jahre ihrer lebenslänglichen Strafe im Frauengefängnis von Kalifornien in Frontera hinter sich, in einem der wenigen Orte in der endlosen Wüste östlich von Los Angeles. Jetzt war sie gut in den Fünfzigern, klein, untersetzt, mit einem kräftigen, muskulösen Körper, drahtig wie ein Teenager. Sie sprach mit niemandem, sie hatte seit langem jedes Interesse an der Frage verloren, warum Menschen überhaupt zuhörten, und sich bis zum Überdruß daran gewöhnt, was sie beim Sprechen von sich gaben. Aber manchmal antwortete sie noch auf eine Frage, vorausgesetzt, es war nichts Persönliches.

Eines Morgens war Mary im Speisesaal, als eine Frau auf Jane Whitefield zeigte und Ellery Robinson fragte, ob sie etwas über die da wüßte. Ellery Robinson drehte sich in der Essensschlange langsam mit dem ganzen Körper zu ihr um, bevor sie antwortete: »Sie läßt Leute verschwinden.« Damit war die Unterhaltung auch schon zu Ende. Ellery Robinson drehte sich wieder nach vorn und begutachtete das Essen in den Warmhalteschüsseln. Als eine junge Frau, die ihren ersten Tag hier war, weiter hinten in der Schlange beim Anblick des Essens laut zu weinen anfing, wandte sie kurz den Kopf, im Gesicht weder Mitleid noch Verachtung, so als wollte sie bloß mal sehen, woher dieser Lärm kam.

Mary Perkins war ihr näher gekommen, als Ellery Robinson einmal im Spazierganghof in der Sonne saß, ein Stirnband im Haar und die Ärmel der Gefängniskluft ein Stück weit hochgekrempelt, damit sie zu ihrer kleinen Größe paßten. Mary Perkins lächelte ihr zu, aber Ellery Robinson sagte nur: »Was willst du?«

»Ich habe gehört, du weißt, wer diese Frau ist, die seit gestern da ist. Groß, schwarzes Haar, schlank?«

»Ja.«

»Stimmt es, daß sie Leute versteckt?«

Ellery Robinson schloß ein Auge und hob den Kopf, um Mary Perkins anzusehen. »Warum fragst du sie nicht selbst?«

»Ich dachte, ich sollte zuerst lieber möglichst viel über sie herausfinden.«

Ellery Robinson verlor mit einem Schlag jedes Interesse an Mary Perkins. Sie schien entschlossen, die Unterhaltung zu beenden, weshalb jetzt alles sehr schnell und monoton herauskam. »Ich habe gehört, wenn jemand in Schwierigkeiten ist – nicht die Sorte Schwierigkeiten, wo einen die Polizei vor Gericht schleppt, sondern die, wo sie den Kopf irgendwann in der Mülltonne finden –, für so jemanden ist es nicht die schlechteste Idee, zu ihr zu gehen.«

Mary Perkins starrte Ellery Robinson an, aber das Gesicht verriet ihr nichts. »Bist du sicher, daß das kein Märchen ist?«

Ellery Robinson deutete mit einem Kopfnicken zum Zellenblock hin. »Da ist sie.«

»Wenn du sie kennst, warum redest du dann nicht mit ihr?«

Zum erstenmal kam ein wenig Bewegung in die Gesichtsmuskeln, aber Ellery Robinson lächelte nicht. »Ich habe diese Art Probleme nicht. Wenn du eines hast, dann sag es ihr selber.«

Mary Perkins setzte einen peinlich berührten Blick auf. »Das ist alles so neu für mich. Es ist das erste Mal, daß ich im Gefängnis bin.«

»Nein. Ist es nicht.« Es war keine Anklage. Es steckte nicht die Spur eines Vorwurfs, keinerlei Ironie dahinter. Es war überhaupt nichts dahinter. Dann erst schien sie zu bemerken, daß es ihre Worte waren, vor denen Mary Perkins einen Schritt zurückwich. »Haufenweise schlimme Mädchen hier. Du bist keine von den schlimmsten.« Sie schloß die Augen und rutschte etwas zur Seite, um wieder in der Sonne zu sitzen und nicht mehr in Marys Schatten.

Und jetzt stand Mary Perkins in Michigan unter der Dusche und fühlte sich in Sicherheit. Sie entspannte sich, bemerkte dann aber, daß sich etwas verändert hatte. Sie straffte ihre Muskeln, drehte sich um und sah den Schatten auf der Außenseite des Duschvorhangs.

»Trocknen Sie sich ab«, sagte Jane, »aber lassen Sie Ihr Haar naß.«

Mary machte die Wasserhähne zu, holte sich ein Handtuch vom Halter, zog es unter die Dusche, drehte sich wieder um und trocknete sich ab. »Warum?«

»Warum was?«

»Warum soll ich mein Haar naß lassen?«

Jane griff in ihre Einkaufstüte und holte eine Schachtel mit dem Bild eines Models heraus. »Wir trocknen es, nachdem es gefärbt ist.«

»Gefärbt? Und was ist, wenn ich nicht will?«

»Dann färben Sie es eben nicht«, sagte Jane. »Sie haben die Wahl: Es gibt einfache Methoden, wenn man verschwinden will, und komplizierte. Die Haarfarbe zu ändern ist eine der einfachen Methoden.«

Mary besah sich mißtrauisch das Mädchen auf der Schachtel. Ganz egal, welche Haarfarbe es hatte, als jemand das Foto machte, auf jeden Fall hatte ein Bildbearbeiter es stachelschweinbraun übermalt. »Ist das die Farbe?«

Jane legte den Karton unter dem Spiegel auf das Waschbecken. »Was ist daran falsch?«

»Ich war halt immer nur blond.«

Jane hob den Blick, um in den Spiegel zu sehen, und dann sah Mary, wie der Blick zurück zu dem Foto auf der Schachtel wanderte. Sie sagte nichts, aber Mary war klar, womit sie die Farbe auf dem Karton verglich. Wütend riß sie ein zweites Handtuch vom Halter, wickelte es um und steckte sich den Eckzipfel unter den Arm wie einen Sarong. »Ich meine, ich habe mich immer blond gefühlt. Ich war nämlich lange Zeit richtig blond.«

Jane sah sie nicht an. »Wir haben weniger als zwei Stunden, bevor wir hier raus müssen. Falls Sie anders aussehen wollen, dann tun Sie das am besten, bevor Sie eine Wohnung mieten, nicht hinterher, nachdem jeder Sie schon mal gesehen hat. Ich warte draußen. Überlegen Sie es sich.«

Mary setzte sich auf den Rand der Badewanne und starrte in den Spiegel. Er hing gerade so niedrig, daß sie von ihrem Kopf nur das leuchtende Blond des Haaransatzes an der Schädeldecke sehen konnte. Es war hell und glänzte metallisch, wenn es naß war wie jetzt. Sie ging zur Tür und rief hinaus: »Okay, bringen wir's hinter uns.«

Jane kam zurück, zog sich ein Paar Gummihandschuhe an, holte einen Hocker neben das Waschbecken und fing an, Marys Haar zu bearbeiten. Der stechende Geruch und die schmutzigen Farbkleckse im Becken waren für Mary nichts Neues, aber es war viele Jahre her, daß sie so etwas außerhalb eines Friseursalons ausgehalten hatte.

Jane arbeitete schweigend und äußerst sorgfältig und sah währenddessen einige Male auf ihre Uhr. Dann war es vorüber, und sie konnte Marys Haar auskämmen.

Mary sagte: »Das haben Sie schon öfter gemacht, stimmt's?«

»Klar«, sagte Jane. »Wenn man die leichten Dinge richtig

macht, dann klappen auch die komplizierten leichter. Sich die Haare färben, neue Kleider kaufen, eine Brille tragen, damit die Augen anders aussehen – das sind die leichten Dinge. Man kann sie alle an einem einzigen Tag erledigen und ohne irgendein Risiko. Wenn Sie in Ruhe darüber nachdenken, was Sie erreichen wollen, dann können Sie das ebensogut wie ich.«

»Was möchte ich denn erreichen?«

Jane sah sie im Spiegel mit deutlicher Ungeduld an. »Sie haben einen Haufen Zeit damit verbracht, Mary Perkins zu sein. Sie haben jede Einzelheit ausgearbeitet. Jetzt gehen Sie einfach denselben Weg zurück. Im Augenblick haben Sie und Mary Perkins nichts mehr gemeinsam. Sie liebte Las Vegas; Sie können den Ort nicht ausstehen, die Lichter machen Ihnen Kopfweh, und in Ihren Augen sehen auf der Straße alle wie Zombies aus. Mary Perkins brachte einen Manager dazu, sich mit ihr zu beschäftigen und sich gern an sie zu erinnern. Werfen Sie alles ab, was Sie zu diesem Zweck getan haben. Sie sind jetzt eine, die ihm überhaupt nicht auffällt. Das ist ziemlich leicht, und wenn Sie nicht einmal das schaffen, dann sind Sie erledigt. Jeder, der Sie sucht, kann von Tür zu Tür gehen und Ihr Foto herzeigen.«

Mary Perkins betrachtete ihr neues Spiegelbild. Die Wirkung war nicht ganz so schlimm, wie sie erwartet hatte. Die Frau, die ihr aus dem Spiegel entgegenschaute, war weder schäbig noch eine farblose graue Maus. Sie war in ihrer ruhigen, bescheidenen Art sogar attraktiv, und mit ein bißchen Make-up konnte sie auch noch etwas nachhelfen. Am ehesten sah sie einer Frau ähnlich, die es nie gegeben hatte; sie sah aus wie eine erwachsene Lily Smith. »In Ordnung«, sagte sie, »was verändern wir als nächstes?«

»Das muß im Augenblick genügen. Kommen Sie.«

Der Auszug aus dem Motel bestand darin, daß Mary Perkins im Wagen sitzenblieb, während Jane im Büro den Schlüssel auf den Tresen legte. Dann kam sie zurück, ließ den Motor an und sagte: »Gut. Jetzt sind die komplizierten Dinge dran. Haben Sie irgendwelche Ausweispapiere auf einen anderen Namen als Mary Perkins bei sich?«

»Lia Samuels«, sagte Mary.

»Werfen Sie sie weg, dahin, wo Mary Perkins liegt. Sie waren im Gefängnis. Auch wenn Sie es nicht ausführlich gesagt haben, so waren Sie doch Gegenstand eines Ermittlungsverfahrens und wurden vermutlich schon mehr als einmal verhaftet. Die Behörden kennen Ihre Decknamen, und jeder andere, der sie wissen will, kann sie ebenfalls herausbekommen.«

Mary Perkins sagte: »Irgendwer muß ich doch sein.«

»Ich habe Papiere bei mir, die Sie solange benützen können. Sie heißen jetzt Donna Kester. Sie sind fünfunddreißig.«

Mary Perkins hob verblüfft den Kopf. »Sie haben falsche Ausweise bei sich? Aber Sie hat man doch auch verhaftet, und die haben Ihre Tasche durchsucht.«

Jane steuerte den Wagen über den Parkplatz und fuhr auf die Straße hinaus. »Die Papiere waren nicht in der Tasche.« Jane hatte die Dokumente für Mona mitgenommen und sie in jedem Wagen, den sie auf ihrer langen Reise benützt hatten, unter das Armaturenbrett geklebt. Nachdem Dennis den letzten Wagen zu Schrott gefahren hatte, war sie zum Abschleppplatz gegangen und hatte die Papiere unberührt gefunden. »Sie können eine Zeitlang unbesorgt Donna Kester sein.«

Sie sahen sich drei verschiedene Wohnungen an, dann hatten sie die richtige. Sie lag mitten in einem großen, modernen Komplex an der Huron Street, aber weit genug vom Campus der University of Michigan entfernt. Daß Donna Kester eine Kreditkarte vorweisen konnte, genügte für einen Mietvertrag, der zwei Tage später anlief. Daß sie keinen Arbeitgeber am Ort hatte, bestätigte nur ihre Aussage, sie sei eben erst hierhergezogen.

Am Nachmittag nahm Jane sich ein Zimmer in einem Motel am Rand von Ann Arbor, an der Kreuzung, wo die Huron Street die Route 94 überquerte und zur Liberty wurde. Es wurde schon dunkel, und der kalte Wind, der draußen aufkam, sagte ihnen, daß der kurze Herbsttag hier schnell in eine Winternacht überging. Die kahlen Zweige der Bäume kratzten und rüttelten an den Dachrinnen des Hauses, und der nasse Asphalt auf dem Parkplatz draußen hatte am nächsten Morgen sicher schon eine Haut aus kaltem Reif.

Jane sagte: »Das ist eine gute Bleibe für Sie. Es gibt hier ungefähr fünfunddreißigtausend Studenten, praktisch alle ortsfremd. Dazu kommen fünftausend Lehrkräfte, auch alle von woanders her. Fast alle sind verheiratet, macht also zehntausend, und dazu noch mal fünftausend in der Verwaltung. Die meisten von ihnen sind in diesen Tagen zum Herbstsemester angereist. Sie sind also eine von fünfzigtausend Personen, die gerade angekommen sind, in einer Stadt, die eine ansässige Bevölkerung von höchstens hunderttausend hat.«

»Versuchen Sie, mir eine Eigentumswohnung zu verkaufen?« fragte Mary.

»Nein«, sagte Jane, »ich versuche, Ihnen etwas beizubringen. Wenn Sie schon auf der Flucht sind, dann sollten Sie es lieber gleich richtig machen. Ich habe eine ganze Reihe von Erklärungen gehört, wer alles nicht hinter Ihnen her sei, aber keine, wer es wirklich ist. Aber das ist jetzt egal. Das hier ist kein Ort, wo sie als erstes nach Ihnen suchen werden. Wenn Sie unsichtbar bleiben wollen, ist das hier die beste Wahl. Es gibt immer fünf Orte, wo man mit Aussicht auf Erfolg nach jemandem sucht. Wenn Sie Studentin sind, findet man Sie an einem von ihnen. Sobald Sie den aber hinter sich lassen, ist jeder Ort so erfolgversprechend wie der nächstbeste, und die Chance, Sie zu finden, sinkt beträchtlich.«

»Wo würden denn Sie mich suchen? Sie sagten, es gäbe fünf Orte.«

»Ich kenne Mary Perkins nicht so gründlich wie Sie. Sie waren in Las Vegas, und es gefiel Ihnen. Sie sind wahrscheinlich zu schlau, um da noch mal hinzufahren, und Reno liegt zu nahe, deshalb würde ich in Atlantic City anfangen. Sie sagen, Sie haben in Texas und Kalifornien gearbeitet, also sind Sie den Leuten dort bekannt. Aber dazwischen bleiben immer noch einige Städte übrig, die Mary Perkins reizvoll finden könnte: Ich würde Scottsdale, Sedona und Santa Fe ausprobieren. Sie sind gern da, wo es Sonne und Geld gibt.« Sie beobachtete Mary und sah, daß ihr die Liste angst machte. »Der fünfte Ort liegt irgendwo im Süden.«

Mary Perkins sah jetzt aus wie eine Frau, die sich die Zukunft aus der Hand lesen läßt und erfährt, daß sie keine Lebenslinie hat. »Wo?«

»Sie haben beim Sprechen die Andeutung einer südlichen Dialektfärbung. Da ich weiß, daß Sie verhaftet wurden, würde ich Ihre Polizeiakte einsehen und Ihren Geburtsort suchen. Das ist immer der fünfte Ort.«

Mary schaute Jane mit einer Miene an, die Verwirrung und Faszination signalisieren sollte, aber die Gesichtszüge gehorchten ihr nicht, sondern formten sich zu einem Ausdruck verstörter Fassungslosigkeit. »Und warum?«

Janes Blick wurde traurig und müde. »Ich weiß es nicht. Manche sagen: weil sie die Umgebung besser kennen als jeder Fremde, aber das sagen sie auch dann, wenn in ihrer Abwesenheit jeder Quadratmeter mit dem Bulldozer planiert und die Stadt völlig neu aufgebaut wurde. Andere sagen: weil ihnen dort die Freunde und Nachbarn helfen, aber die meiste Zeit, die sie am Ort verbringen, verlangen sie diese Hilfe nicht einmal. Sie gehen sogar dann noch dorthin, wenn alle Bekannten längst tot und begraben sind.«

»Bis jetzt sagen Sie nur etwas, wovon Sie nicht überzeugt sind. Was glauben Sie persönlich, warum die Leute dahin zurückgehen?«

»Ich sage Ihnen, daß die Leute, die dahin zurückkehren, selbst nicht wissen, warum. Vielleicht haben sie irgendeine Art Nestgefühl, weil wir ja auch Tiere sind. Man kriecht dort unter, wo man sich früher einmal sicher gefühlt hat, wo man eine Mutter hatte.« Sie sah Mary an, nur einen Augenblick lang. »Es ist ein miserabler Instinkt, und er wird Sie das Leben kosten.«

»Also was geschieht jetzt?«

»Das hier ist ein Ort, wo niemand Sie suchen wird. Sie sehen anders aus als vorher, und wenn Sie ein wenig daran arbeiten, können Sie sich noch mehr verändern. Sie haben Papiere auf den Namen Donna Kester, und die sollten eigentlich durchgehen. Die Kreditkarten sind echt. Man wird Ihnen die Rechnungen schicken. Der Führerschein ist aus New York, aber auch sehr gut. Jemand hat dafür wirklich die praktische Fahrprüfung gemacht. Sie können sich hier einen neuen Führerschein besorgen, mit dem alten und mit der Geburtsurkunde. Sie ist ebenfalls echt.« Ein Bekannter von Jane, der in der Gemeindeverwaltung einer kleinen Stadt arbeitete, hatte dort vierzig oder fünfzig zusätzliche Geburtsurkunden angelegt, die es bis dahin noch nicht gegeben hatte. Pro Jahr verkaufte er einen Namen, also war die Wahrscheinlichkeit, daß jemand diesen Falschnamen durchschaute und dann alle übrigen dort genauer untersuchte, ziemlich klein.

Mary Perkins blickte zunehmend ängstlicher drein. »Wie lange müssen wir hierbleiben?«

»Das kommt auf Sie an. Wenn Sie meine Meinung hören wollen, können Sie das haben. Verbringen Sie Ihre Zeit in der Universität, in dieser bunten Menge von Ortsfremden aller Art, und wo man die eher Gewalttätigen gleich an ihrem Schutzhelm und an der Schulterwattierung erkennt. Kaufen Sie sich einen langen, warmen Mantel mit hohem Kragen und tragen Sie Hut und Schal.«

»Das heißt doch, Sie setzen mich aus, nicht wahr?« sagte Mary Perkins mit wachsender Panik im Gesicht. »Und ich dachte, Sie beschützen mich und bringen mich richtig wo unter.«

Jane formulierte ihre Antwort mit Sorgfalt und versuchte, in ihrer Stimme nicht die Verärgerung hochkommen zu lassen. »Sie sind zu mir gekommen, als Sie in Schwierigkeiten waren, mit zwei Männern auf den Fersen. Ich habe Sie da herausgeholt, weil Sie mich darum gebeten haben und weil ich sicher war, Sie schaffen es alleine nicht. Jetzt sind Sie fürs erste relativ sicher, falls Sie es sein wollen. Und weiter gehe ich nicht mit Ihnen.«

»Das ist doch nur, weil Sie denken, ich kann Sie nicht bezahlen, stimmt's? Also schön: Ich kann. Ich habe Geld bei mir, und wenn ich wieder gefahrlos verreisen kann, dann kann ich auch noch mehr beschaffen. Jedenfalls genug, daß es sich für Sie lohnt.«

»Behalten Sie es«, sagte Jane. Sie nahm ihre Handtasche und die Wagenschlüssel. »Je mehr Sie davon haben, um so länger dauert es, bis Sie irgend etwas Dummes anstellen.« Sie ging zur Tür, blieb kurz stehen und fügte hinzu: »Passen Sie auf sich auf.«

»Ich habe ein Recht, zu wissen, warum.«

»Nein, das haben Sie nicht«, sagte Jane. Sie ging hinaus,

schloß die Tür hinter sich und lief über den kalten Parkplatz zum Wagen. Sie ließ den Motor an und fuhr zweimal um den ganzen Block herum und am Motel vorbei. Als sie sicher war, daß niemand das Motel beobachtete und niemand ihrem Wagen folgte, fuhr sie direkt zur Route 94 und dann in östlicher Richtung zur Kreuzung mit der Route 23 nach Ohio.

7

Nachdem Jane Toledo passiert hatte, bog sie nach Osten ab und fuhr über das weite, flache Land in Richtung Heimat. Im Morgengrauen erreichte sie die Südwestspitze des Staates New York und hatte dabei das Gefühl, nun endlich das Feindgebiet verlassen zu haben. Drei Stunden später brachte sie den Leihwagen zum Flughafen von Rochester und stellte ihn am Parkplatz ab, damit es so aussah, als hätte der Fahrer seine Reise ostwärts mit dem Flugzeug fortgesetzt. Dann nahm sie für die letzten hundert Kilometer einen Shuttleflug nach Buffalo, wo sie ihren eigenen Wagen gelassen hatte.

Sie fuhr den Youngmann Expressway bis zur Delaware Avenue und zweigte hier nach Norden ab, Richtung Deganawida. Die Sonne hatte am Nachmittag bereits so tief gestanden, daß ihr schwaches Leuchten kaum noch den beißenden Wind milderte, der vom Niagara herüberwehte. Sie fuhr auf der Main Street am alten Friedhof vorbei, der schon seit dem Spanisch-Amerikanischen Krieg von 1898 überfüllt war, nahm eine Abkürzung an den Bahngeleisen entlang und durch Erie hindurch bis zur Ogden Street und bog dann in ihre Straße ein. Das Haus war, wie gut hundert andere hier auch, ein schmaler, zweistöckiger Holzbau etwas abseits der Straße, die von einem Fluß durch die ganze Stadt hindurchging bis zum nächsten Fluß drei Kilometer weiter.

Jane parkte in ihrer Einfahrt, und ihr Blick überprüfte sofort das Haus und die Nachbarschaft. Sie kannte diesen Anblick, seit sie zum erstenmal aufrecht stehen und beim Spielen über die Hecke in die Welt hinaussehen konnte. Die Häuser in diesem Straßenzug hatte man vor der letzten Jahrhundertwende für Menschen gebaut, die in den Fabriken und Schiffswerften arbeiteten, die es längst nicht mehr gab. Die Bäume waren hoch und stämmig, und ihre Wurzeln trieben die Pflasterplatten des Gehwegs zu verwegenen Wellen hoch, auf denen das Rollschuhfahren nicht ungefährlich war. Der Rasen vor ihrem Haus stand üppig und in saftigem Grün und brauchte eigentlich den Rasenmäher, die Halme dick und noch naß von dem Regen, der ihr in den letzten Tagen so gefehlt hatte. Die Wandschindeln des kleinen Hauses kamen ihr immer weich und fast wie gewachsen vor, weil die unzähligen Farbschichten, die Generationen der Whitefields hier aufgetragen hatten, allen Ecken und Kanten eine sanfte Rundung gaben. Sie sah, wie der Vorhang in Jake Reinerts Eckfenster kurz zur Seite zuckte, und wußte, er hatte den Motor in seiner Nachbareinfahrt gehört.

Sie ging zur Haustür, schloß sie auf und beeilte sich, den Code in ihr Alarmsystem einzutippen, bevor der Alarm losging. Sie ließ die Haustür offenstehen, um Jake wissen zu lassen, daß sie für eine Plauderei zu haben war. Sie ging in die Küche, schüttete Kaffee in den Filter der Maschine, öffnete den Kühlschrank, packte ein eingefrorenes Maisbrot und eine Portion Blaubeeren aus und legte beides zum Auftauen in die Mikrowelle.

Jane hörte Jake vor der Haustür, seine Schritte waren schwer und irgendwie steif. »Komm rein«, rief sie ihm zu und nahm ein Glas Honig aus dem Küchenschrank. Die Mikrowelle klingelte, und sie hatte Brot, Blaubeeren und Honig auf dem Tisch, bevor Jake richtig Platz genommen hatte. Sie hörte, wie anstrengend es für ihn war, sich langsam und unter Zuhilfenahme seiner Arme auf den Stuhl niederzulassen.

»Ich habe dir deine Post mitgebracht«, sagte Jake. Er legte einen Stoß Briefe auf den Küchentisch.

»Danke. Macht sich die Arthritis wieder bemerkbar?«

»Das ist nur der Winter«, sagte Jake.

»Die kalten Nächte, hm?«

»Ja, und verdammt zu viele davon.«

Er sah ihr zu, wie sie hin- und herlief nach Tassen, Tellern und dem Silberbesteck. Nichts entging seiner Aufmerksamkeit. Sie hatte ein dickeres Make-up aufgelegt als sonst, ihr rechtes Auge war halb geschlossen, und der Backenknochen links kam ihm verändert vor, nicht wirklich dick, aber deutlich geschwollen. Trotzdem bewegte sie sich schnell und leichtfüßig, aber sie nahm nie mehrere Dinge auf einmal in die Hand, sie hob alles einzeln hoch und stellte es auf dem Tisch ab, bevor sie den nächsten Gegenstand ergriff. Er vermutete ein verstauchtes Handgelenk.

Jake hatte Jane Whitefield in jedem ihrer dreißig Lebensjahre gekannt, davor war er einige Jahre mit ihrer Mutter befreundet gewesen und dann mit ihrem Vater, solange der noch lebte. In diese Küche war er schon als kleiner Junge hereingekommen und hatte Janes Großmutter zugeschaut, wie sie Maisbrot, Beeren und Honig für ihn auf denselben Tisch stellte. Die Frauen der Seneca gehorchten damit offenbar einem uralten Gesetz, wonach jeder, ob er nun bei Tag oder bei Nacht eintrat, etwas zu essen bekommen mußte.

Er kannte Jane Whitefield also nicht nur gut, er hatte sie auch immer wieder hierher zurückkommen gesehen, aber erst zwei Jahre zuvor hatte er durch reinen Zufall entdeckt, womit sich Jane als Erwachsene beschäftigte. So wie es jetzt aussah, ging es in ihrem Leben seit kurzem noch ruppiger zu. Er sagte: »War wohl keine gemütliche Reise diesmal?« Er hatte erwartet, sich wie ein Idiot vorzukommen, wenn er es auf diese Weise sagte, und so kam er sich nun auch vor. Eine Frau, deren Beruf es war, Fliehende aus ihren Schwierigkeiten zu holen und in ein sicheres Versteck zu bringen, machte vermutlich nur Reisen, die alles andere als gemütlich waren. Er hatte es so gesagt, weil er damit zu erkennen gab, daß er über ihren Lebensunterhalt Bescheid wußte, und weil er damit auch sagte, daß er ihn nicht mehr schockierend fand. Er betrachtete das als ein notwendiges Stück Verstellung zwischen ihnen. Jake war überrascht, als Jane die angebotene Chance nicht wahrnahm, die Sache mit einem Schulterzucken oder einem Scherz abzutun. »Ja«, sagte sie, »es war furchtbar.« Sie stellte ihm einen Teller mit Maisbrot hin und fing selbst an zu essen, dann aber legte sie die Gabel zurück auf den Tisch. »Ich dachte immer, es würde so enden, daß ich eines Tages von den Leuten genug habe und mir sage, sie sind die ganze Mühe nicht mehr wert. Aber so wird es wahrscheinlich nicht enden. Ich habe zwei verloren, Jake.«

»Verloren?« sagte er. »Du meinst, du kannst sie nicht mehr finden?«

»Nein.« Sie sprach mit klarer Stimme, aber ruhig, und er wußte sofort, was sie sagen würde, weil die Menschen immer mit so leiser Stimme von den Toten sprachen. »Man hat sie umgebracht.«

»Wie?«

»Ich weiß es nicht genau. Ich meine, ich weiß, was passiert ist, aber nicht, wie. Wir – alle drei zusammen – brachten einen kleinen Jungen nach Kalifornien und in einen Hinterhalt. Ich habe das nicht rechtzeitig erkannt, weil es nicht in einer dunklen Sackgasse war oder auf einer einsamen Straße. Es war im Gerichtsgebäude. Die zwei anderen mußten zurückbleiben, damit ich einen Vorsprung bekam und den Jungen reinbringen konnte, wo er in Sicherheit war.«

»Das tut mir wirklich leid«, sagte Jake. So sagte man wohl, wenn jemand gestorben war. Ein Mann seines Alters hätte sich inzwischen eigentlich etwas Passenderes ausdenken können, aber selbst wenn ihm irgendwann etwas eingefallen war, so erinnerte er sich im richtigen Moment nie daran.

»Da war jemand schlauer als ich. Er wußte genau, welchen Köder er auslegen mußte, und irgendwie hat er sich auch noch einen Weg ausgedacht, wie der Anwalt – der, der jetzt tot ist – davon erfahren mußte. Aber seine Falle war nicht für einen Anwalt. Sie war für jemanden wie mich.«

»Was macht dich da so sicher?«

»Er wußte, ich würde eine Möglichkeit finden, um den Jungen ins Gericht zu bringen, am Morgen, schon vor Dienstbeginn. Oder zumindest, daß ich mir das Haus genau ansehen würde, um alle Aus- und Eingänge zu kennen und und zu wissen, wer sich wann und wo darin aufhielt. Also brachte er es fertig, daß der Fall in letzter Minute einem anderen Richter übertragen wurde.«

Jake biß in sein Maisbrot mit Honig und dachte darüber nach. »Was ist derjenige? Polizist?«

Sie sagte: »Er verfolgte schon seit Jahren die Spur des Jungen. Wenn du zufällig einen korrupten Polizisten vor dir hast, dann gehst du ihm am besten dadurch aus dem Weg, daß du über die Stadtgrenze hinausfährst. Er hat fast nie einen vernünftigen Grund, dir auch dann noch zu folgen. Auf der einen Seite der Linie ist er so gut wie unangreifbar. Auf der anderen hat er keine Zuständigkeit mehr, und die Kollegen dort fragen sich, was er eigentlich vorhat. Nein«, sagte sie. »Ich glaube, er ist was anderes.«

Jake gab es auf, an ihrem Gesicht vorbeizuschauen. »Wo haben sie dich so zugerichtet?«

Als sie die Hände aus dem Schoß nahm und die Kaffeetasse zum Mund führte, sah er ihre Fingerknöchel. »Im Gericht«, sagte sie.

Jake aß sein Maisbrot, trank seinen Kaffee und dachte angestrengt nach. So wie sie es darstellte, war ihr nicht mehr geschehen als ein einzelner Faustschlag ins Gesicht, aber auch ihre Hände und Handgelenke und wahrscheinlich die Ellbogen hatten zahlreiche Verletzungen davongetragen, und zwar durch die Zähne und die Gesichtsknochen ihres Gegners. Es war gut möglich, daß noch jemand, den sie gar nicht erwähnt hatte, ebenfalls tot war. »Muß ich auf einen Streifenwagen und seine Sirene gefaßt sein?«

»Nein. Sie hatten da einen Richter, der dafür gesorgt hat, daß ich wieder draußen war, bevor es soweit kam.« Sie bemerkte seinen verblüfften Gesichtsausdruck. »Es gibt solche Menschen. Ich weiß gar nicht mehr, ob ich dir von so was schon mal erzählt habe. Menschen, die keine Veranlassung haben, ein Risiko einzugehen, tun plötzlich genau das. Er wußte, er bringt sich damit in Schwierigkeiten, ein Berufsverbot oder so etwas, aber er hat es trotzdem getan.«

Jake antwortete: »Einzelne Menschen, jeder für sich allein, sehen erheblich attraktiver aus, als man annehmen möchte, wenn man sie alle auf einmal anschaut.« Er zuckte die Schultern. »Also bist du nach Hause gefahren.«

Mit einem Kopfschütteln sagte sie: »Ich habe es versucht, aber auf der Heimreise kam etwas dazwischen. Eine Frau lief mir über den Weg. Sie hatte im Gefängnis in Kalifornien von mir gehört. Sie brauchte meine Hilfe, um aus einer Zwangslage herauszukommen. Ich fing auch an, ihr zu helfen. Aber dann merkte ich, daß ich nichts weiter für sie tun konnte. Ich gab ihr Papiere und ein paar gute Ratschläge und ließ sie allein.«

»War sie in Gefahr, als du weggegangen bist?«

»Nein.«

»Dann war das ein guter Zeitpunkt aufzuhören«, sagte er.

Sie blickte ihn über den Rand ihrer Kaffeetasse an. Er konnte ihren Mund nicht sehen, nur das seltsam tiefe Blau ihrer Augen im Kontrast zu ihrer olivfarbenen Haut. Für Jake war das so, als sähe er ihre beiden Eltern in einer Person. Die Haut und das lange, schwarze Haar, das ihr Gesicht umrahmte, waren unverkennbar Seneca. Aber da war auch noch ihre Mutter, und diese tiefwasserblauen Augen, die von weit her kamen, von irgendwo in Nordeuropa. Er versuchte, mit diesen Augen zu reden, eine geheimnisvolle Einbildung, er hätte etwas gemeinsam mit ihnen, und die Erwartung, mit jemandem dahinter ins Gespräch zu kommen, der wenigstens ein bißchen so dachte wie er selbst. Aber noch bevor er es ernsthaft unternahm, war ihm klar, was für ein Unsinn das war. Genausogut hätte er sie für ihre Mutter halten können, nur weil sie ein Kleid ihrer Mutter anhatte. »Ich fange nicht an, dir Ratschläge zu geben«, sagte er unaufrichtig. »Ich habe das noch nie getan, obwohl jeder ein verdammt ruhiges Leben hätte, wenn er mir bloß zuhören würde, weil ich mir nämlich selten selbst widerspreche. Aber ich verstehe etwas davon, wie die Zeit arbeitet. Du kannst tun, was du willst, irgendwann kommt der Tag, da ist es zu Ende. Dann stirbst du, oder du gehst irgendwo anders hin. Wenn du deine ganze Zeit mit Angeln verbracht hast, ganz egal, wie lange du dabei bleibst, immer sind an dem Tag, wo du aufhörst, noch ein paar Fische irgendwo da draußen. Nicht nur, daß du dann nicht dahin zurück kannst, du solltest es nicht einmal versuchen.«

Jane stand auf und war plötzlich wieder die junge Frau von nebenan. Sie nahm die Teller, einen nach dem anderen, und stellte sie in die Spüle. Sie stand aufrecht und in voller Größe, das lang herabhängende schwarze Haar ungezwungen über ihrem Rücken, und räumte die Küche auf.

Jake erhob sich ebenfalls und zeigte, daß er verstanden hatte: Das Gespräch war beendet. »Also dann, danke für die Stärkung, aber ich habe vor dem Abendessen noch eine Menge hinter dem Haus zu tun. Es wird jetzt schon so rasend früh dunkel, ich bin kaum aufgestanden, da gehen schon die Straßenlampen an.«

Jane drehte sich um und gab ihm einen Kuß auf die Wange. »Danke, Jake.«

»Ich bin zu Hause, wenn du irgendwas brauchst«, sagte er noch im Hinausgehen. »Ich kann mir vorstellen, daß die Sachen in deinem Kühlschrank inzwischen nicht mehr so appetitanregend aussehen.« Er blieb stehen und blickte mißtrauisch auf die Eingabetasten der Alarmanlage neben der Tür. »Kann ich die aufmachen, ohne taub zu werden?«

»Ja«, sagte sie. »Sie ist abgeschaltet.«

Er machte ein paar Schritte nach draußen. »Vergiß nicht, sie wieder einzuschalten.«

Jane machte hinter ihm die Tür zu und blieb eine Weile so stehen, während sie seinen Schritten lauschte, die sich über die Holzstufen hinunter und mit einem leichten Kratzgeräusch über den Pflasterweg entfernten, dann ging sie in die Küche zurück. Sie spülte das Geschirr, wischte Tisch und Arbeitsflächen sauber und machte das Licht aus. Bevor sie das Haus verlassen hatte, um Timmy und Monica in Chicago abzuholen, hatte sie den Herd geputzt und den Kühlschrank geleert, also gab es hier nichts weiter zu tun. Sie betrat ihr Wohnzimmer. Vor ihrer Abreise hatte sie das ganze Haus einer hektischen Reinigung unterzogen, es war die ganze Zeit fest verschlossen geblieben, der Thermostat auf zehn Grad eingestellt, nur damit keine Wasserleitungen einfrieren konnten, falls der Wind aus Kanada unerwartet früh beißend wurde, und so lag hier nicht einmal Staub.

Sie stieg die alte Treppe aus poliertem Holz hinauf und ging ins Schlafzimmer. Das Display auf ihrem Anrufbeantworter zeigte eine ruhig leuchtende Null. Sie zog die Sachen aus, die sie seit ihrer Abreise aus Michigan getragen hatte, stopfte sie in den Wäschesack im Wandschrank und ging dann ins Bad. Sie ließ heißes Wasser in die Wanne, so daß es aufschäumte wie ein Wasserfall und der Dampf die Spiegel beschlug und eine Dunstwolke aufstieg.

Sie setzte sich in die Badewanne und ließ das Wasser steigen, bis es fast am Rand ankam, dann drehte sie es zu, legte sich zurück und schloß die Augen. In den letzten Tagen hatte sie wenig geschlafen, immer nur darauf gewartet, daß Mary Perkins untergebracht war und im Schlaf tiefe, regelmäßige Atemzüge hören ließ, bevor sie aufstand, einen Stuhl ans Fenster stellte und auf die Straße vor dem Motel hinaussah. Sie wußte nicht mehr, wann sie so eingeschlafen war, nur daß sie dann jedesmal in einen Traum gesunken war, in dem auch Timothy Phillips vorkam.

Sie setzte sich auf, wusch sich die Haare und legte sich wieder tief zurück und tauchte den Kopf unter, damit das heiße Wasser das Shampoo aufnahm und die Wunden und Hautabschürfungen im Gesicht mit einem stechenden Schmerz überzog. Anderthalb Minuten hielt sie so den Atem an, hörte den geheimnisvollen Unterwassergeräuschen zu und spürte ihr schwebendes Haar an Kopf und Schultern wie eine sanfte Wolke aus Seetang. Dann hob sie sich langsam zur Oberfläche, beugte sich nach hinten und ließ sich das lange, schwarze Haar in den Nacken hängen und das Wasser über den Rücken abfließen. Dann machte sie es sich noch einmal bequem, bis sie fühlte, wie das Wasser ihren ganzen Körper reinigte, ihr allmählich wie einen Schmutzfleck dieses klebrige Gefühl aus der Haut löste, das sie jedesmal empfand, wenn man sie in ein Gefängnis gesperrt hatte. In den Duschen, die sie in Gefängnissen hatten, ging so etwas nie weg. Erst ein Wasser, das sie draußen fand, wusch es ab.

Jane blieb in der Wanne, bis es ihr zu kalt wurde, dann stand sie auf, wickelte sich in ein großes, dickes Badetuch, trocknete sich vorsichtig darin ab und bürstete das Haar aus. Ihre Haut fühlte sich jetzt zart und sauber an, als hätte sich jede Pore geöffnet, um den Schmutz von der Reise loszuwerden, als hätte sich darunter eine ganze Schicht von Hautzellen abgelöst. Sie fühlte sich wie neu.

Sie zog ein frisches graues T-Shirt an, dazu weiche, verwaschene Jeans und weiße Socken, dann legte sie sich aufs Bett und schaute die Schlafzimmerdecke an, die Arme zur Seite gelegt. Sie entspannte planmäßig einen Muskel nach dem anderen, zuerst die Füße, die Fußgelenke, Waden, Knie und Oberschenkel, dann die Finger, beide Hände, Handgelenke, Unterarme und Bizeps, dann die Rückenmuskeln, paarweise von der Hüfte aufwärts bis zu den Schultern, und schlief ein.

Jake Reinert rechte hinter dem Haus die Herbstblätter zusammen und packte sie in einen Korb. Wer schon in seiner frühen Jugend solche Bäume pflanzte, machte sich damit unvermeidlich das Leben schwer: Die verdammten Dinger wurden immer größer und kräftiger, und man selbst wurde bloß älter und unbeweglicher, bis man eines Tages den Eindruck hatte, man sei nun zu alt, um im Herbst sämtliche Blätter wegzuräumen. Jakes Problem war noch gravierender, weil schon sein Großvater den Baum gepflanzt hatte, unter dem er heute stand. Es war eigentlich hirnverbrannt, jetzt die ganzen Platanenblätter aufzusammeln, aber eine andere Arbeit war ihm nicht eingefallen, als er nach einer Betätigung suchte, um nicht dauernd über Jane nachzudenken. Das Dumme war nur, die Arbeit mit dem Rechen war so mechanisch, daß seine Gedanken immer wieder zu ihr zurückkehrten.

Er erinnerte sich genau an den Tag, als er nur noch damit beschäftigt war, sich um Jane Sorgen zu machen. Es passierte, als sie elf oder zwölf war. Jake arbeitete im Chemiewerk oben an den Niagarafällen. Er verdiente gutes Geld für die Zeit damals, aber die Arbeit war hart und ermüdend und ständig von gefährlichen Unfällen bedroht. Sie hatten seinerzeit diese ätzenden Flüssigkeiten, die sie ein paarmal pro Tag aus riesigen Bottichen umgießen mußten, und kleine Tropfen davon spritzten einem immer wieder auf die Kleider, ohne daß man es merkte. Bei Schichtende hatten manche nur noch Sachen an, die sich langsam völlig auflösten, mit Löchern in Hemd und Hose, die größer wurden und sich allmählich direkt vereinigten. Aber damals machte keiner wegen so etwas den Mund auf, denn das war eine Gegend, wo die meisten in der Dauerhitze eines offenen Stahlkochers arbeiteten, am Dampfhammer oder an der hydraulischen Presse ihr Leben riskierten, oder in der Holzfällerei, wo einen alles, was Lärm machte, leicht in zwei Hälften zerschneiden konnte.

In Jakes Abteilung waren auch einige Indianer. Ein paar Tuscarora aus dem Reservat in Lewiston, zwei oder drei Mohawk, die jeden Morgen über die Rainbow Bridge aus Brantsford, Ontario, herüberkamen, und vier Seneca: zwei aus Cattaraugus und zwei aus Tonawanda. Sie machten dauernd ihre Scherze übereinander, sie schrien sich in ihrer Sprache quer durch die Halle irgend etwas zu, und dann lachten sie. In der Mittagspause saßen sie alle an einer der langen Werkbänke, deckten Einwickelpapier darüber und spielten eine Art Macao, so viele Runden sie in einer halben Stunde schafften, und sie schlugen die Karten so blitzschnell auf, daß man sie oft gar nicht richtig erkennen konnte. Von den zehn Indianern spielten immer nur acht, es gab also immer zwei Spiele gleichzeitig. Sie kratzten Strichlisten in das Einwickelpapier, um den Spielstand aufzuschreiben. Normalerweise ging das Spiel nur bis zehn Punkte, aber sie spielten immer bis hundert.

Jake hatte ihnen fast vom ersten Arbeitstag an zugesehen. Eines Tages hörte er plötzlich ein laut schallendes Gelächter. Eines ihrer endlosen Spiele war eben zu Ende gegangen. Die beiden Verlierer saßen auf ihren Hockern und sahen so feierlich und undurchschaubar aus, wie man sie sich immer im Western vorstellt. Die zwei Gewinner standen über ihnen und schnippten ihnen übermütig die Karten an die Nase, während alle anderen mit Fingern auf sie zeigten und sich halb krumm lachten. Wenn sich nämlich der Verlierer dabei erwischen ließ, daß auch er lachte oder auch nur einen Muskel im Gesicht bewegte, dann verdoppelten sich die Strafpunkte. Sie spielten wohl so etwas, dachte er anfangs, wie Armer schwarzer Kater, was auch er als Kind gespielt hatte. Angeblich hieß es jedoch Nasenbär. Später, als er besser mit ihnen bekannt war, korrigierten sie ihn. Das Spiel hatte so einen indianischen Namen, aber für ihn klangen alle ihre Wörter wie »yadadadadadada«. Also fragte er einen von ihnen: »Was heißt'n das?« Der Seneca dachte kurz nach und sagte dann: »Nasenbär.«

Sie nahmen Jake in ihre Gruppe auf, anscheinend ohne daß es ihnen selbst auffiel, und im Sommer, wenn die Leute ihren Urlaub nahmen, dann war es Jake, den sie auf den Platz des abwesenden Spielers baten. Einmal, spät im April, saß er da mit seinem Lunchpaket und schaute sich den Spielstand auf dem Einwickelpapier an. Falls er und Doyle Winthrop, sein Partner, im nächsten Spiel wieder solches Pech hatten, dann mußten sie an diesem Abend mit roten Nasen heimgehen. Oder, in Doyles Fall, mit einer noch röteren Nase als normal.

Einer der Mohawk kam von der Laderampe herein, er sah ernst und verbissen aus. Er sprach leise mit zwei anderen Indianern, und dann sprach einer von ihnen mit den übrigen am Ende der Halle. Schließlich schaute Doyle Winthrop wieder zum Spieltisch hin, betrachtete Jake eine Weile, kam herüber und setzte sich.

Doyle stützte sich auf die Ellbogen, lehnte sich halb über den Tisch, blickte Jake genau in die Augen und sagte: »Du bist ein Freund von Henry Whitefield, oder?«

Danach waren die Einzelheiten eigentlich ohne Bedeutung, aber Jake hörte sie sich trotzdem an. Henry war Stahlbetonarbeiter. Er gehörte zu einem Team, allesamt Irokesen, die irgendwo im Westen an einer Brücke bauten. Doyle erzählte, ein Haltekabel für den Träger, auf dem Henry gerade stand, sei gerissen, und Henry heruntergestürzt. Sie alle gehörten noch zu der Generation, die im Krieg in Europa und im Pazifik gekämpft hatte, und ihre Erinnerungen daran waren immer noch frisch trotz der vielen Jahre seitdem. Die Konföderation der Irokesen hatte offiziell und unabhängig von der Regierung Deutschland den Krieg erklärt, und alle in dem kleinen Team, zu dem nun auch Jake Reinerts auf seine Weise gehörte, hatten erlebt, wie ihre Freunde von schweren Waffen in Stücke gerissen wurden. Sie kannten alle das Gefühl, aber an diesem Tag sprach keiner mehr ein Wort.

Jake ging dann früher nach Hause und sah Margaret, seine Frau, schon am Nachbarhaus mit Jane und ihrer Mutter. In den Jahren danach hatte er versucht, irgendwie behilflich zu sein, aber sie waren nicht von der Art Frauen, die viel Hilfe brauchten. Jane war gut in der Schule und hatte nie diesen bedenklichen Mangel an kleinen Verehrern, der einen väterlichen Freund dazu gezwungen hätte, ihr das Märchen vom häßlichen Entlein zu erzählen. Sie schaffte ganz allein ihr Stipendium an der Cornell University und leistete offenbar auch dort, was man von ihr verlangte, denn am Ende gaben sie ihr ein Diplom.

Jake machte sich erst ein oder zwei Jahre danach richtige Sorgen um Jane, als ihre Mutter starb. Sie war ein junges

Mädchen, außergewöhnlich attraktiv, mit einem Universitätsabschluß, und die ganze Welt stand ihr offen. Sie kam zurück, zog in das alte Nachbarhaus und wohnte darin ganz allein. Sie hatte in den Sommerferien, wenn sie daheim war, immer schon gejobbt, aber jetzt – jedenfalls, soweit er etwas davon verstand – wurde ihr Kommen und Gehen so unregelmäßig, daß es zu keinem der Jobs paßte, die er kannte. Nicht nur, daß sie ein Geheimnis daraus machte; sie war einfach undurchsichtig.

Auch wenn er sich absichtlich so aufstellte, daß sie ihn unmöglich übersehen konnte, während sie vor ihrem Haus den Rasen mähte, und er sie fragte: »Was machst du denn so zur Zeit?«, sagte sie mit aller Freundlichkeit: »Meinen Rasen mähen.« Dann nahm sie ihm flink die Konversation aus der Hand, machte einen Scherz daraus und gab sie ihm zurück: »Und wenn ich damit fertig bin, gehe ich auf deinen Rasen rüber und mähe den auch. Du läßt das hier zu einem Schandfleck verkommen, und deinetwegen sinken die Immobilienpreise von hier bis Buffalo.«

Ungefähr zu dieser Zeit fielen Jake immer deutlicher ihre Besucher auf. Vielleicht waren sie ja schon seit langem gekommen, und er hatte sie nur nicht bemerkt, weil er jeden Morgen zur Arbeit ging. Aber da waren sie nun. Die fremden Besucher kamen gewöhnlich an ihre Haustür. Ein paar waren Frauen, aber meistens waren es Männer. Die Tür öffnete sich, und sie verschwanden ins Innere des Hauses. Manchmal spät in der Nacht hörte er dann einen Wagen abfahren, und dann waren sie weg. Fast immer blieb auch Jane weg und kam erst einen Monat oder noch später wieder heim.

Nachdem das einige Jahre in der Art weiterging, tat er so, als wäre ihm die Grenzlinie zwischen nachbarlichem Smalltalk und neugierigem Ausfragen völlig unbekannt. Er fragte sie, woher sie das Geld zum Leben hatte. Und sie sagte ihm, sie betreibe eine »Beratungsfirma«. Das brachte ihn dazu, daß er sich ein paar Schritte weiter über die Grenze hinwegsetzte und herauszufinden beschloß, was hier vor sich ging. Mehrere Theorien boten sich dafür an. Ganz offensichtlich hatte sie eine Menge Geld, dessen Herkunft sie nicht so erklären konnte, daß man keine weiteren Fragen stellte.

Fünf Jahre lang sorgte er sich so dem Grab entgegen, bevor eines Nachts ihr Sicherheitsalarm losging. Er schaltete sein Außenlicht ein – dabei war er nicht einmal sicher, daß die 250-Watt-Birne überhaupt noch ging – und raste zum Eckfenster. Und da, wie erstarrt im plötzlich grellen Lichtschein, waren nicht einer, auch nicht zwei Männer, sondern vier. Der ihm am nächsten stand, griff in seine Jacke und holte einen Revolver heraus.

Es war nicht der übliche Dienstrevolver der Polizei von Deganawida. Der hier war groß und eckig wie der 45er Colt, den sie früher in der Armee hatten. Jake sah es noch immer als ein Riesenglück an, daß die zweite Reaktion des Mannes auf die unerwartete Helligkeit darin bestand, ihm erst sein Gesicht und dann das Hinterteil zuzuwenden, statt gleich loszuschießen.

Nach dieser Nacht hatte er Jane zur Rede gestellt und ein paar Antworten auf die Fragen verlangt, die er nun schon seit Jahren mehr oder weniger höflich gestellt hatte. Was er zu hören bekam, war nicht dazu angetan, einen vernünftigen Menschen sehr viel ruhiger schlafen zu lassen. Ein Mann, der Feinde hatte wie andere nur in ihren Alpträumen, war den ganzen Weg bis zu ihrer Tür verfolgt worden, und die vier Verfolger hatten versucht, in ihr Haus einzubrechen, weil sie dort etwas suchten, das ihnen verriet, wo er jetzt war.

Jake nahm seinen Korb hoch und schüttete das gesammelte Laub in die große Tonne neben der Garage. Die Gegend von Deganawida war etwas Besonderes, weil die Indianer diesen Teil des Landes nie verlassen hatten. Die Bevölkerung hier war bunt gemischt: Engländer aus Massachusetts, die im Befreiungskrieg mitgekämpft und dabei erkannt hatten, daß sich ihnen hier ein besseres Leben bot; Iren, aus ihrem Moorland angeworben, um den Erie-Kanal auszuschachten, vermutlich deshalb, weil jemand dachte, sie könnten auch die hiesigen Sümpfe überleben, vielleicht aber auch, weil es jedem egal war, ob sie überlebten oder nicht; deutsche Bauern, die ihr Hab und Gut auf Leichtern den Kanal herunterbrachten, sobald genug Wasser den neuen Graben füllte. Die Gruppen waren untereinander so verschieden, daß ihnen die

Indianer auch nicht fremder vorkamen als ihre Nachbarn. Und nach ihnen zog der Rest der Welt hier ein.

Die meisten Orte hießen noch immer so, wie die Seneca sie genannt hatten, und die Straßen waren nichts anderes als die verbreiterten Wege und Pfade zwischen ihnen. Die Städte wurden dort gebaut, wo schon ein Seneca-Dorf stand, an den Ufern der Seen und Flüsse, zuerst nur ein kleiner Laden und dann ein paar Holzhütten dazu und dann auch ein Sägewerk. Und jetzt lebten viele Seneca immer noch hier.

Noch heute stammten viele sprachliche Ausdrücke und innere Einstellungen, die die Menschen hier gern als typisch für diese Gegend betrachteten, direkt von den Seneca. Wenn jemand von hier etwa sagen wollte, daß er am Ende einer großen Party noch dabei war, dann sagte er, er sei »geblieben, bis der letzte Hund aufgehängt war«. Die wenigsten ahnten, daß sie über die winterliche Neujahrsfeier der Seneca sprachen, bei der am fünften Tag ein Hund erdrosselt und hoch an einen Pfahl gehängt wurde. Die letzten hundert Jahre hatte das niemand mehr getan.

Man konnte die meiste Zeit mühelos vergessen, daß Indianer Indianer waren oder Polen Polen, also dachten die Menschen nicht weiter daran; aber immer wenn Jake sich einmal sagte, daß alle Menschen doch mehr oder weniger gleich waren, dann stellte einer irgend etwas an, das absolut unbegreiflich war, außer man erinnerte sich daran, was sein Urgroßvater früher getan hatte.

8

Mit einem Ruck wachte Jane im Dunkeln auf. Ihre Hände tasteten über die Umrisse der aufgenähten Blumen auf der Steppdecke, die noch ihre Mutter gemacht hatte. Sie war verwirrt. Es dauerte eine Minute, bis ihr klarwurde, warum sie in Deganawida war und wieso sie angezogen im Bett lag. Sie wußte, daß ihr Inneres in der Dunkelheit gegen etwas gekämpft hatte, aber was das war, hatte sie diesmal nicht ins Erwachen mitnehmen können. In der Luft schwebte ein Ton, vielleicht ein Überrest aus dem Traum, und dann hörte sie ihn wieder: das Klingeln an der Haustür.

Sie ging zum Fenster und schaute hinunter zum Eingang. Sie sah den schwachen Widerschein der Türbeleuchtung auf der Stirn von Carey McKinnon. Er trug eine große, braune Einkaufstüte. Jane trat kurz vor den Spiegel, machte Licht, bürstete sich das Haar aus dem Gesicht, dann rannte sie ins Bad und wollte das Make-up-Fach aufziehen, da klingelte es wieder. Sie hatte keine Zeit mehr dazu.

Sie lief die Treppe hinunter und durch das Wohnzimmer und riß die Tür auf. Sie trat einen Schritt zurück, heraus aus der Helligkeit der Lampe über dem Eingang, und sagte: »Ach so was, ich dachte, es ist der Kurierdienst.«

»Hast du nicht gedacht«, sagte Carey. »Der kommt nicht um elf Uhr nachts. Ich bin zufällig auf dem Heimweg von der Arbeit hier vorbeigekommen und habe gesehen, daß dein Wagen dasteht.«

»Du kommst nicht von der Arbeit«, sagte sie. »Das Krankenhaus liegt im Süden von Deganawida und Amherst genau östlich von hier.«

»Ich mußte mir unterwegs diese Blumen kaufen.« Er machte die Tüte auf und hielt ihr ein Dutzend weiße Rosen hin. »Da du jetzt ohnehin schon auf bist, könntest du mir vielleicht einen Gefallen tun und sie in irgendeine Vase stecken?«

»Also gut.« Sie nahm die Blumen an sich. »Ich denke, du kommst besser rein solange. Ich möchte nicht, daß sich die Dobermänner von Mrs. Osinski aufregen.«

Er trat ein und machte die Tür zu. Sie wußte, daß sie sich nur einbildete, er hätte sich beim Hereinkommen leicht gebückt; er hatte lediglich nach unten gesehen bei seinem Schritt auf die Fußmatte. Aber er hatte schon immer den Eindruck erweckt, er sei ein großer Junge und noch immer im Wachstum, und der Eindruck blieb einfach an ihm hängen, zehn Jahre nach seinem College-Abschluß, während sein rotblondes Haar sich schon ein wenig lichtete um den Scheitel.

Er ging ihr in die Küche nach. »Wie war deine Reise?«

»Wer sagt denn, daß ich verreist war?«

»Ach so. Dann frage ich anders: Wie hat es deinem Wagen in der Werkstatt gefallen den ganzen Monat?«

»Ich war auf Reisen«, gab sie zu. »In Kalifornien. Es sieht genauso aus wie in den Prospekten.«

Er nickte. »Heiß.«

»Ja. Wieso kommt ein Arzt eigentlich so spät heim? Hausbesuch?«

»Du träumst wohl noch. Ich arbeite in der Notaufnahme. Es passiert doch immer in der Nacht, daß die Straßen glatt werden, das Fieber hochgeht und jemand ein geladenes Gewehr reinigt.«

Jane schnitt die Stiele der Rosen an und steckte sie behutsam zum Strauß in eine Cloisonné-Vase, die sie noch von ihrer Großmutter hatte, und stellte die Vase dann auf den Eßzimmertisch.

»Sehr schön«, sagte Carey. »Das ist übrigens ein guter Platz für sie.« – »Sie stehen genau da, wo du nicht vergißt, sie mitzunehmen, wenn du gehst.«

»Nein, du behältst sie jetzt besser. Sie sind ja ganz naß.« Er tat so, als ob er seine Einkaufstüte wieder zumachen wollte. »Ach, beinah hätte ich es vergessen. Das habe ich auch noch bekommen.« Er hielt eine Flasche Champagner hoch. »Günstig, zwei zum Preis von einer oder so was. Ich habe die Verkäuferin nicht richtig verstanden. Schwerer polnischer Akzent.«

»Deine Mutter war Polin.«

»Wirklich? Aber sie habe ich auch nie verstanden.« Er ging zur Spüle, ließ geräuschvoll den Korken heraus und nahm zwei Gläser aus dem Hängeschrank. »Das erklärt manches. Vielleicht war es das, was sie mir immer sagen wollte. War aber eigentlich eine nette Dame.«

Jane mußte ins Licht treten, um ihr Glas in die Hand zu nehmen. Carey stieß sanft mit ihr an und folgte ihr ins Wohnzimmer.

»Und warum arbeitest du in der Notaufnahme?« fragte sie, während sie sich auf die Couch setzte und die Füße unter sich hochzog. »Hast du jemanden schwach angeredet?«

Seine Stimme nahm einen anderen Ton an wie immer, wenn er über seine Arbeit sprach. »Ich sagte mir, ich brauche eine Art Weiterbildung, also übernahm ich vor ein paar Wochen den Abenddienst. Falls Jake nach mir fragt, ich habe immer noch genug Zeit, um meine Stammpatienten auf verdächtige Leberflecke zu untersuchen.«

»Aber wieso braucht ein junger Quacksalber wie du eine Weiterbildung? Bist du in den Vorlesungen dauernd eingeschlafen?«

»Ich hätte vielleicht besser ›Auffrischung‹ sagen sollen. Die Grundlagen halt. Da geht die Tür am andern Ende des Raums auf, und herein kommt der Tod persönlich. Du gehst hin, schaust ihm fest in die Augen, drehst ihn herum und gibst ihm einen Tritt in den Arsch. Das tut richtig gut. Außerdem hat mich der Arzt, der sonst den Nachtdienst macht, um die Vertretung gebeten. Notärzte halten ungefähr so lange wie jeder durchschnittliche Testpilot, und er nähert sich rapide dem Stadium, in dem er ausgebrannt ist und dann leicht abstürzt. Bei dem Spiel kann nicht jeder gewinnen.« Anscheinend bemerkte er jetzt, daß sie ihm aufmerksam zuhörte. »Nebenbei: Du siehst fürchterlich aus.«

»Nett von dir. So sehen Frauen nun mal aus, wenn man sie mitten in der Nacht aufweckt.«

Er wandte sich zur Seite und rief einer unsichtbaren Person zu: »Schwester! Mehr Licht!« Unwillkürlich folgten ihre Augen seiner Stimme, und mit der rechten Hand schaltete er die Stehlampe an. »Wow! Wunderschöne Exemplare von Quetschungen und Abschürfungen. Hast du irgend jemanden schwach angeredet?«

Sie wußte, daß sie bei Dr. Carey McKinnon mit ihrer Geschichte vom Autounfall nicht durchkommen konnte. »Ich wurde vor meinem Hotel überfallen.«

»Tut mir leid, Jane«, sagte er und beugte den Kopf zu Seite, um sie genauer anzusehen. »Was ist passiert?«

»Nicht viel, wirklich. Er kam hinter einem dieser Stützpfeiler hervor, in der Garage unter dem Hotel, und wollte mir die Handtasche wegreißen. Ich schrie, und dann kam schon die Garagenaufsicht an. Er ist abgehauen.«

»Unverletzt?«

»Wie kommst du jetzt bloß auf so was?«

»Deine Hände.«

»Ach so«, sagte sie. »Na schön, ich habe ein bißchen Widerstand geleistet. Ich bin nicht so verrückt, für meine Handtasche mein Leben zu riskieren, aber er hatte mir angst gemacht.«

Carey stand schon und ging zur Tür. »Wo gehst du hin?«

»Ich habe meine Tasche im Auto. Ich habe sie immer bei mir für den Fall, daß ich jemandem etwas berechnen kann.«

»Carey, du bist ein guter Freund, aber ich mag dich deswegen, weil du mir mit deinen großen Füßen im Winter den Schnee niedertrampelst, damit ich den Wagen aus der Einfahrt kriege. Wer hat dir gesagt, ich brauche eine Behandlung von dir?«

»Ich muß sie reinbringen. Der alte Jake hat womöglich meinen Wagen erkannt, und er ist geschickt genug, ihn aufzubrechen, um an Drogen zu kommen.«

Er ging hinaus. Sie hörte, wie der Kofferraumdeckel zuschlug und dann Schritte zum Eingang zurückkamen. Im nächsten Augenblick war Carey im Zimmer, die schwarze Tasche geöffnet zu seinen Füßen, setzte sich neben sie und drehte sanft ihren Kopf nach rechts und nach links. Er holte ein Fläschchen heraus und schüttete etwas von seinem Inhalt auf einen Wattebausch. Mit der kalten Flüssigkeit tupfte er ihr das Gesicht ab, dann leuchtete er ihr mit einer Minitaschenlampe in die Augen. Er nahm ihre Hände und sah sie sich an, dann bog er ihre Handgelenke zur Seite und sah sie dabei so genau an, als könnte er bis zu den Knochen durch sie hindurchschauen.

»Herr Doktor«, flehte sie ihn an, »bitte sagen Sie mir die Wahrheit: Werde ich je wieder Klavier spielen können?«

»Ich habe dir zugehört. Du konntest es vorher schon nicht.« Er lächelte nicht. »Das Handgelenk hat nur eine leichte Prellung«, sagte er. »In ein paar Tagen ist es wieder wie neu. Die Bißwunden an den Knöcheln sehen schon jetzt ganz gut aus – vermutlich, weil du da kein Make-up aufgetragen hast. Du hast Glück. Die menschlichen Zähne sind ganz unglaubliche Infektionserreger.« Er holte einen kleinen Spray aus der Tasche und sprühte ihr die Hände ein. Es fühlte sich kälter an als das Desinfektionsmittel, aber dann trocknete es und der Schmerz schien nachzulassen. Er hob ihre Hand hoch und küßte ihr die Fingerspitzen. »Ich möchte nur mal probieren, wie das Zeug schmeckt.« Er sah sie gutgelaunt an. »Wenn ich dir die Wahrheit sagen soll: Es hilft heilen. Aber das erzählen wir natürlich nicht jedem.«

Jane fiel keine passende Erwiderung ein. Sie kannte Carey McKinnon jetzt schon zwölf oder dreizehn Jahre, und immer waren sie nur gute Freunde gewesen. Mal ein Küßchen beim Wiedersehen, eins zur Verabschiedung, aber er war der Kumpel, den sie anrufen konnte, damit sie nicht allein ins Kino gehen oder einsam in einem Restaurant essen mußte. Der Champagner war eine angenehme Überraschung, aber die Rosen schafften eine neuartige Doppeldeutigkeit, die immer stärker und verwirrender wurde.

»Steh auf«, sagte er. Sie stand auf. Er bewegte ihre Arme, befühlte dabei ihren Ellbogen und drückte mit seinen Fingern auf Elle und Speiche. Er legte ihr seine große Hand unter den Brustkorb und stieß mit der andern Hand ein paarmal in die Magengrube. »Tut das weh?«

»Puh! Klar tut das weh. Laß das«, sagte sie. Bei jeder anderen Gelegenheit hätte sie ihn zurückgeboxt, aber hier war er der Arzt, jedenfalls hielt sie ihn dafür.

»Deine Leber sitzt jedenfalls nicht locker«, sagte er. »Du darfst Champagner trinken ohne die Angst, gleich sterben zu müssen.«

»Ah«, sagte sie. »Wieviel Zeit habe ich noch?«

»Keine Ahnung. Ist mir auch egal.« Er nahm einen Schluck Champagner. »Ich bin vermutlich schon seit zwanzig Jahren tot. Da packt man sich die ganze Zeit in Watte wie ein Rennpferd, und Frauen kommen mit dem Verschleiß einfach besser zurecht als Männer.« Sein Blick wanderte ihren Körper hinauf und hinunter mit einer Offenheit, die sie nicht ohne weiteres für berufliche Objektivität halten konnte. »Ist einfach die bessere Maschine.«

»Dann läufst du vergleichsweise in einer Schrottkarre herum«, sagte sie. Sie streckte die schmerzenden Arme und rieb sich die Schultern.

»Das ist nichts als Muskelschmerz«, sagte er.

»Jetzt tu nicht so enttäuscht! Es sind die besten Schmerzen, die ich im Augenblick bieten kann.«

»Eine ordentliche Dosis Adrenalin schießt ein, und deine Muskeln gehen in ein oder zwei Sekunden vom Ruhezustand zur Höchstleistung über, und dann spüren sie die Anstrengung. In zwei Tagen bist du wieder in Form und bringst den

Lastwagenfahrern das Freistilringen bei oder was du da sonst machst.« – »Beratung.«

»Oder was auch immer«, sagte er. Er wollte schon seine Tasche schließen, als er plötzlich etwas darin entdeckte. Er holte eine farblose Flasche mit einer Flüssigkeit hervor, die wie Essig aussah. »Probier das mal.«

»Was ist das?«

Er gab ihr die Flasche. »Einer Gratisprobe schaut man nicht ins Maul. Ärzte kriegen Tonnen davon, und gelegentlich ist etwas dabei, das man ganz legal seinen Freunden geben kann. Das Zeug hier ist phantastisch.«

»Bei was?«

»Es ist kein Medikament. Es ist ganz einfach das weltberühmte Massage-Öl. Es enthält eine leichte schmerzstillende Substanz, und deshalb gibt es deinen wunden Muskeln eine Tiefenwärme.«

Jane schraubte die Flasche auf und roch daran. »Wenigstens lügst du nicht. Es riecht zu gut für Medizin.«

Er nahm sie ihr aus der Hand. »Komm«, sagte er. »Du legst dich hin, und ich reibe dich ein bißchen damit ein.«

»Hinlegen, Carey?« fragte sie. »Würdest du dich bitte etwas genauer ausdrücken? Oder vielleicht besser weniger genau?«

»Madame, ich versichere Ihnen, ich bin ausgebildeter Arzt. Mitglied der Ärztekammer. Steig hier rauf, auf die Platte.« Er zeigte auf den Eßzimmertisch.

Sie ging unsicher darauf zu und blickte bedenklich den Tisch an. »Auf den Tisch? Bist du sicher?«

»Na hör mal, wenn ich dich bitte, dich aufs Bett zu legen, würdest du's tun?«

»Vielleicht«, sagte sie. Im gleichen Augenblick fragte sie sich, was sie damit alles gemeint hatte. Wenn es nicht das war, was sie befürchtete, warum zögerte sie dann?

Er sagte: »Gut, wenn es nicht gerade belegt ist, dann nehmen wir es.« Er ging zur Treppe.

Jane trank noch einen großen Schluck Champagner. Sie waren nun schon so lange befreundet, daß die Möglichkeit einer plötzlich ganz andersartigen Beziehung sie beunruhigte. Sie wollte ihn nicht verlieren. Sie nahm die Flasche und folgte ihm. »Ich habe über dich nachgedacht vor ein paar Tagen«, sagte sie, »während ich gerade mit einem kleinen Jungen redete.«

»Groß oder klein?«

»Ähm – groß, finde ich, für sein Alter. Er ist acht.«

»In dem Fall rate ich zu einer Karriere in der Chirurgie. Dermatologen sind klein, normalerweise. Chirurgen sind groß.«

Er blieb in der offenen Schlafzimmertür stehen, und sie zwängte sich an ihm vorbei und setzte sich aufs Bett. Sie sah zu ihm hoch. »Bist du sicher, daß das nicht irgend so eine Masche von dir ist?«

Carey nippte nachdenklich an seinem Glas. »Es kam mir kurz in den Sinn. Wie immer. Wir haben es noch nie getan, und jetzt ist wahrscheinlich nicht der günstigste Zeitpunkt, damit anzufangen. Ich möchte dich auf keinen Fall deshalb verlieren, weil wir uns nicht einigen konnten, wie wir's am besten anstellen. Es ist ja nicht unriskant, und du bist ein sehr kritischer Mensch.«

»Bin ich nicht«, sagte sie. »Aber was ist, wenn es sich als furchtbarer Fehler herausstellt? Könntest du mich dann noch anrufen, wenn du wohin ausgehen willst, wo eine anständige Frau mit dir nicht hingehen würde?«

»Schwer zu sagen. Und du? Wenn du jemanden brauchst, über den du dich lustig machen kannst, denkst du dann noch an mich?«

Sie sah ihn einen Augenblick an. »Ich weiß nicht. Ich denke fast, wir sollten darüber ein andermal reden, wenn wir nicht so erschöpft sind und die Flasche noch zu ist.« Sie ließ sich aufs Bett fallen, legte sich auf den Bauch, die Arme nach oben und die Hände unter das Kinn. »Im Augenblick brauche ich einen guten Freund, der mir den armen Rücken massiert.«

Er setzte sich neben sie, zog das Sweatshirt eine gute Handbreit hoch, schüttete sich ein wenig von dem Öl auf die Hand, und dann rieb er ihren Rücken damit ein, langsam und zart und in kreisenden Bewegungen.

»Ah ja«, sagte sie mit einem Seufzer, »das tut gut.«

Er machte geduldig weiter, seine starken Hände kneteten genau an den richtigen Stellen ihre Muskeln durch, wobei er sich allmählich nach oben vorarbeitete, zwischen ihre Schulterblätter. Unter seiner Berührung konnte sie spüren, wie sich jeder verhärtete Muskelknoten entspannte. Seine Hände drückten beständig nach innen, hin zu den weicheren Muskeln entlang der Wirbelsäule. Als er einmal eine Pause machte, um sich neues Öl auf die Hände zu tun, zog Jane sich das Sweatshirt fast bis zu den Schultern hoch und dann – nach einem Moment des Zögerns – ganz über den Kopf. Jetzt war sie nackt bis zur Hüfte, aber ihn unter dem Pullover weitermachen zu lassen hätte doch zu idiotisch ausgesehen. Wenn er jetzt ihren Busen sehen konnte, dann sah er ihn eben.

Seine Hände gingen zu ihren Schultern, dann zu den Muskeln, die zum Hals führten, und dann den Nacken hinauf bis zum Haaransatz. Sie spürte kurz eine fröstelnde Gänsehaut, aber sie entspannte sich gleich wieder. Sie fühlte sich mittlerweile so behaglich und gelockert, daß alle Muskeln ihres Oberkörpers in eine Art Schlaf gerieten, eine träge Ohnmacht, glücklich, sich nicht bewegen zu müssen, so daß sie beinahe nicht mehr zu ihr gehörten. Sie lagen nur da und warteten auf die Berührungen seiner Hände.

Carey sagte: »Wie geht's so bis jetzt?«

»Im Augenblick könnte ich in aller Ruhe sterben«, verkündete sie. »Noch ein bißchen mehr Champagner und deine Massage, und du kannst ihnen sagen, sie können abdrücken.« Er bearbeitete jetzt wieder die Wirbelsäulengegend, und sie glaubte, ihn allein durch die Position seiner Hände auf ihrer Haut deutlich sehen zu können. Sie mußte daran denken, wie sie Timmy von ihm erzählt hatte. Sie hatte ihm gesagt, er sei jemand Besonderer, und das war er auch. Ohne Vorwarnung tauchte das Wort »Engel« in ihrem Bewußtsein auf, und sie lachte.

»Was ist so komisch?«

»Nichts«, antwortete sie, das Lächeln war noch in ihrer Stimme zu hören. »Du bist gerade ein Engel.«

»Was ist mit den Beinen?«

»Was soll damit sein?

»Tun sie dir weh?«

Sie überlegte die Konsequenzen. Er konnte ihr schlecht durch die Bluejeans hindurch das Massage-Öl einreiben. Das wußte er. »Im Moment nicht.« Kaum hatte sie es gesagt, überkam sie eine plötzliche Verlustangst, und in der Eile war sie unsicher, ob sie etwas dagegen zun konnte. »Andererseits kann man nicht vorsichtig genug sein.« Sie griff sich unter dem Bauch an den Hosenbund, knöpfte die Jeans auf und machte den Reißverschluß auf.

Er zog ihr die Jeans über die Beine und Füße herunter, und sie spürte eine plötzliche Anspannung im Hals. Dann waren seine Hände auf ihren Fußsohlen und drückten sie in winzigen Kreisbewegungen, bis es ihr vorkam, daß er durch die Nerven Botschaften schickte an die Schultern und bis zum Hals. Die Anspannung ging nicht vorbei, aber sie war nicht mehr unangenehm. Nun arbeitete er sich über die Achillessehne zu den Waden hoch, dann sehr weich, gemächlich und behutsam in die Kniekehlen und ihre Sehnen. Sie war nun sorglos und glücklich, sie dachte an nichts mehr, folgte nur seinen Berührungen. Aber dann bewegten sich die kreisenden Hände einen Augenblick lang zwischen ihren Schenkeln, und sie ertappte sich dabei, daß sie den Rücken durchbog und die Beine eine Winzigkeit öffnete.

Er arbeitete ruhig an den Beinen und am Rücken weiter, aber sie fühlte, daß sich seine Hände dabei nicht mehr abwechselten, mit der freien Hand zog er sich aus. Dann spürte sie, wie er ihr den Slip herunterrollte, und er drehte sie sanft auf den Rücken und küßte das verwundete Gesicht, und dann fanden sich beide in einer Umarmung wieder, die sie schon immer hatte kommen sehen.

Nun geschah alles mit langsamer Unvermeidbarkeit, in verschwenderischer Leichtigkeit und so einfach, daß sie sich warm fühlte, dann verlangend und dann unbeschwert und froh. Aber dieses Gefühl ging nicht vorüber. Es wurde stärker und intensiver. Danach dehnte sich jede Sekunde, jeder Herzschlag zu einem selbständigen Augenblick. Plötzlich wurde ihr bewußt, daß sie eine Frauenstimme hörte, und sie fragte sich, wie lange sie schon dieses Stöhnen und diese kleinen Schreie hören ließ, die nicht zu unterdrücken waren, auch wenn sie es versucht hätte. Dann trug es sie über das Denken hinaus noch eine Ebene höher, wo alle Sinneseindrücke offenbar mit erhöhter Schwingung auftraten, Farben,

Töne, Bewegungen. Sie bekam beinahe Angst, als sich ihre Intensität immer weiter steigerte, und wieder kam ihr das Wort »Engel« in den Sinn, aber diesmal lachte sie nicht, denn jetzt war alles hell und fiebrig klar und unmittelbar, zu allem kein Abstand mehr, und in ihr kein anderer Wille als der seine.

Die Nacht verging, ohne daß sie die Uhrzeit wußte, weil sie spürte, daß sie etwas loslassen mußte, wenn sie denken wollte. Sie gönnten sich manchmal eine Pause, bis ihre Herzschläge wieder langsamer gingen, blieben liegen in derselben Umarmung und jetzt doch nicht derselben, wie Freunde, die zusammen einschlafen. Aber dann bewegte sich einer von ihnen, und der andere sagte schweigend ja, und jedesmal klangen Frage und Antwort wieder neu, weil jedesmal das letzte Mal noch nicht vergangen war, und so war es wie das Steigen auf einer Treppe.

Im Morgengrauen lagen sie mit geschlossenen Augen auf dem Bett, als er sagte: »Was hältst du vom Heiraten?«

Jane verschluckte sich fast. Kinder kriegen, große und schöne Kinder. Hier mit ihm leben, nein, nicht hier, aber wenigstens in der Nähe, in seinem großen alten Haus in Amherst. Vielleicht hatte alles Geschehene sie dahin geführt, weit abseits der tödlichen Wege, auf die sie andere Menschen geführt hatte. Dann müßte sie ihm nie erklären, was für eine Art Lotse sie war, weil dann alles vorbei war, und es war eigentlich schon vorbei, weil sie versagt hatte.

»Keine Antwort?« fragte er.

»Der sehnlichste Wunsch jeder Frau«, sagte sie. »Meinst du, der Mann, dem der Buffalo-Bill-Zirkus gehört, ist möglicherweise daran interessiert, mich zu heiraten? Oder vielleicht der eine, der den Fünflingen auf die Welt geholfen hat? Das wäre einer, der sich mit Windeln auskennen müßte.«

»Ich meine es ernst«, sagte Carey. »Wir sollten heiraten.«

Jane setzte sich auf, dann beugte sie sich über ihn und küßte ihn, und ihr langes Haar hing neben ihren Gesichtern herab wie ein Vorhang. »Danke«, sagte sie. »Ich finde, wir sollten ein andermal ernsthaft darüber sprechen.«

»Heißt das ja? Das sagtest du schon gestern abend.«

»Jetzt spiel bitte nicht verrückt.«

»Heißt?«

»Ich habe immer schon alles geliebt, was ich an dir kenne.«

»Warum sagst du dann nein?«

»Ich habe nicht nein gesagt.« Sie setzte sich wieder auf und fuhr sich mit den Fingern durchs Haar auf der Suche nach irgendwelchen nicht existenten Verknäuelungen. »Ich sagte nur, wir sollten darüber mal ein ernsthaftes Gespräch führen. Zu einem beliebigen Zeitpunkt deiner Wahl, aber ja sage ich im Augenblick nicht.«

Auch er setzte sich jetzt auf. »Damit kann ich leben.«

Sie seufzte. »Wann hast du zum letztenmal eine Frau gehabt, Carey?«

Er schob die Lippen nach vorn und sagte widerstrebend: »Letzte Nacht.«

»Du meinst, die Nacht davor. Als du das vorletzte Mal vom Abenddienst gekommen bist.«

»Eine Kollegin. Keine Routineangelegenheit. Sie ist eine phantastische Diagnostikerin, jemand mit den besten ...«

»Ich will es nicht wissen.«

»Was soll das? Erst bist du neugierig, und dann tust du so, als ob es dich nicht interessiert.«

»Du wärst ein miserabler Ehemann.«

»Hör zu, Jane, die Sache mit meiner Kollegin. Das ist überhaupt kein Anlaß, eifersüchtig zu werden. Das war ein einmaliges, abgeschlossenes Vorkommnis. Am Ende unserer Schicht, nachdem wir alles getan hatten, was wir konnten, sind uns zwei Patienten gestorben. Vermutlich haben wir einander bloß getröstet. Tief im Gehirn liegt etwas versteckt, und das wird aktiv, wenn dir ein Leben verlorengeht, irgendein primitiver Instinkt, der dir sagt: ›du sollst vögeln, solange du noch kannst, denn eines Tages liegst du genauso da.‹ Eine recht animalische Reaktion, die sich zum Zweck der Erhaltung der Art nach den prähistorischen Metzeleien entwickelt hat. Wahrscheinlich ist sie noch ganz verdattert, daß wir es getan haben. Wenn wir das nächste Mal wieder zusammenarbeiten, dann geht es rein dienstlich zu.«

»Sicher. Du bist ein guter Arzt, und wenn sie keine gute Ärztin wäre, dann wüßtest du das. Aber ich sage dir, so verdattert ist sie nun auch wieder nicht, nachdem du sie zwischen den Laken hattest. Vermutlich wartet sie jetzt schon vor deiner Haustür. Und wenn nicht, dann macht es dir auch nichts, weil die nächste bald hinterherkommt. Die nächste ist sogar schon da, nicht wahr? Ich. Die Welt ist voll von Frauen, ein unerschöpflicher Vorrat, und jede hat etwas Besonderes an sich: ein kleines Lächeln, das auch dich zum Lächeln bringt, oder Brüste wie zwei perfekte Grapefruits. Erinnerst du dich an sie? Deswegen trieb sie sich im Supermarkt herum: damit du deine Vergleiche anstellen kannst.«

»Das ist nicht fair«, sagte er. »Soll ich wiederholen, was du gesagt hast?«

»Nein«, sagte Jane. »Es ist wirklich nicht fair. Eigentlich spreche ich über einen Teil von mir selbst. Was wir voneinander wissen, sieht ein bißchen anders aus, wenn die Ehe ihr häßliches Haupt erhebt. Und ich kritisiere dich nicht.«

»Nein?«

»Nein. Nicht eine Sekunde lang dachte ich, daß irgend etwas nicht in Ordnung ist mit deinem Leben. Auch jetzt denke ich so was nicht. Aber das einzige, das es mir sinnvoll erscheinen ließe, dich zu heiraten, wäre die begründete Überzeugung, daß du monogam geworden bist.«

»Glaubst du vielleicht, ich kann das nicht?« fragte Carey.

Sie lächelte und legte ihm den Kopf auf die Schulter. Es war erstaunlich, wie gut sich das anfühlte. Nach einer Weile sagte sie: »Möchtest du Frühstück?«, stand auf und ging aus dem Zimmer. Unterwegs im Flur zog sie sich den Bademantel an. Dann hörte sie das Piep-piep-piep-piep, blieb stehen und kam zur Schlafzimmertür zurück. Er saß auf dem Bett und starrte resigniert seinen Pager an, der am Gürtel auf dem Boden lag. »Dein Alarm klingelt«, sagte sie. »Jemand will gerade in deine Hosen einbrechen.«

Carey nahm den Pager, zog sich die Hose an, ging zum Telefon neben dem Bett, klemmte sich den Hörer unters Kinn und wählte. »Das Krankenhaus«, sagte er und machte den Gürtel zu. Als sie schon wieder im Flur war, hörte sie, wie er »Dr. McKinnon« sagte.

Jane ging in die Küche und packte ihm ein Lunchpaket ein, während er telefonierte. Sie hörte seltsam polternde Geräusche von oben, vermutlich hatte er Schwierigkeiten, sich wieder präsentabel herzurichten. Als sie seine Schritte auf der Treppe hörte, kam sie aus der Küche und gab ihm die kleine braune Tüte.

»Tut mir leid«, sagte er. »Ich rufe dich an, sobald ich da wieder raus bin und etwas geschlafen habe.«

»Danke«, sagte sie, dann fügte sie hinzu: »Wenn ich nicht da sein sollte, mach dir bitte keine Sorgen. Ich muß vielleicht ein paar Tage weg.«

»Siehst du?« Er lachte leise. »Es hat sich nichts verändert. Das sagst du immer.« Er küßte sie lange und zärtlich, packte seine schwarze Tasche und lief zu seinem Wagen.

Jane dachte darüber nach, was sie ihm eben gesagt hatte. Sie plante überhaupt nicht, irgendwohin zu fahren. Es war einfach ihre alte Gewohnheit: Gib niemandem einen Grund, die Polizei nach dir suchen zu lassen.

Sie überlegte, sich wieder hinzulegen, aber in diesem Fall wäre sie nicht mit Sonne und Mond im gleichen Rhythmus, und dieses Gefühl war ihr noch unangenehmer als Müdigkeit. Sie verbrachte den Tag mit dem Saubermachen ihrer schon sauberen Wohnung, mähte den Rasen und jätete das Unkraut in den Blumenbeeten. Sie versuchte, nicht darüber nachzudenken, was Carey McKinnon in diesem Augenblick gerade machte, auch nicht darüber, Mrs. Carey McKinnon zu werden oder wie man einen bestimmten Menschen richtig zu lieben hatte. Was sie jetzt wissen mußte, war nichts, was sich im Vorfeld klären ließ. Sie konnte jetzt nur warten, bis sie sicher war, daß sie nicht einen alten Freund in einen Trostpreis für ihr Versagen verwandelte. Erst als die Nacht gekommen war, ging sie ins Schlafzimmer zurück und gönnte sich den Schlaf.

9

Jane saß in ihrer Küche und trank Kaffee. Langsam ging die Sonne auf, mit einem noch diffusen Graulicht vor dem Fenster. Jane hätte nicht sagen können, wie lange sie schon den Vögeln zuhörte, die draußen bereits zwitschernd von Ast zu Ast schwirrten. Sie nutzte die Stille im

Haus und den heißen Kaffee, um ihren Traum bis zu seinem Anfang zurückzuverfolgen, und sie wußte, wo jede einzelne Szene ihren Ursprung hatte.

Sie war nachts durch einen Wald gerannt, auf dem Weg zum Fluß. Sie mußte noch ein Kind gewesen sein, weil ihre Eltern bei ihr waren. Etwas Großes und Dunkles und Grausames verfolgte sie, aber Jane gelang es nicht, das Wesen auch nur kurz unter den Bäumen zu sehen. Jedesmal, wenn sie über die Schulter zurückschaute, schien es wieder ein Stück näher zu sein, aber alles was, sie sehen konnte, war ein Schatten, der die Sterne verdunkelte, oder bebende Zweige, wenn es durch ein Dickicht stampfte.

Sie ging ins Wohnzimmer, stellte sich auf den Teppich und reinigte ihre Gedanken, während sie die einhundertachtundzwanzig Stellungen des Tai-Chi ausführte, eine nach der anderen in fließender, ununterbrochener Bewegung. Sie stellte fest, daß ihre Muskeln nicht mehr so schmerzten wie noch am Tag zuvor. Vielleicht hatte Careys Balsam doch gewirkt – oder auch etwas anderes. Ihr Körper übernahm einen Teil ihres Bewußtseins, so wie er es in langen Jahren gelernt hatte, während er durch Stellungen ging mit Namen wie »Die Peitsche« und »Spiele die Laute« oder »Kreuze die Hände und trage den Tiger zum Berg«, und kam schließlich zum Ende, wie er begonnen hatte, beinahe schwebend. Dann schlüpfte sie in einen Jogginganzug, hängte sich den Wohnungsschlüssel an einer Kette um den Hals, ging aus dem Haus und begann zu laufen.

Sie fing in der kalten Morgenluft ohne Anstrengung und langsam an und steigerte erst allmählich die Schrittlänge, nachdem ihr Körper erwärmt und ihre Muskeln gelockert waren. Sie lief hinunter zum Fluß und dann den grünen Uferstreifen entlang nach Süden. Deganawida war um diese Zeit schon belebt, die Bewohner schon aufgestanden und auf der Niagara Street unterwegs zur Arbeit, die Frisuren der Männer von der Dusche noch naß und glatt auf den Kopf geklatscht, die Kinder bereits in ihrem zweitwärmsten Mantel; ihre Mütter brachten sie bis zum Gehweg, um sicher zu sein, daß sie wenigstens in die Richtung losmarschierten, in der die Schule lag. Sie lief weiter bis zur Grand

Island Bridge und kehrte hier um. Ihr Rückweg war so berechnet, daß sie danach genug Zeit hatte, sich zu duschen und umzuziehen und etwas zu essen, bevor die Stadtbibliothek öffnete.

In der Bibliothek ging sie sofort zum Regal mit den Zeitungen und suchte sich alle Ausgaben der *Los Angeles Times* des letzten Monats zusammen, zog sich dann in eine Ecke zurück, von großen Lexika umgeben, die nie jemand aufschlug außer zur Klärung einer Wette, setzte sich hin und las. Die erste Überschrift, die ihr ins Auge fiel, war zwei Tage alt:

TOTE IM GERICHT
ERMITTLUNGEN ERGEBNISLOS

Van Nuys. In der neuesten Episode der seltsamen Saga von Timothy Phillips, dem Entführungsopfer und Vermögenserben in San Francisco, mußte heute der Sprecher der Polizei von Los Angeles eingestehen, daß die Ermittlungen bis jetzt nicht zu einer Anklage geführt haben. Die merkwürdigen Ereignisse vor und in dem Gerichtsgebäude von Van Nuys, in deren Verlauf im vergangenen Monat zwei Menschen getötet und fünf weitere verhaftet wurden, werden immer noch untersucht, wie Captain Daniel Brice außerdem mitteilte.

Die Einzelheiten des Geschehens sind immer noch nebulös, aber einen Teil des Puzzles hat die Polizei immerhin zusammengesetzt. Als die Sitzungen am Morgen des 15. gerade beginnen sollten, hielt Dennis Morgan, 38, Anwalt aus Washington, mit seinem Wagen vor dem Gerichtsgebäude, um seinen achtjährigen Mandanten Timothy Phillips und Mona Turley, 29, Timothys vorgebliche Mutter, aussteigen zu lassen. Das automatische Getriebe des Mietwagens rutschte dann in den Rückwärtsgang und stieß mit einem hinter ihm herankommenden Fahrzeug zusammen. Der Fahrer Harold Kern, 23, und sein Beifahrer James Curtain, 26, beide aus Los Angeles, erlitten dabei leichte Verletzungen, aber Morgan wurde ... *(Fortsetzung Seite A 29, Tote im Gericht)*

Jane blätterte ungeduldig zur Seite A 29 weiter und fand den Rest des Artikels links unten in der Ecke.

... noch am Unfallort für tot erklärt.

Kern und Curtain rannten ins Gerichtsgebäude, offenbar mit dem Ziel, Hilfe für Morgan herbeizuholen. Mona Turley, so vermutet die Polizei weiter, nahm wahrscheinlich an, die beiden Männer verfolgten sie in feindlicher Absicht. Daraufhin kam es zu einem Handgemenge, in das auch mehrere bis dahin Unbeteiligte eingriffen. Die Handgreiflichkeiten eskalierten im Korridor des fünften Stockwerks zur Schlägerei, bis schließlich die Gerichtsdiener eines nahegelegenen Sitzungssaals auf die Unruhe reagierten.

Außer Curtain und Kern wurden verhaftet: Roscoe Hull, 22, Max Corto, 28, beide aus Birbank, und Colleen Mahoney, 29, aus Orlando, Florida.

Nachdem die Polizei die Ordnung wiederhergestellt hatte, wurde am Boden eines Treppenschachts die Leiche von Mona Turley entdeckt, offensichtlich das Opfer eines Sturzes aus einem der oberen Stockwerke.

Wie aus Polizeikreisen bestätigt wird, liegen mehrere verwirrende, einander widersprechende Aussagen vor, aber Augenzeugenberichte haben ergeben, daß keiner der fünf Verhafteten den Korridor verlassen haben kann, nachdem die Schlägerei dort begonnen hatte.

Captain Brice erklärte weiter, es lägen keinerlei Hinweise darauf vor, daß einer der an der Schlägerei beteiligten Männer die Tote kannte, ein Tötungsmotiv hatte oder sich zum Zeitpunkt des Todes im Treppenhaus befand; die fünf Männer zählten daher nicht zum Kreis der Verdächtigen. Selbstverständlich gehe man auch einem denkbaren Verbrechen nach, aber Mona Turley könne sich ebensogut selbst getötet haben, von Selbstvorwürfen geplagt oder aus Angst vor einer Anklage wegen Kindsentführung.

Jane lehnte sich zurück und starrte die säuberlich vor ihr aufgereihten Bände an. Sie hatten Mona umgebracht, aber alles, was sie jetzt noch tun konnte, war wenig erfolgversprechend: Sie konnte als Colleen Mahoney vor Gericht gehen, lügen und behaupten, sie hätte die Männer gesehen, und dann zusehen, wie nacheinander zwanzig Zeugen in den Zeugenstand treten und aussagen würden, sie müßte sich irren. Ganz sicher hatten die zwei im Wagen Dennis nach dem Zusammenstoß mit einem Würgegriff das Genick gebrochen, aber auch das hatte sie nicht gesehen.

Wenn die Polizei keine Verbindung gefunden hatte zwischen den Männern und dem Timothy-Phillips-Fall, dann waren sie angeheuerte Hilfskräfte. Zweifellos fahndeten Polizei und FBI jetzt verdeckt nach Colleen Mahoney, aber es gab keinen Grund, ihnen dabei einen Erfolg zu gönnen. Colleen Mahoney hatte ihre Rolle ausgespielt.

Sie suchte auch in den übrigen Zeitungen nach Berichten über Timothy Phillips. Schließlich fand sie eine Nachricht, die erst einen Tag alt war.

STAATSANWALT: HOFFEN-BAYNE
NICHT MEHR UNTER VERDACHT

Ein Sprecher der Staatsanwaltschaft gab heute eine Erklärung heraus, die den Gerüchten widerspricht, die Hoffen-Bayne Financial Inc. stünde unter dem Verdacht, den entführten Timothy Phillips um sein Vermögen in mehrfacher Millionenhöhe bringen zu wollen, das er von seiner verstorbenen Großmutter geerbt hatte. »Diese Gerüchte entbehren jeder Grundlage«, sagte der Stellvertretende Leitende Staatsanwalt Kyle Ambrose. »Sie brauchen nur die Bedingungen des Treuhändervertrags durchzulesen. Im Falle des Todes von Mr. Phillips wäre Hoffen-Bayne nicht die Begünstigte. Das ganze Geld müßte dann nämlich Wohltätigkeitsorganisationen gestiftet werden.

Nach meiner Überzeugung hat Hoffen-Bayne nur deshalb die gerichtliche Todeserklärung beantragt, weil es das im Sinne der Vertragsbestimmungen ordnungsgemäße Verfahren war, es entspricht auch dem Verhalten jedes anständigen Staatsbürgers. Die Gesellschaft hat wenig davon, daß große Vermögen in Treuhandgesellschaften und ohne irgendwelche Nutznießer blockiert bleiben.

Die Großmutter in diesem Fall hatte die Absicht, für ihren Enkel die Versorgung mit finanziellen Mitteln sicherzustellen, nicht aber, eine ständig wachsende Pyramide aus nutzlosem Geld zu bauen.« Ambrose stellte fest, Hoffen-Bayne habe allen Anlaß zur Zufriedenheit über die Nachricht, daß

Timothy Phillips endlich gefunden wurde. »Wenn das Vermögen an Wohlfahrtsorganisationen geflossen wäre, hätte die Firma beträchtliche Gebühren für Verwaltung und Testamentsvollstreckung verloren, die nun aber nach dem Gesetz weiter erhoben werden, bis der Junge achtzehn ist oder auch länger, falls er es wünscht.«

Jane las den Artikel zweimal. Dennis war überzeugt, daß die Männer, die Timmy verfolgt hatten, von Hoffen-Bayne angeheuert waren. Dennis war Rechtsanwalt, und irgend etwas in den Unterlagen hatte ihn zu der Gewißheit gebracht, daß Hoffen-Bayne einen Grund dafür haben mußte. Aber auch in der Staatsanwaltschaft von Los Angeles gab es unzählige Anwälte, noch dazu im Strafrecht erfahrene. Waren sie vielleicht alle der Meinung, eine Firma wie Hoffen-Bayne könnte nicht ganz geschäftsmäßig ihre eigenen Kunden umbringen?

Sie bemühte sich, das Ganze logisch zu sehen. Hoffen-Bayne hatte diesen Zeitpunkt für die Todeserklärung Timmys gewählt. Wenn diese Leute wirklich dazu fähig waren zu töten, dann hätten sie mit dem Termin warten können, bis sie ihn tatsächlich umgebracht und die Leiche an einer Stelle deponiert hatten, wo sie bald gefunden wurde, und die Gerichtsmedizin den Papierkram erledigen lassen. Oder sie hätten in Ruhe weiterwarten und den Antrag zu einem späteren, für sie günstigeren Zeitpunkt einreichen können. Aber nein, Jane mußte vermuten, daß sie schon lang genug gewartet hatten und dieser Zeitpunkt der einzig richtige war. Es gab keinen äußeren Grund dafür, es gerade jetzt zu tun. Timmy hatte noch zehn Jahre vor sich, bevor er die Verfügung über das Geld bekam und den Vertrag kündigen konnte, und das hieß für Hoffen-Bayne: zehn weitere Jahre lang die »beträchtlichen Gebühren« zu kassieren, die der Staatsanwalt erwähnt hatte.

Jane stand auf, ging zum Informationsschalter der Bibliothek und machte Amy Follinger auf sich aufmerksam. »Kann ich mir auf dem Kopierer ein paar Fotokopien machen?«

»Aber sicher«, sagte Amy, »zehn Cents pro Kopie. Allerdings müssen Sie vorher leider noch diesen Vermerk da unterschreiben«, sagte sie bedauernd. »Er befreit die Bibliothek von der Haftung, falls Sie irgendwelche Urheberrechte verletzen.«

Jane sah sich die Papiere an. Auf der ersten Seite stand eine Zusammenfassung des Copyright-Gesetzes von 1978. Sie unterschrieb auf der zweiten Seite und gab die Papiere zurück.

»Tut mir leid«, sagte Amy. »Haben Sie sich nie gefragt, wie es soweit kommen konnte?«

»Wie weit?«

Amy riß ihre Augen auf hinter dem Silberrahmen ihrer Brille, die Jane außer während der Dienststunden in der Bibliothek noch nie an ihr gesehen hatte. »Daß wir jetzt alles nur noch mit Juristen machen. Klar, sie schreiben ja auch die Gesetze. Haben Sie schon mal einen Juristen gesehen, der darauf verzichtet, für sich selbst ewig laufende Gebühren aufzuschreiben?«

»Einen oder zwei«, sagte Jane. »Wenn wir alle hundert Jahre lang brav sind, vielleicht sterben sie dann ja aus.« Sie kopierte die Artikel, ging wieder zum Zeitungsregal und steckte säuberlich alle benützten Zeitungen zurück.

Jane steckte die Kopien in ihre Tasche und verließ die Bibliothek. Während sie auf ihren Wagen zuging, formulierte sie im Kopf die Notiz für Karen, die Anwältin, um ihr zu erklären, was sie an der Sache nicht in Ordnung fand. Aber der Text klang noch nicht richtig. Was sie beunruhigte, war etwas anderes, etwas, das sie sofort wissen wollte.

Jane war schon an den Telefonzellen außerhalb des Gebäudes vorbei, nun aber machte sie noch einmal kehrt. Sie wählte eine Nummer und sagte zu der Sekretärin am anderen Ende: »Jane Whitefield. Sie kennt mich. Sagen Sie ihr, ich faxe ihr heute noch etwas.«

»Wollen Sie keinen Termin für eine Beratung oder ...«

»Nein danke«, sagte sie. »Sie soll mich bitte anrufen.« Jane hängte ein und ging auf der Main Street bis zu dem kleinen Laden für Bürobedarf, den in den letzten Jahren Dick Herman führte, seit sein Vater in Pension gegangen war. Eine ständig wachsende Sammlung von Schildern im Schaufenster verkündete, daß er neben Postfächern und Kopierern jetzt auch einen Fax-Dienst anbot. Nachdem sie die Zeitungsausschnitte verschickt hatte, fuhr sie heim, betrat das Haus und hörte das Telefon klingeln. Vielleicht war Carey doch nicht schon wieder mit der großartigen Diagnostikerin zusammen. Sie hob den Hörer ab, gerade als sich ihr Anrufbeantworter einschaltete. Das Tonband sagte noch: »Sie haben die Nummer ...«, dann schaltete er sich mit einem Klicken aus. »Hallo?«

»Hallo, Jane.« Es war Karens Stimme. Jane hatte sie das letzte Mal vor einigen Monaten gehört. Damals hatte sie sich und dann auch Karen gefragt, ob – rein hypothetisch – das Zeugenschutzprogramm möglicherweise auch für jemanden in Frage kam, der gerade einem ihrer Klienten das Leben gerettet hatte. »Ich habe deine Nachricht bekommen. Aber was bedeutet das?«

»Hast du die Artikel gelesen?« sagte Jane.

»Diese zweite Frau, ich nehme an, das warst du.«

»Das willst du nicht wissen.«

»Kein Risiko. Der Mandant genießt Vertrauensschutz.«

»Ich bin keine Mandantin von dir.«

»Wenn du in Schwierigkeiten bist, dann doch.«

»Bin ich aber nicht«, sagte Jane. »Ich brauche nur deinen Sachverstand. Wie klauen die das Geld?«

»Ich habe keine blasse Ahnung«, sagte Karen. »Wenn es so offenkundig wäre, dann wäre ich bestimmt nicht die einzige, die dahinterkäme. Und da ich den Treuhändervertrag nicht vor mir habe, könnte ich sowieso nur raten.«

»Na gut«, sagte Jane. »Dann laß mich mal dein Wissen anzapfen. Wie lang ist die Verjährungsfrist, wenn jemand das Geld eines Treuhandvermögens stiehlt?«

»Also das wäre Verletzung von Treuhänderpflichten. Hier sind es vier Jahre. Kalifornien müßte ich nachschauen.«

»Sagen wir mal, sie haben Timmy sein Geld schon an dem Tag weggenommen, an dem seine Großmutter starb. Dann lassen sie ihn für tot erklären, und die Sache ist gegessen? Keiner kann mehr etwas daran ändern?«

»Nein«, sagte Karen. »Er ist noch minderjährig, nicht wahr? Die Verjährungsfrist beginnt erst mit dem Tag seiner Volljährigkeit, also wenn er das Vermögen übernimmt. Falls er ab da vier Jahre lang nichts merkt, sind sie fein raus, vorausgesetzt, sie haben nicht etwas noch Schlimmeres angestellt.«

»Und was ist, wenn er tot wäre?«

»Dann bekommt der nächste Erbe das Geld, vermutlich jemand Erwachsener, und die Uhr fängt wieder zu laufen an. Wer ist es?«

Jane schwieg einen Augenblick. »Wohlfahrtsorganisationen«, sagte sie. »Das ist es, stimmt's?«

»Das ist was?«

»Die Antwort. Deshalb brauchten sie einen toten Timmy – amtlich oder tatsächlich. Damit nicht eine Person der nächste Erbe ist.«

»Ich weiß nicht, ob ich dir noch folgen kann.«

»Timmys Großmutter hat das Vermögen in diese Treuhänderschaft übergeben. Es sollte später an ihren Sohn gehen. Der Sohn ist gestorben. Der nächste Erbe war ihr kleiner Enkel. Timmy. Andere Verwandte gab es nicht, oder wenn es welche gab, hatte die Oma nichts für sie übrig. Sagte auch der Staatsanwalt in dem Artikel. Und das Geld ginge in die Wohlfahrt.«

»Das kann es nicht sein. Solche Organisationen werden normalerweise nicht von Idioten geleitet. Die ganze Zeit kriegen sie da irgendwelche Anfragen, und Prüfungsbeiräte sind ganz schön pedantisch, wenn es darum geht sicherzustellen, daß nichts getan wird, was den Absichten des Spenders zuwiderläuft. Eine Wohlfahrtsorganisation ist eine Gesellschaft und juristisch dasselbe wie eine Person. Auch diese Gesellschaft hätte vier Jahre bis zum Ende der Verjährungsfrist. Irgendwann, sobald die Anwälte Wind von der Sache bekommen, schauen sie sich das Testament an und den Treuhandvertrag.«

»Nein«, sagte Jane. »Nicht die Treuhänderschaft soll auf Wohlfahrtsorganisationen übergehen. Nur das Geld.«

Karen zog den Atem ein und schwieg eine Sekunde. »Oh nein«, seufzte sie. »Willst du damit sagen, die alte Dame hat nicht festgelegt, welche Organisationen?«

»Niemand hat je auch nur eine einzige erwähnt«, sagte Jane, »und Dennis, der Anwalt, der die Papiere studiert hat, sagte, daß da nur von ›Wohlfahrtseinrichtungen‹ die Rede war. Er war sicher, daß sie drauf und dran waren, sich das Geld zu holen, er wußte nur nicht, wie.«

Karen klang jetzt ermüdet, aber sie sprach sehr schnell, als ob sie etwas ablesen würde, was auf ihren Augenlidern gedruckt stand. »In dem Fall kann ich mir eine ganze Reihe von Methoden vorstellen. Hier die einfachste: Timmy ist tot, entweder nur amtlich oder wirklich, und sie beschaffen sich eine Todeserklärung; dann verteilen sie das Geld an eine Organisation ihrer Wahl oder auch an eine, die sie selbst gegründet haben, wobei das meiste Geld wieder an sie zurückfließt, überzogene Gehälter und Vergütungen, fiktive Dienstleistungen, alles mögliche.«

»Würdest du es auch so machen?«

Karens Stimme antwortete monoton: »Vielen herzlichen Dank.«

»Du weißt, was ich meine. Ist das der schlaueste Weg? Sie haben sich den Zeitpunkt für Timmys Todeserklärung selbst ausgesucht. Sie hätten doch ewig damit warten können. Es muß einen Grund geben, warum sie es gerade jetzt getan haben.«

»Was ich eben sagte, ist die dümmste Methode. Die schlaueste ist immer, so legal wie möglich zu bleiben. Wenn sie die einzigen Treuhänder und Testamentsvollstrecker sind, dann hätten sie das Vermögen schon von Anfang an plündern können. Sie könnten sich enorme Aufwandsentschädigungen und Gebühren bewilligen, dem Vermögen alle möglichen Kosten berechnen und dann die Bücher hier und dort so frisieren, daß nur noch unrentable Geldanlagen auftauchen. Sie würden es überhaupt nicht stehlen. Sie würden vielmehr eine beträchtliche Summe bei sich stehen lassen. Um wieviel geht es eigentlich?«

»Ich weiß nicht. Ich habe allmählich den Eindruck, es sind zig Millionen, vielleicht Hunderte Millionen.«

»Gut. Sagen wir: hundert Millionen. Mit vier oder fünf Prozent für Testamentsvollstreckung und Vermögensverwaltung kommen sie noch gut davon. Im Grunde aber könnten sie mit dem Kapital machen, was sie wollen. Soweit ich weiß, gibt es in jedem Staat dafür ein paar Richtlinien, aber sie sind ungenau und weitgehend interpretationsfähig. Die Leute könnten also in die Chinchilla-Farm ihrer Freunde investieren und sie dann bankrott gehen lassen, solange niemand etwas von dieser Verbindung ahnt. Wenn sie so schlau sind und das Geld nach und nach stehlen und die Investitionen so streuen, daß kein Zusammenhang erkennbar wird, dann können sie eine ganze Menge anstellen.«

»Kein Zusammenhang?«

»Du weißt doch: So eine Treuhandgesellschaft hat Aktien von eintausendfünfhundert Firmen, zwanzig Millionen stecken in staatlichen Schuldverschreibungen, und dann schreiben sie noch einen Fünf-Millionen-Verlust bei der Chinchilla-Farm ab. Da ist es nicht leicht, ihnen nachzuweisen, sie hätten sich bei den künftigen Absatzchancen von Chinchilla-Pelzen nicht einfach bloß getäuscht. Nichts Illegales.«

»Und was geschieht dann?«

»Das machen sie dann noch ein paarmal so im Lauf der Jahre, passen aber immer auf, daß die Proportionen stimmen: ein Verlierer auf neun Gewinner. Sie stehlen einen Haufen Geld, aber das ist gut versteckt hinter der Tatsache, daß einige der Investitionen gutes Geld bringen. Du darfst nicht vergessen, daß auch gute Investitionen mal rauf-, mal runtergehen, so daß du die miesen nur schwer herausfindest. Und wenn sie alles haben, was sie kriegen können, dann machen sie Schluß.«

»Wie machen sie Schluß?«

»Sie erfüllen die Auflagen des Treuhandvertrags, das heißt, sie verteilen das Geld an die Wohlfahrt. Bloß: Jetzt sind es nicht mehr hundert Millionen, sondern nur noch zwanzig.«

»Und da merkt keiner, daß achtzig Millionen fehlen?«

»Wenn das Vermögen nicht in eine andere Treuhandgesellschaft übergeht, schaut keiner hin. Und mit zwanzig Millionen kommst du in der Welt der Wohlfahrtspflege ganz groß raus. Es ist ja nicht so, daß man da einfach einen Zwanzig-Millionen-Scheck für einen gemeinnützigen Verein ausschreibt und dann das Kassenbuch zuklappt und nach Hause geht.«

»Wie macht man es dann?«

»Man teilt den Betrag in lauter kleine Zehntausender-Häppchen und verteilt sie sparsam und überlegt. In diesem Fall haben wir zweitausend Schecks eines gewissen Agnes-Phillips-Vermögens, von dem noch nie jemand etwas gehört hat. Also schickt man jedes Jahr an vierhundert Wohltätigkeitsorganisationen im ganzen Land je einen Scheck über zehntausend Dollar. Das bedeutet mehr als einen Scheck pro Tag. So macht man dann fünf Jahre lang weiter. Wenn der Verein Kinderhilfswerk von Kankakee im ersten Jahr so einen Scheck bekommt, was tut er daraufhin?«

»Keinen Schimmer.«

»Er schickt einen Dankeschön-Brief. Er wird ganz bestimmt nicht verlangen, die Steuerprüfung sollte sich die Treuhandgesellschaft ansehen, die ihm gerade zehn Riesen geschenkt hat. Das kommt ihm gar nicht in den Sinn, und außerdem ist er ja nicht einmal befugt zu so etwas. Er ist ja im Testament nicht als Erbe benannt. Er ist eine Wohlfahrtseinrichtung, die soeben einen großen Scheck bekommen hat, weil es im freien Ermessen des Absenders so beschlossen wurde.

Der Verein ist voller Dankbarkeit. Er hat keine Ahnung von der Höhe des Vermögens und hofft nur, daß er im folgenden Jahr wieder so einen Scheck bekommt und noch mehr Kindern helfen kann.«

»Und am Ende dieser fünf Jahre ist das ganze Geld weg, und was die achtzig Millionen betrifft, die sie gestohlen haben, so ist dafür die Verjährungsfrist abgelaufen?«

»Wenn sie aus dem Rest, den sie verteilen, noch fünf Prozent Kapitalerträge herausholen, dann verschafft ihnen das noch ein paar Extra-Jahre dazu. Aber was ihnen in dieser Zeit, sagen wir, acht Jahre, am meisten zugute kommt: Niemand stellt irgendeine Frage. Das ist für sie die Hauptsache. Wenn am Ende eine ausführliche Buchprüfung stattfindet, dann finden die Prüfer keinen einzigen Fall einer inkorrekten Gewinnerwartung, der nicht mindestens acht Jahre her ist, und schon überhaupt keine ungerechtfertigte Bereicherung. Solange alles länger als vier Jahre zurückliegt, spielt es keine Rolle mehr.«

»Und was kann ich da jetzt noch tun?«

»Ich weiß, was ich täte. Ich würde darauf achten, daß Timothy Phillips nicht zu oft allein ist. Die ganze Sache funktioniert nämlich nicht, solange der Erbe noch lebt.«

10

Jane ging zu der Telefonzelle auf dem Markt, der ein paar Kilometer von ihrem Haus entfernt lag, wählte die Auskunft für Los Angeles, um die Nummer des Oberlandesgerichts in Van Nuys zu erfragen, und ließ sich dann mit dem Büro von Richter Kramer verbinden. In Kalifornien war es noch früher Morgen, und die Sekretärin des Richters klang unausgeschlafen und gereizt. »Büro Richter Kramer.«

Jane sagte: »Könnten Sie ihm bitte sagen, Colleen ist am Apparat?« Den Familiennamen, den er ihr gegeben hatte, hatte sie im Augenblick vergessen.

»Einen Augenblick. Ich werde sehen, ob er frei ist.«

Da fiel ihr der Name wieder ein. »Mahoney.«

»Wie bitte?«

»Colleen Mahoney.«

Jane stellte sich die Sekretärin vor, wie sie das Gespräch auf Warten stellte, zur schweren Eichentür ging, der Form halber kurz anklopfte und dann den Raum mit den Jalousien betrat.

Sie ließ ihr einige Sekunden zur Mitteilung des Anrufs, aber noch bevor sie dachte, er würde sich nun langsam erinnern und den Hörer abheben, war er in der Leitung. »Kramer.«

»Hallo, Richter Kramer«, sagte sie. »Erinnern Sie sich noch an mich?«

»Ja. Das ist aber ein unerwartetes Vergnügen«, sagte er. »Hoffe ich jedenfalls.«

»Ich habe etwas herausgefunden, was Sie wissen müssen.«

»Und was ist das?

»Ich habe gelesen, daß sich der Staatsanwalt Timmys Vermögensverwaltung angesehen und dann gesagt hat, bei Hoffen-Bayne herrschte nichts als die pure Ehrlichkeit. Aber er hat etwas übersehen.«

»Und zwar?«

Jane sprach jetzt mit ruhiger Eindringlichkeit. »Wenn Timmy tot wäre, dann ginge das Vermögen an die Wohlfahrt, deshalb nahm der Staatsanwalt an, daß alles in Ordnung sei. Aber im Treuhandvertrag hat Großmama nicht festgelegt: ›Im Fall von Timmys Tod ist das Vermögen unverzüglich aufzulösen und das Guthaben an folgende Wohltätigkeitsorganisationen zu verteilen‹, auch nicht: ›Das Treuhandvermögen ist zeitlich unbegrenzt weiterzuführen und die Kapitalerträge daraus an die folgenden Organisationen zu verteilen.‹ Sie sagte ganz einfach: ›Geben Sie es weg.‹ Im Vertrag ist keine einzige Organisation namentlich genannt, die das Recht hätte, sich bei Hoffen-Bayne die Bücher anzusehen.«

»Wollen Sie damit sagen, daß jemand bei Hoffen-Bayne plant, das Treuhandvermögen zu plündern und die Überreste an die Wohlfahrt zu verteilen, und keiner merkt etwas davon?« fragte er. »Ich sehe nur nicht, weshalb sie sich dort einbilden sollten, damit durchzukommen.«

»Eine Anwältin, eine Freundin von mir, meint, es hätte tadellos geklappt, wenn nur Timmy nicht aufgetaucht wäre. Wenn es keine Erben gibt, dann hat niemand das Recht, eine Buchprüfung zu verlangen.«

»Ausgenommen der Staat Kalifornien.«

»Ich möchte Sie etwas fragen. Als die Großmutter starb, mußte die Treuhandgesellschaft da nicht entweder zum Nachlaßgericht oder aber von der Vermögensverwaltung ausgeschlossen werden?«

»Doch sicher.«

»Und muß sie nicht jährlich ihre Steuererklärung machen?«

»Selbstverständlich.«

»Meine Freundin ist der Meinung, daß der Staat – außer in den genannten Fällen – gar keinen Anlaß hat, dort regelmäßig in die Bücher zu schauen, es sei denn, das Treuhandvermögen geht in eine andere Gesellschaft über. Fragen stellen kann nur jemand, der einen berechtigten Grund dazu hat. Und die Verjährungsfrist für Veruntreuung von Geld liegt irgendwo bei vier Jahren.«

Der Richter blies zischend Luft durch die Zähne.

»Ihre Freundin hat das alles offenbar sorgfältiger durchgearbeitet als ich. Angenommen, die Leute von Hoffen-Bayne legen jedes Jahr die üblichen Formulare vor, lassen Timmy für tot erklären und verteilen dann in aller Gemütsruhe das Vermögen an die Wohlfahrt – also dann, ja, vermutlich kämen sie dann um eine genauere Nachprüfung so lange herum, bis es für eine Anklage wegen Untreue zu spät ist. Ihre Freundin muß in einem anderen Staat als Kalifornien praktizieren. Hier beträgt die Verjährungsfrist nicht vier Jahre, sondern zwei.«

»Großartig«, sagte sie tonlos.

»Aber so kann es nicht ablaufen. Hoffen-Bayne hat schließlich keine Todeserklärung bekommen.«

Jane redete leise und schnell. »Wenn die ihn aber bereits bestohlen haben, dann brauchen sie immer noch eine. Ich glaube, die können gar nicht mehr anders.«

»Wir haben alles unter Kontrolle. Timmy steht unter Polizeischutz.«

»Ich weiß«, sagte Jane. »Ich war in seinem Schlafzimmer, habe mit ihm gesprochen, ihn auf einen Ausflug mitgenommen und wieder zurückbegleitet.«

»Ich lasse ihn sofort woanders hinbringen«, sagte der Richter.

»So ein Umzug macht alles nur noch gefährlicher. Sie brauchen nur irgendwann zu sagen, daß Sie ihn nicht weiter von der Außenwelt abschirmen, sondern ihn nur noch bewachen lassen, dann tun die doch, was sie wollen. Sie wissen genausogut wie ich, daß man jemanden, der es ernstlich auf einen Mord abgesehen hat, nicht für alle Zeit daran hindern kann.«

»Was in Dreiteufelsnamen soll ich denn dann tun?«

»Nehmen Sie ihnen das Motiv.«

»Und wie?«

»Der Grund, Timmy zu töten, ist die Verschleierung des Diebstahls, also decken Sie ihn auf. Timmy steht unter gerichtlicher Vormundschaft. Veranlassen Sie eine Buchprüfung seiner Guthaben. Leuchten Sie in alle dunklen Ecken.«

»Mach' ich.«

»Und noch etwas, Richter Kramer«, sagte Jane. »Können Sie es als totale Überraschung organisieren? Sie wissen schon, so wie eine Razzia?«

»Ja. Ich muß vorher vielleicht eine kleinere Voruntersuchung veranstalten und einen begründeten Verdacht für eine Durchsuchung finden, aber das dürfte zu schaffen sein. Und auf was soll ich sonst noch stoßen, Ihrer Erwartung nach?«

»Nichts mehr.« Dann fügte sie hinzu: »Aber, Richter ...«

»Was?«

»Ich weiß ja nicht, ob Sie schon selbst daran gedacht haben, aber wenn die bei Hoffen-Bayne darauf kommen, daß Sie der Urheber des Ganzen sind, dann ist nicht mehr Timmy ihre größte Bedrohung. Das sind dann Sie.«

»Das ist mir bewußt«, sagte er knapp und scharf. »Im übrigen habe ich dreiundsechzig Kläger und Antragsteller und ihre ganzen verdammten Anwälte dazu auf meiner Liste, und sie warten schon im Gerichtssaal auf mich. Wenn Sie mich jetzt bitte entschuldigen ...«

»Passen Sie gut auf sich auf. Sie sind in Ordnung.«

»Natürlich«, sagte er. »Auf Wiedersehen.«

Jane hängte den Hörer ein und fuhr nach Hause. Sie ging die Treppe in den ersten Stock hinauf, machte ihren Wandschrank auf, aber dann fiel ihr ein, daß sie den Koffer, den sie suchte, der Heilsarmee in Los Angeles gestiftet hatte. Sie ging wieder nach unten und in das kleine Büro, das sie im Bügelzimmer ihrer Mutter eingerichtet hatte, sah auch hier im Schrank nach und fand den alten braunen Koffer. Er war etwas kleiner, aber viel hatte sie nicht mitzunehmen. Sie schaute einen Augenblick ihr Telefon an und wählte dann seine Nummer. Sein Anrufbeantworter klickte. »Carey, hier ist Jane. Ich fürchte, ich hatte recht mit der Reise. Ich ruf' dich wieder an, wenn ich zurück bin. Du wirst dich solange allein amüsieren müssen. Bis dann.« Sie ging wieder ins Schlafzimmer und fing an zu packen.

Erst als sie den Koffer an die Tür stellte und noch einmal durch die Küche ging, um sicherzustellen, daß auch alle Fenster geschlossen und alle Lebensmittel im Kühlschrank verstaut waren, sah sie den Stapel Briefe, den Jake ihr herübergebracht hatte. Sie hatte sich noch überhaupt nicht um ihre

Post gekümmert. Sie lehnte sich an den Küchenschrank und sah die Umschläge durch, vor allem nach Rechnungen. Es waren mehrere Briefe von Firmen darunter, aber das waren nur Werbesendungen, die sie zum Kauf von irgend etwas Neuem veranlassen sollten.

Schließlich machte sie den untersten Umschlag auf. Er war steif und dünn und quadratisch, und der Absender war eine Maxwell-Lammett-Vermögensverwaltung in New York. Innen steckte eine Grußkarte. Sie war altertümlich und mit einer handkolorierten Fotografie verziert. Man sah darauf einen Fluß und ein Reh, das gerade aus dem Unterholz heraustrat und auf den ersten Blick leicht zu übersehen war. Die Blätter an den Bäumen waren leuchtend rot und orange und gelb. Die Bildunterschrift lautete »Indian Summer«. Als sie die Karte aufschlug, flatterte ein Scheck auf den Fußboden. Die weibliche Handschrift auf der Karte teilte ihr mit: »Sie haben mit gesagt, daß ich nach ein, zwei Jahren eines Morgens aufwachen, mich umsehen und mich wohl fühlen werde, weil dann alles vorbei wäre, und dann würde ich Ihnen ein Geschenk schicken. Die Karte habe ich schon vor Monaten gefunden und seitdem aufgehoben, aber es ist wirklich nicht leicht, etwas für Sie Passendes zu finden. Danke. VeRheiratet und schwangEr.« Das R stand für Rhonda, das E für Eckerly, jedenfalls früher.

Jane hob den Scheck auf und sah ihn sich an. Die Maschinenschrift des Kassenbeamten lautete: »Zweihunderttausendundfünfzigtausend und 00/100 Dollar.« Der Aussteller war die Vermögensverwaltung, und als Betreff war »Sicherheitsleistungen« angegeben. Sie steckte den Scheck in ihre Handtasche und las noch einmal die Karte durch. Rhonda kam sich vermutlich clever vor, als sie ihren Namen auf diese Weise verschlüsselte. Wenn die Verfolger, die ihr Exmann ihr nachgeschickt hatte, von Janes Existenz gewußt hätten, dann wäre es ihnen ein leichtes gewesen, Rhondas Fingerabdrücke von der Karte abzunehmen und sie dann über die Bankverbindung aufzuspüren.

Sie schaltete den Ventilator an der Dampfabzugshaube über dem Herd ein, faltete aus Aluminiumfolie eine flache Schüssel, zündete die Karte an einer Gasflamme an und legte sie in die Schüssel, wo sie verbrannte. Irgendwann einmal kam ein ungebetener Gast und ging durch dieses Haus. Vielleicht war es jemand auf einem Beutezug oder ein Polizist, der die Umstände ihres Todes untersuchte. Aber wer es auch sein mochte, er würde hier keine Spuren von einem guten Hundert Flüchtlingen finden und dieses Wissen auf seine alten Tage als Geldmaschine hernehmen. Als die Karte verbrannt war, schaltete sie den Ventilator aus, spülte die Asche in den Abfallzerkleinerer, wo sie zermahlen wurde und in der Kanalisation verschwand. Die übrigen Briefe warf sie in den Mülleimer, nahm ihren Koffer, schaltete die Alarmanlage ein und ging hinaus.

Während sie die Tür verschloß und einen letzten Blick auf ihr Haus warf, dachte sie an die alten Zeiten, als die Seneca in kleinen Trupps von drei oder vier Kriegern immer wieder auszogen, um die Stämme im Süden zu überfallen. Nach dem Gefecht liefen sie auf dem Pfad durch die großen Wälder wieder heim, manchmal zwei Tage und Nächte lang ohne einen Augenblick der Rast.

Wenn sie dann wieder in Nundawaonoga waren und sich ihrem Dorf näherten, gaben sie ihren Leuten dort mit besonderen Rufen bekannt, was nun zu feiern war. Manchmal aber kam auch nur ein einsamer Krieger auf dem Pfad daher, der einzige Überlebende seines Trupps. In diesem Fall ruhte er sich nur aus, aß etwas und trauerte eine Weile mit seinen Freunden. Dann packte er schweigend seine Waffen, ein zweites Paar Mokassins und Proviant und marschierte allein den Pfad zurück. Er ging den ganzen Weg zurück bis in das Land seiner Feinde, selbst wenn es Tausende von Kilometern westlich des Mississippi lag oder Tausende von Kilometern nach Süden über das Cumberland-Gebirge hinaus. Er blieb allein in den Wäldern und beobachtete seine Feinde, bis er alle ihre Gewohnheiten kannte, ihre Verteidigungsanlagen und ihre Schwachstellen. Er behielt sie im Auge und wartete so lange, bis er sicher war, daß sie keinen Angriff der Irokesen mehr erwarteten, und wenn er dazu zwei Jahre oder länger brauchte.

Als sie in ihren Wagen stieg, fand Jane, daß Rhondas Geschenk zur rechten Zeit angekommen war. Wenn sie jetzt auf dem Weg zum Flugplatz noch anhielt und den Scheck bei der Bank einreichte, dann konnte sie sich damit einige Paare Mokassins kaufen.

11

Jane nahm den Flug nach Dallas/Fort Worth unter dem Namen Wendy Simmons und den Weiterflug nach San Diego als Diane Newberry. Dann, nach einer Fünf-Minuten-Fahrt mit dem Flughafenbus, war sie bei den großen Hotels auf Harbor Island. Sie stieg am Trave Lodge aus, ging aber zu Fuß den Harbor Island Drive weiter bis zum Sheraton East, weil es ihr als das größte Hotel erschien.

Sie trug sich mit einer Kreditkarte auf den Namen Katherine Webster ein. Die Karte hatte sie sich ebenso beschafft wie die fünf anderen, die sie bei sich hatte: Sie hatte sie gezüchtet. Von Zeit zu Zeit unternahm sie eine Reise in einen anderen Teil des Landes zu dem einzigen Zweck, frische Kreditkarten zu züchten. Sie begann mit einer gefälschten Geburtsurkunde, die sie für die Zulassung zu einer Fahrprüfung und für einen echten Führerschein verwendete, dann ging sie damit zu einer Bank und eröffnete mit dem neuen Namen ein Konto. War der eingezahlte Betrag hoch genug, so bot ihr die Bank noch am gleichen Tag eine Kreditkarte an. Wenn nicht, benutzte sie die Bankschecks zur Bezahlung von Nachnahme-Bestellungen. Ein paar Monate später bekam die neue Frau unaufgefordert eine Menge Post. Darin waren neben den Werbekatalogen und Spendenaufrufen unvermeidlich Kreditkartenangebote. Sie benützte die Kreditkarten mit Umsicht, jede in einer anderen Stadt, so daß Katherine Webster, nachdem sie verschwunden war, in der nächsten Stadt nicht wieder auftauchte. Statt dessen nahm eine Frau namens Denise Hollinger ihren Platz ein.

Die Banken, die ihre eigenen Kreditkarten anboten, waren nur zu glücklich, sich jeden Monat automatisch von ihrem Konto die Gebühren abzubuchen, so daß sie lediglich für einen dauernd hohen Kontostand zu sorgen hatte. Für die anderen Banken füllte sie einfach das Kästchen für die Adressenänderung auf der Rechnungsdurchschrift aus und ließ die künftigen Rechnungen weiterleiten an einen fiktiven Geschäftsmann namens Steward Hoffstedder, Notar und Steuerprüfer. Mr. Hoffstedder bot diverse Dienstleistungen an, darunter die Bezahlung der Rechnungen seiner Kunden. Er hatte ein Postfach in New York, wohin die Rechnungen geschickt wurden, und zahlte mit gewissenhaft maschinenschriftlich ausgestellten Schecks einer großen New Yorker Bank. Der hypothetische Mr. Hoffstedder war dabei so vertrauenswürdig, daß den meisten seiner Kunden jedes Jahr ein höheres Kreditlimit eingeräumt wurde.

Gelegentlich züchtete Jane auch eine andere Sorte Kreditkarte. Hier begann sie mit der Eröffnung eines gemeinsamen Kontos für sich und ihren Mann, der so beschäftigt war, daß sie ihm den Antrag zur Unterschrift nach Hause bringen mußte, dann ließ sie ihn unterschreiben und schickte das Formular per Post zurück. Monate vergingen, der Ehemann bezahlte seine bestellten Waren jedesmal mit einem Bankscheck und bekam schließlich seine Kreditkarte. Jetzt löste Jane das gemeinsame Konto auf und sorgte gleichzeitig dafür, daß alle Rechnungen des hypothetischen Ehemannes an den hypothetischen Mr. Hoffstedder gingen. Nun konnte sie die Kreditkarte des Mannes verwenden, wenn sie telefonische Reservierungen vornahm, und – wenn sie auf Reisen ging – die Leute raten lassen, ob sie nun die Ehefrau, die Geliebte oder die Kollegin war, und mußte überhaupt keinen Namen für sich angeben.

Nachdem Katherine Webster im Hotel angemeldet war, kaufte sie die örtlichen Zeitungen, ging auf ihr Zimmer, bestellte sich beim Zimmer-Service ein Abendessen und begann mit den Vorbereitungen, die sie während des langen Fluges quer über den Kontinent geplant hatte. Als erstes mietete sie telefonisch einen Wagen, die Schlüssel sollten für Mr. William Dunlavey in ihr Zimmer gebracht und der Wagen auf dem Hotel-Parkplatz abgestellt werden. Dann verbrachte sie einige Minuten mit der Lektüre der Gesellschaftsnachrichten in der San Diego Union, stellte ihren Wecker auf sechs Uhr früh und ging zu Bett.

Nach dem Aufstehen überprüfte sie noch einmal den Namen, den sie in der Zeitung gefunden hatte: Marcy Hungerford aus Del Mar, Zweite Vorsitzende des Wohltätigkeits-Komitees der Frauen von St. James und Ehrenvorsitzende des diesjährigen Debütantinnenballs, war auf dem Weg zu den Residenzen ihrer Familie im Osten, in Palm Beach. Es war der beste Name von allen in der Zeitung. Ehrenvorsitzende waren entweder prominent oder reich, und Marcy Hungerford war nicht prominent. Sie war aktiv tätig in der Welt der Wohltätigkeitsveranstaltungen, also hatte sie sicher eine Telefonnummer, unter der man sie leicht erreichen konnte. Jane sah das Telefonbuch durch und fand sie, gleich daneben stand auch die Adresse.

Jane ging die Treppe hinunter, die zum Swimmingpool führte, durch den Garten zum hinteren Ausgang und dann außen um das Hotelgebäude herum zum Parkplatz. Ohne Schwierigkeit fand sie den Mietwagen. Sie hatte der Frau am Telefon gesagt, daß Mr. Dunlavey große, schwarze Autos am liebsten hatte, und dieser Wagen hatte auf der hinteren Stoßstange links einen kleinen Aufkleber mit den Namen der richtigen Mietwagenfirma. Sie ging noch ein Stück weiter die Reihe der Wagen entlang, bis sie einen Auto-Club-Aufkleber fand, zog ihn mit Hilfe einer Nagelfeile ab und überklebte damit den an ihrem eigenen Wagen.

Sie fuhr den Golden State Freeway hinaus nach Norden bis zur ersten Ausfahrt nach Del Mar, überquerte eine Hochebene und kam an der Küstenstraße heraus. Die Häuser auf der Westseite der Straße waren groß und freistehend, hinter ihnen konnte sie die weiten, flachen Strände sehen. Als sie Marcy Hungerfords Haus fand, nickte sie zufrieden. Es war zweistöckig mit einem tief heruntergezogenen Dach, auf der Strandseite hatte es Stützpfeiler, zur Straße hin Garagen für vier Wagen, dazwischen lagen gut siebenhundert Quadratmeter Wohnfläche.

Sie fuhr mit vierzig Stundenkilometern daran vorbei und sah sich das Haus aufmerksam an. Die ganze Anlage war so weitläufig, daß Marcy Hungerford keinesfalls der gesamten Dienerschaft hätte freigeben oder sie auf ihre Reise mitnehmen können, aber das war nicht weiter beunruhigend. Bevor sie überhaupt merkten, daß etwas nicht in Ordnung war, war es schon wieder Ordnung.

Um neun Uhr fand Jane ein kleines Geschäft in San Diego, das Postfächer vermietete, sie nahm ihren Schlüssel in Empfang und zahlte einen Monat im voraus auf den Namen Marcy Hungerford. Dann fuhr sie nach Del Mar zurück und zum Postamt. Hier füllte sie einen Nachsendeantrag aus und ließ damit die gesamte Post für Marcy Hungerford vom nächsten Tag an zu ihrem neuen Postfach weiterleiten.

Um zehn Uhr ging Jane an einer ruhigen Ecke des Balboa Park zu einem Münztelefon und wählte eine Nummer in Los Angeles. Während sie die Münzen einwarf, sah sie auf die Uhr.

»Hoffen-Bayne«, sagte die Dame am Empfang.

»Ich hätte gern den zuständigen Herrn für neue Kunden gesprochen«, sagte Jane.

»Ihr Name?«

»Marcy Hungerford.«

»Einen Augenblick bitte, ich verbinde Sie mit Mr. Hanlon.« Man hörte es ein paarmal knacksen, dann sagte mit leiser, ruhiger Stimme ein Mann: »Ronald Hanlon. Was kann ich für Sie tun, Miss Hungerford?«

Jane sagte: »Mrs. Hungerford, bitte. Ich überlege mir gerade, meine Vermögensverwaltung in andere Hände zu geben, und höre mich ein bißchen um. Ich würde gern mehr über Hoffen-Bayne erfahren.«

Mr. Hanlon sagte: »Also, wir sind in Los Angeles schon seit 1948 tätig und haben die finanziellen Angelegenheiten einer ganzen Reihe von Personen betreut. Wir bieten Ihnen Experten für das Management Ihrer Investitionen, Spezialisten für Steuerfragen, Wirtschaftsprüfer, ein Immobilien-Team und so weiter. Wenn Sie mir den ungefähren Umriß Ihrer Wünsche mitteilen könnten, dann kann ich Ihnen sicher ein präziseres Bild unserer Leistungen geben.«

Das war die Frage nach dem Geld. »Na ja«, sagte Jane, »die Geschäfte meines Mannes werden von der Chase Manhattan getätigt.« Damit war klargestellt, daß hier nicht jemand versehentlich die falsche Telefonnummer gewählt hatte; Banken erledigten so gut wie nichts unter einigen Millionen. »Aber ich habe einige Anlagen auf meinen eigenen Namen.« Sie gab ihrer Stimme einen munteren und undurchschaubaren

Klang. Vielleicht gab es gewisse Schwierigkeiten in dieser Ehe, vielleicht auch nicht. Falls es welche gab, dann war Kalifornien ein Staat, der in einer Ehe nur die Gütergemeinschaft anerkannte, und das hieß, sie sprach vielleicht über ein Vermögen, von dem ihr Mann nichts wußte, möglicherweise die Hälfte von dem, was er in der Chase Manhatten besaß. Sie gab Mr. Hanlon einen kleinen Vorgeschmack. »Ich würde gerne wissen, wem ich mein Geld anvertrauen kann, der es so risikofrei anlegt, daß es jährlich ein verläßliches Einkommen abwirft.« ›Risikofrei‹ hieß, sie hatte es nicht nötig, mit dem Geld zu spekulieren, um es zu vermehren, und das erwähnte Einkommen deutete noch einmal eine mögliche Scheidung an.

Hanlon näherte sich der Falle langsam und geräuschlos. »Ja, das klingt vernünftig«, sagte er. »Es würde bedeuten, daß wir Sie mit unseren Wirtschaftsprüfern und Steuerexperten zusammenbringen und dann auch mit einem Finanzplaner.«

»Und mit dem Immobilien-Management«, fügte sie hinzu. »Haben Sie die nötigen Verbindungen, um auch ausländische Immobilien zu managen? In Frankreich und Italien?«

Das war es. Er hatte keine ältere Dame am Apparat, die nur ein paar Hunderter auf dem Sparbuch besaß. »Ich denke, es ist das beste, wir vereinbaren einen Termin und besprechen alles im Detail mit unseren verschiedenen Experten. Wann paßt es Ihnen?«

»Da gibt es ein Problem«, sagte Jane. »Ich wohne in San Diego und fahre heute nach Palm Beach.« Sie sah wieder auf ihre Uhr, um festzustellen, wie lange sie schon telefonierte.

»Wann kommen Sie wieder zurück?«

»Kann ich nicht sagen. Vielleicht in einem Monat. Ich erkundige mich derzeit bei mehreren Firmen. Ich sehe mir die Angebote an, während ich weg bin, und wenn ich zurückkomme, sind einige in der engeren Wahl.« Ein wenig Konkurrenz war zweifellos hilfreich. »Ich hätte gern, daß Sie mir alle Informationen und Unterlagen zukommen lassen, die mir die Entscheidung ermöglichen, ob Sie die richtige Firma für mich sind.« Sie fand, daß Marcy Hungerford keinerlei Anlaß hatte, sich vage auszudrücken. Sie naiv erscheinen zu lassen war sinnlos. »Ich wüßte gern etwas über den beruflichen Hintergrund und die Qualifikationen Ihrer Anlageberater und Finanzplaner und so weiter.«

Mr. Hanlon schien etwas überrascht. Vielleicht war sie zu weit gegangen. »Ich glaube, wir haben da einiges, was wir Ihnen schicken können. An welche Adresse?«

»99233 The Shores, Del Mar, Kalifornien 91182.« Wieder sah sie auf die Uhr. Noch zwanzig Sekunden, dann kam das Fräulein vom Telefonamt in die Leitung und verlangte weitere Vierteldollarmünzen.

»Telefonnummer?«

Jane gab ihm Marcy Hungerfords Nummer. Der Anrufbeantworter oder das Personal würde ihm sagen, daß sie verreist war.

»Ich habe alles notiert«, sagte er. »Ich lasse es gleich an Sie abschicken.«

Noch zehn Sekunden. »Gut. Ich warte darauf. Und vielen Dank.« Sie hängte ein und ging über den grünen Rasenteppich des Parks in Richtung Tierpark. Sie hatte ein gutes Gefühl. Hanlon strengte sich jetzt sicher an, sie mit den Leistungen des Unternehmens Hoffen-Bayne zu beeindrucken. Die wesentliche Frage war, ob er den Hinweis auf die beruflichen Hintergründe richtig verstanden hatte. Wer auch immer Timmy gejagt hatte, er war auf jeden Fall schon vor sieben Jahren bei Hoffen-Bayne und heute noch dort.

Am nächsten Morgen war Jane zu ihrem Jogging am Strand und überlegte im Laufen, auf welche Weise sie die Struktur der Firma knacken konnte, um zu sehen, was sich dahinter verbarg.

Wenn Hoffen-Bayne seit 1948 existierte, dann hatten sie seitdem zweifellos ein paarmal vor Gericht gestanden. Sie konnte zur Universität von Los Angeles fahren und einen Studenten beauftragen, die Fälle aus den Gerichtsakten herauszusuchen. Damit würde sie zumindest die Namen der Hoffen-Bayne-Angestellten erfahren, die eine gerichtliche Vorladung erhalten hatten, und fast jeder Rechtsstreit lieferte zudem noch eine Menge anderer Informationen.

Aber das hieß: Sie müßte sich wieder irgendeine Geschichte ausdenken, die dem Studenten einen vernünftigen Grund für die Recherche gab, aber keinen so einfachen, daß er offen darüber redete. Auch säße damit ein Student in einem öffentlich zugänglichen Gebäude, wo sein seltsames Interesse an einer ganz bestimmten Firma möglicherweise jemandem auffallen würde. Er könnte jemandem helfen, ein Verfahren anzustrengen. Solche Informationen konnten leicht zu Hoffen-Bayne gelangen. Als Dennis Morgan mit seinen Nachforschungen beschäftigt war, hatte ganz sicher jemand bei Hoffen-Bayne davon gehört. Sie beschloß, niemand anderen in diese Geschichte hineinzuziehen.

Um vier Uhr fuhr sie den Golden State Freeway wieder nach Del Mar zurück und hielt vor dem kleinen Laden mit ihrem Postfach. Durch das Fensterchen konnte sie sehen, daß Marcy Hungerford jede Menge Post hatte. Sie blätterte die Briefe und Rechnungen und Kataloge durch, bis sie zu dem dicken Umschlag von Hoffen-Bayne kam, dann fuhr sie zum Postamt und füllte einen neuen Nachsendeantrag aus, daß die Sendungen für Marcy Hungerford nun wieder an ihre Del-Mar-Adresse geliefert werden sollten.

Sie überlegte kurz, ob sie einfach »Falsche Zustellung« auf die übrigen Umschäge kritzeln und sie im nächsten Briefkasten einwerfen sollte, aber dann sagte sie sich, daß es wohl am ungefährlichsten war, wenn in der Postzustellung für Marcy Hungerford überhaupt keine Unregelmäßigkeit eingetreten war. Sie wartete, bis es acht Uhr war und der Strand im Dunkeln lag, ging an dem Haus vorbei, warf die Post ein, kehrte zu ihrem Wagen zurück und fuhr weiter.

Im Hotel machte sie den Umschlag von Hoffen-Bayne auf und begann ihre aufmerksame Lektüre. Sie erkannte sofort, daß Mr. Hanlon keine ihrer Andeutungen überhört hatte und überzeugt war, es würde sich lohnen, ihre Geldanlagen zu betreuen. Die Sendung enthielt eine Hochglanzbroschüre mit einer knappen Beschreibung der verschiedenen Abteilungen der Firma und ein retuschiertes Foto des Firmensitzes am Wilshire Boulevard auf der vorderen Umschlagseite. Im Innenteil gab es Tabellen und Grafiken, die den Eindruck garantierter und hoher Kapitalerträge der Kunden vermittelten, durchsetzt mit einem Text, der einen sehr persönlichen Service versprach. Mr. Hanlon hatte außerdem einen Begleitbrief an Mrs. Hungerford diktiert und einen kleinen Packen Computerausdrucke dazugeheftet: die beruflichen Werdegänge einzelner Mitarbeiter.

Am nächsten Morgen reiste sie wieder ab, nahm den Freeway und fuhr nach Los Angeles. An der kalifornischen Küste fühlte sie sich jedesmal unwohl. Die Luft war lauwarm, völlig windstill, als wäre man gar nicht im Freien. Links von der Straße hob und senkte sich das Meer in einer langgezogenen, gemächlichen Dünung, und wo sich die braunen Tang-Netze an der Oberfläche ausbreiteten, sah das Wasser gallertartig aus. Die östlich gelegenen trockenen, gelben, sanften Hügel machten sie immer schläfrig, weil man nicht klar erkennen konnte, ob sie nun klein und nah waren oder hoch und fern. Dahinter erhoben sich abrupt die dunklen, gezackten Berge wie ein Wandgemälde.

Die Landschaft an dieser Straße wirkte immer verlassen. Jane mußte sich ins Gedächtnis rufen, daß die Gegend hier, als die spanischen Missionare und ihre Soldaten ankamen, der am dichtesten besiedelte Teil des Kontinents gewesen war. Die hiesigen Indianer führten jahrhundertelang keine Kriege wie die Irokesen und waren deshalb keine Kämpfer. Die ersten Europäer, die sie zu Gesicht bekamen, pferchten sie in Konzentrationslager, zwangen sie zur Feldarbeit und zum Bau der steinernen Missionshäuser und sperrten sie nachts wieder ein, die Männer in eine Baracke und die Frauen in eine andere. Man kettete sie an, peitschte sie aus, ließ sie verhungern, folterte sie und führte sie zur Hinrichtung, wenn sie die Autorität der Priester verletzten, und sie starben an Krankheiten in ihren zu engen Quartieren, bis sie praktisch ausgerottet waren.

Kalifornien war ein deprimierender Ort, ein Stück Land, das als Schlachthaus begonnen hatte und nie wirklich saubergemacht werden konnte. Es wurde andauernd umgestaltet von neuen Pächtern, die nicht erklären konnten, warum sie das eigentlich taten. Mit dem Bulldozer planierten sie die sanften Hügel zur flachen Ebene und bauten darauf abstoßend häßliche, überfüllte Siedlungen, die die höheren Lagen mit einer Kruste wie aus Bienenwaben überzogen. Sie kratzten und stachen den Erdboden auf und deckten ihn mit

Beton wieder zu, so daß am Ende jede Stadt aussah wie alle anderen, und dieses Immer-wieder-Neubauen war so unablässig im Gang, daß jeder Häuserblock höchstens zehn, zwanzig Jahre alt schien und offenbar schon Hinweise darauf zeigte, daß er nunmehr abgerissen und wieder aufgebaut werden mußte.

Jane fuhr drei Stunden weiter auf dem Golden State Freeway, bis sie den Hollywood Freeway erreichte, nahm die Ausfahrt nach Vermont und bog dann wieder nach Süden ab Richtung Wilshire Boulevard. Hier wuchs plötzlich aus dem Pflaster das hohe Gebäude, das statt Menschen Körperschaften und Unternehmen eine Unterkunft gab.

Für die Leute in den Firmen war das, was geschehen war, etwas sehr Unpersönliches: Ein renommiertes Unternehmen hatte ein Vermögenskonto verwaltet und dann beschlossen, nun sei der Zeitpunkt gekommen, die Todeserklärung für einen Kunden zu beantragen. Aber irgendwo hinter der undurchsichtigen und anonymen Glätte dieser Oberfläche steckte ein Mensch. Geld wurde von Menschen gestohlen. Diebe arbeiteten mal im Team und mal selbständig, aber der erfolgreiche Betrüger arbeitete immer allein. Es wurde Zeit, diesen Mann zu finden.

12

Am späteren Nachmittag, in einem Restaurant auf der anderen Seite des Wilshire Boulevard, begann Jane mit der Beobachtung des Hoffen-Bayne-Gebäudes. Für diesen Teil von Los Angeles war es relativ klein, nur fünf Stockwerke. Das Erdgeschoß war an ein Reisebüro und einen Coffee-Shop vermietet, und im ersten Stock lag die Empfangshalle von Hoffen-Bayne. Eine Stunde später ging sie hinüber auf die Parkhausrampe des großen Versicherungsgebäudes neben Hoffen-Bayne und beobachtete die Fenster der oberen Etagen, um herauszufinden, wo die kleineren Büros für die Wirtschaftsprüfer, Broker und Anlageberater lagen und wo die Großraumbüros für Buchhaltung und Schreibkräfte. Besondere Aufmerksamkeit widmete sie den begehrten Eckbüros.

Um sechs Uhr, als sie sah, wie die Menschen in den Büros ihre Taschen aus den Schreibtischschubladen nahmen und ihre Computer ausschalteten, schlenderte sie die unbelebte Seitenstraße nahe der Ausfahrt entlang und beobachtete die Männer und Frauen, die herauskamen und auf dem für die Angestellten reservierten Teil des Parkplatzes in ihre Wagen stiegen. Sie schrieb sich Nummernschilder, Hersteller und Typ auf und verglich die Wagen mit den Menschen, die sie in den Fenstern gesehen hatte.

»Groß-schlank-und-kahl« wollte auffallen. Er fuhr einen Mercedes 320, ein graues, zweitüriges Cabrio, das zu einem Endpreis von etwa fünfundachtzigtausend verkauft wurde und zu sportlich war für ihn. »Frau-mit-Augenproblem«, die auch im Büro die Sonnenbrille nie abnahm, fuhr einen Jaguar XJ6 in Racinggreen, der schon für ungefähr fünfzigtausend zu haben war, aber trotzdem kam auch sie in Betracht, ebenso wie »Gewichtheber«, der einen noch billigeren Lexus LS 400 fuhr.

»Frau-mit-Augenproblem« hatte sich ihren Wagen wohl deshalb ausgesucht, weil er hübsch war, und »Gewichtheber« war vermutlich von der Sorte, die alles kaufte, wozu die Auto-Zeitschriften sie aufforderte.

Jane zeichnete vier Skizzen der oberen Fensterreihen auf ein Blatt Papier, schrieb »N«, »S«, »O« und »W« darunter und notierte bei jedem Fenster, wer dahinter erschien und was dabei vor sich ging. Ein Vorgesetzter kam vielleicht einmal zu seinem Untergebenen herein, legte ihm womöglich auch mal einen neuen Stoß Arbeit auf den Schreibtisch, aber wenn mehrere Personen in einem Raum zusammenkamen, dann war es gewöhnlich das Büro eines leitenden Angestellten.

Nach einer Stunde, als die Fenster der oberen Etagen schon dunkel waren, während das Reisebüro und der Coffee-Shop noch Kunden hatte, ging sie zum Eingang, nahm den Lift in den ersten Stock und stand vor den verschlossenen Glastüren der Empfangshalle von Hoffen-Bayne. Sie suchte nach einem Wegweiser zu den verschiedenen Büros, aber an den Wänden hing nichts dergleichen. Die Empfangshalle mit ihren blitzenden Flächen und dem teuren Mobiliar wirkte wie das Wartezimmer einer Arztpraxis. Es gab keinen leichten Weg hinein, und an der Glastür klebte ein kleiner Hinweis »Bewacht durch Intercontinental Security«, und darunter stand »Vorsicht, Schußwaffen!« Sie hielt es für ziemlich unmöglich, ein Sicherheitssystem auszutricksen, das eine Gesellschaft mit der Verantwortung für das Geld reicher Leute vermutlich als gute Investition betrachtete, also kehrte sie um, nahm den Lift zum Untergeschoß, das auf gleicher Höhe wie der Parkplatz lag, und fand eine Tür mit der Aufschrift »Kein Zutritt«. Die Tür hatte einen Drehknopf und war ungesichert, so daß sie mühelos William Dunlaveys MasterCard in den Rahmen stecken und die Falle zurückschieben konnte. In dem kleinen Raum befanden sich mehrere Reihen elektrischer Sicherungen sowie ein Schaltkasten für die Telefonanlage. Sie machte ihn auf und studierte den aufgeklebten Schaltplan. Er enthielt die Durchwahlnummern mehrerer Büros. Sie schrieb sie ab und kehrte zu ihrem Wagen zurück.

Drei Kilometer weiter am Wilshire Boulevard nahm sie sich ein Hotelzimmer und verglich ihre Fensterskizzen mit den Durchwahlnummern. Einige Büros mußten die großen Räume sein, die sie hinter den Fenstern im zweiten Stock gesehen hatte, mit vielen Angestellten vor Computern und Reihen von Telefonapparaten. Niemand, der wirklich zählte, hatte eine fünfzehnstellige Nummer. Die Büros, die sie brauchte, lagen alle im dritten und vierten Stock, und so konzentrierte sie sich nun auf diese. Sie wählte jede einzelne Nummer und hörte sich die automatische Ansage aus dem Computer an; sie sagte ihr zwar, zu welcher Abteilung die Nummer gehörte, also Investitionen, Immobilien-Management, Rechnungsabteilung oder Buchhaltung, verriet ihr aber keine Personennamen. Immerhin konnte sie damit ein paar Büros mehr ausschließen. Wer Timmys Treuhandvermögen plünderte, mußte jemand mit Machtbefugnissen sein, der bestimmen konnte, wo das Geld angelegt wurde und wie die Firma seine verschlungenen Wege kontrollierte. Er teilte sein Büro nicht mit einem anderen, er schrieb keine Rechnungen für erbrachte Dienstleistungen, verwaltete keine Grundstücke und beantwortete keine Kundentelefonate. Sie sah in den Computerausdrucken nach, die Mr. Hanlon ihr geschickt hatte, und füllte weitere Stellen in ihrer Skizze aus. Dann ging sie zu Bett.

Am nächsten Morgen ging Jane zur Hollywood-Filiale der Leihwagenfirma und erklärte, der Wagen, den Mr. Dunlavey in San Diego gemietet hatte, gefalle ihm nicht mehr und er habe sie beauftragt, ihn gegen ein anderes Modell auszutauschen. Sie nahm einen weißen Toyota Camry und fuhr damit zum Hoffen-Bayne-Gebäude, hielt am Straßenrand an und beobachtete, wie die leitenden Angestellten zur Arbeit kamen.

Drei Tage vergingen mit nichts anderem als dieser Beobachtung und der Ausarbeitung des Organigramms. Jeden Morgen gab sie den am Vortag gemieteten Wagen zurück, ging zur nächsten Leihwagenfirma und mietete unter einem neuen Namen einen neuen Wagen. Jeden Abend nahm sie sich einen der vermutlich in Frage kommenden Führungskräfte und folgte ihm nach der Arbeit bis nach Hause. Jede Nacht schlief sie in einem anderen Hotel in einem anderen Stadtviertel.

Am Nachmittag des fünften Tages war Jane ausreichend sicher, daß der Mann, den sie suchte, »Napoleon der Blonde« war. Er hieß Alan Turner und hatte sein Büro an der Südost-Ecke im vierten Stock. Dieser Raum gewährte ihm den schönsten Blick über die Stadt, und seine Besucher hatten auf dem Weg zu ihm eine große Strecke zurückzulegen, vorbei an Sekretärinnen und Assistenten. Sein Wagen, ein dunkelblauer BMW 740i, kostete um die sechzigtausend Dollar. Es war nicht der teuerste Wagen von allen, aber sein Nummernschild steckte in einem Rahmen von Green Import Auto, einer Leasingfirma in Beverly Hills. Für Jane hieß das, er war einer der fünf Personen, die Anspruch auf einen Firmenwagen hatten.

Wer sich Timmys Geld aneignen konnte, mußte jemand sein, der schon vor sieben Jahren so hoch in der Hierarchie angesiedelt war, daß er ohne Angst vor Entdeckung über das Portefeuille bestimmen konnte. Er mußte zudem in dieser Position lange genug bleiben, um das Vertuschungsmanöver bis zum Ende überwachen zu können. Von den fünf Personen, die sowohl einen Firmenwagen als auch ein Büro in der richtigen Größe hatten, waren zwei erst innerhalb der letzten fünf Jahre hinzugekommen. Von den übrigen war einer Steuerprüfer und ein anderer Chef der Abteilung für Immobilien-Management.

Bei keinem ergaben die Computerausdrucke einen Hinweis darauf, daß er jemals in einer anderen Abteilung gearbeitet hatte oder den beruflichen Hintergrund zur Verwaltung eines Treuhandvermögens besaß. Der einzige, der schon lange genug in der Firma war und dessen Aufgabenbereich vielversprechend klang, war Alan Turner, Chef der Abteilung für Investitionen und Finanzplanung.

Jane beschloß mit einem der Wagen von Green Import Auto eine Probefahrt zu machen. Sie suchte sich einen grauen Mercedes mit Autotelefon aus und fuhr direkt in die Seitenstraße an der Südost-Ecke des Hoffen-Bayne-Gebäudes. Sie wartete bis drei Uhr. Um diese Zeit waren selbst die Entscheidungsträger von ihren Arbeitsessen zurückgekommen, und die Sonne stand auf der anderen, westlichen Hausseite, so daß Turners Jalousien nicht zugezogen waren. Sie bog in den Wilshire Boulevard ein, fuhr langsam auf das Gebäude zu, wählte die Nummer von Mr. Hanlon, dem Akquisiteur, und legte den Hörer in die Halterung, damit sie den Lautsprecher benutzen konnte und die Hände frei hatte.

»Hanlon«, sagte er. Sie wußte, daß er jetzt in seinem Büro auf der anderen Seite des Hauses war.

»Hier ist Marcy Hungerford. Wir haben vor ein paar Tagen telefoniert, und Sie haben mir Ihre Unterlagen geschickt.« Sie fuhr an den Rand der unbelebten, von Bäumen gesäumten Straße und parkte.

»Ja. Hatten Sie schon Gelegenheit, sie sich ein wenig anzusehen?«

»Das habe ich getan, und ich glaube, Ihre Firma ist eine derjenigen, mit denen ich einmal sprechen sollte.« Es sollte ihm klar sein, daß sie sich noch nicht festgelegt hatte. Noch hatte er sie nicht in der Tasche.

»Sehr gut«, sagte er. »Ich habe darüber nachgedacht, was Sie mir erzählt haben, und ich glaube, ich sollte für Sie ein Gespräch mit einem unserer Partner vereinbaren.« Akquisiteure trafen keine derartigen Entscheidungen; das machten die Partner. Er hatte also mit seinem Chef über ihren Anruf gesprochen. »Sind Sie jetzt wieder zurück in Del Mar?«

»Nein«, sagte sie, »erst in einer Woche. Ich dachte mir nur, ich sollte Ihnen mitteilen, daß ich Ihre Unterlagen erhalten habe und sie noch durcharbeite.«

Hanlon redete so munter weiter, als hätte er sie nicht gehört. »Der Mann, mit dem Sie sich treffen sollten, ist wirklich sehr erfahren. Er ist schon seit zwölf Jahren im Haus und außerordentlich sachkundig in allen Aspekten privater Vermögensverwaltung.«

Jane hörte aufmerksam zu. Während sie die Firma beobachtete, hatte die Firma sich Marcy Hungerford genauer angesehen. Der Name sagte ihnen irgend etwas. Sie hatte den richtigen herausgesucht, aber von nun an mußte sie aufpassen. Sie wußte jetzt weniger über Marcy Hungerford als die Firma. Sie beschloß, das Herumgerede zu beenden. Es war sinnlos, den Leuten einreden zu wollen, Marcy Hungerford sei ein kleines Dummerchen. »Gut«, sagte sie. »Ich fahre mit Vergnügen zu Ihnen raus, sobald ich zurück in Kalifornien bin. Könnten Sie mich mit jemandem verbinden, der seine Termine macht?«

»Lassen Sie mich nachsehen, ob er nicht gleich persönlich mit Ihnen sprechen kann. Ich weiß, daß er es gern tut, wenn er kann.«

»Noch besser.«

Sie hörte einen Wasserfall lästiger Musik aus dem Lautsprecher quellen und beobachtete den Mann im Eckfenster. Sie sah, wie er den Hörer abnahm. Er sprach kurz mir Hanlon, beugte sich über den Schreibtisch, nahm eine Akte, öffnete sie und drückte dann eine Taste auf seinem Apparat.

»Hallo, Mrs. Hungerford«, sagte er. »Ich bin Alan Turner.«

»Hallo«, sagte sie. Sie ließ den Motor an und fuhr los.

»Wie ich höre, überlegen Sie, uns die Verwaltung Ihrer Geldanlagen anzuvertrauen.«

»Ja, so ist es«, sagte sie. Sie ließ das Gebäude hinter sich, bog an der nächsten Ecke nach rechts und fuhr weiter in westlicher Richtung. »Ich ziehe mehrere Firmen in Erwägung. Ich hätte gern jemanden, der solche Dinge mit Verantwortung handhabt.«

»Ihnen das anzubieten ist präzise unser Firmenzweck«, sagte Turner. »Wir haben hier Fachleute für alle möglichen Feinheiten der Vermögensanlage und ...«

»Ich weiß«, unterbrach sie ihn. »Mr. Hanlon sagte es schon. Aber lassen Sie mich etwas erklären. Ich möchte gern wissen, wer bei Ihnen derjenige ist, in dessen Hand alle Fäden zusammenlaufen. Ich möchte nicht dreißig verschiedene Leute anrufen müssen, wenn ich mal eine Frage habe.«

»Sie haben vollkommen recht. Ihr Einverständnis vorausgesetzt würde ich die Anlagen selbst verwalten. Ich tue so etwas heute nicht mehr sehr oft, aber doch für einige wenige Kunden.«

»Sehr freundlich.«

»Ich schlage Ihnen folgendes vor: Wir setzen uns mal zusammen, wenn Sie von Palm Beach zurück sind. Wir stellen ein Gesamtverzeichnis Ihrer derzeitigen Anlagen auf. Ich überprüfe sie und liefere Ihnen dann ein theoretisches Portefeuille, das genügend diversifiziert ist, um Ihnen ein gutes Einkommen zu garantieren. Wir können es auch auf unbegrenzte Dauer stellen, mit Ihren Erben als Begünstigten, wenn Sie es wünschen.«

Jane brauchte Klarheit: »Das klingt nach einem Treuhandvermögen?«

»Das ist es auch«, sagte Turner. »Aus eigener Erfahrung weiß ich, daß sehr beschäftigte Menschen – wie Sie, bei ihrer Wohlfahrtstätigkeit und vielem anderen – nicht ihre Zeit mit dem Mikromanagement ihres Vermögens vergeuden wollen. Im Lauf der Jahre konnte ich einigen unserer Kunden mit der Errichtung eines Treuhandvermögens behilflich sein, und bis heute immer zu ihrem Vorteil.«

Jetzt war es klar, daß sie Marcy Hungerford unter die Lupe genommen hatten. Jane hatte nie etwas von Wohltätigkeitsaktivitäten gesagt. »Wieviel berechnen Sie dabei?«

»Unsere Kommission beträgt fünf Prozent der Kapitalerträge«, sagte er. »Natürlich kommen von Zeit zu Zeit noch kleinere Kosten hinzu, für Aktienhändler, Vorabgebühren bei bestimmten Erwerbungen und so weiter, aber das kennen Sie ja, und diese Beträge gehen auch nicht an Hoffen-Bayne. Sie sind im ersten Jahr vielleicht ein bißchen hoch, solange wir verschiedene Anlagen versuchsweise zu einem koordinierten Portefeuille zusammenfügen, und dann gibt es noch ein paar fiskalische Gebühren für die Errichtung eines Treuhandvermögens, aber diese Kosten laufen mit den Jahren aus.«

»Das klingt alles sehr gut«, sagte Jane. »Was Sie mir da eben gesagt haben, bestärkt mich doch sehr, daß Sie der Mann sind, den ich suche. Ich rufe Sie an, sobald ich wieder zu Hause bin.«

»Wunderbar«, sagte er. »Ich freue mich darauf, Sie kennenzulernen.«

»Auf Wiedersehen«, sagte sie, drückte auf die Beenden-Taste und brachte dann den Mercedes zurück auf den Leihwagen-Parkplatz. Sie sah sich noch ein paar andere Wagen an, dann sagte sie dem Angestellten, sie hätte keinen gefunden, in dem sie sich richtig wohl fühlte. Sie ging zurück zu ihrem eigenen Mietwagen, einem Honda Acura, fuhr die Paßstraße hinauf zum Hilton, das auf einer Hügelkuppe oberhalb von Universal City lag, und nahm sich ein Zimmer. Es war ein angenehmes Hotel, und sie hatte nichts dagegen, hier einige Tage zu bleiben, während sie die Unterlagen durcharbeitete. Sie packte aus, aß zu Abend, sagte der Rezeption Bescheid, daß sie täglich die Morgen- und die Abendausgabe der *Los Angeles Times* auf ihr Zimmer haben wollte, und ging spazieren.

Sie schlenderte vorbei an den Gebäudegruppen auf dem Hügel und über den Parkplatz bis zu einer Reihe von Münztelefonen vor dem Tor, an dem die Rundfahrten durch die Universal-Studios starteten. Sie ließ sich noch einmal durch den Kopf gehen, was sie vorhatte. Es gab keine Möglichkeit, einen Telefonanruf bis zu Jane Whitefield zurückzuverfolgen, wenn sie von einem öffentlichen Apparat aus anrief, den jedes Jahr Millionen von Touristen ebenfalls benützten. Der Anruf war gefahrlos. Bei einem Zeitunterschied von drei Stunden konnte sie ihn sicher erwischen, wenn er gerade nach Hause kam. Sie fühlte sich etwas unsicher. Zwar hatte sie sich eingeredet, sie riefe ihn jetzt an, weil sie frühmorgens befürchten müsse, ihn zu wecken, und ihn tagsüber anzurufen, wenn er nicht zu Hause war, erschien ihr völlig sinnlos.

Aber sie wußte auch: Wenn er beschlossen hatte, etwas ganz anderes zu unternehmen, als nach der Arbeit heimzugehen, dann war für jemand Neugierigen jetzt der richtige Zeitpunkt, anzurufen und genau das herauszufinden. Es gefiel ihr nicht, daß sie keine andere Wahl hatte, als sich zu verhalten wie jemand, der ihm nachspionierte. Sie steckte einen Vierteldollar in den Schlitz und wählte Carey McKinnons Nummer. Das Telefonamt kam in die Leitung und sagte ihr, wie viele weitere Münzen für das Gespräch nötig waren, und sie warf sie ebenfalls ein.

»Hallo?« sagte er. Seine Stimme hörte sich etwas flach an, als wäre er gerade außer Atem.

»Hi, Carey«, sagte sie. »Ich bin's.«

»Ja, so was«, sagte er. Es klang erfreut, und sie war froh darüber. »Bist du zurück von deiner Reise?« Dann fiel ihr auf, daß er nicht »Jane« gesagt hatte, und möglicherweise gab es einen guten Grund dafür.

»Nein, ich werde mit dieser Arbeit nicht so schnell fertig. Mir war einfach danach, mal wieder deine Stimme zu hören.«

Sie wünschte, er würde nun sagen: »Und ich wollte deine hören«, vielleicht weil sie dann wußte, er hatte keine andere Frau im Zimmer. Bei dem Gedanken verachtete sie sich selbst. Er sagte: »Genauso geht's mir auch. Ich hab dich neulich wohl gerade verpaßt. Als ich heimkam, war deine Nachricht auf dem Anrufbeantworter. Wann bist du denn wieder in der Stadt?«

»Kann ich noch nicht sagen.«

Sie hörte das Piep-piep-piep seines Pagers im Hintergrund. »Scheiße«, sagte er. »Das ist mein Pager.«

»Ich hab's gehört.«

»Hör zu, gib mir doch die Nummer, wo du jetzt bist, und ich rufe dich an, wenn ich vom Krankenhaus zurück bin.«

»Das ist jetzt dumm«, sagte sie. »Ich bin eben außer Haus und habe die Nummer nicht bei mir. Aber ich bin sowieso nie da. Ich muß es wohl in ein, zwei Tagen wieder versuchen, wenn hier alles ein bißchen ruhiger läuft.«

»Tu das, bitte.«

»Wiedersehen.«

»Bis dann.«

Jane ließ die Reihe der Telefonapparate hinter sich und mußte dabei einer Gruppe asiatischer Teenager ausweichen, die mit lautem Geschwätz und Gelächter an ihr vorbeistürmten. Sie wünschte sich eine andere Denkweise, nicht eine, die hinter allem Verrat witterte. Sie sagte sich, wie lächerlich es war, überhaupt in dieser Weise an Carey zu denken – als ob sie das Recht hätte, zu erwarten, daß er sich nie mehr mit einer anderen Frau traf. Er hatte ihr einen Heiratsantrag gemacht, sie hatte ihn nicht angenommen, sondern nur gesagt: »Wir reden noch darüber.« So oder so gab es keinen Beweis dafür, daß eine Frau bei ihm im Zimmer war. Sie dachte sich da etwas aus, nur um sich elend zu fühlen. Auf dem Weg zurück ins Hotel wünschte sie sich, sie wüßte nicht, daß ein Pager, wenn man ihn aus und gleich wieder einschaltete, seine Betriebsbereitschaft mit Senden dieser Töne signalisierte.

Den späteren Abend verbrachte sie damit, über Alan Turner nachzudenken, stellte aber fest, daß ihre Gedanken abschweiften und sich mit Carey McKinnon beschäftigten. Sie war wegen ihres Verdachts über sich selbst verärgert und gleichzeitig über ihn, weil er der Typ Mensch war, der einen Verdacht in ihr weckte. Wahrscheinlich war er ganz unschuldig; und wenn ihr so viel an ihm lag, daß sie derart unglücklich sein konnte, was suchte sie dann Tausende von Kilometern von ihm entfernt, warum stellte sie sich schmerzhaft präzise Bilder vor, was er in diesem Augenblick vielleicht mit einer anderen Frau anstellte? Sie war überrascht, wie stark ihr Wunsch war, bei ihm zu sein. Und sie fragte sich, warum der Wunsch heute stärker war als noch gestern. Weil seine Stimme eine unbewußte Sehnsucht ausgelöst hatte – Liebe vielleicht, oder auch nur einen rohen Sexualreflex, so wie Pawlows Hund beim Ertönen der Glocke speichelt – oder weil der noch primitivere Instinkt geweckt war, auf der Stelle nach Hause zu rennen und ihr Männchen gegen die Rivalinnen zu verteidigen? Zweimal war sie versucht, das Krankenhaus anzurufen, um zu hören, ob er tatsächlich Dienst hatte, aber sie beherrschte sich.

Als es zu spät war für jeden denkbaren Vorwand, irgendeine von Careys Nummern anzurufen, schaffte Jane es endlich, sich wieder mit ihrer eigentlichen Aufgabe in Los Angeles zu befassen. Sie hatte sich vorgenommen, den Mann zu finden, der versucht hatte, Timmy Phillips zu töten. Wenn das vor einer Woche richtig war, dann war es auch heute richtig. Alan Turner war der Hauptverdächtige, und alles, was sie über ihn herausfinden konnte, rettete einem kleinen Jungen möglicherweise das Leben. An etwas anderes zu denken war reine Zeitverschwendung. Als sie zu diesem Schluß gekommen war, schlief sie auf der Stelle ein.

Als die Morgensonne mit blendender Helligkeit über den nahen Hügelkamm stieg, legte Jane die gesammelten Informationen über Alan Turner auf den Tisch in ihrem Zimmer und sah sie sich genau an. Sie hatte seinen Namen, die Zulassungsnummer seines Wagens, seine Büroadresse und die Adresse seines Privathauses am Hillcrest in Beverley Hills, wohin sie ihm zwei Abende zuvor gefolgt war. Der berufliche Werdegang, den Hanlon an Marcy Hungerford geschickt hatte, sagte ihr, daß Turner 1969 ein Studium an der University of Pennsylvania abgeschlossen und an der University of Southern California ein Diplom für Betriebswirtschaft erworben hatte.

Sie fälschte einen Brief Turners an die Verwaltung der University of Southern California, der die Übersendung einer Kopie seiner Studiennachweise an den Personalchef der Furnace Financial Ltd. in Chicago erbat. Diese Gesellschaft war eine Firma, die sie vor einigen Jahren gegründet hatte. Sie hatte einen durchaus legalen Status, nur die Besitzverhältnisse waren etwas verschwommen, und räumlich bestand die Firma aus einem Postfach, das sie in einer kleinen Ladengalerie in Chicago gemietet hatte, mit der Maßgabe, alle eingehende Post ungeöffnet an ein anderes Postfach in Buffalo weiterzuleiten. Dann rief sie den Besitzer des Kleinladens mit diesem Postfach an und bat ihn, sie im Hilton anzurufen, sobald etwas mit dem Absender University of Southern California ankam.

Sie hatte kaum eingehängt, da wählte sie bereits Careys Privatnummer noch einmal. Als sich der Anrufbeantworter einschaltete, versuchte sie, sich eine passende Nachricht auszudenken. Sie wußte oder vermutete wenigstens, daß er jetzt nicht in der Arbeit war. Kurzzeitig schoß ihr der Gedanke durch den Kopf, daß die Frau, wenn er denn am gestrigen Abend mit einer anderen zusammen war, noch immer in der Wohnung sein konnte. Sie sagte nur: »Jane Whitefield hier.« Sie schwieg, um ihm Zeit zu lassen, doch noch abzunehmen oder an einen Nebenapparat zu gehen, wo ihn die Frau nicht hören konnte. »Ich glaube, du fehlst mir schon wieder.« Als sie einhängte, schloß sie die Augen und spürte, wie sich ein Kopfschmerz breitmachte. Na schön, dachte sie. Ich habe gesagt, ich rufe ihn an, und ich habe ihn angerufen. Genug davon. Ich habe zu tun.

Sie fuhr zum Verkehrsamt in Glendale und füllte einen Antrag aus. In eine der oberen Zeilen trug sie die Zulassungsnummer von Turners BMW ein, und auf dem größeren Mitteilungsfeld unten erklärte sie, er habe ihren Wagen auf einem Parkplatz geschrammt. Die Antwort des Verkehrsamts bestand aus dem Namen und der Adresse der Leasingfirma Green Auto Import, gab aber auch den Leasingnehmer an, Alan Turner, sowie die Nummer seines Führerscheins.

Es dauerte nur zwei Tage, bis die Kopie der Studiennachweise in Chicago ankam. Jane bat den Ladenbesitzer, den Umschlag zu öffnen und ihr den Inhalt vorzulesen. Nun hatte sie auch Turners Sozialversicherungsnummer. Mit dieser und der Führerscheinnummer war sie in der Lage, über Furnace Financial eine Kreditauskunft über Alan Turner zu verlangen.

Die Kreditauskunft enthüllte ihr, daß er eine Hypothekenschuld von einer Million und achthunderttausend Dollar an die Hypo Southland abzahlte. Das war zweifellos sein Haus am Hillcrest. Er besaß mehrere Kreditkarten und beglich monatlich den Negativsaldo, um weitere Zinsgebühren zu vermeiden. Auf dem Hypothekenvertrag hatte er das Kästchen »geschieden« angekreuzt. Das machte es einfacher: Er hatte keine Frau mit einem zusätzlichen Einkommen. Aber etwas war überraschend. Turner zahlte noch eine zweite Hypothek zurück, und zwar sechshunderttausend Dollar an die Bank of Northern California. Es war die Hypothek auf ein weiteres Haus. Sie schlug die Telefonnummer der Northern Bank of California nach und fand mehrere Filialen, aber auch die Hypothekenabteilung der Bank in San Bernardino. Sie rief an und verlangte die Kreditabteilung. Wer Geld verlieh, mußte eine Kreditabteilung haben. Eine Sekunde später war eine Frau am Apparat.

»Hier ist Monika Butler, Zweigstelle San Francisco«, sagte Jane. »Ich habe hier einen Kreditantrag von einem Kunden, der schon eine Hypothek von sechshunderttausend bei uns stehen hat. Ich wüßte gern, um was für eine Immobilie es sich dabei handelt.«

Die junge Frau sagte: »Den Namen?«

»Alan R. Turner. Brauchen Sie seine Sozialversicherungsnummer?«

»Nein«, sagte die Frau. Sie gab den Namen in einen Computer ein. Sobald ein Gesprächspartner am anderen Ende der Leitung annahm, daß man aus derselben Firma war, galten alle Datenschutzvorschriften nicht mehr. Er übertrug ja lediglich Daten von einer internen Akte in eine andere.

»Die Immobilie ist 1522 Morales Prospect in Monterey.«

»Haben Sie noch die Postleitzahl?«

»Klar: 93940.«

»Danke.« Jane legte auf und notierte die Adresse. Das Bild, das sie sich von Turner machte, nahm eine klare und logische Gestalt an: Er verdiente einen Haufen Geld, und er war vorsichtig und vorausberechnend. Er legte sein verläßlich hohes Einkommen in großen, steuerabzugsfähigen Hypotheken an, in zwei der begehrtesten Adressen des Kontinents, und zahlte deshalb vermutlich nicht viel Einkommensteuer. Aber für diese Wohnlagen waren das eher bescheidene Preise, also scheute er das Risiko. Er fand kein Vergnügen an Schulden, da seine Kreditkarten nie einen Negativübertrag in den nächsten Monat aufwiesen. Er sah eigentlich nicht wie ein Betrüger aus. Falls er insgeheim und jahrelang das Phillips-Vermögen geplündert hatte, dann mußte er so weitblickend vorgegangen sein, daß er ahnte, eines Tages könnte sich ein Fremder seine Finanzverhältnisse vielleicht einmal genauer ansehen.

Entweder war er ganz außerordentlich raffiniert, oder sie hatte sich bei Hoffen-Bayne den falschen Mann herausgesucht.

Am nächsten Morgen stand Jane auf, noch bevor es hell wurde, ging zu ihrer Zimmertür, nahm die *Los Angeles Times* und schlug die zweite Seite mit dem Inhaltsverzeichnis auf. Links unten war ein Kasten mit der Zeile »Gericht beschlagnahmt Hoffen-Bayne-Akten (Wirtschaftsteil, Seite E-1)«. Sie hatte keine Zeit mehr zu verlieren.

13

Um fünf Uhr morgens zog Jane aus dem Hilton aus und war kurze Zeit später mit ihrem Wagen auf dem Laurel Canyon Boulevard. Sie hatte nicht mehr riskiert, den Zeitungsartikel zu Ende zu lesen, sondern ihn auf dem Weg durch die Lobby zur Rezeption nur überflogen und ein wenig genauer angesehen, während sie darauf wartete, daß der Page ihren Wagen zum Hoteleingang brachte. Der Richter war listig vorgegangen. Zuerst hatte er die Aushändigung bestimmter Dokumente verlangt, die von Hoffen-Bayne eine Woche zuvor pflichtgemäß geliefert wurden. Diese Anfrage sollte vermutlich den Eindruck erwecken, er wolle sich anhand einiger sorgfältig frisierter Jahresberichte nur einen ungefähren Überblick verschaffen. Hätte er überhaupt nichts von ihnen verlangt, so hätten sie Verdacht geschöpft. Dann aber, gestern abend nach Geschäftsschluß, hatte er einen Durchsuchungsbefehl unterschrieben und eine Handvoll Polizisten samt einem Lastwagen zum Wilshire Boulevard geschickt. Sie suchte mit den Augen den Text bis zum Ende der Spalte ab, fand aber keine Namen.

Sie beschloß, den Wilshire Boulevard zu umgehen. Vor dem Büro standen sicher Reporter und Polizei herum, außerdem war mit einer Menge hysterischer Investoren zu rechnen, die ihnen zu schaffen machen würden, sobald die Kunden aufgewacht waren und ihre Morgenzeitung gelesen hatten. Sie mußte nach Beverley Hills.

Sie war auf dem Sunset Boulevard und bog rechts ab. Sogar um fünf Uhr morgens war die Straße belebt, aber man kam mit dem Auto noch flüssig voran. Sie suchte sich den schnellsten Weg in den Lücken zwischen den anderen Wagen. Die Häusersilhouette vor ihr wurde überragt von hohen, beleuchteten Plakatwänden mit riesigen Bildern von Schauspielerpaaren, die Männer ernst und furchtlos, die Schauspielerinnen mit feuchtschimmernden Lippen, so groß wie aufgeschnittene Wassermelonen.

Der Richter hatte gute Arbeit geleistet. Wenigstens im Augenblick hatte Timmy alle Sicherheit, die man ihm geben konnte. Den Behörden hatte er bereits alles gesagt, was er wußte. Der Richter hatte Hoffen-Bayne jedes denkbare Motiv für einen Mord genommen. Ebensogut hätte man einen Zeugen töten können, der längst ausgesagt hatte. Nur Alan Turner beschäftigte sie jetzt. Sie hatte sich ausgerechnet, noch einige Tage Zeit für ihre Recherchen zu haben, und das starke Frustgefühl überraschte sie. Nicht deshalb, weil sie annahm, sie könnte irgendwie mehr als die Behörden tun, um Timmys Geld wiederzubeschaffen. Sie war sich nicht einmal sicher, was sie von dem ganzen Geld halten sollte. Sie mußte gegen die Überzeugung ankämpfen, die man ihr anerzogen hatte, daß nämlich die Anhäufung von Reichtümern eine verachtenswerte Betätigung sei.

Das war nicht etwas, das sich ihre Eltern ausgedacht hatten. Es war eine viel ältere innere Haltung, die immer noch Geltung hatte. Früher hätte sich kein Farmer jemals einen unverhältnismäßigen Überfluß an Lebensmitteln zugelegt. Was er besaß, wurde peinlich genau und gerecht mit anderen geteilt. Jedes Langhaus war der Besitz einer Frau des Clans, und jede Frau hatte ein Recht, darin zu wohnen und ihre Kinder großzuziehen und mit ihrem Mann zu schlafen, wenn er im Haus war. Ein Mann war ein Krieger und Jäger und die meiste Zeit draußen in den Wäldern, und selten besaß er mehr, als er tragen konnte. Wenn er Anerkennung suchte, brachte er viel Fleisch und Beute ins Dorf. Der persönliche Status eines Mannes wurde daran gemessen, wie geschickt er war, solche Dinge zum Teilen mit anderen zu beschaffen, und nicht, wieviel er raffen und horten konnte. Als die Weißen ankamen, gaben sie sich untereinander den Rat, bei den Irokesen nach den Männern in Lumpen zu suchen, wenn man die Anführer finden wollte.

Was immer jetzt mit Timmys Geld geschah, es geschah so oder so, ob sie nun hier war oder in Deganawida. Wer sie wirklich interessierte, war Alan Turner. Sie mußte wissen, ob seine umsichtige Buchhaltung und sein konservativer, ehrbarer Lebensstil zu einem großen Plan gehörten, zur Verschleierung einer so starken Habgier, daß er dafür sogar tötete.

Sie bog in den Hillcrest ein und fuhr langsam an Turners Haus vorbei. An diesem Morgen mußte sie hellhörig und vorsichtig sein. Die Viertel der Wohlhabenden von Los Angeles wurden mit einer seltsamen, fein dosierten Wachsamkeit geschützt. Auf jedem Rasen standen kleine, geschmackvolle Schilder mit den Firmenzeichen der jeweiligen Sicherheitsdienste, dazu kleine, unaufdringliche Überwachungskameras unterm Dachgesims der größeren Häuser und jede Menge unsichtbarer Domestiken, die ihre Augen offenhielten. Das Geräusch eines Hubschraubers am Himmel bedeutete wahrscheinlich nichts anderes als einen Polizisten, der durch ein Fernglas mit Restlichtverstärker herunterschaute. Ein unbekannter Wagen auf einem falschen Parkplatz, ein Fremder auf dem Gehweg und ganz besonders jeder, der irgend etwas vor Sonnenaufgang tat, waren bedenkliche Anzeichen, die man registrieren und melden mußte.

Sie fuhr über den Sunset hinweg die Nordseite der nächsten Anhöhe hinauf und stellte ihren Wagen in einer Seitenstraße neben einer Klinik ab, auf einem freien Platz, der von der Kreuzung durch einen großen Baum und einen Landrover abgeschirmt war. Sie rutschte tiefer in ihren Sitz und zog sich Jogginganzug und Laufschuhe an, dann band sie ihr Haar am Hinterkopf mit einem Gummi zum Pferdeschwanz. Langsam fing sie mit ihrem Morgenlauf an, hinunter zu den Wohnvierteln.

Die Gehsteige waren hier breit und eben, die Straße eine lange Allee von Kokospalmen. Die Luft war schon um halb sechs Uhr früh ziemlich warm. Sie hörte den Verkehr oberhalb und unterhalb ihrer Straße, aber auf dem Hillcrest war noch kein Wagen zu sehen. Sie lief leicht und langsam, nicht eigentlich, um eine Muskelzerrung zu vermeiden, sondern damit niemand, der sie sah, genauer hinschaute. Eine Frau, die in der Morgendämmerung auf dieser Straße mühsam ihr Laufpensum absolvierte, war einfach eine aus der Nachbarschaft, die brav dahintrottete, um die Attraktivität ihrer Hüften und

Schenkel zu erhalten; etwas ganz anderes war eine Frau, die wie ein Olympionike dahinraste.

Jane nahm sich Zeit und sah sich die Häuser genau an. Nur wenige Fenster waren zu dieser frühen Stunde schon hell erleuchtet. Die Garagen versteckten sich alle weit hinter den Wohngebäuden am Ende langer Auffahrten, niemand hier ließ seinen Wagen auf der Straße geparkt. An der Kreuzung zu Turners Haus legte sie eine langsamere Gehstrecke ein, als müßte sie zwischendurch wieder zu Atem kommen.

Im Haus brannten hinter heruntergelassenen Lamellenjalousien einige Lampen. Sie beobachtete kurz die Fenster, dann sah sie auf ihre Uhr. Es war jetzt fünf Uhr vierzig. Als sie wieder aufblickte, ging eine der Lampen aus. Sie fing wieder zu laufen an. Wenn er das Licht ausmachte, mußte er gleich herauskommen. Sie lief an dem Haus vorbei, den Kopf nach vorn, die Augen aber nach links gerichtet, um das Haus und den Vorgarten im Blick zu behalten. Als sie am Ende des Grundstücks ankam, ging ein weiteres Licht im Innern aus.

Vor der Haustür hatte sie eine Morgenzeitung liegen sehen. Während sie weiter die Straße hinunterlief, dachte sie darüber nach. Es war so gut wie unmöglich, daß er von der Durchsuchung seiner Büroräume noch keine Kenntnis hatte. Falls er beim Eintreffen der Polizisten nicht an seinem Schreibtisch saß oder schnell Aktenschränke mit Vorhängeschlössern versperrte, dann hatte ihn auf jeden Fall jemand benachrichtigt. Zumindest die Reporter hatten ihn angerufen. Konnte es sein, daß ihn die Zeitungsnachrichten darüber am nächsten Morgen nicht interessierten?

An der nächsten Kreuzung hielt sie wieder an und schaute beim Überqueren der Straße zu dem Haus zurück. Zwei Lampen waren noch immer an. Sie fing wieder zu laufen an, diesmal die Straße zum Wilshire hinunter, und sah dabei öfter mal zum Haus hin, ob sich etwas verändert hatte. Möglicherweise war er ja auch nachts noch einmal ausgegangen und hatte sich die noch druckfrischen Zeitungen besorgt. Nein, das war Unsinn; die Kioske boten lediglich die am vorherigen Nachmittag, also vor der Durchsuchung gedruckten Ausgaben an.

Sie kehrte um und lief zu ihrem Wagen. Jetzt mußte bald die Sonne aufgehen, und dann waren die Straßen voller Menschen, auch in diesem ruhigen Viertel. Im Wagen zog sie sich wieder um und war nun in Jeans und Bluse.

Sie fuhr noch einmal hinunter zum Hillcrest. Als sie am Haus vorbeikam, gingen die letzten beiden Lichter aus. Sie sah auf die Uhr: genau sechs. Jetzt war sie überzeugt, daß die Lampen von einer Schaltautomatik gesteuert wurden. Die Geräte, die man im Laden kaufen konnte, hatten nur eine grobe Einstellung, so daß es fast unmöglich war, sie auf etwas anderes als volle oder halbe Stunden zu programmieren. Sie hatte solche Geräte auch in ihrem Haus angebracht, wenn sie auf Reisen ging, hatte aber das Problem dadurch umgangen, daß sie sie auf eine Zeit einstellte, die nicht mit der Zeit auf ihrer Uhr übereinstimmte. Turner war darin nicht so geschickt wie sie. Er war vielleicht ein Dieb, aber er hatte nicht gelernt, wie ein Dieb zu denken. Er hatte sie nicht einmal so eingestellt, daß sie sich vor Sonnenaufgang abschalteten.

Trotzdem war es denkbar, daß er sie zwar eingestellt, das Haus aber noch nicht verlassen hatte. Sie hielt neben einem kleinen Laden mit einem Eisengitter vor der Tür an, ging zur Telefonzelle und wählte seine Nummer. Keiner nahm ab, und auch der Anrufbeantworter schaltete sich nicht ein. Sie ließ es zehnmal klingeln, hängte ein und stieg wieder in ihren Wagen. Als sie den Motor anließ, warf sie einen Blick in den Rückspiegel und sah einen Wagen näher kommen mit Lichtern auf dem Dach wie eine Polizeistreife. Er hatte blaue und gelbe Streifen, und auf dem Schild an der Seitentür stand »Intercontinental Security«.

Sie folgte dem Wagen in sicherer Entfernung. Er fuhr oberhalb des Sunset ein paar Nebenstraßen auf und ab und kam dann im Schrittempo auf den Hillcrest, wobei der Fahrer auf alle Häuser mit dem blaugelben Sicherheitsschild im Vorüberfahren einen kurzen Blick warf. Am Straßenrand vor Turners Haus hielt er an und stieg aus. Er war jung und breitschultrig und hatte eine enganliegende, polizeiähnliche Uniform mit einem Gürtelhalfter an, weshalb er die Arme seitlich vom Körper weghielt, so als hätte er zwei Eimer zu tragen. Er machte das Eingangstor auf, leuchtete mit einer Taschenlampe einige Seitenfenster ab und hob die Zeitung auf. Turner war nicht zu Hause.

Jane fuhr an dem Haus vorbei, bog am Sunset Boulevard links ein und kam nahe der Universität an die Einfahrt zum Freeway 405. Das war zweifellos die Strecke, die auch Turner gefahren war, nachdem er die Nachrichten gehört hatte. Hier konnte er nach Süden zum Flugplatz abgebogen sein, aber sie war sicher, daß er diesen Weg nicht genommen hatte. Er war ein vorsichtiger, abwägender Mann. Er hatte die nächste Auffahrt gewählt, die ihn problemlos aus der Stadt brachte, ohne das Risiko, den Anschein einer Flucht zu erwecken. Er war nach Norden gefahren, zu seinem Haus in Monterey.

22, 1,

14

Jane fuhr über die Hügelkuppe hinweg, die die Stadt vom San Fernando Valley abgrenzte, fädelte sich nach rechts ein und blieb dann auf dem Ventura Freeway bis Santa Barbara, bevor sie am Strand-Restaurant einer ausgedehnten Hotelanlage zum Frühstücken anhielt. Als sie den dampfenden Teller endlich vor sich hatte, war sie zu unruhig, um noch zu essen, bat die Kellnerin, das Ganze in eine Styroporbox zu verpacken, und nahm es mit ins Auto. Im Norden von Santa Barbara gab sie den Leihwagen am Flugplatz zurück und nahm einen Shuttle-Flug nach San Francisco, mietete sich wieder einen Wagen und fuhr die Küste entlang nach Monterey. Es war schon fast Abend, als sie in einem kleinen Hotel, knapp zwei Kilometer landeinwärts, ein Zimmer nahm, unter die Dusche ging und sich in ein Badetuch hüllte.

Sie setzte sich aufs Bett und wählte Carey McKinnons Nummer, legte dann aber auf, noch bevor es klingelte. Sie hatte wartend dagesessen und dem Rauschen in der Leitung zugehört, während die Computer der Telefongesellschaft den Anruf über klickende Schaltstellen quer durch den Kontinent bis zu Careys Haus beförderten, und hatte das plötzliche Gefühl, daß es nicht richtig war. Sie hatte ihn nicht anrufen wollen, um ihm vor dem Schlafengehen noch einen liebevollen Gruß zu schicken, nicht einmal, um sich vom Klang seiner Stimme trösten zu lassen. Das wären die einzig berechtigten Gründe für einen solchen Anruf gewesen. Wenn aber das sie treibende Gefühl eine krankhafte Neugier war oder auch die bittere Befriedigung, einen Verdacht bestätigt zu sehen, dann gab es nur eine vertretbare Handlungsweise, nämlich ihn in Ruhe zu lassen.

Sie machte den Koffer auf und nahm prüfend ihre Kleider in die Hand. Sie entschied sich für Schwarz als die in Monterey erforderliche Abendgarderobe. Sie zog einen schwarzen Rollkragenpullover an, eine dazu passende Jacke und schwarze Hosen, dann band sie sich das Haar zurück. Was eine solche Erscheinung vollkommen machte, waren die Accessoires. Sie breitete einige ihrer mitgebrachten weiblichen Utensilien vor sich aus und traf ihre Wahl. Sie befestigte ihr Haar mit einem schwarzen Ring und einem fünfzehn Zentimeter langen Stift, der an einem Ende einen T-förmigen Griff hatte und am andern Ende zugespitzt war. Bevor sie das Parfumfläschchen in die Handtasche steckte, machte sie sie weit auf und roch sorgfältig am Innenfutter. Es duftete leicht nach Wildblumen, mit einem Hauch von feuchter Erde, der ein wenig in der Nase kitzelte. Es war die Mischung aus Maiapfel- und Wutschierlingwurzeln, die sie gemörsert und dann mit der Flüssigkeit zu einem farblosen Konzentrat verdünnt hatte. Diese Wurzeln zu essen war die übliche Selbstmordmethode der Irokesen.

Als Fußbekleidung wählte sie ein Paar flache Lederschuhe für zwanzig Dollar. Sie hatten eine Gummisohle wie Laufschuhe, aber ohne das charakteristische Rillenprofil, waren glatt und an der Unterseite aufgerauht. Diese Struktur machte es sehr schwer, den Abdruck, den die Schuhe hinterließen, als die Spur eines Menschen zu erkennen, erst recht nicht als die eines ausgesprochenen Frauenschuhs.

Sie ließ die Lampen in ihrem Hotelzimmer brennen für den Fall, daß sie zurückkehrte, verstaute aber ihr Gepäck im Kofferraum des Wagens, falls nicht. All diese Vorbereitungen traf sie mit großer Sorgfalt, weil sie nicht vorhersehen konnte, wofür sie sich eigentlich bereitmachte. Als sie den Motor anließ und vom Parkplatz fuhr, fühlte sie eine beginnende Unruhe. Hätte sie eine andere Frau beobachtet, die sich das Haar mit einem Dorn hochsteckte, der als Instrument für einen Stich in die Brust gebaut war, und die dann auch noch ein Fläschchen Schierlingsextrakt in ihre Handtasche steckte, so wäre sie überzeugt gewesen, diese Frau war auf dem Weg zu einem Mord. Menschen, die eine Waffe mitnahmen, ohne eigentlich zu wissen, warum, hatten eine gewisse Tendenz, den Grund nach ihrer Ankunft am Ziel herauszufinden.

Sie ging im Kopf noch einmal durch, was sie sich über Alan Turner zurechtgelegt hatte. Sie hielt ihn also für einen Mann, der kleine Kinder bestehlen konnte, hatte jedoch keinen Beweis entdeckt, daß er auch den Mordauftrag für Timmy und seine Eltern gegeben oder jemand anderem befohlen hatte, Mona und Dennis umzubringen, um sie nicht in den Sitzungsraum gelangen zu lassen. Sie mußte ihn beobachten und genauer kennenlernen. Er schien nicht wirklich bedrohlich, und sie spürte auch keineswegs den plötzlichen Drang, sich mit einer Waffe auszurüsten. Das wäre ein schlimmes Indiz. Das Gift in ihrer Tasche bewies gar nichts. Seit Jahren hatte sie ihren Kunden immer wieder versichert, sie wollte lieber sterben, als verraten, wohin sie sie gebracht hatte. So ein Versprechen ohne das Mittel, es auch einzuhalten, wäre nichts anderes als eine Lüge gewesen.

Auf dem Morales Prospect fuhr Jane an der Adresse vorbei und sah sich das Haus lange und gründlich an. Es stand auf dem großzügigen Gelände weit abgesetzt von der Straße, teilweise versteckt hinter hohen Kiefern, die man hatte stehen lassen, als das Haus gebaut wurde. Die obere Etage war nachgemachter Tudor-Stil, aber mit einem hohen und steilen Mansardendach, das nicht dazu paßte, und das Erdgeschoß hatte eine etwa zwei Meter hohe Klinkerverkleidung. Oben waren ein paar Fenster schwach erleuchtet, unten waren alle Fenster dunkel. Sogar das Licht über dem Eingang war ausgeschaltet. Im Vorbeifahren konnte sie sehen, daß das Haus an drei Seiten von den Resten des schützenden Kiefernwaldes umgeben war. Die Bäume reichten bis zur Auffahrt und fast an die Garage heran.

Sie fuhr noch ein Stück weiter auf der Suche nach einem Abstellplatz für ihren Wagen. Knapp einen Kilometer entfernt fand sie eine schon geschlossene Tankstelle mit fünf oder sechs Autos, die vor der Werkstatt auf ihre Reparatur warteten. Bei einem hatte man die Motorhaube abgenommen und statt dessen eine schwere Plastikplane über den Motorraum geklebt, um den Motor nicht der scharfen Luft am Meer auszusetzen. Sie rollte mit ausgeschalteten Scheinwerfern auf den freien Platz neben diesem Wagen, zog die Plane ab und legte sie über ihre eigene Motorhaube.

Dann ging sie die Straße zurück, immer im Schatten der Hecken und Bäume an der Grundstücksgrenze der großen Vorgärten, so daß die Lichter eines plötzlich auftauchenden Wagens nur ihr schwarzes Haar und die schwarze Kleidung erfassen konnten und nicht auf Gesicht und Hände fielen. Aber dieser Teil von Monterey war eine fünfundzwanzig Kilometer lange Aussichtsstraße, also fuhren die Leute wohl lieber tagsüber hier entlang, wenn sie etwas sehen konnten.

Zehn Minuten später stand Jane unter den Bäumen an der Seite des Hauses. Sie spürte die weiche Schicht aus Kiefernnadeln am Boden und roch den Duft nach Harz in der dunklen, unbewegten Nachtluft. Sie ging weiter zur Garage und schaute durch das kleine Fenster hinein. Im Innern erkannte sie den glänzenden Lack des schwarzen BMW. Hier also wollte Turner den Skandal aussitzen, alle Fragen und die Fernsehkameras überließ er seinem Anwalt. Langsam und lautlos ging sie, immer im Schutz der Bäume, um das Haus herum.

Sie sah sich die unteren Fenster aus der Nähe an, dann auch die im Obergeschoß. Sie suchte alle Gesimse und Regenrinnen nach Flutlichtstrahlern ab, die bei einem Geräusch von ihr möglicherweise aufleuchteten, konnte aber nichts Beunruhigendes entdecken.

Sie wollte Alan Turner sehen. Also ging sie wieder zurück bis zur Ecke unter den Schutz der Bäume und beobachtete die Lichter an zwei Seiten des oberen Stockwerks. Sie sah weder den dumpfen Schimmer eines Fernsehers, noch irgendwo einen Schatten an der Decke von jemandem, der durchs Zimmer ging. Sie hatte plötzlich große Lust herauszufinden, was er gerade tat und wie er an diesem Abend aussah. Vielleicht war sie ja auch schon zu spät dran, und er hatte sich bei eingeschaltetem Licht hingelegt und war eingeschlafen. Er hatte einen viel weiteren Fahrweg hinter sich als sie, und vielleicht hatte er am Abend noch gearbeitet und war müde.

Das Licht zog sie an. Als sie näher an die Hausseite heranging, erkannte sie wieder die kleinen blaugelben Aufkleber der Intercontinental Security. Unwillkürlich trat sie einen

Schritt zurück, während sie gleichzeitig das seltsame Gefühl analysierte, das diese Schildchen bei ihr auslösten. Allmählich schien jedes Gebäude, das sie seit ihrer Beschäftigung mit Timmy angesehen hatte, diese Aufkleber an seinen Fenstern zu haben. Alarmsysteme waren ihr vertraut, sie hatte ja selbst eines, aber die Intercontinental hatte offenbar ganz Kalifornien im Griff. War das schon immer so, und sie hatte es nur nicht bemerkt?

Andererseits war es nur verständlich, daß Turners Häuser von derselben Sicherheitsfirma kontrolliert wurden wie Hoffen-Bayne. Vermutlich hatte er die Überwachungskosten für beide Häuser in seiner Hypotheken-Rückzahlung an Hoffen-Bayne versteckt. Sie kam zu dem Schluß, daß ihre innere Unruhe nur das Ergebnis ihrer konzentrierten Aufmerksamkeit auf diese Schilder war. Wenn ein Bekannter eine bis dahin nie gehörte Krankheit hatte, fielen ihr plötzlich Zeitungsartikel darüber auf, und sie hörte andere davon sprechen, bis es so aussah, als wäre die ganze Welt von einer Epidemie erfaßt.

Sie schob den Gedanken an die Überwachungsfirma beiseite und befaßte sich mit den Aufklebern in nützlicherer Hinsicht. Sie sagten ihr, daß Turner ein Alarmsystem hatte. Alle vorstellbaren Fallen und Tricks im Innern waren vermutlich abgeschaltet, solange er wach war und sich im Haus bewegte, sonst riskierte er nur, selbst einen Alarm auszulösen. Die Außensensoren waren zweifellos eingeschaltet.

Sie untersuchte das Haus auf seine Schwachstellen. Das Alarmsystem schützte zweifellos Fenster und Türen. Das hohe, steile Dach hatte weder Luken noch große Belüftungsschlitze, und wenn er sich in den oberen Räumen aufhielt, würde er hören, wie sie heraufkam. Sie sah sich die unteren Partien des Hauses an. Es war so gebaut wie die meisten Häuser in Kalifornien. Hier war der Boden nie gefroren, deshalb hatten sie keine Keller. Diese Häuser wurden einfach in einem Fundament verankert, das knapp einen Meter hoch war und als Reparaturgraben für Rohre und Leitungen diente. Neben der seitlich gelegenen Küchentür fand sie eine kleine hölzerne Falltür über einem betonierten Einstiegsschacht. Geräuschlos hob sie sie hoch. Während sie in die dunkle Tiefe blickte, hatte sie einen Augenblick lang das Vorgefühl von Spinnen und

Ratten, tat aber so, als gäbe es so etwas hier nicht. Sie kroch unter das Haus und zog den Deckel über der Öffnung hinter sich zu.

Unter ihr lag nichts als die nackte, staubige Erde. Es war dunkel unter dem Haus, aber an manchen Stellen schien das Mondlicht durch schmale, vergitterte Schlitze, die man im Fundament ausgespart hatte. Sie erkannte das Gasrohr für die Küche oben und schlich daran entlang bis zum Mittelpunkt des Hauses, vorbei an allerlei dicken Abflußrohren und dünneren Wasserleitungen. Schließlich war sie an der Stelle, wo das Gasrohr abknickte und nach oben weiterging. Hier hatte der Fußboden um das Rohr herum eine quadratische Öffnung von etwa einem Meter Breite.

Sie griff nach oben und ertastete die Abdeckung über der Öffnung. Es war ein großer, quadratischer Stoffilter. Sie schob ihn zur Seite und bog ihn hoch, dann zog sie ihn zu sich herunter. Die Brenner der Gasheizung befanden sich nur etwa gute vierzig Zentimeter über dem Fußboden, aber sie schätzte, sie müßte eigentlich durchpassen. Vorsichtig tastete sie im Innern der Heizung weiter herum, bis sie die Verkleidung hatte, die man zur Reinigung der Filter herausnehmen konnte. Das mußte die Vorderseite sein.

Jane ergriff die Verkleidung oben und unten an den Kanten und schob sie etwas hoch. Das Stück rutschte einen Fingerbreit nach oben, als plötzlich ein Licht aufblitzte und etwas knackste, und dann brannte die Zündflamme. Die Brenner in der Heizfläche knapp über ihrem Kopf fingen zu zischen an und das Gas strömte aus. Sie ließ sich schnell fallen und blieb auf dem Rücken liegen, während sich das Gas entzündete und eine flache blaue Flamme kurz über die Heizfläche hinweghuschte. In dem bläulichen Licht konnte sie jetzt mehr sehen. Sie hatte Form und Aufbau der Heizung fast richtig eingeschätzt. Sie sah sich das Innere des Geräts genauer an, drehte den Kopf nach allen Seiten und hob ihn hoch, so weit sie es wagte.

Es mußte hier irgendeinen Sicherheitsknopf geben, um die Heizung bei abgenommener Verkleidung auszuschalten, um zu verhindern, daß sie von allein anging und das ganze Haus in Brand setzte. Während sie ihn noch suchte, brummte das

Gebläse los und die Gasflammen brannten noch heißer. So konnte sie es nicht allzu lange brennen lassen, sonst erhitzte sich der Metallrahmen zu sehr. Sie behielt den Kopf unten, schob ihre Finger unter die Verkleidung und drückte noch einmal. Die Verkleidung rutschte aus ihren Klammern, und die Heizung ging aus. Vorsichtig schob sie den Deckel noch höher, bis er frei auf ihren Händen schwebte, dann lehnte sie ihn seitlich gegen die Wand, damit er ihr nicht lärmend im Weg war, und legte sich wieder auf den Boden.

Nach ein paar Minuten hielt sie die Luft für so weit abgekühlt, daß sie in den engen Raum hinaufgreifen und dort weitertasten konnte. Gegenüber der angelehnten Verkleidung befand sich eine hölzerne Tür: Die Heizanlage war von vorne als Wandschrank getarnt. Sie ließ die Finger an einer Seitenkante entlanggleiten, bis sie ein Scharnier spürte.

Sie setzte sich auf den Boden und wartete darauf, daß sie die Brenner mit den bloßen Händen berühren konnte. Erst dann wagte sie den Versuch. Sie ging in die Hocke, erhob sich ein wenig, streckte den Oberkörper gerade, so daß er jetzt in die Heizung hineinragte, tastete oben nach dem Drehknopf der Schranktür und öffnete sie einen Spalt. Dann zog sie sich hoch, schlängelte sich unter den Brennern hindurch und an der Vorderseite der Heizung hinaus, kroch aus dem Wandschrank und machte die Tür hinter sich zu.

Sie war in einem schwach erleuchteten Gang mit hellem Eichenfußboden und mit einer ganzen Serie kleiner gerahmter Stiche von Segelschiffen an der Wand. Wenn sie in Richtung Eingangstür schaute, konnte sie die Diele sehen. An der Wand neben der Haustür sah sie die Schaltanlage des Alarmsystems. Ein winziges rotes Licht brannte dort, das System war also eingeschaltet. Am anderen Ende der Eingangshalle ging eine Freitreppe nach oben. Hätte sie das Alarmsystem selbst installiert, so hätte sie hier einen Sensor eingebaut. Wenn ein Dieb schon unten alles mögliche mitgenommen hatte, dann wollte man nicht, daß er auch noch diese Treppe heraufkam ins Obergeschoß, wo die Schlafzimmer lagen. Vorsichtig ging sie um die Treppe herum zur Seite, setzte ihre Füße in die Zwischenräume der Geländerstäbe, hielt sich am Geländer fest und stieg an der Außenseite hinauf. Sie war etwa drei Meter weit bis zur halben Höhe gekommen, als sie die Fotozelle entdeckte. Sie war ungefähr dreißig Zentimeter über einer Stufe eingebaut, so daß ein ungebetener Gast nicht darunter durchschlüpfen konnte, und selbst einer, der drei Stufen auf einmal nahm, mußte den unsichtbaren Strahl unterbrechen. Vermutlich lagen unter der Teppichbespannung der Treppe auf manchen Stufen auch noch Drucksensoren für den, der die Fotozelle rechtzeitig entdeckte.

Sie kletterte an der Außenseite über die letzte Stufe hinaus noch ein Stück waagrecht weiter und stieg dann erst über das Geländer. Auch in dieser Obergeschoß-Galerie gab es vermutlich einige Fallen, aber wenn Turner hier oben war, hatte er diesen Teil des Systems sicher ausgeschaltet.

An jedem Ende der Galerie lag ein erleuchtetes Zimmer. Das Haus war vollkommen ruhig. Sie hörte keine Bewegung, kein Schnarchen, auch nicht das Sichzurechtsetzen eines Menschen in einem Sessel. Eine Sekunde lang dachte sie, sie hätte Glück und er war gar nicht im Haus, aber dann fiel ihr wieder der Wagen in der Garage ein.

Sie betrachtete prüfend die beiden hellen Türrahmen und wählte dann den linken Raum. Er lag etwas näher zur Treppe, und falls sie losrennen mußte, dann hatte sie Turner lieber drei Schritte weiter entfernt von ihrem einzigen Fluchtweg. Sie schob sich langsam und mit den Schultern fast an der Wand der Tür entgegen. Ein Hartholzfußboden knackte gewöhnlich nur in der Mitte.

Am Türrahmen lehnte sie sich ein wenig vor, nur so weit, daß sie in der Spiegelung der dunklen Fenster nach Turner suchen konnte. Als sie ihn sah, zuckte sie zurück. Sie hatte die Gestalt eines Menschen gesucht, und wenn sie ihn näher und tiefer als erwartet fand, war ihr erster Reflex ein Zurückweichen, um dem Schlag oder dem Schuß zu entgehen. Aber noch während der Körper in Schutzhaltung ging, stellte sich ein ganz anderes Gefühl ein.

Sein blondes Haar war blutdurchtränkt, und unter der Leiche hatte der dicke beigefarbene Teppich die Flüssigkeit aufgenommen, sich vollgesogen, und dann hatte sich eine Lache gebildet und ausgebreitet. Sie konnte erkennen, daß die äußeren Ränder der Blutlache schon zu einem dunkelbraunen

Ring eingetrocknet waren, aus dem die Teppichfasern als krumme, harte Gewächse herausstanden. Sie streckte den Kopf vor, um den Revolver zu sehen, und fand ihn da, wo er liegen mußte, neben der rechten Hand. Sie kannte die Polizeiarbeit bei Selbstmorden gut genug und kam gar nicht erst auf die Idee, den Raum zu betreten. Sobald sie hier ein paar Haare oder eine Faser ihrer Kleidung verlor, war sie jemand, mit dem man auf dem Revier zu sprechen wünschte.

Sie lehnte sich nur so weit in den Türrahmen, daß sie um das Einschußloch an Turners rechter Schläfe die Verfärbung, die nach einer eingebrannten Pulverspur aussah, genau erkennen konnte. Die andere Schläfe lag gegen den Teppich gepreßt, und sie gab sich damit zufrieden. Die Austrittsöffnung war fraglos größer und ein noch schwerer zu ertragender Anblick.

Sie hätte nicht gedacht, daß er Selbstmord begehen könnte. Wenn er die Akten nicht gut genug frisiert hatte, war er als Dieb und Betrüger entlarvt, aber eine Menge Leute in seiner Branche waren einer solchen Publicity ausgesetzt gewesen, und sehr viele von ihnen hatten dennoch nie ein Gefängnis von innen gesehen. Falls er damit rechnen mußte, wegen der Morde angeklagt zu werden, sah die Sache anders aus, aber die Ermittlungen im Fall von Timmys Eltern hatten zwei Jahre keinerlei Fortschritte gemacht, und nicht einmal die Männer, die Dennis das Genick gebrochen und Mona die Treppe hinuntergeworfen hatten, konnte man länger als nur vorübergehend festhalten. Niemand bot ihnen einen Handel an, eine Strafminderung gegen einen Namen.

Ohne Zweifel war es die Durchsuchung seiner Büroräume, die Turner in Panik versetzt hatte. Sie sah zu ihm hinunter und hatte fast ein wenig Mitgefühl für seine Angst und seinen einsamen Tod, aber dann korrigierte sie sich: Das lag nur an der Unmittelbarkeit des Eindrucks. Der Schweiß und das Blut waren noch nicht alt, und der Geruch seiner Angst hing wohl noch immer in der Luft und hatte in ihrem Gehirn irgendeine primitive Reaktion geweckt, die stärker war als der Abscheu, den der lebende Turner in ihr ausgelöst hatte.

Sie zog sich die Schuhe aus, ging auf demselben Weg von der Tür zum Geländer zurück und schlurfte bei jedem Schritt über den Teppich, um auch die nicht sichtbaren Spuren ihrer Schuhsohlen zu verwischen. Am Geländer zögerte sie und sah zu dem zweiten erleuchteten Raum hinüber. Warum war auch dort das Licht an? Sie wußte, daß er sich wegen der Stromrechnungen keine Sorgen mehr zu machen hatte, aber warum hatte er dann unten alle Lichter gelöscht? Sie war kaum an der Tür, da sah sie schon die beiden Papierbögen auf dem Schreibtisch. Sie lagen wie ein Ausstellungsstück genau im Lichtschein der Arbeitslampe. Sie ging in das Zimmer hinein.

Die Blätter waren auf dem Computer, der in einer Ecke stand, geschrieben und mit dem Drucker daneben ausgedruckt worden. Sie sah sich die zweite Seite an, die mit der Unterschrift. Alles, was darauf stand, war: »Ich übernehme die volle Verantwortung für alle meine Taten. Alan Turner.«

Dann las sie die erste Seite an. Sie begann so: »Dies ist meine letzte Nachricht an den Rest der Welt. Wenn Ihr das lest, bin ich nicht mehr hier, sondern unerreichbar für euch.« Sie hatte noch nie den Abschiedsbrief eines Selbstmörders gesehen, aber immer geglaubt, daß er normalerweise wie ein persönlicher Brief an Freunde oder Verwandte adressiert sei.

»Der Grund für die Entscheidung, meinem Leben ein Ende zu setzen, ist, daß ich der Versuchung, eines meiner Kundenkonten auszurauben, nicht widerstanden habe. Ich nahm nicht an, daß man Timmy jemals lebend finden würde, also dachte ich, niemandem zu schaden. Erst später stellte sich heraus, daß Timmy noch am Leben war. Von den Personen, die sich als seine Eltern ausgaben, kamen Briefe an, und ich wußte, daß sie mich erwischen mußten, wenn ich diese Briefsendungen weiterhin zuließ. Ich ging nach Washington, woher die Briefe kamen, und erklärte mich zu einem Treffen bereit. Ich engagierte zwei Männer, die dem Paar nach dem Treffen folgen sollten, um herauszufinden, wo sie mit dem Jungen wohnten. Ich bin mir bis heute nicht sicher, was ich getan hätte, wenn die beiden meinen Auftrag ausgeführt hätten, aber das taten sie nicht. Sie dachten sich einen eigenen Plan aus, und zwar – wie ich vermute – den Jungen zu entführen und damit die Macht über sein Geld zu bekommen. Was immer es war, es ging daneben. Als nächstes erfuhr ich, daß die vermeintlichen Eltern tot waren und der Junge verschwunden.

Ich bedaure mein Vorgehen. Da ich die beiden Männer angeheuert habe, war und bin ich im juristischen Sinn verantwortlich für die Ausführung zweier Morde. Ich sollte noch hinzufügen, daß meine Helfer oder Mittäter aus meinem Handeln keinerlei Vorteile zogen, keiner der beiden hatte Kenntnis von meinen Betrügereien oder davon, was ich zur Verschleierung des Betrugs tat. Ich kenne die Namen der zwei Männer nicht, die ich angeheuert habe, um Timmy in Washington zu finden. Ich habe sie in einer Bar getroffen und ihnen draußen auf dem Parkplatz den Auftrag erteilt. Mehr habe ich dazu nicht zu sagen.« Nachdenklich betrachtete Jane das Blatt, aber ohne es zu berühren. Der Ausdruck reichte genau bis zum Ende der Seite. Danach ging es auf der zweiten Seite weiter mit »Ich übernehme die volle Verantwortung für alle meine Taten«, und dann kam die Unterschrift. Die Handschrift-Experten würden vermutlich die Echtheit der Unterschrift bestätigen. Nur die erste Seite hielt sie für eine Fälschung.

Sie hatte gleich gespürt, wie seltsam es war, daß jemand einen Abschiedsbrief auf dem Computer schrieb, aber jetzt durchschaute sie das Manöver. Nachdem Turner tot war, hatten sie einfach die Datei noch einmal aufgerufen, das, was ursprünglich auf der ersten Seite stand, gelöscht, den neuen Text eingetippt und ausgedruckt. Ein Computerdrucker war immer ein Gerät, das zwischen dem Schreibenden und dem Papier stand. Hier gab es keine ungleich angeschlagenen Typen, keinerlei besondere Kennzeichen, daß die eine Seite von Turner getippt war und die andere von jemand anderem. Vielleicht hatte er auch einfach ein leeres Blatt Papier unterschrieben, bevor er erschossen wurde, und sie hatten auch diese Seite durch den Drucker laufen lassen. Es spielte keine Rolle mehr. Man hatte ihn auf die richtige Weise erschossen, und er war in der richtigen Stellung zu Boden gefallen. Alles hier war an seinem richtigen Platz. Das Alarmsystem war eingeschaltet, damit die Polizei annehmen mußte, niemand hätte hereinkommen, ihn umbringen und wieder weggehen können. Falls sie nicht irgend etwas fanden, was nicht dazu paßte – falsche chemische Spurenelemente an seiner rechten Hand oder andere Fingerabdrücke auf den Bronzehülsen der Patronen –, dann war es ein klarer Fall von Selbstmord.

Sie blieb einen Augenblick bewegungslos stehen. Sie spürte: Der Mann, der das hier getan hatte, war derselbe, der sie am Gerichtsgebäude in die Irre geführt hatte. Turner hatte vermutlich seinen Tod verdient, aber er war der Falsche, für ihn hätte sie nicht so viel Zeit und Denkarbeit aufwenden müssen. Sie mußte nicht den Mann in der Firma suchen, der sich einfach seinen Teil genommen hatte, ohne sich darüber Gedanken zu machen, was passieren würde, wenn sein Plan nicht funktionierte. Sie mußte den Mann suchen, der noch aufrecht stand, wenn alles andere danebenging. Er war in diesem Zimmer gewesen. Schlau und gerissen hatte er alles um sie herum so plaziert, daß seine Anwesenheit unsichtbar blieb, aber die perfekte Lage aller Gegenstände in diesem Raum machte seine Anwesenheit um so spürbarer.

Jane vertat keine Minute damit, sich einen klaren, logischen Plan ihrer nächsten Schritte zu überlegen. Sie wußte nur, daß ihr Feind alles zu seinem eigenen Vorteil arrangiert hatte. Sie nahm den gefälschten Abschiedsbrief an sich, ging in den anderen Raum, wo die Leiche lag, hob den Revolver auf, steckte ihn sich in den Gürtel und rutschte auf dem Geländer nach unten ins Erdgeschoß. Dann nahm sie den Weg zurück durch die Heizungsanlage in den Reparaturschacht, schloß über sich die Tür des Wandschranks, setzte die Verkleidung wieder ein und kroch unter dem Haus heraus ins Freie.

Zehn Minuten später war sie an der Tankstelle und nahm die Plastikplane von ihrem Leihwagen. An der Rezeption des Motels warf sie ihren Zimmerschlüssel in den Rückgabeschlitz und fuhr nach Süden. Sie kannte den Namen ihres Feindes nicht, und sie wußte nicht, wo er wohnte, aber etwas wußte sie jetzt von ihm. Er war nicht irgendein kleiner Buchhalter, der mal eben ein paar Schlägertypen engagiert, um einen Sitzungssaal zu blockieren, damit seine Betrügereien nicht herauskommen. Er war ein Profi.

15

Jane fuhr die ganze Nacht hindurch. Sobald sie hinter der letzten Anhöhe bei Thousand Oaks den Distrikt von Los Angeles erreichte, frühstückte sie in einem riesigen Coffee-Shop, umgeben von erdbraunen, abgeplatteten Hügeln. Als sie gerade ihren ersten Schluck Kaffee trank, zeigte die Wanduhr Punkt sieben, und draußen rückten die Männer mit schwerem Gerät dem Gelände zu Leibe und rasierten die Hügelkuppen zur Anlage flacher Neubaugrundstücke. In einer Ladengalerie wartete sie die Zeit bis zwölf Uhr ab und nahm sich dann in Burbank ein Zimmer in einem Klinker-Hotel mit gläsernem Außenlift, der künftigen Gästen einen Panoramablick auf all das bieten sollte, was man auf dem noch leeren, unkrautüberwucherten Bauland zu ihren Füßen hochziehen wollte. Sie war froh, daß das Großprojekt noch nicht ausgeführt wurde, denn was sie jetzt brauchte, war ein gesunder Schlaf. Sie machte die Vorhänge zu, zog sich aus und löschte das Licht. Sie wußte, die Träume würden sicher wiederkommen, aber jetzt war sie zu müde, um gegen sie anzukämpfen. Sie lag im Bett und starrte die Decke an, wo ein roter Lichtpunkt den Rauchdetektor markierte, dann ließ sie allen bewußten Willen los und schlief.

In ihrem Traum sah sie sich auf dem nackten Erdboden knien, eingeschlossen in einer engen, dunklen Absperrung. Ihr Gehör sagte ihr, daß der Platz kaum drei Quadratmeter groß war. Nachdem sich ihre Augen an das Dunkel gewöhnt hatten, konnte sie die Innenflächen der Buchenrinden erkennen, die man dachziegelartig aneinander befestigt hatte, um daraus die Wände und das Dach des Langhauses zu formen. Es war geräumig und im alten Stil gebaut, ungefähr vierzig Meter lang und hatte an jeder Seite mehrere Boxen wie die, in der sie sich jetzt befand. Sie zählte im Mittelgang zehn Feuerstellen in regelmäßigen Abständen. Sie konnte die dunklen Umrisse von Männern, Frauen und Kindern sehen, die an den Feuern hockten oder dazwischen herumgingen.

Am östlichen Ende des Langhauses schob ein Kind gerade das Bärenfell zur Seite, das dort in der Tür herunterhing, und sie mußte den Blick abwenden, um nicht von den grellen Strahlen geblendet zu werden. Das helle Sonnenlicht sagte ihr, daß es früher Morgen war. Als das Kind nach draußen gegangen war und das Bärenfell den Ausgang wieder verschloß, hob sie nicht den Kopf, sondern dachte darüber nach, was ihr das Licht gezeigt hatte. Sie trug einen Lederrock und Mokassins, und sie ahnte, warum der bloße Erdboden an den Knien nicht weh tat: Sie steckten in schützenden Leggings. Wie aus großer Ferne stellte sie fest, daß ihre gesamte Bekleidung aus weichem Wildleder war, und es bestätigte ihr, daß der beginnende Morgen ein Tag der Alten Zeiten war.

Nun sah sie auch Flechtband aus duftendem Sumpfgras, das sie um den Hals trug, und sie berührte es mit der Hand. Alle paar Zentimeter spürte sie einen kleinen, eingeflochtenen Grasknoten, der mit Muschelperlen überzogen war. Sie roch den frischen Grasduft und wußte, dieser Duft ließ ihre Nase den Rauch, das Fleisch in den Kochtöpfen und die zwanzig, dreißig Menschenleiber in dem Langhaus leichter ertragen.

Sie hörte ein Geräusch, drehte sich um und sah hinter sich auf einer niedrigen Pritsche die Gestalt eines großen Mannes, der gerade erwachte und sich bewegte. Sie wußte nicht, wer er war, aber auf einem Hängebrett über ihm lagen geordnet ihre Sachen: ein zweites Paar Mokassins als Ersatz für die, die sie jetzt anhatte, das Gaowo aus Buchenrinde, in dem sie das Maisbrot zubereitete, und ihre Ahdoquasa-Sammlung, die Löffel für die Suppe glattpoliert und am Stiel die Schnitzerei eines Mannes und einer Frau, die sich umarmten. Sie wußte, die Gestalt hinter ihr war ihr Mann, aber er blieb mit dem Gesicht zur Wand im Halbdunkel liegen, denn es war noch nicht Zeit, daß sie ihn sehen sollte. Draußen rief jemand ihren Namen, und die Traumlogik sagte ihr, daß sie wegen dieser Stimme hier war. Sie stand auf und ging an den Feuern vorbei zu dem Bärenfell. Eine kräftige Hand packte ihren Arm, und sie drehte sich um. Ein Mann, dessen Gesicht sie in dem schwachen Licht kaum sehen konnte, sagte auf Seneca zu ihr: »Wenn du von den Toten nicht träumen willst, dann mußt du auch nicht. Sobald die Frauen das Ohgiwe singen, verschwinden sie.« Sie kannte diese Stimme.

»Ich weiß, Jake«, sagte sie. Sie hob eine Ecke des Bärenfells hoch, bückte sich und trat in das Licht hinaus.

»Jane!« sagte eine Stimme. Sie war scharf, hoch, nicht wie von einem Menschen, klang eher wie der Schrei eines Papageis. »Jane!«

Sie sah sich nach allen Seiten um, und ihr Blick erfaßte hoch oben in dem Ahornbaum einen schnellen, dunkelblauen

Streif, und dann huschte ein zweiter von der alten Platane herüber durch die Luft. Er flog immer nur eine Art Kurzstrecke, ein Fallenlassen und Flügelschlagen, um sich in die Luft zu erheben, dann ein Fallenlassen und Flügelschlagen mit vorgestreckten Krallen, die den Zweig neben dem ersten Vogel umklammerten. Jane wußte, es waren die beiden Eichelhäher, die sie in Kalifornien gefangen hatte.

Die beiden Tiere hüpften auf den untersten Zweig des Ahornbaums herunter, genau über Janes Kopf. Das Männchen legte den Kopf zur Seite und schaute sie mit einem schwarzglänzenden Auge durchdringend an. »Jane!«

»Was ist?« fragte sie.

Das Weibchen hüpfte hoch und drehte sich in der Luft um, den Kopf nun dort, wo eben noch die Schwanzfedern waren, und beugte sich herunter. »Wir haben getan, worum du uns gebeten hast«, sagte es. »Wir haben Dennis und Mona nach Hawenneyugeh gebracht.«

»Danke«, sagte Jane. »Aber jetzt müßt ihr nach Hause. Ihr könnt in diesem Klima nicht überleben, und der Winter ist schon nahe.« Das Männchen rückte nervös auf dem Ast hin und her, und sie hörte, wie die Krallen in die Rinde kratzten. »Wir sind wegen dir gekommen.«

Die beiden Vögel schauten bewegungslos auf sie herab. Jane hatte das Gefühl einer kleinen, wachsenden Angst. »Muß ich jetzt auch sterben? So viele Menschen, die alle für nichts sterben.«

Das Weibchen ließ sich auf das Gras neben ihren Füßen herunter und drehte ruckartig mal die eine, mal die andere Seite des Kopfes zu ihr hin, erst das linke, dann wieder das rechte Auge. »Man stirbt nie für irgend etwas«, sagte es. »Es geht darum, was wir sind.«

»Was wir sind?«

»Hawenneyugeh, der Rechtshändige Zwilling, erschafft Menschen, Vögel, Bäume. Hanegoategeh, der Linkshändige Zwilling, bringt den Krebs, die Schrotpatronen, die Ulmenkrankheit. Für jede Maßnahme eine Gegenmaßnahme. Hawenneyu erschafft die Luft, Hanegoategeh peitscht sie hoch zum kalten Wind; Hawenneyu erschafft das Haus und das Feuer, Hanegoategeh läßt das Feuer das Haus verbrennen.«

»Seid ihr hier, um mir sagen, daß jetzt auch ich am Ende bin?«

»Um dich zu warnen. Willst du am Leben bleiben und die Luft atmen und das Wasser trinken, dann schau dich um und lausche. Nichts hat sich verändert seit dem Anfang der Welt. Alles, was du siehst und hörst, hat eine Bedeutung. Lern deinen Feind kennen.«

Sie sah die zwei Vögel direkt an. »Wer ist mein Feind?«

»Denk darüber nach, wie er vorgeht«, sagte das Weibchen.

»Er hat Menschen getötet«, sagte Jane. »Das ist überhaupt nichts Besonderes. Es ist nur grausam. Wie er zum Beispiel die beiden Deckers aufgeschlitzt hat ...«

»Ohne die geringste Spur eines kleinen Jungen zu hinterlassen, der einmal in dem Haus gewohnt hat«, sagte das Männchen.

»Und was ist mit Mona und Dennis?« fragte sie. »Er hat Leute angeheuert, die Dennis totschlugen und Mona das Treppenhaus hinunterwarfen.«

»Er hat abgewartet, bis du alles für das eine Gebäude vorbereitet hattest, und dann hat er den Fall in ein anderes Gebäude verlegen lassen. Und du mußtest zu einer neuen Stelle, wo ein Dutzend Männer auf dich wartete, und die Verhandlung war schon eröffnet.«

»Und was ist mit Alan Turner?« fragte das Weibchen.

»Was mit ihm ist?« fragte Jane.

»Wir wissen, wie du am Alarmsystem vorbei ins Haus und wieder herausgekommen bist. Wie hat er es gemacht?«

»Ich weiß nicht«, sagte Jane. »Ich denke, er hat geklingelt. Alan Turner hat ihn reingelassen. Sie müssen sich gekannt haben.«

»Du hörst nicht zu«, sagte das Weibchen. »Herein kommt jeder, wenn er an der Tür klingelt. Aber wie ist er, nachdem Turner tot war, wieder herausgekommen, ohne den Alarm auszulösen?«

»Wie?« fragte sie.

Jane wachte auf und hörte den Lärm vom Freeway herüber, der nur ein paar Querstraßen weiter lag. Vermutlich war es der Beginn des Berufsverkehrs, aber dann fiel ihr wieder ein, daß dieser Begriff in Los Angeles ohne Bedeutung war. Hier waren die Straßen jeden Tag, jede Stunde von Autos verstopft. Sie setzte sich auf und sah sich um, dann erhob sie sich und ging unter die Dusche.

Sie hatte nur wenig Schlaf gebraucht. Sie wußte noch immer den Namen des Mannes nicht, aber sie hatte etwas über ihn herausgefunden. Vielleicht war er ja wirklich in das Haus in Monterey hineingekommen, ohne den Alarm auszulösen, weil Turner ihn hereingelassen hatte. Aber um wieder hinauszukommen, nachdem er Turner umgebracht hatte, und das Alarmsystem eingeschaltet zu lassen, hatte er nur eine Möglichkeit: Er kannte den System-Code.

16

Ellery Robinson öffnete die Wohnungstür und sah mit einem ängstlichen Blick an Jane vorbei. »Komm rein«, sagte sie leise. »In diesem Viertel bleibt man nicht vor einem beleuchteten Eingang stehen.«

Jane trat ein und sah zu, wie die dünnen, harten Hände die Stahltür schlossen und den Riegel vorschoben.

»Ich habe auf dich gewartet«, sagte Ellery Robinson. »Ich wußte, du hast mich im Gefängnis gesehen, weil ich dich gesehen hatte. Wie hast du mich gefunden? Ich stehe nicht im Telefonbuch.«

»Ich war bei deiner früheren Wohnung und habe mich durchgefragt bis zu jemandem, der dich noch kennt. Du steckst wieder in Schwierigkeiten.«

»Keine große Sache. Mein Bewährungshelfer meint, ich habe eine unkooperative Einstellung, also hat er meinen letzten Besuch nicht aufgeschrieben.«

»Und so eine Einstellung hast du nicht?«

Ellery Robinson zuckte ihre dünnen Schultern. »Wenn eine Schwarze in das Alter kommt, wo die Männer nicht mehr an ihren großen Arsch denken, dann fällt ihnen ein, daß sie ihnen eigentlich noch nie gefallen hat.«

»Kannst du was dagegen tun?«

»Er hat sich als unzuverlässig herausgestellt, deshalb kommt wegen seiner Meldungen keiner mehr ins Gefängnis.«

»Dann muß er aber ziemlich unzuverlässig sein.«

»Ja. Als ich noch im Gefängnis war, habe ich gehört, daß man ihn in seinem Büro mit einer jungen Mexikanerin erwischt hat, die ihm einen blasen mußte. Er kriegte da immer, was er wollte, schon seit Jahren. Er brauchte nur ein bestimmtes Kästchen auf dem Formular anzukreuzen, und sie saßen wieder in ihrer Zelle, also taten sie ihm jeden Gefallen.«

»Und wer hat ihn aufgebracht?« Zum erstenmal lächelte Ellery Robinson ein wenig, und Jane erkannte die Ähnlichkeit mit der jungen Frau, die sie vor Jahren kennengelernt hatte. »Hätte jeder sein können. Alle wußten Bescheid.«

Jane sagte nichts, saß nur da und schaute sie an. Ellery Robinson war gealtert in den letzten elf Jahren, aber dabei hatte sie sich offenbar entwickelt und verfeinert. Sie hielt den schweigenden Blick eine Weile aus und sagte dann: »Und du? Geht's dir gut?«

»Ich kann mich nicht beschweren.«

»Du meinst, du kannst dich nicht bei mir beschweren, nicht wahr?« sagte Ellery Robinson. »Du findest, ich hätte damals mit euch kommen sollen.«

»Ich weiß nicht. Niemand kann sagen, was dann passiert wäre.«

»Du mußt mich nicht bedauern. Du weißt, ich habe mein Leben gehabt. Meine Schwester Clarice und ich, wir hatten unser Leben. Während ich im Gefängnis war, habe ich mich oft in die Sonne gesetzt, die Augen zugemacht und bin in Gedanken mit ihr und dem Baby den ganzen Tag spazierengegangen. Die Frauen im Gefängnis dachten, ich bin übergeschnappt, weil ich den ganzen Tag wie im Koma dasaß, aber ich war überhaupt nicht da. Ich habe in meinem Kopf gelebt.«

»Und es tut dir nicht leid?«

»Es tut mir leid, daß ich eine Mörderin bin. Es tut mir nicht leid, daß er getötet wurde. Er hat es verdient.«

Jane nickte. »Und jetzt? Kommst du zurecht?«

»Ich bin zufrieden. Ich weiß, was dich beschäftigt. Diese Frau im Gefängnis, stimmt's?«

»Mary Perkins?« sagte Jane. »Nein. Die ist jetzt weit weg.«

»Was dann?«

»Ich kenne Leute, die kriegen manches mit – im Gefängnis, bei den Bewährungshelfern oder so.«

»Manchmal.«

»Was weißt du über Intercontinental Security?«

Ellery Robinson verzog ihr klares, sorgenfreies Gesicht in Falten vor Ekel und Widerwillen. »Wenn du jemanden anheuern möchtest, dann such dir jemand anderen. Wenn sie dich suchen, dann laß dich nicht finden.«

»Sie sind scheinbar ganz groß im Geschäft.«

»Oh ja, die Firma ist riesig. Und alt, wie Pinkerton oder Brinks oder solche Unternehmen. Ich glaube, früher haben sie Frachtzüge bewacht und Banken und so. Soweit ich weiß, tun sie das immer noch; ich bin kein Aktionär von denen.«

»Hast du mal etwas gehört von Einbrüchen in Räumen, die sie eigentlich bewachen sollen – daß sie ihre eigenen Sicherheitssysteme überlisten oder so was Ähnliches?«

»Nein. Ich höre meistens nur, daß sie Leute jagen.«

»Was für Leute?«

»Das Übliche. Zahlungsunwillige Väter, offene Haftbefehle, gesuchte Zeugen, ausgebrochene Sträflinge. Jemand haut nach einer Kaution ab, und der Bürge ist dran. Ein kleiner Angestellter nimmt ein bißchen Geld aus der Kasse und versteckt sich. Die Polizei gibt sich keine große Mühe bei der Suche, also beauftragt jemand die Intercontinental.«

»Was machen sie anders?«

»Die Leute, die sie dann anbringen, scheinen ziemlich oft zu stürzen. Haben mal einen Arm gebrochen, mal ein Bein. Manchmal sehen sie im Gesicht nicht mehr so gut aus.«

»Sie sind eine alte Firma. Hatten sie schon immer diesen Ruf?«

Ellery Robinson hob die Schultern. »Ich habe nicht immer schon Leute gekannt, die gejagt wurden. Und dann war ich ja für ein paar Jahre aus dem Verkehr. Erst seit ich zurück bin, höre ich solche Sachen.«

»Von wem hörst du sie? Kannst du mich zu einem von ihnen bringen?«

Die kleine Frau lehnte sich auf ihrer abgesessenen Couch zurück und blickte einen langen Moment hinauf zur Decke. Sie schien dort oben nach Namen und Adressen zu suchen, und Jane konnte sehen, daß sie einige gleich wieder verwarf, aus Gründen, die sie nicht verraten würde.

Der junge Mann stand neben einem Auto im Dunkeln. Er war groß und kräftig gebaut, mit einer Jacke, die für dieses Wetter zu warm war, und ausgebeulten, blauen Hosen. Jane sah, daß er genau unter einer Straßenlaterne stand, aber die Lampe war nur noch ein gezackter, ausgebrochener Glaskörper.

Ellery Robinson folgte der Richtung ihres Blickes. »Die Straßen-Dealer jagen sie nachts immer zum Teufel, und am Tag werden sie von der Stadt wieder ersetzt. Jeder kommt auf seine Kosten.« Sie blieb stehen und faßte Jane am Arm. Der junge Mann beobachtete drei oder vier Sekunden lang die Straße in jeder Richtung. Offenbar zufrieden mit dem, was er sah, ging er vom Wagen weg und über den Gehweg auf den Rasen vor dem Haus.

Ellery Robinson hob den Kopf und sagte zu ihm: »Das ist die Frau.« Dann wandte sie sich Jane zu. »Er wird dir nichts tun.« Dann drehte sie sich um und ging über die ungepflasterte Auffahrt vor dem Gebäude in ihr Apartment zurück.

Jane sah ihn an. »Danke, daß Sie gekommen sind.«

Der junge Mann fing zu gehen an, und sie ging an seiner Seite. »Man muß in Bewegung bleiben, sonst fällt es noch irgendwem auf, daß man sich nicht um seine Angelegenheiten kümmert.«

»In Ordnung.«

»Sie sagten, Sie wollten etwas über Intercontinental erfahren.«

»Ja«, sagte Jane. Sie wartete auf die logische nächste Frage, aber es kam keine. Er war wohl der Meinung, es ging ihn nichts an, warum sie etwas wissen wollte, genau so wie Ellery Robinson es vermieden hatte, die beiden einander mit Namen vorzustellen.

Er sagte: »Ich habe mal für die gearbeitet.«

»Wie lange?«

»Zwei Wochen ungefähr.« Die nächste Frage nahm er gleich vorweg: »Im Oktober. Sie haben Stellenanzeigen verteilt in diesem Stadtteil. Sie haben Wachpersonal für zwei große Ladengalerien während der Weihnachtstage gesucht. Wissen Sie, sie wollten auf der Crenshaw keine weißen Jungs in Uniform vor einem Geschäft. Die hätten sich zu leicht verletzen können.«

»Was war dann?«

»Sie machten mich erst mal zum Trainee. Das heißt, sie mußten keine richtigen Löhne bezahlen. Sie haben mich mit einem Lügendetektor getestet, dann ein paar Tage Unterricht, und dann war ich soweit. Ich habe eineinhalb Wochen in den Ladengalerien gearbeitet.«

»Warum haben sie Sie rausgeworfen?«

Sekundenlang traf der Blick des jungen Mannes ihr Gesicht, dann schaute er wieder geradeaus. »Sicherheitsüberprüfung. Meine Vorstrafen kamen raus. Hatte keinen Bürgen.«

»Was haben Sie herausgefunden, bevor Sie wieder draußen waren?«

»Jetzt glauben Sie mir nicht mehr, oder?« fragte er. »Ich bin vorbestraft, und ich bin ein verärgerter ehemaliger Angestellter.«

Jane blickte hoch in den Nachthimmel, dann die Wand des Mietshauses entlang. »Es ist eine ziemlich kühle, feuchtkalte Nacht für Los Angeles. Wahrscheinlich regnet es bald, jedenfalls hat man so das Gefühl. Und ob Sie es glauben oder nicht, aber in diesem Teil der Stadt bin ich so gut wie nie nach Mitternacht, egal wie das Wetter ist.«

»Das glaube ich«, sagte er.

»Wenn ich annähme, daß Sie lügen, dann wäre es ganz schön blöd von mir, jetzt hier rumzulaufen, nicht wahr?«

»Stimmt.«

»Dann erzählen Sie mir, wie es war.«

»Sie suchen junge Männer, hochmotiviert, und dann bringen sie ihnen alles bei, was sie brauchen, um erfolgreich zu sein. Genau wie die Armee. Da haben sie dann einen, der reinkommt und einem erklärt, wie ein Ladendieb vorgeht, damit man dann weiß, auf was man achten muß.«

»Hat er es gut gemacht?«

»Fast alle in dem Klassenzimmer konnten das klar beurteilen, aber ich war keiner von ihnen. Ich glaube trotzdem, er hat es ganz ordentlich gemacht, weil sie ihm schweigend zugehört haben. Wahrscheinlich haben sie da ein paar neue Tricks für die Nachsaison gelernt.«

»Was man braucht, um erfolgreich zu sein. Können Sie etwas über diesen Mann sagen? Wie hieß er?«

»Er hieß Farrell. Schon irgendwie älter, mit grauen Haaren, stoppelig wie eine Bürste, und glänzenden Schuhen, wie abgeleckt. Sie nannten ihn den Ausbilder. Erst hat er uns erzählt, wie wir die Ladendiebe erkennen, und dann, was wir mit ihnen machen sollen.«

»Sie nach hinten bringen und den Geschäftsführer holen?«

»Ja schon«, sagte er. »Er hat uns erklärt, daß das System nicht funktioniert. Sie kriegen einen Termin bei Gericht, und einen Tag später sind sie wieder da, um noch mehr zu holen. Also bringt der Filialleiter sie irgendwohin und macht ihnen angst.«

»Wie sehr?«

»Farrell sagt, das fällt unter Eigeninitiative. Die Firma bewertet ihre Filialleiter nur nach dem Geschäftsergebnis.«

»Und was ist das Ergebnis?«

»Er sagt, es gibt drei Sorten Diebe: die einen brauchen es gar nicht und machen es nur zum Spaß, die zweiten sind die in einer Gang, die das Zeug verkaufen, und die dritten sind die Junkies. Man kriegt sie nie so weit, daß sie aufhören, aber wenigstens so weit, daß sie das nächste Mal in einen anderen Laden gehen.«

»Haben Sie so was mal gesehen?«

»Einmal. Da haben sie eine Frau mit einer Tasche erwischt, und in der Tasche war eine große Schachtel mit einer Klappe unten dran, und da hat sie alles reingestopft. Der Filialleiter verschwand eine Weile mit ihr nach hinten, und dann hat er sie an der Laderampe rausgeworfen. Sie ist nur noch weggerannt.«

»Davon habe ich schon mal gehört. Manche Geschäfte machen so was auch ganz allein. Was haben Sie noch gesehen?«

»In der Woche danach kam die Überprüfung an, und ich war draußen. Ich habe meine Arbeitskleidung abgegeben und bin nach Hause gegangen. Zwei Tage später kriege ich einen Anruf. Farrell ist am Apparat. Er sagt, es tut ihm leid, was da passiert ist, aber vielleicht kann er was für mich tun. Ich sei motiviert, ich hätte Initiative und keine Angst, das Nötige zu tun. Er sagt, ab und zu gibt es einen Job auch für solche, die bei der Sicherheitsüberprüfung durchfallen. Ich könnte weiter für Intercontinental arbeiten, aber sie würden mich bar bezahlen. Eine Art Geheimagentenjob, und es springt auch mehr dabei raus.«

»Hat er gesagt, was Sie da tun sollten?«

»Sehen Sie, ich bin einundzwanzig. Hatte noch nie einen Job, weil ich dauernd diese fünfseitige Kripo-Akte mit mir rumschleppe. Zwei Verurteilungen. Schwere Körperverletzung – drei Jahre in einem Jugendlager. Gefährliche Körperverletzung mit einer tödlichen Waffe – noch mal drei Jahre in Soledad. Ich glaube, er hat einen Gehirnchirurgen gebraucht.«

»Sie sagten, in Ihrer Klasse waren viele andere, die genau dieselben Schwierigkeiten hatten. Hat außer Ihnen noch jemand so ein Angebot bekommen?«

»Weiß ich nicht.«

»Und was haben Sie ihm gesagt?«

Sie hatten das Ende des Häuserblocks erreicht. Er ging bis zur Kante des Gehsteigs und schaute vorsichtig die Straße entlang in beiden Richtungen, bevor er aus dem Schutz der hohen Gebäude heraustrat. »Ich habe Ihnen doch schon gesagt, daß ich keinen Job kriegen konnte.«

»Also haben Sie mitgemacht.«

»Ich mußte dann in ein anderes Büro zu ihm. Nicht in das große Haus, wo sie die Leute anheuern und trainieren. Sondern draußen in Van Nuys. Da hingen so acht oder zehn Kerle rum – Weiße, Schwarze, ein paar Mexikaner. Alle toll angezogen, aber keiner hatte wirklich was zu tun. An der Tür stand ›Enterprise Development‹.«

Jane erinnerte sich an die Männer im Gericht. Sie hatten alle einen Anzug und sportliche Mäntel getragen, und keiner von ihnen hatte irgend etwas an sich, das ihn mit Intercontinental Security in Zusammenhang brachte. »Wo in Van Nuys?«

»Die genaue Adresse ist 5122, Van Nuys Boulevard. Hohes Haus, kleines Büro.«

»Und was machten Sie da?«

»Irgendwann ist Farrell gekommen und hat mit mir geredet.«

»Was hat er Ihnen gesagt?«

»So ziemlich das, was jeder erzählt, wenn man eine Arbeit für ihn machen soll, für die er bar auf die Hand bezahlt. Wenn etwas schiefgeht, dann schieben sie einem das Geld für die Kaution rüber, aber nur ein falsches Wort, und du stehst allein da, und die anderen sind eine ganze Bande.«

»Und er hat Ihnen immer noch nicht gesagt, wofür er Sie haben wollte?«

»Doch, hat er«, sagte der junge Mann. »Zum Jagen.«

»Was?«

»Das hat er gesagt. Es funktioniert so: Die Firma hat eine Liste von Leuten, die sie sucht. Die Firma tut alles, was gesetzlich erlaubt ist, um sie zu finden. Alles absolut sauber. Eine Firma mit Büros in fünfzig verschiedenen Städten und mit einer Menge Leute auf der Gehaltsliste. Aber dann gibt es manchmal Fälle, die sind nicht offiziell. Wenn einer zum Beispiel verschwindet und gleichzeitig verschwindet ein neuer Computerchip oder ein berühmtes Gemälde oder so was. Die Firma erfährt davon, sie wissen genau, daß er das Zeug hat oder es zu Geld gemacht hat. Er hat es irgendwie geschafft.«

»Und dann jagen sie ihn.«

»Ja. Ansonsten hat er nur noch von dem Obermacker geredet.«

»Was denn?«

»Na, wie er das alles managt. Er hat vor ein paar Jahren in Los Angeles für die Firma gearbeitet, und da hat er das Ganze aufgebaut. Er kommt aus den Wäldern, irgendwo weit oben im Norden, und er ist ein echter Spürhund. Er denkt wie ein Jagdhund. Wenn er einmal Witterung aufgenommen hat, dann gibt er nicht mehr auf. Farrell hat gesagt, früher war er ganz allein hinter Killern her, bloß so aus Spaß. Das gibt ihm den Kick.«

»Wann?«

»Wann was?«

»Wann war er hinter den Killern her?«

»Vorher. Als er noch bei der Polizei war.«

Jane spürte eine wachsende Anspannung. »Wie heißt er?«

»Bärenklaue.«

Es kam nicht gerade überraschend, und doch traf es sie wie ein elektrischer Schlag. »Nicht Barraclough?«

»B – A – R – ... irgend so was. Er ist ...«

»Ich habe von ihm gehört«, unterbrach ihn Jane. Sie versuchte die Gedanken zu ordnen, die sich ihr alle gleichzeitig aufdrängten. Fast konnte sie Danny Mittgang vor sich sehen, acht oder neun Jahre war das nun her, als sie ihn fragte, warum er auf der Flucht war. Er sagte nicht, daß ihn die Polizei von Los Angeles als Hauptzeugen suchte; er nannte nur den Namen »Barraclough«. Er fing zu schwitzen an und schnappte nach Luft. Der Name war damals in gewissen Kreisen schon so bekannt, daß er annahm, er sagte ihr nichts Neues.

Danach hatte sie den Namen noch oft gehört, und jedesmal war an der Geschichte etwas faul. Da mußte sich einer verstecken, und seine Freunde, die sich bei der ersten polizeilichen Vernehmung geweigert hatten, ihn zu verraten, erzählten plötzlich Barraclough alles. Ein Mann im mittleren Alter, ein Fall von Wirtschaftskriminalität, vergaß seltsamerweise, daß keine Beweise gegen ihn vorlagen, und singt bei Barraclough plötzlich wie ein Vögelchen. Barraclough arbeitete mit Informationen, die nur von einem abgehörten Telefon kommen konnten, aber solche Informationen waren nicht gerichtsverwertbar. Sie hatte seinen Namen gespeichert, wie auch die Namen einiger anderer Polizisten, die so gut wie nichts ausließen, wenn sie einen Verdächtigen finden wollten. Aber zwischen denen und Barraclough gab es einen Unterschied: Wer diesen Namen aussprach, hatte immer Angst.

Jane versuchte sich zu konzentrieren. Ein zweites Gespräch mit diesem jungen Mann war ziemlich unwahrscheinlich. »Wie sind Sie aus dem Job wieder rausgekommen?«

»Kein Problem. Ich habe Farrell gesagt, ich will da gar nicht erst rein.«

»Warum nicht?«

»Ich konnte ihn nicht leiden.«

»Den Job, Sie konnten den Job nicht leiden, stimmt's? Den ersten, den er Ihnen gab.«

Der junge Mann zuckte die Schultern. »Ellery hat gesagt, Sie interessieren sich vielleicht für das Foto, das man mir damals gegeben hat, und ich habe Ihnen gesagt, daß ich arbeitslos bin.«

Jane hielt ihm die offene Hand hin. Darin lagen zwei frische grüne Scheine, die sie zusammengerollt zwischen den Fingern getragen hatte, seit sie ihn im Halbschatten getroffen hatte. Sie rollte sie so weit auf, daß er die Zahl Hundert in den Ecken sehen konnte.

Er griff in die Innentasche seiner Jacke und zog ein Foto heraus. Er gab es ihr, und dann nahm er mit einer sanften Bewegung die zwei Scheine aus ihrer Hand.

Jane hielt das Foto hoch in das schwache Licht einer weit entfernten Straßenlampe. Sie war ungeduldig, sie wollte wissen, ob es eines der Weihnachtsfotos war, die die Deckers der Großmutter geschickt hatten, oder eines der Familienbilder, die die Killer aus dem Haus in Washington mitgenommen hatten. Sie konnte einen hellen Streifen sehen, einen blonden Haarschopf, und hielt das Foto noch höher, um ganz sicher zu sein. Es war überhaupt kein Foto von Timmy: Es war Mary Perkins.

17

Mary Perkins hatte ihren ersten Monat in Ann Arbor fast nur damit verbracht, mehr über Donna Kester herauszubringen. Sie stellte fest, daß Donna die Wohnung, die Jane für sie angemietet hatte, unbehaglich fand. Das lag eigentlich nicht an Jane Whitefield, obwohl Mary Perkins versucht war, ihr für jede noch so kleine Lästigkeit die Schuld in die Schuhe zu schieben. Sie hatte angenommen, Donna fände die langen, geraden Linien dieses modernen Wohnblocks schön. Er erinnerte Mary anfangs an die Hotels, die sie die meiste Zeit ihres Erwachsenenlebens bewohnt hatte.

Als dann aber der Winter kam, schien ihr das Gebäude schlecht gebaut und so zugig, daß sie dachte, die Maurer hätten irgendwo unentdeckbare Ritzen stehengelassen. Der Gymnastikraum, den die Mieter gemeinsam benutzten, war ein großer Kasten mit einer Glaswand, und darin präsentierten Frauen, die erheblich jünger waren als Mary, die Ergebnisse zahlreicher Übungsabende jungen Männern, die jedoch mit dem Stemmen gewaltiger Eisenteile zu beschäftigt waren, um das Angebot wahrzunehmen. So ziemlich dasselbe war im noch weit entfernten Sommer am Swimmingpool hinter dem Haus zu erwarten, und das ohne jede Chance, die etwaigen

Rundungen in einer gutsitzenden Strumpfhose zu verstecken. Und der über die Plastikabdeckung hingewehte schmutzige Schnee verstärkte noch ihren Eindruck, daß so etwas wie ein Sommer überhaupt niemals anbrechen würde.

Nach solchen Erwägungen kam Donna Kester zu dem Ergebnis, daß diese Wohnung nicht zu ihr paßte. Sie zog um und mietete eine andere, die näher an der Universität lag. Sie bewohnte jetzt den oberen Stock eines Hauses aus den zwanziger Jahren. Das Haus war ähnlich dem ihrer Kindheit in Memphis, mit viel Holz, das mit der Zeit nachgedunkelt war, an Stellen, wo man heutzutage gar kein Holz mehr verlegte, und mit einem dicken Teppich auf der Treppe, der das Knacken der Stufen dämpfte und an den Rändern sauberer war als in der Mitte.

Ihre Wohnung bestand aus einer hübschen, kleinen Küche und einem Schlafzimmer mit einem Messingbett, das zwar keine Imitation war, aber auch nicht edel genug für eine wirkliche Antiquität. Der Wandschrank war klein, aber ausreichend für eine Garderobe, die Donna Kester sich wahrscheinlich zulegen würde. Im Wohnzimmer standen eine abgesessene Couch und ein bequemer Lehnstuhl, präzise wie von einem Landvermesser ausgerichtet, auf einem zwanzig Jahre alten Fernseher, der nur zwei Sender hereinbekam, die sie kaum auseinanderhalten konnte. Aber beide Sender brachten einen Wetterbericht mit ganz ordentlichen Vorhersagen, und das war schließlich alles, was sie von ihnen verlangte, denn damit wußte sie, was sie anziehen sollte, wenn sie auf Jobsuche ging.

Mary fühlte sich als Donna Kester erheblich wohler, sobald sie in diese Altbauwohnung eingezogen war. Ohne Mühe beschwichtigte sie die Neugier des Vermieters durch die unbestimmte Andeutung einer Scheidung. Wenn jemand sich also künftig weitere Fragen überlegte, etwa zu ihrem kurzen beruflichen Werdegang oder der dünnen Akte bei der Bank, dann konnte sie die Sensible spielen, die darüber nicht gern redet. So beschäftigten sich Neugierige mit der erwähnten Scheidung, bis sie von selbst auf eine befriedigende Antwort kamen. Gelegentlich schien es, als hätte Donna Kester dieselbe Menschenkenntnis wie Mary Perkins, nur hatte Donna nicht so teuer dafür bezahlt.

Donna betrat die untere Diele, steckte ihren neuen Schal in den Ärmel des großen Daunenmantels, stopfte die neuen Handschuhe in die Taschen und hängte den Mantel an den Haken. Sie setzte sich auf die Stufen, um ihre Stiefel auszuziehen, und spürte deprimiert, wie sich ihre Hosen mit dem aufgetauten Schnee von ihrem letzten Ausgang vollsogen. Schnell stand sie auf, stellte die Stiefel auf den Fußabstreifer und ging auf Socken zur Wohnungstür hinauf. Sie fühlte sich ungerecht behandelt. Sie hatte gedacht, sie wüßte allmählich, daß Schneereste manchmal auf Stufen liegenbleiben. Der Teppich hätte trocknen können, wenn man im Treppenhaus nahe der Wohnungstür eine ordentliche Heizung installiert hätte.

Wenn die Wohnung ihr gehörte, dann würde sie aber todsicher am nächsten Tag einen Handwerker hier haben. Sie würde gleich neben der Haustür eine große, alte, bronzene Warmluftklappe einbauen lassen, wo ein Hauch heißer Luft jeden, sobald er hereinkam, umarmte, und wo man Mantel und Stiefel rösten lassen konnte, bis man wieder ausging. In ihrer Phantasie malte sie sich aus, den Monahans im Erdgeschoß das ganze Haus abzukaufen und den Installateur anzurufen, bevor die Tinte auf dem Kaufvertrag trocken war.

Sie griff in die Handtasche und nahm ihren Schlüssel in die Hand. Sofort fühlte sie sich besser. Es war einer dieser altmodischen Schlüssel, ein zehn Zentimeter langer Schaft mit ovalem Griffring und einem richtigen Bart. Er sah aus wie der Schlüssel zu einer Burg, er gab ihr ein Gefühl der Sicherheit. Das Gefühl war wohl berechtigt. Das Schloß in der dicken, soliden Tür hatte etwa die Größe von einem Stoß Spielkarten, mit großen Zapfen und Federn aus Stahl, die einrasteten wie eine Falle, wenn sie die Tür zusperrte. Man sah ihm an, daß es schon seit langem an seinem Platz war. Wenn es hier einen Einbruch gegeben hätte, dann hätten die Besitzer es sicher ausgewechselt.

Sie kam oben an, ergriff den Türknopf aus vergilbtem Porzellan, steckte den Schlüssel ins Schloß und spürte, wie die Tür von allein aufging. Alle Lichter waren an. Sie drehte sich um und fing an, so schnell und so leise wie möglich die Treppe hinunterzugehen, aber sie wußte auch, daß sie dabei viel zuviel Lärm machte, ja schon vorher gemacht hatte, als sie durch die Haustür und die Stufen heraufkam, also lehnte sie sich gegen das Geländer und nahm im Sprung so viele Stufen auf einmal, wie sie konnte, und landete mit einem dumpfen Aufprall auf dem nächsten Treppenabsatz.

Sie ärgerte sich schwarz über ihre eigene Dummheit. Als sie den naßkalten Fleck auf dem Teppich gespürt hatte, hätte sie bereits wissen müssen, daß jemand hier gewesen war. Das war nicht bloß ein sanfter Hinweis, das war ein in ihren Hintern gebranntes Warnsignal. Jetzt bereute sie alles: daß sie aus dem weitläufigen, lauten, belebten Apartmentblock ausgezogen und hier in dieses alte Haus gekommen war, wo ihre Verfolger nicht mal nachdenken mußten, wie sie sie allein anträfen, weil sie hier immer allein war; daß sie überhaupt eine andere Wohnung gemietet hatte mit einem exakt verdoppelten Risiko, weil sie ja ihre falschen Papiere zweimal vorzeigen mußte; daß sie wie ein kleines Kind auf Schlösser und große Schlüssel vertraut hatte – schlimmer noch, sich wie ein Kind versteckt hatte, nicht indem sie sich verkroch, sondern indem sie sich die Augen mit den Händen zuhielt.

Sie kam unten an und machte sich schmerzlich klar, daß sie jetzt vernünftigerweise durch die Haustür in den Schnee hinausrasen mußte, ohne sich lange wegen ihrer Stiefel aufzuhalten. In diesem Augenblick hörte sie die sanfte Stimme.

»Ich bin's«, sagte Jane Whitefield. »Rennen Sie nicht weg. Ich bin's nur.«

Mary blieb mit dem Gesicht vor der Haustür stehen. Sie drehte sich um und schaute nach oben. Sie erkannte die Silhouette der großen, schlanken Frau vor dem schwach beleuchteten Türrahmen im ersten Stock. Die dunkle Erscheinung war wie ein tiefer Schatten, und eine Sekunde lang kroch ein Rest von Angst in ihr hoch und lähmte ihr fast die Lunge. Dann öffnete die Frau die Wohnungstür und sagte mit derselben ruhigen Stimme: »Tut mir leid, wenn ich Sie erschreckt habe.«

Mary stieg die Treppe wieder hinauf, bewußt langsam, damit ihr schnell schlagendes Herz wieder zur Ruhe kam. Der Klang der Stimme von oben war die Einladung zu einem Komplott. Wenn jemand erschrak, hob es ihn drei Zentimter hoch, und er machte »Oh!«. Er sprang nicht mit einem Satz vierundzwanzig Treppenstufen herunter und lief auf nassen Socken in den Schnee. So etwas taten Menschen, die panische Angst hatten und um ihr Leben rannten. Wir übergehen deine Feigheit, wir reden nicht weiter davon, wir geben ihr einen anderen Namen. Das war es, was Jane gesagt hatte. Aber nein, es war noch viel schlimmer. Sie wußte ja, daß es nicht bloße Feigheit war. Es war die einzig richtige Reaktion für eine Frau, die sich so schuldig gemacht hatte, daß jeder unerwartete Besucher vermutlich nur deshalb kam, um sie sich zu schnappen. Das war es, wovon Jane nicht weiter reden wollte.

Mary erreichte den oberen Treppenabsatz und ging ins Wohnzimmer. Sie sah sich nach Jane um, konnte sie aber weder sehen noch hören, und dabei fiel ihr wieder ein, wie seltsam diese Frau war und wie sehr sie sie immer schon irritiert hatte. Es war diese aufrechte Lautlosigkeit, die anderen Menschen das Gefühl gab, sie redeten zu viel, ohne eine Antwort zu bekommen, so als schütteten sie ihr ganzes Gehirn in ein tiefes, schwarzes Loch, in dem das alles nicht einmal viel zählte. Diese Frau schwebte raus und rein, als wäre sie eine Schwanenkönigin, und es machte ihr überhaupt nichts aus, wenn jemand in ihrer Nähe annahm, sie fände ihn klein und blöd, sein Gesicht teigig und seine Stimme zu laut.

Mary hörte das Geräusch des Teekessels, der auf dem Herd Dampf abließ; das Geräusch verstummte, also mußte Jane in der Küche sein. Sie spürte, wie sich ihr Nacken und die Schultern verspannten. Das war ihre Wohnung, und es war wie eine tiefe Kränkung, daß da eine andere Frau herumging und die Schränke durchwühlte. Es mißfiel ihr zutiefst, dieser Frau so viel zu verdanken, daß sie das alles wortlos ertragen mußte.

Mary ging auf ihre Küche zu, da kam ihr Jane entgegen, hatte das Tablett mit den Teetassen in der Hand und fing auch schon zu sprechen an. »Es tut mir wirklich leid, daß ich auf diese Weise hereinkommen mußte. Ich würde mich selber ärgern, wenn es jemand bei mir so machen würde, aber es schien mir das Vernünftigste. Erstens kenne ich Sie nicht so gut, um vorher zu wissen, ob Sie sich inzwischen vielleicht einen Revolver besorgt haben. Zeit genug hatten Sie ja dafür.«

Mary spürte, wie sich bei diesen Worten auch noch der letzte Rest ihres Selbstvertrauens auflöste wie ein Zuckerwürfel im Regen. Jetzt hatte sie einen ganzen Monat hier gelebt, und niemals war es ihr eingefallen, sich das offenkundigste Instrument für ihren Schutz zu beschaffen. Wie sie sich in einer solchen Frage entschieden hätte, war nicht von vornherein ausgemacht, aber das half ihr nicht weiter; sie hatte nicht einmal so weit gedacht, daß sie die Idee hätte verwerfen können, und das machte ihr fast noch mehr angst.

Aber Jane sprach längst weiter, Mary hatte nur nicht zugehört.

»... natürlich nicht, daß Sie mir den Schädel wegblasen, und ich dachte mir, wenn Ihr Vermieter hört, daß eine Frau die Treppe raufgeht, denkt er wahrscheinlich, Sie sind das. Ich habe aufgepaßt, daß ich Ihnen keinen Ärger mache mit meinem Kommen. Niemand ist mir gefolgt, und niemand hatte überhaupt eine Chance, mich vor dem Haus warten zu sehen. Als ich Sie auf dem Gehweg sah, habe ich Tee gemacht.« Sie hielt Mary eine Tasse hin.

Mary roch kurz daran und sagte: »Das ist ein anderer Tee.«

»Ich hab' ihn in Los Angeles gekauft«, sagte Jane. »Er ist mit Brombeerblättern gemischt. Ich habe eine Schwäche für solchen Unsinn.«

Mary nahm einen Schluck. Immerhin war diese Frau nicht hereingekommen, um ihre Schubladen nach Wertsachen zu durchsuchen. Sie konnte den Teekessel und das heiße Wasser sehen. Sie gab dem Drang nicht nach. Was immer diese Frau von ihr wollte, sie würde es nicht einfach dadurch kriegen, daß sie einen Teebeutel in eine Tasse Wasser hängte. Mary lächelte. »Ich auch.«

Das Lächeln war wie von einer Katze, die schnurrend ihr Fell am Fuß eines Menschen reibt. Jane sah, daß dieses Lächeln nicht einfach nur vor dem Spiegel geprobt war. Es hatte jene graziöse Leichtigkeit, die von Katzen so gekonnt eingesetzt wird, wenn sie etwas Bestimmtes wollen. Sie blickte sich um. »Eine hübsche Wohnung.«

Mary erwartete geradezu, daß sie etwas Verlogenes über die Möblierung sagte.

»Sie haben alles richtig gemacht«, sagte Jane. »Falls jemand den langen Weg über die Treppe heraufkommt, wird er es nicht leicht haben, wenn Sie ihn wirklich aufhalten wollen.

Von außen kommt es jedem wie ein Einfamilienhaus vor, also sucht hier niemand einen Ortsfremden. Das ist das Wesentliche. Nicht, was Sie tun, wenn sie Sie finden, sondern daß Sie da sind, wo sie Sie nicht suchen.«

»Wie haben Sie mich gefunden? Oder haben Sie mich die ganze Zeit beobachtet?«

»Warum sollte ich?«

»Ich weiß nicht. Um zu wissen, was ich so mache.« Es fiel ihr auf, daß sie damit eigentlich gar nichts gesagt hatte. Sie nahm sich vor, den Fehler nicht noch einmal zu begehen. »Um zu sehen, ob ich so gut bin, daß ich überhaupt eine Chance habe.«

Jane sagte: »Nein, ich spiele keine Spielchen.«

»Dann haben Sie jetzt eine andere Meinung von mir.« Übrigens ohne jeden Grund, dachte sich Mary.

»Auch hier: nein«, sagte Jane. »Ich habe erwartet, daß Sie so gut sind.«

Mary war müde. Sie hatte den Tag damit vertan, mehrere Personalchefs zu einem Test, einer Demonstration ihrer Fähigkeiten zu überreden, dabei wollten sie alle nur Referenzen sehen. Dann wollte sie sie dazu bringen, sich doch für sie zu entscheiden, weil sie sich gebildet auszudrücken verstand und versprach, die verlangten Zeugnisse zu beschaffen. Schließlich hatte sie um einen Neuanfang gebeten, weil sie doch so liebenswürdig, gepflegt und arbeitswillig war. Und jetzt saß sie auf ihrem nassen Hosenboden. »Ich will versuchen, offen mit Ihnen zu sein«, sagte sie. »Sie haben mir geholfen, und ich bin Ihnen dankbar dafür. Dann sind Sie einfach abgehauen. Ziemlich rätselhafterweise, sollte ich hinzufügen. Jetzt sind Sie wieder da. Sie sagen mir, ich war ganz gut im Versteckspielen, aber das ist es ja gerade. Sie haben mich anscheinend ohne weiteres gefunden, mühelos mein Türschloß aufgekriegt, kommen hier herein und machen sich eine Tasse Tee. Ich glaube Ihnen, daß Sie das besser können als ich, damit habe ich kein Problem, aber jetzt bin ich nicht bloß fassungslos: Ich habe Todesangst. Also was wollen Sie eigentlich?«

Jane stellte ihre Tasse ab. »Sie brauchen keine solche Angst zu haben. Ich habe Sie gefunden, weil ich wußte, wo ich Sie suchen muß. Wenn Sie dumm wären, dann wären Sie von Ann

Arbor weggegangen, hätten sich wieder in Flughäfen und Hotelhallen gesetzt und wären garantiert irgendwann da angekommen, wo sie nach Ihnen suchen. Ich wußte, daß Sie nicht dumm sind, also war ich ziemlich sicher, Sie sind noch in dieser Stadt. Und was tun Sie da wohl? Wenn Sie aufhören wollten zu leben, dann hätten Sie sich nicht von hier fortbewegt, Sie hätten einfach nichts getan. Man kann tatsächlich in einem Zimmer, wenn es das richtige ist und verschlossen, sitzen bleiben und nie gefunden werden, wenn man genug Geld für die Miete hat. Ich dachte mir aber, für so etwas sind Sie viel zu lebhaft, also habe ich die Job-Routine ausprobiert.«

»Was ist das, die Job-Routine?« fragte Mary.

»Ich wußte, Sie sind vernünftig genug, sich zu sagen, daß Sie mit der Zeit immer besser werden bei dem, was Sie mit einer falschen Identität machen, denn nach einer Weile ist sie gar nicht mehr so falsch. Sie sind hier nicht die einzige Frau, deren Unterlagen nur ein paar Jahre zurückreichen. Nicht lange, und man muß schon ganz schön graben, um herauszufinden, ob Sie eine komplette Neukonstruktion sind oder nur die üblichen Wechselfälle des Lebens durchgemacht haben: ein paar Heiraten mit jedesmal einem anderen Namen, ein paar Umzüge von einem Staat in einen anderen, ein Karriereknick oder zwei. Nachdem ich die Möglichkeiten ausgeschlossen hatte, Sie seien weggezogen oder lägen im Koma, war mir klar, Sie würden sich um einen Job bewerben. Es gibt nichts Besseres, wenn man ein neues Leben anfangen will.«

»Und das war alles?«

»Der größte und verläßlichste Arbeitgeber in Ann Arbor ist die Universität. Ich habe das Personalbüro angerufen und ihnen erzählt, ich säße in der Fakultätsverwaltung und suchte jemanden für die Buchhaltung und andere Büroarbeiten bei einem gut dotierten Forschungsauftrag der medizinischen Fakultät.«

»Warum gerade so was und nicht was anderes?«

»Die Angestellten der Fakultät werden nicht durch das Personalbüro der Universität eingestellt, sondern von der Fakultät direkt, also würden sie kaum nach meiner Personalakte suchen und sie nicht finden. Außerdem sind die medizinischen Fakultäten halbautonom, deshalb konnte ich leicht ein Insiderwissen vortäuschen, ohne zu wissen, wie sie funktionieren. Ich habe darum gebeten, mir die Durchschläge aller Bewerbungen mit Buchhaltungskenntnissen zu schicken, da ich annahm, das sei genau Ihre starke Seite. Ich habe gefragt, wie lange es dauern könnte, sie in mein Büro zu bringen. Man sagte mir, einen oder zwei Tage, und ich habe vorgeschlagen, gleich selber rüberzukommen und sie abzuholen. Auf diese Weise brauchte ich nicht einmal ein Büro.«

»Und diese Adresse haben Sie dann in meiner Bewerbung gefunden. Mein Gott, ist das leicht!«

»So leicht auch wieder nicht«, sagte Jane. »Niemand weiß, was ich weiß: Ihren neuen Namen, die Stadt und wo Sie sich im Notfall um einen Job bewerben könnten.« Sie sah Mary über den Rand ihrer Tasse genau in die Augen. »Nicht einmal Barraclough.«

Mary spürte, wie ihr Rücken steif wurde. Sie überlegte sich die möglichen Reaktionen. Sie konnte so tun, als hätte sie der Name nicht weiter beeindruckt, und später auf eine günstige Gelegenheit warten, um unauffällig zu verschwinden. Sie konnte irgendeinen Aufruhr veranstalten, Jane ihre Teetasse ins Gesicht werfen und losrennen. Aber selbst wenn sie es bis zur Tür schaffte und hinauskam, ging schon der nächste Schritt unweigerlich zurück zu dem Namen und den Papieren, die Jane ihr gegeben hatte. Sie war nicht vorbereitet. Sie hätte sich vorbereiten müssen. »Woher kennen Sie den Namen? Von mir haben Sie ihn nicht.«

»Und warum nicht?« fragte Jane. »Sie sagten mir, Sie wüßten nicht, wer Sie sucht.«

Marys Gedanken überschlugen sich, als scheuten sie zurück vor der unvermeidlichen Schlußfolgerung. Es stimmte ja alles. Sie war zu Jane Whitefield gekommen, und Jane Whitefield hatte nicht aufgehört, nach dem Namen zu fragen. Sie hatte ihn nicht gewußt. Sie konnte unmöglich für Barraclough arbeiten. Zumindest nicht vor einem Monat. »Ich wollte, daß Sie mir helfen«, sagte Mary, »und ich liefere immer nur die nötigen Argumente, um zu kriegen, was ich will. Für die Gegenargumente müssen Sie schon selbst sorgen.«

»Also gut«, sagte Jane, »dann ist jetzt die ganze Angelegenheit vom Tisch. Ich habe beschlossen, Ihnen zu helfen.«

»Trotz Barraclough?«
»Wegen Barraclough.«
»Kennen Sie ihn?«
»Ich habe gesehen, wie er arbeitet.« Sie behielt Mary genau im Auge. »Hat er Sie jemals gesehen?«
Die Frage war sinnlos, außer Jane wollte ihr Geld damit verdienen, daß sie Barraclough eine andere Frau lieferte und behauptete, das sei Mary Perkins. »Ich denke, er hat eine Menge Fotos von mir.«
»Es geht nicht um Fotos«, sagte Jane. »Hat er Ihnen jemals persönlich gegenübergestanden?«
»Ist das wichtig?«
»Ja. Sagen Sie es mir.«
»Wir haben uns nie getroffen«, sagte Mary Perkins. »Als ich aus dem Gefängnis rauskam, hat er irgendwie davon gehört. Er wußte, wo ich wohnte. Keine Ahnung, woher er das wußte. Im Gefängnis sagten sie mir, das würde wegen der Rehabilitation geheimgehalten, Sie wissen schon, als Hilfe zur Wiedereingliederung in die Gesellschaft, um mir meine Kumpane von früher vom Leib zu halten, so Zeug halt.«
»Er war früher mal Polizist. Er weiß, welche Fäden man ziehen muß. War er nie selbst hinter Ihnen her?«
»Er hat zwei Männer geschickt«, sagte Mary Perkins, »und die haben mir von Barraclough erzählt.«
»Was haben sie erzählt?«
»Daß er in Los Angeles der Regionalchef von Intercontinental Security ist. Er hat eine riesige Organisation und eine Menge Einfluß und Verbindungsleute in jeder Abteilung im Polizeipräsidium. Man kann ihm nicht entkommen, und man kann nicht gegen ihn an. Er hatte von mir gelesen.«
»Was gelesen?«
»Alles. Zeitungsberichte, das Verhandlungsprotokoll, die Ermittlungsakten. Ich weiß nicht, woher er die hatte. Er war überzeugt, ich hätte einen Haufen Sparkassengeld irgendwo versteckt. Das wollte er. Ich konnte ja schlecht die Polizei rufen und sagen, er nimmt mir was weg, weil ich es ja selber gar nicht haben durfte.«
»Die Platte kenne ich schon. Sie haben mir nur nicht gesagt, woher Sie das alles wissen. Da Sie immer noch auf der Flucht

sind und die anderen Sie immer noch jagen, müssen Sie denen entwischt sein. Wie?«

»Die haben mir keinen Revolver an die Stirn gesetzt und gesagt ›Entweder Sie zahlen, oder Sie sterben‹. Ich habe ihnen gesagt, daß ich das Geld nicht habe. Aber sie sagten, Barraclough wüßte es besser, weil er meinen Fall genau kennt.« Sie lachte traurig. »Sie wissen ja, wie Staatsanwälte sind. Sie führen sich auf vor den Geschworenen und werfen mit unglaublichen Phantasiezahlen um sich. Soundso viele Sparguthaben fehlen diesem großen, leidgeprüften Staat Texas. Und hier haben wir die Frau, die wir mit zehn Dollar in der Tasche gefaßt haben. Der ganze Quatsch geht ja nicht bloß den Geschworenen ins Unterbewußtsein, er kommt auch in die Akten. Auch wenn der Verteidiger beweist, daß das alles Unsinn ist, es bleibt trotzdem stehen, nachdem es einmal gesagt ist. Und das hatte Barraclough überzeugt, ich hätte irgendeine Wahnsinnssumme – so was wie fünfzig Millionen.«

»Und dann schickte er die Männer zu Ihnen, damit die Sie mitnehmen, oder?«

»Na, was denn sonst? Wenn ich tatsächlich diesen Haufen Geld hätte, dann würde ich ihn doch nicht im Koffer mit mir herumschleppen. Da bräuchte man eher ein paar Güterwagen. Nein, es mußte natürlich auf mehreren Nummernkonten in der Schweiz oder sonstwo liegen. Sie sagten mir, sie würden mich festhalten, bis ich sie zu den Konten führe.«

»Und was war die Gegenleistung?«

»Klingt das so, als ob eine Gegenleistung dabei wäre?«

Jane sagte: »Was hat man Ihnen versprochen, wenn alles vorbei wäre? Einen Rest von dem Geld oder bloß Ihr Leben?«

»Sie sagten, Barraclough hätte so etwas schon öfter gemacht. Er nimmt immer nur die Hälfte von allem und dann läßt er einen laufen.«

»Und das haben Sie denen geglaubt?«

Mary Perkins grinste. »Sehe ich jünger aus, als ich bin, oder was? Das war so, wie wenn ein Mann sagt, ich soll mich halb ausziehen.«

»Was war dann?«

»Sie packten jeder einen Arm von mir und führten mich raus zu ihrem Wagen. Das war ein Zweitürer, man mußte sich so durchzwängen hinter dem Vordersitz. Den hatten sie schon nach vorn gekippt, als sie die Tür aufmachten. Das Innenlicht war abgeschaltet, damit es nicht anging, wenn man die Tür aufmachte. Ich weiß noch, ich schaute da hinein und dachte, jetzt muß ich sterben. Kurz vorher hatte ich eine dieser Illustriertengeschichten gelesen über Serienmörder und Vergewaltiger, und da stand immer: Was immer Sie tun, steigen Sie nie ins Auto ein; wenn Sie da mal drin sind, beherrschen Sie die Situation nicht mehr, dann sind die anderen Herr der Lage. Sie schoben mich hinein, und ich fing an zu weinen.«

»Weil Sie dachten, Sie müßten jetzt sterben?«

»Weil ich es wußte. Ich wußte, ich würde sterben, wenn ich auch nur irgend etwas machte. Das einzige, was mir einfiel, war zu weinen. Es machte sie nervös und bösartig. Einer sagte, wenn ich nicht aufhöre, schlägt er mich, also hörte ich auf. Ich sah, daß sie dadurch zu selbstsicher wurden. Es war eine lange Fahrt, und vorher hatten sie vor meiner Wohnung schon lange warten müssen. Sie brauchten eine Pinkelpause. Sie redeten dauernd von einer Tankstelle, aber sie hatten einen vollen Tank, also wollten sie nicht anhalten, wo so ein Tankstellenmensch sie anstarrt und sich die Frau im Wagen merkt. Also warteten sie, bis wir weiter draußen waren, und dann hielten sie an einer LKW-Raststätte. Einer sollte reingehen, und dann der andere, während der erste auf mich aufpaßte. Ich suchte nach einer Chance, da auch reinzukommen und mir die Lungen rauszuschreien oder mich von einem der beiden schlagen zu lassen, aber ich fand keine. Ich habe ihnen gesagt, ich müßte auch pinkeln und daß ich meinen Tampon wechseln wollte. Ich habe gebettelt. Ich habe ihnen alles mögliche versprochen.«

»Und wie haben Sie es dann doch geschafft?«

»Habe ich schon gesagt, daß es ein Zweitürer war?«

»Ja.«

»Sie ließen den Motor laufen, damit sie gleich wieder wegfahren konnten, falls etwas schiefging. Ich wartete darauf, daß der erste aus dem Wagen war. Das war der Fahrer. Dann kommt er zurück, macht die linke Tür auf, und gleichzeitig steigt der andere aus. Ich schiebe den Fahrersitz nach vorn, werfe mich mit dem Bauch drauf, lege den Gang ein, krieche noch tiefer nach unten und drücke mit der Hand auf das Gaspedal. Der Wagen fährt los. Nicht schnell, er springt so vorwärts und rollt dann so mit vielleicht fünfzehn Stundenkilometern und genau über den Fuß des Fahrers. Der andere springt wieder rein auf seinen Sitz. Der Wagen fährt immer weiter in dieser Prozessionsgeschwindigkeit auf das Restaurant zu und dann – krach! Beim Zusammenstoß hänge ich also kopfüber und bin irgendwie bis zu den Ellbogen unter dem Armaturenbrett eingeklemmt, das Bremspedal drückt mir auf die Stirn, mein Hintern sitzt unter dem Lenkrad fest, und Platz für einen richtigen Salto ist da sowieso nicht. Der neben mir kippt vornüber und schlägt mit dem Kopf aufs Handschuhfach.«

Jane runzelte die Brauen. »Warum schwindeln Sie eigentlich so?«

Mary Perkins sah verärgert aus, schien aber gleichzeitig die Luft anzuhalten. Erst nach einer Weile atmete sie aus. »Ich weiß es nicht genau. Vielleicht wollte ich mutig erscheinen.«

»Was ist wirklich passiert?«

»Eine Autobahnstreife hielt neben uns an. Ich hatte solche Angst, daß ich nicht einmal zu ihnen hinüberschauen konnte. Der eine Polizist sah, daß ich geweint hatte, und klopfte an mein Fenster und fragte, ob alles in Ordnung sei. Ich sagte ihm, ich wollte mich stellen, ich hätte trotz meiner Bewährungsauflage das Stadtgebiet von Los Angeles verlassen.«

»Warum sagten Sie ihm, daß Sie auf Bewährung draußen waren?«

»Ich hielt das für einen genialen Einfall. Wenn ich gesagt hätte, ich sei gekidnappt worden, dann hätten sie mich zu einer Aussage festgehalten. Das hätten sie tun können. Außerdem war ich ja wirklich auf Bewährung. Selbst wenn die beiden Männer verurteilt würden, was hätte ich denn davon gehabt? Sie sagten vielleicht nicht die Wahrheit über Barraclough, aber für irgend jemanden arbeiteten sie auf jeden Fall. Von ganz alleine hätten sie nie so viel von mir gewußt, meine Verhandlungsprotokolle und das alles. Die waren nicht älter als einundzwanzig, vielleicht zweiundzwanzig, und ziemlich borniert.«

»Und was geschah dann?«

»Ich dachte mir, die Streife bringt mich einfach nach Los Angeles zurück, ich kriege eine Ermahnung, und dann nehme ich mir das nächste Flugzeug und verschwinde. Aber was soll ich Ihnen sagen, als sie diese zwei Kerle identifiziert hatten, stellten sie sich als notorische Verbrecher heraus, und ich kriege also nicht bloß ein bißchen geschimpft, sondern gleich neunzig Tage Bezirksgefängnis. Die Gesellschaft von verurteilten Verbrechern wiegt offenbar schwerer, als aus der Stadt rauszugehen, ohne es dem Bewährungshelfer zu sagen.«

»Und dann haben Sie mich angesprochen?«

»Ja. Ich kam zwei Wochen eher raus, sonst hätten die beiden Kerle mich erwischt, noch bevor ich es bis zum Flughafen geschafft hätte. Aber irgendwie können die rauskriegen, wenn jemand vorzeitig entlassen wird.«

»Die nicht. Barraclough kann es.« Sie saßen eine Weile schweigend da und tranken ihren Tee. Der kalte Wind um das Haus herum war hier oben besonders stark. Der Schnee fiel jetzt dichter, wie meistens nach Einbruch der Dunkelheit, und die weißen Flocken taumelten ins Licht und tickten gegen das Fenster, als wäre es die Windschutzscheibe eines fahrenden Wagens.

Mary Perkins sagte: »Was wissen Sie von Barraclough?«

Jane hörte auf, den fallenden Schneeflocken nachzuschauen, und wandte sich ihr zu. »Er ist nicht das, was alle von ihm halten. Sie halten ihn für einen Jäger, also hat er auch das Recht zu jagen. Man hat immerhin eine Chance: Man haut ab, und jemand wie er läßt sich dafür bezahlen, daß er einen zurückbringt. Aber das ist er nicht mehr. Er ist ein Menschenfresser.«

»Was heißt das?«

»Er arbeitet gar nicht mehr für die Behörden, indem er Leute einfängt und abliefert und seine Belohnung kassiert. Er lebt davon, daß er Menschen verschlingt.«

»Wen zum Beispiel?«

»Der letzte, von dem ich weiß, ist ein achtjähriger Junge.«

»Und warum war er hinter dem her?«

»Der Junge hat Geld geerbt und ist verschwunden. Barraclough hat davon gehört und mindestens vier Menschen umgebracht, nur weil sie zwischen ihm und dem Jungen standen

– umgebracht, nur weil er sie aus dem Weg haben wollte, um an das Geld zu kommen.«

»Hat er's gekriegt?«

Jane hob die Schultern. »Die Anwälte stecken immer noch in ihren Untersuchungen und Zeugenvernehmungen und haben Papiere aus acht Jahren zu ordnen. Wenn sie damit fertig sind, dann haben sie wahrscheinlich genug für eine Anklage gegen einen Buchhalter wegen Veruntreuung oder so etwas, aber der ist inzwischen tot. Vermutlich finden sie auch heraus, daß das Geld weg ist. Sie wissen es noch nicht, aber es ist weg. Barraclough hätte den Buchhalter nicht umgebracht, wenn er es nicht schon in seinem Besitz hätte.«

»Warum sind Sie zurückgekommen?«

»Weil ich zu denen gehöre, die es ihm ermöglicht haben. Ich möchte nicht, daß er Ihnen dasselbe antut.«

18

Die Nacht war kalt, und die Ölheizung zwei Stockwerke tiefer im Keller summte leise. Jane saß in einer Ecke des Zimmers, schaute aus dem Fenster und sah dem flaumig fallenden Schnee zu, der erst die vereisten Reifenspuren auf der Straße ausfüllte und dann eine bläulichweiße Decke darüberlegte. Kein vorbeifahrender Wagen störte ihn dabei, niemand ging hinaus und hinterließ Fußspuren, und bald sah es so aus, als wären sie und Mary Perkins die letzten, die noch übrig waren, steuerlos dahintreibend in einem unendlichen Raum, der keine Bewegung und keine Zeit kannte.

Mary stand auf und ging in die Küche. Nachdem noch eine Schicht Schnee gefallen war, nahm Jane den Duft von heißem Essen wahr und hörte, daß Teller auf den Tisch gestellt wurden. Der Bratengeruch in der Luft verdichtete sich, und der Dampf, der den Duft von gekochtem Gemüse hereinbrachte, beschlug das Fenster. Sie hörte, wie sich die quietschende Herdtür öffnete und dann mit einem dumpfen Knall wieder schloß. Marys Schritte kamen an die Tür, und sie sagte: »Essenszeit.«

Auf dem Tisch standen ein gebratenes Hühnchen, Spargel, Karotten und Kartoffeln, ein Überangebot an Speisen, geistesabwesend zubereitet, ohne einen Gedanken daran, wie viele Personen überhaupt am Tisch saßen. Mit einer gewissen Steifheit nahmen sie von allem ein bißchen. Dann räumten sie zusammen den Tisch ab und spülten wortlos das Geschirr. Sie waren wie zwei Fremde, die auf dem einzigen Rastplatz inmitten einer öden Wildnis gestrandet waren, um sie herum eine Unendlichkeit von Schneefall und das Geheul der Winde – nicht weil sie es so beschlossen hatten, sondern nur weil es keinen anderen Unterschlupf gab.

Mary ging einmal kurz ins Schlafzimmer, kam wieder und legte ein Kissen und eine dicke Steppdecke auf die Couch, dann ging sie zurück und machte die Tür hinter sich zu. Jane setzte sich wieder ans Fenster und schaute hinaus. Noch zwei Stunden lang fiel der Schnee, bevor sie aufstand, zur Couch ging, sich zudeckte und einschlief.

In ihrem Traum fiel weiter ein leichter, pulvriger Schnee, und sie stapfte vor ihrer Begleiterin durch den Wald. Es war kalt, aber sie spürte den beißenden Frost nicht, sondern schwitzte ein wenig von der Anstrengung. Sie zog den Kopf ein unter den Zweigen, die von einem Netz aus Reif und Schnee überzogen waren; wenn sie sie angestoßen hätte, wäre der Schnee auf den Boden geregnet. Und das konnten ihre Verfolger ebenso deutlich wie eine Fußspur erkennen, weil der Wind eine solche Stelle nicht so schnell mit frischem Schnee überwehte.

Sie waren südlich von Ann Arbor unterwegs, und Jane hielt Ausschau nach den Flüssen, die in den Erie-See mündeten. Zuerst mußte der Raisin kommen, dann der Maumee, dann der Sandusky. Dieser Wald war eine Wildnis. Aus allen Richtungen kamen die Jäger der verschiedenen Stämme; im Winter jagten sie hier Bären, Hirsche und Biber, und im Sommer durchstreiften sie den Wald, um sich gegenseitig umzubringen. Die Gegend war seit tausend Jahren voll von Bewaffneten.

Sie lauschte auf die Atemzüge der Frau hinter ihr, und bei jedem Atemzug klang es immer mehr wie ihre Stimme, wie eine Klage. Jane blieb stehen und schaute zurück. Mary Perkins hatte ihr Tempo verlangsamt, sie stolperte nur noch dahin, zu müde, um ihre Füße in die Spur zu setzen, die Jane für sie ausgetreten hatte, immer wieder kam sie vom Pfad ab und verbrauchte ihre Kräfte im Kampf mit hohen Schneeverwehungen. Jane ging in ihren eigenen Fußspuren zurück, nahm Marys Arm und ging mit ihr weiter. Mary versuchte, etwas zu sagen, aber Jane zog sie zu sich heran und flüsterte: »Vielleicht sind sie in der Nähe, also reden Sie jetzt nicht. Weitergehen ist das einzige, was uns jetzt noch hilft.«

Mary antwortete nicht, und Jane konzentrierte sich wieder auf den Weg. Es kam jetzt darauf an, einen möglichst großen Vorsprung herauszuarbeiten, solange der fallende Schnee ihre Spuren noch verbarg. Kaum hatte sie sich den Gedanken bewußtgemacht, hörte es auf zu schneien. Die Luft war kalt und unbewegt, und jeder Schritt ergab auf dem unberührten Schnee ein laut knirschendes Geräusch.

Die Männer hinter ihnen konnten mühelos ein hohes Tempo aufrechterhalten, indem sie in den flacheren Fußspuren liefen, wo sie schnell vorwärts kamen, und alle Stellen vermieden, wo die Spuren tief eingesunken waren. Jane schaute immer nur nach vorn und suchte im Mondschein auf dem Schnee jede Unregelmäßigkeit des Geländes, die ihre Fußspur unsichtbar machen konnte: ein Unterholz oder einen umgefallenen Baumstamm oder ein gefrorenes Bachbett, das sie zum nächsten Fluß brachte.

Weit hinten hörte sie den ersten Ruf der Jäger. Er klang wie »Huuuwik!« durch die stille Luft, und ein Pfeifen antwortete, näher und von links.

»Jetzt müssen wir laufen«, flüsterte sie Mary zu.

Jane legte ein Joggingtempo vor, hielt ihre Schrittlänge aber kurz, um jedesmal mit dem Fuß den hohen Schnee beiseite zu schieben und Mary das Laufen leichter zu machen. Sie hörte es wieder pfeifen und dann von links den Peitschenknall eines Gewehrs und schwaches Stimmengewirr von hinten. Sie stolperte in eine tiefe Schneewehe und fiel hin, rappelte sich wieder hoch und hatte vor sich den Bach. An ihm entlang rannten sie fast zwei Kilometer weiter. Als sie um eine Biegung herumkam, sah sie am flachen Sandufer die hölzerne Plattform, nur ein paar Stämme, die drei Meter hoch an zwei Jungbäumen festgebunden waren. Sie konnte sehen, daß etwas darauf lag, rannte hin und kletterte einen der Bäume hinauf.

»Was machen Sie da?« zischte Mary ungeduldig. »Die kommen näher.«

»Wir können sie nicht abhängen«, flüsterte Jane. »Sie werden nie müde, und sie geben niemals auf. Wir können sie nur noch austricksen.«

Der Baum war glatt und halb überfroren, die Nordwestseite voll Rauhreif, der den Schnee festhielt, aber sie zog sich so weit hoch, daß sie sehen konnte, was auf der Plattform lag. Es war eine Hirschkeule mitsamt der Haut, dazu ein fettes Stück Fleisch, das nur von einem Bären stammen konnte. Ein Jäger hatte es dort oben aufbewahrt, damit es gefroren blieb und kein Waldtier darankam. Daneben fand sie zwei Paar Schneeschuhe. Sie warf sie auf die Erde und ließ sich herunterfallen.

Sie kniete sich in den Schnee und befestigte ein Paar verkehrt herum an Marys Füßen, so daß nun die langgezogene Spitze nach vorne zeigte. »Bleiben Sie hier. Bewegen Sie sich nicht«, sagte sie, dann rannte sie den Bach entlang und in den Wald, wo der Weg der Jäger anfing. Sie band sich das zweite Paar Schneeschuhe ebenso an, ging zu Mary Perkins zurück und sagte: »Kommen Sie.«

Jetzt fiel ihnen das Gehen leichter, da sie sich mit den Schneeschuhen auf der Oberfläche des Schnees halten konnten. Jane folgte etwa dreißig Meter weit dem Wasserlauf bis zu einer Stelle, wo niedrige Stauden so weit aus dem festgebackenen Schnee herausragten, daß Fußspuren nicht mehr so klar zu sehen waren, dann bog sie rechts nach Osten ab. Ihre Spur sah nun so aus, als führte sie in die entgegengesetzte Richtung und stammte von den Jägern, die ihre Fleischvorräte auf der Holzplattform abgelegt hatten.

Beim ersten Sonnenlicht befanden sie sich in einem weiten, ebenen Tal. Hinter ihnen lag eine viele Kilometer lange Spur, und wenn einmal die Sonne hoch genug stand, um den Frühwind aufkommen zu lassen, dann mußte er das meiste davon verwehen. Sie sagte zu Mary Perkins: »Nur noch ein Stück, damit wir aus der Ebene hier rauskommen, bevor sie uns sehen.«

Sie liefen genau nach Osten, wo Jane in der Ferne ein Gehölz aus immergrünen Bäumen und so hohen Büschen entdeckte, daß sich darin leicht eine aufrecht stehende Frau verstecken konnte. Auch sie war jetzt müde. Sie waren die ganze Nacht gelaufen, lautlos, stundenlang ohne ein Wort, dauernd nur auf die schwierige Aufgabe konzentriert, mit Schneeschuhen zu laufen. Nun lag das Ende der Strecke vor ihnen, und das gab Jane neue Kraft. Wenn sie erst einmal im Schutz des Gebüschs waren, konnten sie sich hinsetzen und ausruhen, vielleicht sogar abwechselnd schlafen, während der Wind durch das Tal strich und die flachen Abdrücke ihrer Schneeschuhe auslöschte. »Schneller«, sagte sie zu Mary. Alles hing jetzt von den nächsten Minuten ab. Sie rannten, bis ihre Füße taub wurden und ihr Atem nur noch in kurzen Stößen herauskam.

Hinter dem Gehölz stieg nun die Sonne höher, strahlte blendend durch die oberen Zweige und machte es Jane schwer, scharf zu sehen und abzuschätzen, wie weit sie noch weg waren. Sie biß die Zähne zusammen und rannte weiter, und mit einem Mal war sie angekommen. Jane zog Mary unter die ersten Bäume und noch fünf Schritte weiter ins Unterholz, wo die kleineren Bäume dichter standen, und dann ließen sich beide in den weichen Schnee fallen.

Jane lag da, atmete tief und regelmäßig durch und fühlte die Schneeflocken an ihrem Gesicht, kümmerte sich aber nicht darum. Sie erhob sich ein wenig auf die Ellbogen, und ihre Blicke blieben an den Büschen hängen. Ringsum kippten sie zur Seite. Die Männer, die sie festgehalten hatten, ließen sie los, und mit einem leisen, geflüsterten, unangenehmen Geraschel fielen sie in den Schnee. Jeder Busch schien sich in einen Menschen zu verwandeln, überall standen Krieger hinter Zweigbüscheln, die sie zur Tarnung zusammengebunden hatten, oder schulterten die jungen Bäume, die sie in den Schnee gesteckt hatten.

Harte, rauhe Hände packten sie an den Armen, ein schwerer, in Leder gehüllter Körper warf sich über ihre Beine, und ein dritter drückte ihr das Gesicht in den Schnee, so daß sie fast erstickte. Dann fesselten sie ihr die Hände im Rücken, zerrten sie hoch und schoben sie mit einem Ruck vorwärts. Ein Schneeschuh löste sich von ihrem Fuß, aber als sie stehenbleiben und nachsehen wollte, wurde sie von einem Schlag weitergetrieben, so daß sie ein paar Schritte humpelte, bis auch der zweite Schneeschuh abfiel. Einmal wollte sie sich nach Mary umschauen, aber eine Hand preßte sich mit solcher Kraft in ihren Rücken, daß sie einen Augenblick lang nur noch den Himmel sehen konnte.

Die Männer brachten sie auf einen Pfad, der einen Hügel hinauf und dann in das nächste Flußtal führte. Während Jane bergauf ging, versuchte sie, ihre Körperkraft wiederzugewinnen, aber die Männer zogen sie zu schnell mit sich. Sie hörte eine Sprache, die sie nicht verstand. Die Laute waren harsch, kehlig und fremdartig. Als sie die Hügelkuppe erreichten, blieb ihr das Herz einen Augenblick stehen, dann schlug es um so schneller.

Tief unter ihr lag eine heruntergekommene, weit verstreute Siedlung wie nach dem Plan eines Verrückten angelegt. Es gab ein paar Langhäuser, die aussahen, als hätten Huronen oder Eries sie gebaut, aber ohne die Absicht, länger darin zu wohnen, dazwischen einige Wigwams der Algonquin aus Baumrinde und Schilfstroh, dann Fellzelte der nomadisierenden Flachlandindianer und in der Mitte ein Haufen Bretterhütten. Als hätten die Gegner aller Kriege im Nundawaono in diesen verfallenden Trümmern irgendwie überlebt und seien hier zur Winterjagd zusammengekommen.

Während sie den steilen Weg bergab zu der riesigen Ansammlung baufälliger Unterkünfte hinunterwankte, konnte sie dort kleine Menschengestalten sehen, die in der Morgensonne lange Schatten warfen. Einer zeigte nach oben und schrie etwas, und sofort strömten die Männer aus ihren Behausungen und liefen in der Dorfmitte zusammen. Sie sah, wie sie immer wieder zu ihr herzeigten und miteinander redeten, und sie fühlte, wie die Aufregung in ihrem Innern zunahm.

Dann hatte man sie bis an den Rand des Dorfes gezerrt, und die Stimmen bündelten sich zu einem ohrenbetäubenden und rauhen Geschrei voller Haß und Schadenfreude. Während sie näher kam, wurde der Schrei so laut, daß er ihr im Magen dröhnte, und die Männer schossen mit den Gewehren in die Luft, ein stotterndes »Pokpok! Pok! Pokpok!« wie platzendes Popcorn.

Sie schoben Jane und Mary weiter an den Hütten vorbei durch den schmutzigen, mit Erde verbackenen Schnee und stießen sie in einen großen Pferch aus zugespitzten Baumstämmen. Jane blickte sich um und stellte verblüfft fest, daß schon mehrere Dutzend Menschen darin waren: Männer, die ihre Frauen und Kinder festhielten im vergeblichen Versuch, sie alle auf einmal in ihren Armen zu beschützen, andere, die so aussahen, als wären sie nur nach einem Spießrutenlauf in den Pferch gelangt, Männer mit gebrochenen Armen und die Gesichter blutüberströmt von gezielten Schlägen auf den Kopf, Frauen mit zugeschwollenen Augen und ausgeschlagenen Zähnen.

»Was machen die mit uns?« fragte Mary.

Jane sagte: »Seit ewigen Zeiten wird gekämpft. Dabei sterben so viele Menschen, daß es jetzt vor allem deswegen weitergeht, um Gefangene zu machen, die sie adoptieren können.«

»Adoptieren? Aber wir sind Erwachsene.«

»Wenn jemand getötet wird, dann fangen sie einen anderen, der seinen Platz übernehmen soll: seinen Namen, seine Arbeit, seine Familie.« Das Tor im Pferch öffnete sich und fünfzig Krieger strömten herein, bemalt und bewaffnet, als kämen sie eben aus der Schlacht zurück. Sie waren aufgeregt und wütend, manche schier rasend, sie tänzelten wie Boxer von einem Fuß auf den anderen und stießen Schreie aus in der unverständlichen Sprache des Feindes. Allmählich, wenn auch widerstrebend, bemerkten sie jemanden im Hintergrund, traten zur Seite und ließen den Mann vor, den Jane bereits im Blick hatte. Sie ließ den Kopf hängen wie die übrigen Gefangenen, um ihn genauer zu sehen, ohne seine Aufmerksamkeit auf sich zu ziehen. Sie musterte ihn von unten nach oben. Er war groß und kräftig gebaut und trug ein eng anliegendes, weißliches Lederhemd, das aus lauter kleinen Flicken zusammengenäht schien. Um Hals und Schultern hing ihm eine Gateasha aus sechs weißen Perlenschnüren. Als sie mit dem Blick weiter nach oben ging, wurde ihr beinahe schlecht.

Er hatte »Das Gesicht« auf. Es war eine grellrot bemalte Skalpmaske mit runden, starren Kupferaugen und einem entblößten Gebiß, das Angriffslust signalisierte und gleichzeitig gespenstisch grinste wie ein halbverwester Schädel. Es erschreckte sie, »Das Gesicht« hier zu sehen. Sie konnte sehen, daß es ein Gesicht von früher war, dessen Züge ein übernatürliches Wesen vor langer Zeit einem tapferen Seneca im Traum gezeigt hatte. Um »Das Gesicht« zu befreien, hatten die Seneca es aus einem lebenden Lindenholz herausgeschnitten, hatten ihm Tabak zum Geschenk gebracht, es mit Sonnenblumenöl eingerieben und gefüttert, mit der Mischung aus Maismehl und Ahornzucker, die auch die Kämpfer auf dem Kriegspfad als Verpflegung bei sich hatten. »Das Gesicht« symbolisierte nicht bloß das übernatürliche Wesen. Es war das übernatürliche Wesen. Es leuchtete vor Kraft, es war so stark, daß es Krankheiten heilen und jedes Wetter machen konnte, aber an diesem Mann wurde die Kraft zur Macht des Bösen, zu Teufelswerk und Tod.

»Das Gesicht« kam näher und starrte sie aus seinen runden, leeren Augen an. Jetzt erkannte Jane am Halsband nicht etwa kleine, weiße Muschelschalen, sondern menschliche Zähne. Während der Mann weiterging, drehte es ihr beinahe den Magen um, als sie sah, woher das Leder in seinem Hemd kommen mußte: Es waren Hautstücke, die man Menschen abgezogen hatte. »Das Gesicht« ging im ganzen Verschlag herum, blieb vor jedem Gefangenen stehen und richtete einen Moment lang diesen kreisrunden, undurchschaubaren Blick auf ihn, dann ging es zum nächsten.

Schließlich kam »Das Gesicht« zurück zu Jane, blieb stehen und zeigte mit der Hand auf Mary. Sofort eilte aus dem Trupp ein Krieger herbei und leerte über Marys Kopf einen Eimer mit fettiger, schwarzer Farbe. Die Brühe lief ihr die Schultern herunter und die Arme bis zu den Fingerspitzen.

Mary schnappte nach Luft und konnte kaum noch sprechen. »Warum hat er das getan? Soll das ein Scherz sein oder so was?«

»Nein«, sagte Jane. Sie spürte in ihrer Brust eine Welle des Ekels, die nach unten lief und ihren Magen packte.

Mary zitterte vor Kälte. »Es ist ein Initiationsritus, nicht wahr?« Ihre Stimme klang angespannt und ängstlich und ließ ein unterdrücktes Schluchzen hören. »Warum ich?« jammerte sie. »Was wollen sie von mir?«

Jane wollte etwas sagen, aber was hier zu sagen war, konnte sie unmöglich in Worte fassen. Die schwarze Farbe war das Zeichen, wofür man einen Gefangenen ausgewählt hatte: für die Verbrennung.

19

Jane wachte im Dunkeln auf, und das Herz schlug ihr im Hals. Sie ging zum Fenster. Irgendwann in der Nacht hatte es aufgehört zu schneien, und die Straßen lagen in lautlosem Weiß, aber im Osten hatte sich der Himmel bereits verfärbt, so daß es wenig Sinn hatte, sich wieder hinzulegen. Sie hob die Hand an die Stirn und wischte sich die Schweißperlen ab, die ihr noch auf der Haut standen. Sie hatte nicht wahrhaben wollen, was sie über Barraclough wußte, doch dieses Wissen hatte sich im Traum an die Oberfläche gekämpft.

Sie ging leise in die Küche und machte Kaffee. Dann setzte sie sich hin und hörte, wie Mary aufstand und dem Geruch von frisch gebrühtem Kaffee nachging. Die Tür öffnete sich, und Mary kam herein, nahm sich eine Tasse und stand an die Spüle gelehnt, während sie den Kaffee trank. »Ich habe nachgedacht«, sagte sie. »Ich war mein ganzes Leben lang auf mich allein gestellt, und ich glaube, ich kann Barraclough aus dem Weg gehen, wenn ich keine Dummheiten mache.« Es war eine Frage.

»Das ist zu schaffen.« Jane blieb bewegungslos sitzen. Es wurde allmählich Zeit. Sie mußte es behutsam anstellen, ihr zuerst erzählen, was sie wußte, und sie dann ihre eigenen Schlußfolgerungen ziehen lassen. »Sie müssen nur jede Dummheit vermeiden.«

»Zum Beispiel, daß mein Foto in die Zeitungen kommt.«

»Richtig«, sagte Jane. »Vielleicht sollten Sie es auch noch von allen Kreditkarten und Führerscheinen fernhalten. Barraclough ist der Regionalchef einer sehr großen Detektei, also findet er Mittel und Wege, Ihr Foto herumzuzeigen. Sie wissen schon, wegen der Belohnung für eine vermißte Person.«

»Ich glaube, das kann ich«, sagte Mary. »Und verhaften lasse ich mich auch nicht.«

»Oder die Fingerabdrücke abnehmen.«

»Das sag' ich ja.«

»Sie müssen auch vermeiden, jemals das Opfer eines Verbrechens zu werden. Wenn jemand in Ihr Haus eingebrochen ist oder Ihr Wagen gestohlen wird, dann nehmen sie auch Ihre Fingerabdrücke, um zu wissen, welche die von jemand anderem sind. In manchen Staaten müssen Sie auch für einen Führerschein Ihre Fingerabdrücke hergeben. Sogar Personalchefs verlangen das manchmal. Und wenn Sie mal eine Schuldverschreibung brauchen oder eine Konzession oder eine Sicherheitsüberprüfung, dann kommen Sie auch nicht drum herum. Die meisten Firmen geben solche Aufträge irgendeinem Sicherheitsdienst, der alles für sie erledigt und seinen Bericht abliefert. Einem Sicherheitsdienst wie Intercontinental.«

Mary starrte sie wütend an. »Sie wollen mir nur angst machen.«

»Ja«, sagte Jane. »Es ist besser so. Ich möchte nicht, daß Sie mich eines Tages fragen: ›Warum ich?‹.«

»Na gut«, sagte Mary. »Was noch?«

Jane schaute die Wand an, während sie sprach. »Also, die warten ja nicht in aller Ruhe darauf, daß Sie mal irgendwo zufällig auftauchen. Die suchen nach Ihnen. Ich weiß das, weil ich mit jemandem gesprochen habe, der dabei mithelfen sollte. Aber der einfachste Weg ist immer noch, Sie kommen zu lassen. Sie kennen das ja: eine Anzeige in der Zeitung, daß Ihre reiche Tante gestorben ist und die folgenden achtzig Personen in ihrem Testament genannt hat. Oder ein Stellenangebot: Für den Job wird eine vierunddreißigjährige Frau gesucht, blaue Augen, einsneunundsiebzig groß, gute Mathematikkenntnisse. Oder in der Rubrik ›Verschiedenes‹ sucht eine reiche Witwe in ihrem großen, einsam gelegenen Besitz eine Mitbewohnerin, am liebsten eine ruhige Nichtraucherin aus dem Süden, die auch Canasta spielt – oder was Sie sonst spielen, im Unterschied zu allen anderen. Barraclough bringt es ohne weiteres fertig, an zehn richtigen Stellen die nötigen Häuser zu mieten und zehn geeignete Frauen reinzusetzen, die einzig und allein auf Sie warten.«

»Das würde er tun?«

»Sicher«, sagte Jane. »Es geht schnell und leicht, und es ist billiger als andere Methoden.«

»Und die wären?«

»Sehen Sie, Sie haben eine Biographie. Es gibt Menschen, denen Sie nahestanden. Die sucht er auf. Vielleicht wartet er nur, ob sie mal zu Besuch kommen, vielleicht drangsaliert er sie aber auch, bis sie ihm sagen, was sie wissen. Falls Sie bei einer hastigen Flucht jemals Kleider zurücklassen, dann liest er an den Etiketten ab, wo Sie Ihre nächste Garderobe kaufen. Je teurer die Kleider, um so weniger Geschäfte kommen in Frage, und er kann sich ausrechnen, daß Sie eine Frühjahrsgarderobe brauchen, wenn Sie unauffällig bleiben wollen. Mit den Kleidern macht er sich außerdem ein Bild davon, wie Sie jetzt wahrscheinlich aussehen, damit er Sie nicht übersieht: Ihre Größe, Ihr Gewicht, Ihre modischen und farblichen Vorlieben. Und dann gibt es noch die chemischen Analysen.«

»Was haben die denn von mir zum Analysieren?«

»Wenn Sie ein Parfum oder ein Make-up hatten, dann holen sie sich das auch aus den Kleidern, identifizieren es und vervollständigen damit Ihren Steckbrief. Falls Sie gern thailändisch essen oder in den Tierpark gehen, dann wissen sie das auch.«

»Das ist doch verrückt!«

»Nicht verrückter, als wenn auf jedem Flugplatz von hier bis zum Pazifik irgendwelche Männer auf uns warten. Intercontinental ist ein riesiger Sicherheitsdienst, viel größer als manche Polizeibehörde. Es gibt keine Stadt in diesem Land, die nicht ein kriminaltechnisches Labor hätte. Und überall steht da eine Maschine, ein sogenannter Gas-Chromatograph, der alles, was sie finden, verdampft und dann identifiziert. Keine Frage, daß Intercontinental auch so einen hat, und wahrscheinlich ein Emissionsspektrometer und ein Elektronenmikroskop. In diesem Geschäft – Menschen zu finden gegen Geld – macht sich das Zeug schnell bezahlt.«

»Wenn man Ihnen zuhört, klingt es völlig aussichtslos.«

»Nicht aussichtslos. Man muß nur ein bißchen nachdenken.« Mary protestierte. »Aber in diesem Land gibt es doch zig Tausende, die niemand findet.«

»Millionen«, sagte Jane.

»Na also, und wo sind die? Sie können mir doch nicht erzählen, daß die alle mal erwischt werden.«

»Es hängt davon ab, wer sie sucht und wie intensiv er sie sucht. Viele sind einfach Scheidungsflüchtlinge: Der Mann will keinen Unterhalt zahlen, oder jemand verliert das Sorgerecht und schafft das Kind in einen anderen Staat. Andere haben sich überschuldet oder ein paar Dollar unterschlagen. Wenn diese Leute nicht gerade mit Schaum vorm Mund herumlaufen und in jeder Raststätte am Freeway die Gäste umlegen, dann interessiert sich kaum jemand für sie, außer der örtlichen Polizei von da, wo sie herkommen. Dann haben wir noch ein paar Millionen illegale Ausländer. Es gibt keinen besonderen Grund, nach ihnen zu suchen, weil niemand etwas davon hat, wenn er sie findet. Und dann haben wir die privaten Fälle: Eine Frau verläßt ihren Freund, und er bedroht sie. Nirgendwo wird die Polizei sich anstrengen, ihr zu helfen, also zieht sie weg und nimmt einen anderen Namen an. Millionen von Menschen verstecken sich so unter einem falschen Namen, und es gibt nur einen einzigen Grund, warum die meisten nicht gefunden werden: Keiner sucht sie.«

»Soll das heißen: Wenn man es versucht, findet man sie auch?«

»Nein«, sagte Jane. »Ich sage nur: Es kommt darauf an, wer sucht und wie intensiv.«

»Und Sie glauben, die erwischen mich, oder?«

Jane antwortete nicht sofort. »Sie können das Risiko eingehen oder sich ein anderes Risiko aussuchen.«

»Was heißt das?«

»Er wird nicht aufgeben. In seinen Filialen im ganzen Land hat er eine Menge gut trainierter Leute zur Verfügung, und womöglich denkt er sich noch irgendeine Beschuldigung aus, damit auch die Polizei hinter Ihnen her ist. Wenn Sie alles Nötige schnell lernen und nie einen Fehler machen, dann findet er Sie vielleicht nicht.« Jane sah sie offen an. »Oder Sie machen einen Fehler – absichtlich.«

Marys Augen weiteten sich, und ihr Gesicht schien alle Farbe zu verlieren. »Sie wollen mich als ...«

»Köder. Ja. Was er tut, ist nicht nur bösartig. Es ist außerdem gesetzwidrig.«

»Das kann ich nicht. Ich habe das Geld nicht. Sie täuschen sich. Er täuscht sich.«

»Das spielt keine Rolle. Er denkt, Sie haben es, und er will es für sich. Das macht ihn vorhersehbar, und das kann man zu einer Schwachstelle werden lassen. Ihre Chancen, ihn in die Falle zu locken und vor Gericht zu bringen, sind wahrscheinlich größer als Ihre Chance, sich dauernd vor ihm zu verstecken.«

»Nein. Ich tu' das nicht.« Mary blickte Jane herausfordernd an.

»Wie Sie wollen.«

»Gehen Sie heute morgen wieder weg?«

»Ich sagte, ich helfe Ihnen bei Ihrer neuen Existenz.«

»Aber ich sage Ihnen, ich tu' es nicht. Sie können mich nicht als Köder benützen.«

»Ich habe es gehört.«

Die nächsten sechs Tage wartete Jane Whitefield. Wenn Mary aufstand, fand sie jedesmal die Steppdecke ordentlich gefaltet und neben der Couch verstaut. Und jedesmal stand Jane in der Mitte des freien Raums im Wohnzimmer und bewegte sich durch die langsam fließenden Tai-Chi-Stellungen.

Am sechsten Tag sagte Mary Perkins: »Warum machen Sie so was?«

»Ich behalte meine schlanken Hüften, und mein Hintern wird nicht schlaff.«

Mary wiederholte: »Warum machen Sie so was?«

»Ich fühle mich gut danach. Ich bleibe beweglich. Es hilft mir, klar und gesammelt zu denken.«

»Schon gut«, sagte Mary, »ich halte jetzt den Mund.«

»Sie müssen nicht«, sagte Jane. »Der Witz bei der Sache ist, daß nach einer gewissen Zeit der Körper von ganz allein die Bewegungen ineinanderfließen läßt, ohne lang das Bewußtsein zu beanspruchen.«

»Was war das?«

»Was meinen Sie?«

»Die Sachen haben doch alle ihre Namen, oder nicht?«

»Ach so. ›Wolkenhände‹.« Plötzlich zeigte ihr Körper eine völlig andere Stellung, ohne daß er sich viel bewegt hätte. »›Der Goldene Hahn steht auf einem Bein.‹« Langsam glitt ihr Körper hinüber in ein neues bewegtes Bild.

Mary sah ihr lange zu. »Wo haben Sie gelernt zu kämpfen?«

»Im Kampf.«

»Nein, ich meine: so zu kämpfen?«

»Hier geht es nicht um Kämpfen. Es geht um das Nicht-Kämpfen. Dein Gegner kämpft, aber du siehst ihm zu. Er greift an, aber du hast ihm schon den Platz überlassen. Er schlägt zu, aber du bist nicht mehr da. Du warst nur kurz da auf dem Weg woandershin. Du kehrst die Richtung seiner Kraft um, tust deine eigene hinzu, und sie richtet sich gegen ihn selbst.«

»Die mystischen Weisheiten des Ostens.«

»Es ist einfach praktisch. Ich bin zwar stark, aber egal, wie ich es anstelle, ich bin kleiner als jeder Mann, der mich angreift. Wenn ich mir den Raum zwischen uns erkämpfen wollte, schlägt er mich nur zusammen. Er nimmt einen Arm und vielleicht noch sein Standbein, um seinen Schlag nach vorne zu bringen, und ich setze meinen ganzen Körper in Bewegung, füge seinem Schlag meine Kraft hinzu und ändere ein wenig seine Richtung. In diesem Bruchteil einer Sekunde bin ich in der Überzahl.«

Mary zog ihren Mantel an, ging zur Tür, machte sie auf, drehte sich um und sagte: »Sie sollten Ihren Hintern lieber labberig werden lassen. Es würde Sie menschlicher machen.« Sie verließ das Zimmer und schloß die Tür. Abends kam sie erst spät nach Hause und ging auf Zehenspitzen an Jane und der Couch vorbei.

Zwei Stunden danach öffnete Jane die Augen und stellte fest, daß sie gehört hatte, wie Mary aus ihrem Schlafzimmer gekommen war. Es war drei Uhr morgens, und Mary saß in dem großen Lehnstuhl und betrachtete Jane.

Mary sagte: »Sie wollen mich bloß fertigmachen. Sie bleiben einfach hier in meinem Zimmer und versuchen gar nicht, mich zu überzeugen, aber ich kann hinsehen, wo ich will, Sie stellen sich vor mir auf, damit ich dauernd daran denken muß.«

Jane sagte: »Sie waren lange mit Leuten zusammen, die sich nehmen, was sie haben wollen.«

»Ich war eine von ihnen.«

»Dann wissen Sie genausogut wie ich, was Barraclough denkt. Sie brauchen keine Argumente von mir.«

Mary setzte sich bequemer in den großen Sessel und ließ die

Hände auf den Armlehnen. »Warum haben Sie den kleinen Jungen nicht mehr erwähnt?«

»Warum sollte ich?«

»Ich habe davon gelebt, daß ich andere Leute dazu überredete, idiotische Dinge zu tun, die sie überhaupt nicht tun wollten, also weiß ich, wie man das macht. Der kleine Junge ist ein Hilfsmittel, das Sie übersehen haben. Schauen Sie mich an: Ich bin allein und unverheiratet, und jeder spürt, wie seine biologische Uhr tickt und tickt. Ich bin jetzt in dem Alter, wo Frauen sich allmählich zu viele Katzen anschaffen. Der kleine Junge ist allein, und wahrscheinlich hat er Angst. Barraclough hat ihn sich schon geholt, und jetzt bringt er ihn um.«

»Wirklich?«

»Sie wissen es genau, sonst wären Sie nicht hier. Wenn der Kleine tot ist, rennen die Polizisten ein paar Monate lang wie aufgeregte Hühner durcheinander, und dann vergessen sie ihn. Wenn er noch lebt, besteht wenigstens die Chance, daß Barraclough eines Tages vor Gericht sitzt und auf der anderen Gangseite ein unschuldiger Zehnjähriger.«

»Die Chance ist fast null.«

»Aber solange der Kleine lebt, hat er immerhin die Aussicht, noch zehn oder fünfzehn Jahre länger zu leben und dann herauszufinden, wer seine vier besten Freunde umgebracht und ihn in den Bankrott getrieben hat. Barraclough wird sich sagen, er möchte nicht eines Nachts aufwachen und einen jungen Mann sehen, den er irgendwoher kennt und der ihm einen Revolver an den Kopf drückt.« Mary wartete einen Augenblick. »Also warum haben Sie nicht von ihm gesprochen?«

Jane setzte sich auf und sah sie durchdringend an. »Jeden Tag werden Menschen umgebracht. Warum sollte ich mir einbilden, Sie würden sich genau diesen heraussuchen aus den vielen Tausenden und zu ihm sagen: ›du bist der, den ich erwählt habe. Seit meiner frühen Kindheit habe ich mich darauf getrimmt, die Schreie der Sterbenden nicht zu hören, denn wenn ich auch nur den leisesten Ton an mich heranlasse, kann ich an nichts anderes mehr denken. Aber für dich riskiere ich mein Leben.‹«

»Sie haben recht. Das hätte ich nicht getan.« Sie beugte sich vor. »Aber der Punkt ist doch: Warum haben Sie es nicht gesagt? Dann hätte ich darüber nachdenken müssen, ob ich mitmache, und wenn ich darüber nachdenke, dann muß ich eine Sekunde später zugeben, ich bin die falsche Person für so was, und muß mich fragen, warum.«

»Ich entschuldige mich, daß ich überhaupt von ihm erzählt habe.« – »Aber er ist der Grund, warum Sie das alles tun, oder nicht?«

»Ich kann nicht mehr viel für ihn tun. Ich hatte zu kämpfen, und alle auf meiner Seite außer Timmy sind tot. Das ist alles.«

»Ich nehme nicht an, daß das Geld dabei eine Rolle spielt.«

»Für mich? Nicht dieses Mal.«

»Über solche Erwägungen sind Sie wohl erhaben.«

»Nein«, sagte Jane. »Ich habe enorme Ausgaben. Aber Geld ist kein drückendes Problem. Wenn man einmal hat, was man braucht, kann man sich schlecht über eine Felsklippe hinauslehnen und noch mehr haben wollen. Ich kann nicht einmal das ausgeben, was ich habe. Eine aufsehenerregende Villa oder ein Haufen teurer Schmuck verleiht mir nur ein schärferes Profil und kostet mich womöglich das Leben.«

»Warum ist dann das Geld dieses Jungen so wichtig für Sie?«

»Oder Ihr eigenes Geld? Es ist nur deshalb wichtig, weil Barraclough es haben will. Er nimmt es und stärkt sich damit. Ich will nicht, daß er damit Erfolg hat. Ich will ihn nicht füttern.«

»Warum kümmert Sie das überhaupt?«

»Ich bin der Hase, er ist der Hund. Ich laufe weg, er jagt. Er ist gut, und er wird immer besser. Er benützt Intercontinental und heuert damit junge Leute an, die nicht viel zu tun haben, mit einer Strafakte, bei der sie kaum jemand anderer für irgend etwas bezahlt. Er holt sich die mit einer garantiert gewalttätigen Vergangenheit, und dann richtet er sie zur Jagd ab.«

»Jetzt kommen wir vielleicht mal zu einem Grund, der mir etwas sagt. Sie befürchten, er wird zu einem Problem, stimmt's? Nicht nur für Leute wie mich, sondern für Sie.«

»Das ist er schon. Wenn ich ihn noch stärker werden lasse, dann bringt er mich irgendwann um.«

Mary ließ sich in den Sessel zurückfallen und stieß einen tiefen, langgezogenen Seufzer aus. »Na endlich. Vielen Dank.«

»Sie haben es sich doch nicht anders überlegt?«

»Nein, aber jetzt kann ich wahrscheinlich schlafen. Sie sind auch nicht besser als ich.«

Als Mary das nächste Mal ins Wohnzimmer kam, war es beinahe Mittag. Sie sah Jane, und ihr Gesicht schien zu ermüden. »Sie sind ja noch da.«

»Auch wenn Sie mir nicht helfen wollen, Barraclough zu kriegen, ist es immer noch zu meinem Vorteil, wenn ich aufpasse, daß er Sie nicht kriegt.«

»Und wie lange soll ich so weiterleben?«

»Wenn wir mal mit der Arbeit anfangen, wird es leichter«, sagte Jane. »Wir sehen uns die anderen Frauen hier genau an, wir gehen in ihre Läden und kaufen, was sie kaufen. Sie müssen nur den Kopf ein bißchen einziehen, wenn viele andere Köpfe um Sie herum sind.«

Mary sah aus, als dächte sie darüber nach. »Wie lange muß ich ihn einziehen?«

Jane zuckte die Schultern. »Je länger Sie es tun, um so sicherer sind Sie. Die meisten Frauen führen ein ruhiges, zurückgezogenes Leben, und die meisten sind im Grunde genommen glücklich. Es ist gut, neue Freunde zu finden und ein Mitglied der Gesellschaft zu werden. Wenn Sie sich ansehen, wie Ihre Freunde leben, fühlen Sie sich gleich besser – und es bewahrt Sie davor, faul zu werden.«

»Faul?«

»Der Durchschnittsmensch stellt abends seinen Wecker, steht auf und geht zur Arbeit, dann hat er ein bißchen Freizeit, stellt wieder seinen Wecker und schläft. Die Woche zieht sich hin, und nie kriegt man so viel bezahlt, wie man eigentlich verdienen würde. Aber dann, eines Tages, können Sie immer nur an irgend etwas Verrücktes denken, eine Woche auf den Bahamas oder ein neues Kleid vielleicht, das Sie in einem Modejournal gesehen haben. Ganz egal. Bleiben Sie im Rahmen Ihrer Mittel. Das heißt: Ihrer sichtbaren Mittel.«

Marys Gesichtsausdruck wurde hart, und ihre Augen funkelten. »Ich weiß nicht, ob ich das verstehe.«

»Lassen Sie das Geld in Zürich oder Singapur liegen.«

»Ich habe es Ihnen schon gesagt: Es gibt kein Geld.« Sie starrte Jane lange Zeit wortlos an und wartete auf ihre Gegenrede. Jane saß reglos da und erwiderte ruhig den Blick. Schließlich sprang Mary ärgerlich auf, warf sich den Mantel über und ging zur Tür hinaus. Als Jane den dumpfen Schlag der Haustür hörte, stand sie auf, zog ebenfalls ihren Mantel an und machte sich zum Ausgehen fertig. Sie hatte viel zu erledigen.

20

Der Wayne-County-Flughafen in Detroit war nicht weiter als vierzig Kilometer von Mary Perkins' Wohnung entfernt. Der Flug selbst ging nur über gut vierhundert Kilometer, und als Jane in O'Hare in Chicago ausstieg, zeigte die Wanduhr erst 15.10 Uhr. Das Taxi brachte sie bis zur Ladengalerie in der State Street, und von hier aus ging sie zu Fuß zwei Straßen weiter bis zur East Madison Street. An jedem anderen Tag wäre sie vielleicht nicht so früh ausgestiegen, aber am Morgen hatte der Schneefall auch Chicago erreicht, und der Wind wirbelte ihn hoch und trieb ihn in waagrechten Schüben zwischen den Häusern hindurch. Die meisten Fußgänger huschten nur ins Freie, um schnell von einem Gebäude ins nächste zu gelangen, und sie sah niemanden, der ihr gefolgt wäre. Vor vier Uhr war sie an der Bank of Illinois, hinter dem Schalter in einer engen Kabine, und fünf Minuten später öffnete sie ihren Schließfachkasten. Schon vor Monaten war sie hierhergekommen, um die Rechnung für das Brieffach der Furnace Financial Ltd. zu bezahlen, neue Kleider zu kaufen und Catherine Snowdons Papiere zu deponieren. Jetzt nahm sie sie heraus. Catherine Snowdon hatte eine Geburtsurkunde, einen Führerschein, eine Sozialversicherungskarte, eine Visa Card und eine Geldautomatenkarte der Bank of America, falls sie plötzlich Bargeld brauchte. Jane sah auch die übrigen Dokumente durch. Es blieben ihr noch Wendy Lewis, Karen Gottlieb und Anne Bronstein übrig. Sie überprüfte alles, um sich zu vergewissern, daß sie kein Verfallsdatum übersehen hatte. Dann legte sie sie zurück, unter das Sparbuch und die Neun-Millimeter-Beretta, verschloß den Kasten und läutete der Dame, mit der zusammen sie ihn in sein Fach im Tresorraum zurückschob.

Ein Lotse wie sie brauchte mehr Versicherungspolicen als jeder ihrer Kunden, aber Catherine Snowdon konnte sie an Mary Perkins abgeben. Später würde sie für den Fall einer übereilten Flucht die Catherine-Snowdon-Papiere mit zehntausend Dollar irgendwo in Gehentfernung von Marys Wohnung verstecken.

Am Dirksen Building an der East Adams nahm sich Jane ein Taxi, und dann flog sie zu weiteren Einkäufen nach Detroit. In einem Toys »R« Us fand sie ein Spielzeug, das sich »Musik-Teppich« nannte. Es war eine bunte Teppichmatte, und wenn man mit dem Fuß auf die richtigen Stellen trat, spielte sie eine elektronische Melodie. Jane hatte vor, die Drähte später neu zu verlegen, so daß bei einem Fußdruck auf die Matte keine Melodie, sondern eine Glühbirne anging. Besser noch zwei Glühbirnen: eine innerhalb der Wohnung und eine zweite irgendwo draußen, im Briefkasten vielleicht, wenn sie das hinkriegte, ohne den Briefträger zu erschrecken. Wenn also diese Glühbirne leuchtete, wußte Mary, in ihrer Wohnung war jemand und wartete auf sie.

In einem Geschäft für Haushaltswaren kaufte sie Draht, ein paar Werkzeuge, Isolierband und eine Strickleiter, mit der man im Notfall aus einem Fenster im ersten Stock herunterklettern konnte. Das war für den Augenblick genug. Mary mußte sich in sehr kurzer Zeit schon an so viel Neues gewöhnen, und sicher machte sie in einer möglichen Gefahrensituation weniger Fehler, wenn sie nicht durch zusätzliche Unübersichtlichkeit abgelenkt war.

Jane blieb vor einem Münztelefon stehen und wählte ihre eigene Nummer. Sie hörte es viermal klingeln und dann ihre eigene Stimme. »Hallo. Hinterlassen Sie bitte eine Nachricht nach dem ... « Sie gab den zweistelligen Zahlencode ein und hörte, wie der Anrufbeantworter das Band zurückspulte. Es kam ihr sehr lange vor. Dann klickte es ein paarmal, und aus dem Hörer kam Careys Stimme.

»Jane? Carey. Ich weiß, daß du deine Nachrichten hier abrufst, und das ist die einzige Möglichkeit, dich zu erreichen. Es tut mir leid, daß ich neulich abends nochmal ins Krankenhaus mußte. Ruf mich an, wenn du kannst, zu Hause oder im Krankenhaus oder in meinem Büro. Falls ich im OP bin oder so was, dann sag mir wenigstens eine Nummer, wo ich dich erreichen kann.« Die Computerstimme des Anrufbeantworters sagte: »Dienstag, zehn Uhr fünfzehn.«

Danach kam wieder Careys Stimme. »Hi, Jane. Ich bin's schon wieder. Jetzt sind ein paar Tage vorbei, und du hast immer noch nicht angerufen. Hast du es nicht versprochen, oder bilde ich mir das nur ein? Ich bin jedenfalls da, wo ich immer bin.« – »Samstag«, sagte der Apparat, »vierzehn Uhr sechsunddreißig.«

Die nächste Nachricht: »Allmählich denke ich, du bist sauer auf mich oder was. Wenn es so ist, dann ruf mich an und schrei mich an. Zwei Wochen mit immer derselben Frage sind eine lange Zeit.« – »Freitag, achtzehn Uhr zweiundfünfzig.«

Jane hängte ein und wählte Careys Nummer. Als sein Anrufbeantworter zu Ende gesprochen hatte, sagte sie: »Hi, Carey, ich bin's. Tut mir leid, daß ich nicht zurückrufen konnte. Dieser Job ist nun doch ganz einfach furchtbar. Ich helfe hier einer Frau, ein profitables Geschäft aufzuziehen, und ihr Geschäft ist Promotion für alles mögliche quer über den Kontinent. Ich war auf mehr Flughäfen als – jedenfalls auf mehr als mein Koffer. Ich bin anscheinend immer auf einem Sitz in irgendeiner Maschine festgeschnallt, wenn du zu Hause bist, und sobald wir in einem Hotel sind, sitzen wir zusammen und gehen die Zahlen für das nächste Meeting durch, und zum Frühstück gibt's dann das Meeting selbst. Genug gejammert! Ich bin nicht sauer auf dich. Ich ruf' dich wieder an, wenn ich daheim bin.« Sie fing sich gerade noch, bevor sie sagte: »Ich liebe dich«, denn er hatte es noch nie zu ihr gesagt, aber sie kam sich kleinlich vor. Sie sagte: »Du fehlst mir« und hängte ein. Sie horchte dem Klang des Satzes nach und stellte fest, es war so, wie sie es sagte. Er fehlte ihr.

Im College hatte sie zwei, drei Freunde gehabt, die über Janes Fähigkeit, Menschen zu verstecken, Bescheid wußten, aber Carey McKinnon gehörte nicht zu ihnen. Mit jedem Jahr wurde es unmöglicher, ihm davon zu erzählen, aber das war nicht der Grund, warum sie es ihm verschwieg. Sie hatte ihn für sich selbst aufbewahrt. Sie brauchte ein Zuhause, wo sie einfach mit Menschen sprechen konnte, die sie gern hatten, und wo sie eine Weile vergessen konnte, daß sie vielleicht schon am nächsten Tag einen Schutzbedürftigen aus seinem alten Leben hinausführen mußte. Damit hatte sie aber eine Lüge in die Welt gesetzt, die mit der Zeit so groß geworden war, daß sie fast daran erstickte. Seit er sie gefragt hatte, ob sie ihn heiraten wolle, fand sie es unerträglich, immer nur mit seinem Anrufbeantworter zu sprechen.

Während sie über die Straße ging, fiel ihr auf, daß sie nur eine einzige Lösung des Problems erwogen hatte. Sie würde die Lüge weiterführen, ihm erklären, sie gäbe jetzt diese Beratungstätigkeit auf, und ihm nie eingestehen, daß sie nicht die Frau war, für die er sie hielt. Sie würde also genau das tun, was sie Dutzenden von anderen Menschen beigebracht hatte. Such dir das Leben aus, das du möchtest, und dann erzähl fünfzig Lügen pro Tag, um es zu kriegen. Sie schämte sich, daß ihr diese Aussicht so leer und hoffnungslos erschien.

Mit einem Mal stellte sie etwas fest: Sie dachte in einer Weise darüber nach, als ob sie sich schon entschieden hätte, ihn zu heiraten. Sie hatte sich aber noch nicht entschieden. Wenn man sich zu so etwas wie einer Heirat entschloß, sollte man einen guten Grund für die Annahme haben, daß man am Hochzeitstag noch am Leben ist.

Jane fuhr mit dem Bus nach Ann Arbor und stieg an der Universität aus. Erst nach Mitternacht ging sie zu Fuß die Huron Street zurück zur Wohnung. Sie hatte länger gebraucht als den einen Tag, den Mary einmal mit sich allein sein mußte. Je mehr Zeit Mary zum Nachdenken hatte, um so besser für sie.

Die Luft in der Huron Street war kalt und ruhig, und Jane lauschte auf das knirschende Geräusch ihrer Schuhe im Schnee, hörte aber plötzlich in ihrem Rücken einen anderen, noch weit entfernten Ton. Er fing leise an und steigerte sich, stieg jede Sekunde höher, bis er als Sirenenton erkennbar war. Sie ging weiter und hörte das Geheul lauter werden und näher kommen, dann fuhr es in der Parallelstraße an ihr vorbei. Eine Minute später kamen von irgendwo rechts vorne noch mehr Sirenen auf sie zu.

Auf der Kreuzung vor ihr bog mit eingeschaltetem Blinklicht ein Feuerwehrwagen in die Huron Street ein. Eine Querstraße weiter stieg ihr schon der Brandgeruch in die Nase. Es war ein dünner, schwebender Nebel wie der Rauch eines Kaminfeuers in einer windstillen Nacht. Sie ging schneller und bog in eine Nebenstraße ein. Der Lärm klang nach einem Großalarm, und es hatte keinen Sinn, nach Mitternacht mit Einkaufstüten im Arm durch Hundertschaften von Feuerwehr und Polizei hindurchzulaufen. Sie nahm die nächste Straße hinter der Huron Street und ging etwas schneller.

Als sie noch zwei Querstraßen von dem großen, alten Haus entfernt war, in dem Mary wohnte, fing der Himmel über ihr plötzlich zu glühen an. Sie ließ die Tüten fallen und rannte los. Es mußte ihr Haus sein. Im Laufen sah sie, wie die Leute in dieser stillen Straße aus ihren Wohnungen kamen und auf das Feuer zugingen.

Als Jane wieder in der Huron Street war, konnte sie bereits den dichten Wagenpark vor Marys Haus sehen. Die Uniformen der Feuerwehrmänner leuchteten, und auf ihren nassen Helmen spiegelten sich die Flammen, die schon aus den Fenstern im Erdgeschoß herausschlugen und über die Holzschindeln nach oben griffen.

Jane verlangsamte ihren Lauf zu einem schnellen Gehen und sah sich jede der vom Feuer angestrahlten Gestalten genau an. Sie versuchte Mary unter ihnen zu erkennen, war aber schon fast sicher, sie nicht zu finden. Nur wenn die Killer einen Fehler gemacht und Mary getötet hatten, hatte das Feuer einen Zweck. Sie hatten es nicht gelegt, um einer Mordkommission die Arbeit zu erschweren (so viel hatten sie bei ihrem Trainer Farrell zweifellos gelernt), sondern weil das Feuer alle Fingerabdrücke und Faserreste beseitigte und weil im Löschwasser und unter den Stiefeln der Feuerwehrmänner alle Fußabdrücke verschwanden. Sie ging mitten hinein in die Menge der Neugierigen, die sich nun in einem weiten Kreis um das Feuer versammelt hatten, und sah in die Gesichter der Menschen. Sie suchte nicht mehr nach Mary; sie suchte nach einem Gesicht, das sie schon einmal gesehen hatte.

Sie hörte das laute Heulen einer weiteren Sirene, und dann schwenkten schon die Scheinwerferlichter um die Ecke und stoppten am Gehweg ungefähr zehn Meter hinter dem Löschwagen. Es war ein Rettungswagen. Jane ging auf ihn zu, vorbei an den Zuschauern, die von dem Feuerspektakel so gebannt schienen, daß sie sie gar nicht bemerkten.

Sie näherte sich der Ambulanz und sah, wie zwei Helfer an der hinteren Tür ihre Faltbahre herauszogen und damit losrannten, aber nicht zu Marys Haus, sondern an der Straßenhecke entlang auf den Nachbarrasen. Jane spürte unwillkürlich eine kleine Hoffnung in sich aufsteigen. Vielleicht hatte die Feuerwehr dort die Verletzten plaziert, abseits der Lösch- und Gefahrenzone, und wenn die Helfer so rannten, dann mußten sie annehmen, daß dort ein Patient auf sie wartete und nicht eine Leiche.

Jane folgte ihnen. Sie liefen über den Rasen auf zwei Feuerwehrmänner zu, die Gasmasken aufhatten und sich über jemanden beugten, der auf dem Bauch im Schnee lag. Einer von ihnen hatte eine Sauerstoffflasche auf dem Rücken wie ein Taucher, und nun drückte er die Atemmaske dem am Boden liegenden Menschen auf das Gesicht. Jane hielt den Atem an, als die vier Männer den Körper auf die Bahre schoben. Dann hoben sie das Gestell hoch, so daß die Fahrbeine herausklappten, und Jane atmete enttäuscht wieder aus. Der Mensch auf der Bahre hatte einen schwarzgummierten Uniformmantel und Stiefel an. Vermutlich war ein Feuerwehrmann mit einer Rauchvergiftung zusammengebrochen.

Sie wandte sich um und schaute zum Haus hinüber. Jetzt stand auch das Obergeschoß in Flammen, und sie konnte sehen, wie das Feuer sich durch die Innenwände fraß. In wenigen Minuten mußte das Dach in Marys Wohnung einstürzen, und dann hatten die Killer genau das erreicht, was ihnen Barracloughs Trainer beigebracht hatte für den Fall, daß etwas schiefging.

Die Feuerwehrleute hielten mit aller Kraft die Schläuche fest, die ihre ungeheuren Wasserströme in die oberen Fenster schleuderten. Jane sah ein paar andere, die um das Haus herumkamen und lange Stangen mit Einreißhaken trugen. Die Gesichter waren an der Stirn und um die Augen, wo der Schutz der Gasmasken endete, dunkel und fettig rußgefärbt, die Gummimäntel und Hosen glänzten von Löschwasser, das bei jedem Schritt in den Schnee tropfte. Schnell drehte sie sich um und konnte gerade noch sehen, wie die vier Männer die Bahre zum Rettungswagen schoben. Der Mantel des Verletzten war trocken. Er war offenbar lange genug im Innern des

Hauses gewesen, um im Rauch zusammenzubrechen, aber er hatte keinen Tropfen Wasser an sich. Auch die beiden Feuerwehrleute, die neben ihm im Schnee gekniet hatten, hatten trockene Mäntel an.

Jane ging mit schnellen Schritten schräg über den Gehweg auf den Rettungswagen zu und behielt dabei immer die Bahre im Auge. Sie hatten dem Verletzten eine Decke übergelegt und sie mit Riemen befestigt, auch die Atemmaske lag noch immer auf seinem Gesicht. Jane konnte keine Haare sehen, denn der Kopf lag auf einem Kissen, und die Männer verstellten ihr den Blick. Als sie unter den Straßenlaternen waren, konzentrierte sie sich auf den Rand der Decke, wo die Finger des Verletzten ein paar Zentimeter weit heraushingen. Das rote Drehlicht des nahen Löschwagens strich darüber hinweg und beleuchtete sekundenlang eine Reihe spitzgefeilter, roter Fingernägel. Es war Mary Perkins.

Jane ging zur vorderen Tür des Rettungswagens, schlüpfte hinein und kauerte sich vor dem Fahrersitz auf den Boden. Sie hörte, wie die hintere Tür geöffnet wurde, die Metallrollen der Bahre glitten in ihre Schienen, und dann schlug die Tür zu. Jane kletterte auf den Fahrersitz, warf den Gang ein, stieg auf das Gaspedal und lenkte den Wagen vom Randstein weg, um an den zehn Meter entfernt parkenden Löschfahrzeugen vorbeizukommen.

Dann stellte sie die Räder gerade und raste die Straße hinunter. Sie schaute in den Rückspiegel. Die vier Männer liefen ihr ein paar Schritte weit nach, dann sahen sie ein, daß so etwas sinnlos war, und blieben auf der Straße stehen. Bevor sie an der nächsten Ampel abbog, schaute sie noch einmal zu ihnen zurück, konnte sie aber nicht mehr sehen.

Sie fuhr, während die eingeschaltete Sirene ihr den Weg frei räumte, mit hoher Geschwindigkeit fünf Querstraßen weiter, bog in eine kleinere Nebenstraße ab, schaltete Drehleuchte und Sirene ab und fuhr noch schneller.

»Mary!« rief sie nach hinten. Keine Antwort. Plötzlich fiel ihr ein, daß die Gasflasche auf dem Rücken des Feuerwehrmanns wahrscheinlich gar kein Sauerstoff war. Es konnte ebensogut ein Narkosemittel sein. Und wenn es so war, dann starb Mary eher, als daß sie sich erholte. Jane fuhr noch eine

Minute weiter und parkte dann den Wagen auf einem freien Platz hinter einer Schule. Sie rannte nach hinten, riß die Tür auf, kletterte hinein und schaute Mary ins Gesicht. Sie sah, daß ihre Augen weit offenstanden und blinzelten.

»Du lebst doch noch«, sagte Jane. Sie zog an der Atemmaske und bemerkte, daß sie durch ein Gummiband am Kopf befestigt war, also schob sie die Maske nach oben und zur Seite. Über Marys Mund war ein breiter Streifen Klebeband. Jane öffnete die oberen Riemen an der Bahre.

Mary setzte sich sofort auf und versuchte mit fahrigen Handbewegungen, ihre Füße zu befreien. Sie weinte und zitterte und stieß so ungeduldig gegen die Riemen, daß sie ihr immer wieder aus den Händen rutschten. Jane machte auch diese Riemen auf. »Du solltest dir das Klebeband vom Mund nehmen«, sagte sie.

Mary kratzte erst daran herum, und als sie es herunterriß, stieß sie einen kurzen Schrei aus. »Die hatten mir den Weg versperrt!« schluchzte sie. »Ich kam nirgends mehr raus.« Sie warf den schweren Uniformmantel ab, und Jane sah, daß sie darunter die Jacke trug, mit der sie dem Feuer zu entkommen geplant hatte. »Überall war dieser Rauch, und dann schlugen sie gegen die Tür, und sie sahen wie richtige Feuerwehrmänner aus. Einer gab mir eine Sauerstoffmaske, und dann ...«

»Ich weiß«, sagte Jane. »Jetzt komm. Wir müssen hier raus.«

»Warum fährst du nicht einfach weiter?« Mary blickte auffordernd nach vorn zum Fahrersitz.

»Nein. Bisher hatten wir einfach Glück. Aber jetzt suchen sie nach dem Wagen. Vermutlich ist er gestohlen, also sucht ihn auch die Polizei.« Sie stellte Mary auf die Füße, schob sie zur Tür hinaus und sagte: »Lauf hinter mir her.«

Mary lehnte sich gegen die Wagentür. Sie machte einen Schritt in den Feuerwehrstiefeln, ihre hellbraune Hose hatte sich darin bis hinauf zum Knie geschoben, dann blieb sie stehen und zog die Jacke enger um sich. »Ich kann nicht.«

»Versuch es«, sagte Jane nur. Sie hängte sich die Handtasche quer über die Brust und fing mit langsamen Schritten an, über den Parkplatz zu laufen. Nach wenigen Metern hörte sie Mary nachkommen. Jane lief über den großen Rasen hinter dem Schulhaus. Es war wohl ein College, denn das Sportgelände war weitläufig und für Wettkämpfe eingerichtet, mit Holztribünen an den Seiten. Das Gras unter dem Schnee war eine saubere, ebene Fläche ohne unsichtbare Stolperstellen. Und was noch besser war: Sie sah Fußspuren vor sich, in die sie ihre eigenen Schritte setzen konnte. Als sie die Sportanlagen hinter sich hatte und im Freien war, spürte sie, wie der Wind ihr kleine Schneekörner ins Gesicht wehte. Jetzt, solange noch kein Polizist den Rettungswagen entdeckt hatte, kam es auf Geschwindigkeit an. Sie wartete noch etwas, bis sie den Eindruck hatte, Mary hätte sich warm- und lockergelaufen, und verlängerte dann ihre Laufschritte. Diese Spielfelder hatten den Vorteil, daß sie einen halben Kilometer weit in gerader Linie zu einer anderen Straße führten. Andererseits waren Mary und sie hier draußen die einzigen schwarzen Punkte in einem Meer von leerem, weißem Schnee.

Sie sah über die Schulter zurück und bemerkte, daß Mary den Blick als die Erlaubnis verstand, langsamer zu laufen. Jane schaute wieder nach vorn und legte ein regelmäßiges, aber nicht zu schnelles Lauftempo vor. Sie horchte auf Marys Schritte und ihren Atemrhythmus. Mary war das Laufen nicht gewohnt, aber offenbar konnte sie mithalten.

Am Ende des Footballfelds blieb Jane neben dem Torpfosten stehen, bis Mary sie eingeholt hatte. Sie sagte: »Sobald wir in Deckung sind, müssen wir nicht mehr laufen« und rannte wieder los. Jetzt kamen sie offenbar über einen Fußballplatz, er war länger als das Feld von eben. Jane sah, daß sie jetzt das Ende des Schulgeländes erreichten. Vor ihnen stand ein hoher Maschendrahtzaun, auf der anderen Seite große, blattlose Bäume. Sie rannte voraus und suchte den Ausgang.

Sie fand ihn nach wenigen Sekunden, aber das Tor war mit einer schweren Kette und einem beachtlichen Vorhängeschloß versperrt. Sie blickte sich nach Mary um, die nur mühsam aufholte. Überall auf dem Gelände waren Fußspuren zu sehen. Wenn Kinder sich immer noch genauso verhielten wie damals, als sie selbst zur Schule ging, dann marschierten sie keineswegs einen halben Kilometer, um auf die andere Seite des Zauns zu kommen. Sie ging den Drahtzaun ein kurzes Stück ab und fand die Lösung. Auf der anderen Seite lag ein Parkplatz der Stadtverwaltung; neben einem Schuppen, der wie ein Warenlager aussah, standen Zugmaschinen, Müllfahrzeuge, Schneepflüge und ein Mähdrescher. Pkws waren hier nicht geparkt, aber der Platz war schneefrei, da man mit einem der Schneepflüge einen riesigen Schneehaufen nahe am Zaun fast drei Meter hoch zusammengeschoben hatte.

Mary stand hinter ihr und atmete in Stößen, stand jetzt aber nicht mehr unter Streß. Jane sagte: »Wie gut bist du im Klettern-über-Zäune?«

»Rate mal.«

»Ich helfe dir«, sagte Jane. »Wir müssen bloß hochkommen. Runter können wir laufen.« Sie nahm Marys Arm und legte ihr die Hand mit Entschiedenheit über ihrem Kopf an den Maschenzaun. Sie fing an hinaufzusteigen, und Jane wartete darauf, daß sie sagte, sie würde es nicht schaffen.

Mary hörte auf zu klettern. »Ich glaube nicht, daß ich ...«

Jane griff nach oben, packte sie an den Hüften und schob sie ein Stück höher. »Du mußt mit den Füßen arbeiten. Steck die Zehen in die Zwischenräume, und mit dem anderen Fuß machst du einen Schritt höher. Die Hände brauchst du bloß, um dich festzuhalten. Noch einen Schritt. Gut so. Noch einen Schritt.« Dann kletterte sie hinter ihr her, und als Mary oben an der furchterregendsten Stelle angekommen war, wo der Schneeberg den Zaun fast überstieg, sagte sie: »Noch einen Schritt«, hielt sich mit einer Hand fest und schob Mary mit der andern so fest über den Zaun, daß sie zusammengerollt auf den Schneehaufen fiel.

Dann war auch Jane oben und ließ sich in den Schnee fallen. Mary lag noch immer da und atmete tief durch, um ihren Herzschlag zu beruhigen. Jane hob sekundenlang den Kopf, duckte sich aber sofort wieder und legte sich noch tiefer in den Schnee. »Bleib unten«, sagte sie.

Ein Scheinwerfer strich über das Spielfeld. Er glitt über ihre Köpfe und tauchte Tausende von winzigen Schneeflocken, die der Wind durch die Luft wehte, in sein Licht. Der Streifenwagen stand neben der verlassenen Ambulanz, so daß der Scheinwerferstrahl über die Entfernung von dreihundert Metern hinweg stark in die Breite streute, aber er war immer noch so hell, daß Jane die Spuren des Klebebands auf Marys Wange sehen konnte.

Mary fragte: »Sind es die ...«

»Polizei«, sagte Jane. »In einer Minute schalten sie ihn aus. Aber dann bewegst du dich trotzdem nicht.«

Das Licht fegte über das Gelände, kam zurück, fuhr den Horizont entlang und ging aus. »Bleib liegen«, sagte Jane. »Ruh dich solange aus.« Sie lagen im Dunkeln, und Jane horchte. Plötzlich kam das Licht zurück, wischte über ihre Köpfe und zuckte wild über das ganze Spielfeld hin und her. Sie wartete auf das Geräusch des Motors, aber nichts davon war zu hören. Schließlich ging das Licht wieder aus. »Okay«, sagte Jane, »jetzt.« Sie setzte sich ein wenig auf, rutschte den Schneehügel hinunter und wartete unten auf Mary, die gleich hinterherkam.

Sie rannten zum Tor an der Straßenseite des Platzes und mußten schon wieder anhalten. Denn auch dieses Tor war wie das vorige mit einer Kette und einem Vorhängeschloß gesichert. Jane schaute den Zaun hinauf. Er war nicht höher als der andere, hatte aber oben eine Rolle Stacheldraht. Zurück konnten sie nicht, da die Polizei so lange nicht abrückte, bis ein Abschleppwagen die Ambulanz am Haken hatte. Jane sah sich um. Sicher gab es irgendwelche Schneidegeräte in dem Schuppen, aber da einzubrechen war noch schwieriger, als über den Zaun zu steigen, und der hatte wenigstens keine Alarmanlage. Es standen eine Menge Lastwagen und Schneepflüge herum, aber selbst wenn es ihr gelang, einen davon kurzzuschließen und damit durch das Tor zu brechen, hätte sie bei dem Motorgeräusch in zwanzig Sekunden die Polizei auf den Fersen. Dann faßte sie die seltsamen Schattenformen am anderen Ende des Parkplatzes ins Auge.

»Gut«, sagte sie, »ich hoffe, du hast genug Kraft, ich brauche jetzt nämlich deine Hilfe.«

Sie rannte vorbei an dem Kinderkarussell und den Schaukeln, die hier im Winter eingelagert waren, und hinüber zu den Rutschbahnen. Die ersten zwei waren aus Stahlrohren zusammengeschweißt und viel zu schwer. Die dritte hatte die Form einer Röhre und war aus Fiberglas, und Jane konnte das eine Ende selbst ein wenig anheben.

Sie schleppten die Rutschbahn bis zum Zaun, hoben sie hoch und bugsierten sie so über den Zaun, daß die Leiter auf ihrer Seite stand und die Röhre zur Straßenseite zeigte. »Du zuerst?« fragte Jane.

Mary stieg die Leiter hinauf, dann mit den Füßen voraus in die Röhre und landete im nächsten Augenblick unten im Schnee. Dann rutschte auch Jane hinunter und saß neben ihr am Boden. Mary wollte gleich weiterlaufen, aber Jane sagte: »Wenn wir das so stehenlassen, dann wissen die Polizisten sofort, was los war, ohne daß sie dafür erst lang aussteigen müssen. Komm, hilf mir.« Sie schoben die Rutschröhre wieder zurück über den Zaun, und dann rannten sie die Straße hinunter.

»Wohin wollen wir eigentlich?« fragte Mary.

»Zur Universität.«

Die letzten zwei Kilometer sprachen sie nicht mehr. Jane lief wieder voraus und horchte auf Marys Schritte. Sie schaute auf die Uhr: kurz nach zwei Uhr morgens. Um diese Zeit waren selbst in der Nähe der Universität keine Fußgänger zu sehen. Ein paarmal sah sie Autoscheinwerfer in weiter Entfernung, zerrte Mary schnell in den dunklen Raum zwischen zwei Häusern und ließ den Wagen vorbeifahren. Als sie endlich das Universitätsgelände erreichten, verminderte sie das Tempo. Sie hörte hinter sich Marys Schritte noch zwei-, dreimal hart aufkommen, dann klangen auch sie leiser und langsamer.

Jane ging weiter und betrachtete prüfend und lange die Gebäude, an denen sie vorüberkamen. Schließlich deutete sie auf einen länglichen, mehrstöckigen Bau, auf dessen Vorderfront »Helen Mileham Hall« stand. Dreißig Meter weiter blieb Jane stehen. »Das wäre kein schlechter Platz, um sich aufzuwärmen bei dieser Kälte.«

Mary Perkins sagte: »Was ist das denn?« Sie war so erschöpft, daß ihre Stimme wie geistesabwesend klang.

»Ich glaube, das Studentinnenheim«, sagte Jane.

»Aber ist das nicht zugesperrt jetzt, mitten in der Nacht?«

»Natürlich«, sagte Jane. Sie nahm es sich übel, die Kälte erwähnt zu haben. Sie waren beide erhitzt vom Laufen, aber die Nachtluft trocknete ihnen bereits den Schweiß im Gesicht, und die Haut wurde davon taub und gefühllos. Die Vordertür schloß sie gleich aus. Von hier ging es in eine Empfangshalle wie bei einem Hotel. Jane bemerkte außerdem eine Gegensprechanlage am Eingang und eine Art elektronische Sicherung an der Glastür. Jane kam noch aus einer früheren Schülergeneration mit Sperrstunden, aber hier gab es wohl keine alte Hausmeisterin mehr, die die zu spät gekommenen Mädchen noch hereinließ. Aber inzwischen war die Welt für Frauen gefährlicher geworden, und so gab es hier wahrscheinlich etwas Schlimmeres, so etwas wie eine alte Hausmeisterin in Uniform mit einer 57er Magnum im Gürtelhalfter. Während Mary wartete, ging sie einmal um das Gebäude herum und suchte die Notausgänge. Dann hörte sie plötzlich das Geräusch eines Wäschetrockners.

Je näher Jane kam, desto wacher wurden ihre Erinnerungen. Ein Mädchen von achtzehn Jahren, zum erstenmal nicht mehr daheim, kannte von Zeit zu Zeit solche Nächte. Die Abschlußarbeiten und die schmutzige Wäsche stapelten sich gleichzeitig, und es war Freitagabend, kurz vor dem Ende des Semesters. Der Lärm der Musik und das Geschrei im Schlafsaal hatten sich gelegt, aber sie konnte im Dunkeln nicht einschlafen; in ein paar Stunden kam mit widerwärtiger Pünktlichkeit der nächste Morgen, und trotzdem war sie immer noch achtzehn und voll innerer Unruhe. Sie überredete sich also, etwas immens Praktisches zu tun. Sie konnte jetzt alle Waschmaschinen auf einmal für sich benützen, wenn sie genügend Münzen hatte, und die einsame Stille der Nacht steigerte gewiß die Qualität ihrer Semesterprüfung.

Das Mädchen saß den Trocknern gegenüber, hatte die Füße auf einen zweiten Stuhl gelegt und unterstrich wichtige Stellen in einem Lehrbuch. Der Raum war von den Waschmaschinen warm und feucht, und die Außentür stand etwas offen, damit die dampfende Luft abziehen konnte.

Jane lief vor das Haus zu Mary und winkte ihr. Dann stellte sie sich neben die Tür zum Waschraum und untersuchte das Schloß. Die Tür hatte innen einen Stangengriff, der einen Treibriegel aus dem Loch im Boden herauszog, und einen normalen Schnappriegel mit der dazugehörigen Öffnung im Seitenrahmen. Jane machte ihr Portemonnaie auf, nahm sechs Zehn-Cent-Stücke heraus, beugte sich hinter der Tür in den Türrahmen und ließ die Münzen in das Riegelloch im Boden gleiten. Dann ging sie zu Mary und flüsterte: »Was hast du mit dem Klebeband gemacht, das sie dir über den Mund geklebt haben?«

»Was?« flüsterte Mary zurück.

»Ich hab' nicht gesehen, daß du es weggeworfen hast. Wo ist es?«

Mary sagte: »Ich weiß nicht. Ich glaube, ich ...« Sie faßte in ihre Hosentasche. »Da ist es.« Es war ein Knäuel.

Jane nahm es, ging von der Wand weg und im weiten Kreis, außerhalb des Lichtscheins, zur Tür zurück und stopfte das Klebebandknäuel in die Vertiefung, in die die Falle beim Schließen der Tür einschnappte. Dann ging sie mit Mary über die Wiese vor dem Gebäude, und beide setzten sich am Gehweg auf den Randstein und warteten.

Eine Viertelstunde später schalteten sich die Trockner aus, das Mädchen faltete die Wäsche zusammen, stieß die Tür mit dem Fuß auf und machte sie langsam und leise wieder zu. Es war fast drei Uhr morgens, und sie konnte ein paar hundert Kommilitoninnen, die wütend aufwachten, wirklich nicht gebrauchen.

Jane wartete noch einige Minuten, dann öffnete sie die Tür, zog das Klebeband aus dem Türrahmen, fingerte die Münzen aus dem Riegelloch am Boden und zog Mary ins Innere. Sie machte die Tür zu, und dann nahm sie den Weg über die ruhige Hintertreppe, abseits der allen zugänglichen Räume, hinauf in den ersten Stock und zu den langen Korridoren, an denen die Zimmer der Mädchen lagen. Leise ging sie an allen Zimmern vorbei und sah sich jede Tür genau an. Jedesmal horchte sie auf fremde Schritte, aber alles blieb ruhig. Schließlich blieb sie vor einer Tür stehen, an der in Augenhöhe ein Zettel hing. Sie nahm ihn behutsam herunter und las:

Cindy,
Deine Mutter hat bestimmt achtmal angerufen!!! Ich habe ihr gesagt, Du bist in der Bibliothek. Ruf sie an, sobald Du aus Columbus wieder zurück bist.
Lauren

Jane steckte Catherine Snowdons Kreditkarte zwischen Tür und Rahmen, bis sie die Falle im Schloß spürte, dann bog sie die Kreditkarte zur Seite und öffnete die Tür. Sie ließ Mary herein, klebte den Zettel wieder an der Außenseite an und machte die Tür zu. Die arme Cindy würde damit zu tun haben, sich für ihre Mutter eine überzeugende Geschichte auszudenken.

Jane tastete im Dunkeln nach der Decke auf dem Bett, zog sie herunter und hängte sie über die Vorhangstange, so daß kein Licht nach außen drang, dann schaltete sie das Licht ein. Sie ging zum Schrank und sah sich kurz die Kleider an, dann nahm sie einige davon heraus. »Sie hat ungefähr deine Größe, nur die Oberteile trägt sie gern weit.« Sie warf einen Pullover aufs Bett. »Zieh ihn an.« Sie zog ihre Bluse aus und streifte sich einen anderen Pullover über. Dann bemerkte sie Marys Feuerwehrstiefel. »Die helfen uns auch nicht weiter. Probier doch mal die hier.«

Nach wenigen Minuten hatten sie sich mit Cindys Sachen neu eingekleidet. Außerdem fanden sie einen kurzen Übergangsmantel und dazu eine »University of Michigan«-Jacke, die beidseitig zu tragen war. Jane wendete sie und zog sie an. Vielleicht konnte sie woanders noch als Studentin durchgehen, aber gewiß nicht in einer Universität. Sie zählte tausend Dollar aus ihrer Brieftasche ab und legte das Geld auf den Schreibtisch. »Tut mir leid, Cindy«, schrieb sie auf Cindys Notizblock. »Ich hab' was zum Anziehen gebraucht.« Dann sagte sie zu Mary: »Gut siehst du aus unter den Umständen. Dann los.«

Sie führte Mary zurück durch den Waschraum ins Freie, dann gingen sie zum Gebäude der Student Union, das im Zentrum des Campus lag. Aus ihrer eigenen Studentenzeit erinnerte sie sich noch an das Schwarze Brett für die Mitfahrgelegenheiten, und hier fand sie es in der großen Eingangshalle. Auf einem Korkbrett waren reihenweise Karteikarten angebracht. Die Karten für »Mitfahrt gesucht« ließ sie unbeachtet und las statt dessen die Anzeigen »Mitfahrt nach ...« genau durch. Die meisten boten eine Abfahrt am Donnerstagabend oder am Freitag und waren bereits überholt. Dann fand sie folgende Karte: »Nach Columbus, Ohio, Samstag, 5 Uhr früh. Rückkehr nach dem Spiel. Fahr- und Benzinbeteiligung. Doug«, darunter eine Telefonnummer. Sie schaute auf ihre

Uhr. Es war jetzt vier Uhr. Entweder war Doug ein kompletter Idiot oder schon wach. Sie ging zu dem Münztelefon an der Wand und wählte die Nummer.

Um fünf Uhr hielt der Wagen vor dem Gebäude. Doug war groß und lächelte gern. Er war der Typ, der bald ein paar Pfunde mehr ansetzt und dann sehr viel Golf spielt. Seine zwei Mitfahrerinnen überraschten ihn. Auf der Herfahrt von seinem Zimmer zur Student Union hatte er sich vorgenommen zu sagen, wie froh er war, daß sie noch in letzter Minute aufgetaucht waren. Er war gern in Gesellschaft. Er machte auch gern eine solche Reise, bei der er nicht alle Kosten selbst tragen mußte, aber vor allem hatte er Frauen gern. Er schaute sie gern an, mochte ihre Stimmen und den Duft, der sie umschwebte. Noch als er die beiden Frauen die Treppen herunterkommen sah, glaubte er an einen ausgesprochenen Glückstag. Als sie jedoch einstiegen und das Deckenlicht anging, bemerkte er, daß sie alt waren. Nicht gerade so alt wie die Mütter seiner Freunde, aber doch so alt, daß sie sich für ihn ebensowenig interessierten wie seine Lehrerinnen.

Kurz vor der Einfahrt in den Expressway 23 an der Gaddes Avenue setzte er den Blinker, um zur nächsten Nacht-Tankstelle abzubiegen, aber die Schwarzhaarige sagte: »Können wir das nicht später machen? Jetzt sind die Straßen noch leer und wir kommen gut voran. Später wird uns ein Stop richtig guttun.«

Damit konnte Doug leben. Die Benzinuhr zeigte einen halbvollen Tank, also war es eigentlich egal. Aber eine Sekunde lang kam es ihm so vor, als hätte sie einen ganz anderen Grund, warum sie in Ann Arbor nicht anhalten wollte. Vielleicht fuhr ihr Ehemann gerade die Stadt ab und suchte sie oder so was Ähnliches. Sie fuhren durch bis Toledo, und hier bestand die Schwarzhaarige darauf, das Benzin zu zahlen und die nächsten hundertfünfzig Kilometer selbst zu fahren.

Dann stellte sich heraus, daß die andere auf dem Rücksitz eine Studentin war, Betriebswirtschaft, Abschlußsemester. Sie war zehn Jahre lang berufstätig gewesen und hatte dann beschlossen, noch einmal zu studieren. Sie schlief die meiste Zeit. Die Schwarzhaarige war eher redselig. Sie war mit der Studentin befreundet und hatte sie überredet, zu dem Spiel mitzukommen. Aber möglicherweise war sie doch nicht ganz so redselig, denn hinterher konnte er sich nicht erinnern, etwas über sie erfahren zu haben. Vielleicht hatte sie nur Doug zum Reden gebracht und dazu dauernd gelächelt.

Als sie in die Vororte von Columbus kamen, sagte die Schwarzhaarige, sie müßten jetzt noch irgendwie Karten für das Spiel organisieren, weil ihr der verrückte Gedanke, mit Arlene hinzufahren, erst in letzter Sekunde gekommen sei. Sie ließen sich am Campus der Universität absetzen, um die Anschlagbretter nach freien Tickets abzusuchen.

Doug hatte es gar nicht gern, die Phantasieerlebnisse, die er vier Stunden lang entwickelt, verbessert und in jeder Kurve noch verfeinert hatte, so einfach sausen zu lassen. Er hatte es sich so schön ausgedacht, Michigans Sieg in einem Hotel der Stadt zu feiern, mit den zwei älteren Frauen im Riesendoppelbett. Nur schaffte er es nicht, sich jetzt auch die erforderlichen Umstände auszudenken, die ihm die Erfüllung solcher Erwartungen geschenkt hätten. Auch konnte er sich überhaupt nicht vorstellen, wie man einen derartigen Vorschlag überhaupt formulierte. Also ließ er sie mit einem tiefen Bedauern gehen, das ihm so lange nachging, bis er später ein Mädchen traf. Sie hieß Michele, nannte sich aber Micki, mit i am Ende. Sie hatte ihn mit den zwei älteren Frauen ankommen sehen und sofort bemerkt, daß etwas gepflegt Melancholisches an ihm war. Er selbst dachte nicht mehr an die beiden älteren Frauen, erst Sonntag abend wieder, als er mit Micki zurückfuhr. Da kam ihm kurz der Gedanke, daß sie sicher keine Karten für das Spiel bekommen hatten. Aber nie wäre er darauf gekommen, daß sie statt dessen unter anderen Namen zwei Flugtickets nach Boston gekauft hatten und beim Zwischenstop in Cleveland einfach verschwunden waren.

21

Mary lag auf dem Motel-Bett und lauschte den Flugzeugen über dem Haus. Ihr Unterbewußtsein hatte den gleichbleibenden Rhythmus bereits wahrgenommen. Zuerst brummten sie vier Minuten lang irgendwo im Osten hinter dem Haus, dann brüllten sie los und lösten sich über das

Dach hinweg in nichts auf. Danach gab es eine Pause von fünfundvierzig Sekunden, bevor das nächste an der Startposition knurrte und brummte.

Mary hatte es satt, auf die Frage zu warten. Sie drehte sich zu Jane um und sagte: »Es waren die Akten vom Arzt.«

Jane saß an dem runden Tisch unter einer abscheulichen Hängelampe und sortierte die Sachen, die sie aus ihrer Handtasche genommen hatte. Es waren ein Haufen Dollarnoten und mehrere Karten, die offenbar am Innenfutter eingeklebt waren. »Was für Akten?« Sie hob nicht den Kopf.

»Du hast mich darauf gebracht. Ich wollte es so machen, wie du es gemacht hättest. Ich ging zu einem Arzt in Ann Arbor. Ich fragte ihn nach dem Formular, mit dem Patienten ihre Unterlagen von ihrem alten Arzt zu einem neuen weiterleiten können. Ich habe es unterschrieben und dann die Arztadresse gefälscht, damit sie mir geschickt wurden.«

»Und warum hast du das gemacht?« fragte Jane. »Fehlt dir was? Brauchst du irgendeine ärztliche Überwachung?«

Mary Perkins schüttelte den Kopf. »Es kam mir irgendwie richtig vor. Ich wollte sie einfach haben. Jetzt gleich, nicht erst, wenn mir etwas passiert. Ich wollte meinen neuen Namen draufschreiben und sie dann meinem nächsten Arzt bringen. Es gibt doch keinen Grund dafür, daß eine Frau in meinem Alter ohne ärztliche Unterlagen dasteht, und ich wußte, ich konnte sie mir nicht selbst herstellen. Außerdem sind sie vertraulich. Angeblich sind sie sogar geheim.«

Jane seufzte. »Sind sie auch. Nur die Adresse, wo sie hingeschickt werden, ist nicht geheim.«

»Ach so. Aber wie hat Barraclough sie in die Hände gekriegt?«

»Da gibt es verschiedene Möglichkeiten. Einer gibt sich als der Bewährungshelfer von Mary Perkins aus und fragt danach. Oder einer von Barracloughs Leuten arbeitet in der Praxis und wartet auf den richtigen Brief in der Post. Wahrscheinlich wollten sie sowieso eine Kopie deiner Unterlagen, um zu sehen, ob du ein Leiden hast, mit dem du nur zu fünfzehn Spezialisten im ganzen Land gehen kannst, oder ob du eine ganz spezielle Operation brauchst oder so etwas. Vielleicht haben sie auch dasselbe getan wie du und die Unterlagen durch einen richtigen Arzt anfordern lassen. Und die Sekretärin deines Arztes hat ihnen gesagt, daß sie schon abgegangen sind an die und die Adresse. Ich habe keine Ahnung. Es ist auch nicht wichtig. Hast du sie denn bekommen?«

»Was bekommen?«

»Die Unterlagen von deinem Arzt.«

»Na klar.« Sie sah verlegen drein. »Jetzt sind sie verbrannt.«

»Gut.« Jane nahm das Sortieren ihrer Sachen wieder auf. »Noch eine Chance, die Barraclough hatte und jetzt nicht mehr hat.«

Marys Stimme fing ganz leise zu sprechen an, ein tiefer und angestrengter Ton, als bewegte sie ihre Stimmbänder nur, damit sie sich nicht verkrampften. »Weißt du, die haben das Feuer gelegt, als ich schlief. Sie haben es nicht so gemacht, daß keiner merkt, daß sie da waren. Sie wollten, daß ich rauskomme. Sie waren wie Feuerwehrmänner angezogen, als ob sie mich retten wollten. Ich konnte ihre Gesichter nicht sehen, nur diese Masken und Helme und Regenmäntel.«

»Ich weiß«, sagte Jane.

»Ich versuche nicht, dir zu sagen, was passiert ist«, sagte Mary Perkins. »Ich versuche, dir zu sagen, was mir passiert ist.« Dann sagte sie leiser: »Mir.« Sie starrte Jane an und wartete auf eine Reaktion, bis sie sah, daß Jane wartete. »Für mich ist das neu«, sagte sie. »Für dich ist das, wie wenn du eine Viehherde wo hintreibst. Du kümmerst dich nicht bloß so um sie, du paßt auf, daß sie dir nicht durchgehen und den Felsen runterfallen und daß sie nichts Giftiges fressen oder so viel trinken, daß ihnen der Magen platzt.«

»Du hast keinen Grund, dich zu schämen«, sagte Jane. »Die hatten dich in ihrer Gewalt. Das hast du dir nicht bloß eingebildet.«

»Aber die machen es genauso. Sie reden ganz sanft mit der Kuh. Sie sagen: ›Komm nur, Mädchen, es ist alles in Ordnung.‹ Aber das ist überhaupt nicht wahr, und die Kuh hat echt nichts davon.« Mary atmete einmal tief durch. »Ich bin es nicht gewöhnt, daß ich die einzige bin, die nicht weiß, was los ist; ich bin es auch nicht gewöhnt, die Welt so zu sehen. Ich dachte immer, ich hätte genug Phantasie, um mir so etwas vorzustellen. Ich kannte mal Leute, von denen jeder sagte, das sind richtig harte Typen, aber ich habe sie nie wirklich etwas tun sehen. Jetzt schaue ich zurück und frage mich: Wie bin ich aus einer hübschen, intelligenten Achtzehnjährigen zu einer doppelt so alten Frau geworden, die fremde Männer aus ihrer Wohnung herausbrennen.«

Jane zuckte die Achseln. »Das hast du mir schon erzählt.«

»Nein«, sagte Mary Perkins. »Nein, hab' ich nicht. Ich hab' dir erzählt, was mit ein paar Sparkassen passiert ist. Nicht, was mit mir passiert ist.«

Jane war mit dem Sortieren fertig und hängte die Kreditkarten und Führerscheine mit Klebeband aneinander. Sie wagte es nicht, Mary anzusehen, aus Angst, es läge vielleicht etwas in ihrem Blick, das Mary Grund zu schweigen gab.

»Im Sommer einundachtzig war ich zweiundzwanzig. Ich hatte eben die Florida State University abgeschlossen. Bei den Vorstellungen war ich gut, ich sah, daß mich die Personalchefs mochten, aber irgendwie bekam ich keine Arbeit. Ich weiß noch: Ich kam heim, machte die Tür von meinem Schlafzimmer im ersten Stock zu, dann zog ich meine feinen Sachen aus und hängte sie ordentlich auf, damit sie nicht vom Make-up ruiniert wurden, wenn ich mich aufs Bett warf und heulte. Dann kaufte ich mir Zeitungen aus anderen Städten und schrieb auf die Stellenanzeigen. Endlich, im Oktober, hatte ich einen Job. Die Sparkasse Winton-Waugh in Waco, Texas, suchte einen Management-Trainee. Ich fing in der Kreditabteilung an, genau zu der Zeit, als die Sache allmählich ins Rollen kam. Ich erinnere mich wie heute, ich bekam zweihundertzweiundsiebzig Dollar die Woche. Und bald sah ich, daß viel, viel mehr Geld in die Bank reinkam, und noch viel mehr ging in Form von Krediten wieder raus. Das war der Anfang.«

»Wie hast du es gemacht?«

»Ich ging auf eine Party.« Sie hatte ein ironisches Lächeln aufgesetzt, als hätte sie schon so oft daran gedacht, daß sie erwarten konnte, Jane würde sie sofort verstehen. »Die Bank hatte da so eine Mordsfete für ihre wichtigen Kunden, und ich wurde ein paar von ihnen vorgestellt. Das waren Männer mit zig Millionen Dollar. Und ich war mit ihnen zusammen, und ich redete mit ihnen über Optionen und Futures, als gehörte ich dazu. Einer war ganz besonders nett. Er hieß Dan Campbell. Nicht etwa Daniel Campbell. Er unterschrieb immer mit ›Dan‹. Er hatte alles: ein großes Haus in Houston, eine Rinderfarm in Oklahoma und ein Flugzeug zum Hin- und Herfliegen. Ich kannte sie alle, weil die Kreditunterlagen in einem Aktenschrank gleich hinter meinem Schreibtisch waren.

Erst hatten wir dieses riesige Essen bei Kerzenlicht in unserer Empfangshalle, und dann wurde getanzt. Ich hab' noch nie so viel Alkohol auf einmal gesehen, alle Flaschen auf dem Barwagen aufgereiht und von hinten beleuchtet, damit es richtig hübsch aussah wie Parfumflaschen oder so. Als die eigentliche Party zu Ende war und die Leute heimgingen, war die Nacht noch lange nicht zu Ende. Da kam nämlich noch eine kleine Privatparty hinterher für vielleicht zwanzig Leute, solche wie Dan Campbell, in den feineren Büros der Leitenden am Ende der Halle. Das fing meistens in Mr. Waughs Büro an, aber sie gingen dann durch die gläserne Schiebetür auch in den Garten hinaus oder in die anderen Büros, immer mit ihren Drinks in der Hand. Irgendwie landeten Dan Campbell und ich in meinem Büro. Nach ein paar Minuten machte er das Licht aus und schloß die Tür ab. Also, man mußte schon ganz schön zurückgeblieben sein, um nicht zu wissen, daß draußen – solange wir keinen Lärm machten – keiner merkte, daß wir hier drinnen waren.«

»Du mußt mir das nicht erzählen.«

»Doch, muß ich«, sagte Mary. Ihr Gesicht hatte einen Ausdruck fester Entschlossenheit. »Also dann sagt Dan Campbell: ›Komm schon, Lily. Faß ihn ruhig an. Er beißt nicht, versprochen.‹ Ich war wirklich kein unschuldiges blödes Ding mehr. Ich möchte nicht, daß du denkst oder auch nur annimmst, ich wäre vielleicht betrunken gewesen oder so was. Ich war auch nicht etwa atemlos hingerissen von einem charmanten älteren Mann. Wenn mich da etwas verblendete, dann höchstens, daß ich so nahe am großen Geld war. Außerdem fand ich ihn nett und beeindruckend, also machte ich es.

Am nächsten Tag saß ich wie immer an meinem Schreibtisch, und ich kam mir ein bißchen komisch vor, wenn ich an bestimmten Möbelstücken vorbeikam, vielleicht auch ein bißchen deprimiert und kindisch, und da kommt plötzlich dieser Bote herein mit vierundzwanzig langstieligen roten Rosen in einer wunderschönen Kristallvase und stellt das alles auf meinen Tisch. Ich sehe sie mir an und denke im stillen, vielleicht war ich doch nicht das dumme Gör, das jemand mal eben zu etwas überredet hat. Vielleicht war es doch das, was ich am Abend vorher eine Minute lang vermutet hatte, solange ich nicht daran dachte, daß ich nur auf Einladung der Bank auf der Party war. Dann las ich die Karte, und die Unterschrift war von Mr. Waugh, meinem Vorgesetzten. Es war ein Scheck dabei über tausend Dollar, und auf dem stand ›Leistungsbonus für Angestellte‹.« – »Und? Hast du gekündigt?«

»Nein«, sagte Mary. »Ich wollte, ich habe darüber nachgedacht, aber ich habe es nicht getan. Man hört immer wieder, daß jemand angeblich gekündigt hat, aber stimmt das auch immer? Die Leute sagen dir, sie sind weggegangen, sie haben ihren Job hingeschmissen oder so, und sie haben sich wenigstens ihre Prinzipien bewahrt. Aber so ist es doch fast nie. Jedenfalls geschieht es nie sofort, so wie dir ja auch nicht immer im richtigen Moment einfällt, was du jemandem eigentlich sagen müßtest. Und ich wußte auch nicht, wie ich zu Mr. Waugh sagen sollte, daß ich einen Scheck für so etwas eigentlich ablehne. Ich konnte ja nicht einfach auspacken und ihm genau erzählen, was ich getan hatte und was er längst ebensogut wußte wie ich. Kurz, ich war nicht fähig zu so einem Gespräch, und irgend etwas anderes konnte ich auch nicht tun. Ich konnte also bloß den Scheck kassieren und mein Leben weiterführen wie bisher.

Damals boomte die Bank, und ich arbeitete bald nicht mehr in der Kreditbearbeitung, sondern in der Akquisition. Eines Tages sagte mir Mr. Waugh, wir müßten geschäftlich zusammen nach Houston. Ich dachte an die Rosen und war schon wieder ganz nervös, aber wie sollte ich da wieder rauskommen? Mittlerweile kapierte ich ja auch, warum die Bank Geld brauchte, das dauernd rausgeht und reinkommt, und mein Job war das Geld, das rausging, und das hieß nun mal, daß ich Kundentermine hatte. Zwei andere Frauen fuhren übrigens auch noch mit, seine Assistentin Marla und noch eine aus der Kreditakquisition, sie hieß Kathy. Ich wurde immer besser bezahlt, und ich lernte eine Menge, also hab' ich gar nicht versucht auszusteigen.«

Jane spürte, daß Mary jetzt keine Lügen mehr erzählte. Sie versuchte sogar, alle Entschuldigungen beiseite zu lassen. Was sie hier vorbrachte, war ein Geständnis.

»Wir treffen uns also mit einem Dutzend Investoren, einer Gruppe Gesellschafter für Immobiliengeschäfte. Siehst du, heute weiß ich gar nicht mehr, wie sie ihre Entwicklungsprojekte nannten, wahrscheinlich das Übliche, so was Romantisches wie Sunnydale Vistas oder Meadowgrove Heights. Auf jeden Fall: Die erste Besprechung war in einem ihrer Büros bei River Oaks. Nicht in River Oaks natürlich, aber nahe genug, so daß jeder das große Geld schon von ihren Visitenkarten ablesen konnte. Diese erste Sitzung war richtig spannend. Wir hatten die Chance, ihnen sechzig Millionen zu leihen und später womöglich noch mehr. Sie waren bereit, das Geld irgendwo zu hinterlegen, bis sie es brauchten, und die Zinsen wurden zur Bezahlung unserer Kosten (wir hatten gar keine) auf einem Drittkonto hinterlegt, dazu vereinbarte Freigabetermine in Tranchen je nach Baufortschritt. Dann sollten wir rausgehen und uns das Gelände mal ansehen. Das war in der Nähe von La Porte, genau an der Galveston Bay. In den Plänen waren Kanäle vorgesehen, mit Bootsanlegeplätzen an jedem Haus, mit Einkaufsstraßen und lauter solchen Sachen.

Wir fuhren aber nicht mit dem Wagen raus. Nein, wir bekamen selbstverständlich die Schokoladenseite geboten: auf einer Jacht, die die Gesellschaft geleast hatte, um ihre Kunden zu beeindrucken. Wir schauen uns das Land mit dem Fernstecher an und reden bis in die Dunkelheit übers Geschäft. Dann bekommen wir ein Abendessen angeliefert, aber Mr. Waugh zieht immer noch keinen Vertrag aus der Tasche. Aus dem Essen wird eine Cocktailparty auf dem Oberdeck.

Alle reden über Geld und die schönen Sachen, die sie sich dafür kaufen können, und wie wahnsinnig erfolgreich sie alle sind. Inzwischen sind sie leicht angetrunken. Dann höre ich von unten Musik und Gelächter und laute Stimmen. Einer nach dem anderen verschwindet vom Oberdeck. Das geht so eine Weile weiter, bis nur noch Mr. Waugh und ich übrig sind und vielleicht noch drei von den Investoren. Es wird kalt. Ich sage zu Mr. Waugh: ›Ich glaube, ich geh' mal runter.‹ Er sagt: ›Wie Sie wollen.‹ Also steige ich diese steile Schiffstreppe runter mit meinen hohen Absätzen und einem Martini in der Hand.«

»Sind denn die anderen nicht mit nach unten gegangen?«

»Einer schon. Ich mußte ihm helfen, weil er schon ziemlich blau war. Unten machte ich die Tür von diesem Raum auf, den sie ›Salon‹ nannten, die Musik war ohrenbetäubend. Und bei dem, was ich da sehe, fällt mir das Glas aus der Hand. Es ist Marla. Sie tanzt vor den Investoren, sie strippt, ich meine, sie macht das nicht bloß so aus Quatsch. Nein, sie zieht sich vor ihnen aus. Sie ist bloß noch im Slip und hat die Daumen so eingehakt, daß sie sich nur nach Süden bewegen können. Ich will wieder raus, aber der Betrunkene hinter mir schiebt mich rein, und Marla sieht mich. Sie kurvt so auf mich zu, immer noch im Takt der Musik, legt ihren Arm um mich, lächelt mich groß an und schreit mir ins Ohr: ›Na komm schon, mach mit‹, und schleppt mich mit in den Salon. Ich schiebe ihren Arm weg und sage: ›Laß das. Ich bin doch keine Nutte.‹«

»Und was geschah dann?«

»Danach wurde sie richtig wütend, schoß einen Blick auf mich ab, der eine Krähe vom Telefonmasten runterpusten würde, und sagte: ›Verarsch mich bloß nicht, Kleine! Wem, glaubst du, verdankst du deinen Bonus?‹ Aber dann steht einer von den Investoren hinter ihr, und er möchte, daß die Show weitergeht, und zieht ihr den Slip bis zu den Füßen herunter. Sie grinst, steigt aus dem Ding heraus, streckt ihren Hintern raus, wackelt ein bißchen damit und fängt mit dem Kerl zu tanzen an. Ich dreh' mich um und geh' raus, ich weiß nur nicht, wohin ich soll. Ich mach' eine Kabinentür auf, und da ist Kathy aus der Kreditabteilung. Sie besorgt es gerade einem von den Investoren auf dem Bett, und die anderen schauen zu.

Ich mach' die Tür zu und gehe den Gang entlang auf die Treppe zu, da kommt Mr. Waugh. Er öffnet die Tür zum Salon, wie um kurz mal reinzuschauen, und ich kann sehen, daß der Strip jetzt vorbei ist und die Orgie in vollem Gang. Er hält mir die Tür auf, aber dann sieht er mein Gesicht, zuckt mit den Achseln und geht rein. Und ich sitze die nächsten vier Stunden auf dem eiskalten Oberdeck.«

»Hat er dich rausgeworfen?«

»Nein. Ich nahm dann, allein, ein Flugzeug zurück, und als ich am Montagmorgen ins Büro komme, finde ich die Kreditpapiere auf meinem Schreibtisch mit allen Unterschriften. Auf einmal gehörte der ganze Vorgang mir, ich mußte ihn jetzt durchziehen, mit unserem Kreditausschuß und den Anwälten, Termine koordinieren und das alles. Kathy gehörte nicht zu meinen Freundinnen. Sie hat nie wieder mit mir gesprochen. Ich schaute mich nach einem anderen Job um. Die Bank geriet damals schon außer Kontrolle, so daß wir so viel am Hals hatten, daß wir uns nicht mehr in die Augen sehen mußten.«

»Und sonst ist nichts passiert?«

»Doch. Einen Monat später waren plötzlich diese zwei komischen Frauen in meinem Büro. Alle beide ziemlich jung, zwanzig, einundzwanzig und unheimlich gutaussehend. Marla kommt mit ihnen herein, ohne einen Ausdruck im Gesicht. Sie sagt zu mir: ›Uns geht hier langsam der Platz aus. Mr. Waugh möchte, daß du an deinen alten Schreibtisch zurückgehst, damit diese beiden Kreditbearbeiter hier einziehen können.‹ Vor meinem Büro lag der Großraum für die kleineren Angestellten und die Trainees. Ich räumte mein Zimmer aus, Bilder, Pflanzen, Papiere, den ganzen Kram, schleppte es raus und legte alles auf meinen alten Schreibtisch. Und da ist etwas passiert. Ich wußte, sie wollten mich zur Kündigung treiben, und ich wollte auch selber weg. Aber bis dahin dachte ich mir immer, ich steh' das durch, ich nehm' mit, was ich kriegen kann, und wenn es Monate dauert, und dann suche ich mir irgendwo einen anderen Job. Ich dachte es mir so: Ich bin für die schwieriger auszuhalten als die für mich. Aber das hier war zuviel. Ich schloß meine Schreibtischschublade ab und ging zu Mr. Waugh. Er telefonierte gerade, aber dann sagte er ins Telefon: ›Sie müssen mich entschuldigen, ich muß nur schnell was erledigen. Ich rufe Sie gleich zurück‹, und dabei schaute er mich die ganze Zeit an. Dann hängte er ein. Ich sagte: ›Sie hätten nicht einhängen müssen. Ich wollte Ihnen nur Adieu sagen.‹ Ich beugte mich über seine Schreibtischplatte, schüttelte ihm die Hand und sagte: ›Danke für den Job.‹ Er war ziemlich überrascht. Zuerst dachte ich, er sei erleichtert, daß ich ihm keine Szene machte, aber noch bevor ich aus dem Haus war, kapierte ich, er hatte mich längst erwartet.«

»Dann warst du also ohne Arbeit. Wohin bist du dann gegangen?«

Mary Perkins lachte bitter. »Nirgendwohin. In der Stadt selbst fand ich keinen neuen Job, auch woanders nicht, also zog ich um, nach Kalifornien. Daß ich da überhaupt hinkam, hat mich meine letzten Ersparnisse gekostet. Sechs Monate lang war ich arbeitslos, mit vierundzwanzig, und ich sah besser aus denn je, weil ich nicht mehr genug Geld für richtige Mahlzeiten hatte. Ich sage dir das nicht, weil ich dein Mitleid will. Was ich mir in der Bank so vorgestellt hatte, das war ja nicht, eine hübsche Wohnung zu haben und genug zum Essen. Ich wollte reich werden, und zwar echt reich. Ich hatte die Jacht-Partys gesehen, ich hatte die Millionen-Verträge ausgehandelt, war in Privatflugzeugen geflogen, und das alles wollte ich wieder. Ich überlegte, wie, und dann fing ich damit an.«

»Womit?«

»Ich war ja die meiste Zeit auf dem Arbeitsamt, und da kennt man sich dann allmählich. Da war einer, der versuchte mich dauernd anzusprechen. Du mußt dir das mal vorstellen! Da ist so ein Vierzigjähriger, der sein Arbeitslosengeld abholt, und da sieht er eine Frau, die macht ihn irgendwie an. Also geht er zu ihr hin und sagt, sie soll sich mal keine Sorgen machen. Er sagt, er ist ein erfolgreicher Bauunternehmer und im nächsten Frühjahr hat er wieder ein paar Riesenprojekte und Arbeit für sie. Aber trotzdem: Er sah gut aus, er war lustig, und komischerweise war er nicht blöd, und ich dachte, ich sehe ihn mir mal näher an. Also ging ich am nächsten Tag wieder hin und lächelte ihm zu. Als er darauf ansprang, sagte ich: ›Warum laden Sie mich nicht zu einem Kaffee ein?‹ Dann gingen wir auf den Parkplatz raus, und sein Wagen war ein drei Jahre alter BMW mit einem nagelneuen Kofferraumschloß. Meine Erfahrung aus der Kreditakquisition sagte mir, so ein Schloß geht nicht von allein kaputt in drei Jahren. Er hat es aufgebohrt, weil der Vorbesitzer ihm nicht die Schlüssel aushändigen wollte. Und dann stellte sich raus, daß er zwar eine richtige Bauunternehmer-Lizenz hatte, aber kein Kapital, keine Mannschaft, überhaupt nichts in der Hinterhand. Er hieß Bobby, und er war genau der Richtige.«

»Der Richtige für was?«

»Ich hatte einen Entschluß gefaßt: Ich wollte jetzt meine Sparkassen-Erfahrungen einsetzen. Ich beförderte ihn vom schlichten Bauunternehmer zum Bauträger für Entwicklungsland. Ich war seine Ehefrau. Wir nannten uns Comstock oder Stafford oder Stoddard. Wir gingen in irgendeine Stadt, wo uns keiner kannte. Manchmal mieteten wir uns ein Haus in einem der besseren Viertel und taten nichts anderes, als uns bei den Nachbarn bekannt zu machen. Irgendwann hat uns dann einer auch in seinen Club mitgenommen oder in sein Sommerhaus oder auch nur zu einer Party. Wenn wir mal soweit waren, kamen dann auch die Banker zu uns. Oft brauchten wir dafür nur unsere neuen Freunde wissen zu lassen, daß wir uns da wohl fühlten und ein tolles Haus kaufen wollten. Damals, dreiundachtzig, hätten die meisten Kreditakquisiteure ihren rechten Arm hergegeben, um ein paar Millionen an den Nächstbesten zu verleihen, der sie für so etwas Normales wie einen Hauskauf haben will. Sie warteten förmlich nur auf das Stichwort.«

»Und was dann?«

»Das war ganz verschieden. Manchmal schafften wir es, daß uns einer ein Hunderttausend-Dollar-Haus für eine Million verkaufte, dann haben wir ihm fünfhunderttausend zurückgeschoben und sind am selben Tag abgehauen. Am schönsten war es, wenn wir den Leiter der Kreditabteilung und seine Frau kannten, ich meine, auf Einladungen und so. Ich richtete es dann so ein, daß ich den Mann allein traf: zufällig da, wo er immer zu Mittag aß, oder ich kam vorbei, um seine Frau zu besuchen, wenn ich wußte, daß sie nicht da war. Ich erzählte ihm, er sei so verführerisch, daß ich gar nicht erst versuchen würde, ihm zu widerstehen. Wenn das klappte, machte ich daraus eine ausgewachsene Affäre, paßte aber auf, daß sie nicht so schnell wieder zu Ende ging. Irgendwann kam die Rede auf die Entwicklungsprojekte meines Mannes. Dann sagte ich ihm, mein Mann überlegte sich gerade, das Projekt woanders zu realisieren, weil die Leute hier nicht begreifen konnten, welches Potential darin steckte. Und Bobby bekam seinen Kredit. Und wenn Bobby dann nicht zurückzahlte, bekam er einen neuen Kredit von der Bank, um wenigstens die Zinsen zu bezahlen, oder die Bank kaufte sich selber in das Projekt ein. Ich lernte damals alle Tricks, die sich eine Bank nur ausdenken kann, einfach dadurch, daß ich zuschaute, wie diese Leute meinen Bobby bei Laune hielten.«

»Und das hat immer funktioniert?«

Mary Perkins schüttelte den Kopf. »Nichts funktioniert immer. Aber ich habe es immer so hingekriegt, daß es das Dümmste für einen Banker war, meinem Mann zu sagen, daß er nicht mehr interessiert war. Aber wenn er ihn einmal in mir drinhatte, dann hatte er auch diese Chance nicht mehr, die Falle war zugeschnappt.« Sie schwieg einen Augenblick und sah Jane an. »Du glaubst vielleicht, ich habe mir dieses Manöver nur ausgedacht, um doch noch als Nutte zu enden? Um das zu tun, was ich für Mr. Waugh nicht tun wollte?«

Jane zuckte die Achseln. »Es ist nicht meine Gewohnheit, solche Urteile abzugeben.«

»Na, jedenfalls, das ist genau, was ich damals war. Einmal besorgte ich es dem Banker und seiner Frau gleichzeitig, und wir alle drei arbeiteten zusammen, um Bobby zu beschäftigen, indem wir noch mehr Geld in sein Geschäft schaufelten. Natürlich mußte ich auch Bobby glücklich machen. Schließlich hielten sie uns für verheiratet, und ich konnte ihn doch nicht in all den Clubs fremdgehen lassen. So war das, drei Jahre lang.«

»Wie ging es zu Ende?«

»Ich hatte allmählich genug Geld und Insider-Informationen für die Tricks, von denen ich dir schon erzählt habe. Das war ja im Grunde dasselbe Spiel, nur hatte Bobby irgendwann genug auf der Seite, um auszusteigen, und ich legte ihm nichts in den Weg. Ich verschaffte mir die Kredite selber, ließ sie auf meinen Namen platzen, aber vorher tat ich alles, damit Mister Banker mich intim genug kannte, um die Sache nicht zur Polizei zu tragen.«

»Wie haben sie dich am Ende erwischt?«

»Ich habe mir meine eigene Sparkasse gekauft«, sagte Mary. »Total verkehrt. Ich verstand wohl doch nicht so viel davon, wie ich dachte. Ich wußte nicht, wann ich alles fallenlassen und ins nächste Flugzeug steigen mußte.«

»Warum erzählst du mir das alles?«

»Ich möchte, daß du Bescheid weißt«, sagte Mary.

»Worüber?«

»Warum ich das Geld behalten habe, als sie mich erwischten und das FBI es zurückhaben wollte. Warum ich dir vorgemacht habe, ich hätte es nicht mehr, obwohl ich deine Hilfe brauchte, um zu überleben, und jeder mit auch nur einem Funken Verstand es dafür hergegeben hätte. Es war ja nicht deshalb, weil ich ein gutgefülltes Geldversteck bräuchte, das ich wahrscheinlich sowieso nie wiedersehe, sondern wegen dem, was ich alles anstellen mußte, um es zu kriegen.«

»Aber warum erzählst du mir es jetzt?«

»Weil ich jetzt, wo ich genau weiß, daß ich es hergeben möchte, es nicht mehr kann. Er würde es nicht einfach nehmen und mich gehen lassen, oder?«

»Nein.«

»Er würde es nehmen und behaupten, daß da noch mehr ist, und wenn ich ihm nicht mehr gebe, bleibt ihm nichts übrig, als mich umzubringen.«

»Ja.«

»Und er wird nie aufgeben?«

»Nein«, sagte Jane, »er gibt nie auf.«

»Und wenn ich zur Polizei gehe und erzähle, daß er hinter mir her ist, dann erzähle ich ihnen praktisch nur, daß er versucht, fünfzig Millionen Dollar zu stehlen. Das allein ist kein Verbrechen, aber ich gebe damit zu, daß ich das Geld immer noch habe. Ich bin diejenige, die in den Knast geht, und er läuft frei rum, um mich umzubringen.«

»Fünfzig Millionen Dollar.« Jane fing wieder an, ihre Kreditkarten in die Tasche zu kleben. »Du bist ein guter Köder.«

»Ja«, sagte Mary. »Das bin ich.«

22

Bei ihrer Abfahrt von Cleveland schleppten Jane und Mary erheblich größere Koffer, als sie für die neuen Kleider, die sie sich gekauft hatten, eigentlich brauchten, denn sie hatten vor, in Chicago weitere Besorgungen zu erledigen. Als erstes kauften sie in einem Elektronikladen eine Miniatur-Videokamera mit Zoom und Autofocus. Außerdem brauchten sie ein Richtmikrophon. Die Gebrauchsanweisung beschrieb, wie wunderbar das Gerät geeignet war, ein Vogelgezwitscher aufzunehmen, ohne die schüchternen Tierchen durch zu große Nähe zu stören. Der Text diente ganz offensichtlich dazu, die Firma davor zu bewahren, in einem Strafprozeß als Mitangeklagter auftreten zu müssen. Jane testete auch ein paar schallgesteuerte Tonbandgeräte, und als sie das geeignete gefunden hatte, verlangte sie von dem Verkäufer zwei Stück dieses Typs.

Während er die Rechnung ausschrieb, flüsterte Mary: »Warum zwei?«

Jane antwortete: »Ich glaube nicht, daß ich eine Unterhaltung mit Barraclough ein zweites Mal haben möchte, nur weil auf dem einen Bandgerät nicht alles drauf ist.«

Jane kaufte in Chicago einen gebrauchten Toyota auf den Namen Catherine Snowdon. Er war fünf Jahre alt, der Vorbesitzer hatte immer alles gut geschmiert, geölt und gepflegt. Allerdings war er sportlich rot lackiert. Sie fuhr vom Verkäufer direkt in eine Sofort-Lackiererei und ließ den Wagen für fünfhundert Dollar in Grau umspritzen. Dann holte sie Mary vom Motel ab und nahm die Route 80 nach Westen. Es war jetzt endgültig Winter, und für eine Überlandreise brauchte sie eine große Schnellstraße.

Sechs Tage lang blieben sie auf dieser Strecke, vorbei an Davenport, Des Moines, Omaha, Grand Island, North Platte, Cheyenne und Salt Lake City. Kurz vor Reno bogen sie auf die 395 nach Süden ab und fuhren an der Ostseite der Sierra der Wüste entgegen. In San Bernardino, nahe der Abfahrt zur Interstate 10, nahmen sie sich ein Zimmer in einem Motel, ruhten sich einen Tag lang aus und sahen sich auf der Straßenkarte die Gegend um Los Angeles genauer an. Am nächsten Tag ging Jane zur Zulassungsstelle, meldete den Verkauf von Catherine Snowdons Wagen an Katherine Webster, wohnhaft in Los Angeles, und bekam die kalifornischen Nummernschilder dazu.

Die nächsten zwei Tage fuhr sie so lange alle Autobahnen und Schnellstraßen ab, bis sie den richtigen Platz gefunden hatte, am Westrand eines wirren Knotens aus ineinander verschlungenen Zubringern und Ausfahrten und Überführungen am Ventura Freeway. Wenn man von hier aus in östlicher

»Nein«, sagte Jane. »Ich rufe in zwei Minuten wieder an. Sagen Sie ihm, wenn er dann nicht am Apparat ist, kriegt er es nicht.« Sie wartete vier Minuten, dann wählte sie die Nummer noch einmal.

Jetzt antwortete eine Männerstimme. Sie klang tief, als käme sie aus einem mächtigen Körper, aber weich, sehr klar und unbeschwert. »Ja?« sagte der Mann.

»Spreche ich mit Mr. Barraclough?«

»Ja, sicher.« Er zog das zweite Wort so in die Länge, daß es sich fast melodisch anhörte.

»Hier ist ...«

»Ich weiß, wer dran ist, Jane«, sagte er. »Ich habe erfahren, daß Sie gern so genannt werden. Was kann ich für Sie tun?«

Jane war einen Augenblick völlig durcheinander, und ihre Gedanken rasten, um den Vorsprung aufzuholen, den er vor ihr hatte. Der Mann war bereits sehr viel weiter, als sie vermutet hatte. »Ich habe Mary Perkins«, sagte sie.

»Wer ist Mary Perkins?«

»Ich zeichne das hier nicht auf«, sagte sie, »und Ihr Telefon ist nicht verwanzt.«

»Das weiß ich selber.«

»Also: Wollen Sie sie haben?«

»Falls Sie sie haben, wozu brauchen Sie mich? Wieso mögen Sie mich plötzlich?«

»Wenn Sie diesen Anruf nicht zurückverfolgen, warum stellen Sie dann so viele dumme Fragen?« sagte Jane. »Ich rufe Sie morgen früh um fünf Uhr wieder an. Wenn Sie allein und unbewaffnet kommen, können Sie einen Blick auf sie werfen.« Sie hängte ein, holte Mary ab und fuhr nach Los Angeles, wo sie zwei völlig gleiche weiße Wagen mieteten und dann den grauen Toyota am Flugplatz Burbank stehenließen. Die Nacht verbrachten sie in einem Motel in Woodland Hills.

Um vier Uhr morgens stellte Jane den Wagen auf der vorher ausgesuchten Straße unter dem Freeway ab, stieg über den Zaun und schaltete die Kamera, das Mikrophon und die Tonbandgeräte ein. Dann fuhr sie nach Westen bis zu einem Coffee-Shop in Agoura und ging zu dem Telefon neben dem Eingang.

»Ja?« sagte Barraclough.

»Ich bin's«, sagte sie. »In zwanzig Minuten stehe ich auf dem freien Grundstück Ecke Woodley Avenue und Burbank Boulevard im Sepulveda-Erholungspark. Wenn Sie nicht da sind, gehe ich wieder.«

»Warten Sie«, sagte er. »Welche Straßen waren das?«

»Spulen Sie das Bandgerät zurück und drücken Sie auf Wiedergabe«, sagte sie und hängte ein.

Zwanzig Minuten war ein sehr langer Zeitraum für jemanden wie Barraclough. Sie dachte an all die Maßnahmen, die er sicher längst vorbereitet hatte. Jetzt waren zweifellos schon alle Trainees der Sonderabteilung von Enterprise Development aus den Betten und auf ihrem Posten. Bestimmt hatte er sich irgendeine Begründung dafür zurechtgelegt, daß er auch noch die Ausrüstung und das Personal von Intercontinental Security in Anspruch nahm. Und jetzt schickte er hektisch seine Leute auf ihre verschiedenen Positionen rund um den Erholungspark. Nein, nicht hektisch: eiskalt, systematisch.

Sie hatte den Treffpunkt mit Bedacht gewählt. Es war eine Stelle von genau der Sorte, wie sie jemand aussucht, der Angst vor einem Hinterhalt hat, aber keine Ahnung, wie so etwas geht. Vor dem Morgengrauen war der ganze Platz noch menschenleer, ein flaches Wiesenstück, das als Hochwasserbecken angelegt wurde, mit einer großen, leeren Parkgärtnerei auf der einen Seite und einem Golfplatz auf der anderen, dazwischen nicht viel mehr als Picknicktische und ein Baseballspielfeld. Der offene Platz gab ein trügerisches Gefühl der Sicherheit, da man schon von weitem sehen konnte, wenn sich ein zweiter Wagen näherte. Das galt auch für ihn, aber er brauchte nur zwei Stellen am Burbank Boulevard zu blockieren, und schon war sie gefangen.

Jane fuhr vom Ventura Freeway herunter und dann in östlicher Richtung auf dem Burbank Boulevard weiter. Erst in einer Stunde würde die Sonne aufgehen. Um genau 5.20 Uhr fuhr sie den Golfplatz entlang, und als sie aus der langen Kurve herauskam, sah sie seinen Wagen. Es war ein neuer, dunkelgrauer Chevrolet, der neben der Straße auf einer Kiesfläche etwas oberhalb des Flutbeckens stand. Aus dem Auspuff strömte eine leichte Abgaswolke, der Motor lief also noch. Im Näherkommen nahm sie den Fuß vom Gas und ließ den Wagen mit weniger als fünfzehn Stundenkilometern dahinrollen. Sie bog nach links auf das Rasenstück ein, hielt drei Meter von ihm entfernt und schaute durch das Seitenfenster hinein.

Solange er im Wagen saß, konnte man nicht gut sehen, wie groß er war, aber Jane hatte den Eindruck, daß er kräftig gebaut war. Seine Hände auf dem Lenkrad waren groß, mit breiten Knöcheln, und die Schultern breiter als das Lenkrad. Sein weißes Nadelstreifenhemd war ihm an den Oberarmen etwas zu eng, so wie bei einem Polizistenhemd. Er trug wahrscheinlich keine Jacke, um Jane glauben zu lassen, er sei tatsächlich unbewaffnet gekommen.

Sie sah ihm direkt ins Gesicht. Seine Mundwinkel zeigten in einem verkrampften Halblächeln nach oben. Sie mußte wieder daran denken, daß sie erwartet hatte, er würde sie vielleicht mit einem einschüchternden Gesichtsausdruck aus der Fassung bringen wollen, etwa mit der Miene eines Pokerspielers, der seinen Einsatz erhöht: Mein Geld liegt auf dem Tisch, ich möchte deines sehen. Aber dieses Gesicht ließ in ihrer Brust eine plötzliche Hitze entstehen, die ihr die Kehle hochstieg bis in die Kiefermuskeln. Sie konnte ihren Blick nicht von diesen Augen wenden. Sie waren auffallend klar, fast hellgrau, zogen sich bei dem falschen Lächeln ein wenig zusammen und beobachteten sie mit verstörender Dringlichkeit. Sie nahmen die Furcht und das Unbehagen ihres Gegenübers in sich auf, fügten etwas Genießerisches hinzu, und das alles spiegelte sich in seiner Erwiderung ihres Blicks. Seine Gedanken waren ausschließlich auf sie fixiert, auf ihre Gefühle, ihre Gedanken. Diese Augen verrieten keine andere innere Regung als die nacherlebte Angst, die er in ihr auslöste.

Es war Zeit, die Leute abzuhängen, die er mitgebracht hatte. Jane stieg mit aller Kraft aufs Gaspedal, die Hinterräder des Wagen drehten durch und spritzten den Kies hoch. Der Wagen schwänzelte ein Stück weit, während mal das eine, mal das andere Rad plötzlich Bodenhaftung fand, dann schoß er mit lautem Kreischen hinaus in den Burbank Boulevard. Sie fuhr nach Osten, nahm mit neunzig Stundenkilometern die Auffahrt auf den San Diego Freeway und rauschte mit gut hundert über die rechte Spur. Sie schaute in den Rückspiegel, ob er ihr auch nachfuhr, und sah, wie der graue Chevrolet um die Kurve und die Auffahrt hinaufschlitterte und schnell näher kam. Sie fuhr jetzt konstant auf der mittleren Spur und steigerte langsam die Geschwindigkeit.

Wieder schaute sie in den Rückspiegel, um zu sehen, ob seine Hilfskräfte schon zu ihm aufgeschlossen hatten, aber außer ihnen beiden raste kein anderer Wagen mit diesem Tempo über den Freeway. Sie sah sich die Wagen an, die sie vor sich hatte, aber keiner benahm sich irgendwie auffällig. Sie wartete bis zur letzten Sekunde, dann brach sie über die rechte Spur aus und war auf der Abzweigung zum Ventura Freeway, blieb hier am östlichen Fahrbahnrand, bis es fast zu spät war, dann zog sie den Wagen über die durchgezogenen Linien in die nach Westen führende Ausfahrt.

Abermals sah sie in ihren Spiegel, nicht um zu sehen, ob er noch hinter ihr war, sondern ob wirklich kein anderer Wagen hinter ihm herkam.

Jetzt fuhr sie weiter in westlicher Richtung, bis sie von weitem das Telefon mit der blauen Zahl 177 erkannte, schaltete ihr Warnlicht ein und ließ den Wagen auf dem Straßenrand ausrollen, bevor sie sieben Meter hinter dem Telefonpfosten anhielt. Sie ging zu der Stelle, auf die sie das Mikrophon und die Kamera ausgerichtet hatte. Fünf Sekunden später sah sie seine Scheinwerfer, dann den rechten Blinker und im nächsten Augenblick hielt er hinter ihrem Wagen an.

Er stieg auf der Fahrbahnseite aus, als wäre er unverwundbar durch die anderen Wagen, die ihn jederzeit ummähen konnten, und kam auf sie zu. Die Arme standen ihm seitlich vom Körper ab, aber er trug etwas in der Hand. Jane machte einen Schritt auf ihre Wagentür zu. Er sah die Bewegung und verstand, daß sie eine schnelle Flucht vorbereitete. Er legte den Gegenstand auf den Boden und trat einen Schritt zurück.

Jane behielt ihn genau im Auge, während sie auf ihn zuging und das Ding vom Boden aufhob. Es war ein Kästchen mit einem Metallring und einem Griffschalter. Sie identifizierte es als eine dieser Handsonden, die in Flughäfen eingesetzt werden, wenn jemand den Alarm der Torsonde ausgelöst hat. Sie fuhr damit an sich entlang, vom Kopf bis zu den Füßen, dann warf sie ihm das Gerät zu, und er verfuhr ebenso, drehte sich auch noch um, um ihr zu zeigen, daß er nichts hinten im Gürtel stecken hatte. Das Kästchen gab keinen Ton von sich.

Barraclough überprüfte den Standort nach allen Richtungen, wobei er sich immer wieder abrupt nach Jane umwandte, um zu sehen, ob sie irgendwie reagierte. Er sagte: »Was dagegen, wenn ich mir Ihren Wagen anschaue?«

»Nur zu«, sagte sie. »Was dagegen, wenn ich mir Ihren anschaue?«

Das geheimnisvolle Lächeln trat wieder in sein Gesicht. »Nein.« Er ließ sie nicht aus den Augen, während er einen Schritt machte. Sie rührte sich nicht. Er sagte: »Fahren Sie oder ich?«

Sie sagte: »Mit Ihnen steige ich nicht in einen Wagen.«

Er blickte sich erneut um, als bedeutete diese Äußerung die Notwendigkeit, die nähere Umgebung noch genauer nach Zeugen abzusuchen. Er sagte: »Warum sind Sie vorhin so in Panik geraten?«

»Darüber will ich nicht reden. Ich sage, es war eine Falle, Sie sagen, es war keine, und ich sage, Sie lügen.«

Sein Lächeln zog sich scheinbar etwas in die Breite. »Worüber möchten Sie denn reden?«

»Sie sind hinter Mary Perkins her. Ich habe sie versteckt. Jetzt möchte ich sie Ihnen verkaufen.«

Er zog eine Grimasse, während er sie ansah. »Warum?«

Sie erwiderte seinen Blick. »Ich bin schon lange in der Branche. Ohne mich wären eine Menge Leute nicht mehr am Leben.«

»Ich habe davon gehört«, sagte Barraclough. »Irgendwann werde ich Sie dazu kriegen, daß Sie mir die Liste geben.«

»Nein, das werden Sie nicht«, sagte sie ruhig. »Für eine Mary Perkins riskiere ich nicht mein Leben. Sie ist es nicht wert. Ich habe ihr eine Chance gegeben, und sie hat mich enttäuscht. Ich weiß, daß sie einen Haufen Geld hat. Sie denken anscheinend, daß Sie es sich nehmen können. An solchen Geschäften bin ich nicht interessiert.«

Barraclough neigte den Kopf zur Seite und sah sie genauer an. »Sie wissen, was mit ihr passiert, wenn ich sie habe?«

»Sie bekommen am Ende das Geld. Ich weiß auch, daß sie

danach nicht zu mir zurückkommt und mich fragt, wie das alles passieren konnte.«

»Das stimmt«, sagte er.

Sie atmete einmal tief ein und aus. Sie hatte es geschafft. Sie hatte ihn auf Band mit dem Eingeständnis, daß er sich das Geld holen und sie dann umbringen wollte. »Das ist ein Vierundzwanzig-Stunden-Angebot«, sagte sie. »Morgen wird sie versteigert. Wollen Sie sie oder nicht?«

»Ich will sie.«

»Der Preis ist drei Millionen in bar. Sie geben mir das Geld, und drei Wochen später kriegen Sie sie. Ich weiß, Sie haben es markiert, also brauche ich etwas Zeit, das Geld loszuwerden, bevor Sie die Scheine zurückverfolgen.«

Er stieß ein Lachen aus, als ob ihn ein kleines Kind mit einer unabsichtlich tiefsinnigen Bemerkung überrascht hätte. »Abgemacht«, sagte er. »Vorausgesetzt natürlich, ich kriege sie zu sehen, damit ich weiß, ob Sie überhaupt liefern können.«

»Sie kriegen sie zu sehen«, sagte Jane. »Sie wird jede Minute hier sein.«

»Hier?« sagte er. Sie sah, wie es in seinem Kopf arbeitete. Er wollte zurück in seinen Wagen und die dort versteckte Waffe holen, hatte sich aber noch nicht ausgedacht, wie er es anstellen sollte, ohne daß Jane es bemerkte.

»Da drüben«, sagte Jane. Sie deutete über die zehn Fahrspuren hinüber zur gegenüberliegenden Seite, wo jetzt ein weißer Wagen genau wie ihr eigener am Straßenrand langsam ausrollte. »Das ist sie.« Mary Perkins hielt den Wagen an der Stelle an, den Jane ihr gezeigt hatte. »Sie wird aussteigen, so daß Sie sie sehen können. Dann wird sie dort bei den Büschen etwas vom Boden aufheben, das ich für sie hingelegt habe. Sie nimmt an, Sie sind ein Großhändler für gestohlene Kreditkarten und Führerscheine.« Jane beobachtete Barracloughs Hände. »Da Sie nicht vertrauenswürdig sind, kann ich für die Papiere erst zahlen, wenn sie sie hat.« Mary kam aus dem Wagen heraus, stieg über die Leitplanke und ging zu den Büschen.

Jane warf einen schnellen Blick auf Barracloughs Gesicht. »Und?«

»Schwer zu sagen«, antwortete er. »Sie ist zu weit weg.«

»Nicht mit mir«, sagte sie. »Ihnen sind die Augen rausgefallen, kaum daß sie aus dem Wagen war. Einen kurzen Blick kriegen Sie noch.«

Mary Perkins kam aus den Büschen heraus, und Jane sah die ausgebeulte Tasche mit der Videokamera und den Bandgeräten. Mary nickte, und Jane trat einen Schritt von Barraclough weg und auf ihren Wagen zu. Es war genau der Augenblick, in dem er auf den Gedanken kommen konnte, sich Jane zu schnappen.

Barraclough lächelte schon wieder. Er hob den Arm und winkte Mary gutgelaunt zu.

»Was machen Sie da?« fuhr Jane ihn an.

Er drehte ihr das Gesicht zu, hielt die Arme jedoch weiter ausgestreckt. Er sah aus wie ein Angler, der einen zappelnden Fisch vom Haken nimmt. »Ich winke der Lady zu, nichts weiter. Wir wollen doch nicht, daß sie denkt, ich wäre ein unhöflicher Großhändler.«

Jane spannte alle Muskeln an, noch unentschlossen, ob sie zu ihrem Wagen rennen oder lieber ihn angreifen sollte. Er gab irgend jemandem – nicht Mary – ein Zeichen. Was hatte sie übersehen? Blitzschnell schaute sie nach links den Freeway hinunter – und sah den Mann, dem Barraclough gewunken hatte. Er kam aus einem Gebüsch und rannte den Rand der Auffahrt entlang. Nach wenigen Schritten verschwand er hinter der Kurve.

Wahrscheinlich stieg er jetzt in einen anderen Wagen, der mit laufendem Motor versteckt in der Auffahrt hielt. Schon sah sie die Scheinwerfer den Freeway heraufkommen, sie stachen kurz in den dunklen Himmel, senkten sich wieder und warfen ihr Licht auf den Asphalt. Der Wagen kam mit wachsender Geschwindigkeit auf Jane und Barraclough zu, die rechten Räder bereits auf dem Randstreifen, als wollte er sie beide von der Straße fegen.

Jane winkte Mary zu. »Lauf!« schrie sie.

Mary schien wie gelähmt von der Erscheinung des unerwarteten Wagens. Sie starrte über die zehn Fahrspuren hinweg, sah, wie der rote Wagen auf Jane zuraste. Sie wußte, es wurde höchste Zeit für sie abzuhauen, sie wußte nur nicht, wohin sie laufen sollte.

Jane schrie ihr zu: »Lauf! Hau ab! Das ist eine Falle!« Sie lief zu ihrem Wagen zurück, und das Adrenalin in ihrem Blut gab den Beinen ein zu hartes Auftreten, so daß sie halb ging, halb tanzte, während sie gleichzeitig den näher kommenden Wagen, Mary und Barraclough im Auge zu behalten versuchte.

Mary ließ ihre Autoschlüssel fallen, bückte sich schnell, hob sie auf und stieg ein. Jane warf noch einen Blick auf Barraclough und rannte zu ihrer Wagentür.

Die Scheinwerfer von Barracloughs Begleitwagen wurden plötzlich abgeblendet, der Wagen verminderte das Tempo, dann fuhr er an Barraclough vorbei und schwenkte nach rechts. Als er hinter Janes Wagen ausrollte, schlug ihr das Herz bis zum Hals. Die Scheinwerfer gingen aus, die Fahrertür öffnete sich eine Handbreit, und die Innenbeleuchtung schaltete sich ein. Auf dem Beifahrersitz saß Timothy Phillips.

Barraclough machte die Beifahrertür auf, zog den kleinen Jungen neben sich auf den Straßenrand und rief: »Hey, Jane! Kommen wir vielleicht so ins Geschäft? Ist er das nicht wert?«

Er sprach so laut, daß Mary ihn über den Freeway hinweg hören konnte. Sie ließ den Motor an und schob die Automatik auf Drive, aber ihre Augen hingen immer noch an dem Geschehen auf der anderen Straßenseite. Das mußte der kleine Junge sein, von dem Jane ihr so viel erzählt hatte. Wer denn sonst! Er hatte Angst, drängte zu Jane hin, aber der große Mann im weißen Hemd hatte ihn am dünnen Ärmchen in einem harten Griff und tat ihm weh. Jeder konnte sehen, daß er ihm weh tat. Immer wieder tauchten Scheinwerfer die Szene ins Licht, heller und heller, dann huschten sie vorbei. Waren diese Leute blind? Sahen sie denn nicht, daß da etwas Furchtbares vor sich ging?

Allmählich dämmerte es ihr, daß keiner dieser Fahrer wissen konnte, wer der große Mann dort war. Das mußte man natürlich wissen. Wahrscheinlich dachten sie, ein besorgter Vater hielt seinen Sohn davon ab, zu weit auf die Fahrbahn und unter die vorbeirasenden Autos zu geraten. Es gab nur einen Menschen hier, der eine Ahnung hatte, was da los war. Mary stellte den Motor ab, stieg aus und stand am Straßenrand.

Zehn Fahrspuren entfernt konnte sie Jane sehen, die sekundenlang von einem Scheinwerferlicht erfaßt war, sie schaute mit offenem Mund zu ihr herüber und winkte sie in den Wagen zurück. Die Stimme war durch den Verkehrslärm nur noch schwach zu hören, aber Mary ließ sich dadurch nicht ablenken.

Sie versuchte, sich zu konzentrieren, sie hatte keine Aufmerksamkeit mehr für Jane. Einen Augenblick wartete sie noch, während ein Laster an ihr vorbeidonnerte und der heiße, schweflige Sogwind ihr ins Gesicht schlug und ihre Kleider flattern ließ. Dann betrat sie den Asphalt und überquerte in ruhigen Schritten den Freeway. Auch auf den Trennlinien zwischen den Spuren blieb sie nicht stehen, weil alles, was sich hier nicht bewegte, im Bild der Umgebung unterging. Ein Fahrer brauchte bei neunzig Stundenkilometern nur eine Sekunde wegzusehen, und schon war er fünfundzwanzig Meter weiter und hatte sie totgefahren. Sie schaffte die ersten fünf Spuren bis zum Mittelstreifen und wartete dort zwischen den Leitplanken, bevor sie die zweite Fahrbahn zu überqueren wagte.

Jetzt war Jane näher, und Mary bemerkte die Angst in ihrem Gesicht. »Zurück! Lauf schon!« schrie sie. Mary fand es enttäuschend. Jane verstand das alles offenbar nicht mehr.

Über die fünf Spuren hinweg starrte Mary Barraclough an. Ihre Blicke trafen sich, und sie wußte, daß er die Situation durchschaute. Er schob den kleinen Jungen in das rote Auto, mit dem er gekommen war, rannte zurück zu seinem grauen Wagen und stieg ein.

Mary Perkins ließ ihn nicht aus den Augen. Sie sah, wie er kurz in den Rückspiegel schaute, bevor er in die Fahrspur ausscherte, dann wechselte er in die nächste Spur, dann in die nächste und die übernächste. Er war bereits weit an ihr vorbei, aber sie ging ihm ruhig nach, während er auf die vierte und die fünfte Spur wechselte und ein gutes Stück vor ihr am Mittelstreifen anhielt. Dann gingen Rückscheinwerfer an, und er kam auf sie zu. Noch nie hatte sie jemanden gesehen, der so schnell rückwärts fahren konnte. Natürlich, er war ja mal Polizist gewesen. So etwas wie das Zurückstoßen am Rand eines Freeways, das hatte man ihnen beigebracht.

Timothy Phillips schaute aus dem Wagenfenster und beobachtete Jane, wie sie zu Tode erschrocken die andere Frau anstarrte. Aber als der Mann, der ihn hierhergebracht hatte, den Motor anließ, sah er auch, daß sich Janes Hand am Bein nach unten bewegte und ihm damit Zeichen gab.

Timmy hatte die Tür auf seiner Seite schon halb offen, als der Mann sich über den Sitz warf, ihn am Hemd packte und in den Wagen zurückziehen wollte. Diese plötzliche Störung reichte. Jane riß die Fahrertür auf, versetzte dem Mann einen harten Nierenschlag und zog die Zündschlüssel ab.

Der Fahrer jaulte auf vor Schmerz, drehte sich zu ihr, kam aus dem Wagen heraus. Jane zog sich ein wenig zurück und blieb neben dem Kotflügel stehen. Als der Fahrer den Fuß auf den Boden setzte, hörte er, wie der Junge hinter ihm wieder die Tür öffnete. Er schrie zurück: »Bleib da drin, oder ich bring' dich um.« Dabei drehte er jedoch den Kopf halb nach Timmy um, und die Bewegung machte ihn den Bruchteil einer Sekunde langsamer. Jane kam einen Laufschritt näher und gab der Fahrertür einen harten Fußstoß.

Die Tür traf das Schienbein des Mannes genau über den Fußknöcheln. Er verzog das Gesicht vor Schmerz, drehte die Hüfte heraus, damit die Tür ihn beim Zurückfedern nicht noch einmal an den Fuß schlug, ließ sich fallen und war mit zwei Rollen seitwärts am Wagenende. Hinter dem Kofferraum kam er sofort wieder auf die Beine, um Jane hier zu einem Angriff zu provozieren. Er brauchte sie nur irgendwie mit den Händen zu packen, um sie dann auf die Fahrbahn zu stoßen.

Als Jane einen Schritt näher kam, tat er alles, um geschwächt und verwundbar auszusehen. Er brachte sie dazu, noch drei schnelle Schritte näher zu kommen, humpelte rückwärts und machte sich bereit, seinen Griff anzubringen und die Frau in einer Rolle rückwärts und mit gesteigertem Schwung in den vorbeiströmenden Verkehr zu schleudern. Jane aber machte noch einen Schritt, stieg schnell in den Wagen ein, schlug die Tür zu und drückte mit der Faust die Verriegelung herunter. Der Mann hörte, wie der Motor angelassen wurde, und stürzte ihr nach. Er berührte noch kurz den Türgriff, da drehten sich bereits die Hinterräder, ein Hagel von

Kieselsteinen schoß heraus. Der Mann mußte loslassen und einen Schritt zurückgehen, um von dem anfahrenden Wagen nicht auf die Fahrbahn mitgeschleift zu werden.

23

»Schnall dich an, Timmy, und hab keine Angst«, sagte Jane. Sie fuhr, so schnell es überhaupt möglich war, schlängelte sich zwischen langsameren Fahrern hindurch und beschleunigte dann wieder auf den freien Strecken. Es war noch eine halbe Stunde bis Sonnenaufgang, aber schon bildeten sich hier und da Staus, die alle Spuren auf einmal verstopften. Bei Whiteoak fuhr sie vom Freeway herunter und durch die Unterführung die andere Auffahrt nach Osten hinauf. Stadteinwärts war der Verkehr jetzt sehr dicht. Sie hatte das eigentlich als Vorteil für Mary eingeplant, denn auch für einen sehr guten Fahrer wäre es in dem engen, langsamen Geschiebe schwer gewesen, sie einzuholen. Jetzt war es für sie selbst ein Hindernis.

Sie warf einen Blick auf die Benzinanzeige. Der Tank war erwartungsgemäß voll. Ein Funkgerät war anscheinend nicht vorhanden, aber vor dem Ganghebel saß ein ähnlicher schwarzer Kasten auf dem Getriebetunnel. »Erzähl mir, was passiert ist«, sagte sie, »wie du hierherkommst.«

Timmy zuckte die Schultern. »Sie haben mir ein paar von meinen Sachen gebracht. Du weißt schon, aus der Wohnung, wo Mona und ich in Chicago waren. Sie wollten, daß ich ihnen sage, was davon Monas Sachen sind. Und dann hatten sie noch einen zweiten Karton mit meinen Kleidern. Am nächsten Tag wollte ich meine guten Schuhe anziehen, aber in den einen kam ich nicht rein, weil da dein Zettel drinsteckte.«

»Mein Zettel?« Wieder hatte Barraclough weiter gedacht als sie. Timmys Versteck hatte man geheimgehalten, nicht aber die Wohnung in Chicago. Barraclough wußte, daß sie vom FBI oder von der Polizei durchsucht würde. Und weil er einmal Polizist war, wußte er auch, daß immer noch eine Menge liegenblieb, selbst nachdem sie alles, was irgendwie nach einem Beweisstück aussah, eingetütet und etikettiert hatten. Und ein paar von Timmys Sachen wurden irgendwann wieder freigegeben. Barraclough wußte sogar, daß sie Timmy zumindest seine guten Schuhe zurückgeben würden. Vor Gericht mußte er ordentlich gekleidet auftreten können.

»Ja klar. Also habe ich die Nummer auf dem Zettel angerufen, und die Frau hat mir gesagt, du bist nicht da, aber ich soll wieder anrufen, wenn ich kann. Und dann hat sie mich nach der Adresse gefragt. Mir ist das ein bißchen komisch vorgekommen, aber sie hat gesagt, du hast vergessen, sie ihr zu sagen. Und gestern abend hat sie gesagt, du wolltest mich sehen.«

Jane hielt sich zurück. Es war nicht Timmys Fehler. Seit zwei Jahren überlebte er, weil irgendwelche Erwachsenen – Morgan oder Mona oder Jane – ihm alle möglichen unverständlichen Weisungen gaben. »Was sagte sie noch?«

»Daß du ihr gesagt hast, ich soll bis zum Gartentor gehen, dann zwischen den Büschen und dem Haus weiterkriechen und dann durch die Hecke aufs Nachbargrundstück schlüpfen, so könnte keiner mich sehen. Du hast recht gehabt mit allem. Keiner hat mich gesehen. Dann bin ich zwei Straßen weitergegangen, und der Wagen war auch genau da, wo sie gesagt hat, und ich bin eingestiegen und hab' mich hingelegt und gewartet. Nach einer langen Zeit ist dann dieser Mann gekommen, und wir sind losgefahren. Er hat gesagt, wir fahren zu dir.«

Jane griff unter den Sitz und unter das Armaturenbrett, aber dann sah sie ein, daß es reine Zeitverschwendung war. Wäre tatsächlich ein Revolver in dem Wagen gewesen, wo man ihn vom Steuer aus erreichen konnte, so wären sie und Timmy jetzt schon tot. Barraclough hatte darauf geachtet, daß der Auftrag nach seinen Anweisungen erledigt wurde. Vermutlich hatte er nicht befürchtet, daß das Treffen beim Anblick einer Waffe plötzlich enden würde. Er fürchtete vielmehr, sein gerichtsnotorisch gewalttätiger Trainee könnte plötzlich Initiative beweisen, seinen Revolver ziehen und auf Mary schießen.

Sie schaute sich im Wagen um. »Hast du gesehen, ob der Fahrer was mit diesem Kasten gemacht hat?«

»Ja, hat er«, sagte Timmy. »Er hat gesagt, damit weiß er, wo wir dich treffen müssen. Damit, siehst du?« Er zeigte ihr eine runde Instrumentenanzeige auf dem Kasten, die wie eine Kompaßrose aussah. Jane befand sich auf einer langen, geraden Strecke, und sie sah, wie der Zeiger sich bewegte.

»Timmy«, sagte Jane, »ich habe dir keine Nachricht geschickt. Wenn ich dich treffen will, dann schicke ich dir keinen Zettel, ich rufe auch nicht an vorher, sondern ich mache es so, daß du mich sehen kannst. Geh niemals zu irgendeiner dunkelhaarigen Frau hin, die dir von weitem zuwinkt. Wenn ich zu dir komme, dann bin ich in deiner Nähe, so daß du mich genau erkennen kannst.«

Er sah erschrocken aus. »Bringst du mich wieder zurück?«

»Ich kann dich nicht in einem gestohlenen Wagen zu einem Polizisten bringen«, sagte Jane. »Ich muß dich irgendwo unterbringen, wo du in Sicherheit bist.«

Jane beugte sich vor, um sich das schwarze Kästchen genauer anzusehen. Der Zeiger bewegte sich wieder. Der Wagen war vorhin nach Osten abgebogen, genau wie sie. Jane hatte nur eine ungefähre Ahnung, wie ein solcher Richtungsanzeiger funktionierte. Barraclough hatte wohl eine Art Sender in seinem Wagen, und der Kasten hier fing das Signal auf und zeigte die Richtung an, aus der das Funksignal kam. Aber aus welcher Entfernung kam es? Ein Kilometer? Zwei? Als ob das Gerät ihre Gedanken gelesen hätte, fing der Zeiger an zu zittern, schwang genau in die Senkrechte und blieb hier stehen. Die Verbindung zu Barraclough war abgerissen.

Jane kam in der Dichte des Morgenverkehrs nur mühsam voran. Inzwischen wußten Barraclough und seine Hilfskräfte sicher längst, daß sie ihnen den roten Wagen weggenommen hatte, und unternahmen alles, um ihn zu finden. Vermutlich meldeten sie ihn als gestohlen und ließen ihn durch die Polizei suchen. Sie hatte nur eine Möglichkeit, ihnen aus dem Weg zu gehen. Sie fuhr auf den Parkplatz am Flughafen Burbank.

Sie parkte neben dem grauen Toyota und holte unter der Stoßstange die Wagenschlüssel heraus. Einen Augenblick lang überlegte sie, das schwarze Kästchen aus dem anderen Wagen herauszunehmen und in ihrem Wagen zu installieren. Aber zu diesem Zeitpunkt wußte Barraclough zweifellos, daß sie das Gerät hatte. Und wenn sie nun dem Richtungsanzeiger folgte, dann führte er sie sicher nur zu einem Sender, den Barraclough in einem Hinterhalt betätigte. Sie setzte Timmy in den Toyota und fuhr die Ausfahrt hinaus.

Zehn Minuten später wählte sie an einem Münztelefon eine Nummer und hörte die Stimme von Richter Kramer: »Ja, hallo?« Sie sagte: »Ich bin's. Sind Sie sicher, daß ihr Telefon nicht angezapft ist?«

»Ich lasse es jeden Tag untersuchen. Keine Wanze bis jetzt. Was ist los? Woher haben Sie diese Nummer?«

»Hören Sie genau zu. Ich habe Timmy bei mir. Die anderen haben ihn gefunden und aus der Wohnung gelockt. Sie wissen jetzt aber, daß ich ihn habe, und werden uns bald suchen, wenn sie nicht schon damit angefangen haben. Ich setze ihn im Wartezimmer der Notaufnahme im St. Joseph's Hospital in Burbank ab. Er wird Bauchschmerzen simulieren, so daß sie ihn dort wenigstens so lange behalten müssen, bis ein Arzt nachgesehen hat, ob es nicht der Blinddarm ist. Ich werde sagen, ich muß meinen Mann anrufen, daß wir da sind. Wenn Sie ihn holen kommen, sagen Sie, Sie sind der Vater.«

»Aber was ist ...«

»Er kann Ihnen alles erzählen. Wiedersehen.« Sie hängte ein, warf einen Herzschlag lang noch einen letzten Blick durch die Glastür auf Timmy im Wartezimmer und rannte dann zu ihrem Wagen.

Als sie wieder auf dem Freeway war, kämpfte sie mit dem unguten Gefühl, daß Barraclough einfach zu gerissen war für sie. Immer, wenn sie etwas in Gang setzte, schien er es bereits erraten zu haben und wendete die Situation zu seinem Vorteil. Sie verließ den Freeway und fuhr zu der ruhigen Nebenstraße in Sherman Oaks. Mit düsteren Vorahnungen stieg sie über den Zaun. Sie ging den Hügel hinauf und duckte sich nahe dem Freeway in die Büsche. Der weiße Mietwagen stand noch immer da, wo Mary ausgestiegen war, und auf der anderen Straßenseite konnte sie ihren eigenen Wagen sehen. Sie trat vorsichtig an Marys Wagen heran, blickte durch die Scheiben hinein, dann suchte sie im Innern weiter, im Handschuhfach, unter den Sitzen, unter den Fußmatten. Wieder einmal hatte Barraclough gewonnen. Nachdem er Timmy präsentiert hatte, war Mary mit den Tonbändern in der Handtasche zu ihm gegangen.

Jane zwang sich nicht stehenzubleiben. Sie schlich zurück, kletterte über den Zaun, stieg in ihr Auto und fuhr den Riverside Drive hinaus. Jetzt hing alles nur noch vom richtigen Timing ab.

Sie schaute auf die Uhr. Es war jetzt halb sechs, und die aufgehende Sonne tauchte die Heckscheibe in hellen Glanz, während Jane weiter nach Westen fuhr. Sie suchte in Gedanken noch einmal alle Einzelheiten zusammen, an die sich noch ein Funken Hoffnung knüpfen ließ. Timmy war am Leben. Barraclough hatte ihn nur zu einem Zweck gekidnappt: Sobald er Mary hatte, sollte der Fahrer den Jungen wegbringen und ihn irgendwo unbeobachtet umbringen. Auch Mary lebte noch, und er würde sie so lange leben lassen, bis sie ihm den letzten Cent des gestohlenen Geldes gegeben hatte. Dieser Gedanke schlug jedoch eine eigene Richtung ein, die Jane nicht mitgehen wollte, und sie zwang sich, an etwas anderes zu denken. Sogar das schwarze Kästchen war möglicherweise hilfreich. Wenn Barraclough immer noch annahm, es sei in Janes Besitz, dann versuchte er vielleicht, sie damit in eine neue Falle zu locken. Das würde ihn einige Zeit und Energie kosten, und jeden derartigen Tempoverlust konnte sie ausnützen, um seinen enormen Situationsvorteil zu verringern.

Aber auch Jane hatte einen kleinen Vorsprung vor ihm, und auf den konzentrierte sie sich jetzt. Barraclough konnte unmöglich wissen, daß der junge Mann vor dem Apartmentblock ihr etwas über Enterprise Development verraten hatte. Als Adresse hatte er 5122, Van Nuys Boulevard angegeben. Sie bog auf den Van Nuys Boulevard ein und suchte nach dem Gebäude.

Als es auf der rechten Seite näher kam, sah sie auch schon den Wagen, mit dem Barraclough zum Treffpunkt gekommen war. Er hatte ihn am Straßenrand abgestellt, etwas seitlich versetzt vor dem kleinen, vierstöckigen Haus. Jane atmete tief ein und noch tiefer, und die Morgenluft dehnte ihr den Brustkorb zu einem Gefühl der Befriedigung. Vielleicht hatte Barraclough diesmal doch einen blöden Fehler gemacht. Sie hatte angenommen, er würde Mary irgendwo anders hinbringen, in eines seiner sicheren Häuser. Vielleicht hatte ihn der Erfolg einfach übermütig gemacht, und nun dirigierte er die Suche nach Jane von hier aus. Vielleicht hatte sich der Fahrer des roten Wagens noch nicht zurückgemeldet, und Barraclough nahm an, Jane und Timmy wären bereits tot. Aber noch bevor sie zu Ende gedacht hatte, war ihr klar, daß das unmöglich war. Er war nur hierhergekommen, um den Wagen zu wechseln. Sie bog um die nächste Ecke, hielt an und ging in einen Coffee-Shop auf der anderen Straßenseite.

Hier wartete sie und behielt Enterprise Development etwa eine halbe Stunde lang im Auge, als sie einen Mann heraustreten sah. Sie schaute wieder auf die Uhr: genau acht. Dort lief etwas genau Vorbereitetes an. Die Wahrscheinlichkeit, daß jemand um Punkt acht aus dem Bürohaus herauskam, war gleich Null. Als der Mann bei Barracloughs Wagen stand, sah Jane ihn sich genauer an, sein drahtiges, graues Haar, die rasiermesserscharfen Bügelfalten seiner Hose, den angeberischen Gang mit ausgestellten Fußspitzen und fleckenlos glänzenden Schuhen.

Das mußte Farrell sein, der bei Intercontinental der Trainer genannt wurde, aber von diesem Gebäude aus die Geheimoperationen leitete. Er zog einen Schlüsselbund aus der Tasche und senkte den Kopf, als suchte er den passenden heraus, während er in Wirklichkeit die Straße mit prüfenden Blicken absuchte, dann stieg er ein und fuhr los. Jane war einen Moment lang verwirrt. Von allen Leuten, die für Barraclough arbeiteten, hatte sie Farrell hier am wenigsten erwartet. Er hätte eigentlich dort sein müssen, wo sie Mary festhielten.

Jane faßte einen schnellen Entschluß, lief zu ihrem Wagen und fuhr ihm nach. Schon ein paar Querstraßen weiter bemerkte sie den zweiten Wagen. Er war unauffällig schwarz, ein Mann saß darin. Sie bog vom Van Nuys Boulevard ab, dann gleich wieder links ein in die Parallelstraße. Sie schaute in den Rückspiegel, aber er folgte ihr nicht. Zwei Straßen hinter ihm fuhr sie wieder auf den Van Nuys Boulevard. Als Farrell nach rechts abbog und er ihm folgte, war ihr klar, daß der schwarze Wagen nicht ihr, sondern Farrell hinterherfuhr. Um die nächste Ecke herum fuhr Jane näher an den schwarzen Wagen heran. Selbst als Superstar des polizeilichen Verfolgungsteams konnte der Fahrer nicht gleichzeitig den Wagen vor sich und das Geschehen hinter sich im Auge behalten.

Dann war Farrell am Ziel und hielt an. Der zweite Wagen parkte nur ein paar Meter vom Eingang entfernt. Jane fuhr ein großes Stück weiter, bevor sie ebenfalls an den Randstein fuhr und die Männer im Rückspiegel beobachtete. Farrell brachte Barracloughs grauen Wagen zur Mietwagenfirma zurück. Drei Minuten später kam er aus dem kleinen Büro wieder heraus und stieg zu dem Mann in dem zweiten Wagen. Jane fuhr einmal um den Block und kam hinter ihnen wieder auf den Van Nuys Boulevard. Sie fuhren nach Süden zum Gebäude der Enterprise Development und bogen auf den Parkplatz ein.

Vor Ärger und Enttäuschung zog sie eine Grimasse, aber sie wußte, daß sie sich nicht getäuscht hatte. Farrell war der Mann, dem Barraclough die vom übrigen Betrieb getrennten Untergrundaktivitäten anvertraut hatte. Farrell suchte die jungen Schlägertypen aus, gab ihnen die Ausbildung zur Menschenjagd und hielt die aufputschenden Reden. Er sprach von Potential, Initiative, Motivation und solchem Quatsch, und seine Leute glaubten, sie würden jetzt reich werden durch dieselben Fähigkeiten, für die sie ins Gefängnis gekommen waren. Er hatte sich auf die Psychologie der Brutalität spezialisiert. Er war derjenige, den Barraclough auf jeden Fall dabeihaben wollte, wenn er Mary zum Verhör schleppte.

24

Mary saß auf den nackten Metallrippen am Boden des Lieferwagens. An die regelmäßigen Querrillen in der Straße hatte sie sich jetzt fast gewöhnt. Bei jedem lauten Ka-bamm! wurden ihr alle Knochen durchgeschüttelt, wenn erst die vorderen und kurz danach die hinteren Räder über die Bodenwellen rollten, dann eine kurze Pause, und gleich wieder dasselbe Doppelgerumpel. Als sie aus dem Pkw herausgezerrt worden war, hatte sie einen Augenblick lang etwas wie Erleichterung gespürt, aber bevor sie auch nur einen Schritt selbst machen konnte, hatte man sie durch die Hecktür in den Lieferwagen geschoben und ihr die Haube über den Kopf gestülpt. Es war ein mehrfach mit schwarzer Farbe eingesprühter und daher völlig undurchsichtiger Jutesack. Er ging ihr weit herunter, über den Kopf und die Arme bis zu den Ellbogen. Dann zogen unsichtbare Hände ihn am Hals eng zusammen wie auf alten Fotos die schwarze Haube eines zum Tode Verurteilten unter dem Galgen: Der Sack hatte keine Öffnungen für Augen und Nase, nur in Mundhöhe ein Luftloch.

Als sie ihn kurz zu Gesicht bekam, flatterte ihr das Herz, aber dann sah sie, daß er nicht das Schlimmste bedeutete. Doch sofort band ihr jemand die Handgelenke hinter dem Rücken zusammen. Sie erinnerte sich an einen Artikel in einer Zeitschrift: Man sollte immer alles versuchen, bevor man im Wagen war, denn danach war es zu spät. Also hatte sie sich gewehrt, wollte die Hände frei haben, aber sie wußte gleichzeitig, daß die Chance zu entkommen schon verpaßt war. Sie sträubte sich nur deshalb, weil eine Todesangst in ihr zappelte und ihren Körper in Bewegung setzte. Nachdem sie einmal die schwarzgefärbte Haube über dem Kopf hatte, konnte ihr einer der drei Männer ganz allein die Hände fesseln, während die zwei anderen sich schon entfernten.

Der Lieferwagen war weiß. So viel hatte sie gerade noch sehen können. Der Wagen ging oft so scharf in die Kurve, daß es sie auf den Boden warf, und dann noch einmal, wenn er wieder beschleunigte. Dabei fragte sie sich, warum sie jetzt eigentlich keine Angst mehr hatte. Es dauerte eine Stunde in dieser einsamen Finsternis unter der schwarzen Haube, dann hatte sie die Antwort gefunden: Das alles passierte gar nicht ihr. Es war eine sehr feine Unterscheidung, ein sensibler Gedanke, den sie nur behutsam erfassen, aber nicht zu stark beanspruchen durfte. Es war so: Sie spürte und hörte um sich herum irgendwelche Aktivitäten, aber schon bevor sie die Haube über dem Kopf hatte, sah sie alles wie von weitem, es hörte sich taub und hohl an. Es schien nicht mehr wirklich. Sie hatte das Eintreten eines solchen Ereignisses schon so lange befürchtet, daß sie genau wußte, wie es sich anfühlen würde. Es passierte nicht ihr, sondern jemand anderem.

Der Lieferwagen hatte die Straße mit den regelmäßigen Querrillen verlassen und fuhr langsamer. Ab und zu versetzte ihm vielleicht ein Schlagloch einen unerwarteten Stoß, und dann schleuderte der Metallboden sie plötzlich in die Höhe. Was sie beunruhigte, waren aber nicht diese Sprünge, sondern daß der Wagen langsamer wurde, als ob die Fahrt allmählich zu Ende ging.

Jetzt erst wurde ihr der Sack über ihrem Kopf in seinen Details bewußt. Er war heiß, ein grobes Geflecht, und von dem Petroleumgeruch der schwarzen Farbe wurde ihr beinahe schlecht. Ihre rechte Wange juckte, aber ihre Hände waren auf dem Rücken gefesselt. Sie versuchte, die Wange an einer seitlichen Metallstrebe zu reiben, aber der Stoff war so rauh und stoppelig, daß der Juckreiz sich nur ausbreitete, vom Kinn bis hinauf zum Haaransatz. Dann holperte der Wagen über das nächste Schlagloch, und durch den Stoß schlug sie mit den Backenknochen gegen die Strebe. Sie schrie auf und spürte, wie ihr die Tränen in die Augen stiegen.

Sie hoffte, die Männer hatten den Schrei nicht gehört. Aber sie wußte, sie hatten ihn gehört. Jetzt war ihnen also klar, wie schwach ihre Gefangene war, sie würden sie mit kalt prüfenden, mitleidlosen Augen sehen, und ihre letzten Hoffnungen gingen unter in dem bitteren Selbstvorwurf, sich blöd verhalten zu haben. Der Schmerz in ihrem Gesicht verlangte beharrlich, daß sie sich mit ihm befaßte, also wehrte sie sich nicht länger gegen ihn. Sie sah ihm in aller Ruhe zu und wartete bei jedem Pulsschlag auf das dumpfe Pochen. Es war nur ein kleiner Schmerz, eine der vielen Verletzungen, die ein Körper zu ertragen verstand, aber er brachte eine schlechte Nachricht: Das alles geschah doch nicht jemand anderem. Es geschah ihr. In ihrem Gedächtnis fand sie die irgendwann gespeicherte Information, daß ein Mensch in ihrer Lage auf körperliche Gewalt vorbereitet sein mußte. Und jetzt konnte sie nicht mehr verdrängen, was ihr der gesunde Menschenverstand schon eine Weile sagte: Der Schmerz trat nicht zufällig auf, er war der ganze Zweck dieser Fahrt. Die Männer brachten sie weg, um ihr schwere Schmerzen zuzufügen. Ab jetzt konnte sie nicht einfach neben sich selbst stehen und zuschauen, wie der Große ihr ins Gesicht schlug, jetzt fühlte sie es selbst. Sie war derart in einer Zwangslage, daß sich aus ihrem Herzen eine heiße Welle löste und ihr in die Kehle stieg und bis unter die Sackhaube, als ob ihr Kopf in einem Backofen steckte. Sie konnte kaum noch atmen. Sie drückte Hals und Schultern durch, um das kleine Luftloch näher an den Mund heranzubringen, und kam doch nur stoßweise zu Atem. Das Sackleinen war inzwischen feucht von ihren Atemzügen, aber das spürte sie kaum noch. Alle Empfindungen waren ihr jetzt unangenehm und beschwerlich, auf eine allein konnte sie sich nicht mehr konzentrieren.

Der Lieferwagen bog noch einmal ab und kippte sie gegen den Metallrahmen, aber auch das nahm sie nicht im Detail wahr. Sie hatte nur noch eine alles ergreifende Angst vor den wiederkommenden Schmerzen.

Jane beobachtete das Bürogebäude am Van Nuys Boulevard und überlegte verschiedene Methoden, Mary zu befreien. Es war inzwischen heller Morgen, und Farrell hatte sich nicht wieder sehen lassen. Am liebsten hätte sie die Polizei angerufen und sie auf Barracloughs Spur gesetzt. Aber sofort wurden ihr die vielen Gründe klar, warum sie so nicht vorgehen konnte. Barraclough zu finden dauerte viel zu lange, selbst wenn die Polizei alles richtig machte, und das war gewöhnlich nicht der Fall. Und auch dann konnten sie nichts anderes tun, als die Leute von Intercontinental zu befragen oder die Büros zu durchkämmen. Falls Barraclough dann eine Warnung erhielt, brauchte er nur eine Minute, und Mary war für immer verschwunden.

Barraclough hatte Mary zweifellos in eines seiner sicheren Verstecke gebracht. Vermutlich gehörte das Haus sogar ihm selbst, aber der Versuch, es über seinen Namen herauszufinden, war sinnlos. Er war schon eine ganze Weile in der Kidnapping-Branche tätig, seine Arbeitsweise war einstudiert, effizient und praxiserprobt. Der einzig vernünftige Weg, das Versteck zu finden, führte über Farrell selbst: Er mußte sie hinbringen. Aber die Durchführung war alles andere als einfach. Sie überlegte sich, ob sie nicht einen zweiten Intercontinental-Wagen mit einem Richtungsanzeiger auftreiben sollte. Danach aber mußte sie wissen, welchen Wagen Farrell fuhr, ungesehen einen Sender an dem Wagen anbringen und sich die Handhabung des Empfängers in aller Eile selbst beibringen. Und dann saß sie am Steuer eines gestohlenen Wagens, vielleicht viele Kilometer weit. Das war kein Plan, das war ein Hirngespinst.

Außerdem mußte sie bei allem, was sie so vorbereitete, Farrells Tür mindestens eine Stunde lang aus den Augen lassen, und während dieser Zeit fuhr er in alle Himmelsrichtungen einen Vorsprung von hundert Kilometern heraus. Sie konnte ihn also lediglich im Auge behalten, auch wenn es lange dauerte, und hoffen, daß er sie zu Mary führte.

Sie hatte den Wagen um die nächste Straßenecke herum geparkt, so daß er durch die Bürofenster von Enterprise Development nicht zu sehen war. Zuerst beobachtete sie das Gebäude von dem Restaurant aus, das auf der anderen Straßenseite lag, dann aus einem Buchladen zwei Häuser weiter. Nachdem sie jedes Buch im Schaufenster zweimal durchgeblättert hatte, ging sie über die Straße in den Second-Hand-Shop und schaute sich die gebrauchten Kleider an. Sie kaufte zwei Hüte, eine beige Jacke, ein schwarzes Sweatshirt und eine Sonnenbrille. Sie legte alles in ihrem Wagen auf den Boden und ging zum Mittagessen in ein Hamburger-Lokal an der Ecke, wo sie immer noch einen ungehinderten Blick auf das Bürohaus hatte.

Sie sagte sich, daß jeder Gedanke und jede Bewegung, die sie nicht auf Farrell richtete, Zeitverschwendung waren und gefährlich dazu, aber trotzdem konnte sie Mary nicht ins Unterbewußtsein abdrängen, wo sie im Augenblick hingehörte. Immer, wenn sie meinte, sie konzentrierte sich jetzt nur auf Farrell, tickten ein paar Sekunden vorbei, und allein die vergehende Zeit erinnerte sie wieder an sie. Schon während einer halben Minute konnten sie Mary jeden möglichen Horror antun, genug für eine Ewigkeit.

Die Stunden gingen so quälend langsam vorüber, daß sie kaum noch wußte, was sie eben noch gedacht hatte, und das Treffen auf dem Freeway schien ihr viele Wochen zurückzuliegen. Jetzt hatte sie zwölf Stunden lang die Fenster und Türen des Bürogebäudes angestarrt, und Farrell hatte sich immer noch nicht gezeigt.

Irgend etwas mußte geschehen sein, aber es war ihr entgangen. Um zehn Uhr abends machte sie sich bereit, in das Haus einzudringen. Vielleicht war Farrell, während sie vor Stunden im Restaurant kurz auf die Toilette ging, herausgekommen und in ein Auto gestiegen, das ihm jemand gebracht hatte. Das hätte erklärt, warum alle Wagen, die vor dem Gebäude parkten, noch immer dastanden, als sie an ihren Fensterplatz zurückkehrte. Vielleicht hatte sie ihn sogar gesehen. Vielleicht hatte er mit einem seiner Trainees die Kleider getauscht, irgend etwas Einfaches und Elementares, und hatte sie damit ausgetrickst. Er hatte eine lebenslange Erfahrung im Suchen und Verfolgen von Menschen, und es gab keinen Grund zu der Annahme, er hätte dabei nicht auch seine Fähigkeiten im Tarnen und Täuschen vervollkommnet.

Da war noch ein anderer Gedanke, den sie offenbar auf keine Weise loswerden konnte. Daß Barraclough Mary in seine Gewalt bringen konnte, hatte einen Grund: Er wußte, wie sie reagieren würde, und Jane hatte es nicht gewußt. Aber nein, es war noch viel schlimmer. Mary hatte Timmy nie gesehen. Barraclough konnte nicht wissen, daß sie für den Jungen geradewegs ins Feuer gehen würde. Barraclough wußte nur, wie Jane reagieren würde. Ihm war klar, daß sie zwischen zwei Menschen zu wählen hatte und daß sie denjenigen nehmen würde, für den er keine Verwendung mehr hatte, den er sofort umbringen konnte.

Sie warf ihre halb aufgegessene Mahlzeit und die Plastikverpackung in den Container neben dem Ausgang, ließ ihr Tablett auf den Stoß gleiten und ging über den Parkplatz auf den dunklen Abschnitt der Straße zu, damit sie die Straße unauffällig überqueren konnte. Hinter ihr auf dem Gehweg waren Schritte zu hören, aber sie mußte jetzt das Haus von einem anderen Blickwinkel aus sehen, und so beachtete sie die Geräusche nicht weiter. Während sie die Straße überquerte, schaute sie zu den Büros hinüber, und da sah sie Farrell durch eines der Fenster. Er saß an seinem Schreibtisch und telefonierte. Auf der anderen Straßenseite blieb sie stehen, und nachdem sie ihre Ruhe zurückgewonnen hatte, fielen ihr die Schritte wieder ein.

Vielleicht war schon jemand hinter ihr gewesen, als sie das Lokal verließ, und sie hatte ihn nur nicht gehört, weil sie auf etwas anderes konzentriert war. Sie ging weiter und horchte dabei nach hinten. Es waren drei paar Füße. Sie kam sich vor, als wäre sie auf einer Leiter zwischen die Sprossen gefallen. Durch die intensive Beobachtung des Hauses war ihr niemals der Gedanke gekommen, daß Farrell ein paar seiner Trainees draußen postiert haben könnte. Sie ging weiter, bis sich die drei jungen Kerle in der dunklen Schaufensterscheibe eines Ladens spiegelten. Sie paßten überhaupt nicht ins Muster. Einer hatte eine Baseballkappe verkehrt herum auf, und alle drei hatten Baggy-Hosen und viel zu große Jacken an. Sie waren vielleicht siebzehn oder achtzehn und in keiner Weise abgehärtet oder verzweifelt genug für Farrell.

Sie hatte Carey von einem angeblichen Überfall in Los Angeles erzählt, und hier war sie nun in Los Angeles und wurde taxiert und ins Auge gefaßt für genau so einen Überfall. Aber so etwas kam jetzt nicht in Frage. Es durfte einfach nicht passieren.

Sie überlegte kurz, drehte dann auf dem Absatz um und ging auf die drei Jugendlichen zu. Sie gingen langsamer und verteilten sich strategisch auf dem Gehweg. Sie ging entschlossen auf den mittleren Jungen zu. Er blieb stehen, unsicher, wie er sich verhalten sollte, aber ziemlich sicher, daß er nicht mit ihr zusammenstoßen wollte. »Stop, ihr drei«, sagte sie, »ich muß mit euch reden.«

Auch die beiden anderen blieben stehen und sahen sie aus halb abgewandten Gesichtern an. »Was ist?« sagte der linke.

Während sie die wenig erfolgversprechenden Jugendlichen betrachtete, kam ihr der Plan völlig ausformuliert zu Bewußtsein. Die Frage war nur noch, ob sie die drei überzeugen konnte. »Habt ihr irgendwas vor heute abend?« fragte sie.

Der rechte sagte: »Wir haben gar nichts vor« ohne jede Betonung. Er wußte nicht, ob die Frage eine Einladung oder eine Anklage war, aber die Antwort war in jedem Fall richtig.

Jane griff in ihre Handtasche, und alle standen plötzlich sprungbereit, als erwarteten sie einen Reizgasangriff, was auf diesen Straßen offenbar nichts Ungewöhnliches war. Jane tastete mit den Fingerspitzen am Innenfutter entlang nach den Katherine-Webster-Papieren. Sie klappte ihnen die Mappe auf. »Katherine Webster, Finanzministerium«, sagte sie.

»Wir haben nichts angestellt«, sagte der in der Mitte.

»Will ich gar nicht wissen«, sagte sie. »Ich will wissen, ob ihr an einem kleinen Job interessiert seid. Ein paar Stunden vielleicht.«

»Was denn für ein Job?« Er war mißtrauisch geworden.

Sie deutete auf das helle Fenster im Enterprise-Development-Gebäude. »Da drüben, in dem Büro, sitzt ein Verdächtiger. Nach einer Weile kommt er hier raus und steigt in einen Wagen und fährt weg. Ihr fahrt ihm nach, und ich fahre hinter euch her. Wenn er euch sieht, dreht ihr ab und fahrt nach Hause. Wenn nicht, fahrt ihr ihm nach bis zum Ende, dann ruft ihr eine Nummer an, hinterlaßt die Adresse auf dem Anrufbeantworter und Schluß.«

»Warum wir?« sagte der auf der linken Seite.

Jane zitierte ein imaginäres Einsatzhandbuch: »Wenn es nach dem Ermessen des Ermittlungsbeamten/der Ermittlungsbeamtin zweckmäßig und sachdienlich erscheint, Privatpersonen für Unteraufgaben heranzuziehen oder diese an sie zu delegieren, insbesondere um damit den Erfolg der Überwachung nicht durch vorzeitige Entdeckung zu gefährden, so ist er/sie zu einer derartigen Maßnahme befugt.« Sie wartete etwas, bis die Jungen den Text entziffert hatten, dann sagte sie: »Ihr müßt nicht. Ihr kriegt die Tagespauschale und einen Leistungsbonus, wenn ihr es richtig macht.«

»Was heißt denn jetzt das?« fragte einer.

»Hundert Dollar für jede Fahrtkosten-Pauschale. Die kriegt ihr auf jeden Fall, und ihr braucht das Geld nicht mal zu versteuern.« Sie bemerkte, wie der in der Mitte dabei amüsiert nach links lächelte. »Und noch mal zweihundert für jeden extra, wenn er euch nicht sieht. Bevor die Nacht um ist, hat jeder von euch dreihundert mehr als vorher.«

»Und wieso soviel?«

»Er ist bewaffnet und gefährlich, und er kennt alle Tricks. Wenn er anhält, fahrt ihr weiter. Seht zu, daß ihr nicht wo hinkommt, wo er anhält, und ihr könnt auch nur noch halten. Er bringt euch sonst wahrscheinlich um.«

Die drei sahen sich fragend an. Hier und da ein Schulterzucken mit etwas schiefgelegtem Kopf, aber keiner grinste sie blöd an. Das mit der Gefahr, umgebracht zu werden, hatte die Sache anscheinend erst interessant gemacht. Jane hatte fast vergessen, wie Siebzehnjährige sind. In der Geschichte der Menschheit hatte man sie immer schon für einen Krieg begeistern können. Sie griff wieder in ihre Handtasche und sagte:

»Die Pauschale wird im voraus bezahlt.« Sie fing an, die Geldscheine abzuzählen.

Der in der Mitte sagte zu seinem Freund rechts: »Nehmen wir deinen Wagen oder meinen?«

»Ihr habt zwei?« fragte Jane.

»Klar«, sagte der Mittlere.

»Dann nehmt alle beide, und ihr kriegt noch einen Hunderter extra.«

Im ersten Stock des Farmhauses lehnte sich Mary gegen die gekachelte Wand der Duschkabine. Sie hatten sie endlich allein gelassen, aber ihr rechter Arm war mit Handschellen an den Duschkopf gefesselt, so daß sie sich nicht auf den Boden setzen konnte. Sie versuchte, aufrecht zu stehen, aber sie fühlte sich schwach und wacklig auf den Beinen. Vermutlich hatte man sie gerade deshalb so angekettet. Wenn sie sich fallen ließ, riß sie sich wahrscheinlich nur den Arm aus dem Gelenk, aber sich umbringen, indem sie mit dem Kopf gegen die Kacheln rannte, ging wohl auch nicht.

Sie schaute an ihren Beinen herunter. Die Blutergüsse verfärbten sich bereits in ein tiefes Violett, und die Striemen schwollen rot an. Sie hatte versucht, die Männer mit den Füßen wegzustoßen, aber sie hatten sie nicht gepackt oder sich auf ein Handgemenge eingelassen. Sie hatten einfach auf das Bein eingeprügelt, und beim nächsten Fußtritt schlugen sie wieder darauf und wieder, und irgendwann konnte sie mit dem Bein nicht mehr zustoßen.

Die zwei Männer hatten kein Wort gesprochen, nicht einmal miteinander. Sie erledigten ihre Arbeit in einem kalten, unpersönlichen Schweigen wie Schlachthofarbeiter, die ein Tier zerlegen. Beim erstenmal ließen sie ihr noch die Haube auf dem Kopf, aber nicht etwa weil Mary ihre Gesichter nicht sehen sollte, sondern weil sie keine Lust hatten, Marys Gesicht zu sehen. Mit Lust hatte das ohnehin nichts zu tun. Beim zweitenmal dachte sie sich, es war vielleicht ganz gut, daß sie nicht atmen konnte, und das Sterben war ja nur ein Schlafengehen, und jeder wache Augenblick brachte die Alpträume ihres ganzen Lebens zurück. Aber dann nahmen sie ihr den Sack vom Kopf. Jetzt konnte sie die Männer sehen, ihre angestrengten, unbeteiligten Gesichter, und falls sie überhaupt etwas empfanden, so zeigte es sich ihr nicht als ein Gefühl. Es waren nicht die Gesichter von Männern im Orgasmus, sondern leere und unbeteiligte Mienen, als wäre kein anderes menschliches Wesen in ihrer Nähe. Sie hatte sich eine Vergewaltigung immer als haßerfüllten Akt vorgestellt oder als das krankhafte Vergnügen an der Macht über einen hilflosen Menschen. Aber das hier gab den Männern nicht einmal ein Triumphgefühl. Sie nahmen sich eben, was gerade da war.

Anfangs schrie und weinte sie. Sie sagte: »Nein, bitte nicht. Ihr tut mir weh.« Aber der eine, der sie festhielt, packte sie nur noch fester, und der andere, zwischen ihren Beinen, hörte überhaupt nicht hin. Er schien gar nicht zu verstehen, was sie sagte. Ihre Stimme war wie der Ruf eines Vogels oder ein Hundegebell, er hörte es zwar, aber es bedeutete ihm nichts.

Als sie fertig waren, ließen sie sie angekettet in der Dusche, immer noch nackt. Sie versuchte wieder zusammenzusetzen, was von ihr noch übrig war, aber sie schaffte es nicht. Sie war in Stücke gerissen, Bruchstücke, die scheinbar nicht mehr zueinanderpaßten. Erst nach langer Zeit fing sie wieder zu denken an. In Gedanken setzte sie eine Liste ihrer Wunden und Verletzungen auf, immer wieder dieselben, und die Grenze ihres Körpers war der Schmerz. Dann stellte sie sich vor, sie würde Barraclough erzählen, was man ihr angetan hatte, und würde die Männer dafür umbringen lassen. Schließlich war sie für ihn wertvoll. Aber noch während dieses Wunschtraums sagte ihr eine kleine, lästige, unhörbare Stimme, daß sie überhaupt nicht wichtig war. In Wirklichkeit war sie überhaupt nichts wert.

Um Mitternacht trat Farrell aus der Tür an der Rückseite des Bürohauses. Er ging etwa dreißig Meter bis zum hinteren Ende des Parkplatzes, öffnete den Kofferraum einer dunklen Limousine, nahm einen großen Aktenkoffer heraus und ging ins Haus zurück.

Jane gab ihrem Beobachtungsposten ein Zeichen und deutete auf den Vordereingang, dann ließ sie den Wagen an. Im nächsten Augenblick kam Farrell heraus. Ein jüngerer Mann fuhr einen weißen Kombi an den Randstein, stieg aus und ging beiseite, während Farrell hinter dem Steuer Platz nahm. Jane schaute zu den Jungen hinüber, die jetzt für sie arbeiteten. Der Beobachter, der eben noch zwischen zwei Häusern im Dunkeln gestanden hatte, war schon nicht mehr da. Er hatte so lange gewartet, bis er sah, welchen Wagen Farrell nahm, war jetzt an der Rückseite des Hauses und stieg zu seinem Freund ins Auto. Farrell ließ den Motor an und bog nach rechts, und Jane sah, wie die beiden Jungen in ihrem schwarzen Trans-Am ihm nachfuhren. Als sie bis acht gezählt hatte, bewegte sich auch der zweite Verfolgerwagen, ein dunkelbrauner Saturn. Sie vermied es, am Bürogebäude vorbeizufahren, bog in eine Nebenstraße ein und schloß erst drei Straßen weiter zu dem Konvoi auf.

Sie folgte den drei Wagen auf den Freeway, ließ sich einen halben Kilometer zurückfallen und orientierte sich nur an den Rücklichtern des Saturn. Während sie auf Farrell warteten, hatte sie den Jungen einen Schnellkurs in Beschattung gegeben, und jetzt konnte sie sie bei der Arbeit sehen. Auf einem Freeway brauchten sie auf Farrell lediglich an den Ausfahrten aufzupassen. Sie blieben im richtigen Abstand zu ihm. Wenn sich andere Wagen dazwischen schoben, holten sie ein Stück auf und versteckten sich hinter ihnen. Wenn Farrell die Spur wechselte, blieben sie in der ihrigen. Sie warteten ab und bevorzugten durchgehend die rechte Spur, wo sie nicht so leicht zu entdecken waren, sobald an einer Einfahrt andere Wagen sich in die Kolonne einordneten und in Farrells Rückspiegel minutenlang ein neues Paar Scheinwerfer präsentierten.

Dann waren sie im Norden der Stadt, der Verkehr nahm etwas ab, der zweite Wagen überholte seinen Vordermann und blieb in dieser Position, bis Farrell sich an das neue Scheinwerferbild gewöhnt hatte, dann fiel er wieder hinter den ersten zurück. Trotz ihrer unauffälligen Fahrweise hatte Jane immer die Rücklichter ihrer Hilfskräfte im Blickfeld und hielt sich selbst in Reserve. Sie war nun nicht mehr ganz so hoffnungslos. Mit jeder Minute festigte sich zwangsläufig Farrells Überzeugung, daß ihm niemand folgte.

Sie ließen Mary stundenlang allein in der Dusche. Sie fühlte sich in ihren eigenen Gedanken wie eingesperrt, versuchte nun aber, sich neue Kräfte zuzusprechen. »Ich bin es, die das getan hat. Ich habe beschlossen, mein Leben gegen das Leben eines kleinen Jungen zu tauschen. Das ist das beste, was ich in meinem ganzen Leben getan habe. Es ist das beste, was ein Mensch überhaupt tun kann. Die Entscheidung liegt hinter mir, das heißt der Zeitpunkt, wo ich vielleicht noch hätte schwach werden können, wenn ich drüber nachgedacht hätte. Also: Egal, was mir passiert, ich kann gar nicht mehr damit scheitern. Ich kann es tun.« Aber da war noch ein anderes Gefühl, das sich nicht ebenso klar aussprechen ließ. Es war eigentlich nur ein Echo, das die Leere hinter Marys Worten verriet. Es war eine Lüge, ein Selbstbetrug. Sie war gar nicht so tapfer. Sie war über die Klippe hinausgetreten, und jetzt, im Fallen, bereute sie den Schritt mit jeder Sekunde mehr. Aber dann fiel ihr etwas anderes ein. Die Priester sagten doch, wenn jemand im letzten Augenblick noch eine selbstlose Tat oder eine vollkommene Reue aufbringt, dann würde ihm alles verziehen, das ganze Leben rückwirkend neu bewertet. Aber wie ging das nun, wenn sie den Entschluß zur Aufopferung faßte und ihn dann mit jedem Atemzug entschiedener zurücknahm? Sie wünschte sich, sie wäre gestorben, bevor sie sich zu so einer Wahnsinnstat entschlossen hatte.

Plötzlich hörte sie Stimmen vor der Tür, Männerstimmen, und schwere Schritte auf den Bodenbrettern. Sie versuchte wieder, ohne Hilfe der Kachelwand aufrecht zu stehen, aber es gelang ihr nicht. Nicht weil sie zu stark verletzt war, sondern weil ihre Muskeln nicht mehr gehorchen wollten, wenn der Wille ihnen befahl, sich zusammenzuziehen. Sie waren schwach und zitterten. Als die Tür aufgestoßen wurde, hatte sie kurz den Drang zu schreien, aber sogar ihre Kehle war wie gelähmt. Was sie herausbrachte, war nur ein rauhes, heiseres »Hu«. Ein Mann betrat den Raum und machte die Tür hinter sich zu. Es war Barraclough. Während er auf sie zukam, krümmte sie sich zusammen, als könnte sie in der Ecke der Duschkabine verschwinden. Mit dem freien Arm versuchte sie, sich zu bedecken.

Nach einer Weile bemerkte sie, daß er sie nicht weiter beachtete. Er ging auf den Bodenkacheln durch den Raum, schaute sich um und blieb stehen. Anscheinend wollte er sich nur vergewissern, daß sie noch lebte. Und dann, zu ihrer Überraschung, wandte er sich zum Gehen.

»Warten Sie!« rief sie ihm nach. »Wollen Sie nicht reden?« Sie kämpfte mit der Angst, er würde gehen und die beiden anderen wieder hereinlassen.

Er sagte: »Was wollen Sie?«

»Die haben mich vergewaltigt«, wollte sie sagen, aber ihr Gesicht schien in sich zusammenzufallen, sie beherrschte ihre Stimme nicht mehr und endete in einem hilflosen Schluchzen.

»Vertun Sie nicht meine Zeit«, sagte er. Es klang wie eine Warnung. Es spielte keine Rolle mehr, was sie mit ihr anstellten, weil sie kein Mensch mehr war wie andere, die etwas für sich beanspruchen dürfen, sogar ihren Körper. Sie hatte ihre Rechte verspielt. Sie war eine Kriminelle, und man hatte sie erwischt. Sie sehnte sich danach, diese Situation zu ändern oder wenigstens, sich davor zu verstecken. »Hören Sie, das ist alles ein Mißverständnis. Sie glauben anscheinend, ich sei jemand, der ich gar nicht bin. Ich habe nichts getan, ich habe keinen geschädigt, keinem weh getan.« Sie zeigte zur Tür. »Die haben mir weh getan. Aber ich verstehe das. Die wußten nicht, daß sie das nicht tun sollten. Ich vergesse es einfach wie einen schlechten Traum. Wir reden nicht mehr darüber. Und Sie lassen mich gehen, wohin Sie wollen. Bringen Sie mich irgendwohin, damit ich nicht weiß, wo dieses Haus war.«

Er sah sie mit einem Gesichtsausdruck an, der alles in ihr gefrieren ließ. Er kam aus weiter Ferne. Er schien alles an ihr gleichzeitig wahrzunehmen: ihre lächerliche Angst, ihre Schuldgefühle, ihre Lügen – nein, nicht nur die Lügen, er sah, daß sie eine Lügnerin war. Sein Ausdruck verriet, daß er das alles wußte und daß es Verachtung und Ekel in ihm auslöste. Zum erstenmal schien er nun auch ihren nackten Körper zu betrachten, aber ohne Begierde. So mochte ein Gott aus großer Höhe auf sie herabsehen. Sie war schmutzig, voller Blut, verletzt, schweißbedeckt, und sie zitterte vor Schmerzen – ein belangloses, unbedeutendes Geschöpf, womöglich irgendwann einmal appetitanregend, jetzt aber nur noch ein ängstliches Häufchen Dreck.

Sie war verzweifelt, als ob sie allein am Ufer zurückbliebe, während das Schiff dem Horizont entgegenfährt. »Ich bin nicht blöd, und ich weiß, Sie sind es auch nicht. Okay, ich habe Geld. Sie wollen es, und ich habe es. Sie haben anscheinend vergessen, daß mich nicht die Polizei erwischt hat. Ich bin zu Ihnen gekommen. Warum, glauben Sie, habe ich das getan? Ich weiß, daß Sie von mir Geld wollen, aber ich will auch was von Ihnen. Ich habe aus einem Haufen Banken einen Haufen Geld herausgeholt, als das noch ging. Und ich war dabei nicht allein. Ich kenne Leute, von denen Sie noch nicht mal gehört haben, und die haben sich noch viel mehr geholt als ich. Ich kann sie zu Ihnen bringen. Ich kann sie Ihnen liefern.«

Sein Gesichtsausdruck blieb unverändert, und das machte sie noch verzweifelter.

»Sie machen wirklich einen Fehler, wenn Sie so eine Geldquelle wie mich einfach wegwerfen.« Sie schwitzte und erschrak über sich selbst, weil sie so unglaubwürdig klang, aber sie konnte jetzt nicht mehr aufhören, nur noch weitermachen wie ein ertrinkender Schwimmer. »Ich habe die Bank of Whalen ausgenommen, sechs Millionen für ein Stück Land, das ich einen Monat vorher für eine halbe Million bekam. Ich habe Harrison Savings aufgekauft, mir mit ihrem Geld eine Option auf eine Aktienmehrheit gesichert, und dann habe ich die Bank den Kredit als Betriebskosten zurückzahlen lassen. Ich kann das alles morgen wieder machen.« Er zeigte keinerlei Regung. »Ich kann auch ganz neue Sachen machen! Eine wie ich, die weiß, wie man Geld macht, die kann so was immer!«

Als er sich umdrehte und zur Tür ging, wollte sie aufhören zu reden, aber sie konnte nicht. »Ja, ja, ich verstehe, daß Sie da nicht einsteigen wollen. Sie haben es gern schnell und einfach. Dann bringen Sie mich zu einer Bank. Jede kann heute elektronisch Geld überweisen. Ich hole es her, gebe es Ihnen, und jeder ist zufrieden.«

Jetzt war er an der Tür, und sie wartete darauf, daß er stehenblieb und zurückschaute, so daß sie seine Gesichtszüge sehen konnte. Vielleicht konnte sie darin etwas entdecken, eine stille Mitteilung, daß er sie vielleicht doch nicht töten wollte. Ohne zu zögern, öffnete er die Tür und ging hinaus.

Jane fuhr durch die Nacht und konzentrierte sich nur auf den Kombi vor sich. Sie wußte ganz genau, warum Farrell einen solchen Wagen genommen hatte. Kombis hatten etwas Gutmütiges. So ein Fahrer transportierte damit seine Kinder durch die Gegend und hatte ein Haus in einem guten Wohnviertel. Ein Kombi war auch gut zu gebrauchen, wenn man in den Gepäckraum eine feste Plane legte und darin eine schon ziemlich kalte Leiche fortbringen wollte, ohne sie zu zersägen oder ihr die Gelenke zu brechen.

Vielleicht hatte Mary schon alle Hoffnung aufgegeben und ihnen gesagt, wie sie an das Geld kommen konnten. Es dauerte zwar einige Zeit, bis man jemanden so weit hatte, aber sie war nicht mit frischen Kräften in die Situation geraten. Sie war schon erschöpft und durcheinander, als sie Barraclough zu Gesicht bekam. Sie hatte einen Monat im Gefängnis verbracht, einen zweiten mit ihrer Flucht und der Suche nach einem Versteck, dann hatte man sie mit Feuer aus dem Haus gejagt, und sie war schon wieder auf der Flucht. Vermutlich stimmte die Annahme, man könne jemanden körperlich und psychisch foltern, ohne daß er seine Geheimnisse verriet. Aber die Meinung, das könnten mehr als einer unter tausend, war hirnverbrannt.

Mary hatte einen Vorteil. Sie war schlau genug, um zu wissen, daß Barraclough sie innerhalb einer Stunde, nachdem er seine Hand auf das Geld gelegt hatte, umbringen würde. Und vielleicht gab ihr das ein paar Stunden mehr an Durchhaltevermögen. Jane hatte keinen Zweifel, daß Barraclough ihr einen schnellen Tod als wünschenswerte Alternative zu ihren Leiden darzustellen wußte. Aber vorher konnte sie alle Hinhaltemanöver ausprobieren, die sie beherrschte. Solange sie immer neue Lügen, Versprechungen und Gaunertricks vorbrachte, statt einfach nachzugeben und die Wahrheit zu sagen, solange hatte sie noch eine Hoffnung auf den nächsten Atemzug.

Farrell fuhr weit in das San Joaquin Valley hinein. Irgendwann in der letzten halben Stunde hatten die Wegweiser nach Bakersfield und Tulare im Osten den Schildern nach Fresno Platz gemacht. Plötzlich bemerkte Jane an den beiden Verfolgerautos das Aufleuchten der Rücklichter, während sie gleichzeitig langsamer wurden, ohne daß sich der Abstand zu Farrell vergrößerte. Sie gingen auf sechzig herunter, und Jane war so schnell hinter ihnen, daß sie sah, wie Farrell in die Ausfahrt einbog.

Sie schaute dem vorderen Wagen nach, der nun ebenfalls vom Highway herunterfuhr und Farrell auf der Straße weiterverfolgte. Auf dem Schild an der Ausfahrt stand MENDOTA 20. Als Farrell im Lichtkegel einer Tankstelle anhielt, fuhren die Jungen an ihm vorbei, hielten einen halben Kilometer weiter am Straßenrand und warteten, bis er aufgetankt hatte. Jane fuhr bis zu ihnen hin, stieg aus und rannte zu dem Wagen, wobei sie Farrell in der Tankstelle nicht aus den Augen ließ. Sie steckte ihnen durch das offene Seitenfenster eine Handvoll Hundert-Dollar-Scheine zu. »Hier«, sagte sie. »Weiter fahrt ihr nicht. Zahl deine Kumpel aus.«

Der Junge am Steuer protestierte: »Hier ist doch nicht Endstation.«

»Für euch schon«, sagte sie und lief zu ihrem Wagen zurück.

Farrell hatte dem Tankwart das Geld gegeben und stieg schon wieder in den Wagen. Dann fuhr er noch fast zwei Kilometer die Straße weiter bis zu einem Motel. Jane sah, wie er das helle Empfangsbüro betrat, den Schlüssel holte und in sein Zimmer ging. Sie schlug verärgert die Faust aufs Lenkrad. Sie konnte es nicht fassen: Er legte sich schlafen.

Zwei Stunden vor Sonnenaufgang wäre Mary fast vor Erschöpfung eingeschlafen. Sie hatte das beklemmende Gefühl zu fallen und wachte mit einem Ruck wieder auf. Sie schlug die flache Hand an die Kachelwand und stützte sich beim Aufstehen ab. In diesem Augenblick begann für sie der zweite Tag. Sie spürte in sich eine so tiefe Angst, daß zwischen dem Traum und der Wirklichkeit kein Unterschied mehr war. Mit rasender Geschwindigkeit kam der Boden auf sie zu, und sie wußte, wenn sie auftraf, war sie tot.

Drei Stunden später drehte sich der Türknopf. Als die Tür aufging, sah sie, daß es Barraclough war. Diesmal war auch er nackt. Er schloß ihr die Handschellen auf, ließ den Schlüssel darin stecken, drehte die Dusche auf und stellte sie in den Wasserstrahl, wobei er sie ziemlich lange hin- und herdrehte, als wollte er sicherstellen, daß sie auch sauber genug war. Dann drehte er sie mit dem Gesicht zur Wand. Er sprach kein

Wort. Er stellte nur seinen Fuß zwischen ihre Beine und stieß sie ein wenig zur Seite, damit sie wußte, was los war, und drückte ihr die Hand auf den Rücken. Diesmal wehrte sie sich nicht. Sie blieb ruhig stehen wie eine Tote, während er sich in sie hineinzwängte. Kurz danach schlug er ihr mit einer Hand hart auf den Hintern, packte mit der anderen ihr nasses Haar und zog es dreimal kräftig zu sich her. Allmählich, in kleinen Schritten, verstand sie, was er wollte, und bewegte ihr Becken in seinem Rhythmus.

Als er mit ihr fertig war, drehte er das Wasser wieder an, wusch sich, als wäre sie gar nicht da, drehte den Hahn zu, befestigte die Handschelle wieder am Duschkopf und ging. Kaum war die Tür hinter ihm zu, fing sie zu weinen an. Sie wußte nicht, wie lange sie weinte, weil die Zeit für sie jede Bedeutung verloren hatte. Dann hörten die Tränen wie von allein auf, und sie fühlte sich von einer ausgewachsenen, unbeherrschbaren Wut gepackt. Sie wünschte sich, die Männer würden hereinkommen. Sie stach mit den Fingern in die Luft vor Lust, ihnen die Augen auszureißen. Sie preßte die Kiefer aufeinander, und aus den Mundwinkeln lief ihr der Speichel bei der Vorstellung, einem die Kehle durchzubeißen und daran hängenzubleiben, während die anderen sie von ihm loszureißen versuchten.

Die Wut verließ sie so plötzlich, wie sie gekommen war. Als sie sich jedoch wieder an die Kachelwand lehnte, entdeckte sie, daß der Anfall etwas in ihrem Inneren zurückgelassen hatte. Es war klein und hart und sauber wie die Narbe einer Brandwunde. Sie betrachtete es genauer und untersuchte es, wie die Zunge eine Verletzung im Mund untersucht, bis sie den Ort und die Form und den Schmerz erkannte. Sie wußte, was sie jetzt zu tun hatte. Von allen Menschen, denen so etwas zustieß, hatte Mary die besten Erfolgschancen. Mary hatte ein Gedächtnis für Zahlen.

Stunden später kam Barraclough wieder. Er hatte das Bandgerät bei sich. Er steckte die Schnur neben dem Waschbecken in die Steckdose für den Elektrorasierer und schaltete das Gerät ein. Mary beobachtete ihn mißtrauisch. Das mußte der Zeitpunkt sein, wo er sie zum Reden bringen wollte. Aber dann hörte sie ein Geräusch wie das Vorbeirauschen eines Wagens, dann gleich ein paarmal hintereinander dasselbe, und dann sagte Janes Stimme: »Sie sind hinter Mary Perkins her. Ich habe sie versteckt. Jetzt möchte ich sie Ihnen verkaufen.«

»Warum?« Das war Barraclough.

»Ich bin schon lange in der Branche. Ohne mich wären eine Menge Leute nicht mehr am Leben.«

»Ich habe davon gehört. Irgendwann werde ich Sie dazu kriegen, daß Sie mir die Liste geben.«

»Nein, das werden Sie nicht. Für eine Mary Perkins riskiere ich nicht mein Leben. Sie ist es nicht wert. Ich habe ihr eine Chance gegeben, und sie hat mich enttäuscht. Ich weiß, daß sie einen Haufen Geld hat. Sie denken anscheinend, daß Sie es sich nehmen können. An solchen Geschäften bin ich nicht interessiert.«

»Sie wissen, was mit ihr passiert, wenn ich sie habe?«

»Sie bekommen am Ende das Geld. Ich weiß auch, daß sie danach nicht zu mir zurückkommt und mich fragt, wie das alles passieren konnte.« Barraclough starrte Mary einen Augenblick an, und dann ging er zurück ins Haus in die andere Welt, wo Menschen in Freiheit kommen und gehen konnten.

Mary versuchte zu lachen. Sie wollte, daß Barraclough das Gelächter hörte, aber es war so leise und leer, daß er es gar nicht hören konnte. Ihr war klar, warum er ihr das Band vorgespielt hatte. Sie sollte denken, Jane hätte sie ihm tatsächlich verkaufen wollen. Aber wie konnte er nur annehmen, sie würde so etwas glauben? Sie war ja von Anfang an in den Plan eingeweiht gewesen.

Aber später dachte sie über das Gehörte nach, und dann verstand sie. Er hatte ihr das Band aus einem ganz anderen Grund vorgespielt. Sie sollte wissen, daß man ihn aufgenommen, sie aber das Beweisstück verloren hatte. Sie war so dumm gewesen, das Gerät nicht im Wagen liegenzulassen, als sie zu ihm ging. Sie hatte an die Tonbänder einfach nicht mehr gedacht. Ohne diesen unglaublich blöden Fehler von ihr hätte man ihn wegen Menschenraub, Vergewaltigung und Mord verurteilen können. Eine Welle heißer Scham und Demütigung ging über sie hinweg. Jetzt mußte sie langsam, schmerzhaft, erniedrigt sterben, und ihr letzter Gedanke war der an ihren für immer frei herumlaufenden Mörder.

Erst eine Stunde später beschäftigte sie sich nicht mehr mit sich selbst, sondern dachte an Jane. »Für eine Mary Perkins riskiere ich nicht mein Leben. Ich habe ihr eine Chance gegeben, und sie hat mich enttäuscht.« Es war klar, warum Jane so überzeugend klang auf dem Band: Sie hatte die Wahrheit gesagt. Mary verstand sich aufs Lügen, und sie hatte oft genug genauso gelogen. »Sie ist es nicht wert.« Sogar Barraclough, der Lügner kennen mußte, weil er sie berufsmäßig jagte, war darauf hereingefallen, weil das Gesagte buchstäblich die Wahrheit war. Dann fiel ihr wieder der Schluß ein: »Ich weiß auch, daß sie danach nicht zu mir zurückkommt.« Auch das stimmte. Sie war hier angekettet, verwundet und halb verhungert, und das würde so weitergehen, bis sie tot war.

In den nächsten sechs Stunden überlegte Mary, wie sie sich umbringen konnte. Die Tür der Duschkabine hatte man herausgenommen, nicht einmal die Türangeln hatte man in der Wand gelassen, so dumm waren sie nicht. Sie probierte, ob sich die Handschelle so um den Hals legen ließ, daß sie sich damit am Duschkopf aufhängen konnte, aber das Gezerre tat ihr nur fürchterlich am Handgelenk weh. Es gab nichts, womit sie sich die Luftröhre zudrücken konnte. Irgendwann mußten sie ihr aber zu essen geben, und dann würde sie etwas an sich nehmen, ein Glas, ein Messer, notfalls auch einen Porzellanteller, und sich damit erstechen oder sich die Pulsadern aufschneiden.

Aber schließlich wußte sie, sie würde es nicht tun. Wenn sie sich jetzt umbrachte, dann blieb der harte, kalte, makellose Stachel ihrer Rachsucht in ihrem toten Körper zurück, mit einem Gift, das nicht wirken konnte. Sie mußte für ihren Haß am Leben bleiben.

25

Jane wartete, bis sie sicher war, daß Farrell fest schlief, dann fuhr sie zur Tankstelle zurück, tankte voll und fuhr wieder zum Motel. Sie war so erschöpft, daß sie fürchtete einzunicken und erst wieder wach zu werden, wenn Farrells Kombi verschwunden war. Sie ging nahe an seinen Wagen heran und schaute durch die Scheiben. Einen Moment lang überlegte sie, sich im Gepäckraum zu verstecken und sich auf diese Weise zu Mary bringen zu lassen, aber sie ließ den Gedanken fallen. Höchstwahrscheinlich hatte er einen Revolver, und sie wachte sicher erst dann wieder auf, wenn er gerade auf den Abzug drückte und ihr in den Kopf schoß.

Aber dann sah sie etwas auf dem Armaturenbrett, ein gelbes, zusammengeknülltes Stück Papier. Sie legte den Kopf an die Scheibe und erkannte es als eine American-Express-Quittung für eine Kreditkartenzahlung. Das Papier war so verbogen, daß sie nur mit Mühe den Maschinenaufdruck lesen konnte. Sie nahm einen Kugelschreiber und eine ihrer eigenen Quittungen und schrieb auf, was sie entzifferte: den Namen David R. King, die Gültigkeitsdauer und die dreizehnstellige Nummer. Dann ging sie zum Telefon am Lebensmittelladen auf der anderen Straßenseite.

Sie drehte die American-Express-Karte von Catherine Snowdon um und wählte die Nummer.

»Kundenservice«, sagte die Stimme, »was kann ich für Sie tun?« Jane sagte: »Ich glaube, ich bin hier in Schwierigkeiten, aber Sie können mir bestimmt sagen, was ich da tun muß. Mein Mann hat seine Brieftasche verloren, und da war seine Kreditkarte drin.«

»Haben Sie die Nummer?«

Jane las die Nummer ab, die sie notiert hatte.

»Gültig bis wann?«

»Bis nächsten August. Er mußte nämlich ins Krankenhaus. Er hatte einen Unfall, und auf dem Weg dahin ist irgendwie seine Brieftasche verschwunden, und ich weiß gar nicht, ob jetzt ...«

»Ich verstehe schon«, sagte die freundliche Stimme der Frau. »Wir sollten besser kein Risiko eingehen. Ich werde die Karte ab sofort stornieren. Er bekommt dann in ein paar Tagen mit der Post eine neue mit einer neuen Nummer.«

»Und was passiert, wenn jemand anderer seine alte Karte hat?«

»Das steht in allen Einzelheiten auf der Rückseite Ihrer Anmeldung. Sie brauchen sich um nichts Sorgen zu machen. Sie haben genau das Richtige getan. Vielen Dank für Ihren Anruf. Ich hoffe, Ihrem Mann geht es bald wieder besser.«

»Danke schön«, sagte Jane. Sie ließ sich Zeit, während sie zum Motel zurückging, und überlegte sich dabei, wie sie vorgehen würde. Sie öffnete die Bürotür mit spürbarer Amtsautorität und sah sich um. Es war inzwischen heller Morgen, aber der junge Mann am Empfang sah so todmüde aus, wie sie sich fühlte. Am Hinterkopf stand ihm das Haar ab. Er hatte sich offenbar in seinem Stuhl zurückgelehnt und in einem kleinen Fernseher einen schaurig synchronisierten Film angeschaut. In diesem Augenblick schwangen mehrere muskelbepackte Männer in Pelzröcken unbeholfen ihre Schwerter gegeneinander, und die Säulen des Parthenon wurden dabei in schreckliche Mitleidenschaft gezogen. Er stand auf und lehnte sich mit dem Ellbogen auf den Tresen. »Kann ich Ihnen helfen?«

»Ich bin Kit Snowdon«, sagte Jane. »American Express, Betrugsabteilung. Ich fürchte, wir haben da ein kleines Problem.« Der junge Mann schaltete die Schwertkämpfer ab und schien geradezu erfreut über die Unterbrechung. »Was kann ich dabei tun?«

»Sie haben hier einen Gast in Raum 4, der eine gestohlene American-Express-Karte bei sich hat. Er muß sich unter dem Namen David R. King eingeschrieben haben.«

Der junge Mann erschrak. »Aber ich habe seine Karte durch die Maschine laufen lassen. Da muß irgendwo ein Irrtum vorliegen.«

»Lassen Sie die Zahlen noch mal durchlaufen.« Sie gab ihrer Stimme einen Unterton, der ein wenig von der Ungeduld verriet, die sie jetzt wirklich spürte.

Er nahm die Quittung aus der Schublade, drückte auf ein paar Knöpfe für die telefonische Verbindung und dann tippte er die Zahlenreihe ein. Ein paar Sekunden später ratterte aus der Maschine eine Computernachricht aus North Dakota oder anderswo. Er wurde leichenblaß. »Die wollen, daß ich die Karte einziehe.«

»Das sagt der Computer immer. Wir haben die Dinger noch nicht auf Vordermann gekriegt«, sagte sie. »Vergessen Sie's.«

»Aber ich ...«

»Als Sie die Karte das erste Mal überprüften, da haben Sie den Mann doch sicher genau gesehen. Sieht er aus wie jemand, dem Sie gern eine Kreditkarte wegnehmen?«

»Nein.« Er schüttelte feierlich den Kopf, dann deutete er auf das Telefon. »Soll ich die Polizei anrufen?«

Jane seufzte geduldig. »Ich erkläre es Ihnen. Er ist seit zwei Tagen unterwegs. Er besitzt noch zwei andere Kreditkarten, und bis jetzt sind ungefähr eintausendfünfhundert an Rechnungen aufgelaufen. Wenn ich ihn jetzt festnehme, dann kommt er mit einfachem Diebstahl davon. Angenommen, ich halte ihn ohne Formfehler fest, und unsere Anwälte spielen mit, dann kriegt er neunzig Tage – Maximum. Aber wenn ich ihn zwei Tage länger verfolge und seine Rechnungen steigen über die Dreitausend-Dollar-Grenze, dann ist er mit schwerem Diebstahl dran plus Urkundenfälschung und womöglich noch Besitz gefälschter Dokumente, und dann holt der Richter ordentlich zum Schlag aus. Muß er dann auch, Tatsache.«

»Also was machen wir jetzt?«

»Ich bin seit zwei Tagen hinter ihm her«, sagte Jane. »Ich schlafe inzwischen im Stehen. Ich hätte gern, daß Sie mir ein Zimmer geben und seine Tür im Auge behalten, während ich mich aufs Ohr lege. Sobald er wach ist, klingeln Sie mich mit dem Telefon raus.«

»Und was mache ich, wenn er abreist? Soll ich ihn aufhalten?«

»Tun Sie bloß nichts, was Sie nicht sonst auch täten, außer daß Sie mich anrufen. Das ist alles.« Sie hielt ihm Catherine Snowdons Kreditkarte hin.

Der junge Mann schob sie durch den Schlitz seiner Maschine und gab sie ihr mit dem Zimmerschlüssel zurück. »Tut mir leid, daß ich das mit der Überprüfung versaut habe. Ich war mir sicher ...«

»Sie haben gar nichts versaut«, sagte Jane. »Er hat den Magnetstreifen manipuliert und eine Ziffer ausgetauscht, sonst hätte Ihre Maschine schon laut Alarm geklingelt. Ein richtiger Profi kann so was. Jetzt passen Sie nur auf, daß er uns nicht entkommt. Wenn Sie irgendwann Dienstschluß haben, dann sagen Sie Ihrem Kollegen Bescheid.«

Sie ging in ihr Zimmer, legte sich in ihren Kleidern aufs Bett und schlief ein. Abends klingelte das Telefon. Als sie den Hörer abnahm, war niemand am anderen Ende. Farrell mußte im Büro sein, so daß der junge Mann wohl nichts anderes tun konnte, als sie einfach anzuläuten. Sofort war sie auf den Beinen und stellte sich ans Fenster. Der Kombi stand immer noch auf seinem Parkplatz vor Zimmer 4. Sie ging, das Empfangsbüro im Rücken, außen herum zu ihrem Wagen, stieg ein und folgte Farrell auf der Straße und an der Einfahrt zum Freeway vorbei. Er bog auf den Parkplatz vor einem Supermarkt ein, hielt an, stieg aus und betrat den Laden.

Jane sah auf die Uhr. Seine rätselhaften Ortsveränderungen waren ihr jetzt verständlicher. Es war jetzt halb neun Uhr abends. Um Mitternacht hatte er das Bürogebäude verlassen und war mit einem sauberen Wagen den Rest der Nacht durchgefahren. Als er sicher war, daß ihm keiner folgte, hatte er sich tagsüber ausgeschlafen. Falls er sich getäuscht hatte und doch jemand hinter ihm her war, dann hätten seine Verfolger sicher etwas gegen ihn unternommen, während er schlief. Und wenn er sie irgendwo auf der langen Strecke abgeschüttelt hatte, so mußten sie sich nun verteilen und ihn zeitraubend in einem größeren Umkreis suchen, an Stellen, wo er gar nicht war, während er einen ganzen Tag lang unsichtbar blieb.

Jetzt also war er überzeugt, alle Probleme hinter sich zu haben, und ging Lebensmittel einkaufen. Auch das paßte zum übrigen. Die Männer konnten nicht im voraus wissen, daß sie eines ihrer sicheren Häuser brauchten. Wahrscheinlich waren sie nicht so regelmäßig dort, daß sie dauernd den Kühlschrank voll hatten. Mit Mary in seiner Gewalt hatte Barraclough einfach einen anderen Wagen genommen und sie hierhergebracht.

Aber Farrell zeigte noch ein anderes Verhalten, das sie wiederum beunruhigte. Er hatte sich während der letzten Stunden tatsächlich in ein Nachttier verwandelt. Jane hatte schon oft Menschen befreit und versteckt, die jemand gefangenhielt, der Informationen von ihnen wollte. Und diese Menschen hatten ihr erzählt, wie es da zuging. Sie wurden über Tage hinweg in eine totale Erschöpfung getrieben, gelegentlich sexuell mißbraucht und dann wieder stundenlang allein gelassen. Schlaf und Nahrung wurden ihnen so lange verweigert, bis eine Art chemisches Ungleichgewicht eintrat und die Gefangenen sich in eine psychotische Depression fallen ließen, die dauernd und irrational umsprang zwischen Schuldgefühlen und Wut, aber einer hoffnungslosen Schuld und einer nur noch verzweifelten Wut. Ihre Folterer kannten den Vorgang genau und kamen zum letzten Verhör immer dann, wenn die Psyche des Gefangenen besonders kraftlos und verletzlich war, zwischen zwei und fünf Uhr morgens. Beim Aufwachen an diesem Abend würde nun auch Mary, halb verhungert, ausgelaugt und den Körper voller Wunden, plötzlich ein ganz neues Gesicht vor sich haben. Der Mann war ausgeruht und hellwach und nicht zu ermüden, und allmählich mußte es ihr so vorkommen, als könnte er ihre tiefsten Gedanken lesen.

Durch die Schaufenster schaute Jane Farrell zu, wie er seinen Einkaufswagen füllte. Der richtige Augenblick drohte vorüberzugehen, und danach gab es sicher keine zweite Chance. Sie stieg aus und ging zu dem Kombi. Auf dem Beifahrersitz lag seine Reisetasche und auf dem Armaturenbrett die zusammengeknüllte Motel-Quittung. Sie versteckte sich hinter dem Großlaster, der neben dem Kombi parkte, und beobachtete den Supermarkt, bis sie ihn am vorderen Ende der Stellagenreihen herauskommen sah. Dann ging sie zu seinem Wagen, tat so, als hätte sie genau vor seinem Kühler ihre Schlüssel fallen lassen und bückte sich nach ihnen. In der Hocke fuhr sie mit der Hand unter die Stoßstange und stach mit ihrem Taschenmesser den Kühlwasserschlauch an, stand auf und ging zur Ecke des Supermarkts, wo sie die Kassen im Auge hatte.

Der Kassierer nahm Farrells Einkäufe vom Band, zog sie am Ablesegerät vorbei und steckte sie in Tüten. Aus der ersten Tüte schauten oben Viertelliterflaschen heraus. Die zweite war ausgebeult von den Säckchen mit Obst und Gemüse. In der dritten steckten Kartons mit Orangensaft, Milch in Plastiktüten und eine Schachtel Cornflakes. Sie drehte sich um und stellte sich wieder hinter den Laster neben Farrells Wagen.

Sie wartete, bis er den Schlüssel in die Fahrertür gesteckt und damit auch die elektronischen Türsperren geöffnet hatte; dann lud er die drei Tüten im Gepäckraum ab, schloß die Hecktür und stellte den Einkaufswagen ordentlich in die sieben Meter entfernte Reihe zurück.

Jane schlich an der rechten Seite des Wagens bis zur hinteren Tür, holte sich das Gummiband aus dem Pferdeschwanz, wickelte es doppelt ineinander, machte die Tür auf, zog das Gummiband über den Türschnäpper und machte die Tür vorsichtig wieder zu. Dann lief sie zurück ins Dunkel hinter dem Laster und weiter zu ihrem eigenen Wagen.

Farrell fuhr aus dem Parkplatz heraus und bog nach Osten ab, Richtung Mendota. Jane sah wieder auf die Uhr, ging in den Supermarkt und kaufte sich eine Dosa Cola und dazu eine Schachtel Plastikstrohhalme. Dann stieg sie ein, wartete drei Minuten und fuhr ihm nach. Sie konnte sich genau vorstellen, was jetzt gerade geschah. Als der Motor des Kombi angelassen wurde, zog die Pumpe das Kühlwasser aus dem angestochenen Schlauch und trieb es nach oben, wobei jedoch ein Teil des Wassers durch das Loch verlorenging. Sobald der Motor seine optimale Temperatur erreicht hatte, trat der Thermostat in Aktion. Farrell kam vielleicht noch ein paar Kilometer weiter, aber dann drehte die Temperaturanzeige durch. Denn nun wurde der Ausgleichsbehälter in Anspruch genommen, der den Motor noch eine Weile kühl hielt, bis auch diese Flüssigkeit durch das Loch im Schlauch ausgelaufen war.

Nach einigen Kilometern sah sie den Kombi stehen. Sie fuhr ebenfalls an den Rand, hielt an und schaltete die Scheinwerfer aus. Von Farrell keine Spur. Sehr viel weiter vorn fuhr ein Laster an den Straßenrand, und sekundenlang sah sie im Scheinwerferlicht, wie Farrell dem Fahrer zuwinkte. Er stieg ein, und der Laster kam ihr entgegen. Sie schaltete ihr Licht ein, zog auf die Fahrbahn und fuhr an Farrells Wagen vorbei, aber sobald sie weit genug war, kehrte sie um und fuhr zurück.

Sie machte die hintere Tür auf, nahm ihr Gummiband aus dem Schloß und zog neben dem Fahrersitz den Hebel, der die Hecktür entriegelte. Sie hatte sich schon während der Fahrt überlegt, was sie zu tun hatte, so brauchte sie jetzt keine langen Entscheidungen mehr zu treffen. Sie riß einen winzigen Schlitz in die Milchtüte, steckte einen Strohhalm in ihr Parfumfläschchen mit dem Extrakt aus Maiapfel- und Wutschierlingswurzeln, verschloß das andere Ende mit der Fingerspitze, steckte es dann in die Milchtüte und ließ etwas von der Flüssigkeit in die Milch fließen. Dann verklebte sie den Schlitz mit dem gummierten Preisschild.

Als nächstes nahm sie sich in gleicher Weise die Orangensäfte vor. Bei den Fleischstücken konnte sie den Versuch nur als Experiment wagen, weil sie keine Ahnung hatte, wie sich die chemische Zusammensetzung der wasserhellen Flüssigkeit beim Erhitzen veränderte. Aber die Löcher in der Folienverpackung waren leicht zu verstecken, und deshalb präparierte sie auch das Fleisch. Was die Flasche Scotch betraf, so hatte sie hier keine Bedenken: Der Alkohol überdeckte jeden Nebengeschmack. Sie sah, daß sich die Verschlußkappe herunterschrauben und genau so wieder anbringen ließ, indem sie die Steuermarke vorsichtig mit dem Taschenmesser abschälte, statt sie abzureißen, und danach mit etwas Speichel wieder anklebte. Sie war überzeugt, daß der Whisky für die Männer sein sollte, während das Essen für Mary als Belohnung für ihr Reden gedacht war. Alkohol machte einen Gefangenen bloß unempfindlich gegen Angst, er dämpfte ihr Gedächtnis und stumpfte sie ab gegen Schmerzen. Das Gemüse ließ sie liegen, denn das wurde vor dem Kochen gewaschen, aber in die Äpfel machte sie ebenfalls einen Schlitz und schob den Strohhalm so weit hinein, daß er bis in die Höhlung des Kernhauses reichte, damit das Gift mit dem Saft herauskam und sich nicht sofort beim Kontakt mit der Außenluft verfärbte.

Die Parfumflasche war leer. Jane schloß die Heckklappe, ging zur Beifahrertür, drückte alle Verriegelungen herunter und warf die Tür zu. Dann fuhr sie mit ihrem Wagen einen Kilometer weiter und wartete, bis Marys Peiniger mit dem neuen Kühlerschlauch zurückkam.

26

Vierundzwanzig Stunden waren vergangen, seit Mary auf dem Ventura Freeway über die fünf Fahrspuren gegangen und in den Wagen gestiegen war. Es war ihr kaum noch bewußt. Zeit war etwas geworden, das es nur für andere Menschen gab. So vieles passierte manchmal sehr schnell. Wenn einer sie schlug, schien die scharfe, helle Jähheit zu explodieren in Schmerz und Unbegreiflichkeit, sie blutete dann die nächsten Stunden weiter, lief langsam aus zu etwas, das sie noch wahrnahm, aber nicht mehr fühlte.

Anfangs hatte sie noch die Dauer gefürchtet. Ein Instinkt sagte ihr, daß es gar nichts ausmachte, wenn sie sie zum Schreien brachten. Nicht, weil es nun so dichtgedrängt geschah, daß sie sich daran gewöhnt hätte, sondern weil es etwas in ihr unberührt ließ. Es war, als hätte sie sich in zwei Hälften geteilt. Immer wenn sie kamen, war eine Hälfte gar nicht da. Dann, beim nächsten Schlag, zerteilten sie auch diese Hälfte, und sie wurde wieder ein Stück kleiner, aber sie konnten sie endlos schlagen, ein winziges Stück blieb in ihr übrig. Selbst wenn dieses übriggebliebene Stückchen nicht größer war als eine Mikrobe, so konnte es doch eines Tages heranwachsen. Nur falls sie sie blendeten oder zum Krüppel schlugen, dann könnten ihre Augen und Beine nicht mehr nachwachsen. Sie behielt einen animalischen Drang, ihren Körper möglichst unversehrt zu halten.

Aber auch dieses Gefühl wurde immer schwächer. Aus ihrer Angst war Verzweiflung geworden. Eine Zukunft konnte sie sich nicht mehr vorstellen. Ihre Vergangenheit bestand nur aus einem Gemisch von Lügen, Täuschung und Überheblichkeit, überhaupt nicht mehr aus voneinander getrennten Ereignissen. Auch Mary Perkins war nichts als der Dreck, den sie sich ausgedacht und mit dem sie sich beschmiert hatte. Sie war bloß noch Lily Smith, und sie tat sich leid.

Irgendwann, als das kleine Fenster hoch oben in der Kachelwand dunkler wurde, kam ein Mann mit einem großen Aktenkoffer zu ihr. Sie hatte ihn noch nie gesehen. Er war älter als die anderen und hatte graue Stoppelhaare. Er trug einen grauen Anzug, die Jacke schien etwas zu eng für die Schultern, und ein Paar Schuhe, die er zweifellos sehr gut pflegte. In Gedanken nannte sie ihn ›den Polizisten‹. Er hatte einen Stuhl mit hoher Lehne dabei, wie aus einem Eßzimmer, stellte ihn hin und setzte sich. Er betrachtete sie mit ernsten Augen, aber hinter den Augen war nichts als Wachsamkeit zu sehen. Sie zeigten nicht das Funkeln eines Raubtierblicks, keine Kälte, keine Demütigung. Er saß nur da und wartete. Sie wünschte sich, diesem neuen Menschen zu gefallen, mit ihm zu verhandeln, ihn auf ihre Seite zu ziehen.

Sie fing es langsam und methodisch an, da sie bei Barraclough so jämmerlich versagt hatte, und der hier kam ihr außerdem empfindlich vor, immer auf dem Sprung, sie einfach stehenzulassen und wegzugehen. »Ich möchte gern einen Ausweg finden, damit das hier aufhört.« Sie versuchte, den Worten einen gewinnenden Klang zu geben, aber ihre Stimme kam nur schlaff und tonlos heraus.

Er schob die Lippen nach vorn und nickte, so als erlaube er ihr weiterzusprechen. »Ich weiß.« Sie wagte sich einen Schritt weiter. »Niemand hier hat mich etwas gefragt.« Er hob die Schultern und ließ sie fallen. »Wir haben Zeit.«

Das hing wie ein Gewicht an ihr. »Wieso?«

Er sagte: »Wir haben die Bänder von dem Treffen auf dem Freeway vernichtet ...«

»Das war ich nicht«, unterbrach sie ihn.

Er zog eine Augenbraue hoch. Es war eine Warnung. Sie riß sich zusammen und zwang sich zu schweigen. Auf diese Weise hatte sie sich Barracloughs Verachtung zugezogen, und wenn sie bei diesem hier dieselbe Dummheit machte, hatte sie ihre letzte Hoffnung verloren. Sie wußten alle von Marys Mittäterschaft, also gab sie es zu.

Er sagte: »Ihre Freundin Jane hat Sie abgeschrieben. Gestern war sie im Flughafen von Los Angeles. Unsere Mitarbeiter haben sie bis nach Chicago verfolgt.« Er öffnete seine Aktentasche und holte einen großen Gefrierbeutel heraus, der aber an der geschlossenen Randseite versiegelt war wie zur Aufbewahrung eines polizeilichen Beweisstücks. Im Innern lag ein langes Büschel glänzende, schwarze Haare. Er legte den Beutel in die Tasche zurück. »Für mich sieht es so aus, daß Sie jetzt von niemandem mehr vermißt werden. Sie sind ziemlich lange unter falschem Namen herumgezogen.« Bis jetzt hatte Mary noch nicht bewußt darüber nachgedacht, daß sie dauernd von der Annahme ausging, Jane sei noch am Leben. Wenn Jane aber gar nicht mehr existierte, dann hatte der Polizist recht. Sie hier ein Jahr festzuhalten oder zwei machte keinen Unterschied, weil auf der ganzen Welt niemand merkte, daß sie nicht mehr da war. Vielleicht gab es überhaupt keinen Weg mehr aus diesem Raum hinaus. Sie sagte noch einmal: »Kann ich etwas tun, damit das hier zu Ende geht?«

Der Polizist sah ihr besonnen ins Gesicht. »Das hängt ganz von Ihnen ab.«

Eine winzige Hoffnung kehrte zu ihr zurück. Sie kam diesmal aus einer ganz anderen Quelle und sah verläßlicher aus als die Vorstellung, Jane könnte ein mobiles Einsatzkommando dazu überreden, hier die Tür einzuschlagen, um Mary Perkins zu retten. Jetzt, nachdem sie Jane hatten verschwinden lassen, fand sie schon den Gedanken an so etwas idiotisch. Sie sagte: »Was soll ich tun?«

Er sagte: »Reden wir.«

»Einverstanden.«

»Sagen Sie mir: Was haben Sie gemacht, als Sie in Los Angeles aus dem Gefängnis kamen?«

»Ich habe den Bus zum Flughafen genommen. Und da sah ich Jane.«

»Welche Farbe hatte der Bus?« Er stellte die Fragen, ohne daß er auf den Inhalt der Antworten achtete. Er schien nur sehen zu wollen, ob sie die Wahrheit sagte.

»Welchen Namen haben Sie in Ann Arbor benützt?«

»Donna Kester. Jane hatte sich ihn ausgedacht. Sie hatte Kreditkarten und andere Papiere auf den Namen.«

»Wohin gingen Sie danach?«

»Einen Augenblick. Ohio. Wir sind bei einem Studenten mitgefahren, nach Columbus, dann nach Cleveland. Ins Copa Motel.«

»Haben Sie bar bezahlt?«

»Nein. Mit Kreditkarten. Sie hatte einen ganzen Haufen davon, lauter verschiedene Namen.«

»Welchen Namen gab sie im Copa an?«

»Ich weiß nicht mehr genau. Ich glaube, Catherine Snowdon.« Sie sagte ihm die Adressen aller Hotels, die Mietwagenfirmen, die gefahrenen Strecken, alles, was ihr Gedächtnis noch hergab. Sie wollte ihn zufriedenstellen. Er schien sie anzuspornen, als wünschte er ihr ein gutes Prüfungsergebnis. Er schrieb nichts auf, aber offenbar hörte er jeden Fehler. Immer, wenn ihm etwas falsch vorkam, unterbrach er sie.

»Wie sind Sie in das Studentinnenheim reingekommen? So was ist doch nachts abgeschlossen.« Immer war es ein unwesentliches Detail, aber es war wie ein Klaps auf die Hand, und es zwang sie, sich auch daran zu erinnern. Sie wollte ihm zeigen, daß sie ihm alles gab, was sie wußte.

Schließlich, nachdem sie ihm alle Antworten geliefert hatte, stand er auf und machte einen Schritt zur Tür.

»Warten Sie«, sagte Mary. »Gehen Sie nicht weg. Ich habe alles getan, ich habe Ihnen alles gesagt. Was soll ich denn noch tun?«

Polizist öffnete wieder seinen Aktenkoffer, holte ein weißes Blatt Papier heraus, zog einen schwarzen Filzstift aus der Hemdtasche, machte den Aktenkoffer zu und legte Papier und Filzstift auf den Stuhl. Dann kam er in die Duschkabine, schloß ihr die Handschelle auf, drehte sich um und ging aus dem Raum. Sie hörte, daß er den Schlüssel umdrehte.

Sie konnte ihr Glück kaum fassen. Mit unsicheren Schritten ging sie zum Stuhl. Sie fing mit den Namen an und schrieb sie in Druckbuchstaben hin, so gut sie es schaffte: Bahamas Commonwealth Bank; Schweizer Bankunion; Banco de America Central, Cayman Islands; Credit Suisse International, Schweiz. Mit den Namen fielen ihr auch die Nummern wieder ein, klar und frisch und lesbar in ihrem Kopf, denn für Zahlen hatte sie ein Gedächtnis.

Als sie damit fertig war, legte sie den Filzstift auf das Papier und ging wieder in ihre Duschkabine. Nach langem Warten kam Polizist zurück, nahm Stuhl, Papier und Stift an sich und ging hinaus.

Sie brauchten ein paar Stunden, um irgendwie zu überprüfen, ob es die Konten tatsächlich gab. Dann kam Polizist wieder herein, diesmal mit Barraclough, der die Formulare in der Hand hatte. Es waren Überweisungsaufträge. Oben standen die Namen von Marys Banken und die dazugehörigen Nummernkonten. Unten auf jeder Seite stand, wohin das Geld überwiesen werden sollte: Credit Suisse 08950569237. Ihr Haßgefühl riß die Zahlen an sich und klammerte sich daran fest, als wären es die Augen der Männer in diesem Haus.

Als sie alle Papiere unterschrieben hatte, nahmen sie sie ihr ab und gingen ohne ein weiteres Wort aus dem Raum. Sie fühlte sich seltsam erleichtert. Ihr Körper schien ihr schwerelos, sie hätte tanzen oder sich einfach in die Luft erheben können. Sie hielt die Zahlen im Kopf fest und spielte mit ihnen wie mit farbigen Billardkugeln, die leise klickten, wenn sie angestoßen wurden. Null, acht fünfundneunzig, null, fünf neunundsechzig, zwei drei sieben. Keine Vieren, keine Einsen. Anfangsbuchstaben: N-A-N-F-N-F-S-N-Z-D-S. 08950569237.

Jane saß versteckt im Dunkeln und beobachtete die kiesbedeckte Auffahrt vor dem Haus. Da stand der weiße Kombi, außerdem ein weißer Lieferwagen und ein dunkelgrauer Dodge, der gleiche Typ wie der rote, in dem sie Timmy zu dem Treffen auf dem Freeway gebracht hatten. Das kleine weiße Gebäude machte den Eindruck, als wäre es in den dreißiger Jahren wirklich ein Farmhaus gewesen, in dem damals noch eine Bauernfamilie wohnte, wenn sie von ihrer Arbeit auf den umliegenden flachen, braunen Feldern heimkam.

Jane war klar, daß sie sich jetzt beeilen mußte. In ein, zwei Stunden ging die Sonne auf, und dann stand sicher einer der Männer irgendwann einmal am Fenster. Ihr Wagen kam als Deckung auch nicht in Frage; sie hatte ihn fast zwei Kilometer entfernt am Straßenrand abgestellt.

Sie schlich näher heran, langsam und geräuschlos, und suchte den Boden nach Anzeichen auf Alarmdrähte ab. An der Innenseite des Eingangstors war ihr ein hellbrauner Kasten aufgefallen, den sie als Bewegungsmelder erkannte, und hatte deshalb einen weiten Bogen um die Kiesauffahrt geschlagen. Sie war über die Felder hereingekommen, und auf dieser Seite hatte sie keinerlei elektronische Überwachung bemerkt.

Sie war der Meinung gewesen, so ein sicheres Versteck müßte ein großes und aufsehenerregendes Haus sein, etwas, das dem beruflichen Ehrgeiz Barracloughs entsprach. Aber wenn ihm ein solches Haus gehörte, dann war er sicher nicht so dumm, hier ein Verbrechen zu begehen. Dieses Haus war schlicht, unaufdringlich, geradezu baufällig. Er war viel zu schlau, um anzunehmen, er könnte jedes Gebäude zu einer uneinnehmbaren Festung machen. Das hier sah aus, als hätte er sich bereits entschlossen, eines Tages wegzugehen und es einfach zu vergessen. Was ihm hier Schutz bot, war nicht die irrige Annahme, er könnte die Polizei am Hereinkommen hindern; es war vielmehr die hohe Wahrscheinlichkeit, daß sie erst gar nicht hereinkommen wollte.

Sobald Jane den Lieferwagen sah, mußte sie einen Blick ins Wageninnere werfen. Wenn Mary schon tot war, dann ließen sie die Leiche sicher nicht länger als notwendig im Haus herumliegen. Sie wickelten sie vielmehr ein und legten sie hinten in den Lieferwagen, um dann in aller Ruhe den Hausputz zu erledigen, ohne daß bei jeder Bewegung neues Blut ihre Arbeit zunichte machte. Das Innere eines Lieferwagens dagegen ließ sich mit einem Schlauch ausspritzen. Lautlos trat sie heran und blickte durch die Heckscheibe. Der Boden war vom Mondlicht hell genug, und sie entdeckte nichts, was nach einer Leiche aussah. Sie bemerkte, daß das Reserverad mit einer Flügelmutter in der Innenseite der Hecktür angebracht war. Sie zog vorsichtig an der Klinke: Die Tür war nicht abgeschlossen. Jane griff ins Innere, ertastete das Montiereisen und steckte es sich in den Gürtel, dann machte sie die Tür leise wieder zu und zog sich aufs freie Feld zurück.

Sie wählte eine Stelle etwa dreißig Meter vom Haus entfernt, wo der Klee fast kniehoch stand. Bauern hatten das Land hier schon seit langem nicht mehr bearbeitet, niemand hatte die Erde umgepflügt, und auf dem Boden lag hoch das verrottende Laub ungezählter Jahreszeiten. Das Montiereisen war dick und schwer, aber mit dem meißelartigen Ende, das zum Abheben der Radkappen gedacht war, fiel ihr das Graben leicht. Eine Handbreit unter der Deckschicht aus Pflanzenresten stieß sie auf dunkle, weiche Muttererde. Sie zerstieß die schweren Brocken zu weichen Krumen, dann zog sie ihr schwarzes Sweatshirt aus, lud mit beiden Händen die Erde darauf wie in einen Sack und streute die Erde ringsherum unter die hohen Gewächse. Als die Grube ungefähr dreißig Zentimeter tief war und so lang wie sie selbst, holte sie die Kleepflanzen wieder zusammen, die sie herausgerissen hatte, legte sich in die Grube und deckte sich von den Füßen aufwärts damit zu.

Der Morgen kam sehr langsam herauf, während über den Feldern noch immer feuchte Nebelbänke hingen. Eine halbe Stunde vor Sonnenaufgang hörte sie, wie jemand im Haus die Tür öffnete. Sie blieb still liegen in ihrem flachen Grab unter der Pflanzendecke, die ihr bis zum Kinn reichte. Über das Gesicht hatte sie das Sweatshirt gelegt und darauf wieder einige

Kleestauden. Sie packte das Montiereisen fester. Vor dem Eingang waren die Schritte zweier Männer zu hören. Sie kamen laut die hölzernen Treppenstufen herunter und danach mit sanfterem Knirschen über den Kies. Eine Wagentür wurde zugeworfen, kurz darauf eine zweite. Dann brummte auch schon der angelassene Motor. Sie horchte weiter, bis die Räder über die Kiesauffahrt rollten und das Geräusch in Richtung Highway verschwand.

Jane hob den Kopf gerade so hoch, daß sie den dunkelgrauen Wagen noch sehen konnte. Dann legte sie sich wieder hin und überlegte, welche Folgerungen sich daraus ergaben. Zwei Männer waren weggefahren. Es konnte bedeuten, daß das Verhör beendet und Mary tot war. Aber das hielt sie für unwahrscheinlich. In diesem Fall hätten sie sich ja um die Leiche kümmern müssen. Barraclough kannte die menschliche Natur zu gut, um das Aufräumen der Leiche und die Hausreinigung vollständig irgendeinem Nachgeordneten anzuvertrauen, und keinesfalls schickte er seine Trainees weg und machte die scheußliche Drecksarbeit selber. Er beaufsichtigte lieber seine Hilfskräfte, während mindestens zwei von ihnen die Leiche einpackten, in den Lieferwagen legten und weit wegbrachten, bevor sie sie tief in der Erde vergruben. Nein, Mary war noch am Leben.

Jane horchte weiter und wartete noch zwanzig Minuten, bevor sie sich bewegte. Sie hatte nur wenig Zeit, um herauszufinden, wie viele Männer noch im Haus waren und wo sie Mary gefangenhielten. Lautlos rollte sie sich in ihrem Graben auf den Bauch und kroch am Kopfende heraus. Sie schlich zum Haus, legte das Ohr an die Wandschindeln und horchte wieder. Sie hörte Musik. Gleich danach war sie abrupt beendet, und sie hörte eine dumpfe Sprechmelodie, aber übertrieben laut wie von einem Ansager, dann kam wieder Musik. Sie ging zur Vorderseite des Hauses und schaute durchs Fenster. Das Wohnzimmer war nahezu leer. Es gab darin zwei Stühle, eine alte Couch und auf einem niedrigen Tisch einen tragbaren Fernseher. Sie ging den Radioklängen nach, um das Haus herum und bis zur Küchentür.

Sie wartete wieder ein paar Minuten, konnte aber keine Stimmen hören. Sie trat nahe an den Türrahmen heran und streckte den Kopf gerade so weit vor, daß sie mit einem Auge um die Ecke und durch das Fenster sehen konnte. In dem Raum waren zwei Männer. Sie lagen neben dem Küchentisch auf dem Boden.

Einer hielt sich den Bauch, und sein Mund stand offen, als wollte er losschreien, seine Augen allerdings starrten bewegungslos ins Leere. Der andere lag mit abgewandtem Gesicht da, aber auch er rührte sich nicht. Sie konnte erkennen, daß die beiden eben mit ihrem Frühstück angefangen hatten. Überall auf dem Fußboden lagen Cornflakes und Milchlachen, und auf dem Tisch standen zwei leere Gläser mit blaßgelben Orangensaftspuren bis zum Rand.

Jane holte mit dem Montiereisen aus und schlug das kleine Fenster über der Tür ein, griff hinein und öffnete die Tür. Die zwei Männer bewegten sich nicht. Sie ging an ihnen vorbei ins Wohnzimmer, packte das Montiereisen fester und stieg leise die Treppe in den ersten Stock hinauf. Sie schaute in alle vier Zimmer hinein, sah aber in jedem nur ein leeres, ungemachtes Bett. Sie ging wieder hinunter und fand eine weitere Tür in der Diele. Sie versuchte, sie zu öffnen, aber sie war verschlossen. Jane schob das flache Ende des Montiereisens in Höhe der Klinke zwischen Tür und Rahmen, hob den Fuß über das Griffende und trat mit aller Kraft darauf. Mit einem krachenden Knall und splitterndem Holz sprang die Tür nach innen auf.

Mary bot einen noch schrecklicheren Anblick als die zwei Männer, die Jane vergiftet hatte. Sie war nackt, die Haut von Wunden bedeckt, ein Auge fast zugeschwollen und die Lippen trocken und so aufgerissen, daß bei einer winzigen Mundbewegung eine Kruste aufplatzte und eine feine Blutspur das Kinn herunterlief. Sie war zu geschwächt, um noch stehen zu können, und kroch über den Boden des Duschraums auf Jane zu.

Jane ging zu ihr und legte den Arm um sie, um sie auf die Beine zu stellen. »Komm«, sagte sie.

»Die haben gesagt, du bist tot.« Jane konnte die Stimme fast nicht hören.

»Ich bin nicht tot, und du auch nicht. Wir müssen uns beeilen. Wo sind deine Kleider?«

»Ich weiß nicht.« Sie fing hilflos zu zittern an, und es dauerte eine Weile, bis sie weitersprechen konnte. »Bring mich hier raus.«

»Bleib da, nur eine Minute«, sagte Jane und rannte in die Küche auf der Suche nach Wagenschlüsseln. Sie lagen auf dem Arbeitstisch. Als sie sie gerade packte, spürte sie hinter sich eine Bewegung.

Mary hatte die Milchtüte in der Hand. »Nein!« sagte Jane scharf und schlug sie ihr aus der Hand. Die Tüte zerplatzte am Boden. Mary schreckte zurück und sah Jane verständnislos an.

»Ich habe hier alles vergiftet.«

Erst jetzt sah Mary die zwei Männer auf dem Boden liegen. Sie waren in fürchterlichen Krämpfen und Schmerzen gestorben, und ihre Gesichter hatten sich zu unmenschlichen Grimassen verzogen. Mary betrachtete sie verwundert. »Sie sehen so jung aus«, sagte sie. »Ich dachte, Sie seien älter.« Dann schien ihr etwas einzufallen, was sie schon lange wußte. »Der Teufel ist immer so alt wie du selber.«

»Jetzt komm«, sagte Jane. »An die Kleider denken wir später.« Sie schleppte Mary aus der Küche und hinaus auf den Vorplatz. Sie probierte die Schlüssel an dem Lieferwagen aus, aber da paßten sie nicht. Der weiße Kombi ließ sich öffnen, sie hob Mary sanft auf den Beifahrersitz, ließ den Motor an und steuerte den Wagen in die Ausfahrt. »Hier«, sagte sie und legte Mary das schwarze Sweatshirt auf den Schoß. »Es ist schmutzig, aber es ist besser als gar nichts. Zieh es an.«

Während der nächsten zwei Kilometer schaute sie dauernd in den Rückspiegel und vor sich auf den Weg, ob Farrell oder Barraclough irgendwo auftauchten. Als sie bei ihrem geparkten Toyota ankam, hielt sie neben ihm, legte Mary auf den Rücksitz und fuhr auf die Straße hinauf. Sie sagte: »Bleib da liegen und ruh dich aus. Laß auf keinen Fall deinen Kopf sehen. Brauchst du sofort einen Arzt?«

»Ich will keinen«, sagte Mary. Ihre Stimme klang noch heiser und gebrechlich, aber doch schon etwas kräftiger.

»Wir besorgen dir etwas zum Anziehen und zum Essen, sobald wir ein Stück weiter weg sind. Um diese Zeit ist noch alles zu.«

»Bloß was zum Anziehen. Essen kann ich im Flugzeug.«

»Im Flugzeug?«

»Ich muß nach Texas.«

Jane spürte, wie sich ihr die Kehle zusammenzog und die Tränen in die Augen stiegen. Sie wehrte sich gegen die bildliche Vorstellung von dem, was man mit Mary gemacht hatte, aber der Gedanke daran drängte sich unabweislich auf. Mary war nicht tot, ihr Herz schlug noch, und aus dem blutenden Mund kamen verständliche Worte, aber trotzdem war es nicht ausgeschlossen, daß Mary den Rest ihres Lebens in einem Irrenhaus verbringen mußte.

»Frag mich, warum.«

Jetzt klang die Stimme flapsig selbstzufrieden, fast affektiert. Jane blieb nichts anderes übrig als mitzuspielen bei allem, was Mary sich ausdenken mochte. Sie schuldete ihr unendlich mehr als diese kleine Höflichkeit. »Also gut. Warum?«

»Weil ich ein Zahlengedächtnis habe.« Jane zwang sich zur Ruhe. »Ich weiß, Mary. Ich habe es gleich bemerkt, schon als wir zum erstenmal miteinander geredet haben. Du bist eine starke, intelligente Frau, und du bist bald wieder okay.« Das war eine Lüge. Sie würde nicht wieder in Ordnung sein. Und Jane hatte es ihr angetan. Barraclough hatte den Köder geschluckt und mit seinen Zähnen kleingekaut.

»Sie haben es geschafft, daß ich ihnen das Geld gegeben habe.«

»Ich weiß«, sagte Jane. »Jeder andere an deiner Stelle hätte dasselbe getan. Vergiß das Geld.«

»Laß mich ausreden«, sagte Mary ungehalten. »Sie wußten, daß ich es den Banken gestohlen habe, aber sie dachten, ich hätte es getan wie eine Fliege oder eine Ratte, die einfach reinkriecht und es sich nimmt. Sie kamen gar nicht auf den Gedanken, wieso ich es mir überhaupt nehmen konnte – weil ich da nämlich alle Tricks kenne – und daß ich cleverer bin als alle anderen, denen ich es weggenommen habe. Da haben sie dann solche Überweisungsformulare ausgefüllt. Sie haben alle meine Kontonummern reingeschrieben und dann auch das Konto, wohin das ganze Geld gehen soll. Ich habe sie alle unterschrieben, ein Formular nach dem anderen, und ich habe sie sechsmal gesehen.«

»Was hast du sechsmal gesehen?«

»Ich muß mir so was nicht aufschreiben. Ich mache einfach die Augen zu und kann sie lesen, so oft ich will. 08950569237. Er überweist das ganze Geld auf sein anonymes Nummernkonto bei der Credit Suisse in Zürich. Das ist die Nummer. Und ich habe sie im Kopf.«

27

Mary lag auf dem Rücksitz und redete mit dem Wagendach. »Es kann nur Dallas sein.«

»Warum Dallas? Du hast mir mal gesagt, daß du da nicht mehr hinkannst, weil dich die Leute dort kennen.«

»Und ich kenne sie«, sagte Mary. »Sie haben dich in der Hand, und du hast sie in der Hand. So einfach ist das.«

Jane wählte ihre nächsten Worte mit aller Vorsicht. Es hatte keinen Sinn, daß sie ihre eigene Aufgeregtheit zur Hysterie steigerte, aber Mary mußte wissen, daß es noch nicht vorüber war. »Ich habe diese beiden Männer im Haus getötet. Barraclough war nicht da.«

»Ja«, sagte Mary. »Er ist in San Francisco.«

»Woher weißt du das?«

»Weil da die großen Banken an der Westküste ihr Hauptbüro haben. In diesem Augenblick fliegt er oben im Jetstream, und das kriegst du in der Zweigstelle von Stinkville, Minnesota, nicht hin. Da können sie nicht viel für dich tun, nur daß sie ihr Hauptbüro bitten werden, die Sache zu erledigen. Er kann da nicht den ganzen Tag rumhängen und allen erzählen, was er mit dem Geld machen will.«

»Was heißt, ›er fliegt im Jetstream‹? Sitzt er jetzt im Flugzeug nach Zürich?«

»Nein«, sagte Mary. »Das ist viel zu langsam. Aktien, Wertpapiere, Termingeschäfte, Währungen, die Schuldverschreibungen aus hundert Ländern – das alles geht pro Tag zigmal rauf und runter. Da schießen sie in Südamerika auf irgendeinen Diktator, und noch bevor sie ihn ins Krankenhaus einliefern, schwirren schon Milliarden von Dollars aus Hongkong herum und kaufen Kaffeebohnen und Kupfer in London und New York. Barraclough fliegt nicht nach Europa und gibt am

Schalter sechs Auszahlungsformulare ab und steckt zweiundfünfzig Millionen Dollar ein. Er muß das Geld so verschieben, wie sich das große Geld bewegt – elektronisch, in ganz dünner Luft. Bonn, Paris, London, New York, Chicago, San Francisco, Los Angeles, Zürich, Melbourne, Singapur, Hongkong.« Sie atmete einmal durch und sagte dann: »Dallas.«

Jane drehte den Rückspiegel so, daß sie Mary auf dem Rücksitz sehen konnte. Sie war blutverkrustet, verwundet und erschöpft, aber anscheinend sprach sie von etwas, das wirklich existierte. »Meinst du damit, daß du dir dein Geld zurückholen willst? Geht es darum?«

Mary Perkins hustete leise, und Jane hörte, daß es ein bitteres Lachen war. »Du hast es mir schon mal gesagt, und ich habe es nicht verstanden, stimmt's? Man muß alles von sich ablegen. Alles verlieren: Freunde, Kleider, ärztliche Unterlagen, den eigenen Namen, sogar die Haare. Und zuletzt noch das Geld. Das ist jetzt auch weg, Jane. Ich mußte es ihm geben, und ich habe es ihm in die Hand gegeben, damit ich sehe, in welche Tasche er es steckt.«

Jane zog Mary blaue Jeans an, weil die Wunden an ihren Beinen noch immer so offenstanden, daß ein Kleid sie nicht genügend verdeckt hätte, und in dem kleinen Geschäft in Gilroy gab es keine anderen Hosen, die ihr tatsächlich gepaßt hätten. Die Bluse dazu nahm sie aus dem nächsten Regal, ein einfaches blaues Hemd, unauffällig und groß genug, daß sie darin versinken konnte, ohne daß der Stoff ihre Haut berührte.

Jane ließ den Wagen auf dem Langzeitparkplatz in San José stehen, weil Mary darauf beharrte, daß sie keine Zeit mehr für kompliziertere Vorkehrungen hätten. »Bring mich nur nach Dallas«, sagte sie. »Dann ist es mir egal.«

»Was ist dir dann egal?«

»Alles.«

Mary aß und trank im Flugzeug, dann schlief sie bis Dallas durch. Am Fort-Worth-Flugplatz mietete Jane einen Wagen. Als sie aus dem Firmenparkplatz herausfuhr, fragte sie: »Wohin?«

»Bank of Sanford, Ecke Commerce und Field. Hier gleich links.«

»Jetzt muß gleich Schalterschluß sein«, sagte Jane. »Aber vielleicht erwischen wir unseren Freund noch, wenn er herauskommt.«

»Wir wollen ihn nicht erwischen, wenn er herauskommt«, sagte Mary. Ihre Stimme kam monoton und leise, als fiele ihr das Sprechen ungeheuer schwer. »Wir erwischen ihn, wenn er hineingeht. Das passiert alles in der Nacht.«

In der Schalterhalle der Bank nahmen sie Platz und warteten. Nach einer Weile gab jeder Kunde, der an die Glastüren am Eingang kam, dem Griff einen versuchsweisen Schubs, ob sie schon geschlossen war, dann trat er mit einem erleichterten Lächeln ein und schaute auf dem Weg zum Schalter auf die Wanduhr.

Eine Minute vor vier kam ein ungefähr vierzig Jahre alter Mann herein, die Haare streng zurückgekämmt, um die ergrauten Schläfen zu betonen. Er trug einen leichten, etwas glänzenden Anzug und hochpolierte Schuhe, die Jane erst auf den zweiten Blick als Cowboystiefel erkannte.

»Das ist er«, sagte Mary Perkins. Sie stand schnell auf, aber ein kaum hörbarer Schmerzenslaut verriet, welche Anstrengung sie das kostete. Sie trat dem Mann in den Weg. »Hi, Gene«, sagte sie. »Ich bin's, Mary Perkins.«

Der Mann sah sie verblüfft an, atmete einmal tief ein, erinnerte sich und stieß die Luft wieder heraus. Reflexartig ließ er seine Blicke kreisen, als ob er sehen wollte, wer ihn beobachtete. Ein wenig gezwungen sagte er: »Na, so was, Mary! Wie geht's dir denn? Nicht so toll, habe ich vor einer Weile gehört.«

»Na ja, ich mußte eine Zeitlang weg«, sagte Mary. »Ich seh' dir an, daß du denkst, es hat mir irgendwie nicht gutgetan. Du hast absolut recht.«

Der Mann zog die Augenbrauen ein Stück zusammen, um Mitgefühl zu zeigen, und zwang seinen Lippen ein trauriges Lächeln ab. »Aber man sieht, du hast es hinter dir, und das ist doch die Hauptsache.«

Mary sagte: »Hast du noch dein Büro? Ich müßte was Geschäftliches mit dir besprechen.«

Der Mann machte unwillkürlich einen Schritt zurück. »Mary, du mußt das verstehen, das geht alles nicht mehr so wie früher. War schön, dich wiederzusehen, aber ...« Mary drehte sich um und nickte Jane zu, die immer noch in dem zu dick gepolsterten Sessel saß, neben dem Marmortisch mit den angeketteten Kugelschreibern. Sie kam zu ihnen ohne ein Lächeln. Mary sagte: »Das ist Katherine Webster vom Finanzministerium. Gene Hiller, ein alter Freund von mir.«

Der Mann schaute von einer zur anderen. »Moment mal«, sagte er, »was soll das alles?«

»Keine Panik«, sagte Mary. »Falls du fällig bist, weiß ich von nichts. Reden wir.«

Jane öffnete ihre Handtasche und fingerte ihre Brieftasche heraus, als ob sie ihre Dienstmarke zeigen wollte. Gene Hiller schaute sich noch einmal nach allen Seiten um, dann sagte er schnell: »Hier entlang.« Sein Büro war klein, gerade groß genug, um den Mantel abzulegen, bevor er sich draußen im Computerraum aufhielt. Sobald sie alle drin waren, stellte sich Mary so hin, daß er nicht mehr auf seinen Stuhl hinter dem Schreibtisch kam, wo er sich sicher fühlte. Jane erkannte, daß Mary bei diesen Spielchen einmal sehr gut gewesen war.

»Es ist so, Gene«, sagte sie. »Ich habe mit Katherine hier einen Deal gemacht. Ich gebe das Geld freiwillig zurück.« Sie sah offenbar, wie auf seiner Stirn die ersten Schweißperlen hervortraten. »Man erwartet von mir nicht – Katherine, bitte bestätigen Sie das –, daß ich gegen irgend jemanden aussage, der in irgendeiner Weise mit den gesetzwidrigen Aktivitäten, in die ich mal verwickelt war, etwas zu tun hat.«

Seine Schultermuskeln schienen sich zu entspannen, womit sein Hals gleich wieder länger aussah. »Was ... was bringt dich überhaupt hierher?«

»So, wie es aussieht, kann ich nicht nach Zürich fliegen, einen Scheck mit einem Haufen Nullen am Ende abholen und zurückkommen, um ihn abzuliefern.« Sie schenkte Jane ein sarkastisches Lächeln. »Es gibt kein Vertrauen mehr in der Welt.«

»Ich verstehe«, sagte Gene, aber er verstand lediglich, daß Jane in Marys Leben ein unüberwindliches Hindernis verkörperte.

»Mein Anwalt sagt, ich muß es freiwillig und sichtbar spontan tun, wenn ich in einer Woche problemlos durch die Verhandlung kommen möchte, ein Beweis meiner aufrichtigen Reue und meines Willens, mich zu bessern. Es darf nicht so aussehen, als hätte ich mich beim Finanzministerium freigekauft. Das bringt mich in eine Zwangslage. Also muß ich einen alten Freund um Hilfe bitten.«

Die Drohung kam bei ihm an. Entweder brachte Mary dem Ministerium das Geld, oder das Ministerium brachte Mary in noch ganz andere Schwierigkeiten. »Was soll ich tun?«

»Eine elektronische Überweisung«, sagte sie. »Wenn das Geld hier ist, schickst du es in der nächsten Sekunde weiter. Schreib's dir auf, damit du keinen Fehler machst. Es ist Credit Suisse, 08950569237. Wenn sie einen Überweisungsauftrag brauchen, dann unterschreibe ich ihn und du faxt ihn rüber. Wenn sie eine Bestätigung wollen, dann sag ihnen, ich habe mich identifiziert. Der Name, den ich für das Konto benützt habe, ist James Barraclough.«

Gene sah sie einen Augenblick nachdenklich an. »Kannst du mir sagen, warum du bei einem Nummernkonto in einer Schweizer Bank einen falschen Namen hast?«

Mary sagte: »Ich bessere mich gerade. Ich gebe keinen Unterricht.«

Er hob langsam die Augenbrauen. Er roch etwas. »Wohin soll ich die Summe dann überweisen?«

Mary holte tief Luft und atmete hörbar wieder aus. »Mach deinen Computer an, und dann tippst du die Kontonummer ein, wohin ihr das Geld für noch nicht bezahlte Einkommensteuer schickt. Kannst du das?«

»Klar. Und weiter?«

»Dann überweist du die gesamte Summe auf dieses Konto, ohne daß sie auf euren Computern überhaupt als Transaktion über diese Bank sichtbar wird. Du gibst alles dem Finanzamt.«

Sie sah Jane Whitefield an. Ihre Augen waren naß und rot und heiß. »Glauben Sie, daß dann alles in Ordnung ist?«

Jane nickte feierlich.

Gene Hiller nahm das Papier mit der Nummer und ging in den Computerraum. Auf einem Bildschirm war eine lange Liste von Überweisungen zu sehen, die er pflichtgemäß überwachen mußte: Geld, das die Bundesbank der Bank of Sanford über Nacht auslieh, anderes Geld, das die Bank auf Konten in aller Welt überwies, um die an diesem Tag getätigten Investitionen zu finanzieren, und Kontensaldierungen aller Art wie Wasser, das aus einem großen Krug in Hunderte von genau gleich gefüllten Tassen lief.

Gene ließ die Listen unbeachtet und ging an einen anderen Bildschirm, gab den Namen der Schweizer Bank ein und wartete, bis der Computer zu erkennen gab, daß er ihn und die Bank of Sanford erkannt hatte. Dann teilte Gene der Maschine mit, daß er autorisiert sei, ein Nummernkonto aufzulösen und das Geld abzuheben. Er tippte die Nummer ein und wartete. Nach einer Weile sagte er: »Bist du sicher, daß die Nummer stimmt? Normalerweise dauert es nicht so lang.«

»Sie stimmt«, sagte Mary. »Gib sie noch mal ein.«

Als er den Finger hob, geschah es. Buchstaben und Zahlen füllten sämtliche Leerstellen auf dem Bildschirm. Ungläubig starrte Gene erst ihn und dann Mary an. »Herrgott, das sind zweihundertsechs Millionen Dollar! Du hast zweihundertsechs Millionen geklaut?«

Mary lächelte beinahe. »Nein, Gene, nur zweiundfünfzig. Den Rest habe ich geerbt. Jetzt schick es weiter.« Gene gab die Kontonummer des Finanzamts ein und bestätigte. Noch bevor sich der Finger von der Return-Taste hob, war das Geld weg. Er glotzte den Bildschirm an, als könnte er nicht glauben, was er gesehen hatte, und noch weniger, was er soeben getan hatte.

Mary sagte: »Vermutlich fragt dich nie jemand nach der Sache, aber falls doch, dann hast du keine blasse Ahnung. Du hast nie etwas dergleichen getan. Das gehört zu meinem Deal mit dem Ministerium. Jetzt kann sich keiner mehr auch nur einen Penny davon wiederholen.« Sie klopfte ihm auf die Schulter. »Das heißt, du auch nicht, Gene.«

»Ich bin doch nicht so blöd«, sagte er. »Wer von unserem Finanzamt seine zweihundertsechs Millionen wiederhaben will, kann eine ganze Menge kriegen, aber bestimmt keinen Scheck.«

»Richtig«, sagte Mary. Sie beugte sich zu ihm hinunter und gab ihm einen Kuß auf die Wange. »Danke, Baby. Jetzt lasse ich dich den Rest deines Lebens in Ruhe.«

Sie ging mit erhobenem Kopf und geraden Schultern aus dem Computerraum. Jane sah, daß sie Schmerzen hatte, aber

Mary hielt sich so gerade, bis Gene sie zur Hintertür hinausgelassen hatte und sie wieder im Wagen saß. Erst auf dem Beifahrersitz schwanden ihr die Kräfte, und sie lehnte den Kopf an die Rückenlehne.

»Mary?« sagte Jane. »Ist alles okay?«

»Es lief besser, als ich je geträumt hätte. Die ganze Zeit in dem Haus hatte ich solche Angst, ich fühlte mich so verletzt, ich dachte, er hätte vielleicht für mein Geld extra ein anderes Konto eröffnet. Aber ein Nummernkonto kann man nur persönlich eröffnen. Und wie sollte er das in der Eile machen? Er hatte mich gefangen, aber er hatte keinen anderen Platz für mein Geld als das Konto, auf dem schon all das andere lag, was er sich seit Jahren zusammengestohlen hat. Und ich habe ihm seinen letzten Penny genommen und alles in den Gully geschmissen.«

28

Über das Flachland von Nordtexas kam Jane schnell voran. Es wurde allmählich Nacht, und sie wußte, sie würde die Zeit brauchen. Die Fahrt von Kalifornien zur Bank in Dallas hatte sie einen Tag gekostet.

Sie versuchte sich vorzustellen, was Barraclough jetzt machte. Sie war überzeugt, daß Mary, die eine ganze Menge von Geld verstand, mit ihrer Vermutung recht hatte: Barraclough war an diesem Morgen zu seiner Bank in San Francisco gefahren. Vor zwölf Uhr mittags konnten er und Farrell nicht zurück sein, und erst dann konnten sie Marys Flucht und die beiden Leichen entdecken.

Eine Stunde danach fand Barraclough sicher auch Farrells weißen Kombi und konnte sich denken, daß Jane und Mary mit einem anderen Wagen unterwegs waren. Dann brauchten sie vermutlich eine ganze Weile, um die Leichen zu verstecken und das Haus zu reinigen. Kein Beweis durfte zurückbleiben, daß hier eine Frau gefangengehalten wurde, und schließlich mußten sie auch noch alle Gegenstände und Fingerabdrücke entfernen, die Barraclough mit dem Haus in Verbindung bringen konnten. Dann hatte er aber immer noch einen Lieferwagen und zwei andere Wagen am Hals und nur Farrell als Fahrer. Er brauchte mindestens noch einen anderen, vielleicht zwei Helfer, denen er die Wagen zur Fahrt nach Los Angeles anvertrauen konnte. Die wahrscheinlichsten Kandidaten für diesen Job mußten dann auch noch von Enterprise Development in Los Angeles anreisen. Sie vermutete, daß Barraclough das alles bis neun oder zehn Uhr abends erledigt haben konnte, etwa fünf Stunden nachdem sein gestohlenes Geld verschwunden war. Sie sagte: »Kann Barraclough irgendwie schon erfahren haben, daß sein Konto leer geräumt ist?«

Mary antwortete nicht. Jane sah über die Schulter. Mary hatte sich wie ein kleines Kind auf dem Rücksitz zusammengerollt und schlief. Die Frage mußte warten. Vielleicht schickte ihm die Bank eine Bestätigung der Kontoschließung.

Jane konnte es nicht riskieren, zum Flughafen zurückzufahren und Mary in ein Flugzeug zu setzen. Falls Barraclough so schlau war, eine Bestätigung für die ungewöhnlich hohe Überweisung zu verlangen, dann erfuhr er schon früh, daß er gar kein Konto mehr hatte. Selbst wenn die Schweizer Bank nicht wußte, daß die Schließung des Kontos von Dallas aus getätigt worden war, dann konnte er es vermutlich irgendwie herausfinden. In diesem Fall schwärmten zweifellos noch vor Sonnenaufgang seine Leute in ganz Dallas aus, um Mary zu suchen.

Sie warf noch einen Blick auf die schlafende Mary und sah wieder auf die Straße. Sie hatte diese Gedanken und Gefühle tagelang niedergehalten, aber jetzt durften sie an die Oberfläche kommen. Was sie getan hatte, war unverzeihlich. Sie hatte die Frau als Köder benützt und zugelassen, daß das Raubtier sie packte. Jetzt konnte sie nur versuchen zu bewahren, was von ihr noch übrig war. Die verzögerte körperliche Reaktion oder vielleicht auch nur die Energie, die der reine Haß produziert – alles, was Marys Kräfte aufrechterhalten hatte, war jetzt offensichtlich aufgebraucht. Schon bevor sie eingeschlafen war, war sie schwach und geistesabwesend, und unter solchen Umständen war eine lange Autofahrt ein Risiko. Jane mußte sie noch vor dem nächsten Morgen in einem Haus unterbringen. Die übrigen acht Stunden dieser Nacht wollte sie noch ausnutzen und im Norden Texas verlassen, dann die kurze Ostgrenze von Oklahoma nach Norden weiterfahren.

Es war noch dunkel, als Jane über den holprigen Straßenrand rollte, auf den glatten Asphalt einer Tankstelle kam und den Motor abstellte. Sie hörte, wie Mary sich aufsetzte, und drehte sich zu ihr um. Mary blinzelte ins Helle dieser Lichtinsel, dann fuhr sie sich mit den Händen übers Haar. Jane konnte sehen, wie sie sich allmählich wieder an alles erinnerte. Im gleichen Augenblick wurde Mary nervös und aufgeregt. »Wo sind wir? Warum halten wir?«

Jane beschloß, auf die erste Frage zu antworten: »Miami, Oklahoma.«

»Wohin fahren wir?«

Jane war glücklich über den ärgerlichen Ton in Marys Stimme. Er war ein Lebenszeichen, wie ein Puls, ein Herzschlag. »Schluß für heute. Hier sind wir in Sicherheit.«

Kurz nach neun Uhr vormittags betraten sie den Souvenir-Shop im Inter-Tribal Council Building. Die junge Frau, die gerade die Schaukästen abwischte, drehte sich zu ihnen um und lächelte, dann arbeitete sie weiter. Jane wartete, bis die Frau spürte, daß sie etwas sagen wollte. Sie schaute wieder von ihrer Arbeit auf, ließ ihren Blick eine Sekunde lang auf Jane ruhen und sagte dann: »Sie sind sicher hier, um Verwandte zu besuchen.«

Mary mußte lächeln.

»Ja«, sagte Jane. Sie bemerkte, wie Mary sie verwundert ansah. »Ich hatte gehofft, Martha McCutcheon hier zu finden.«

»Oh, Seneca«, sagte die Frau.

»Stimmt«, sagte Jane. Sie hielt ihr die Hand hin. »Jane Whitefield.«

Die Frau schüttelte ihr die Hand und lächelte. »Rowena Cloud, Ottawa.«

»Angenehm«, sagte Jane. »Ist Martha im Büro?«

»Martha ging es die ganze Woche nicht gut«, sagte Rowena Cloud. »Sie hat im Winter immer eine böse Arthritis, und jetzt ist es schon seit Tagen eiskalt, da bleibt sie bestimmt im Bett. Sie sagte nicht, daß sie verreisen wollte. Wenn sie aber nicht daheim ist, dann kommen Sie wieder hierher. Sie können bei uns wohnen. Ich sage Ihnen, wo unser Haus liegt, und der Schlüssel hängt über der Tür.«

»Vielen herzlichen Dank«, sagte Jane mit Wärme. »Jetzt sehen wir erst mal nach, ob sie überhaupt Besuch haben will.«

Auf der Straße fragte Mary leise: »Bist du wirklich Indianerin, oder ist das auch nur so eine falsche Identität?«

Jane sah sie amüsiert an. »Glaubst du, ich könnte sie damit reinlegen?« Sie öffnete die Wagentür und wartete, bis Mary eingestiegen war, dann ließ sie den Motor an und fuhr auf die Straße hinaus.

»Aber wie kann sie es wissen? Du hast doch blaue Augen.«

»Das hier ist Indianerland. Sie hat so ziemlich jede Sorte Indianer gesehen, die es hier gibt. Sie ist Expertin. Ringsherum liegen hier lauter Reservate.«

»Auch Seneca?«

»Ein paar. Die Irokesen wohnten am Anfang alle im Staat New York. Aber ein paar Seneca- und Cayuga-Familien gingen im Herbst immer nach Ohio zum Jagen. Nach den Befreiungskriegen sagten sie sich, sie könnten ja ebensogut gleich dort bleiben. Bis 1931 saßen sie in Reservaten in Lewiston und Sandusky, dann warf man sie hinaus und schickte sie nach Oklahoma.«

»Aber das hier ist nicht deine Heimatstadt?«

Jane schüttelte den Kopf. »Ich bin nicht von hier. Meine Familie ist damals in New York geblieben.« Sie sah Mary ernst an, während sie weitersprach: »Hör zu, du wirst hier ein paar Dinge hören und sehen, die dir vielleicht seltsam vorkommen. So wie die junge Frau vorhin, die sagte, wir könnten in ihrem Haus wohnen, obwohl sie uns noch nie gesehen hat.«

»Ja, das fand ich schon ein bißchen komisch«, sagte Mary.

»Das Einfachste ist, du lächelst viel und läßt alles, was dir ungewohnt ist, links liegen. Ich wollte dich eigentlich nicht hierherbringen, aber jetzt sind wir so weit gefahren, wie wir können. Barraclough weiß inzwischen, daß ich seine Leute getötet habe, und er wird sehr schnell wissen, daß du ihm sein Geld genommen und dem Staat gegeben hast. Er wird sich auf die Suche machen, und diesmal wird er sich durch nichts davon abbringen lassen. Er will uns tot sehen.«

»Das weiß ich«, sagte Mary.

»Hier kennen mich ein paar Menschen. Die meisten nicht. Einige hier sind meine Verwandten, von der Art, wie wir uns das vorstellen, nicht wie du es gewöhnt bist. Wir müssen dich zu einem Arzt bringen, und wir brauchen einen Platz zum Ausruhen. Das ist unsere Lage im Augenblick.«

Sie ließen den Wagen am Straßenrand stehen und gingen zu Fuß den Pfad bis zum Wohnwagenpark. Jane brauchte mehrere Minuten, bis sie am äußersten Ende den großen Wohnwagen gefunden hatte, an den sie sich noch erinnerte. An der Tür hing ein kleines Schild mit »McCutcheon« in Druckbuchstaben. Sie klopfte sanft und horchte.

Die Tür ging auf und drei Stufen über ihnen erschien eine alte Frau in einer weiten Strickjacke und einem geblümten Kleid. Ihr langes Haar war grau und dicht und zum Pferdeschwanz nach hinten gebunden, als gehörte es einer viel Jüngeren, aber ihr Mund war zahnlos und die Kiefer so zusammengepreßt, daß ihr Kinn fast die Nase berührte. Die alte Frau sagte einfach: »Hallo.«

Jane redete sie in der Sprache der Seneca an. »Ich heiße Jane Whitefield, Großmutter. Erinnerst du dich an mich?«

Die Frau zog die Augen zusammen, lächelte glücklich, dann sagte sie auf englisch: »Einen Augenblick.« Sie ging hinein und kam mit ihrem Gebiß im Mund wieder. »Ich bin froh, daß ich dich noch einmal wiedersehe.«

Jane sagte: »Das ist meine Freundin Mary Perkins.«

Die alte Frau warf Mary einen scherzhaft abweisenden Blick zu. »Nicht schon wieder so eine Anthropologin.«

»Nein«, sagte Jane, »eine Safeknackerin.«

Martha brach in ein fröhliches Gelächter aus. »Dah-joh.« Dann machte sie den Eingang frei und wiederholte es auf englisch: »Kommen Sie rein. – Das Schloß an der Tür hier macht mir Probleme. Vielleicht sind Sie die Richtige, um es zu reparieren.«

Jane und Mary gingen die Stufen hinauf und betraten die winzige, aufgeräumte Küche. Mary sah, daß der Fernseher im Wohnzimmer lief, aber Martha bemerkte es im selben Moment. Sie griff in ihre Strickjacke, holte die Fernbedienung aus der Tasche, zielte genau und machte den Apparat aus. Sie sagte: »Setzt euch, setzt euch. Ich hole uns was zum Essen.«

Mary wollte schon sagen: »Wir haben schon gegessen«, aber Jane faßte sie am Arm und schüttelte einmal kurz den Kopf.

Dann standen Maisbrot und Honig, eingelegte Himbeeren und Blaubeeren ohne lange Vorbereitung und so plötzlich auf dem Tisch, daß Mary einsah, hier mußte sie nun damit anfangen, einfach nur zu lächeln und keine Fragen mehr zu stellen.

Jane und Martha gingen durch die trockenen, frostfleckigen Blumenhalme im Garten und sprachen auf Seneca miteinander. »Was ist ihr passiert?«

Jane war hierhergekommen, weil es der einzige Ort in dieser Gegend war, wo sie den Menschen rückhaltlos vertrauen konnte; aber als sie die Frage hörte, waren die alten Gewohnheiten stärker. Sie dachte sich in aller Eile eine Geschichte aus. Als sie jedoch der alten Frau in die Augen schaute, konnte sie ihnen ansehen, daß sie die Lüge bereits erkannt hatte. Es wäre nur Zeitvergeudung gewesen, jetzt einfach weiterzuschwindeln. »Sie wurde gekidnappt. Sie hatte Geld, das ihr nicht gehörte. Ein paar Männer wollten es haben. Sie haben sie gefoltert. Sie sagt es zwar nicht, aber sie haben sie vergewaltigt.«

»Und die Polizei?«

Jane schüttelte den Kopf. »Wir können die Polizei nicht benachrichtigen. Sie hat zu viel auf dem Kerbholz. Sie käme nur ins Gefängnis, und dann würden die Männer sie wieder ausfindig machen und alles tun, damit sie da nie mehr rauskommt.«

»Und was hat ein braves Nundawaono-Mädchen mit so einer Sache zu tun?«

Jane sah ihr ins Gesicht. »Das ist mein Beruf. Flüchtlinge kommen zu mir, und ich lotse sie aus ihrer Welt.«

»Warum?« Jane lachte leise und traurig. »Wenn ich es nicht täte, dann würden sie mich in meine Träume verfolgen.«

»Das tun sie auch so, wette ich«, sagte Martha. Mit ihren hellen, alten Augen betrachtete sie Jane und schüttelte verständnislos den Kopf. »Menschen wie ich, die alten Langhaus-Leute, die noch an die Geschichten von Handsome Lake glauben, wir sagen, die Jüngeren heute haben alles vergessen. Ich gehe einen Tag mal nicht zur Arbeit, und genau an diesem Tag kommt meine eigene Urgroßmutter zu mir. Ich sollte allmählich meinen Mund halten. Also du kümmerst dich um sie, und ich soll dir dabei helfen, nicht wahr?«

Jane sagte: »Du bist eine Clan-Mutter. Du hast in langen Jahren so viel erlebt, daß du sicher deine eigenen Entscheidungen treffen kannst.«

»War sie schon bei einem Arzt?«

»Noch nicht. Ich werde einen befreundeten Arzt anrufen, er soll uns über seine Kontakte jemanden finden, der nicht gleich die Polizei anruft, wenn sie zu ihm kommt.«

»Ich kenne einen, der sie heute noch untersuchen kann. Überlaß sie mir«, sagte Martha.

Ein paar Tage später machte Mary die Wohnwagentür auf, ging hinaus und sah Martha allein in dem strohigen Unkraut stehen. Die alte Frau schaute schon zu ihr her, so als hätte sie die Tür beobachtet und auf Mary gewartet. »Kommen Sie mit«, sagte sie und marschierte los.

Mary Perkins lief zu ihr. »Wo gehen wir hin?«

»Nirgendwohin. Ich marschiere seit fünfundsiebzig Jahren so herum, und wenn ich jetzt damit aufhöre, werde ich steif und bin tot.«

Sie gingen schweigend nebeneinander her. Ab und zu bemerkte Mary, daß sie ihre Schritte unbewußt in Richtung Highway lenkte, und mußte dann immer wieder eine kleine Kurskorrektur vornehmen. Für Martha war die Straße ohne Interesse. Sie stapfte weiter durch die alten Stauden. Nach einer Weile fiel Mary das Kleid der alten Frau auf: Der Saum war gerade so hoch, daß er einen Fingerbreit über den Pflanzenstielen aufhörte, so daß er sich nicht in den stachligen Brombeeren verfing und keine Blütensamen daran hängenblieben. »Und was ist mit Ihnen? Haben Sie sich schon entschlossen?«

»Wozu?«

»Zu sterben.«

Mary ging ein paar Schritte ohne eine Antwort weiter. »Ich weiß nicht. Manchmal denke ich, es ist schon passiert, und ich habe es nur nicht gemerkt. Wann es war, weiß ich nicht genau. Als Jane kam, war ich überhaupt nicht mehr fähig, irgendwas zu bemerken. Danach habe ich mich darauf konzentriert, so lange auf den Beinen zu bleiben, bis etwas erledigt war, was ich mir vorgenommen hatte. Das ist jetzt vorbei. Aber irgend etwas Neues hat sich nicht ergeben.«

In der Kälte krachten die trockenen Stengel unter Marthas Schritten, knickten ab und legten sich in den Schnee. »Wenn ich hierherkomme, ist es jedesmal anders. In vier Monaten blühen hier überall die Wildblumen. Kleine weiße, viele blaue und goldene und lilafarbene, alle bunt durcheinander. Das sind hier hundertsechzig Hektar, die niemand mehr bearbeitet hat seit meiner Kindheit, und die Blumen wachsen wie verrückt.«

»Das würde ich gern mal sehen«, sagte Mary.

»Dann sind Sie noch nicht tot.«

Mary ging unsicher weiter und hörte kaum auf das Knacken der Stiele unter ihren Schuhen. »Vielleicht war das ja gar nicht ich selber. Ich habe meinen richtigen Namen schon so lange nicht mehr benützt, daß ich mich darin gar nicht mehr wiedererkenne. Vielleicht hat Jane es Ihnen nicht gesagt, aber genau deswegen ist alles so gekommen.«

»Ganz egal, was Sie vorher getan haben: Was Ihnen passiert ist, war nicht die Strafe dafür. Es ist geschehen, so wie andere Dinge auch geschehen. Jetzt geschieht wieder etwas anderes.«

»Das ist genau mein Problem. Nicht, weil ich nicht weiß, was passieren kann oder weil ich Angst davor habe. Mir fällt überhaupt nichts ein, von dem ich wünschte, es würde mir passieren.«

»Vielleicht brauchen Sie fremde Hilfe. Sie könnten zum Beispiel den Rest Ihres Lebens beim Psychiater verbringen.«

»Ich nehme an, Sie finden das keine gute Idee.«

»Ich habe nichts dagegen. Andere nehmen Drogen, und ich glaube, die meisten ziehen sich einfach gern hübsch an und gehen wohin, wo jemand zu bestimmten Zeiten auf sie wartet.«

»Ich kann nur keinen Unterschied mehr sehen, ob jemand das tut oder etwas anderes.«

»Vielleicht ist Mary Perkins tatsächlich so kaputtgegangen, daß sie nicht mehr viel wert ist. Vielleicht haben Sie sie von Anfang an nicht sehr gemocht. Sie sollten ihr verzeihen; Sie wissen doch, wieviel sie gelitten hat. Lieben Sie sie; schließlich sind Sie einen langen Weg zusammen gegangen, und Sie haben ein paar Geheimnisse gemeinsam. Dann lassen Sie Marys Leben enden und begraben sie.«

»Soll ich mich umbringen?«

»Außer Sie wollen immer noch die blühenden Wildblumen sehen.«

Mary sah sie genauer an. »Das mit den Blumen haben Sie sich doch nur ausgedacht, stimmt's?«

Martha nickte. »Natürlich. Hier gibt's nur Hartgras und Disteln. Trotzdem: Ich würde manchmal wirklich gern ein paar Wildblumen sehen. Im Winter ist es oft das einzige, was man braucht.«

Jane wartete, bis Martha McCutcheon zur Arbeit gegangen war, dann setzte sie sich zu Mary auf die Stufen am Wohnwagen.

»Ich wollte dich nicht aufregen, deshalb habe ich dich nicht gefragt, was in dem Haus passiert ist«, sagte Jane. »Aber jetzt muß ich dich etwas fragen.«

Marys Stimme klang angespannt: »Ist schon okay.«

»Wahrscheinlich haben sie dir eine Menge Fragen gestellt, die dir ziemlich sinnlos vorkamen.«

»Ja. Das war meistens der Ältere. Wie wenn er sehen wollte, ob ich die Wahrheit sage. Wo wir den Studenten in Ann Arbor getroffen haben. Was wir gegessen ...«

»Namen«, unterbrach Jane, »hat er dich nach den Namen gefragt, die wir auf der Flucht benützt haben?«

»Ja, schon.« Sie schien zu spüren, daß sie damit einen Riesenfehler gemacht hatte. »Ich habe sie ihnen gegeben. Ich hatte solche Angst, ich war so müde ...«

»Ist schon in Ordnung«, sagte Jane. »Wirklich. Versuch nur, dich zu erinnern. Hast du ihnen irgendeinen Namen verschwiegen?«

»Nein.«

Jane nickte und stand auf. »Du hast nichts falsch gemacht. Ich mußte es nur wissen.«

Der »Ältere« war zweifellos Farrell. Er hatte abgewartet, bis sie völlig gebrochen war, und dann hatte er ihr die Fragen gestellt. Die Antworten hatten Barraclough gesagt, was er wissen wollte. Barraclough konnte auch mit einer lächerlichen Hotelzimmernummer etwas anfangen: Er konnte den richtigen Angestellten ausfragen und Janes Namen und ihre Kreditkartennummer herausfinden. Wenn das Hotel zufällig auch noch seinen Sicherheitsdienst von Intercontinental geliefert bekam, dann bekam er alle Auskünfte ohne Schwierigkeiten. Barraclough war in der Lage, jederzeit als Intercontinental Security Services aufzutreten.

Während der folgenden Tage betrachtete Jane den Horizont. Die ebenen, leeren Felder ringsum hätten ihr eigentlich ein Gefühl der Geborgenheit geben müssen, aber die endlose Eintönigkeit löste eine panische Angst vor der Weite in ihr aus. Fünfzehn Minuten hielt sie es an Marthas Küchentisch aus und starrte nach Westen den Highway entlang, dann mußte sie an ein anderes Fenster umziehen und schaute nach Süden hinaus über die winterstarren Felder.

Nach dem vierten Tag hörte sie nachts ein Geräusch und setzte sich im Bett auf. Sie wachte nicht auf, sie war einfach wach. Aus der anderen Ecke hörte sie Martha flüstern: »Es ist nur der Wind.« Und dann fügte sie auf Seneca hinzu: »Hast du schon darüber nachgedacht, was du tun würdest, wenn es nicht der Wind wäre?«

»Die ganze Zeit«, flüsterte Jane. Sie stand auf, zog den Mantel an und ging hinaus, auf die kahlen Felder hinaus und weg von den Lichtern auf dem Wohnwagenparkplatz. Sie setzte sich zwischen den Pflanzenresten im Dunkeln auf den Boden und lauschte dem Wind nach. Er war kalt und wild und kräftig, kam in keuchenden Stößen und Wellen über die Ebene. Er gab ihr ein neues Gefühl der Angst, als brächte er eine Nachricht, die sie nicht verstand. Wäre die Luft ruhiger gewesen, so hätte sie es deutlicher hören können, aber vielleicht war es auch etwas, was der Wind von weit her brachte, und sie sollte gar nicht so nah dran sein, daß sie es hören konnte.

Auf jeden Fall war es immer dasselbe Geräusch. Wagentüren schlugen zu, Männerschritte trampelten über das winterliche, steifgefrorene Unkraut, Magazine wurden in Pistolengriffe geschoben, klickten metallisch. Sie sah hinauf in den dunklen Himmel und suchte das Sternbild des Seetauchers, das den Läufern früher auf dem Waagwenneyu als Wegweiser diente, aber es verbarg sich hinter ziehenden Wolken.

Als sie zum Wohnwagencamp zurückschaute, konnte sie es plötzlich mit Barracloughs Augen sehen. Der richtige Wohnwagen, mit dem glänzend neuen Mietauto aus Dallas daneben, war sehr leicht zu finden. Eine ganz gewöhnliche 38er-Kugel durchschlug ohne weiteres die dünne Wand. Und jede großkalibrige Jagdmunition, selbst aus hundert Meter Entfernung, ging glatt durch beide Wände und tötete noch jemanden hinter dem Wohnwagen. Das flache Land hatte nichts, hinter dem eine fliehende Frau sich verstecken konnte.

Am Morgen ging Jane mit Martha zu einem Spaziergang hinaus. Nach wenigen Schritten sagte Martha: »Du fährst heute ab, stimmt's?«

»Ja.«

»Vorher brauchst du noch etwas, stimmt's?«

»Sie ist nicht mehr sicher hier. Ich möchte, daß du mit ihr nach Norden fährst.«

»Wohin?«

»Nundawaonoga.« Es war die Bezeichnung der Seneca für die nördliche Hälfte des Staates New York. Es war, als ob sie gesagt hätte: »Nach Hause.« Sie fügte hinzu: »Kein Flugzeug, keine Busse, keine Kreditkarten.« Sie hielt ihr einen dicken Stoß Hundert-Dollar-Scheine hin. »Damit kannst du einen Wagen kaufen.«

Martha ging ein gutes Stück schweigend weiter, dann nahm sie das Geld an sich und steckte es in die Tasche ihrer Strickjacke. »Da oben gibt es Menschen, die ich zehn Jahre lang nicht mehr getroffen habe. Sie werden sich freuen, wenn sie mich sehen.«

»Danke, Großmutter.«

Martha beobachtete Jane aus den Augenwinkeln. »Und warum kommst du nicht mit uns?«

Jane schüttelte den Kopf. »Er sucht jetzt nicht sie. Er sucht mich.«

29

Farrell ging unruhig vor dem Fernseher auf und ab, die Absätze seiner gepflegten Schuhe knallten auf dem Hartholzparkett des Büros im Gebäude der Enterprise Development. »Schaut sie euch noch mal an.« Das Bild auf dem Monitor war matt und grobkörnig, die Tonspur gelöscht.

Das Teleobjektiv hatte die Frau am Rand des Freeways zusammen mit Barraclough erfaßt. Alle paar Sekunden zischte durch den Vordergrund ein Pkw oder ein Lastwagen, der im Zoom kleiner aussah als die Menschen weit dahinter. Die Frau war Jane. »Schaut euch die Gesichtsform an, wie sie sich bewegt. Vergeßt ihr Haar und die Kleider. So was verändert sie. Prägt euch das ein, was sich nicht verändert.«

Nach zehn Sekunden verschwand die Szene in einem hellen, knatternden Schneebild, und das Band spulte sich zurück. Farrell wandte sich seinem Publikum zu, einer Gruppe junger Männer. Sie saßen an Tischen oder lehnten an der Wand, ein paar hockten sogar unmittelbar vor dem Bildschirm auf dem Boden. Es war ein unsympathischer Haufen, der sich da versammelt hatte, aber er kannte jeden von ihnen so gut, daß er berechtigte Hoffnungen hatte. In seinen zehn Jahren als Polizist hatte er die Fähigkeit entwickelt, eine ganz bestimmte Sorte junger Männer sehr früh zu entdecken. »Das ist im Moment das einzige Bild, das wir von ihr haben, aber wenn wir eine etwas klarere Aufnahme finden, dann machen wir daraus Abzüge für euch. Jetzt noch mal das Video.«

Noch während er seinen Finger der PLAY-Taste näherte, hörte er die schweren Schritte auf der Treppe. Er stellte sich aufrecht hin, die Tür ging auf, und Barraclough kam herein. Kaum einer von Farrells Trainees hatte Barraclough je gesehen, aber nachdem sie sich das Band angeschaut hatten, wußten sie, wer er war. Barracloughs leere, graue Augen erfaßten die Gruppe mit einem Blick. Als einige sich unwillkürlich bewegten, um eine korrekte Haltung einzunehmen, zogen sie sofort Barracloughs Aufmerksamkeit auf sich. Er blickte sie an, gab ihnen eine stille Benotung und ging weiter.

Sein maßgeschneiderter, marineblauer Blazer und die grauen Hosen dazu zeigten die einfachen und genauen Linien einer Uniform. Er wandte sich kurz ab, zog den Mantel aus und warf ihn über Farrells Schreibtisch, eine einfache Geste, mit der er klarstellte, wer hier der Herr im Haus war. Dann wandte er sich in seinem säuberlich gebügelten und gestärkten Hemd wieder der Gruppe zu. Unter dem linken Arm steckte in einem sichtlich gebrauchten Schulterhalfter eine Neun-Millimeter-Browning, mit der Mündung nach oben, um sie mit geringstmöglichem Bewegungsaufwand ziehen zu können. Am Riemen unter der Schulter war ein Reservemagazin befestigt. Die jungen Männer sahen sofort: Das war nicht die schimmernde Paradewaffe eines erfolgreichen Sicherheitsbeamten. Das war die Waffe eines Mannes, der sie gegen Menschen benützt hatte, die jetzt tot waren.

Barraclough kam zu dem Ergebnis, daß der wortlose Auftritt seinen Zweck erfüllt hatte. »Mr. Farrell hat euch wahrscheinlich schon von mir erzählt, aber wir sollten uns besser kennenlernen. Fangen wir damit an, daß ich euch sage, wer ich nicht bin. Ich bin nicht euer Freund.«

Einige Augenpaare, die nur ungefähr auf ihn gerichtet waren, konzentrierten sich plötzlich auf sein Gesicht, fanden dort aber keinerlei beruhigenden Ausdruck. »Wenn ihr mir bringt, was ich will, dann gebe ich euch, was ihr wollt. So einfach ist das. Mr. Farrell hier ist nicht euer Ober-Pfadfinder. Ich habe das Geld für eure Ausbildung nicht dafür ausgegeben, um aus euch Männer zu machen. Ich scheiß' drauf, ob ihr lebendig seid oder tot. Ihr bekommt von mir das nötige Wissen und die Erfahrung, damit ihr mir nützt. Wenn ihr irgendwas aus euch machen wollt, haltet Augen und Ohren offen, dann schafft ihr es vermutlich.«

Einige im Publikum nahmen offenbar an, aus dieser Bemerkung zu ihren Entwicklungschancen eine angedeutete Hoffnung heraushören zu können. Und Barraclough schien ihnen recht zu geben: »Ich sage euch sogar, wie das Geschäft hier läuft. Wenn ihr als Sieger rauskommt, dann kriegt ihr die Prämien, die Mädchen, die großen Häuser, die großen Wagen, und die Leute sagen ab jetzt ›Sir‹ zu euch. Wenn ihr verliert, seid ihr tot. Vielleicht lauft ihr noch eine Zeitlang herum, bevor einer der Sieger euch kriegt, aber das ist ein Detail. Was euch gehört hat, gehört dann ihm. Ihr seid Versager, Opfer, Leichen.«

Barraclough schaute sie mit seinen leeren, unergründlichen Augen kurz an, dann sprach er weiter: »Ich kann mir denken, wenigstens einige von euch haben bemerkt, daß vom letzten Ausflug ein paar Leute nicht zurückgekommen sind. Ich bin hergekommen, um euch zu sagen, was ihnen zugestoßen ist. Sie sind tot. Mr. Farrell und ich hatten sie mit der Bewachung einer unbewaffneten, wehrlosen Gefangenen beauftragt, und sie haben es zugelassen, daß die Frau, die ihr auf dem Video gesehen habt, sich eingeschlichen und ihnen das Frühstück vergiftet hat.« Er schüttelte verständnislos den Kopf und gluckste lachend. »Wenn das Gift nicht gereicht hätte, dann hätte ich sie glatt noch selber umbringen müssen.«

Einige Trainees grinsten verlegen, aber Barracloughs Lächeln war schon wieder verschwunden. »Das gehört auch zu unserem Vertrag: Ich sage euch immer die Wahrheit. Wenn ihr euch als unfähig erweist, seid ihr nur eine Belastung für mich. Ihr schadet nicht bloß euch selbst, ihr schadet mir. Das lasse ich nicht durchgehen. Denen im Haus nicht, und euch auch nicht.«

Er blickte auf Farrell, der an der Tür stand. »Mr. Farrell wird euch einige präzise Aufträge geben für die nächsten Tage. Ich gebe euch nur die Kurzfassung: Die Frau ist alles, was ich jetzt will. Und wenn ihr sie mir bringt, dann möchte ich, daß sie noch atmet.« Er nickte Farrell kurz zu, nahm seinen Mantel und zog ihn an, während er zur Tür hinausging.

Barraclough ging die Hintertreppe hinunter, dann über den Parkplatz zur Parallelstraße, wo er seinen Wagen gelassen hatte, und machte sich auf den langen Weg zum Gebäude der Intercontinental Security in Irvine. Immer wieder drängte sich diese Jane in seine Gedanken. Am liebsten hätte er ihr eigenhändig den Kopf abgerissen. Im Augenblick seines höchsten Triumphes war sie ihm dazwischen gestolpert, und der Zusammenstoß hatte unzählige, mühsam errungene Erfolge mit einem Schlag ausgelöscht: seine Jahre bei der Polizei, in denen er immer härter gearbeitet hatte als alle anderen, größere Risiken eingegangen war, sich langsam einen Ruf erworben hatte; dann weitere Jahre bei Intercontinental Security und wieder die unermüdliche Mehrarbeit, immer mit dem festen Blick auf den Weg nach oben.

Nach seinem Eintritt in die Firma hatte sich Barraclough die Abteilungen eine nach der andern vorgenommen: Innere Sicherheit, Außensicherung, Ermittlungen. Mit der Zeit hatte er jede einzelne auf einen zeitgemäßen Qualitätsstandard gehoben, und der Vorstand in Chicago hatte ihn daraufhin zum Operativen Leiter der Region West ernannt. Aber Barraclough hatte nicht wegen einer Beförderung so hart gearbeitet. Er hatte seine Fähigkeiten eingesetzt, um weiter zu sehen als alle anderen, er war sogar weiter gegangen als der Vorstand selbst. Alle seine Bemühungen, die alte Sicherheitsfirma zu neuem Leben zu bringen, waren nur Nebenkriegsschauplätze, Vorbereitungen auf das, was eines Tages in dem kleinen Bürohaus am Van Nuys Boulevard geschehen sollte, in der von ihm gegründeten Firma, die er Enterprise Development genannt hatte.

Barraclough hatte die Enterprise Development so aufgebaut, daß sie sich nahtlos in die International Security einpaßte. Ihre Ausgaben blieben innerhalb der Betriebskosten der Riesengesellschaft verborgen, ihre Mitarbeiter wurden aus den Bewerbungen für Intercontinental ausgewählt. Immer, wenn die Enterprise Development tätig wurde, wurde eine passende Veranlassung konstruiert, so daß alle Angestellten und die gesamte technische Ausrüstung der Intercontinental in sechsundzwanzig Städten zu arbeiten anfingen: Identifizierung von Fingerabdrücken, Pkw-Fahndung, Spurenanalyse, Observation.

Enterprise Development hatte sich auf eine kleine und unbeachtete Gruppe Krimineller spezialisiert, und zwar auf die erfolgreichen, die es geschafft hatten, mit einem Haufen Geld davonzukommen. Einige von ihnen standen vielleicht schon auf den Listen der Bundespolizei oder anderer Länder, wurden aber nicht aktiv gesucht; andere galten nur als Verdächtige, oder man war ihnen noch gar nicht auf die Schliche gekommen. Wieder andere waren bereits verurteilt und saßen ihre Strafe ab, hatten aber das Gestohlene nicht zurückerstattet. Barraclough fand sie mit Hilfe seiner Enterprise Development heraus, jagte sie und machte sie zu Geld.

Während der ersten sieben Jahre seiner Jagdtätigkeit hatte Barraclough mehr als fünfundsiebzig Millionen Dollar angehäuft. Das war längst nicht genug, da die Enterprise Development nicht bloß dem Zweck diente, ihren Eigentümer zu bereichern; die Firma war darauf angelegt, Geld zu sammeln, genug Geld, um die Intercontinental Security aufzukaufen.

Die nächsten achtzig Millionen hatte Barraclough mit einem einzigen Fund gemacht, dem Treuhandvermögen von

Timothy Phillips. Vor sieben Jahren hatte er entschieden, Intercontinental Security müsse bei Hoffen-Bayne einsteigen, damit seine Enterprise Development einen Blick ins Firmeninnere werfen konnte. Von Timothy Phillip wußte er überhaupt nichts. Er hatte nur erkannt, daß eine Gesellschaft, die solche Riesenvermögen verwaltete, ein ertragreiches Jagdgebiet war. Er hatte ihnen die Dienste der Intercontinental zu einem Preis angeboten, der ihm keinerlei Gewinn verschaffte und den deshalb kein Mitbewerber unterbieten konnte.

Als er in den Büros von Hoffen-Bayne und ihrer Partner seine Sicherheitseinrichtungen installierte, kümmerten sich die Kunden lediglich um Farbe und Design der Geräte, für die weiterreichenden Effekte interessierten sie sich kein bißchen. Leute wie Alan Turner kamen nicht im Traum auf den Gedanken, daß ein kleines Elektronikkästchen mit Leuchtdioden alles mögliche anstellen kann. Nicht eine Sekunde dachte Turner daran, daß ein Minimikrophon zur Durchsage bei Notfällen auch alles andere aufnehmen konnte, was er sprach, selbst wenn kein Notfall vorlag. Den ganzen Tag saß er unter einer Überwachungskamera und dachte immer noch, er sei allein.

Sobald Barraclough das Portfolio gefunden hatte, aus dem Turner sich selbst bediente, gehörte das Geld Barraclough. Der Mann hatte seine Kunden schon seit Jahren ausgenommen, und alle, die dafür bezahlt wurden, derartige Diebe zu fangen, hatten ihn übersehen. Jeder hätte sich Turner schnappen können, aber allein Barraclough hatte ihn enttarnt.

Mit ähnlich geduldiger Zielstrebigkeit hatte Barraclough den Fall Mary Perkins bearbeitet. Jeder, genau wie er, hätte alles über den Prozeß in den Zeitungen nachlesen können, aber er hatte gewartet, bis das FBI zugeschlagen hatte, dann erst schlug er selber zu. Die Bundesbehörden waren mit leeren Händen herausgekommen, aber er hatte danach zweiundfünfzig Millionen mehr in der Tasche. Die Wut setzte sich in ihm fest. Daß eine Frau wie diese Jane ihm alles wegnehmen konnte, war schlimmer als eine persönliche Beleidigung; es verstieß gegen alle Regeln dieser Welt.

Um zehn Uhr abends ging Farrell durch die marmorglänzende Eingangshalle der Intercontinental Security Services und dachte über das Schicksal nach. Vor langer Zeit, nachdem er fast schon zehn Jahre Polizist gewesen war und zwei Jahre Detective, hatte ihm der Captain plötzlich einen neuen Partner zugeteilt, einen Youngster namens Barraclough. Farrell sah ihm ein paar Tage bei der Arbeit zu, dann lag die Zukunft offen vor ihm.

Wenn er so weitermachte wie bisher, dann hatte er noch zwanzig lange Jahre im Polizeidienst vor sich und allerhöchstens eine anständige Rente, die aber niemals so großzügig sein konnte, daß sich dieses ganze Leben seiner Auffassung nach gelohnt hatte. Und schon damals war ihm klar, daß Barraclough so nicht enden würde, und wenn Farrell bei ihm blieb, auch er nicht. Mit dreißig stand Barraclough in der Blüte seiner Jahre und verkörperte eine Welt ohne Grenzen.

Aber an diesem Abend, während er auf den Lift zuging, der ihn in Barracloughs Etage bringen sollte, war er etwas beunruhigt. Diese Jane mußte ihm zum Farmhaus gefolgt sein; einen anderen Weg, Mary Perkins zu finden, konnte er sich nicht denken. Und wenn schon er sich das so zurechtlegte, hatte Barraclough es längst getan. Nein, sagte er sich plötzlich, er war nicht einfach nur beunruhigt. Er kannte Barraclough besser als jeder andere lebende Mensch. Farrell spürte eine tiefsitzende, lähmende Angst. Als er vor dem Lift die Hand zum Knopf hob, zitterte sie.

Er wußte nicht einmal genau, wovor er solche Angst hatte. Eine Kugel in den Rücken hatte gewisse Vorteile. Es ging schneller und war gnädiger als die meisten anderen Todesarten. Langsam enthüllte sich der eigentliche Grund seiner Angst. Er fürchtete Barracloughs Verärgerung: nicht die Kugel, sondern Barracloughs Lust, sie abzufeuern, ob er nun auf den Abzug drückte oder nicht. Dieser eine Fehler könnte Barraclough bewiesen haben, daß Farrell doch nicht war wie Barraclough, daß er einer der anderen war, ein Versager. Nach all diesen Jahren, in denen er Barraclough erst alles beibrachte und dann bei ihm im Team war, sollte er nun verloren sein, von allen verlassen und verbannt in die Finsternis, ohne seinen Anteil an Barracloughs leuchtender Zukunft.

Er trat aus dem Lift, ging zu der großen Eichentür von Barracloughs Büro und klopfte leise an. Nein, das war zu leise.

Barraclough könnte denken, er sei schwach und ausgelaugt, vielleicht sogar ängstlich. Angst ekelte Barraclough an. Also ließ er kurz die Knöchel aufs Holz trommeln, dann hörte er, wie Barraclough »Herein« sagte.

Er saß hinter dem breiten Schreibtisch. Er blickte nur eine Sekunde auf, um zu sehen, wer gekommen war, dann machte er weiter mit dem Unterschreiben von Papieren. Er murmelte: »Die Scheißzentrale wartet auf die Berichte. Das ist alles, was sie können. Sie hocken in Chicago in ihren Büros und lesen die Vierteljahresberichte. Schieß los!«

»Das Netz ist ausgelegt«, sagte Farrell. »Ich habe die letzten gerade zu ihren Flügen gebracht. Mit denen, die wir schon draußen hatten, haben wir dann in sechsundfünfzig Flughäfen je ein Zwei-Mann-Team.«

»Bist du sicher, daß sie sie erkennen, wenn sie vor ihnen steht?«

»Ein paar haben sie ja schon mal gesehen, die erkennen sie also auf jeden Fall. Die anderen müssen mit diesem verdammten Video von dir klarkommen.« Farrell lief es kalt über den Rücken. Er hatte dem unbewußten Drang nachgegeben, Barraclough daran zu erinnern, daß Farrell nicht der einzige war, der einen Fehler gemacht hatte. Er sprach schnell weiter, bevor der saure Nachgeschmack seiner Bemerkung Barraclough gegen ihn aufbrachte. »Aber ich habe außerdem ein paar Leute darauf angesetzt, ein schärferes Bild von ihr aus den Überwachungsbändern herzustellen; wir wissen ja, wo sie überall war, die Läden, die Hotels und das alles.«

Barraclough unterschrieb weiter ein Papier nach dem anderen und legte jedes auf einen Stoß auf der linken Seite des Schreibtischs. Er hörte offenbar zu, also sagte Farrell: »Ich habe mit den Teams auch ein paar Techniker losgeschickt, die ihre Fingerabdrücke finden sollen, wo sie vielleicht noch erhalten sind. In Hotels werden Badezimmer ja mit irgendwelchen Reinigungsmitteln ausgewischt. Aber auf einem Telefonhörer oder auf etwas in einer Schublade finden wir vielleicht noch welche. Auch Leihwagen stehen manchmal tagelang auf dem Parkplatz herum, bevor sie neu vermietet werden. Fingerabdrücke sind immer noch das einzig Wahre, wenn man wissen will, wen man vor sich hat.«

Barraclough runzelte die Stirn, während er eine Seite überprüfte, die mit Zahlenkolonnen gefüllt war, dann schrieb er etwas an den Rand und legte sie neben dem linken Stoß ab. Er blickte hoch, so daß Farrell fortfuhr: »Einmal pro Tag kommen die Quittungen von ihren falschen Kreditkarten herein. Bis jetzt hat sie sie nicht wieder benützt. Ich denke mir, sie ist irgendwo untergetaucht und wartet jetzt, bis Mary Perkins wiederhergestellt und reisefähig ist.«

Barraclough beugte sich erneut über seine Papiere. Eine Kleinigkeit darin ließ ihn plötzlich gelangweilt und ungeduldig aussehen. »Ist das alles?«

Farrell sagte: »So ungefähr. Natürlich probiere ich auch ein paar Sachen auf Verdacht aus. Wir wissen, daß sie Mary Perkins im Bezirksgefängnis von Los Angeles getroffen hat. Ich habe eine Nutte eingeschleust, die jetzt die anderen Gefangenen ausfragt. Vielleicht gibt uns das eine Idee, wo sie jetzt ist.«

»Du hast gesagt: ein paar Sachen. Was noch?«

Farrell zuckte wie zur Entschuldigung die Achseln. »Du kennst doch die Geschichte von dem Kerl, der die Schalterbeamten in der Bank anrief und sagte, er hätte ihr Kind, und sie sollten irgendwo eine Geldtüte deponieren.«

»Klar«, sagte Barraclough, »Ronny Prindle. Das war vor neun oder zehn Jahren. Was ist mit ihm?«

»Also ich habe damals etwas ausprobiert, was nicht ganz hingehauen hat. Ich nahm die Telefonbänder und brachte sie einem Sprachwissenschaftler und fragte ihn nach dem Dialekt. Wir haben dann Ronny Prindle gekriegt, bevor er seinen Bericht fertig hatte. Aber ich weiß noch, wie verblüfft ich war, als ich ihn las, weil der Professor genau ins Schwarze getroffen hatte. Ronny Prindle kam aus Maryland, von der Ostküste. Ich habe aus dem Tonband, das wir von Jane haben, das Rauschen herausfiltern lassen und diesem Professor das Band geschickt. Er hält mich immer noch für einen Polizisten.«

Barraclough lächelte auf das Papier hinunter, das er gerade unterschrieb, und Farrell glaubte, ein belustigtes Lachen zu hören. »Jedesmal, wenn ich nicht mehr weiß, warum ich einen Arsch wie dich noch mit mir rumschleppe, überraschst du mich mit irgend etwas, und dann weiß ich es wieder. Sag mir Bescheid, sobald du was von ihm hörst.«

Farrells Hände zitterten nicht mehr. Er hatte sich eine Atempause erkauft.

Zwei Tage später kam Farrell, diesmal im Laufschritt, wieder durch die Eingangshalle, holte den Lift und ging durch dieselbe Bürotür. Barraclough sah ihn erwartungsvoll an.

»Sie nimmt wieder ihre Kreditkarten«, sagte Farrell. »Wir haben eine Katherine Webster in einem Hotel in Saint Louis, eine Denise Hollinger mit einen Leihwagen in Cleveland, eine Catherine Snowdon in Erie, Pennsylvania ...«

»Sie geht nach Nordwesten«, sagte Barraclough. »Setz deine Leute auf die Richtung an.«

Farrells Augen blitzten. »Bereits geschehen. Alle unsere Leute sind entweder schon dort oder auf dem Flug nach Nord-Pennsylvania oder in den Staat New York. Ein paar habe ich auf die Raststätten an den großen Highways angesetzt, andere auf ihren Leihwagen, also auf die Parkplätze von Hotels, Restaurants und Supermärkten, und dann warten ein paar auf sie, wenn sie den Wagen zurückbringt. Außerdem habe ich ...«

Barraclough unterbrach ihn. »Kannst du an den Berichten sehen, was sie macht?«

Farrell blätterte die Papiere in seiner Hand durch. »So ziemlich, was wir schon von Mary Perkins erfahren haben. Sie wechselt ihre Identität, so daß nie dieselbe Person an zwei Orten hintereinander auftaucht. Sie bezahlt ein Einzelzimmer, und die Rechnungen für die Mahlzeiten sind auch nicht hoch genug für zwei, also ist sie wahrscheinlich allein.«

»Aber was bezweckt sie damit?« fragte Barraclough knapp. »Wohin will sie?«

Farrell lächelte. »Dann sage ich dir jetzt, was unser Professor herausgefunden hat.« Er legte eine andere Seite nach oben auf den Stoß und behielt sie im Auge, während er weiterredete: »Sie hat eine eigentümliche Sprechweise. Wenn sie ein m ausspricht oder ein b oder ein p, dann schließt sie die Lippen nicht ganz. Er glaubt, es kommt daher, daß sie zweisprachig aufgewachsen ist, er kann nur nicht sagen, was die andere Sprache ist.« Er ging mit dem Finger die Seite durch. »Ah ja, hier ist es. Ihre sprachliche Eigenheit ist, wie er es nennt, ein schwacher Sproßvokal, eine Besonderheit, die nur in einem schmalen Dialektgebiet zwischen Chicago und Syracuse, New York vorkommt.« Er hob einen Zeigefinger hoch. »Ich würde darauf wetten, sie hat genug von allem und geht nach Hause.«

Nur zwanzig Stunden später stand Farrell schon wieder vor Barraclough und strahlte vor Glück. »Sichtkontakt.«

»Wo?«

»Sie hat den Leihwagen am Flughafen von Buffalo abgegeben, dann ging sie ins Langzeitparkhaus, stieg in einen Wagen und fuhr weg. Wir hatten zwei Leute dort.«

Barracloughs Ausdruck verfinsterte sich, und seine Augen zogen sich zu Schlitzen zusammen. »Und die haben sie laufenlassen?«

»Nein, nein«, sagte Farrell schnell. »Sie sind ihr bis zu einem Haus in einer kleinen Stadt am Niagara nachgefahren, zwischen Buffalo und Niagara Falls.«

»Und?« fragte Barraclough ungeduldig.

»Sie fuhr den Wagen in die Garage und machte die Tür mit ihrem Schlüssel auf«, sagte Farrell. »Es ist eindeutig ihr Haus.«

30

Barraclough und Farrell erreichten den Flughafen von Buffalo nach Mitternacht, als gerade ein Schneesturm aufkam. Draußen wartete schon der Nissan Pathfinder mit Allradantrieb und getönten Scheiben, die Barraclough ausdrücklich verlangt hatte. Am Steuer saß einer von Farrells Trainees, aber Barraclough öffnete die Fahrertür und sagte zu ihm: »Sie sitzen hinten.«

Barraclough brachte den Pathfinder auf die graue, matschbedeckte Straße und sah zu, wie die Scheibenwischer die Schneeflocken zu einem dünnen, schnurgeraden Strich zusammenschoben und dann zurückfuhren, um die nächsten Flocken einzusammeln, während das auf Defrost eingestellte Gebläse den Strich von der Scheibe schmolz.

Farrell überprüfte noch einmal die beiden Pistolen, die sein Trainee im Gepäck hatte, schob die Magazine ein, befestigte das Laservisier und blickte probehalber durch das Nachtsichtgerät, das er selbst aus Kalifornien mitgebracht hatte.

»Wo ist sie?«

»Hier auf die Schnellstraße und dann nach Westen. Bei der Ausfahrt Delaware fährst du ab und dann immer nach Norden.«

Farrell schaute zu Barraclough hinüber, ob er die Angaben verstanden hatte, und dann nach hinten zu seinem Trainee. »Was gibt's über das Haus zu sagen?«

»Zweistöckig, Erdgeschoß und darüber eine Etage. Außer ihr haben wir niemanden im Haus gesehen. Kurz bevor ich zum Flughafen fuhr, ist sie zu Bett gegangen.«

»Du meinst, ihr habt gesehen, daß die Lichter ausgingen«, korrigierte ihn Farrell. »Wer behält das Haus jetzt im Auge?«

»Mike. Mike Harris.«

»Von wo aus?«

»Er sitzt in dem schwarzen Dodge. Er hat ihn mit dem Heck zum Haus geparkt und kann im Rückspiegel die Haustür sehen und das Tor zur Garageneinfahrt.«

Farrell spürte ein angenehm warmes Gefühl im Magen. Die Jungs waren vielleicht erst mal nicht viel wert, nichts als zu große Eier und eine bösartig gefärbte Strähne im Haar, aber nachdem er sie in die Mangel genommen hatte, wußten sie, nach welchen Regeln das Spiel ablief.

Als sie an der Straße ankamen, hielt Barraclough ein gutes Stück von dem Dodge entfernt an. Farrell nahm die Walkie-Talkies und gab eines dem Trainee. »Du weißt hoffentlich, wie man mit so was umgeht.«

»Zum Sprechen auf den Knopf drücken und die Lautstärke niedrig halten, wenn jemand es hören könnte.«

»Gut«, sagte Farrell. »Wir sind Team Eins, ihr seid Team Zwei. Falls jemand mithört, denkt er, wir sind die Polizei. Kein unnützes Gequatsche über Funk.«

Barraclough nahm das Nachtsichtgerät, schaltete es ein und schwenkte es langsam in alle Richtungen über die Straße. Häuser, Bäume und Büsche erschienen wie brennend in einem unwirklich hellen, grünen Schimmer. Nichts bewegte sich in dem Bild. Er richtete das Gerät auf das Rückfenster des Pathfinders. »Ist es das Haus da links?«

»Ja.«

»Hast du es auch auf der Rückseite nach einem Hinterausgang überprüft?«

»Klar.«

»Und die Nachbarhäuser auch?«

»Ja. Dahinter und neben ihr Familien mit Kindern und auf der anderen Seite irgendein Alter. Die Vorhänge waren offen, wir haben sie vor der Glotze sitzen sehen.«

»Okay. Also, wir machen es so«, sagte Barraclough. »Du gibst Mike eins von den Walkie-Talkies und sagst ihm, er soll sich nicht von der Stelle rühren, nur beobachten. Dann kommst du zurück und sitzt abfahrbereit in diesem Wagen. Farrell und ich gehen rein. Wenn wir mit ihr rauskommen, fährst du sofort zu uns her, und wir steigen ein. Ich will den Sack auf dem Rücksitz sehen, damit ich ihn ihr über den Kopf ziehen kann, sobald sie im Wagen ist.«

Der junge Mann brummte kurz zur Bestätigung, nahm das Gerät, ging zu dem Dodge und stieg zu seinem Kollegen ein.

Plötzlich zischte Barraclough: »Da ist ein Licht angegangen – sie kommt raus.«

Farrell duckte sich unter den Fensterrand und funkte den Dodge an: »Köpfe runter! Sie ist vor dem Haus.«

Dreißig Sekunden später hörte Farrell das Zuschlagen einer Wagentür, das Anlassen eines Motors und das leise Rauschen der Räder auf dem nassen Asphalt. Auf dem Armaturenbrett spiegelten sich die roten Rücklichter und verschwanden wieder.

Barraclough startete den Pathfinder und zog den Wagen auf die Straße. Farrell sprach in sein Walkie-Talkie: »Plan geändert, Team Zwei. Wir fahren hinterher. Ihr bleibt vorerst hinter uns.«

Barraclough fuhr um die nächste Ecke und hielt mit ausgeschalteten Scheinwerfern an, bis Janes Wagen unter den Straßenlampen der Kreuzung hindurchkam. Es war ein grauer Wagen, ein alter Chevy, ein Caprice vielleicht oder ein Impala. »Sie haut nicht ab, sie ist viel zu langsam dafür.« Er wartete noch ein paar Sekunden und sah kurz in den Rückspiegel, ob die Trainees hinter ihnen herkamen, dann nahm er die Verfolgung auf.

»Ich möchte wirklich wissen, wo sie um diese Zeit hin will«, sagte Farrell. »Womöglich hat sie den Dodge entdeckt und möchte sehen, ob er ihr nachfährt.«

»Das glaube ich nicht«, sagte Barraclough, »denn sonst hätte sie irgend etwas unternommen, solange Mike allein war. Wenn sie ihn gesehen hätte und uns auch, dann wäre sie hinten durchs Fenster raus.«

»Und was hat sie jetzt vor, glaubst du?«

Barraclough zuckte die Schultern. »Sie lebt seit Jahren wie ein verschrecktes Kaninchen. Sie geht fast immer nur in der Nacht ins Freie. Ich schätze mal, sie hat einen Anruf bekommen.«

»Mary Perkins?«

»Könnte sein«, sagte Barraclough. »Aber inzwischen könnte sie sich auch mit einem neuen Kunden treffen.«

Der graue Wagen fuhr ein paar Querstraßen weit, dann bog er am Niagara links ab. Barraclough ließ sich Zeit. Er wollte nicht gern an einer Ampel plötzlich hinter ihr stehen müssen, wo sie ihn im Rückspiegel in aller Ruhe beobachten konnte.

Als er schließlich weit voraus ihre Rücklichter sah, paßte er seine Geschwindigkeit wieder an. »Sie fährt nicht so, als ob sie uns gesehen hätte. Wir warten ab, bis sie auf einer dunklen, menschenleeren Strecke ist, dann holen wir sie uns.«

Die Straße verlief nun häufiger in Kurven neben dem breiten, schwarzen Fluß, dann dehnte sie sich in eine vierspurige Gerade. Farrell faltete die Karte auf und verglich sie mit den Richtungsangaben am Straßenrand. Ein paar Minuten später rief er über Funk den anderen Wagen. »Team Zwei, jetzt fahrt ihr vor uns weiter. Wir verdrücken uns eine Weile in den Hintergrund. Aber Abstand halten und sie nicht verschrecken.«

Der schwarze Dodge fuhr hinter Jane her den Fluß entlang und durch mehrere Kleinstädte, vorbei an einer Gruppe Ölraffinerien und kurz vor der Stadtgrenze von Buffalo auf die Schnellstraße. Farrell studierte die Straßenkarte und identifizierte jeden markanten Punkt auf der Strecke. »Da vorn ist ein großer Park. Riverside Park. Wenn sie jetzt abfährt, können wir sie vielleicht dorthin abdrängen.« Sie fuhr nicht ab. »Weiter vorn kommt die Peace Bridge nach Kanada hinüber. Vielleicht will sie da hin.« Aber das wollte sie auch nicht. Der dunkle Wasserlauf zu ihrer Rechten weitete sich zum Erie-See.

Jane verließ die Schnellstraße erst an der Stelle, wo die Route 5 zum Fuhrmann Boulevard wurde, der in Ufernähe bis ins Stadtzentrum von Lockawanna führte. Farrell und Barraclough sahen hinter einem hohen Drahtzaun einen riesigen Komplex alter Ziegelbauten auftauchen. »Was ist das?« fragte Barraclough.

»Nach der Karte das Gateway Metroport Industrial Center. Es war mal eins der größten Stahlwerke der Welt. In den sechziger Jahren war ich manchmal hier, bevor es zumachte. Atmen konnte man nur bei starkem Westwind. Das zieht sich sechs, sieben Kilometer so hin.« Er starrte durch den Zaun. »Sieht so aus, als vermieten sie jetzt ein paar Nischen und Winkel an irgendwelche blöden Kleinfirmen.«

Das Funkgerät knisterte. »Team Eins ruft Team Zwei.«

»Was gibt's?«

»Wir sehen sie nicht mehr.«

Barracloughs Kopf drehte sich mit einem Ruck nach rechts. Er blickte Farrell mit äußerster Konzentration ins Gesicht. »Sie hat sie abgehängt.«

Farrell sprach ins Walkie-Talkie: »Kann sie euch vielleicht einfach davongefahren sein?«

»Nein. Wir glauben, sie ist in eine dieser kleinen Seitenstraßen links eingebogen.«

»Dann biegt ihr die nächste auch nach links ab und fahrt dann im Bogen ...«

Barraclough riß Farrell das Gerät aus der Hand. »Negativ. Befehl widerrufen. Sie ist nicht links abgebogen, sondern rechts, sonst hätten wir sie durch die Querstraßen hindurch gesehen. Fahrt da hin, wo ihr sie zuletzt gesehen habt, und sucht nach Bahngleisen.«

Farrell mußte sich festhalten, als Barraclough auf der eisigen Straße in voller Fahrt wendete. Was hatte Barraclough gesehen? Die ganze Zeit über waren sie immer wieder über Bahngleise geholpert. »Glaubst du, es gibt einen Weg in die Fabrik hinein? Aber die Gleise gehen alle glatt auf den Zaun zu.«

»Es muß eins geben, das hineinführt«, sagte Barraclough. »Vielleicht haben sie alle Nebengleise zu irgendwelchen kleineren Anlagen blockiert, aber da muß eine reguläre Bahnlinie sein, auf der sie Kohle und Erz hinein- und den Stahl herausbringen. Die verschwindet nicht einfach, nur weil jemand hier kein Geld mehr machen will. Und einen Zaun baut da auch niemand drüber.«

Sie fuhren über einen Kilometer zurück, dann hatte Barraclough die Bahnlinie gefunden. In einer Kurve stand am Straßenrand ein Warnkreuz mit einem Blinklicht, das aussah, als funktionierte es manchmal noch. Vermutlich hatten die hohen Ziegelbauten rechts und links der Straße den Wagen verdeckt, gerade lang genug, daß sie ihre Scheinwerfer ausschalten und auf das erhöhte Gleisbett hinaufrollen konnte.

Barraclough steuerte den Geländewagen auf die Eisenbahnschwellen, nahm die Gleise zwischen die Räder und holperte so knapp zwanzig Meter weit in den Gebäudeschatten hinein, bevor er durch ein großes Loch im Zaun kam. »Genau«, sagte er. »Vergiß nicht, sie kennt die Gegend hier. Wahrscheinlich war sie bei Tag schon ein paar hundert Mal hier.« Er riß das Steuer herum, brachte den Wagen von den Gleisen herunter, blieb im Frachthof der Fabrik stehen und wartete, bis der Dodge nachgekommen war.

Barraclough hatte Janes Weg bereits entdeckt. Der Schnee lag hier sauber und unberührt bis auf zwei tiefe parallele Linien, Reifenspuren, die ins Dunkel des alten Stahlwerks hineinliefen. Barraclough richtete seine Scheinwerfer an ihnen aus und beschleunigte. Er fuhr vorbei an ein paar kleineren Gebäuden mit frischer Wandfarbe und neuen Schildern über der Tür, aber je weiter er kam, um so höher ragten die Ziegelmauern und ihre schwarzen Fensterhöhlen in den Himmel wie die Ruinen einer verlassenen Stadt. Erst nach gut einem Kilometer, so schätzte er, sah er Janes Wagen wieder.

Er stand geparkt im Schatten auf der Seeseite eines leeren Hochhauses, gut versteckt vor den fernen Straßenlampen des Fuhrmann Boulevards. Barraclough hielt in einem Abstand von dreißig Metern an und ließ den Dodge aufschließen. Er nahm das Walkie-Talkie: »Behaltet den Wagen im Auge, auch die Türen. Wenn wir euch brauchen, rufen wir euch.« Er gab es Farrell und nahm die Ausrüstung entgegen, die Farrell ihm reichte: Pistole, Nachtsichtgerät, Taschenlampe, Nylon-Handfesseln. Die beiden Männer stiegen aus und gingen zu Janes Wagen. Barraclough zog einen Handschuh aus und prüfte die Wärme der Motorhaube, dann winkte er Farrell lebhaft zu sich her. Die Fußspuren führten von der Fahrertür des Wagens seitlich um das Gebäude herum. Barraclough blieb eine Sekunde an der Ecke stehen, lud die Pistole durch und trat mit einem schnellen Schritt vor.

Er sah, daß die Fußspuren an der Seite des Gebäudes entlang weiterführten. Er bückte sich und ging ihnen nach, nahe an der Mauer und den Kopf immer unter der Höhe der Fenster. Die Hausfront bestand aus Tausenden kleiner Scheiben, die meisten zerbrochen und alle erblindet unter dem fettigen Ruß von dreißig Jahren. Die Spur führte nun zu einer Stelle, wo alle Fensterscheiben und ihre Rahmen eingeschlagen waren. »Sie hat uns kommen sehen und ist da rein.«

Barraclough blickte kurz nach vorn, konnte aber kein Ende der Hauswand sehen. Er machte ein paar Schritte von der Mauer weg und setzte das Nachtsichtgerät ans Auge, aber auch so war nichts zu erkennen. Die Ziegelwand schien endlos weiterzugehen.

Auch Farrell hatte diesen Eindruck. »Das ist eine riesige Anlage. Wie willst du es anstellen?«

Barraclough blickte mit dem Gerät vorsichtig durch das leere Fenster ins Innere und schaltete auf Infrarot um. Es war nichts zu sehen, was irgendeine Körperwärme abgab. »Wir müssen rein. Wir können aber die Wagen nicht unbewacht lassen, und wenn sie es geschafft hat, die zwei auf einer leeren Straße abzuhängen, dann ist sie in einem dunklen Gebäude zu allem möglichen fähig.« Er steckte die Taschenlampe in die linke Manteltasche, die Nylonfesseln in die rechte, so daß er beides mit einem Handgriff herausholen konnte. »Wenn du sie siehst, dann zielst du sofort mit dem Laservisier auf sie. Sie ist nicht blöd; sobald sie den roten Punkt auf ihrem Körper sieht, denkt sie nicht mehr daran, vor dem Schuß wegzulaufen.« Er stemmte sich aufs Fensterbrett und ließ sich im Innern auf den Boden fallen.

Sekunden später war Farrell bei ihm. Barraclough zog die Pistole und schaltete wieder das Nachtsichtgerät ein. Sie befanden sich in einem großen, leeren, kalten Raum mit unverputzten Ziegelwänden, auf einem nackten Betonboden, siebzehn Meter über ihnen die Decke, und durch die Fensterlöcher drang nur ein schwacher Schimmer Sternenlicht herein. Barraclough schaute sich durch sein Sichtgerät den Boden an. Einige nasse, halb weggeschmolzene Schneespuren führten zum anderen Ende des höhlenartigen Raumes.

Barraclough marschierte neben ihnen her, trat unter einen Torbogen, der einen Lastwagen durchlassen konnte, und dann in die nächste leere Riesenhalle. Rechts sah er ein hölzernes Doppeltor, das früher einmal auf die Ladezone hinausging.

Sie schlichen weiter, durch einen hohen Raum nach dem anderen. Unter jedem Durchgang blieben sie stehen, schlüpften dann, mit ein paar Metern Abstand zwischen ihnen, hinein und gingen sofort in die Hocke. Barraclough suchte jedesmal mit dem Nachtsichtgerät den dunklen Raum nach dem Umriß einer Frau ab, erst danach wagten sie es über weiten Betonfußboden zu gehen. Am Ende des langen Gebäudes standen sie vor einer halboffenen Tür, durch die der Wind den Schnee hereinwehte.

Die Spur führte sie zu einer weiteren Tür im Nachbargebäude. Auf dem Boden lag eine halbverrottete Sperrholzplatte, mit der man früher einmal die offene Türfüllung vernagelt hatte. Barraclough war plötzlich von einer geradezu freudigen Erregung ergriffen. Jeder machte mal einen Fehler, und sie hatte einen fatalen Fehler begangen. Sie hatte sich ausgerechnet, sie könnte in diese gigantische Ruine eindringen, zehn Minuten warten und dann einfach am Fluß entlang zurückfahren. Und jetzt saß sie hier irgendwo fest, allein in einer kalten Winternacht, und versuchte, sich in einer Fabrik zu verstecken, die so restlos ausgeschlachtet war, daß es kein Versteck mehr gab. Sie lief vor zwei erfahrenen Polizisten her, die ihr halbes Leben lang fliehende Verdächtige in dunklen Häusern aufgespürt hatten. Er konnte sie mit seinem Sichtgerät so klar erkennen, als wäre es heller Tag, und sie war blind in der Dunkelheit. Sogar die körperliche Unbehaglichkeit der Jagd machte ihm Freude. Die Luft im nächsten Gebäude war genau so eisig. Die Ziegelwände hielten zwar den beißenden Wind ab, aber innerhalb der hohen Räume blieb die frostige Starre gefangen, und auf dem unterkühlten Betonboden spürte Barraclough einen schmerzenden Schock bei jedem Schritt. Aber diese Kälte war für sie schlimmer, weil sie allein und verängstigt war. Irgendwann mußte sie an eine Tür kommen, die sich nicht mehr öffnen ließ, und dann hatte er sie. Möglicherweise würde er sie danach einen Monat oder zwei weiterleben lassen, bis sie ihm gegeben hatte, was sie ihm schuldig war. Für einen Jäger war sie die Erfüllung eines Traums: eine Frau, die selbst zehn oder mehr Jahre Flüchtlinge versteckt hatte. Es mußten mittlerweile Dutzende sein, und die meisten verbargen sich wohl immer noch da, wo sie sie untergebracht hatte. Und wer hatte das nötige Geld für diese Art Dienstleistung? Drogendealer, Geldwäscher, zweitklassige Gangster, Großbetrüger. Sie hatte ihm Mary Perkins weggeschnappt, aber garantiert hatte sie zehn, zwanzig andere in der Hand, die ebensoviel wert waren. Er grinste im Dunkeln vor sich hin. Kein Zweifel: Sie war die Frau seiner Träume.

Farrell blieb unter dem nächsten Durchgang stehen und sah ihn an, sagte aber nichts.

»Was ist?« flüsterte Barraclough erregt. »Hast du was gehört?«

»Nein«, flüsterte Farrell zurück, es klang wie eine Entschuldigung. »Aber wir machen das jetzt schon über eine Stunde.«

Barraclough schaute auf die Uhr. Es stimmte.

Farrell sagte: »Ich denke, es wäre nicht schlecht, wenn ich unsere Jungs herhole. Wir sollten vielleicht einen am anderen Ende des Hauses postieren.«

Barraclough biß die Zähne zusammen und schluckte seine Verärgerung hinunter. Er hatte keine Lust, zu warten, bis irgendwelche Leute auf ihrem Posten waren, er wollte das hier eigenhändig zu Ende bringen, aber Farrell hatte recht. Sie hatte sie bereits zu weit in die Anlage gelockt und hatte vermutlich gar nicht mehr die Absicht, zu ihrem Wagen zurückzukehren. Ihr Ziel war das äußerste Ende des Fabrikgebäudes. »Gib mir das Funkgerät.«

Er nahm das Walkie-Talkie und drückte den Sprech-Knopf. »Team Eins ruft Team Zwei.« Er horchte, aber nur das Rauschen der Störgeräusche war zu hören. Er hielt sich den Lautsprecher ans Ohr: keine Stimmen. »Team Zwei, kommen.« Er blickte Farrell an und ließ ihn eine Andeutung seiner Ungeduld sehen.

Farrell sagte schnell: »Es liegt an den Gebäuden. Da sind jede Menge Ziegelwände und Stahl zwischen ihnen und uns. Ich gehe raus und probiere es da mal.«

Farrell ging zum nächsten Holztor, machte den Riegel auf, schob die Tür zur Seite und stand im Freien. »Team Eins ruft Team Zwei. Kommen.« Alles, was er hörte, war dasselbe Knistern und Rauschen. »Team Zwei, kommen.« Trotz der Winterkälte spürte er plötzlich eine Hitzewelle im Nacken, die ihm langsam das Rückgrat hinunterlief. Sicher warteten seine beiden jungen Trainees im Wagen auf ein Signal aus einem Walkie-Talkie, das sie aus Versehen abgeschaltet hatten. Er kam zu Barraclough zurück und schüttelte den Kopf. »Nichts.«

Barracloughs Stimme klang ruhig und eiskalt. »Geh und schau nach. Ich bin irgendwo da vorn.«

Farrell gab Barraclough das Funkgerät und ging in seinen eigenen Spuren zurück. Hinter der ersten Ecke rannte er los.

Während Farrells Schritte leiser wurden, nahm sich Barraclough den nächsten Raum vor und schaltete das Sichtgerät wieder ein. Dieser Bau war anders als der letzte. In den gewaltigen Höhlungen an einer Wand standen wohl früher einmal reihenweise die Hochöfen. Im Betonboden waren zur Verankerung schwerer Maschinen große quadratische Vertiefungen ausgeschnitten, und unter der Decke hing ein Netzwerk von Stahlträgern für Laufkräne und Flaschenzüge und andere, jetzt verschwundene Geräte, die sich Barraclough nur ungefähr ausmalen konnte. Der Raum, dachte er sich, mußte einmal die reine Hölle gewesen sein: ein ohrenbetäubender Lärm und eine unerträgliche Hitze aus den offenen Ofenschächten, dazu die glühende, über Fußbodenrinnen ablaufende Schlakke. Er trat näher an die Hochofenöffnungen heran und leuchtete im Vorbeigehen jeden Winkel mit der Taschenlampe aus. Er ging eine Halle nach der andern ab und begegnete kaum einer übriggebliebenen Maschinerie, nur Spuren davon, die ihm unverständlicher waren als eine aus dem Erdboden gegrabene antike Stadt.

Eine halbe Stunde später knisterte das Funkgerät in seiner Manteltasche, und er zuckte zusammen. Es war Farrells Stimme: »Team Zwei ruft Team Eins.«

Barraclough ging in die Hocke und lehnte sich gegen die Wand, um bei dem Lärm ein kleineres Ziel zu bieten, und ließ den Durchgang zum nächsten Raum nicht aus dem Auge, während er das Gerät einschaltete und leise sagte: »Was gibt's?«

»Ich bin am Wagen«, sagte Farrell. »Ich weiß jetzt, warum sie sich nicht gemeldet haben: Sie sind tot.«

»Wie?«

»Sieht so aus, als hätten sie den Motor laufen lassen wegen der Heizung. Vom Auspuff geht ein Schlauch durch das Rücklicht ins Wageninnere. Den Schlauch hat sie aus dem Pathfinder herausgeschnitten.«

Barraclough versuchte in aller Eile, die Konsequenzen der Situation abzuschätzen. »Sind die Wagen noch alle da? Ihrer auch?«

»Ja«, sagte Farrell. »Ich habe keine Ahnung, wie sie an uns vorbei hierherkam, aber ...«

Barraclough packte den Sprechknopf und schrie: »Dann schau, daß du da rauskommst. Sie ist noch da!«

Aber Farrell schien weitergesprochen zu haben. Barraclough hörte ein Geräusch wie von vorbeiwischendem Kleiderstoff, als hätte Farrell irgendeine plötzliche Bewegung gemacht, sich vielleicht umgedreht, um hinter sich zu sehen. Und was er da erblickte, löste offenbar ein unfreiwilliges »Ouh!« aus.

Barraclough hörte den Schuß aus dem Walkie-Talkie. Er fand noch die Zeit, erneut auf den Knopf zu drücken und »Farrell?« zu rufen, bevor das verzögerte Echo über Funk sein Ohr erreichte. Der Ton war diesmal schwächer, aber durch die Verzerrung des Lautsprechers hindurch erkannte er den langgezogenen Knall eines Jagdgewehrs.

Barraclough hatte das Funkgerät schon fast in die Tasche gesteckt, als ihm klarwurde, daß er zu niemandem mehr sprechen konnte. Er schleuderte es durch die Dunkelheit in die Ecke. Er befand sich hier meilenweit von zu Hause entfernt in einem froststarrenden Labyrinth. Die drei Männer, die er mitgenommen hatte, waren nur noch Leichen. Aber die gefährlichste Verschlimmerung der Lage stand zwischen ihm und den Wagen. Er kannte nicht einmal ihren richtigen Namen, hatte aber genau zu wissen geglaubt, was sie tun würde: wegrennen. Und er würde sie dann einfangen.

Er knipste die Taschenlampe an und ging langsam los, weg von dem Knall des Jagdgewehrs. In seinem Kopf arbeitete es fieberhaft. Woher kam das Gewehr? Sie hatte es bestimmt nicht einem der toten Trainees abgenommen, also hatte sie es wohl selbst mitgebracht. In diesem Fall wußte sie, daß er ihr nachkommen würde. Und das war das Gegenteil von dem, was er vorhergesehen hatte.

Vielleicht hatte sie überhaupt keinen Fehler gemacht. Vielleicht hatte sie ihren Wagen gar nicht im erstbesten Versteck am Straßenrand abgestellt. Es sah ganz danach aus, als sei sie vorher schon ein paarmal in dieser stillgelegten Fabrik gewesen. Wenn Barraclough es logisch zu Ende dachte, wurde es ihm unheimlich.

Zehn, zwölf Jahre lang hatte sie mal die, mal jene Kreditkarte und immer andere Namen benützt. Warum sollte sie plötzlich alle Spielregeln vergessen und einen Namen verwenden, der ihn bis zu ihrer Haustür führen konnte? Weil das Haus in La Salle überhaupt nicht ihr Haus war. Er hatte sie gar nicht bis in ihre Heimatstadt und ihre Adresse verfolgt. Vermutlich wohnte sie ganz woanders, tausend Kilometer entfernt. Er hatte sie bis in einen Hinterhalt verfolgt – eine Feuer-frei!-Zone.

Barraclough begann zu laufen. Der Lichtstrahl seiner Taschenlampe sprang wild durch den dunklen Raum, hinauf zur Decke und zurück auf den Boden, mal duckten sich die Schatten auf seinem Weg, mal wuchsen sie ihm fünfzehn Meter hoch über den Kopf. Immer wieder mußte er sich klarmachen, daß niemand vor ihm sein konnte. Was ihm angst machte, war hinter ihm.

Aber war Weglaufen wirklich eine so gute Idee? Es führte ihn nur noch weiter weg von den Wagen. Immerhin war es eine sinnvolle Schlußfolgerung aus den wenigen Tatsachen, die er für gesichert halten konnte. Er hatte gehört, wie das Gewehr nur ein paar Schritte von Farrell entfernt losging, also wußte er, wo sie war – nein, er wußte nur, wo sie in dem kurzen Augenblick war, als sie auf den Abzug drückte. Die Selbstkorrektur ließ weitere ängstliche Zweifel aufkommen, aber er wehrte sie ab. Sie war siebenhundert Meter hinter ihm, so viel stand fest. Sie hatte ein Gewehr in der Hand, und sie ging durch die Reihe der leeren Hallen langsam hinter ihm her.

Während er so über sie nachdachte, formte sich ein anderes Bild in ihm, und in diesem Bild ging sie nicht langsam: Sie hielt das Gewehr mit beiden Händen vor der Brust, und sie rannte in langen, federnden Schritten. Er erhöhte sein Lauftempo. Das Echo seiner knallenden Stiefel kam aus den finsteren Höhlungen zurück, und seine Atemzüge wurden laut und keuchend. Den Gedanken an das Jagdgewehr versuchte er im Laufen immer wieder zu vertreiben. Eine Patrone Sauposten enthielt zwölf Kugeln, jede so groß wie eine Kugel aus einer 38er. In einem dieser Räume abgefeuert, streute der Schuß bis zur andern Wand in einem Durchmesser von gut sechzig Zentimetern.

Barraclough zwang sich zur Ruhe. Er mußte lediglich den Abstand zu ihr halten und aus diesem Höllenhaus herauskommen. Als wäre ihm der Wunsch gerade erfüllt worden, stand im unruhigen Schein seiner Taschenlampe eine graue Holztür in der Wand vor ihm. Er rannte hin und versuchte sie zu öffnen, aber der Türknopf drehte nur leer durch; auch als er daran zog, ging die Tür nicht auf. Er trat einen Schritt zurück und leuchtete den Türrahmen ab und sah in regelmäßigen Abständen die vertieften Stellen im Holz, an denen große Nägel eingeschlagen waren. Er richtete die Taschenlampe auf die Außenwand. In dieser Halle begannen die Fenster in einer Höhe von sieben Metern. Seit wann waren sie so hoch oben? Möglicherweise schon eine ganze Weile. Er rannte den Weg zurück, den er gekommen war. Die Fenster der nächsten Halle sahen ebenso unerreichbar aus, in der übernächsten war es dasselbe. Aber im Durchgang zum vierten Raum sah er eines der Doppeltore zur Laderampe.

Barraclough lief darauf zu, steckte die Taschenlampe ein, legte das Sichtgerät auf dem Boden ab, zog den Riegel herunter und wollte den Torflügel zur Seite schieben. Er setzte sein ganzes Gewicht ein, aber das Tor schlackerte nur ein wenig in seiner Laufschiene. Er versuchte sich zu erinnern: Was hatte Farrell gemacht, als er so ein Tor öffnete? Er schaltete die Taschenlampe wieder an, suchte den Torrahmen ab und entdeckte einen zweiten Riegel, der im Boden steckte. Als er ihn hochzog, fühlte er sich wie befreit, aber die Erleichterung zeigte ihm auch, in welch panischer Angst er eben noch gefangen war.

Er trat hinaus auf die Laderampe und sprang hinunter in den Schnee. Beim Aufkommen verdrehte sich sein Fuß, ein stechender Schmerz fuhr ihm durch das Gelenk, und er fiel der Länge nach auf etwas Hartes, Kaltes. Er verfluchte sich selbst. Er war genau auf die Bahngeleise gesprungen. Wie konnte er nur vergessen, daß sie an der Rampe vorbeiliefen? Natürlich gab es hier zwischen den Schienen kein ebenes Pflaster für Lastwagen; hier wurde Stahl in Güterwaggons verladen.

Barraclough setzte sich auf und belastete versuchsweise das Gelenk. Es schmerzte noch, aber er fühlte, daß er es nicht gebrochen hatte. Er war dankbar, glücklich, noch am Leben zu sein. Niemand würde ihn fangen. Er konnte es immer noch schaffen. Er steckte sich die Pistole in den Gürtel und ging nach links zum Rand des Fabrikgeländes und dem hohen Zaun, hinter dem die Straße lag. Da sah er an der Mauer des nächsten Gebäudes plötzlich Janes Wagen stehen. Eine Sekunde lang bemühte er sich herauszufinden, wieso er genau da wieder herauskam, wo er seine Suche begonnen hatte. Aber dann verstand er: Sie war ihm gar nicht durch die vielen Hallen nachgelaufen. Sie war mit dem Wagen außen herumgefahren und wartete hier auf ihn.

Barraclough humpelte dem Zaun entgegen, in panischer Angst, die mit jedem eisigen, keuchenden Atemzug größer wurde. Er warf sich gegen den Zaun, hängte sich mit beiden Händen in die Drahtmaschen und stieg hinauf. Er streckte den Arm, suchte mit der Hand einen höheren Griff, dann tastete er mit den Zehen nach einem festen Halt, in dem er das verletzte Fußgelenk belasten konnte.

Der Knall des Jagdgewehrs schlug ihm den linken Arm gegen die Metallmaschen. Die Hand war sofort taub. Er fiel herunter. Er kam hart mit dem Rücken auf dem Boden auf und mußte zweimal schlucken, um seine Lungen wieder mit Atem zu füllen. Er versuchte sich aufzustützen, aber der zerfleischte Arm gehorchte ihm nicht mehr, und er sah sein dunkles, warmes Blut in den Schnee tropfen. Während er sich mühsam hochrappelte, wurde ihm bewußt, daß er gerade das laute Nachladen des Gewehrs gehört hatte. »Halt!« schrie er. Der schwächliche, flehende Ton seiner eigenen Stimme drehte ihm den Magen um. Er zog die Beine unter den Körper, kam wacklig hoch, drehte sich um und sah sie nur drei Meter vor sich im Schnee, einen dunklen Schatten in der schimmernd weißen Fläche. Er wartete auf das erneute Aufbrüllen der Waffe, das Aufblitzen leuchtender Funken, aber nichts geschah.

Er packte mit der Hand den verletzten Arm und zog ihn näher an den Bauch heran. »Hören Sie zu!« Wenn er seine rechte Hand hinter dem Arm verstecken konnte und die Pistole im Gürtel zu fassen kriegte, dann hatte er noch eine Chance. »Sie müssen hier genauso raus wie ich. Schon seit dem ersten Ganoven, den Sie vor dem Gericht versteckt haben, sind Sie doch Freiwild. Irgendwer, das FBI, ein Streifenpolizist, egal wer, findet Sie und hetzt Sie zu Tode.« Seine gefühllosen Finger schlossen sich um den Pistolengriff. »Ohne einen mächtigen Freund sind Sie für die ein gefundenes Fressen!« Er riß die Pistole hoch.

Die Explosion des Jagdgewehrs fuhr ihm durch den Oberkörper. Barraclough fiel nach hinten gegen den Zaun, die Drahtmaschen quietschten unter dem Aufprall, dann blieb er still liegen. »Aber nicht für dich«, sagte Jane. Sie drehte sich um und ging über den Schnee zurück zu ihrem Wagen, legte das Gewehr in den Kofferraum und fuhr das langgestreckte Gebäude entlang zu dem Loch im Zaun.

31

Richter Kramer erwachte aus seinem Traum. Das Zimmer war dunkel, aber durch den großen Magnolienbaum vor dem Fenster schien der Mond herein, und auf seiner Bettdecke schwammen kleine, blaugraue Lichtflecken. Irgend etwas stimmte hier nicht.

Er hörte die kindliche Stimme und erinnerte sich, daß er sie auch im Traum gehört hatte, sie aber nicht wahrhaben wollte. Es war also doch alles in Ordnung. Es war nur der Junge.

Er schwang die Beine aus dem Bett und ging aus dem Schlafzimmer und durch den Flur bis zum Gästezimmer. Er sagte sich, daß so etwas ganz normal sei. Ein Kind, das so viel erlebt hatte wie Timmy, hatte zwangsläufig gelegentliche Alpträume. Kramer rieb sich die Augen, um völlig wach zu werden. Er mußte jetzt stark und zuverlässig und weise sein. Das war es, was das Kind jetzt brauchte. Wenn man nachts aufschrie, dann kamen immer die Erwachsenen und sagten, daß alles in Ordnung war. Und falls es nicht in Ordnung war, dann brachten sie es gefälligst in Ordnung. Er betrat das Zimmer und sagte: »Es ist alles okay, Timmy. Ich bin bei dir.« Kaum hatte er zu Ende gesprochen, da sah er, daß wirklich etwas nicht stimmte. Das Bett was leer. Er schaute sich um. Der Junge war nicht mehr da. Kramer rannte hinaus und sah im gleichen Augenblick das helle Dreieck, das der Mondschein auf den Fußboden im Eingang warf. Die Haustür stand offen. Noch während er die ersten Stufen hinunterlief, erkannte er sie im schwachen Licht des Mondes. »Ich bin's«, sagte Jane Whitefield.

»Was wollen Sie hier?«

»Ich bin gekommen, um Timmy zu holen.«

»Nein«, sagte er. Er schüttelte den Kopf, aber er wußte, daß sie ihn nicht sehen konnte. »Dafür gibt es geregelte Verfahren, gesetzliche Garantien. Sie können hier nicht einfach ...«

Er spürte ihre Augen auf seinem Gesicht. »Welche Garantie bietet das Gesetz?«

»Sobald er in Sicherheit ist, wird das Jugendamt ihn zu geeigneten Pflegeeltern bringen.«

»Er wird nie in Sicherheit sein«, sagte Jane. »Selbst wenn sein ganzes Geld weg ist, gibt es immer noch jemanden, der glaubt, da müßte noch viel mehr sein, oder jemanden, der allein mit Timmys Namen Geld zu machen versteht. Barraclough hatte eine Menge Leute für solche Nebentätigkeiten. Und sie sind immer noch da draußen.« Sie machte mit Timmy einen Schritt zur Tür.

»Sie sollten wissen, daß ich eine Waffe habe.« Kramer griff in die Taschen seines Morgenmantels.

»Ich habe auch eine«, sagte Jane. »Ich habe sie auch nicht bei mir.« Sie drehte sich um, faßte Timmy an der Hand, und dann erlosch das Dreieck aus Mondlicht.

Es war schon nach Mitternacht, als Carey McKinnon in die lange, gekieste Auffahrt zu seinem Anwesen in Amherst einbog und den Wagen hinter dem Gebäude in dem alten Kutschenhaus abstellte, das seit den Zeiten seines Großvaters immer nur »die Garage« hieß. Er machte das Doppeltor zu und hängte das Vorhängeschloß in den Riegel, nicht weil hier je einer etwas gestohlen hätte, sondern weil sonst der starke Wind über Nacht die Torflügel aus den Angeln heben konnte. Im Autoradio hatte er gehört, daß aus westlicher Richtung eine ganze Serie von Schneestürmen auf sie zukam, einer nach dem anderen, und er spürte bereits die herannahende Kaltfront.

Carey ging den Rest des Weges zu Fuß, blickte dabei auf seine Füße und setzte seine Schritte so, daß er nicht auf die schon schneeverwehten Stellen trat. An den Stufen zum Eingang, unter dem Vordach, schüttelte er den Schnee vom Mantel und steckte den Schlüssel ins Schloß. Da hörte er, wie eine Wagentür zugeschlagen wurde. Er blickte zurück zur Straße.

Jemand, eine Frau, ließ den Wagen stehen und kam über den Rasen auf das Haus zu. Es war Jane.

Er ging ihr entgegen. »Haben wir uns nicht schon mal wo gesehen?« sagte er. »Was ist passiert? Haben sie deinen Flug storniert?«

Sie lächelte ihn an, und er versuchte, sie zu umarmen, aber die braune Einkaufstüte auf ihrem Arm steckte zwischen ihnen. Er nahm sie ihr ab und legte ihr den Arm um die Hüfte. »Nein.« Sie stellte sich auf die Zehenspitzen und küßte ihn. »Ich komme heim.«

Zusammen gingen sie zur Haustür, und er öffnete. »Warum hast du nicht angerufen? Ich hätte dich am Flugplatz abgeholt.«

»Großartige Idee, Carey«, sagte sie. »Und morgen früh, wenn du in der Arbeit bist, marschiere ich durch den Blizzard zurück und hole meinen Wagen.«

»Ah ja«, sagte er. »Aber es muß etwas geben, wie normale Menschen mit so etwas fertigwerden. Ich kenne ein paar. Ich hör mich mal um.«

Er machte Licht, und dann standen sie in der altmodischen Diele. Er stellte die Tüte auf einer Bank ab, hängte seinen

Mantel auf, half ihr aus ihrem und hängte ihn daneben, dann nahm er sie in die Arme. Sie küßten sich sanft, langsam, bedächtig, und dann nahm Jane sein Gesicht in ihre Hände, hielt es ein wenig von sich weg und sah ihm in die Augen. »Wartest du auf den Wind, daß er die Tür zumacht?«

Er zuckte die Schultern, schloß die Haustür, kam zurück und nahm die Tüte an sich. »Hast du deine Schmutzwäsche mitgebracht?«

Sie nahm ihm die Tüte ab und holte eine Flasche Champagner hervor. »Im Geschäft war gerade Stromausfall, die hier habe ich für Tabasco. Ich dachte mir, du könntest sie gebrauchen.«

»Ein häufig vorkommender Fehler«, sagte er. »Aber bei dem Wetter kann ich das Schiff sowieso nicht vom Stapel laufen lassen. Vielleicht trinken wir sie lieber.«

Sie griff wieder in die Tüte und zog einen Strauß weiße Rosen heraus.

Einen langen Augenblick sah er Jane verwirrt an. Er sagte: »Ah, du bringst mir meine Rosen zurück. Danke. Wurde auch langsam Zeit, aber ich wollte nicht davon anfangen.« Er nahm den Strauß und ließ sich den Duft in die Nase steigen. »Sie haben sich gut gehalten, findest du nicht?«

»Bemerkenswert gut«, sagte Jane, aber fast kam sie nicht dazu, denn er hob sie auf seine Arme und trug sie die Treppe hinauf.

Oben setzte er sie sanft auf das große Bett. Dann zog er ihr die Schuhe aus und danach, sehr langsam, ihre Kleider. Schließlich legte er sich neben sie. Leise sagte er: »Ich liebe dich, Jane«, und bevor sie antworten konnte, war sein Mund auf ihrem, und als sie wieder sprechen und sich erinnern konnte, was sie hatte sagen wollen, war jedes Wort überflüssig.

Stunden später wurde Carey McKinnon im dunklen Schlafzimmer wach, und sein Arm suchte nach ihr. Sie war nicht da. Er stand auf und ging zur Treppe. Jane saß unten im Wohnzimmer auf der Couch, eingehüllt in seinen großen, dicken Bademantel, wandte ihm den Rücken zu und starrte in den Kamin. Sie sah winzig aus, wie ein Kind. Er wußte, daß sie ihn gehört hatte. »Hi, Carey«, sagte sie.

»Was überlegst du? Wie du hier alles anders einrichtest nach deiner Machtübernahme?«

»Nein. Komm, setz dich zu mir.«

Er ging die Stufen hinunter und setzte sich neben sie. Er sah, daß sie nicht lächelte. »Was ist los?«

Sie beugte sich zu ihm und küßte ihn. Dann sagte sie: »Ich habe über dein Angebot nachgedacht.«

»Du siehst aus, als wärst du zu einem Ergebnis gekommen.«

»Stimmt«, sagte sie. »Du kannst das Aufgebot bestellen: heute in einem Jahr, am zehnten Januar. Wenn du mir kurz vorher Bescheid sagst, werde ich da sein, mit etwas Geliehenem und was Blauem, wie sich's gehört. Und wenn nicht, dann bin ich einfach nur so da.«

Er lächelte, aber dann verrieten seine Augen schon die besorgte Frage: »Warum in einem Jahr? Ich meine, ich müßte jetzt wahrscheinlich sagen: ›Ich bin glücklich, rasend vor Glück, ich liebe dich.‹ Aber warum soll es so lange dauern? Wir müssen uns doch nicht erst noch kennenlernen.«

Jane wandte ihm ihr Gesicht zu. »Ich werde dir eine Geschichte erzählen. Wenn ich fertig bin, wirst du sagen, daß du es verstehst.«

»Werde ich das sagen?« fragte er. »Also ist das Jahr dazu da, um zu sehen, ob ich es wirklich verstanden habe. Ich ahne, was für eine Geschichte das ist.«

»Ich werde dir von meiner letzten Reise erzählen.«

Epilog: Im Frühling trafen sich wie jedes Jahr die Frauen der Seneca in der Abenddämmerung in Tonawanda, um den Ohgiwe zu singen, den Tanz für die Toten. Das Frühjahr war die Zeit für die Rückkehr der Toten. Man hörte keine Trommeln, keine Rasseln oder Flöten oder Glöckchen, nur die schönen, traurigen Stimmen der Frauen.

Der Raum hatte die Form des traditionellen Langhauses. In der Mitte saßen sechs Vorsängerinnen, die die alten Lieder des Ohgiwe noch auswendig wußten und so kräftige Stimmen hatten, daß sie die ganze Nacht durchsingen konnten. Sie sangen die tragende Melodie, und die anderen, die an den Wänden des Langhauses entlangtanzten, antworteten ihnen im Chor. An diesem Abend waren unter den Vorsängerinnen zwei, die sonst nicht dabei waren. Die eine war Jane Whitefield, die den Ohgiwe schon seit Jahren nicht mehr mitgemacht hatte, und die andere war Martha McCutcheon, die Älteste Mutter des Wolf-Clans in Oklahoma. Sie war es auch, die im Rat dafür gesprochen hatte, Sarah Cartman aufzunehmen – nicht die Sarah Cartman, die alle von Geburt an kannten, sondern die neue Sarah, die nach den Regeln der Alten zusammen mit ihrem Sohn Timmy adoptiert worden war.

Die neue Sarah Cartman tanzte im großen Kreis mit den anderen Frauen der Nundawaono. Sechs Monate vorher war sie noch Mary Perkins gewesen. Sechs Jahre vorher hatte sie noch andere Namen, Stoddard vielleicht oder Stafford oder Comstock, aber unter diesen Namen hatte sie nichts getan, woran sie sich gern erinnerte, und so dachte sie jetzt auch nicht mehr daran. Statt dessen machte sie sich zwischendurch besorgte Gedanken, ob sie rechtzeitig wieder zu Hause wäre, um Timmy sein Pausenbrot einzupacken, aber dann fiel ihr ein, daß am nächsten Tag Sonntag war. In ihrer Zeit als Mary Perkins hatte sie alle Gewohnheiten vernachlässigt, die eine Frau zu einer guten Mutter machen, und deshalb übertrieb sie jetzt manchmal in der anderen Richtung. Und doch, sie fühlte sich allmählich wohl als Sarah Cartman, und nach einer Weile empfand sie sogar Ruhe und Sicherheit. Da hatte sie bereits einen Namen, eine Arbeit, einen Haushalt, um den sie sich kümmern, und einen Sohn, den sie erziehen mußte. Die Tätigkeiten hatten sie zu Sarah Cartman gemacht, und es war nebensächlich, seit wann sie wirklich Sarah Cartman war. Die lange Nacht hindurch, während ihr Körper allmählich im Rhythmus der Tanzschritte aufging, sprach sie die Wörter der ungewohnten Sprache mit und vergaß, daß sie sie nicht von Kindheit an gesprochen hatte.

Es waren hier fast hundert andere Frauen versammelt, alte Großmütter und junge Mädchen gerade jenseits der Pubertät, und alle tanzten in dieser Nacht für die Toten. Manche trugen einfache leichte Kleider, so auch Sarah. Andere trugen den traditionellen Umhang, dazu einen Rock, Leggings und Mokassins, sie schmückten sich mit Ketten aus all den Blumen, die auf dem Rücken der großen Schildkröte wuchsen, wie die Seneca die Erde nannten. Sie trugen diese Dinge, denn jede Frau war die Hüterin und die Quelle des Lebens, dieser immerwährenden Kraft, die endlos kämpfte gegen das Wesen, das Ohne-Gesicht hieß.

Auch unter den Toten gab es an diesem Abend Gäste, und viele im Langhaus spürten ihre Anwesenheit. Für alle zusammen sangen die Frauen den Ohgiwe, und für jeden einzeln. Manche sangen für die frühere Sarah Cartman, die – noch jung – in einem Autounfall ihr Leben verloren hatte. Eine Frau sang für Timmys erste Eltern und für das Paar, das ihn aufgenommen und großgezogen hatte. Und sie sang auch für Mona und Dennis, die Liebenden, die im Herbst gestorben waren.

Die Frauen sangen den Ohgiwe und tanzten, wie schon ihre Großmütter, für die Mutigen und Selbstlosen, für ihre Beschützer. Sie sangen bis zum Morgen. Dann waren die Geister der Toten zufrieden und kehrten auf ihr Ruhelager zurück, wo nichts mehr sie in Versuchung brachte, die Träume der Lebenden zu stören.

SERIE PIPER

Jerome Charyn

Marilyn the Wild

Supercop Isaac Sidel von der Lower East Side. Kriminalroman. Mit einem Nachwort des Autors. Aus dem Amerikanischen von Uschi Gnade. 206 Seiten. SP 5660

Die Lower East Side in New York ist das Revier des großen blonden jüdischen Supercops Isaac Sidel, der sich über seine Stadt keine Illusionen macht. Die offizielle Politik ist korrupt, das Schulsystem ein Witz, und neben der Polizei sind die einzig funktionierenden Ordnungsmächte das organisierte Verbrechen: die Mafia, chinesische Geheimgesellschaften oder eine Familie von südamerikanisch-jüdischen Kleinkriminellen. Sidels Feldzug gegen das Böse beginnt, als sich diese Guzmans in »seinem« Manhattan auf Zuhälterei und Mädchenhandel werfen und seine alte Mutter von einer Jugendgang in ihrem Second-Hand-Laden überfallen und schwer verletzt wird.

Blue Eyes

Supercop Isaac Sidel von der Lower East Side. Kriminalroman. Aus dem Amerikanischen von Uschi Gnade. 214 Seiten. SP 5667

Patrick Silver

Supercop Isaac Sidel von der Lower East Side. Kriminalroman. Aus dem Amerikanischen von Uschi Gnade. 189 Seiten. SP 5681

In Isaac Sidel rumort es: Bei seinem Kampf gegen die Verbrechersippe der Guzmans hat sich Sidel einen tödlichen Bandwurm geholt, der ihn von innen aufzehrt. Trotzdem ist er hinter Guzmans jüngstem, schwachsinnigen Sohn Jerome her, der kleine Buben bestialisch umbringt. Sidel baut Fallen auf, doch Papa Guzman schützt seinen Sohn und versteckt ihn in einer Synagoge mit Sidels ehemaligem Cop Patrick Silver als Bodyguard …

»Dieser Roman ist ein Meisterwerk voll Leben und voller Farben. Charyn hat den Bauch von New York untersucht.«
The New York Times

Der gute Bulle

Supercop Isaac Sidel von der Lower East Side. Kriminalroman. Aus dem Amerikanischen von Jürgen Bürger. 261 Seiten. SP 5678

»Dieser Krimi ist wirklich einer von der schwärzesten Sorte, realistisch, überdreht und herrlich paranoid.«
Sender Freies Berlin

Elizabeth Chaplin

Geisel des Glücks

Szenen eines Ehekrimis. Aus dem Englischen von Edith Walter.
301 Seiten. SP 5688

Wer träumt nicht von dem Millionengewinn? Als Susan Bentham, im Hauptberuf Hausfrau, fast anderthalb Millionen Pfund im Fußballtoto gewinnt, scheint für ihren Ehemann Jeff, ebenso erfolgreich als Rechtsanwalt wie als Schürzenjäger, der Traum wahr zu werden: genügend Geld, um den Rest seines Lebens in Luxus zu verbringen, einen Rolls Royce zu fahren und eine junge, attraktive Geliebte zu haben. Für seine Frau Susan dagegen bedeutet der unerwartete Geldsegen endlich Unabhängigkeit: Eine neue Welt tut sich auf, Aufmerksamkeit und neue Interessen stellen sich ein sowie ein wundervoller Liebhaber und, last but not least, die Chance, sich für eine frustrierende, demütigende Ehe zu rächen. Das Ehedrama beginnt, in dessen Verlauf nicht nur Porzellan zerdeppert wird …

Karin Fossum

Evas Auge

Roman. Aus dem Norwegischen von Gabriele Haefs.
368 Seiten. SP 2705

Könnte sie als Prostituierte ihr Geld verdienen? Für die junge, bislang erfolglose Malerin Eva Magnus stellt sich diese Frage, als sie ihrer Jugendfreundin Maja begegnet. Diese ist der lebensfrohe Beweis dafür, wie man durch Anschaffen zu viel Geld kommt. Eva beginnt ihre Lehre: Durch einen Türspalt läßt Maja sie dabei zusehen, wie sie einen Kunden empfängt. Aber es kommt zu einem Streit, und die Voyeurin im Nebenzimmer bleibt mit der Leiche der Freundin zurück. Der sympathische Kriminalkommissar Sejer, der in dem Mordfall ermittelt, ahnt, daß die junge Künstlerin mehr zu erzählen hat, als sie aussagt, und Eva muß befürchten, daß der Mörder um die Zeugin weiß.
Ein ungemein spannendes Drama um eine junge, alleinerziehende Frau.

»Mit ›Evas Auge‹ liegt weit mehr vor als ein ausgezeichneter Kriminalroman.«

Bayerischer Rundfunk

John Burdett

Die letzten Tage von Hongkong

Roman. Aus dem Englischen von Sonja Hauser. 487 Seiten. SP 2632

Endzeit-Atmosphäre in Hongkong – eine explosive Mischung aus Gier und Macht, Geld und Sex. Nur noch wenige Wochen, bis die boomende britische Kronkolonie an das chinesische Mutterland zurückfällt. In dieser Zeit des Machtwechsels werden drei Menschen bestialisch ermordet. Für Chefinspektor Chan, Sohn eines Iren und einer Chinesin, wird der Fall zu einer gefährlichen Gratwanderung, denn die Drahtzieher dieses Verbrechens sind offensichtlich auf höchster Ebene bei Briten und Chinesen zu suchen. Chan stößt auf ein Geflecht aus italoamerikanischen Mafiosi, chinesischen Triaden und kommunistischen Militärs. Es geht um Geldwäsche und Drogenhandel.

»Mit leichter Hand und kühnem Schwung verwebt Burdett das Fiktive und die realen Reibungen, die das Zusammenleben der Kulturen in der boomenden Metropole prägen, zu einem dichten Thriller.«

Süddeutsche Zeitung

Peter Zeindler

Salon mit Seerosen

Roman. 292 Seiten. SP 2522

Ernst Korber ist siebzig, erfolgreicher Züricher Wirtschaftsanwalt, schwerreich und hat das Leben und seine Umgebung noch fest im Griff. Ein Bild – »Salon mit Seerosen« – in der Galerie seiner Tochter Melanie, zieht ihn magisch an, es wird zum Menetekel werden. Wie immer steht Korber fürs große Geschäft zur Verfügung, fünfzehn Millionen Dollar sind in Form von russischem Rohöl nach Hamburg unterwegs, Korber vermittelt und organisiert, was im Klartext russische Geldwäsche im Weltformat heißt. Geübt auf einem Terrain, wo ein falscher Schritt den Untergang bedeutet, will er einen alten Schulkameraden und Rivalen ins Millionenboot ziehen und ihm eine Schlinge um den Hals legen. Denn – Korber erfährt, daß er auf den Tod erkrankt ist…

»Korber sticht wohl darum gegen alle anderen Beteiligten ab, weil ihn eine nahezu dürrenmattsche Tragik zur durchaus literarischen Attraktion macht.«

Neue Zürcher Zeitung

Roger Graf

Die haarsträubenden Fälle des Philip Maloney

Kriminalstories. Mit Illustrationen von Christoph Badoux.
272 Seiten. SP 5662

Der ultraschräge Privatdetektiv Philip Maloney geht in Zürich seinem gefährlichen Handwerk nach. Seine Urteilskraft wird gelegentlich getrübt durch den übermäßigen Genuß seines Lieblingswhiskys und den Anblick schöner Frauen. Ständig knapp bei Kasse, löst er ohne Auto und ohne jegliche Computerkenntnisse mit Herz und losem Mundwerk bravourös seine kniffligen Fälle: ob die mordende Sekte im Internet, die verlorene Formel für schmelzsichere Schokolade oder die von einem Golfball tödlich getroffenen Vorstandsmitglieder des Golfclubs – immer weiß Maloney auf alles eine Antwort und hat das letzte Wort.

Ticket für die Ewigkeit

Ein Fall für Philip Maloney.
205 Seiten. SP 2302

Ein Leckerbissen für Maloney-Fans sowieso – und Krimisüchtige im besonderen.

Philip Maloney Tödliche Gewißheit

Kriminalroman.
237 Seiten. SP 5664

Philip Maloney, der schrullige Privatschnüffler, stochert im kalten Züricher Nebel herum und findet die Leiche eines äußerst zweifelhaften Kollegen, der eigentlich schon seit Jahren tot ist. Maloney kooperiert mit seiner klugen und verführerischen Kollegin Jasmin. Beide rollen die alten Fälle des Toten wieder auf und stoßen dabei auf häßliche Querverbindungen zu einem Kindermörder. Jasmins Büro wird auf den Kopf gestellt, in Zürich häufen sich obskure, tödliche Verkehrsunfälle von Mailboxbenutzern, eine merkwürdige Rücktrittswelle hoher Regierungsbeamter löst eine Regierungskrise aus, und Kommissar Hugentobler ist wie immer ratlos. Nichts scheint mehr zusammenzupassen, als ganz unerwartet alles in einem Bürogebäude zum großen Showdown zusammenfließt.

»Man heiße den legitimen Nachfolger jenes von Raymond Chandler geborenen Philip Marlowe herzlich willkommen. Philip-Maloney-Krimis – höherer Blödsinn besonderer Güte.«
Süddeutsche Zeitung

James Crumley

Jeder gräbt sein eignes Grab

Kriminalroman. Aus dem Amerikanischen von Thorsten Tornow. 364 Seiten. SP 5677

Milton Chester Milodragovich, kurz Milo, vom Leben als Trinker, Barbesitzer und Privatdetektiv gezeichnet, ist nicht gerade ein Glückskind. Sein aktueller Besitz: ein maßgeschneiderter italienischer Seidenanzug und ein kirschrotes Cadillac-Coupé, nicht gerade passend zu seinem verdellten Gesicht. Und sein alter, trink- und kampferprobter Partner Sughrue, niemals einer Prise abgeneigt, hat auch schon bessere Tage gesehen. Als sich die beiden auf die Suche nach Milos verschwundenem Millionenerbe und dem dazugehörigen Betrüger machen, geraten sie in ein explosives Minenfeld an der texanisch-mexikanischen Grenze: illegale Einwanderer, alle Arten von Drogenschmugglern, so ziemlich jede Sorte von Kriminellen und wenig zimperliche Bullen. James Crumleys lakonische Detektivgeschichten um Milo und Sughrue sind Meisterwerke zeitgenössischer Kriminalliteratur.

Schöne Frauen lügen nicht

Kriminalroman. Aus dem Amerikanischen von Thorsten Tornow. 332 Seiten. SP 5691

Milton Chester Milodragovich steht wieder einmal vor dem Nichts: Eine Änderung der Scheidungsgesetze in Montana macht ihn als Detektiv arbeitslos, und in seiner Bar ist er selbst sein bester Kunde. Da taucht die äußerst attraktive Helen Duffy in seinem Büro auf, und Milo zeigt nicht nur geschäftliches Interesse an ihr. Der Auftrag, ihren verschwundenen Bruder Raymond zu suchen, scheint für den routinierten Milo eine leichte Übung zu sein. Doch als der dealende Psychopath Raymond tot auf der Toilette einer schäbigen Bar gefunden wird und sich daran eine Kette von ungemütlichen Ereignissen reiht, bekommt auch Milo handgreiflich zu spüren, daß der Fall nicht so harmlos ist, wie Helen und er glauben wollten.

SERIE PIPER

Marie T. Loy

Mäuschen, deine Schwester ist tot!

Kriminalroman aus Wien.
189 Seiten. SP 5657

Silvester in Wien – während in der Oper die Champagner-Arie erklingt und sich die ganze Stadt im Walzertakt dreht, verliert Anna Pedrini den Boden unter den Füßen. Anna, demnächst fünfzig, geschieden und Starfotografin, wurde an diesem Abend nicht nur von ihrem Liebhaber gedemütigt, ihr ist außerdem hundeelend und sie spürt einen Messerstich im Rücken. Während der Ereignisse der nächsten Tage verliert sie Schritt für Schritt alle Sicherheiten ihres gut eingerichteten Lebens und findet sich plötzlich auf unheilvolle Weise in neonazistische Umtriebe verstrickt: Brutale Skinheads, Wehrsportgruppen, dubiose Staatspolizisten und Herrschaften aus der besseren Gesellschaft stürzen Anna in große Verwirrung. Abgründe, von denen sie nichts gewußt hat, tun sich in ihrer unmittelbaren Umgebung auf. Und sie bezahlt einen sehr hohen Preis, bis sie Freund und Feind unterscheiden kann.

Häschen in der Grube

Kriminalroman aus Wien.
240 Seiten. SP 5663

Margie, fünfzig, von ihrem erfolgreichen Mann Erich getrennt, ist privat und beruflich ziemlich am Nullpunkt: zuviel Alkohol und Einsamkeit, zu wenig Liebe und Geld. Da laufen ihr zwei unterschiedliche Menschen aus der Vergangenheit über den Weg: Anna Pedrini, ihre Feundin und Helferin in der Not, und überflüssigerweise der arrogante Henry, Politiker und Freund ihres Ex-Manns. Zudem schneit ihr Schwiegersohn herein und offenbart einen Erpressungsplan: Erich und Henry sollen wegen kompromittierender Fotos bezahlen, eine Männerliebe, die auch Margies Trennungsgrund war. Als Henry zum österreichischen Innenminister berufen wird, überstürzen sich die Ereignisse und Todesfälle rund um Margie.

»Sehr spannend und dicht geschrieben ist der zweite Krimi der Tirolerin Marie T. Loy. es handelt sich um ein Verwirrspiel zwischen Politik, Wirtschaft und einem geheimnisumwitterten Männerbund, in dessen mörderische Intrigen die 50jährige Heldin Margie gerät.

Welt der Frau

Peter Lovesey

Die Frau im See

Peter Diamond – der letzte Detektiv. Aus dem Englischen von Ulrike Wasel und Klaus Timmermann. 367 Seiten. SP 5672

Peter Diamond ist über vierzig, übergewichtig, überempfindlich, sehr erfolgreich und vielen ein übergroßes Ärgernis. Er ist Leiter der Mordkommission in Bath, einem kleinen Badeort im Südwesten Englands, und er ist einer vom alten Schlag: ein echter Schnüffler, der an Intuition glaubt und Computern und Karrieristen grundsätzlich mißtraut. Eine nackte Frauenleiche wird in einem See nahe Bath gefunden, weder Spuren noch Todesursache können zweifelsfrei geklärt werden. Wochen später meldet sich der Ehemann und identifiziert die Tote als seine Frau, einst eine gefeierte Fernsehschauspielerin. Alle Indizien belasten zunächst den Ehemann, dann die alleinerziehende Dana Didrikson ... Ehe Diamond seine Ermittlungen zu Ende führen kann, quittiert er beleidigt den Job. Selbstzweifel lassen ihn auf eigene Faust weiterermitteln und feststellen, wie verlorengegangene Briefe von Jane Austen, ausgebüxte Chorknaben, Drogen und ein schwarzer Mercedes in dieses Puzzle passen.

Die Fährte des Mädchens

Peter Diamond – der letzte Detektiv. Aus dem Englischen von Ulrike Wasel und Klaus Timmermann. 342 Seiten. SP 5671

Peter Diamond, brummiger Ex-Polizist, übergewichtig und hypersensibel, verliert erneut seinen Job, diesmal als Wachmann bei Harrods in London: Er hatte beim Zusperren des Kaufhauses ein achtjähriges japanisches Mädchen nicht bemerkt. Diamond will seinen Fehler wiedergutmachen und versucht auf eigene Faust, die Identität dieses seltsamen autistischen Kindes zu ermitteln. Da wird Naomi entführt, und Diamond folgt ihrer Spur nach New York und Japan. Mit Hilfe eines berühmten Sumo-Ringers und dem New York Police Department gelingt es ihm, Licht ins dunkel zu bringen und die kriminellen Machenschaften um eine feindliche Firmenübernahme und ein Arzneimittel mit gefährlichen Nebenwirkungen aufzuklären.

SERIE PIPER

Sara Paretsky

Blood Shot
Ein Vic-Warshawski-Kriminalroman. Aus dem Amerikanischen von Anette Grube. 352 Seiten. SP 5589

Brandstifter
Ein Vic-Warshawski-Kriminalroman. Aus dem Amerikanischen von Dietlind Kaiser. 410 Seiten. SP 5625

Deadlock
Ein Vic-Warshawski-Kriminalroman. Aus dem Amerikanischen von Katja Münch. 246 Seiten. SP 5512

Eine für alle
Ein Vic-Warshawski-Kriminalroman. Aus dem Amerikanischen von Dietlind Kaiser. 438 Seiten. SP 5685

Engel im Schacht
Ein Vic-Warshawski-Kriminalroman. Aus dem Amerikanischen von Sonja Hauser. 476 Seiten. SP 5653

Fromme Wünsche
Ein Vic-Warshawski-Kriminalroman. Aus dem Amerikanischen von Katja Münch. 227 Seiten. SP 5517

Schadenersatz
Ein Vic-Warshawski-Kriminalroman. Aus dem Amerikanischen von Uta Münch. 272 Seiten. SP 5507

Tödliche Therapie
Ein Vic-Warshawski-Kriminalroman. Aus dem Amerikanischen von Anette Grube. 255 Seiten. SP 5535

Windy City Blues
Vic-Warshawski-Kriminalgeschichten. Aus dem Amerikanischen von Sonja Hauser, Renate Kunze und Vera Mansfeldt. 287 Seiten. SP 5650

Hände hoch, Kleiner!
14 exklusive Kriminalgeschichten. Herausgegeben von Sara Paretsky. Übersetzt von Sonja Hauser, Sylvia List und Michael Hofmann. 278 Seiten. SP 5651

Hamlets Dilemma
12 exklusive Kriminalgeschichten. Herausgegeben von Sara Paretsky. Übersetzt von Sonja Hauser und Michael Hofmann. 249 Seiten. SP 5652

Sister in Crime
Kriminalstories. Herausgegeben von Sara Paretsky. 246 Seiten. SP 5602

Vic Warshawskis starke Schwestern
Kriminalstories. Herausgegeben von Sara Paretsky. 238 Seiten. SP 5601

SERIE PIPER

Gemma O'Connor

Tödliche Lügen

Psychothriller. Aus dem Englischen von Inge Leipold. 479 Seiten. SP 5658

Es ist kaum drei Wochen her, daß Grace Heartfield ziemlich überraschend und brutal von ihrem Mann verlassen wurde. Dann findet sie einen amtlichen Brief im Briefkasten! Doch er hat nichts mit ihrem Mann zu tun, sondern kündigt eine Erbschaft an: Ihre Schwester sei gestorben – Grace wußte nichts von deren Existenz. Und wer ist der mysteriöse Holländer, der sich im Dubliner Kanal ertränkte? Grace reist nach Dublin und muß mehr und mehr erkennen, daß ein Gespinst aus Halbwahrheiten und Verschleierungen ihr Leben vergiftete, daß Angst und Terror ihre Kindheit bestimmten. Sie folgt den Spuren der Toten und wagt es, genau hinzusehen, wagt es, die Büchse der Pandora zu öffnen. Gemma O'Connor gelang ein psychologisch dichter Thriller, der in London und Dublin spielt, dessen Schauplatz aber gleichzeitig die Abgründe menschlichen Versagens sind.

»Ein Buch, das man nicht aus der Hand legt.«

Brigitte Dossier

Fallende Schatten

Psychothriller. Aus dem Englischen von Inge Leipold. 412 Seiten. SP 5659

Auf dem Begräbnis ihrer Mutter Lily erhärtet sich in Nell Gillmore der Verdacht, daß der Unfalltod ihrer Mutter Mord war. Sie sucht nach einem Motiv in Lilys Vergangenheit und erfährt dabei von drei kunstvoll gebundenen, aber bisher vermißten Tagebüchern – und stößt auf einen weiteren Mord: In einer Dubliner Bombennacht wurde vor fünfzig Jahren ein brutaler Hausbesitzer erschossen. Der Verdacht fällt auf Lilys Freund Milo. Nell wird zunehmend ratloser, was hat dies alles zu bedeuten? Endlich findet sie zwei der Tagebücher, das dritte ist im Besitz des Mörders. Wider Erwarten können der totgeglaubte Milo, jetzt schwerkrank, und sein Sohn Nell helfen. Doch nun gerät sie selbst in Lebensgefahr.

»Das ist eine Geschichte, von der man nicht mehr loskommt. Eine Geschichte von Schuld und Sühne, von Ehrgeiz und Geldgier. Gemma O'Connor verdient eine Menge Punkte auf der nach oben offenen Krimi-Skala.«

Frankfurter Rundschau